Oscar bestsellers

Dello stesso autore

nella collezione Oscar

Il grande inverno
Il Portale delle Tenebre
La regina dei draghi
Il regno dei lupi
Tempesta di spade
Il trono di spade

GEORGE R.R. MARTIN

Le cronache del Ghiaccio e del Fuoco

I FIUMI DELLA GUERRA

Traduzione di Sergio Altieri

OSCAR MONDADORI

Titolo originale dell'opera: *A Storm of Swords*
Book Three of a Song of Ice and Fire

I edizione I Massimi della fantascienza ottobre 2002
I edizione Oscar bestsellers ottobre 2003

ISBN 88-04-46332-5

Questo volume è stato stampato
presso Mondadori Printing S.p.A.
Stabilimento NSM - Cles (TN)
Stampato in Italia. Printed in Italy

Ristampe:

5 6 7 8 9 10 11

2006 2007 2008 2009

Cartine di James Sinclair

www.librimondadori.it

I fiumi della guerra

Per Phyllis
che mi ha fatto inserire i draghi

Nord
Castello
Castello in rovina
Città grande
Villaggio
Artigli del Gelo
Foresta Stregata
COSTA CONGELATA
BARRIERA
Torre delle ombre
Castello Nero
Corona della regina
Forte orientale
IL DONO
BAIA DI GHIACCIO
BAIA DELLE FOCHE
Skagos
Isola dell'Orso
Ultimo Focolare
Punta del Drago marino
Deepwood Motte
Ultimo fiume
Karhold
Foresta del Lupo
Forte Terrore
N
Grande Inverno
Costa Pietrosa
Piazza di Torrhen
Strada del Re
Coltello bianco
TERRA delle TOMBE
RILLS
Porto Bianco
Capo della Vedova
LANCIA di SALE
Moat Cailin
Baia Infuocata
Dito della Silice
INCOLLATURA
BAIA DEL MORSO
Pebble
Paps
Capo della Piovra
Scogliere della Silice
Torre delle Acque grigie
Arcipelago delle Tre Sorelle
LE DITA
Isole di Ferro
Torri Gemelle
Capo delle Aquile
Seagard
Vecchia Wyk
Grande Wyk
Golfo dell'Uomo di Ferro
Harlow
Nido dell'Aquila
Porta insanguinata
VALLE DI ARRYN
Vecchie Pietre
Forca Verde
Forca Blu
Tumblestone
Forca Rossa

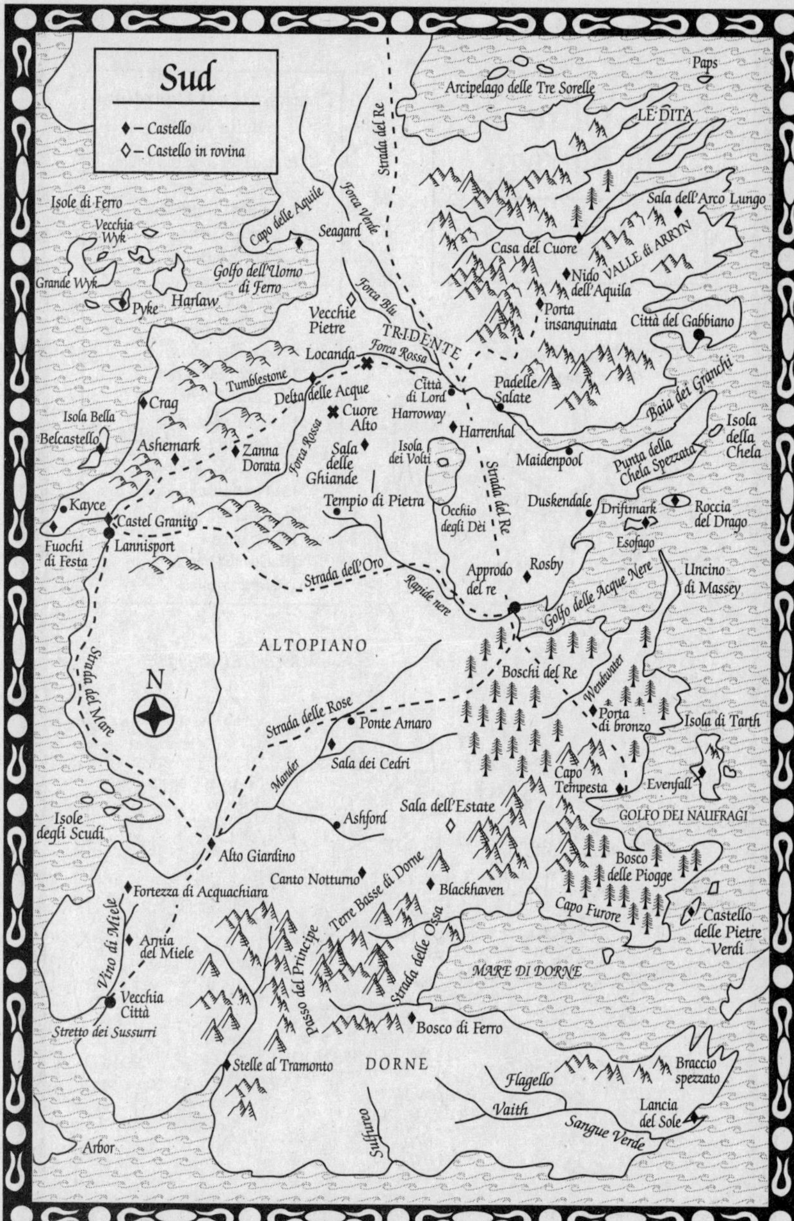

Sud
♦ – Castello
◊ – Castello in rovina
Arcipelago delle Tre Sorelle
Paps
LE DITA
Strada del Re
Forca Verde
Capo delle Aquile
Isole di Ferro
Vecchia Wyk
Seagard
Sala dell'Arco Lungo
Casa del Cuore
VALLE di ARRYN
Nido dell'Aquila
Grande Wyk
Golfo dell'Uomo di Ferro
Pyke
Harlaw
Forca Blu
Vecchie Pietre
Porta insanguinata
Città del Gabbiano
TRIDENTE
Locanda
Forca Rossa
Tumblestone
Delta delle Acque
Città di Lord Harroway
Padelle Salate
Baia dei Granchi
Crag
Cuore Alto
Harrenhal
Isola Bella
Belcastello
Ashemark
Zanna Dorata
Forca Rossa
Sala delle Ghiande
Isola dei Volti
Strada del Re
Maidenpool
Punta della Chela Spezzata
Isola della Chela
Tempio di Pietra
Occhio degli Dèi
Duskendale
Driftmark
Roccia del Drago
Kayce
Castel Granito
Lannisport
Fuochi di Festa
Esofago
Strada dell'Oro
Rapide nere
Approdo del re
Rosby
Golfo delle Acque Nere
Uncino di Massey
ALTOPIANO
Boschi del Re
Strada del Mare
N
Wendwater
Strada delle Rose
Ponte Amaro
Porta di bronzo
Isola di Tarth
Sala dei Cedri
Mander
Capo Tempesta
Evenfall
Sala dell'Estate
Ashford
GOLFO DEI NAUFRAGI
Isole degli Scudi
Alto Giardino
Bosco delle Piogge
Canto Notturno
Terre Basse di Dorne
Blackhaven
Fortezza di Acquachiara
Capo Furore
Castello delle Pietre Verdi
Vino di Miele
Arnia del Miele
Strada delle Ossa
Passo del Principe
MARE DI DORNE
Vecchia Città
Stretto dei Sussurri
Bosco di Ferro
Stelle al Tramonto
DORNE
Braccio spezzato
Flagello
Vaith
Lancia del Sole
Sangue Verde
Sulfureo
Arbor

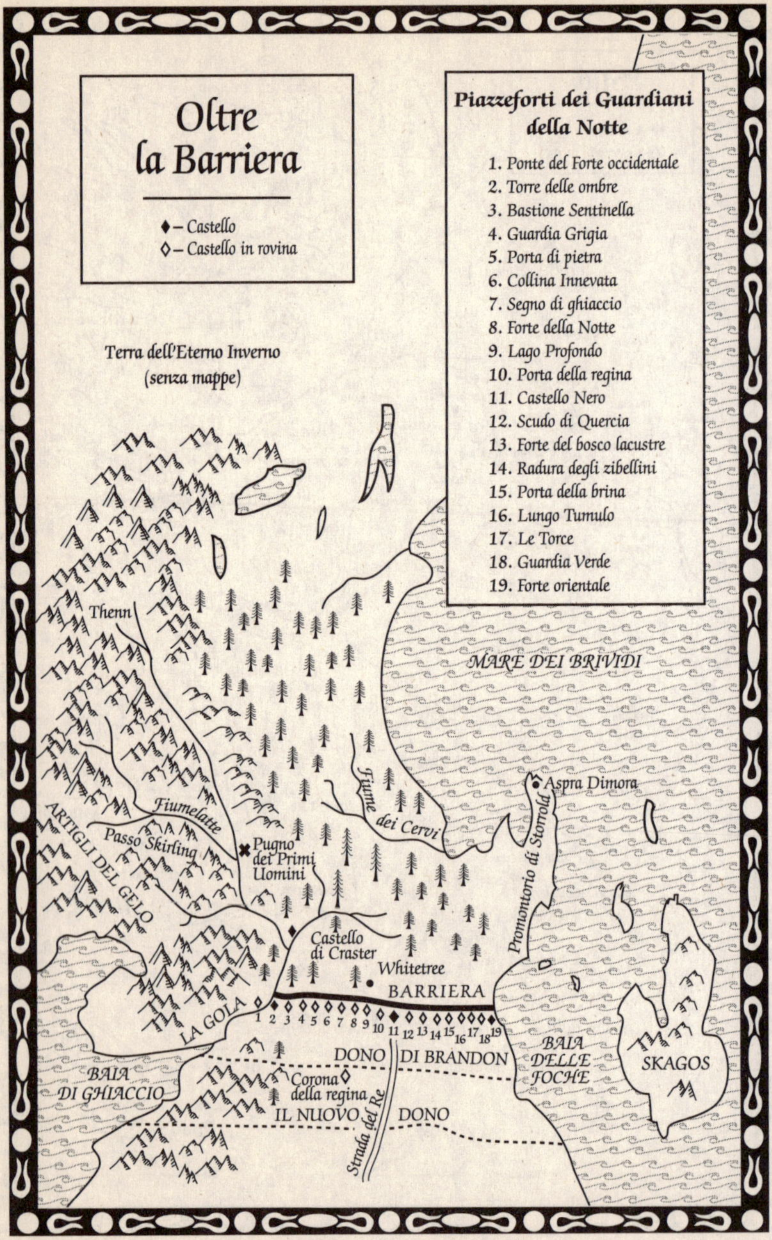
Oltre la Barriera
♦ – Castello
◊ – Castello in rovina
Piazzeforti dei Guardiani della Notte
1. Ponte del Forte occidentale
2. Torre delle ombre
3. Bastione Sentinella
4. Guardia Grigia
5. Porta di pietra
6. Collina Innevata
7. Segno di ghiaccio
8. Forte della Notte
9. Lago Profondo
10. Porta della regina
11. Castello Nero
12. Scudo di Quercia
13. Forte del bosco lacustre
14. Radura degli zibellini
15. Porta della brina
16. Lungo Tumulo
17. Le Torce
18. Guardia Verde
19. Forte orientale
Terra dell'Eterno Inverno (senza mappe)
Thenn
MARE DEI BRIVIDI
Aspra Dimora
Fiume dei Cervi
Fiumelatte
Passo Skirling
Pugno dei Primi Uomini
ARTIGLI DEL GELO
Promontorio di Storrold
Castello di Craster
Whitetree
BARRIERA
LA GOLA
1 2 3 4 5 6 7 8 9 10 11 12 13 14 15 16 17 18 19
DONO DI BRANDON
BAIA DELLE FOCHE
SKAGOS
BAIA DI GHIACCIO
Corona della regina
IL NUOVO DONO
Strada del Re

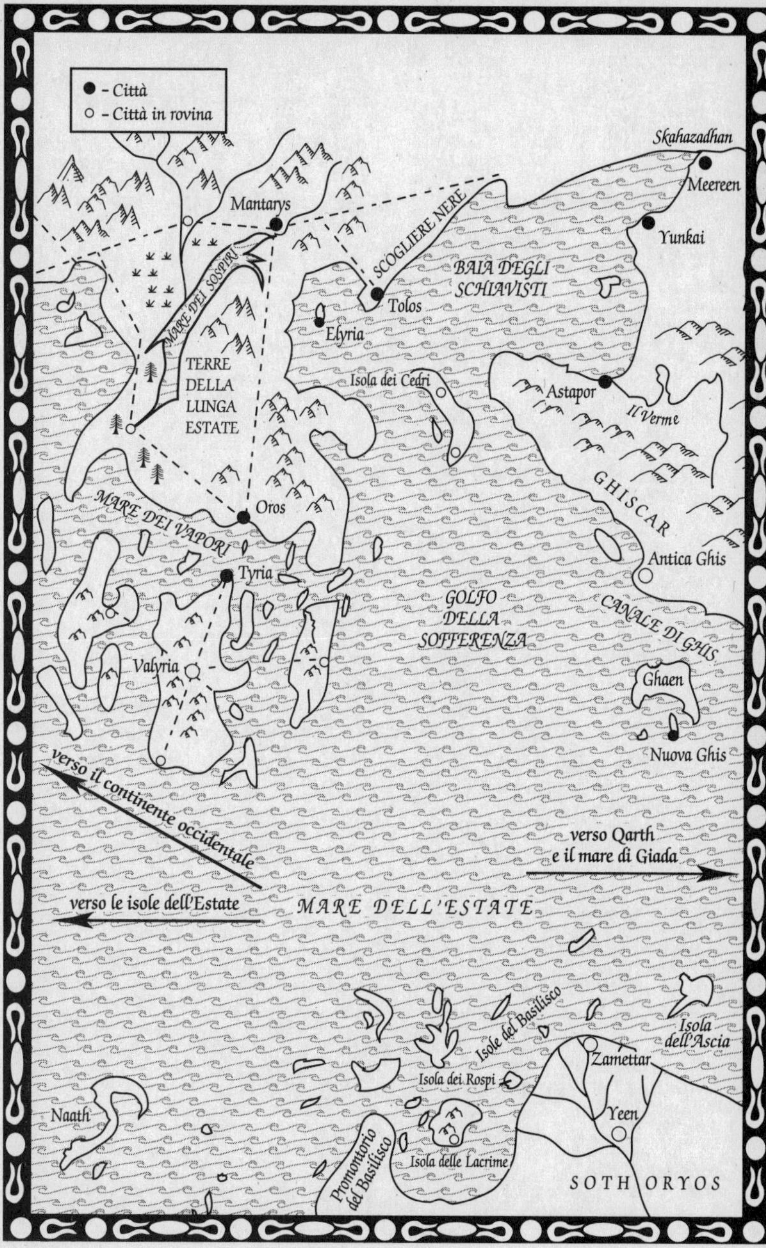
● - Città
○ - Città in rovina
Skahazadhan
Meereen
Yunkai
Mantarys
SCOGLIERE NERE
MARE DEI SOSPIRI
BAIA DEGLI SCHIAVISTI
Tolos
Elyria
TERRE DELLA LUNGA ESTATE
Isola dei Cedri
Astapor
Il Verme
GHISCAR
MARE DEI VAPORI
Oros
Antica Ghis
Tyria
GOLFO DELLA SOFFERENZA
CANALE DI GHIS
Valyria
Ghaen
Nuova Ghis
verso il continente occidentale
verso Qarth e il mare di Giada
verso le isole dell'Estate
MARE DELL'ESTATE
Isole del Basilisco
Isola dell'Ascia
Zamettar
Isola dei Rospi
Naath
Yeen
Promontorio del Basilisco
Isola delle Lacrime
SOTH ORYOS

SANSA

La mattina in cui il nuovo abito di Sansa Stark fu pronto, le servette riempirono la vasca di acqua bollente e strigliarono la fanciulla dalla testa ai piedi fino a quando la sua pelle non divenne di un colore rosa quasi scintillante. La cameriera personale di Cersei le tagliò le unghie e le acconciò i lunghi capelli castano chiaro in soffici boccoli che le ricaddero sulla schiena. Sansa scelse una fragranza intensamente dolce, con una punta di limone che si sovrapponeva al profumo dei fiori. La cameriera gliene mise qualche goccia sulle dita, dietro le orecchie e anche, delicatamente, sui capezzoli.

Cersei in persona arrivò assieme alla sarta, e rimase a osservare mentre Sansa veniva vestita con i nuovi abiti. La biancheria era interamente di seta, l'abito di sciamito color avorio e di tessuto d'argento, foderato di satin argenteo. Quando Sansa abbassò le braccia, le punte delle lunghe maniche a losanga arrivarono quasi a toccare terra. Ed era un abito da donna adulta, non da ragazzina, non c'era dubbio. Il corpetto scendeva fino al ventre, la profonda V chiusa da un pannello di pizzo di Myr color grigio tortora. Le gonne erano lunghe, gonfie, talmente strette in vita che Sansa dovette trattenere il fiato mentre i lacci venivano annodati. Le portarono anche le scarpe nuove, mocassini di morbida pelle d'agnello che le accarezzavano i piedi come amanti.

«Sei molto bella, mia signora» disse la sarta quando la vestizione fu terminata.

«Lo sono davvero?» Sansa fece una risatina e roteò su se stessa, le gonne che le si allargavano attorno. «Oh, sì, lo sono.» Non vedeva l'ora che Willas Tyrell potesse ammirarla. "Mi amerà, sì, mi amerà, *deve* amarmi... Quando mi vedrà si scorderà di Grande Inverno, farò io in modo che accada."

La regina Cersei la esaminò con espressione critica. «Delle gemme, direi. Le pietre di luna che le ha regalato Joffrey.»

«Immediatamente, maestà» rispose la cameriera.

Una volta che le pietre di luna furono appese alle orecchie e disposte al collo di Sansa, la regina annuì. «Sì. Gli dèi sono stati generosi con te, Sansa. Sei una splendida fanciulla. Sembra quasi un'oscenità sprecare tanta delicata innocenza con quel mostriciattolo.»

«Quale mostriciattolo?» Sansa non riusciva a capire. Era a Willas che si riferiva la regina? "Come fa a sapere?" Nessuno era al corrente delle sue nozze con il primogenito dei Tyrell. Nessuno tranne lei, Margaery e la regina di Spine... oh, e anche Dontos, ma lui non contava.

Cersei Lannister ignorò la domanda. «Il mantello» ordinò. Le serve lo portarono: una lunga cappa di velluto bianco tempestato di perle. Su di essa, ricamato con filo d'argento, campeggiava un fiero meta-lupo. Sansa osservò l'emblema colta da un terrore improvviso. «I colori di tuo padre» disse Cersei mentre la cappa veniva chiusa attorno al collo di Sansa con una sottile catena d'argento.

«Il mantello di una vergine.» La mano di Sansa salì alla gola. Se lo sarebbe strappato via, se solo avesse osato.

«Sei più graziosa quando tieni la bocca chiusa, Sansa» le disse Cersei. «Ora vieni, il septon aspetta. E anche gli invitati alle nozze.»

«No» gorgogliò Sansa. «*No.*»

«Oh, sì, invece. Tu sei la protetta della corona. Quindi, dal momento che tuo fratello Robb è un traditore riconosciuto, è il re a fare le veci di tuo padre. Questo significa che il re ha tutti i diritti di disporre della tua mano. Tu sposerai mio fratello Tyrion.»

"Il mio titolo su Grande Inverno." Sansa, piena di ribrezzo, capì. Dontos il Giullare non era stato poi tanto giullaresco: aveva intuito la verità con grande chiarezza. Sansa si allontanò dalla regina. «Non lo farò.» "Sono stata promessa in sposa a Willas Tyrell. Sono destinata a diventare la lady di Alto Giardino, io..."

«Comprendo la tua riluttanza. Piangi pure, se vuoi. Se fossi io al tuo posto, probabilmente mi strapperei anche i capelli. Tyrion è un odioso piccolo demonio, non ci sono dubbi, ma tu lo sposerai lo stesso.»

«Non mi potete costringere.»

«Certo che possiamo. Quanto a te, puoi venire con le buone e pronunciare le parole giuste come si addice a una lady, oppure puoi urlare e scalciare e dare spettacolo, in modo che perfino i ragazzi di stalla si facciano beffe di te, ma finirai maritata e impalmata comunque.»

La regina aprì la porta. Ser Meryn Trant e ser Osmund Kettleblack, nelle loro armature bianche a scaglie della Guardia reale, aspettavano appena oltre la soglia.

«Scortate lady Sansa al tempio. Portatecela di peso, se ci siete costretti. Ma fate bene attenzione a non rovinare quel vestito, è molto costoso.»

Sansa cercò di fuggire. La cameriera di Cersei l'afferrò dopo nemmeno tre passi. Ser Meryn Trant le lanciò un'occhiata che le fece accapponare la pelle, ma Kettleblack le si rivolse quasi con gentilezza. «Fa' come ti dicono, piccola, non sarà poi così terribile. Si suppone che i lupi debbano essere coraggiosi, non è vero?»

"Coraggiosi." Sansa fece un respiro profondo. "Sono una Stark, sì. E anch'io so essere coraggiosa." Tutti la stavano guardando, proprio come l'avevano guardata quel giorno nel cortile, quando ser Boros Blount le aveva strappato i vestiti di dosso per ordine di Joffrey. Ed era stato il Folletto a salvarla dal linciaggio, lo stesso... *nano* che ora la stava aspettando all'altare. "Lui non è crudele come gli altri" disse a se stessa.

«Andrò» decise Sansa.

Cersei sorrise. «Sapevo che lo avresti fatto.»

In seguito, non ricordò di aver lasciato la stanza, né di aver disceso i gradini della torre, né di aver attraversato il cortile della Fortezza Rossa. Ogni angolo della sua mente era assorbito dallo sforzo di mettere un piede dietro l'altro. Ser Meryn e ser Osmund camminavano al suo fianco, con addosso mantelli pallidi come quello che lei aveva sulle spalle, solo privi delle perle e senza il meta-lupo che era stato l'emblema di suo padre.

Il re, splendido in porpora e oro, aveva la corona sul capo. «Quest'oggi» annunciò «io sono tuo padre.»

«Non lo sei» avvampò Sansa. «Non lo sarai mai.»

L'espressione di Joffrey si incupì. «Lo sono. Sono tuo padre, e ti posso dare in sposa a chiunque io voglia. A *qualsiasi* individuo io voglia. Tu andrai in sposa al ragazzo dei porcili se io ti ordino di farlo, e giacerai con lui nello sterco dei porci.» C'era un lampo di divertimento nei suoi occhi verdi. «O forse dovrei darti a Ilyn Payne, pensi che lui ti piacerebbe di più?»

Il cuore di Sansa ebbe un sussulto. «Maestà, ti supplico» implorò. «Se mi hai voluto bene anche solo per un istante, non farmi sposare tuo...»

«... zio?» Tyrion Lannister varcò le porte del tempio. «Maestà» disse a Joffrey «concedimi un momento da solo con lady Sansa, per cortesia.»

Il re stava per rifiutare, ma sua madre lo fulminò con uno sguardo tagliente. Joffrey e Cersei si ritirarono di qualche passo.

Tyrion indossava un farsetto di velluto nero ornato di ricami dorati e stivali alti fino alla coscia che gli davano almeno un palmo di statura in più. Al collo portava una catena di rubini e teste di leone. Ma lo squarcio che gli solcava la faccia era crudo, rosso e il suo naso un moncone repellente. «Sei bellissima, Sansa» le disse.

«È gentile da parte tua, mio signore.» Non sapeva che altro rispondere. "Dovrei forse dirgli che è un bell'uomo? Mi crederebbe una stupida, o una bugiarda." Sansa abbassò gli occhi e tenne a freno la lingua.

«Mia signora, non è certamente questo il modo di portarti alle nozze» riprese Tyrion. «Ne sono dispiaciuto. E sono anche dispiaciuto che tutto sia avvenuto in modo così improvviso, così segreto. È stato il lord mio padre a ritenere che fosse necessario, nel nome della ragion di stato. Diversamente, sarei venuto da te ben prima, cosa che desideravo fare.» Le si accostò con quella sua andatura ondeggiante. «Tu non hai chiesto che queste nozze avessero luogo, lo so. Non più di quanto lo abbia chiesto io. Tuttavia, se ti avessi rifiutata, loro ti avrebbero mandata in sposa a mio cugino Lancel. Alternativa che tu forse avresti preferito. Lancel è più o meno della tua età, e di aspetto gradevole alla vista. Se è questo il tuo desiderio, non hai che da dirlo, e io porrò fine a questa farsa.»

"Non voglio andare in sposa a nessun Lannister" avrebbe voluto dire Sansa. "Voglio Willas, voglio Alto Giardino e i cagnolini e il vascello fluviale, e figli di nome Eddard, Bran e Rickon." Ma poi si ricordò delle parole che Dontos le aveva detto nel parco degli dèi. "Tyrell, Lannister, non fa alcuna differenza. Non è me che vogliono: è il mio titolo su Grande Inverno."

«Sei cortese, mio signore» disse, sconfitta. «Ma sono la protetta del trono, ed è mio dovere sposare chi il re comanda.»

Gli occhi asimmetrici del Folletto la scrutarono. «Sono consapevole di non essere il genere di marito che una ragazza sogna di sposare, Sansa» disse in un soffio. «Ma non sono nemmeno Joffrey.»

«No, non lo sei» assentì Sansa. «Tu sei stato gentile con me. Questo lo ricordo.»

Tyrion le porse una mano dalle dita corte e tozze. «Vieni, allora. Facciamo il nostro dovere.»

Sansa pose la propria mano su quella di lui, e Tyrion la condusse all'altare, dove il septon, in piedi tra le icone della Madre e del Padre, era in attesa di unire le loro vite in una sola. Sansa vide Dontos, nel suo costume da giullare, che la fissava con grandi occhi sgranati. C'erano ser Balon Swann e ser Boros Blount, anche loro nel bianco della Guardia reale, ma ser Loras non c'era. "Non c'è nessuno dei Tyrell" si rese improvvisamente conto Sansa. Invece, c'era fin troppa abbondanza di altri testimoni: Varys l'eunuco, maestro delle spie; ser Addam Marbrand, nuovo comandante della Guardia cittadina di Approdo del Re; lord Philip Foote, cortigiano; ser Bronn, mercenario fatto cavaliere dopo la battaglia delle Acque Nere; Jalabhar Xho, principe in esilio delle isole dell'Estate e una dozzina di altri. Il vecchio lord Gyles Rosby tossiva malamente, l'infante lady Ermesande veniva allattata, la figlia incinta di lady Tanda singhiozzava senza alcuna ragione apparente. "Che pianga pure" pensò Sansa. "Forse anch'io lo farò prima che questo giorno sia concluso."

La cerimonia si svolse come in un sogno. Sansa fece tutto quello che ci si aspettava facesse. Ci furono preghiere, promesse e inni. Alte candele vennero accese, cento luci che nei suoi occhi offuscati dalle lacrime divennero migliaia. Fortunatamente, nessuno parve notare che stava piangendo, là in piedi, avvolta nei colori di suo padre. O, se anche lo notarono, fecero finta di niente. In quello che parve un battito di ciglia, si arrivò allo scambio dei mantelli.

Quale padre del reame, Joffrey prese il posto di lord Eddard Stark. Quando le mani del giovane sovrano si avvicinarono alle spalle di lei, e le dita presero ad armeggiare per aprire il fermaglio del mantello, Sansa rimase immobile, rigida come una picca. Una delle mani di Joffrey le sfiorò un seno, soffermandosi a dare una rapida strizzata. Poi il fermaglio fu aperto, Joffrey le tolse la cappa dalle spalle con una regale piroetta e un sogghigno.

Andò meno bene con lo zio nano del re. Il mantello da sposa che Tyrion reggeva era enorme, pesante, di velluto porpora riccamente ornato di leoni, bordato di satin dorato e di rubini. Solo che nessuno si era ricordato di provvedere uno sgabello, e Tyrion era di ben tre spanne più basso della sua sposa. Nel momento in cui il Folletto si spostò dietro di lei, Sansa sentì una decisa tirata alla gonna. "Vuole che m'inginocchi" pensò, arrossendo. Era mortificata. Non era così che avrebbe dovuto essere. Mille volte

Sansa aveva sognato le sue nozze, e sempre aveva visto il suo promesso sposo, alto e forte, in piedi dietro di lei, che le posava sulle spalle il mantello, simbolo della sua protezione maritale, dandole un tenero bacio sulla guancia mentre si chinava in avanti a serrare il fermaglio.

Sansa sentì un'altra tirata alla gonna, questa volta più insistente. "Non mi metterò in ginocchio, no. Per quale motivo dovrei avere rispetto per quello che lui prova, quando nessuno si degna di fare altrettanto con me?"

Il nano diede una terza tirata. Ostinatamente, Sansa serrò le labbra e finse di non essersene accorta. Dietro di loro qualcuno ridacchiò. "La regina" intuì Sansa. Ma a quel punto non aveva più importanza. Ormai la risata era generale, e Joffrey rideva più forte di tutti.

«Dontos, mettiti a quattro zampe» comandò il re. «Mio zio ha bisogno di una spinta per montare sulla sua sposa.»

E fu così che il lord suo marito avvolse Sansa Stark nel mantello con i colori della nobile Casa Lannister: stando in piedi sul dorso del cavaliere ubriacone, degradato a giullare di corte.

Sansa si voltò. Il nano la stava fissando dal basso, rosso in faccia come il mantello che ora lei aveva sulle spalle. Di colpo Sansa si sentì piena di vergogna per quella sua ostinazione. Si lisciò le gonne e mise un ginocchio a terra di fronte a lui, in modo che i loro volti fossero alla stessa altezza. «Con questo bacio io ti prometto il mio amore, e ti prendo come mio signore e marito.»

«Con questo bacio io ti prometto il mio amore» rispose il nano con voce roca «e ti prendo come mia signora e moglie.»

Tyrion si protese verso di lei e, per un breve attimo, le loro labbra si toccarono.

"È così brutto" non poté fare a meno di pensare Sansa, la faccia vicinissima a quella di lui. "È addirittura più brutto del Mastino."

Il septon sollevò alto il cristallo sacro, in modo che i colori dell'arcobaleno si diffondessero sugli sposi. «Qui, alla vista degli dèi e degli uomini» recitò «io solennemente dichiaro Tyrion della Casa Lannister e Sansa della Casa Stark marito e moglie, un corpo, un cuore, un'anima, ora e sempre, e maledetto sia chiunque verrà a frapporsi tra loro.»

Sansa si costrinse a mordersi il labbro per evitare di scoppiare in singhiozzi.

La festa di nozze si tenne nella sala piccola. C'erano circa cinquanta invitati, per la maggior parte cortigiani e alleati dei Lannister, i quali vennero ad aggiungersi ai convenuti alla cerimonia. Fu tra loro che Sansa trovò i Tyrell. Margaery le rivolse uno sguardo colmo d'indicibile tristezza. Quando la regina di Spine fece il suo ingresso, scortata da Destro e Sinistro, non la degnò nemmeno di un'occhiata. Elinor, Alla e Megga sembravano non averla mai conosciuta. "Belle amiche" pensò Sansa piena di amarezza.

Tyrion bevve molto e mangiò poco. S'interruppe per ascoltare ogni volta che qualcuno si alzava in piedi a proporre un brindisi, e di tanto in tanto concesse un secco cenno del capo, ma per il resto la sua faccia rimase una maschera di pietra. La festa parve andare avanti per un'eternità, anche se Sansa non riuscì a toccare cibo. Sperava solo che il banchetto finisse, e al tempo stesso era terrorizzata all'idea di quello che sarebbe venuto dopo. Perché dopo il banchetto ci sarebbe stata la prima notte di nozze. Gli uomini l'avrebbero trasportata fino al talamo nuziale, spogliandola lungo la strada e ragliando battute volgari sul destino che l'aspettava tra le lenzuola. Questo mentre le donne riservavano a Tyrion gli stessi onori. Soltanto dopo che entrambi fossero stati nudi e infilati nel letto, li avrebbero lasciati soli, ma anche allora sarebbero rimasti fuori dalla stanza degli sposi, gridando turpi suggerimenti attraverso la porta. Quando Sansa era ancora una bambina, la prima notte di nozze le era parsa incredibilmente ribalda ed eccitante, ma ora che quella notte incombeva su di lei, ciò che provava era solo terrore. Pensava di non poter tollerare che le venissero strappati i vestiti di dosso, ed era certa che alla prima battuta oscena sarebbe scoppiata in lacrime.

I musicanti cominciarono a suonare. Timidamente, Sansa posò una mano su quella di Tyrion: «Mio signore, non dovremmo aprire le danze?».

La bocca del Folletto si storse in una smorfia. «Direi che li abbiamo già fatti divertire quanto basta per l'intera giornata, non credi?»

«Come preferisci, mio signore.» Sansa ritirò la mano.

Furono Joffrey e Margaery a danzare per primi. "Com'è possibile che un mostro come lui balli così meravigliosamente?" si chiese Sansa. Molte volte aveva sognato a occhi aperti come avrebbe ballato alle sue nozze, gli sguardi di tutti puntati su di lei e sul suo avvenente signore. Nei sogni, quegli occhi erano sorridenti. "Ma qui, ora, nemmeno mio marito è sorridente."

Presto, altri ospiti si unirono nella danza al re e alla sua promessa sposa. Elinor ballò con il suo giovane scudiero, Megga con il principe Tommen. Lady Merryweather, la bellezza della città libera di Myr, dai capelli corvini e dai grandi occhi neri, volteggiò in modo così provocante da attirare su di sé gli sguardi di tutti gli uomini presenti nella sala. Lord e lady Tyrell si unirono al ballo in modo meno appariscente. Ser Kevan Lannister chiese l'onore di danzare con lady Janna Fossoway, sorella di lord Mace Tyrell. Merry Crane scelse come cavaliere il principe in esilio Jalabhar Xho, splendido nei suoi abiti di piume di uccelli esotici. Cersei Lannister danzò prima con lord Redwyne, poi con lord Rowan e quindi con il proprio padre, lord Tywin, il quale esibì una levigata e algida grazia.

Sansa rimase seduta con le mani intrecciate in grembo, osservando la regina muoversi, ridere e scuotere i riccioli biondi. "Come riesce a incantarli tutti" pensò cupamente. "E come la odio." Distolse lo sguardo, ritrovandosi a osservare Ragazzo di luna che ballava con Dontos.

«Lady Sansa.» In piedi accanto alla piattaforma c'era ser Garlan Tyrell. «Posso avere l'onore, se il tuo signore lo concede?»

Gli occhi asimmetrici del Folletto si strinsero. «La mia signora può danzare con chi le pare e piace.»

Forse avrebbe dovuto restare al fianco di suo marito, ma Sansa aveva così tanta voglia di danzare. E ser Garlan era il fratello di Margaery, di Willas... di Loras, il suo cavaliere di Fiori. «Ora capisco, cavaliere, perché ti chiamano Garlan il Galante» disse quando lui la prese per mano.

«Mia signora, sei gentile a dire questo. In realtà, è stato mio fratello Willas a darmi questo soprannome. Per proteggermi.»

«Per proteggerti?» Sansa gli lanciò un'occhiata interrogativa.

Ser Garlan rise. «Ero un ragazzino robusto, temo, e in effetti abbiamo uno zio chiamato Garlan il Grasso. Così Willas colpì per primo, ma non senza avermi prima minacciato con nomi come Garlan l'Itterico, Garlan il Gallinaccio e Garlan il Mostro.»

La storiella era talmente delicata e sciocca che Sansa, a dispetto di tutto, non poté fare a meno di ridere. Più tardi, provò un'assurda gratitudine. In qualche modo, ridere le aveva dato di nuovo speranza, sia pure per breve tempo. Sorridendo, si lasciò trasportare dalla musica, perdendosi nei passi della danza, nel suono del flauto, dei pifferi, dell'arpa, nel ritmo del tamburo... e in alcuni momenti, quando il ballo li avvicinò l'una all'altro, si abbandonò tra le braccia di ser Garlan.

«La lady mia moglie è molto preoccupata per te» lui le disse a bassa voce in uno di quei momenti.

«Lady Leonette è incredibilmente dolce. Dille che sto bene.»

«Nel giorno delle sue nozze, una sposa dovrebbe stare più che bene.» La voce di ser Garlan non era priva di calore. «E tu sembri sull'orlo delle lacrime.»

«Lacrime di gioia, cavaliere.»

«I tuoi occhi guidano la tua lingua alla menzogna.» Ser Garlan la fece volteggiare, attirandola poi al proprio fianco. «Mia signora, ho visto il modo in cui guardi mio fratello. Loras è valoroso e avvenente, e noi tutti lo amiamo profondamente... ma il tuo Folletto sarà un marito migliore. È un uomo più grande di quanto appaia.»

La musica li divise prima che Sansa potesse pensare a una qualsiasi replica. Venne il turno di ballare con lord Mace Tyrell, rosso in faccia e sudato, e quindi con lord Merryweather, e poi con il principe Tommen. «Anch'io voglio sposarmi» dichiarò il piccolo principe cicciottello, orgoglioso dei suoi nove anni. «Sono più alto di mio zio!»

«Certo che lo sei» lo rassicurò Sansa, prima che il suo compagno di danza cambiasse di nuovo. Ser Kevan Lannister le disse che era bellissima, Jalabhar Xho le sussurrò qualcosa nel suo linguaggio delle isole dell'Estate che lei non capì, lord Redwyne le augurò molti figli ben pasciuti e lunghi anni di serenità. E poi la danza la portò a faccia a faccia con Joffrey.

La mano del re toccò la sua e Sansa s'irrigidì. Joffrey serrò la presa, attirandola a sé. «Non dovresti fare quella faccia triste. Mio zio è un brutto storpio, ma tu avrai sempre me.»

«Tu sei destinato a sposare Margaery!»

«Un re può avere altre donne. Puttane. Mio padre ne ha avute, e anche uno degli Aegon ne ha avute. Il terzo dei Targaryen, o forse il quarto. Ha avuto un mucchio di puttane e un mucchio di figli bastardi.» Mentre volteggiavano al ritmo della musica, Joffrey le diede un bacio viscido. «Mio zio ti porterà nel mio letto tutte le volte che io glielo ordinerò.»

Sansa scosse la testa. «No, non farà questo.»

«Invece sì, o io avrò la sua testa. Quel re Aegon, lui ha avuto tutte le donne che voleva, sposate oppure no.»

Fortunatamente, venne di nuovo il momento di cambiare compagno di danza. Solo che le gambe di Sansa sembravano essere diventate di legno. Lord Rowan, ser Tallad e lo scudiero di Elinor quasi certamente pensarono che era una pessima ballerina. Alla fine, Sansa si ritrovò di nuovo tra le braccia di ser Garlan, e poi, ringraziando gli dèi, il ballo si concluse.

Ma il suo sollievo ebbe vita breve. «È ora di portarli a letto!» Sansa udì il grido di Joffrey nel momento stesso in cui cessò la musica. «Togliamole i vestiti di dosso! Vediamo un po' che cosa ha da offrire a mio zio questa lupacchiotta!» Ululando, altri uomini si associarono al grido.

Lentamente, il marito nano di Sansa sollevò lo sguardo dalla coppa di vino. «Nessuno porterà a letto nessuno.»

Joffrey afferrò Sansa per un braccio. «Se io do l'ordine tu obbedirai.»

«Provaci con la tua, di moglie... magari con un bel cazzone di legno.» Il Folletto conficcò la daga nel piano del tavolo, con tale forza che la lama continuò a essere percorsa da una rapida vibrazione. «Provaci con la mia, e io ti taglio i coglioni, bamboccio. Te lo giuro!»

Tutta la sala piombò in un silenzio esterrefatto. Sansa si ritrasse da Joffrey. Ma lui non mollò la presa. La manica del costoso vestito di nozze si lacerò. Nessuno ci fece caso. La regina Cersei si rivolse al padre. «Ma lo hai sentito?»

Lord Tywin si alzò dallo scranno. «Ritengo che possiamo evitare la consuetudine della portata a letto. E sono certo, Tyrion, che non era tua intenzione minacciare la persona del re.»

A Sansa non sfuggì la vampata di furore che attraversò i lineamenti distorti del suo nuovo marito.

«Ho sbagliato a parlare» disse Tyrion. «È stato uno scherzo di cattivo gusto, sire.»

«Tu hai minacciato di *castrarmi*!» La voce di Joffrey era stridula.

«È vero, maestà» rispose Tyrion. «Ma è stato solo a causa della mia invidia nei confronti della tua regale virilità. La mia è talmente piccola e monca.» La faccia del Folletto si contrasse in un sogghigno. «E se tu decidessi di farmi strappare la lingua, non mi resterebbe alcuno strumento per dare piacere alla dolce moglie che mi hai concesso.»

Una risata sfuggì dalle labbra di ser Osmund Kettleblack. Anche qualcun altro ridacchiò. Ma Joffrey non rise, e nemmeno lord Tywin. «Maestà» disse il signore di Castel Granito «mio figlio Tyrion è ubriaco, lo vedi tu stesso.»

«Sono ubriaco» ammise il Folletto «ma non al punto di non riuscire a portare a letto mia moglie da solo.» Saltò giù dalla piattaforma, afferrando rudemente Sansa. «Vieni, moglie, è ora di abbattere la tua grata di ferro. Voglio giocare a vieni-nel-mio-castello.»

Rossa in faccia, Sansa lasciò la sala piccola assieme a lui. "Che scelta mi resta?" L'andatura ondeggiante di Tyrion si accentuava quando lui camminava in fretta, come stava facendo in quel momento. Gli dèi furono misericordiosi: né Joffrey né alcun altro degli ospiti si mosse per seguirli.

Per la prima notte di nozze era stata messa a loro disposizione una luminosa stanza da letto nella Torre del Primo Cavaliere. Tyrion chiuse la porta con un calcio. «C'è una caraffa di ottima riserva oro di Arbor sul comodino, Sansa. Saresti così gentile da versarmene una coppa?»

«È una cosa saggia, mio signore?»

«Nessuna cosa potrà mai essere più saggia di questa. Vedi, non sono veramente ubriaco. Ma intendo diventarlo.»

Sansa riempì un calice per entrambi. "Sarà più facile se sono ubriaca anch'io." Sedette sul bordo del grande letto a baldacchino e scolò il vino in tre rapide sorsate. Era indubbiamente eccellente, ma lei era troppo nervosa per apprezzarne il sapore. Sentì la testa che cominciava a veleggiare.

«Vuoi che mi spogli, mio signore?»

«Tyrion.» Inclinò il capo da una parte. «Il mio nome, Sansa, è Tyrion.»

«Tyrion. Mio signore. Desideri che mi tolga l'abito, o preferisci essere tu a spogliarmi?» Sansa bevve un altro sorso di vino.

Il Folletto le voltò le spalle. «La prima volta che mi sono sposato fu di fronte a un septon ubriaco, con un branco di maiali a farmi da testimoni. Come banchetto di nozze, mia moglie e io ci siamo mangiati uno dei testimoni. Tysha mi ha imboccato di costolette e io le ho leccato via l'unto dalle dita, e poi siamo finiti a letto ridendo.»

«Tu sei già stato sposato? Io… io l'avevo dimenticato.»

«Non l'hai dimenticato. Semplicemente non lo hai mai saputo.»

«Chi era la tua prima moglie, mio signore?» A dispetto di tutto, Sansa era piena di curiosità.

«Lady Tysha.» La bocca di lui si contrasse. «Della Casa Pugno d'argento. Il loro emblema è una moneta d'oro e cento talleri d'argento su un lenzuolo insanguinato. Il nostro è stato un matrimonio molto corto… come è giusto che sia per un uomo molto corto, immagino.»

Sansa abbassò lo sguardo a fissarsi le mani, senza dire niente.

«Quanti anni hai, Sansa?» chiese Tyrion dopo qualche momento.

«Tredici. Al prossimo ciclo di luna.»

«Dèi, siate misericordiosi.» Il nano bevve un altro sorso di vino. «Bene, parlarne non ti renderà più adulta. Vogliamo procedere, mia signora? Se ti compiace?»

«Mi compiacerà compiacere il lord mio marito.»

Parole che parvero attizzare in lui la rabbia. «Ti nascondi dietro la cortesia come se fosse il muro di un castello.»

«La cortesia è l'armatura di una signora» replicò Sansa. La sua septa lo diceva sempre.

«Io sono tuo marito. Ora puoi togliertela, quell'armatura.»

«E i miei vestiti?»

«Anche quelli.» Le fece cenno con la coppa di vino. «Il lord mio padre mi ha ordinato di consumare questo matrimonio.»

Nel mettersi ad armeggiare con lacci e fibbie, le mani di Sansa tremavano. Le pareva di avere dieci pollici al posto delle dieci dita, e tutti quanti fratturati. Eppure, in qualche modo riuscì ad avere ragione di bottoni e stringhe. Il mantello, le gonne, il corpetto e la biancheria di seta finirono sul pavimento. Alla fine Sansa fu libera anche degli indumenti intimi. Aveva le braccia e le gambe irte di pelle d'oca. Tenne gli occhi rivolti a terra, troppo timida per guardare suo marito, ma quando finalmente ebbe finito di spogliarsi e alzò lo sguardo, vide che lui la stava osservando. C'era brama nel suo occhio verde, le parve, e furore in quello nero. Sansa non sapeva quale la terrorizzasse di più.

«Sei ancora una bambina» disse Tyrion.

Sansa si coprì i seni con le mani. «Ho avuto la mia prima florazione.»

«Una bambina» ripeté lui. «Ma io ti voglio. Questo ti spaventa, Sansa?»

«Sì.»

«Spaventa anche me. So di essere brutto...»

«No, mio...»

Tyrion si puntellò sul letto, alzandosi in piedi. «Non mentire, Sansa. Sono deforme, pieno di cicatrici e piccolo, ma...» Lei lo vide andare alla ricerca delle parole adatte. «... nel letto, dopo che le candele sono state spente, non sono fatto peggio degli altri uomini. E al buio, sono il cavaliere di Fiori.» Mandò giù altro vino. «Sono generoso. Sono leale verso chi è leale con me. Ho dimostrato di non essere un codardo. E sono più astuto di molti, e certo l'intelligenza conta qualcosa. Posso addirittura essere gentile. La gentilezza non è la maggior virtù di noi Lannister, temo, ma so che esiste, da qualche parte dentro di me. Io potrei... potrei andare bene per te.»

"Ha tanta paura quanta ne ho io" si rese conto Sansa. E questo, forse, avrebbe dovuto farla sentire meglio disposta verso di lui. Ma non fu così. Tutto quello che provava era compassione, e la compassione era la morte del desiderio. Tyrion la stava guardando, in attesa che lei dicesse qualcosa, ma tutte le sue parole si erano disseccate. Sansa riusciva solamente a rimanere immobile, tremante.

Alla fine, Tyrion Lannister si rese conto che non avrebbe ricevuto risposta. Scolò il vino fino all'ultima goccia. «Capisco» disse con amarezza. «Mettiti a letto, Sansa. Dobbiamo fare il nostro dovere.»

Sansa salì sul materasso di piume, conscia dello sguardo di lui. Una candela profumata di cera d'api era accesa sul tavolino da notte di fianco al letto, petali di rosa erano stati sparsi tra le lenzuola. Afferrò una coperta, fece per coprirsi. «No» lo udì esclamare.

Sansa tremava di freddo, ma obbedì. Con gli occhi chiusi, rimase in attesa. Dopo un momento, udì il rumore degli stivali che suo marito si toglieva, il fruscio dei suoi abiti che finivano a terra. Infine Tyrion balzò sul letto, le fece scivolare una mano sul seno. Sansa non riuscì a reprimere un sussulto. Giacque con gli occhi chiusi, tutti i muscoli contratti, paralizzata dalla paura di quanto stava per accadere. L'avrebbe toccata di nuovo? L'avrebbe baciata? E lei, avrebbe forse dovuto allargare le gambe? Non aveva idea di che cosa Tyrion si aspettasse da lei.

«Sansa.» La mano di Tyrion si era allontanata. «Apri gli occhi.»

Sansa aveva promesso di obbedire, così aprì gli occhi. Il Folletto era seduto vicino ai suoi piedi, nudo. All'innesto delle gambe, la sua virilità, rigida, eretta, emergeva da un cespuglio di ispida peluria bionda. Ma era l'unica cosa di lui a essere eretta.

«Mia signora» disse Tyrion. «Sei bellissima, non fraintendermi, ma... non posso farlo. Che mio padre sia dannato. Aspetteremo. Un ciclo di luna, un anno, una stagione, tutto il tempo che ci vorrà. Aspetteremo fino a quando mi avrai conosciuto meglio, forse fino a quando ti fiderai di più di me.» Il suo sorriso avrebbe voluto essere rassicurante. Ma, senza naso, rese la sua faccia ancora più grottesca e sinistra.

"Guardalo" si disse Sansa. "Guarda tuo marito, guarda ogni parte di lui. Septa Mordane diceva che tutti gli uomini sono belli. Trova la bellezza in lui, provaci." Osservò le sue tozze gambe deformi, l'arcata sopracciliare marcata, brutale, l'occhio verde e quello nero, il crudo naso mozzato, la storta cicatrice rosacea, l'ispido groviglio di peli biondi e neri che era la sua barba. Perfino la sua virilità era brutta, spessa e venosa, con un bulboso terminale purpureo. "No, non è giusto, non è possibile, quale peccato ho commesso perché gli dèi mi debbano fare questo?"

«Sul mio onore di Lannister» disse il Folletto. «Io non ti toccherò fino a quando tu non vorrai che lo faccia.»

Ci volle tutto il coraggio che era in lei per guardarlo in quei suoi occhi asimmetrici. E per dire: «E se io non volessi mai, mio signore?».

«Mai?» La bocca di Tyrion si contorse come se fosse stato schiaffeggiato in piena faccia.

Sansa riuscì a stento ad annuire tanto il suo collo era rigido.

«Ecco perché...» Tyrion Lannister annuì. «Ecco perché gli dèi hanno creato le puttane: per piccoli mostri come me.»

Serrò a pugno le dita corte, tozze, e scese dal letto.

ARYA

Tempio di Pietra era la città più grande che Arya avesse mai visto da quando aveva lasciato Approdo del Re. Ed era stato in quel luogo, le disse Harwin, che Eddard Stark, il lord suo padre, aveva vinto una celebre battaglia.

«Gli uomini del re Folle davano la caccia a Robert, cercando di catturarlo prima che potesse ricongiungersi con tuo padre» le spiegò mentre cavalcavano verso i portali. «Robert era rimasto ferito, e alcuni suoi amici lo stavano curando quando lord Connington, Primo Cavaliere di Aerys, invase Tempio di Pietra con forze numerose e iniziò una ricerca casa per casa. Ma prima che potessero trovarlo, lord Eddard e tuo nonno lord Hoster calarono sulla città e diedero l'assalto alle mura. Per respingerli, lord Connington combatté duramente. Lottarono nelle strade e nei vicoli, addirittura sui tetti, e tutti i septon suonarono le loro campane in modo che il popolino capisse di chiudere le porte delle case. Quando le campane si misero a suonare, Robert uscì dal suo nascondiglio per unirsi alla battaglia. Uccise sei uomini quel giorno, dicono. Uno era Myles Mooton, un famoso cavaliere che era stato scudiero del principe Rhaegar. Robert avrebbe ucciso anche il Primo Cavaliere, ma le sorti del combattimento non li portarono mai faccia a faccia. Connington però ferì seriamente tuo nonno Tully, e uccise ser Denys Arryn, il prediletto della Valle. Ma quando si rese conto che la battaglia era perduta, si diede alla fuga più veloce dei grifoni dipinti sul suo scudo. La battaglia delle Campane, così la chiamarono in seguito. E Robert ha sempre detto che era stato tuo padre a vincerla, non lui.»

Ma erano state combattute anche battaglie più recenti, pensò Arya osservando il posto. Le porte della città erano fatte di legno grezzo, tagliato di fresco. Assi annerite dal fuoco ammucchiate all'esterno delle mura chiarivano che fine avessero fatto le porte precedenti.

Tempio di Pietra era sbarrato, ma quando il capitano del corpo di guardia riconobbe chi stava arrivando, aprì per loro la porta secondaria. «Come state a cibo?» chiese Tom Settecorde quando entrarono.

«Non poi così male. Il Cacciatore Pazzo ha portato un branco di pecore, e c'è stato del commercio tra una sponda e l'altra delle Acque Nere. A sud del fiume, il raccolto non è bruciato. È certo però che tanti vogliono quello che abbiamo noi. Un giorno i lupi del Nord, un altro giorno i Guitti Sanguinari. E quelli che non cercano cibo, fanno razzie o stupri. E quelli che non hanno fame d'oro o di baldracche cercano il dannato Sterminatore di re. Voci dicono che è sgusciato via tra le dita di lord Edmure Tully.»

«*Lord* Edmure Tully?» Lem Mantello di limone aggrottò la fronte. «Allora lord Hoster è morto?»

«Morto o morente. Pensi che i Lannister stanno tornando verso le Acque Nere? È la via più rapida per arrivare ad Approdo del Re, dice il Cacciatore.» Il capitano non aspettò risposta. «Ha sguinzagliato i suoi cani ad annusare un po' in giro. Se ser Jaime è da queste parti, lo troveranno. Quei cani, io li ho visti sbranare degli orsi. Pensi che a loro piaccia il gusto del sangue del leone?»

«Un cadavere mezzo divorato non serve a nessuno» disse Lem. «E il Cacciatore Pazzo questo lo sa fottutamente bene.»

«Quando sono venuti gli uomini dell'Ovest, al Cacciatore hanno stuprato la moglie e la sorella, hanno dato fuoco ai suoi campi, si sono mangiati metà delle sue pecore e gli hanno ammazzata l'altra metà per spregio. Hanno anche ammazzato sei cani, buttando le carcasse dentro il pozzo. A lui un cadavere mezzo divorato gli sta più che bene, te lo dico io. E sta più che bene anche a me.»

«Meglio che non lo uccide, un Lannister» insistette Lem. «Io ti dico solo questo. Meglio che non lo uccide, e tu sei un dannato idiota.»

Arya cavalcò tra Harwin e Anguy l'Arciere mentre i fuorilegge s'inoltravano nelle strade dove un tempo suo padre aveva combattuto. Vide il tempio in cima alla collina e, più un basso, un compatto, robusto maniero di pietra grigia che appariva decisamente troppo piccolo per quella città così grande. Ma una casa su tre era ridotta a un guscio sventrato, carbonizzato e le strade erano deserte.

«Sono tutti morti gli abitanti?»

«Hanno paura, ecco tutto.» Anguy indicò due arcieri su un tetto, e alcuni ragazzi dalle facce annerite accucciati tra le rovine di un'osteria. Più avanti, un fornaio spalancò le imposte di una finestra e gridò qualcosa a Lem. Il suono della sua voce portò altra gente a uscire dai loro nascondigli. Lentamente, tutto attorno a loro, Tempio di Pietra parve tornare alla vita.

Nella piazza del mercato, al centro della città, c'era una fontana a forma di trota a mezz'aria che gettava acqua in una bassa vasca, dove le donne riempivano secchi e caraffe. A pochi passi di distanza, una dozzina di gabbie di ferro erano appese a scricchiolanti pali di legno. "Gabbie per corvi" riconobbe Arya. Ma i corvi stavano soprattutto fuori dalle gabbie, abbeverandosi alla fontana o appollaiati sulle sbarre. Perché dentro le gabbie c'erano uomini.

Lem trattenne le briglie. «E questo?» ringhiò. «Che cosa sarebbe?»

«Giustizia» rispose una delle donne alla fontana.

«Vale a dire che siete a corto di corda di canapa?»

«Lo avete fatto per decreto di ser Wilbert?» chiese Tom.

«Lo hanno ammazzato i leoni, ser Wilbert» ribatté un uomo con una risata tetra. «Più di un anno fa. Tutti i suoi figli sono andati con il Giovane lupo, a ingrassare all'Ovest. Credi che a loro gliene frega qualcosa di gente come noi? È stato il Cacciatore Pazzo che ha preso questi lupi qua.»

"Lupi." Arya sentì un brivido di freddo. "Uomini di Robb... e di mio padre." Si sentì spinta verso le gabbie. Lo spazio tra le sbarre era così angusto che i prigionieri non potevano né stare seduti né voltarsi. Rimanevano là in piedi, completamente nudi, esposti al sole, al vento, alla pioggia. Le prime tre gabbie contenevano tre cadaveri. I corvi avevano beccato via gli occhi, eppure le cavità orbitali svuotate parevano seguirla a ogni passo. Quando Arya passò davanti alla quarta gabbia, l'uomo all'interno si mosse debolmente. La barba spelacchiata attorno alla bocca era incrostata di sangue, coperta di mosche.

«*Acqua...*» Fu poco più di un gorgoglio. Le mosche volarono via dalle sue labbra, continuando a ronzargli attorno alla testa. «Acqua... ti prego...»

Udendo quelle parole, l'uomo nella gabbia successiva aprì gli occhi. «Qui» disse. «Qui. Da me.» Era un vecchio, la barba grigia, la pelle del cranio ormai calvo chiazzata dal marrone dell'età.

Oltre il vecchio, nella sesta gabbia, c'era un altro cadavere, un uomo grande e grosso dalla barba rossa, con una benda grigia putrescente che gli fasciava l'orecchio sinistro e parte della tempia. Ma la cosa peggiore si trovava in mezzo alle sue gambe: non rimaneva niente, solo una voragine marrone coperta di croste, brulicante di vermi. Più oltre ancora, c'era un uomo grasso. La gabbia per corvi era talmente stretta che sembrava impossibile fossero riusciti a cacciarlo dentro. Il ferro gli scavava dolorosamente il ventre, spingendo rigonfiamenti di carne nei vuoti tra le sbarre. Lunghi giorni sotto il sole lo avevano scottato brutalmente, facendo assumere alla sua pelle, dalla testa ai piedi, un colore rosso scuro.

Quando spostò il peso, la gabbia ondeggiò cigolando. Arya notò strisce di epidermide pallida là dove le sbarre avevano bloccato i raggi solari. «Agli ordini di chi eravate?» chiese.

Al suono della sua voce, l'uomo grasso aprì gli occhi. La pelle attorno a essi era arrossata al punto di farli sembrare uova bollite galleggianti in un piatto pieno di sangue. «Acqua... un sorso...»

«Di chi?» ripeté lei.

«Non far caso a loro, ragazzino» le disse uno degli abitanti. «Non è cosa che ti riguardi. Va' per la tua strada.»

«Che cos'hanno fatto?» chiese Arya.

«A Cascata di Roccia hanno passato otto persone a fil di spada» rispose l'uomo. «Volevano lo Sterminatore di re, ma lui là non c'era, così hanno stuprato e ammazzato.» Con un secco cenno del pollice indicò il cadavere evirato. «È quello che ha fatto gli stupri. Adesso muoviti.»

«Un sorso» implorò il prigioniero grasso. «Abbi pietà, ragazzo, un sorso.»

Il vecchio sollevò un braccio, afferrandosi alle sbarre. Quel movimento fece ondeggiare violentemente la gabbia.

«Acqua» implorò di nuovo quello con la barba coperta di mosche.

Arya osservò i loro capelli luridi, le barbe malconce, gli occhi arrossati. Osservò le loro labbra aride, fessurate, sanguinanti. "Lupi" pensò di nuovo. "Come me." Era davvero questo il suo branco? "Com'è possibile che siano uomini di Robb?" Voleva colpirli. Voleva far loro del male. Voleva piangere. Tutti sembravano fissarla, i vivi e anche i morti. Il vecchio era riuscito a spingere tre dita tra le sbarre. «Acqua» ripeté. «Acqua.»

Arya con un volteggio scese da cavallo. "Non possono farmi alcun male. Stanno morendo." Staccò la tazza dalla coperta arrotolata legata alla sella e andò alla fontana.

«Cosa credi di fare, ragazzino?» sbraitò l'uomo che le aveva parlato prima. «Non ti riguardano questi qua.»

Arya lo ignorò. Sollevò la tazza alla bocca del pesce di pietra. L'acqua le scivolò tra le dita, ruscellandole dentro la manica, ma lei non si mosse fino a quando la tazza non traboccò. Nel momento in cui tornò a voltarsi verso le gabbie, l'uomo venne a sbarrarle la strada.

«Stai lontano da loro, ragazzo.»

«È una ragazza» disse Harwin. «E tu la lascerai stare.»

«*Aye*» concordò Lem. «Lord Beric non mette uomini in gabbia a morire di sete. Perché non li impiccate in modo decente?»

«Non c'è niente di decente in quello che hanno fatto a Cascata di Roccia» ringhiò l'uomo in risposta.

Le sbarre erano troppo ravvicinate perché la tazza potesse passare tra esse, ma Harwin e Gendry furono d'aiuto. Arya mise un piede sulle mani di Harwin tenute a coppa, si issò sulle spalle di Gendry e afferrò le sbarre sulla sommità della gabbia. L'uomo grasso si contorse, premendo la guancia contro il ferro. Arya versò l'acqua su di lui. L'uomo la succhiò avidamente mentre il prezioso liquido gli scorreva dalla testa, sulle guance e sulle mani, leccando anche l'umido dalle sbarre. Avrebbe leccato anche le dita di Arya, ma lei le ritrasse di scatto. Nel tempo che impiegò a dare da bere anche agli altri due, si era raccolta una folla.

«Il Cacciatore Pazzo lo verrà a sapere» minacciò qualcuno. «E non gli piacerà. Non gli piacerà, no.»

«C'è un'altra cosa che gli piacerà ancora meno.»

Anguy l'Arciere impugnò l'arco lungo, tolse una freccia dalla faretra, incoccò, tese, lanciò. L'uomo grasso ebbe un sussulto nel momento in cui l'asta attraversò da parte a parte tutti i suoi svariati menti. La costrizione della gabbia gli impedì di crollare. Le due frecce successive posero fine all'agonia degli altri due uomini del Nord. Gli unici suoni rimasti nella piazza del mercato di Tempio di Pietra furono il fruscio dell'acqua della fontana e il ronzare delle mosche.

"*Valar morghulis*" fu l'unico pensiero di Arya. "Tutti gli uomini devono morire."

Sul lato orientale della piazza del mercato c'era una locanda modesta, le pareti imbiancate, le finestre rotte. Metà del tetto era bruciata di recente, ma lo squarcio era stato rattoppato. Sull'ingresso, appesa a due corti tratti di catena, c'era un'insegna a forma di pesca morsicata. Smontarono di fronte alle stalle adiacenti e Barbaverde chiamò a gran voce gli stallieri.

Nel vedere i fuorilegge, la prosperosa locandiera dai capelli rossi si mise a ululare di gioia, e altrettanto prontamente si mise a prenderli in giro. «Guarda un po': Barbaverde, giusto? O forse dovrei dire Barbagrigia? Madre, abbi misericordia: ma quand'è che sei diventato così vecchio? Lem, sei proprio tu? Sempre con addosso quel mantello da straccione, a quanto vedo. E io so perché non lo lavi mai. Hai paura che il piscio coli via e si scopra che in realtà sei un cavaliere della Guardia reale! Tom Sette, vecchio caprone randagio! Sei venuto a vedere quel tuo figliolo? Be', sei arrivato tardi. Se n'è andato assieme a quel maledetto Cacciatore Pazzo. E non dirmi che non è tuo figlio!»

«Non ha la mia voce» protestò debolmente Tom.

«In compenso ha il tuo naso. *Aye*, e anche altre parti, a sentire le chiacchiere delle ragazze.» Notò Gendry e si avvicinò a dargli un pizzicotto sulla guancia. «E guarda un po' questo bel manzo. Aspetta che Alyce veda queste braccia. Oh, e arrossisce anche come una fanciulla. Bene, Alyce ti mette a posto, ragazzo, vedrai.»

Arya non aveva mai visto Gendry diventare così rosso.

«Tansy, lascia in pace il Toro, è un bravo ragazzo» disse Tom Settecorde. «Tutto quello che vogliamo da te sono dei letti sicuri per una notte.»

«Cantastorie, parla per te.» Anguy circondò con un braccio la vita di una servetta che passava, una ragazza lentigginosa come lui.

«Letti ne abbiamo» replicò Tansy dai capelli rossi. «Non c'è mai scarsità di letti qua alla Pesca. Ma prima tutti quanti entrate in una tinozza. L'ultima volta che siete passati sotto il mio tetto, mi avete lasciato le pulci.» Piantò il dito indice nel petto di Barbaverde. «E le tue erano pure verdi. Volete mangiare?»

«Se hai qualcosa, non diciamo certo di no» concesse Tom.

«E quando mai hai detto no a qualcosa, Tom?» berciò la locandiera. «Per i tuoi amici, farò un po' di montone arrosto. A te invece darò un vecchio ratto rinsecchito, che è più di quello che ti meriti. Ma se mi gorgheggi una o due canzoncine magari diventerò più arrendevole. Ho sempre compassione per gli afflitti. Forza, forza. Cass, Lanna, mettete i pentoloni a bollire. Jyzene, aiutami a togliergli i vestiti: facciamo bollire anche quelli.»

Minacce che Tansy tramutò in realtà. Arya cercò di dirle che a Sala delle Ghiande lei il bagno lo aveva fatto ben *due* volte, e questo nemmeno una settimana prima, ma la locandiera dai capelli rossi non volle sentire ragioni. Due delle serve la trasportarono di peso al piano di sopra, discutendo se fosse un ragazzo o una ragazza. Ebbe ragione quella chiamata Helly, per cui fu l'altra ad andare a prendere l'acqua bollente e a strigliare Arya con una brusca dalle setole dure che per poco non le tolse la pelle dalla schiena. Dopo di che, le rubarono tutti i vestiti che lady Smallwood le aveva dato e la ricoprirono di lino e pizzi, come una di quelle bambole con cui giocava sua sorella Sansa. Ma per lo meno, una volta che le due serve ebbero finito, Arya poté sedersi a mangiare qualcosa.

Seduta nella sala comune con indosso quegli stupidi vestiti da signorinetta, Arya ricordò quello che le aveva insegnato Syrio Forel: il trucco di guardare con gli occhi e di vedere quello che c'era. E nel guardare con gli occhi, Arya si rese conto che in quella locanda circolavano molte, molte più servette del necessario, la maggior parte delle quali erano giovani e attraenti. E con il calar del sole, nella Pesca turbinò un fenomenale andirivieni di uomini. Uomini che non rimasero troppo a lungo nella sala comune, nemmeno quando Tom tirò fuori la sua arpa di legno e si mise a intonare *Sei vergini alla fonte*. I gradini di legno erano vecchi e ripidi, e scricchiolavano ogni volta che uno degli uomini portava una ragazza al piano di sopra.

«Credo che questo sia un bordello» bisbigliò Arya a Gendry.

«Tu neanche sai che cos'è un bordello.»

«Sì che lo so» insistette lei. «È come una locanda, solo che ci sono le ragazze.»

Gendry stava arrossendo di nuovo. «E allora che ci fai qua, eh?» insorse. «Un bordello non è posto per nessuna stramaledetta ragazza di lignaggio, lo sanno tutti.»

«E chi è la ragazza di lignaggio?» chiese una delle servette sedendosi accanto a Gendry. «Questa qui così magrolina?» Guardò Arya e rise. «E poi anch'io sono figlia di un re.»

Arya capiva bene quando qualcuno la prendeva in giro. «No che non lo sei.»

«Be', potrei esserlo, invece.» La ragazza scrollò la testa, una delle spalline scivolò giù, scoprendo la sua pelle liscia. «Dicono che quando era nascosto qui, prima della battaglia delle Campane, re Robert si è scopato mia madre. Non che non si sia scopato anche le altre ragazze, ma Leslyn dice che è mia madre quella che gli piaceva più di tutte.»

In effetti, quella ragazza aveva proprio i capelli del vecchio re, una massa folta, nera come il carbone. "Questo non significa niente, però. Anche Gendry ha gli stessi capelli. Un sacco di gente ha i capelli neri."

«Il mio nome è Bella» disse la ragazza a Gendry. «Pronta alla battaglia. E mi sa che potrei suonare anche la *tua*, di campana. Ti va?»

«No» fece lui ruvidamente.

«Invece io credo di sì.» Gli fece scivolare una mano lungo il braccio muscoloso. «Per gli amici di Thoros e del lord della Folgore è gratis.»

«*No*, ho detto.» Gendry si alzò di colpo, si allontanò dal tavolo e uscì nella notte.

Bella si girò verso Arya. «Cos'è, non gli piacciono le ragazze?»

«È stupido e basta.» Arya scrollò le spalle. «A lui piace lucidare elmi e picchiare martellate sulle spade.»

«Oh.» Bella rimise a posto la spallina scivolata giù e si spostò a chiacchierare con Jack Fortunello. Non ci volle molto perché gli finisse seduta sulle ginocchia, ridacchiando e bevendo vino dalla sua coppa. Di ragazze, Barbaverde ne aveva due, una su ciascun ginocchio. Anguy era scomparso assieme alla servetta dalla faccia lentigginosa, e anche Lem si era dileguato. Tom Settecorde era seduto vicino al fuoco, intento a cantare *Le fanciulle che fioriscono di primavera*. Arya sorseggiò la coppa di vino allungato con l'acqua che la locandiera dai capelli rossi le aveva offerto, rimanendo ad ascoltare. Dall'altra parte della piazza, gli uomini morti stavano putrefacendosi nelle gabbie da corvi, ma all'interno della locanda della Pesca erano tutti quanti allegri. Ad Arya però sembrava che alcuni degli uomini stessero ridendo un po' troppo forte.

Sarebbe stato il momento adatto per uscire di soppiatto e rubare un cavallo, ma Arya proprio non vedeva in che modo questo potesse aiutarla. Sarebbe riuscita ad arrivare solamente fino alle porte della città. "Quel capitano non mi lascerebbe mai passare. E se anche lo facesse, Harwin mi correrebbe dietro, o se non lui quel Cacciatore Pazzo con i suoi cani." Quanto avrebbe voluto avere ancora con sé la sua mappa, in modo da vedere quanto distava Tempo di Pietra da Delta delle Acque.

Quando ebbe svuotato la sua coppa, Arya si ritrovò a sbadigliare. Gendry non era rientrato. Tom Settecorde stava cantando *Due cuori che battono come uno solo*, baciando una ragazza diversa alla fine di ogni strofa. Nell'angolo vicino alla finestra, Harwin e Lem parlavano a bassa voce con Tansy, la locandiera dai capelli rossi.

«... passato la notte nella cella di Jaime» Arya sentì dire la donna. «Lei e anche quell'altra, quella che ha sgozzato Renly. Tutti e tre assieme, e al mattino lady Catelyn lo ha liberato... per amore» concluse la locandiera con una risatina gutturale.

"Non è vero!" Arya non riusciva a crederci. "Non lo avrebbe mai fatto!" Si sentiva triste, infuriata e sola.

Un vecchio venne a sedersi accanto a lei. «Bene, bene, ma guarda che graziosa piccola pesca c'è qui.» Il suo alito era fetido quasi quanto quello dei cadaveri nelle gabbie, i suoi occhi porcini strisciavano su di lei da tutte le parti. «E ce l'ha un nome, la mia dolce piccola pesca?»

Per un istante, Arya dimenticò chi faceva credere di essere. Non era la piccola pesca di nessuno, ma neppure poteva essere Arya Stark, non lì, con un vecchio ubriacone puzzolente che non aveva mai visto. «Io sono...»

«È mia sorella.» Gendry piazzò una mano a tenaglia sulla spalla del vecchio e diede una stretta. «E tu la lasci in pace.»

L'uomo si girò, pronto alla rissa, ma quando vide la stazza di Gendry ci ripensò. «Tua sorella, eh? E allora che razza di fratello sei? Io mia sorella non ce la porterei mai in un posto come la Pesca, proprio no.» Si alzò dalla panca e se ne andò mugugnando, alla ricerca di un'altra piccola pesca.

«Perché hai detto così?» Anche Arya balzò in piedi. «Non sono tua sorella.»

«Difatti» rispose lui con rabbia. «Sono troppo fottutamente plebeo per essere all'altezza della mia lady, vero?»

Il furore che trapelava dalla sua voce colse Arya alla sprovvista. «Non è questo che intendevo.»

«Sì, invece.» Gendry si lasciò cadere sulla panca, rigirando una coppa di vino tra le dita. «Va' via. Voglio bere in pace il mio vino. E dopo magari vado a cercare quella ragazza dai capelli neri, e suono la sua campana.»

«Ma...»

«Ho detto *va' via*. Milady.»

Arya si voltò di scatto e lo piantò lì. "Uno stupido bastardo dalla testa di toro, ecco cosa sei." Che suonasse pure tutte le campane che voleva, non poteva importarle di meno.

La stanza che Tansy aveva assegnato ai fuorilegge si trovava in cima alle scale, sotto le travature del tetto. Forse alla Pesca non c'era davvero scarsità di letti, ma quelli come loro ne avevano uno soltanto. Era un letto *grande*, però. Riempiva l'intera stanza, più o meno, e il materasso imbottito di paglia fresca sembrava vasto abbastanza da ospitare tutto il gruppo. In quel momento, comunque, Arya lo aveva interamente per sé. I suoi veri vestiti erano appesi a un chiodo nel muro, tra la roba di Gendry e quella di Lem. Arya si tolse il lino e i merletti, si sfilò la tunica dalla testa, salì sul letto e s'infilò sotto le coperte.

«Regina Cersei» sussurrò contro il cuscino. «Re Joffrey, ser Ilyn, ser Meryn. Dunsen, Raff e Polliver. Messer Sottile, il Mastino, ser Gregor la Montagna che cavalca.»

I nomi dell'odio. A volte, le piaceva pronunciarli cambiandone l'ordine. La aiutava a ricordare chi erano e che cosa avevano fatto. "Forse alcuni di loro sono morti" pensò. "Forse sono dentro gabbie di ferro, appesi da qualche parte, con i corvi che strappano loro gli occhi."

Scivolò nel sonno non appena chiuse gli occhi.

Sognò i lupi. Si aggiravano nelle tenebre di un'umida foresta, gli odori della pioggia, della decomposizione e del sangue rendevano densa l'aria. Ma, nel sogno, erano odori buoni e Arya sapeva di non avere nulla da temere. Lei stessa era forte, rapida e feroce, e tutto attorno a lei c'era il suo branco, i suoi fratelli e le sue sorelle. Assieme, trascinarono a terra un cavallo terrorizzato, gli squarciarono la gola, banchettarono con le sue carni. E quando la luna si aprì un varco tra le nubi, lei sollevò le fauci al cielo e *ululò*...

... ma quando la luce del giorno tornò, fu il latrare dei cani a svegliarla.

Sbadigliando, Arya si mise seduta. Alla sua sinistra, Gendry cominciava a stiracchiarsi. Alla sua destra, Lem Mantello di limone russava sonoramente. Ma era l'abbaiare proveniente dall'esterno a dominare tutti i rumori. "Devono esserci almeno cinquanta cani là fuori." Arya emerse da sotto le coperte, saltellò oltre Lem, oltre Tom, oltre Jack Fortunello e raggiunse la finestra.

Quando spalancò le imposte, vento, pioggia e freddo dilagarono tutti assieme. Era una giornata grigia, il cielo coperto. In basso, nella piazza, i cani abbaiavano, correndo in cerchio, ringhiando, latrando. Un intero branco, grandi mastini neri, snelli levrieri da caccia, cani da pastore bianchi e neri e altre razze che Arya non conosceva, bestie dal pelo arruffato, dalle lunghe zanne giallastre. Tra la locanda e la fontana, una dozzina di guerrieri a cavallo osservava gli abitanti della città aprire la gabbia che ancora conteneva il corpo dell'uomo grasso. Strattonarono un braccio inerte e flaccido fino a quando il cadavere rigonfio stramazzò nel fango. I cani si avventarono in un attimo, strappando brandelli di carne dalle ossa.

Arya udì la risata di uno dei guerrieri. «Ecco qua il tuo nuovo castello, fottuto bastardo d'un Lannister» disse. «Un po' strettino per uno come te, ma riusciremo a farti entrare, non temere.» Accanto a lui c'era un prigioniero dall'aria torva, i polsi legati da giri di fune di canapa. Gli abitanti gli gettavano sterco addosso, ma lui non batteva ciglio. «Marcirai in quelle gabbie» gli stava urlando il suo carnefice. «I corvi ti beccheranno gli occhi mentre noi ci godiamo il tuo oro di Lannister! E dopo che i corvi avranno finito, rimanderemo quello che resta al tuo fottuto fratello. Anche se dubito che ti riconoscerà.»

Le urla avevano svegliato metà degli avventori della Pesca. Gendry si sporse alla finestra, infilandosi a fianco di Arya. Tom si affacciò dietro di loro, nudo come il giorno in cui era venuto al mondo.

«E che è tutto questo baccano?» si lagnò Lem, ancora a letto. «Qui c'è qualcuno che sta cercando di dormire.»

«Dov'è Barbaverde?» gli chiese Tom.

«A letto con Tansy» disse Lem. «Perché?»

«Meglio che vai a svegliarlo. E anche l'Arciere. Il Cacciatore Pazzo è tornato, con un altro uomo per le gabbie.»

«Lannister» disse Arya. «Ho sentito che diceva *Lannister*.»

«Hanno preso lo Sterminatore di re?» volle sapere Gendry.

Giù nella piazza, una pietra colpì il prigioniero su una guancia e l'impatto gli fece voltare la faccia. "Non è lo Sterminatore di re" pensò Arya vedendolo in viso. Gli dèi avevano ascoltato le sue preghiere, dopotutto.

JON

Spettro se n'era andato da molto tempo quando i bruti condussero i loro cavalli fuori dalla caverna. "Avrà capito del Castello Nero?" Jon inspirò a fondo l'aria gelida del mattino e si concesse di sperare. Il cielo a oriente era rosato in prossimità dell'orizzonte, grigio pallido più in alto. La Spada dell'alba continuava a brillare verso sud, la vivida stella bianca che costituisce l'elsa della costellazione era simile a un diamante contro il cielo del primissimo mattino. Di nuovo, le tinte nere e plumbee della foresta stavano virando al verde e all'oro, al rosso e al castano. E al di sopra degli alberi-sentinella, delle querce, dei frassini torreggiava la Barriera, ghiaccio livido e scintillante sotto le chiazze di polvere e di terriccio che ne violavano la superficie.

Il maknar di Thenn mandò una dozzina di uomini a ovest e un'altra dozzina a est. Avevano l'ordine di salire sulle colline, in modo da avvistare qualsiasi traccia di ranger dei Guardiani della notte in movimento nei boschi o di cavalieri in pattuglia sulla sommità del ghiaccio. I Thenn erano muniti di corni da guerra con ali di bronzo, pronti a lanciare l'allerta sulla presenza della confraternita in nero. Gli altri bruti s'incolonnarono sulla scia di Jarl. Con loro c'erano Jon e Ygritte. Per il giovane predone sarebbe stata l'ora della gloria.

Si diceva spesso che la Barriera si innalzava fino a un'altezza di settecento piedi, ma Jarl aveva individuato punti in cui era sia più alta sia più bassa. Di fronte a loro, il ghiaccio saliva dagli alberi pressoché in verticale, simile a una sorta d'immane muraglia. Lungo l'orlo dell'abisso, a ottocento, se non novecento piedi sopra di loro si protendevano fortificazioni erose dagli elementi. Ma quell'apparenza rettilinea era ingannevole, si rese conto Jon mentre si avvicinavano. Dovunque era stato possibile lungo le alture, Brandon il Costruttore, il leggendario capostipite degli Stark, aveva collocato giganteschi blocchi di fondazione. E qui le colline erano selvagge, ostili.

Una volta, Jon aveva udito suo zio Benjen dire che la Barriera a est del Castello Nero era una spada, mentre a ovest era un serpente. Era vero. Nel superare un'enorme collina a forma di scudo, il ghiaccio si infossava in una valle, tornava a scalare il margine di una lunga cordigliera di granito, affilato come una lama di coltello, percorreva per più di una lega una cresta frastagliata, s'infossava nuovamente in una valle ancora più ripida e infine saliva addirittura più in alto, saltando da una collina all'altra a perdita d'occhio, svanendo oltre le montagne a occidente.

Il settore che Jarl aveva scelto per l'assalto era la parete di ghiaccio aggrappata alla cordigliera di granito. In quel punto, la sommità della Barriera incombeva a oltre ottocento piedi di altezza, questo era vero, ma per un buon terzo era fatta di terra e di pietra, non di ghiaccio. Il pendio era troppo ripido per i cavalli, difficile da scalare quasi quanto il Pugno dei Primi Uomini, ma comunque più agevole della cruda parete congelata della Barriera stessa. E il granito era anche coperto da una folta foresta, così da fornire un ottimo riparo. Un tempo i confratelli in nero uscivano ogni giorno muniti di asce, tenendo a distanza l'accerchiamento degli alberi. Ma quel tempo era finito da un pezzo e qui la foresta cresceva ormai fino al limite del ghiaccio.

La giornata si annunciava umida e fredda. Sotto la Barriera, sotto le sue tonnellate di ghiaccio, era ancora più umido e freddo. Quanto più loro si avvicinavano, tanto più i Thenn si tenevano indietro. "Non hanno mai visto la Barriera, nemmeno il maknar" capì Jon. "La Barriera mette loro paura." Nei Sette Regni si diceva che la Barriera era il confine estremo del mondo. "Questo vale anche per loro." Dipendeva tutto da quale parte la si guardava.

"E io? Da quale parte sto, io?" Jon non aveva risposta. Per restare assieme a Ygritte avrebbe dovuto diventare anche lui un vero bruto, anima e corpo. Se l'avesse abbandonata per ritornare al suo dovere di Guardiano della notte, forse il maknar le avrebbe strappato il cuore dal petto. Se invece Jon l'avesse portata con sé... ammesso che lei avesse accettato di seguirlo, il che non era affatto certo... bene, era semplicemente impossibile che potesse farla vivere al Castello Nero assieme agli altri confratelli. Non esisteva luogo nei Sette Regni in cui un Guardiano della notte disertore e una donna dei bruti sarebbero stati i benvenuti. "Potremmo andare alla ricerca dei figli di Gendel, credo. Per quanto, invece di accoglierci, è molto più probabile che ci divorerebbero."

La Barriera non intimoriva affatto i guerrieri di Jarl, vide Jon. "È qualcosa che hanno già fatto, ognuno di loro lo ha già fatto." Quando smontarono di sella ai piedi della cordigliera, Jarl chiamò alcuni nomi. Undici guerrieri si raccolsero attorno a lui. Erano tutti giovani. Il più anziano non poteva avere più di venticinque anni e, dei dieci rimanenti, due erano anche più giovani di Jon. Erano tutti asciutti e muscolosi. Le loro membra comunicavano una forza intrinseca che gli fece tornare in mente Stonesnake, il confratello che Qhorin il Monco aveva mandato a piedi attraverso gli Artigli del Gelo, quando il lord delle Ossa stava dando la caccia alla pattuglia.

I bruti si prepararono all'ombra della Barriera. Sistemarono grosse matasse di fune di canapa di traverso su una spalla e attorno al torace, allacciando scarponi di morbida pelle di cerbiatto dalla strana forma. Scarponi dalle cui punte si protendevano rostri di metallo: di ferro per Jarl e altri due, di bronzo per altri, di osso tagliente per il resto della squadra. Portavano una piccola mazza dalla testa di pietra appesa a un'anca, una sacca di cuoio piena di pioli agganciata all'altra. Le loro asce da ghiaccio erano ricavate da corna di cervo, munite di punte rinforzate in ferro, con impugnature di legno multiple legate da strisce di cuoio. Gli undici scalatori si suddivisero in squadre di quattro, Jarl era il dodicesimo uomo.

«Mance ha promesso una spada a ogni uomo della squadra che arriverà in cima per prima» disse loro, il fiato che si condensava nell'aria fredda. «Spade del sud, acciaio forgiato nei castelli. Che cosa un uomo libero potrebbe chiedere di più? Su! E che gli Estranei si portino alla dannazione gli ultimi!»

"Che gli Estranei si portino alla dannazione tutti voi" pensò Jon mentre li guardava salire il pendio e scomparire tra gli alberi. Non sarebbe stata la prima volta che dei bruti scalavano la Barriera, e nemmeno la centesima. Le pattuglie incappavano in infiltrati almeno due o tre volte l'anno. Spesso i ranger trovavano i cadaveri macellati di quelli che non ce l'avevano fatta. Lungo la costa orientale, a volte i bruti incursori costruivano barche con le quali attraversavano la baia delle Foche. A occidente calavano dai neri abissi della Gola, aggirando la Torre delle ombre. Ma tra questi due estremi, l'unico modo per sconfiggere la Barriera era scalarla, ed erano molti gli incursori bruti che lo facevano. "Ma sono pochi quelli che fanno ritorno" rimuginò Jon non senza un certo tetro orgoglio. Per forza di cose, gli scalatori erano costretti ad abbandonare i cavalli. Una volta dall'altra parte della Barriera, molti tra i predoni più giovani e inesperti s'impossessavano del primo cavallo che trovavano. A quel punto, l'allarme veniva lanciato, i corvi messaggeri spiccavano il volo e il più delle volte i Guardiani della notte li inseguivano, li prendevano e li impiccavano prima che potessero tornare a nord del ghiaccio con il bottino e le donne rapite. Un errore, quello dei cavalli, che Jarl non avrebbe commesso, Jon lo sapeva, ma non era altrettanto certo di Styr. "Il maknar è un capo, non un predone. Potrebbe non conoscere le regole del gioco."

«Eccoli» disse Ygritte.

Jon alzò lo sguardo, vide il primo degli scalatori apparire oltre le cime degli alberi. Era Jarl. Aveva trovato un albero-sentinella che si appoggiava alla Barriera e stava guidando i suoi uomini su per il tronco per partire in vantaggio. "Non avremmo mai dovuto permettere che gli alberi arrivassero così vicino. Sono già a trecento piedi d'altezza e non hanno ancora toccato il ghiaccio."

Osservò il giovane bruto spostarsi con cautela dalla foresta alla Barriera, scavando appigli con rapidi colpi d'ascia, scivolando poi oltre la cima del tronco. La fune che aveva attorno alla vita era legata al secondo uomo della squadra, ancora sul fusto dell'albero. Un cauto passo dopo l'altro, Jarl continuò a salire sul ghiaccio. Con i rostri degli scarponi creò punti d'appoggio là dove non esistevano appoggi naturali. Dieci piedi sopra l'albero-sentinella, si fermò su uno stretto cornicione di ghiaccio. Appesa l'ascia al cinturone, tirò fuori la mazza, conficcò un chiodo di ferro in una fenditura. Sotto di lui, il secondo uomo della squadra raggiunse a sua volta la Barriera, mentre il terzo ancora scalava la cima dell'albero.

Le altre due squadre non potevano contare sul vantaggio degli alberi sistemati nei punti giusti. Non ci volle molto perché i Thenn cominciassero a domandarsi se i bruti non si fossero persi nello scalare il blocco di foresta. L'intera squadra di Jarl era avanzata sul ghiaccio per ottanta piedi quando i primi uomini in cordata degli altri gruppi divennero finalmente visibili. Le squadre erano distanziate l'una dall'altra di una ventina di iarde. I quattro di Jarl si trovavano al centro. Alla loro destra c'era il gruppo guidato da Grigg il Caprone, chiaramente riconoscibile dalla lunga treccia bionda. Alla sua sinistra, conduceva gli scalatori un uomo segaligno di nome Errok.

«Così lenti» criticò il maknar ad alta voce, guardandoli salire un palmo alla volta. «Jarl si è forse scordato dei corvi neri? Deve salire più in fretta, prima che ci scoprano.»

Jon fece uno sforzo per tenere la bocca chiusa. Ricordava fin troppo bene il passo Skirling, e la scalata con Stonesnake al chiarore della luna. Aveva inghiottito il cuore una mezza dozzina di volte, quella notte. E quando erano arrivati in cima, gambe e braccia erano un inferno di dolore, e aveva le dita semicongelate. "E quella era pietra, non ghiaccio." La pietra era solida. Il ghiaccio era comunque sempre una materia infida. In un giorno come questo, quando la Barriera lacrimava, il calore della mano dello scalatore era sufficiente a scioglierlo. In profondità gli immani blocchi che componevano la muraglia potevano anche essere duri come la roccia, ma la loro superficie rimaneva viscida, percorsa da acqua che colava, costellata di zone di ghiaccio marcio nei punti in cui si era infiltrata l'aria. "Si può dire qualsiasi cosa dei bruti, ma certo sono coraggiosi."

Jon si ritrovò comunque a sperare che i timori di Styr, maknar dei Thenn, fossero fondati. "Se gli dèi sono generosi, una pattuglia passerà di qui, in modo da porre fine a tutto questo." "Nessun muro ti metterà mai al sicuro" gli aveva detto una volta suo padre, camminando lungo i bastioni di Grande Inverno. "Un muro è solido solo quanto gli uomini che lo difendono." La forza d'assalto dei bruti era composta di centoventi uomini, eppure sarebbero bastati solo quattro difensori a respingerli tutti, con poche frecce ben piazzate e forse un secchio di pietre.

Ma nessun difensore in nero apparve. Non quattro, e neanche uno. Il sole salì nel cielo e i bruti salirono sulla Barriera. I quattro di Jarl rimasero decisamente in vantaggio sugli altri fino a mezzogiorno, poi si ritrovarono ad affrontare una brutta lastra di ghiaccio. Jarl aveva avvolto la fune attorno a un pinnacolo scolpito dai venti, usandolo come perno d'appoggio. Di colpo, l'intero rostro andò in pezzi sotto il suo peso, piombando nel vuoto assieme allo scalatore. Frammenti di ghiaccio grossi quanto il cranio di un uomo bombardarono i tre più in basso. I bruti riuscirono a mantenere la presa, anche i chiodi ressero. Jarl si arrestò con un duro sussulto all'estremità della fune.

Nel tempo che la squadra impiegò a risalire, Grigg il Caprone li aveva quasi raggiunti. I quattro di Errok continuarono a rimanere indietro. La parete che stavano scalando appariva liscia, priva di appigli, ricoperta da uno strato di ghiaccio che scintillava liquido ai raggi del sole. All'aspetto, la sezione di Grigg sembrava più scura, con corrugamenti più palesi. Lunghe sporgenze orizzontali indicavano dove un blocco era stato piazzato fuori linea rispetto al blocco sottostante. Inoltre, c'erano crepe e fenditure, perfino condotti lungo le connessioni verticali, dove il vento e l'acqua avevano scavato cavità abbastanza profonde da nascondere un uomo.

Non ci volle molto perché Jarl riprendesse l'ascesa assieme al resto della squadra. I suoi quattro uomini e quelli di Grigg ora si muovevano pressoché a fianco a fianco, con Errok cinquanta piedi più in basso. Le asce di corno di cervo picchiarono e scavarono, lanciando una pioggia di schegge scintillanti sugli alberi. Mazze di pietra conficcarono i chiodi in profondità nel ghiaccio, punti d'ancoraggio per le funi. A metà scalata, i chiodi di ferro si esaurirono. I bruti passarono a quelli di corno e d'osso appuntito. Gli uomini scalciarono e scalciarono, picchiando i rostri che sporgevano dagli scarponi a scavare gradini nel ghiaccio duro, incrollabile. "Non sentiranno quasi più le gambe" pensò Jon alla quarta ora. "Quanto ancora potranno resistere?" Continuò a osservare, ansioso come il maknar, le orecchie tese a captare l'ululato lontano dei corni da guerra dei Thenn. Ma i corni restarono silenziosi. Dei Guardiani della notte nessuna traccia.

Entro la sesta ora, Jarl era tornato nuovamente in vantaggio rispetto a Grigg il Caprone e i suoi uomini stavano aumentando il vantaggio.

«Il cucciolo di Mance deve volerla proprio, quella spada» disse il maknar, una mano sollevata a farsi visiera sugli occhi.

Il sole era alto nel cielo. Visto dal basso, il terzo superiore della Barriera era di un blu cristallino, e il suo riflesso talmente accecante che a guardarlo faceva male agli occhi. I quattro di Jarl e quelli di Grigg svanirono nel bagliore, mentre la squadra di Errok era ancora in ombra. Invece di continuare a salire, stavano spostandosi in orizzontale a una quota di circa cinquecento piedi, cercando di raggiungere uno dei condotti erosivi verticali. Jon continuò a osservarli nel loro spostamento. Poi ci fu quel suono... *Crack!* Un suono che parve contorcersi sul ghiaccio, seguito da un grido di allarme. E poi l'aria fu piena di ghiaccio frantumato, delle urla degli uomini che cadevano nel vuoto. Una lastra di ghiaccio spessa un piede e larga cinquanta si staccò di netto dalla Barriera e precipitò rombando a valanga, disintegrandosi, trascinando con sé qualsiasi cosa incontrò sul suo cammino. Perfino ai piedi della cordigliera, alcuni rostri biancastri finirono tra i tronchi, rotolando lungo il pendio. Jon afferrò Ygritte, la trascinò a terra, le fece scudo con il proprio corpo. A un passo da loro, un artiglio di ghiaccio centrò uno dei Thenn in piena faccia, spezzandogli il naso.

Gli uomini alla base del granito sollevarono di nuovo lo sguardo. Jarl e tutta la sua squadra erano svaniti. Uomini, funi, chiodi, tutto annientato. Sopra i seicento piedi di quota non rimaneva più nulla. Sulla Barriera, là dove gli scalatori erano aggrappati appena un attimo prima, adesso c'era una ferita. Al suo interno, il ghiaccio scintillava al sole, bianco e liscio come marmo levigato. Molto più in basso, un'esile striscia rossastra indicava il punto in cui qualcuno era andato a sfracellarsi contro un pinnacolo congelato.

"La barriera difende se stessa." Quel pensiero folgorò Jon mentre aiutava Ygritte a rimettersi in piedi.

Trovarono Jarl su uno degli alberi, trafitto da un ramo spezzato, ancora legato ai tre uomini che giacevano sotto di lui, i corpi devastati dall'impatto. Uno di loro era ancora vivo, anche se aveva le gambe e la colonna vertebrale spezzate, oltre a parecchie costole.

«Misericordia...» Fu l'unica parola che riuscì a dire quando il maknar e il resto dei guerrieri lo raggiunsero. Uno dei Thenn pose fine alla sua agonia con una grossa mazza di pietra. Il maknar diede gli ordini, e i suoi uomini si misero a raccogliere legna per erigere una pira.

I morti stavano finendo di bruciare quando Grigg il Caprone conquistò la sommità della Barriera. Errok e i suoi lo raggiunsero, mentre di Jarl e della sua squadra non restavano altro che ossa annerite e ceneri.

Il sole stava tramontando, per cui gli scalatori non sprecarono tempo. Srotolarono le lunghe matasse di fune di canapa che avevano attorno al torace, legarono le funi l'una all'altra e gettarono un'estremità in basso. La sola idea di dare la scalata a cinquecento piedi di ghiaccio aggrappandosi a una corda di canapa riempiva Jon di terrore, ma Mance aveva trovato un'altra soluzione. I guerrieri alla base della cordigliera tirarono fuori un'enorme scala di corda – i gradini di canapa intrecciata erano grossi quanto il braccio di un uomo – e la legarono alla parte terminale della fune appena calata dalla Barriera. Errok, Grigg e i loro uomini grugnirono e tirarono. La scala venne sollevata e ancorata alla parete di ghiaccio con grossi chiodi. Quindi gli scalatori si prepararono a sollevare la seconda scala. In tutto, erano cinque.

Una volta che tutt'e cinque furono in posizione, il maknar urlò un ordine nell'antico linguaggio. Cinque dei suoi Thenn cominciarono a salire simultaneamente. Ma perfino con l'ausilio delle scale, l'ascesa si rivelò tutt'altro che facile.

Ygritte li osservò arrancare. «Quanto odio questa Barriera!» La sua voce era bassa, piena di rabbia. «La senti com'è *fredda*?»

«È fatta di ghiaccio» rilevò Jon.

«Tu non sai niente, Jon Snow. È fatta di sangue.»

E di sangue, la Barriera non ne aveva ancora bevuto a sazietà. Al tramonto, due dei Thenn erano caduti, trovando la morte. Ma furono le ultime perdite. Era quasi mezzanotte quando Jon raggiunse la cima. Le stelle avevano fatto nuovamente la loro comparsa. Ygritte tremava per lo sforzo dell'ascesa.

«Per poco non cadevo...» La ragazza aveva le lacrime agli occhi. «Due, tre volte. La Barriera stava cercando di buttarmi giù, l'ho sentito.» Una lacrima superò le palpebre e le scese lentamente lungo la guancia.

«Il peggio è fatto.» Jon si costrinse a sembrare sicuro di sé. «Non avere paura.» Cercò di metterle un braccio attorno alle spalle.

«Non ho paura!» Ygritte gli batté il palmo della mano contro il petto con tale forza che Jon accusò il colpo perfino sotto tutti gli strati di lana, maglia di ferro e cuoio trattato. «Tu non sai niente, Jon Snow.»

«E allora perché piangi?»

«Non di paura!» Con il tacco dello stivale, Ygritte calciò selvaggiamente il ghiaccio che aveva sotto i piedi, staccandone un frammento. «Piango perché non lo abbiamo mai trovato, il Corno dell'Inverno. Abbiamo scoperchiato decine di tombe, abbiamo liberato nel mondo tutti quei terribili spettri, ma non siamo riusciti a trovarlo, il Corno di Joramun... in modo da poter abbattere questa fredda muraglia maledetta!»

JAIME

La sua mano bruciava.

Ancora adesso, ancora *adesso*, così tanto tempo dopo che i Guitti Sanguinari avevano estinto la torcia con cui avevano cauterizzato il moncone gocciolante. Erano passati giorni e giorni, eppure Jaime Lannister continuava a sentire il fuoco che gli serpeggiava attorno al braccio, le dita che si contorcevano tra le fiamme... dita che avevano cessato di esistere.

In passato aveva subito altre ferite. Ma mai nessuna come questa. Né aveva mai conosciuto una sofferenza simile. A volte, senza che riuscisse a controllarle, vecchie preghiere gli sfuggivano dalle labbra. Invocazioni che aveva imparato da bambino, cui non aveva più pensato da quei giorni. Preghiere sussurrate per la prima volta assieme a Cersei, inginocchiato al suo fianco nel tempio di Castel Granito. A volte, aveva addirittura pianto, ma solo fino a quando non aveva udito le risate dei Guitti. A quel punto, lasciava che i suoi occhi si asciugassero, che il suo cuore diventasse di pietra, pregando solo che la febbre disseccasse le sue lacrime. "Ora so come si sentiva Tyrion tutte le volte che ridevano di lui."

Quando cadde da cavallo per la seconda volta, lo legarono stretto a Brienne di Tarth e li costrinsero a condividere la stessa sella. Un giorno, invece che torace contro schiena, li legarono a faccia a faccia. «Gli amanti.» Shagwell il giullare fece un sospiro roco. «Che dolce spettacolo. E che crudeltà sarebbe separare il valente cavaliere dalla sua dama.» E poi rise, con quella sua risata distorta, stridente. «Ah, ma quale dei due è il cavaliere, e quale la dama?»

"Se avessi ancora la mia mano destra, lo scopriresti fin troppo in fretta" pensò Jaime. Le braccia gli dolevano, le gambe erano intorpidite dal morso delle corde, ma dopo un po' nulla di tutto questo ebbe più importanza. L'universo sprofondò nella tortura pulsante della mano fantasma, e Brienne si strinse contro di lui. "Per lo meno è calda." Jaime cercò di consolare se stesso, anche se il fiato della donzella era fetido quanto il suo.

E tra di loro c'era sempre la mano mutilata. Urswyck gliel'aveva appesa al collo con un tratto di fune, in modo che gli ballonzolasse sul petto, colpendo i seni di Brienne mentre Jaime scivolava dentro e fuori dall'incoscienza. Il suo occhio destro era ridotto a un'escrescenza tumefatta, chiuso dal gonfiore. La ferita che Brienne gli aveva inflitto quando si erano affrontati sul fiume si era malamente infiammata. Ma il dolore peggiore veniva dalla mano. Sangue e pus trasudavano dal moncone, e l'arto mancante pulsava a ogni passo del cavallo.

Jaime aveva la gola talmente corrosa da non essere in grado di mangiare ma beveva vino, quando glielo davano, e beveva acqua, quando gli veniva offerta. In un'occasione, gli presentarono una coppa piena di qualcosa. Lui la mandò giù senza nemmeno pensarci, mentre i Bravi Camerati si contorcevano dalle risate, un ragliare talmente forte, talmente sbracato da fargli dolere le orecchie. «È piscio di cavallo che ti stai bevendo, Sterminatore di re» lo schernì Rorge, l'uomo dal naso mozzato. Jaime era divorato dalla sete e bevve comunque, per vomitare tutto pochi momenti dopo. I Guitti costrinsero Brienne a lavargli il vomito dalla barba, esattamente come la costringevano a ripulirlo ogni volta che si orinava addosso sulla sella.

Una mattina fredda, umida, Jaime si sentì leggermente più in forze. Una sorte di follia s'impadronì di lui. Con la mano sinistra, si gettò sulla spada del mercenario dorniano e riuscì goffamente a estrarla dal fodero. "Che mi uccidano pure" pensò. "Basta che muoia combattendo, con la spada in pugno." Non servì a niente. Shagwell arrivò saltellando, danzandogli accanto come se niente fosse quando lui tentò un fendente. Jaime perse l'equilibrio e barcollò in avanti, mulinando la spada alla cieca, cercando di decapitare il grottesco giullare. Shagwell continuò a saltellare, a volteggiare e piroettare, mentre i Guitti Sanguinari si piegavano in due dalle risate ai futili tentativi di Jaime di colpirlo. Alla fine, inciampò contro una roccia e cadde in ginocchio. Il giullare gli arrivò alle spalle e gli piantò un bacio viscido sul cranio. A quel punto, Rorge sbatté Shagwell da parte. Con un calcio, strappò la spada dalle deboli dita di Jaime mentre lui cercava nuovamente di sollevarla.

«Queschta volta è schtato divertente, Schterminatore di re»

sputacchiò Vargo Hoat. «Ma sce ci riprovi, io ti schtacco l'altra mano. O forscie un piede.»

Più tardi, molto più tardi, Jaime giacque sulla schiena. Guardò su, al cielo notturno, cercando di non sentire il dolore che gli serpeggiava lungo il braccio a ogni movimento. La notte era stranamente bella. La luna era crescente, e gli parve di non avere mai visto così tante stelle. La Corona del Re era allo zenit, Jaime notò lo Stallone vicino all'orizzonte, ed ecco là il Cigno. La Vergine della Luna, timida come sempre, era parzialmente nascosta dietro un pino. "Com'è possibile che una notte come questa sia bella?" Jaime stentava ad accettarlo. "Per quale motivo le stelle vorrebbero splendere per qualcuno come me?"

«Jaime!» Il sussurro di Brienne era talmente remoto che lui ebbe l'impressione di stare sognando. «Jaime, che cosa fai?»

«Cerco di morire» sussurrò lui in risposta.

«No... No, tu devi vivere.»

Gli venne da ridere. «Piantala di dirmi quello che devo fare, donzella. Io muoio, se così mi aggrada.»

«Sei così codardo?»

Quella parola lo sconvolse. Lui era Jaime Lannister, cavaliere della Guardia reale. Era lo Sterminatore di re! Nessun uomo aveva mai osato chiamarlo codardo. Gli avevano dato molti altri appellativi, certo: spergiuro, mentitore, assassino. Dicevano di lui che era crudele, infido, temerario. Ma codardo, questo mai.

«Che altro mi resta, se non la morte?»

«La vita» rispose Brienne di Tarth. «La vita e la lotta e la vendetta.»

Ma aveva parlato a voce troppo alta. Rorge il senzanaso la udì, anche se non capì le parole. Arrivò per prenderla a calci, e urlarle di mordersi quella lingua del cazzo, se voleva continuare a tenersela.

"Codardo" pensava Jaime, mentre Brienne lottava per soffocare i gemiti di dolore. "E se fosse veramente così? Mi hanno mutilato la mano della spada. Sono stato soltanto questo, una mano della spada? Dèi, siate misericordiosi, è questa la verità?"

Eppure la donzella aveva visto giusto. No, lui non poteva, non doveva morire. Cersei lo stava aspettando. Cersei aveva bisogno di lui. E anche Tyrion, suo fratello minore, che gli voleva bene per una menzogna del passato. E anche i suoi nemici lo stavano aspettando: il Giovane lupo, che lo aveva sconfitto al bosco dei Sussurri, che aveva ucciso i suoi uomini attorno a lui; Edmure Tully, che lo aveva gettato nelle tenebre in catene; i Guitti Sanguinari.

Quando venne il mattino, Jaime si costrinse a mangiare. Lo nutrirono con una broda a base di orzo e di biada per cavalli, ma lui inghiottì a forza ogni cucchiaiata. Mangiò di nuovo al calare delle tenebre, e anche il giorno dopo. "Continua a vivere." Se lo ripeteva brutalmente ogni volta che la broda gli faceva rivoltare le viscere. "Continua a vivere per Cersei, per Tyrion. Per la vendetta. Un Lannister ripaga sempre i propri debiti." La mano mutilata pulsava, bruciava, puzzava. "Arriverò ad Approdo del Re e mi farò forgiare un'altra mano. D'oro massiccio. In modo da squarciare la gola a Vargo Hoat."

I giorni e le notti si susseguivano fondendosi gli uni nelle altre in una nebbia di sofferenza. Di giorno, Jaime si addormentava sulla sella, premuto contro Brienne, il naso pieno del fetore della mano che andava in putrefazione. Di notte, giaceva sul nudo terreno, tra i tentacoli di un incubo a occhi aperti da cui era impossibile risvegliarsi. Debole com'era, i Guitti lo legavano sempre e comunque a un albero. Era una specie di consolazione sapere che continuavano a temerlo, perfino ora.

Brienne era sempre legata accanto a lui. Giaceva avvinta dalle funi, immobile come una grossa vacca morta, senza proferire parola. "La donzella ha costruito una fortezza dentro di sé. Ben presto incominceranno a stuprarla, ma non riusciranno a violarla dietro le mura della sua fortezza." Invece le mura della fortezza di Jaime erano crollate. Gli avevano mozzato la mano, la *mano della spada*. E senza di essa, lui non era niente.

Era la sua mano destra a fare di lui un cavaliere. Ed era il suo braccio destro a fare di lui un uomo.

Un giorno, udì Urswyck dire qualcosa a proposito di Harrenhal, e Jaime ricordò che era quella la loro destinazione. La cosa lo fece ridere, e questo spinse Timeon il dorniano a colpirlo in pieno volto con un lungo, sottile scudiscio. La ferita si mise a sanguinare, ma rispetto al dolore della mano Jaime quasi non sentì niente.

«Che cos'avevi da ridere?» gli chiese la donzella quella notte, in un bisbiglio.

«È stato a Harrenhal che mi diedero la cappa bianca della Guardia reale» bisbigliò lui in risposta. «Il grande torneo di lord Whent. Voleva mostrare a tutti noi il suo grande castello e i suoi cinque figli. Anch'io volevo mostrare loro qualcosa. Avevo solo quindici anni, ma nessuno sarebbe riuscito a battermi quel giorno. Aerys il Folle non mi permise di partecipare al confronto alla lancia.» Rise di nuovo. «Mi mandò via. E adesso è proprio là che sto tornando.»

I Guitti udirono la risata. E quella notte fu Jaime a ricevere calci e pugni. Quasi non li sentì, fino a quando Rorge non gli passò con lo stivale sul moncone. A quel punto perse conoscenza.

Fu la notte seguente che infine arrivarono. Tre della feccia peggiore: Shagwell il giullare, Rorge il senzanaso e Zollo, il dothraki grasso che gli aveva mozzato la mano con l'arakh. Nell'avvicinarsi, Zollo e Rorge litigavano su chi l'avrebbe presa per primo, sembrava non esserci dubbio che l'ultimo sarebbe stato il giullare. Shagwell suggerì che tutti e due la prendessero per primi, inforcandola uno dal davanti l'altro dal dietro. L'idea piacque a Zollo e a Rorge, ma poi si misero a litigare su chi l'avrebbe presa davanti e chi dietro.

"Faranno anche di lei una storpia, ma dentro, dove non si vede." «Donzella» le sussurrò Jaime, mentre Zollo e Rorge continuavano a urlarsi oscenità. «Lascia che si prendano la carne, e tu va' lontano, molto lontano. Sarà finita più in fretta, e loro ne ricaveranno meno piacere.»

«Non ricaveranno alcun piacere da quello che ho intenzione di dargli» ribatté lei in un soffio, bellicosa.

"Stupida testarda donna coraggiosa..." Brienne di Tarth avrebbe finito con il farsi ammazzare, Jaime non aveva dubbi. "E a me che cosa importa? Se su quel fiume lei non fosse stata tanto idiota, io avrei ancora la mia mano." Eppure udì se stesso dire: «Lasciali fare e vattene lontano».

Perché era questo che anche lui aveva fatto quando gli Stark erano stati annientati davanti ai suoi occhi: lord Rickard che arrostiva dentro la sua armatura al calore dell'altofuoco degli alchimisti, e suo figlio Brandon che si strangolava da solo nel tentativo di salvarlo. «Pensa a Renly, se lo amavi. Pensa a Tarth, montagne e oceani, sorgenti, cascate, qualsiasi cosa tu abbia sulla tua isola di Zaffiro, pensa a...»

Ma a quel punto, Rorge aveva avuto la meglio sul dothraki. «Sei la donna più racchia che abbia mai visto» disse a Brienne. «Ma non credere che io non possa farti ancora più racchia. Lo vuoi, un naso come il mio? Prova a resistere, e lo avrai. E due occhi, sono troppi. Un solo urlo, e te ne faccio schizzare uno dalla testa e te lo faccio mangiare. E poi ti strappo a uno a uno quei dentoni del cazzo.»

«Oh, sì, strappaglieli, Rorge» implorò Shagwell. «Senza denti, sembrerà proprio la mia cara vecchia mammetta.» Sghignazzò. «Ho *sempre* voluto chiavarla su per il culo, la mia cara vecchia mammetta.»

Jaime ridacchiò. «Che ridere, giullare. E adesso ce l'ho io un indovinello per te, Shagwell. Che ti frega se anche lei urla? Oh, aspetta, lo so...» Jaime urlò a squarciagola. «*Zaffiri!*»

Bestemmiando, Rorge gli pestò di nuovo il moncone con lo stivale. Jaime urlò. "Non credevo che al mondo potesse esistere una sofferenza simile."

Fu l'ultima cosa che ricordò. Non ebbe idea di quanto a lungo rimase nelle tenebre. Quando il dolore tornò a risputarlo fuori dal buio, c'era Urswyck. E c'era anche Vargo Hoat, in persona.

«Queschti qua non devono escere toccati!» urlò il Caprone, sputacchiando bava addosso a Zollo. «Lei deve reschtare vergine, pezzo di schtupido! Lei vale un'intera borscia di sciaffiri!»

Da quella notte in poi, ogni notte Vargo Hoat mise i suoi uomini a fare loro la guardia. Per proteggerli dagli altri suoi uomini.

Due notti trascorsero in silenzio prima che Brienne trovasse finalmente il coraggio di sussurrare. «Jaime? Perché hai gridato?»

«Perché ho gridato "*zaffiri*", vuoi dire? Usa il buonsenso, donzella. Ti pare che se avessi gridato "*stupro*" sarebbe fregato qualcosa a questo branco da cloaca?»

«Non c'era bisogno di gridare e basta.»

«È già abbastanza duro guardarti in faccia *con* il naso. E poi volevo far dire al Caprone "borscia di sciaffiri"» ridacchiò. «Buon per te che sono un gran bugiardo. Un uomo d'onore avrebbe detto la verità sull'isola di Zaffiro.»

«Non cambia niente» replicò Brienne. «Comunque, ti ringrazio, cavaliere.»

La mano che non c'era aveva ricominciato a pulsare. Jaime digrignò i denti: «Un Lannister ripaga sempre i propri debiti» disse. «È stato per il fiume, per quelle rocce che hai fatto piovere addosso a Robin Ryger.»

Il Caprone voleva fare un ingresso memorabile, così Jaime venne costretto a smontare da cavallo a oltre un miglio di distanza dalle porte di Harrenhal. Gli passarono una fune attorno alla vita, ne passarono un'altra attorno ai polsi di Brienne e legarono le estremità di entrambe al pomo della sella di Vargo Hoat. A fianco a fianco, Jaime e la donzella avanzarono sussultando dietro la *zorze* a strisce del capitano mercenario di Qohor.

Fu il furore a spingere Jaime in avanti. La benda che gli avvolgeva il moncone era grigia, intrisa di pus puzzolente. Le dita fantasma urlavano a ogni passo. "Sono più forte di quanto loro possono sapere" disse a se stesso. "Sono ancora un Lannister. Sono ancora un cavaliere della Guardia reale." Avrebbe raggiunto Harrenhal, certo. E poi Approdo del Re. Avrebbe continuato a vivere. "In modo da ripagare questo debito, e con gli interessi."

Mentre si avvicinavano alle mura simili a scogliere della mostruosa fortezza di Harren il Nero, Brienne gli strinse il braccio. «È lord Bolton a tenere il castello. I Bolton sono alfieri degli Stark.»

«I Bolton scuoiano i loro nemici.»

Era solo questo che Jaime ricordava riguardo al sinistro, livido nobile del Nord. Tyrion avrebbe saputo tutto quello che c'era da sapere riguardo al lord di Forte Terrore, ma Tyrion era mille leghe lontano, con Cersei. "Non posso morire mentre Cersei vive. Siamo nati assieme, moriremo assieme."

Il fortino all'esterno delle mura era ridotto a un ammasso di cenere e pietre annerite dal fuoco. E di recente molti uomini e molti cavalli erano stati accampati lungo la sponda del lago dell'Occhio degli Dèi. Là, nell'anno della falsa primavera, lord Whent aveva allestito il suo grande torneo. Mentre attraversavano il terreno dalle zolle rivoltate, un sorriso venato di amarezza increspò le labbra di Jaime. Nel medesimo punto in cui lui si era inginocchiato al cospetto del re Folle, a pronunciare il giuramento solenne della Guardia reale, qualcuno aveva scavato il fossato delle latrine. "Mai avrei immaginato quanto rapidamente il miele sarebbe diventato sterco. Aerys non mi permise di sentirne il gusto nemmeno per una notte. Prima mi onorò, e subito dopo mi sputò addosso."

«I vessilli» osservò Brienne. «Uomo scuoiato e torri gemelle. Vedi? Gli uomini che hanno giurato fedeltà a Robb. E guarda là, sopra il corpo di guardia, grigio in campo bianco. Sventolano il meta-lupo.»

Jaime torse il collo per guardare a sua volta. «È il tuo fottuto lupo, certo» concordò. «E se non erro, quelle che vedo ai lati sono teste mozzate.»

Soldati, servi e baldracche al seguito delle truppe si radunarono per coprirli di insulti. Abbaiando e ringhiando, una cagna maculata si mise a seguirli per tutto l'accampamento, fino a quando un mercenario lyseniano la infilzò con la picca e passò al galoppo in testa alla colonna. «Innalzo il vessillo dello Sterminatore di re!» urlò, poi sollevò il cadavere del cane al di sopra della testa di Jaime.

Le mura di Harrenhal erano talmente spesse che varcarle fu come passare in un tunnel di pietra. Vargo Hoat aveva mandato avanti due dei suoi dothraki a informare lord Bolton del loro arrivo, per cui il cortile esterno era pieno di curiosi. Fecero ala per lasciar passare Jaime nel suo incedere barcollante, la fune attorno alla vita che sussultava, che lo trascinava ogni volta che lui rallentava il passo.

«Io vi do lo Schterminatore di re!» proclamò Vargo Hoat in quel suo modo distorto, sbavante.

La punta di una picca colpì la schiena di Jaime, buttandolo a terra. D'istinto, protese le mani in avanti per fermare la caduta. Il moncone urtò contro le pietre. Ennesima, accecante esplosione di dolore. Eppure, in qualche modo, Jaime riuscì ad alzarsi appoggiandosi su un ginocchio. Di fronte a lui, una rampa di alti gradini di pietra conduceva all'ingresso di uno degli immani torrioni cilindrici di Harrenhal. Cinque cavalieri e un uomo del Nord erano là immobili, a guardarlo. L'uomo pallido indossava lana e pellicce, gli altri cinque apparivano minacciosi in corazza e maglia di ferro, con l'emblema delle torri gemelle sulle tuniche.

«Una furia di Frey» dichiarò Jaime. «Ser Danwell, ser Aenys, ser Hosteen.» Sapeva riconoscere i figli di lord Walder; in fondo, sua zia era sposata a uno di loro. «Vi porgo le mie condoglianze.»

«Per che cosa, cavaliere?» chiese ser Danwell Frey.

«Per ser Cleos, figlio di tuo fratello» rispose Jaime. «Ha cavalcato con noi fino a quando alcuni fuorilegge lo hanno crivellato di frecce. Urswyck e questa banda lo hanno quindi spogliato di tutto e hanno lasciato il suo corpo ai lupi.»

«Miei lord!» Brienne diede uno strappo alla fune che la imprigionava e si fece avanti. «Ho riconosciuto i vostri vessilli. Ascoltate le mie parole, nel nome del vostro giuramento.»

«E chi è a parlare?» chiese imperiosamente ser Aenys Frey.

«La balia aschiutta di Lannischter» sputacchiò Hoat.

«Sono Brienne di Tarth, figlia di lord Selwyn di Evenstar. E ho giurato fedeltà alla Casa Stark, così come avete fatto anche voi.»

Ser Aenys sputò davanti ai suoi piedi. «Questo per i tuoi giuramenti. Noi ci eravamo fidati della parola di Robb Stark, e lui ha ripagato la nostra fede con il tradimento.»

"Ma guarda. Questo sì che è un risvolto interessante." Jaime si contorse per vedere come Brienne incassava l'accusa, ma la donzella era più testarda di un mulo con il morso tra i denti.

«Non sono a conoscenza di alcun tradimento.» Fece forza contro la fune che le scorticava i polsi. «Lady Catelyn mi ha ordinato di portare Jaime Lannister da suo fratello, ad Approdo del Re...»

«Quando li abbiamo trovati, lei stava cercando di annegarlo» precisò Urswyck il Fedele.

Brienne avvampò di rossore. «Presa dalla rabbia, ho perduto il controllo, ma non lo avrei mai ucciso. Se dovesse morire, i Lannister passerebbero a fil di spada le figlie della mia lady Catelyn.»

Ser Aenys non si fece commuovere. «E per quale motivo questo dovrebbe riguardarci?»

«Rimandiamolo a Delta delle Acque» propose ser Danwell. «Contro riscatto.»

«Castel Granito ha più oro di Delta delle Acque» obiettò un altro fratello Frey.

«Uccidiamolo!» disse un altro fratello ancora. «La sua testa per quella di Ned Stark!»

Shagwell il giullare, nel suo costume grigio e rosa, saltellò alla base della scalinata di pietra e si mise a cantare. «*C'era una volta un leone che danzava con un orso, oh-oh, oh-oh...*»

«Scilenscio, schtupido» lo zittì Vargo Hoat. «Lo Schterminatore di re non è per l'orscio. Lui è mio.»

«Non è uomo da mettere a morte.» Roose Bolton, l'uomo pallido, parlò a voce talmente bassa che, per poterlo udire, tutti tacquero. «E vorrei che ricordassi, lord Hoat, che tu non sarai il maestro di Harrenhal fino a quando io non avrò marciato a nord.»

A Jaime, la febbre continuava a dare le vertigini. E a renderlo temerario. «Che quest'uomo sia davvero il temuto lord di Forte Terrore? L'ultima cosa che ho udito di te è che mio padre ti aveva messo in fuga con la coda tra le gambe. Perciò dimmi, lord, quand'è che avresti smesso di fuggire?»

Il silenzio di Bolton fu cento volte più minaccioso della gorgogliante malevolenza di Vargo Hoat. Pallidi come la nebbia dell'alba, i suoi occhi celavano molto più di quanto comunicassero. A Jaime Lannister non piacevano, quegli occhi. Gli ricordavano quel giorno ad Approdo del Re, il giorno maledetto in cui Ned Stark lo aveva trovato seduto sul Trono di Spade. Alla fine, il lord di Forte Terrore dischiuse le labbra: «Hai perduto una mano» constatò.

«Niente affatto» ribatté Jaime. «L'ho proprio qui, appesa al collo.»

Roose Bolton allungò un braccio, strappò la corda con un gesto secco e gettò l'arto putrefatto verso Vargo Hoat. «Porta via questa cosa. La sua vista mi offende.»

«Penscierò io a mandarla al lord sciuo padre. Gli dirò che deve pagare scentomila dragoni, o io farò scì che lo Schterminatore di re gli venga riportato in scento pezzi. E poi, quando abbiamo prescio il sciuo oro, noi conscegneremo scer Jaime a Karschtark, così avremo un altro rischcatto!» Un ruggito di risate percorse i Bravi Camerati.

«Un ottimo piano» disse Roose Bolton con lo stesso tono con cui avrebbe potuto dire: "Un ottimo vino" a un commensale. «Anche se, lord Hoat, dubito che lord Rickard Karstark ti mostrerà la sua gratitudine concedendoti sua figlia. Re Robb infatti lo ha accorciato della testa, per tradimento e assassinio. Quanto a lord Tywin, lui è ad Approdo del Re, dove rimarrà fino al nuovo anno, quando suo nipote Joffrey prenderà in sposa una figlia di Alto Giardino.»

«Grande Inverno» corresse Brienne. «Tu intendi dire Grande Inverno. Re Joffrey è promesso a Sansa Stark.»

«Non più. La battaglia delle Acque Nere ha cambiato tutto. È là che la rosa e il leone hanno stretto alleanza, annientando l'esercito di Stannis Baratheon e riducendo in cenere la sua flotta.»

"Io ti avevo avvertito, Urswyck" pensò Jaime. "Quando si scommette contro i leoni, si finisce con il perdere ben più della borsa." «Che ne è di mia sorella?» chiese a Bolton.

«Gode di buona salute. Lo stesse vale per tuo... nipote.» Il lord di Forte Terrore fece una pausa prima di dire *nipote*. Una pausa che voleva dire *io so*. «Anche tuo fratello Tyrion vive, sebbene sia rimasto ferito nella battaglia.» Fece cenno a un uomo del Nord dall'aspetto minaccioso, il quale indossava una tunica di pelle borchiata. «Accompagna ser Jaime da Qyburn. E libera le mani di questa donna.» La corda che legava i polsi di Brienne venne tagliata. «Perdonaci, lady, ti prego. In tempi turbolenti come questi, è arduo distinguere gli amici dai nemici.»

Brienne si massaggiò l'interno dei polsi, dove la fune aveva messo a nudo la carne viva. «Mio lord, questi uomini hanno cercato di stuprarmi.»

«A tanto sono arrivati?» I pallidi occhi di Bolton si spostarono su Vargo Hoat. «Non sono compiaciuto, lord Vargo. Né di questo né della mano di ser Jaime.»

Nel cortile di Harrenhal c'erano cinque uomini del Nord e altrettanti Frey per ciascuno dei Guitti Sanguinari. Forse il lord Caprone non era il più astuto dei mercenari, in compenso sapeva contare quanto bastava. Tenne quindi a freno la lingua.

«Mi hanno preso la spada» insistette Brienne. «E anche l'armatura...»

«Qui non avrai bisogno di armature, lady» le disse lord Bolton. «A Harrenhal sei sotto la mia protezione. Comare Amabel, trova un alloggio appropriato per lady Brienne. Walton, tu ti occuperai subito di ser Jaime.»

Bolton non attese risposte. Si voltò e prese a salire gli scalini di pietra, la cappa bordata di pelliccia che volteggiava dietro di lui. Jaime ebbe appena il tempo di scambiare una rapida occhiata con Brienne prima che entrambi fossero condotti via. In direzioni diverse.

Le stanze del maestro di Harrenhal si trovavano sotto l'uccelliera. Un uomo di nome Qyburn, capelli grigi e aria paterna, trattenne il fiato dopo aver tagliato la benda lurida che avvolgeva il moncone della mano di Jaime.

«È davvero così brutta? Morirò?»

Qyburn premette la punta di un dito sulla ferita, storcendo il naso allo sgorgare del pus. «No. Per quanto, se avessimo aspettato qualche altro giorno...» Lacerò la manica di Jaime. «La cancrena si è diffusa. Vedi com'è corrotta la carne? Devo tagliarla via tutta quanta. La cosa migliore sarebbe amputare l'intero braccio.»

«In quel caso, sarai *tu* a morire» minacciò Jaime. «Ripulisci il moncone e ricucilo. Correrò i miei rischi.»

Qyburn corrugò la fronte. «Potrei lasciarti la parte superiore del braccio e amputare al gomito, ma...»

«Tu amputa una qualsiasi parte del braccio, e farai meglio ad amputarmi anche l'altro. Perché è quello che dopo userò per strangolarti.»

Qyburn lo fissò negli occhi. Qualsiasi cosa vide in essi, bastò a convincerlo. «Molto bene. Rimuoverò la carne corrotta, non di più. Cercherò di bruciare la cancrena con vino bollente e con un impasto di ortica, semi di senape e muffa di pane. Forse basterà. La decisione spetta a te. Se desideri il latte di papavero...»

«No.» Jaime non voleva permettere che lo addormentassero. A dispetto delle rassicurazioni di quell'uomo, avrebbe potuto risvegliarsi senza un braccio.

Qyburn fu sorpreso. «Sarà doloroso.»

«Urlerò.»

«Molto doloroso.»

«Urlerò molto forte.»

«Accetterai per lo meno di bere del vino?»

«Il sommo septon accetta di pregare?»

«Oh, di questo non sono del tutto certo. Porterò il vino. Mettiti sdraiato, devo legarti il braccio.»

Munito di un bacile e di una lama affilata, Qyburn ripulì il moncone mentre Jaime ingollava vino forte, versandoselo addosso in continuazione. La sua mano sinistra non sembrava essere in grado di trovare la bocca, ma in questo c'era almeno un vantaggio: l'odore del vino che impregnò la sua barba lercia servì ad attenuare il fetore del pus.

Ma nulla fu d'aiuto quando venne il momento di rimuovere la carne corrotta. Fu quello il momento in cui Jaime urlò, in cui picchiò contro il tavolo il pugno che gli rimaneva, picchiò e picchiò. Urlò di nuovo quando Qyburn versò vino bollente sui resti del moncone. A dispetto di tutti i suoi giuramenti, di tutte le sue paure, a tratti Jaime perse comunque conoscenza. Quando tornò in sé, il maestro stava ricucendogli il braccio con ago e budello di gatto.

«Ho lasciato un lembo di pelle in modo che possa essere ripiegato sul polso.»

«Tu hai già fatto cose simili» mugolò debolmente Jaime. In bocca, dove si era morso la lingua, aveva il gusto metallico del sangue.

«Nessun uomo che sia al servizio di Vargo Hoat è estraneo ai moncherini. Ce ne sono dovunque lui vada.»

Eppure, valutò Jaime, questo Qyburn non sembrava un mostro. Era asciutto e di poche parole, ma c'era calore nei suoi occhi castani. «Come fa un maestro a finire a cavalcare assieme ai Bravi Camerati?»

«La Cittadella mi ha revocato la catena dell'ordine.» Qyburn mise via l'ago. «Devo occuparmi anche della ferita che hai sull'occhio. La carne è malamente infiammata.»

Jaime chiuse gli occhi, lasciando che il vino e Qyburn finissero il lavoro. «Parlami della battaglia.» Qyburn si occupava dei corvi messaggeri di Harrenhal, perciò era stato il primo ad averne notizia.

«Lord Stannis è stato preso tra tuo padre e il fiume delle Rapide Nere che bruciava. Si dice che sia stato il Folletto ad appiccare il fuoco alle acque.»

Jaime vide fiamme verdi salire nel cielo, più alte del più alto edificio di Approdo del Re. Vide uomini urlanti carbonizzati nelle strade. "Ho già fatto questo sogno." La situazione aveva qualcosa di comico: non c'era nessuno con cui condividere quella battuta.

«Prova ad aprire l'occhio.» Qyburn immerse un panno nell'acqua calda, ripulendo la crosta di sangue secco. La palpebra era gonfia, ma Jaime si rese conto di riuscire a sollevarla a metà. «Questo chi te l'ha fatto?» chiese il maestro.

«Regalo di una donzella.»

«Difficile seduzione, mio lord?»

«La donzella in questione è più grossa di me e più brutta di te. Meglio che tu dia un'occhiata anche a lei. Zoppica ancora a causa del colpo che le ho assestato mentre duellavamo.»

«Provvederò. Che cosa rappresenta per te questa donna?»

«È la mia protettrice.» Nonostante il dolore, Jaime non poté fare a meno di ridere.

«Triturerò certe erbe che potrai mescolare al vino per ridurre la febbre. Torna da me domattina. Ti metterò una sanguisuga sull'occhio, in modo da rimuovere il sangue cattivo.»

«Una sanguisuga. Fantastico.»

«Lord Bolton ama molto le sanguisughe» affermò Qyburn, non senza un certo sussiego.

«Ma no?» fece Jaime. «Chi l'avrebbe mai detto.»

TYRION

Non restava più niente al di là della Porta del re. Soltanto fango, ceneri e frammenti di ossa umane bruciate. Eppure, qualcuno era già tornato a vivere all'ombra delle mura della città, e qualcun altro aveva già ripreso a vendere pesce da carretti e barili. Mentre avanzava a cavallo lungo la riva del fiume delle Rapide Nere, Tyrion Lannister sentì i loro occhi piantati addosso. Occhi gelidi, privi di affetto, pieni di rabbia. Nessuno osò rivolgergli la parola, nessuno cercò di sbarrargli la strada. Non con Bronn che cavalcava al suo fianco, formidabile nella sua cotta di maglia di ferro nero. "Se fossi solo, mi trascinerebbero a terra e mi sfonderebbero la faccia a colpi di pietra. Proprio come hanno fatto con Preston Greenfield." Lo sfortunato cavaliere della Guardia reale era stato massacrato dalla folla inferocita durante la sommossa del pane.

«Tornano a rispuntare fuori più in fretta dei ratti» si lamentò il Folletto. «E sì che li abbiamo già bruciati una volta... dovrebbero aver imparato la lezione.»

«Tu dammi una dozzina di cappe dorate e io vado a farli fuori tutti quanti» ribatté Bronn. «Una volta morti, vedrai che non spunteranno fuori di nuovo.»

«Morti loro, ne verrebbero altri. Lasciamoli perdere... Ma se ricominciano a costruire le loro baracche a ridosso delle mura esterne, voglio che vengano distrutte. La guerra non è ancora finita, a dispetto di ciò che questi idioti possono pensare.» Tyrion individuò poco più avanti la Porta del fango. «Ho visto abbastanza per oggi. Torneremo domani insieme ai maestri dell'ordine dei Costruttori, in modo da esaminare i loro progetti.» Sospirò. "In effetti sono stato io a bruciare tutto questo. Immagino di dover essere io a ricostruire."

Quel compito avrebbe dovuto assolverlo suo zio, ma l'equilibrato, solido, instancabile ser Kevan Lannister non era più lo stesso da quando il corvo messaggero era arrivato da Delta delle Acque recando la notizia dell'assassinio di suo figlio. Anche Martyn, fratello gemello del defunto Willem, era prigioniero di Robb Stark. Quanto a Lancel, loro fratello maggiore, era ancora costretto a letto a causa di una ferita riportata nella battaglia delle Acque Nere, una ferita infetta che rifiutava di guarire. Con un figlio morto e gli altri due in grave pericolo, ser Kevan era consumato dal dolore e dalla paura. Da sempre lord Tywin aveva fatto conto sul fratello, ma adesso la sua unica alternativa era ricorrere al nano che aveva per figlio.

Il costo della ricostruzione sarebbe stato rovinoso, ma non c'era via d'uscita. Approdo del Re era il porto principale dell'intero reame, e suo unico rivale era Vecchia Città. Il fiume doveva essere riaperto al traffico mercantile, e prima si faceva meglio era. "Ma dove lo troverò, lo stramaledetto conio per farlo?" Quel pensiero quasi gli faceva rimpiangere Ditocorto, il quale si era imbarcato per il Nord una settimana prima. "Così, mentre lui si porta a letto lady Lysa e regna insieme a lei sulla valle di Arryn, a me tocca ripulire il bordello che si è lasciato dietro." Per quanto, il lord suo padre gli stava dando un notevole lavoro da fare. "Non farà mai di me l'erede di Castel Granito, in compenso si serve di me al massimo" rifletté Tyrion mentre un capitano della Guardia cittadina faceva loro cenno di entrare per la Porta del fango.

Le Tre Puttane, le gigantesche catapulte rivelatesi decisive nella battaglia delle Acque Nere, continuavano a incombere sulla piazza del mercato che si allargava appena oltre l'ingresso alla città. Le macchine da guerra giacevano ormai inerti, i massi e i barili di catrame bollente erano stati portati via da tempo. Bambini si arrampicavano sulle strutture di legno. Parevano scimmiette vestite di stracci appollaiate sui bracci di lancio e sui cucchiai, intente a berciare le une contro le altre.

«Ricordami di dire a ser Addam di mettere qui di guardia alcune cappe dorate» disse Tyrion a Bronn mentre passavano al trotto tra due delle catapulte. «Prima che uno di questi ragazzini imbecilli cada e si spezzi la schiena.»

Dall'alto venne un grido. Poi una manciata di sterco esplose sul selciato, un palmo davanti a loro. Il corsiero di Tyrion s'impennò, quasi sbalzandolo di sella.

«Ci ho ripensato» dichiarò il Folletto dopo aver ripreso il controllo dell'animale. «Che questi piccoli stronzi si spiaccichino pure sulle pietre come meloni marci.»

Era di umor nero, e non solo perché qualche ragazzetto voleva bombardarlo di sterco. Il suo matrimonio era una sofferenza quotidiana. Sansa Stark rimaneva vergine, e metà della Fortezza Rossa sembrava esserne al corrente. Quella mattina, mentre lui e Bronn montavano in sella, Tyrion aveva udito due stallieri ridacchiare alle sue spalle. Gli sembrava di sentir ridere perfino i cavalli. Aveva rischiato il collo pur di evitare il rituale della messa a letto degli sposi, con la speranza di riuscire a preservare l'intimità quanto meno della propria camera da letto. Speranza che si era dissipata come nebbia al sole. O Sansa era stata così ingenua da confidarsi con una delle sue servette, tutte spie di Cersei, oppure la colpa era di Varys e dei suoi stupidi uccelletti.

In ogni caso, che differenza faceva ormai? Ridevano di lui, punto e basta. In tutta la Fortezza Rossa l'unica persona che non trovava divertente il suo matrimonio era la lady sua moglie. La disperazione di Sansa diventava ogni giorno più nera. Per alleviarla, Tyrion non avrebbe chiesto di meglio che riuscire a far breccia nella corazza dell'aristocratica cortesia di lei, ma era una partita persa. Niente di quello che lui diceva contribuiva a farlo apparire migliore ai suoi occhi. "Né a farmi apparire meno Lannister." Quella era la moglie che gli avevano imposto per il resto dei suoi giorni. E quella moglie lo odiava.

Le loro notti assieme nel grande letto a baldacchino erano un'ulteriore fonte di tormento. Tyrion non riusciva più a tollerare di dormire nudo, com'era abituato a fare da sempre. Sansa era troppo bene educata per proferire una sola parola scortese, ma ogni volta che posava gli occhi sul suo corpo la repulsione che lui le leggeva nello sguardo era più di quanto potesse sopportare. Aveva ordinato anche a lei di indossare una camicia da notte. "La voglio" si era reso conto. "Voglio Grande Inverno, sì, ma voglio anche *lei,* donna, bambina, qualsiasi cosa sia. Voglio confortarla. Voglio udire la sua risata. Voglio che lei venga da me di sua volontà, che mi porti le sue gioie, i suoi dolori, il suo desiderio." La sua bocca si storse in un sorriso amaro. "Certo, certo. E voglio anche essere alto come Jaime e forte come ser Gregor la Montagna, per quel che fottutamente serve volerlo..."

Inevitabilmente, il suo pensiero andò a Shae. Tyrion aveva voluto che lei ricevesse la notizia unicamente dalle sue labbra. Per cui, la notte prima del matrimonio, aveva ordinato a Varys di portarla da lui. Come sempre, si erano incontrati nell'alloggio dell'eunuco e Shae aveva cominciato a sciogliergli i lacci del gilè di cuoio. Lui le aveva afferrato i polsi, respingendola. «No, aspetta» le aveva detto. «C'è qualcosa che devi sapere. Domani mattina io prenderò in sposa...»

«... Sansa Stark, lo so.»

Per un attimo, Tyrion era rimasto senza fiato. Neppure Sansa ne era ancora al corrente. «Come fai a saperlo? Te lo ha forse detto Varys?»

«Un paggio lo stava dicendo a ser Tallad mentre accompagnavo Lollys al tempio. Lui lo aveva scoperto da una servetta che aveva sentito ser Kevan che parlava con tuo padre.» Shae si era divincolata dalla presa di lui, e si era sfilata il vestito. Come sempre, sotto era nuda. «Non m'importa. Sansa è solo una ragazzina. Le darai il pancione e tornerai da me.»

Una parte di lui aveva sperato in un atteggiamento meno indifferente. "Hai sperato..." Suo malgrado, Tyrion fece un sogghigno acido. "Ma ora hai capito, non è così, nano? Shae è tutto l'amore che avrai. L'amore di una puttana."

La strada del Fango era piena di gente, ma soldati e popolino fecero largo al passaggio del Folletto e della sua scorta. Bambini dagli occhi torbidi sciamarono davanti agli zoccoli, alcuni fissando Tyrion in silenzio, altri chiedendo a gran voce l'elemosina. Lui estrasse dalla bisaccia una manciata di monete di rame e le gettò in aria. Gridando, spingendosi gli uni contro gli altri, i bambini si precipitarono a raccoglierle. Quella sera, i più fortunati avrebbero potuto comprarsi una crosta di pane raffermo. Tyrion non aveva mai visto il mercato così affollato. A dispetto di tutto il cibo che i Tyrell facevano affluire ad Approdo del Re, i prezzi continuavano a essere vergognosamente alti. Sei monete di rame per un melone, un cervo d'argento per un casco di pannocchie, un dragone d'oro per un quarto di manzo o sei maiali striminziti. Eppure non sembravano mancare gli acquirenti. Attorno a ogni carro, a ogni bancarella, si ammassavano uomini scarni e donne macilente. Ma molti altri, ancora più coperti di stracci, guardavano tetri dagli imbocchi dei vicoli.

«Da questa parte» indicò Bronn. Avevano raggiunto il fondo dell'Uncino. «Hai sempre intenzione...»

«Sì.»

L'ispezione al lungofiume aveva fornito una scusa di comodo, ma quel giorno lo scopo di Tyrion era ben altro. Non qualcosa che fosse ansioso di fare, ma che andava fatto comunque. Lui e Bronn si allontanarono dall'Alta Collina di Aegon, addentrandosi nel labirinto di stradine che si aggrovigliava ai piedi della collina di Visenya. Bronn fece strada. Un paio di volte, Tyrion gettò un'occhiata alle proprie spalle, per controllare se qualcuno li stesse seguendo. Non notò nulla oltre la solita umanità da tugurio: un carrettiere che frustava il cavallo, una vecchia che gettava dalla finestra i liquami della notte, due bambini che duellavano con bastoni di legno, tre cappe dorate di guardia a un prigioniero... tutti avevano un'aria innocente, ma ognuno di loro avrebbe potuto rappresentare la fine dell'impresa di Tyrion. Gli informatori di Varys erano dappertutto.

Svoltarono un angolo, poi quello successivo, si fecero strada lentamente tra le donne raccolte attorno a una fontana. Bronn lo guidò per una stradina curva, attraverso un vicolo, sotto un'arcata spezzata. Superarono le rovine di una casa bruciata, conducendo i cavalli a piedi su per una rampa di gradini di pietra. Le case erano povere e addossate l'una all'altra. Bronn si fermò all'imboccatura di un vicolo contorto, troppo stretto per poterlo percorrere affiancati.

«Due svolte e poi un vicolo cieco» disse il mercenario. «L'osteria è in uno scantinato nell'edificio in fondo.»

«Che nessuno entri o esca fino a quando non avrò finito.» Tyrion smontò di sella. «Non ci metterò molto.»

Affondò una mano sotto il mantello, sincerandosi che l'oro fosse ancora nella tasca segreta. Trenta dragoni. "Una strafottuta fortuna, per un individuo come quello." Arrancò lungo il vicolo a passi rapidi, ansioso di farla finita.

L'osteria era un posto infame. Scuro, umido, dai muri lividi incrostati di salnitro, il soffitto talmente basso che perfino Bronn sarebbe stato costretto a chinare la testa per non picchiare contro le travi. Comunque non era un problema che potesse affliggere Tyrion Lannister. A quell'ora, la sala comune era vuota eccetto per una donna dagli occhi vacui seduta su uno sgabello dietro la rozza asse che fungeva da bancone di mescita. Gli diede una coppa piena di vino fetente. «Nel retro» disse.

La stanza nel retro era addirittura più scura. Una candela bruciava su un tavolo malridotto, accanto a una caraffa di vino. A guardarlo, non si poteva dire che l'uomo seduto al tavolo rappresentasse una minaccia. Un individuo basso di statura, per quanto tutti fossero alti a confronto di Tyrion, con radi capelli castani, guance rosee. Il suo stomaco prominente tendeva il farsetto di pelle di camoscio dai bottoni d'osso. Tra le mani delicate aveva un'arpa di legno a dodici corde, strumento molto più letale di qualsiasi spada lunga.

Tyrion sedette di fronte a lui. «Symon Lingua d'argento.»
L'uomo inclinò la testa di lato. Sulla sommità del cranio era calvo. «Mio lord Primo Cavaliere» disse.
«Ti sbagli. Il Primo Cavaliere è mio padre. Io non sono più della lacca del sigillo, temo.»
«Ma tornerai a risorgere, ne sono sicuro. Un uomo come te. La dolce lady Shae mi dice che ti sei sposato da poco. Quanto mi sarebbe piaciuto se mi avessi mandato a chiamare. Sarebbe stato un onore per me cantare alle tue nozze.»
«L'ultima cosa di cui mia moglie ha bisogno sono altre canzoni» disse Tyrion. «Quanto alla dolce Shae, sappiamo tutti e due che è tutto fuorché una lady. E ti sarei grato se tu non pronunciassi mai più il suo nome.»
«Come il Primo Cavaliere comanda.»
L'ultima volta che Tyrion aveva visto Symon, una sua sola parola perentoria era stata sufficiente a farlo sudare freddo. Adesso però sembrava che il cantastorie, da qualche parte, avesse ritrovato il coraggio. "In quella caraffa, ci scommetto." O forse era lo stesso Tyrion la causa della nuova determinazione da parte di Symon. "L'ho minacciato, è vero, ma non c'è stato seguito alla minaccia, per cui lui non teme le mie zanne."
«Mi si dice che sei un cantore molto dotato» sospirò il Folletto.
«Sei estremamente gentile a dire questo, mio signore.»
Tyrion gli concesse un sorriso. «Penso sia tempo che tu porti la tua musica alle città libere. A Braavos, a Pentos, a Lys, gli amanti delle belle canzoni sono tanti, e anche generosi con coloro che vanno ad allietarli.» Bevve un sorso di vino, che trovò mefitico ma forte. «Meglio di tutto sarebbe un giro completo delle nove città libere. Perché negare a qualcuno la gioia di poterti ascoltare? Un anno di permanenza in ciascuna di quelle città sarà sufficiente.» Infilò la mano sotto il mantello, dove teneva nascosto l'oro. «Con il porto fluviale ancora sbarrato, dovrai andare a imbarcarti a Duskendale, ma il mio uomo, Bronn, ti troverà un cavallo, e io sarei onorato di provvedere al costo del passaggio per mare...»
«Ma, mio signore» obiettò Symon Lingua d'argento. «Tu non mi hai mai udito cantare. Ti prego, ascoltami per un momento.» Le sue dita scivolarono abilmente sulle corde dell'arpa, e una musica delicata si diffuse nel locale. Symon cominciò a cantare.

Lui cavalcò lungo le strade della città,
scendendo dalla sua alta collina,
Giù per le curve e i gradini e le pietre,
lui cavalcò al sospiro di quella donna.

Il suo segreto tesoro era lei,
la sua vergogna e la sua benedizione.
A nulla valevano una collana e una fortezza,
a confronto del bacio di quella donna.

«E c'è di più» aggiunse Symon, interrompendosi. «Oh, c'è molto, molto di più. Il ritornello è particolarmente romantico, credo. "*Perché sempre fredde sono le mani dell'oro, ma sempre calde sono quelle di una donna...*"»

«Basta così.» Tyrion estrasse la mano dall'interno della cappa. E la sua mano era vuota. «Non è una canzone che voglio ascoltare di nuovo. In realtà, non la voglio ascoltare *mai più*.»

«No?» Symon Lingua d'argento posò l'arpa e bevve una sorsata di vino. «Peccato. Eppure, ogni uomo ha una canzone, me lo ripeteva sempre il mio maestro nell'insegnarmi a suonare. Da altri, questo mio canto potrebbe essere meglio apprezzato. Dalla regina, forse. O dal lord tuo padre.»

Tyrion si passò le dita sulla cicatrice che aveva al posto del naso. «Mio padre non ha tempo per i cantastorie» disse. «Quanto a mia sorella, non è così generosa come si potrebbe pensare. E un uomo saggio può imparare molto più dal silenzio che non da una canzone.» Non avrebbe potuto metterla in termini più chiari di quelli.

Antifona che Symon parve capire con la dovuta rapidità. «Troverai la mia richiesta quanto mai modesta, mio signore.»

«Bene a sapersi.» Così come Tyrion capì che la cosa non si sarebbe risolta semplicemente con trenta dragoni d'oro. «Ti ascolto.»

«Al banchetto di nozze di re Joffrey ci sarà un torneo di cantastorie...»

«E di giocolieri, e di affabulatori e di orsi danzanti...»

«Un solo orso danzante, mio signore» precisò Symon, il quale, chiaramente, aveva prestato molta più attenzione ai progetti di Cersei di quanto avesse fatto Tyrion. «Ma ben sette cantastorie. Galyeon di Cuy, Bethany Belledita, Aemon Costayne, Alaric di Eysen, Amish l'Arpista, Collio Quaynis e Orland di Vecchia Città saranno in competizione per un liuto istoriato con corde d'argento, eppure... stranamente, non è stato invitato l'uomo che di tutti loro è il maestro.»

«Lascia che provi a indovinare. Parliamo per caso di Symon Lingua d'argento?»

«Sono pronto a comprovare la veridicità della mia affermazione al cospetto del re e della corte» rispose Symon con modestia. «Hamish è vecchio, e dimentica spesso le strofe della canzone che sta cantando. E Collio poi, con quel suo assurdo accento di Tyrosh! Chi riesce a capire una parola su tre può considerarsi fortunato.»

«È la mia dolce sorella l'organizzatrice dei festeggiamenti. Se anche fossi in grado di farti avere un invito, apparirebbe strano. Sette Regni, sette invocazioni, sette sfide, settantasette portate... ma *otto* cantastorie? Che cosa penserebbe il sommo septon?»

«Mio signore, tu non mi sembri un uomo pio.»

«Non è questo il punto. Certi protocolli devono essere rispettati.»

«Ciononondimeno...» Symon bevve un altro sorso di vino. «La vita di un cantastorie non è priva di pericoli. Noi ci esibiamo in birrerie e osterie, davanti a ubriaconi tutt'altro che ossequienti di leggi e protocolli. Qualora uno dei sette prescelti da tua sorella dovesse subire un infortunio, spero che vorrai prendere in considerazione la mia umile persona come suo sostituto.» Sorrise in modo mellifluo, più compiaciuto di sé di quanto avrebbe dovuto essere.

«Sei cantastorie sarebbero problematici quanto otto, questo è certo. Farò indagini riguardo allo stato di salute dei sette prescelti da Cersei. Qualora uno di loro dovesse risultare indisposto, penserà Bronn a trovarti.»

«Molto bene, mio signore.» Symon avrebbe potuto chiuderla lì, invece volle strafare. «Io *canterò* al banchetto di nozze di re Joffrey. Dovessi essere chiamato a corte, vorrò offrire al re le mie migliori composizioni, questo è certo, canzoni che ho eseguito migliaia di volte, canzoni di sicuro gradimento. Ma se dovessi ritrovarmi a cantare in qualche tetra osteria, ebbene... quella sarebbe un'ottima occasione per presentare una delle mie più recenti melodie: "*Sempre fredde sono le mani dell'oro, sempre calde sono quelle di una donna*".»

«Non sarà necessario che tu arrivi a tanto» disse Tyrion. «Hai la mia parola di Lannister: Bronn tornerà presto a cercarti.»

Il grassoccio, semicalvo cantastorie tornò a impugnare la sua arpa di legno: «*Molto* bene, mio signore».

Bronn era in attesa con i cavalli all'imboccatura del vicolo. Aiutò Tyrion a montare in sella. «Allora, quand'è che lo accompagno a Duskendale?»

«Non accompagnerai nessuno da nessuna parte.» Tyrion fece voltare il corsiero. «Aspetta tre giorni. Poi torna qui a informarlo che Amish l'Arpista si è spezzato un braccio. Digli anche che non può presentarsi a corte vestito con quei suoi stracci e che quindi dovrà provvedere in tutta fretta a un nuovo guardaroba.

Ti seguirà senza indugio.» Il volto del Folletto si distorse in una smorfia bieca. «Se proprio vuoi, puoi tenerti la sua lingua, mi risulta sia fatta d'argento. Dicono. Il resto... che svanisca nel nulla.»

Bronn sogghignò. «E a me risulta che sul fondo delle Pulci c'è una locanda che smercia una zuppa marrone ben densa. Contiene carne di *tutti* i generi. Dicono.»

«A proposito.» Tyrion diede di speroni. «Fa' in modo che, di quella zuppa, io non debba mai mangiarne.»

La cosa che Tyrion desiderava in quel momento era un bagno caldo. Meglio ancora: bollente.

Un modesto piacere che però gli venne negato. Nel momento stesso in cui fece ritorno alle sue stanze nella Fortezza Rossa, Podrick Payne, il suo scudiero, lo informò che era stato convocato alla Torre del Primo Cavaliere. «Sua eccellenza il lord vuole vederti. Il Primo Cavaliere, Lord Tywin.»

«Ho ben presente, Pod, chi è il Primo Cavaliere» rispose Tyrion. «Ho perso il naso, non la memoria.»

«Non staccargli la testa a morsi» rise Bronn.

«Che differenza fa? Tanto non la usa comunque.»

Tyrion si chiese che cosa avesse fatto. "O meglio, che cosa *non ho* fatto." Una convocazione da parte di lord Tywin era sempre come un incontro con una tagliola. Suo padre non lo mandava mai a chiamare semplicemente per pranzare con lui o per condividere una coppa di vino, questo era poco ma sicuro.

Entrò nel solarium di suo padre pochi minuti dopo. Una voce stava dicendo: «... legno di ciliegio per i foderi, rilegato in cuoio rosso e ornato di borchie a forma di testa di leone in oro massiccio. Forse con occhi di ametista...».

«Di rubino» corresse lord Tywin. «Occhi di rubino. Non c'è abbastanza fuoco nell'ametista.»

«Mio signore.» Tyrion si schiarì la gola. «Mi hai mandato a chiamare?»

«Esatto.» Il lord suo padre sollevò lo sguardo. «Da' un'occhiata a questa.» C'era un involto di panno oleato sul tavolo tra loro. E in pugno suo padre stringeva una spada lunga. «Regalo di nozze per Joffrey» disse a Tyrion.

Lord Tywin ruotò la lama per verificarne l'affilatura. La luce che si diffondeva dai pannelli di vetro a forma di losanga fece brillare sulla lama le venature nere e rosse, incendiando di colori dorati il pomello dell'elsa e il guardamano a croce.

«Con tutte queste ridicole storie riguardo alla spada magica di Stannis Baratheon» riprese il signore di Castel Granito «la cosa più ragionevole mi è sembrata dare a Joffrey un dono egualmente straordinario. Un re deve portare un'arma da re.»

«Troppa spada per Joffrey» commentò Tyrion.

«Crescerà e la saprà apprezzare. Prendila.» Lord Tywin la presentò al Folletto dalla parte dell'elsa. «Sentine il peso.»

La spada era molto più leggera di quanto Tyrion si fosse aspettato. Nel rigirarsela in mano, si rese conto del perché. Esisteva un solo metallo in grado di essere martellato così sottile pur continuando a mantenere la resistenza per poter combattere. Ed era impossibile sbagliare su che cosa fossero quelle linee ricurve, segno delle migliaia di volte in cui l'acciaio era stato ripiegato su se stesso.

«Acciaio di Valyria?»

«Esatto.» Il tono di lord Tywin era di profonda soddisfazione.

"Hai aspettato fin troppo, vero, padre?" Le lame di acciaio di Valyria erano rare e costose, eppure nel mondo ne rimanevano migliaia, forse duecento solamente nei Sette Regni. Una delle cose che avevano sempre dato molto fastidio al signore di Castel Granito era che nessuna di quelle lame fosse mai appartenuta alla Casa Lannister. Gli antichi re della Roccia avevano posseduto un'arma simile, ma la grande spada Ruggito di luce era andata perduta quando il secondo re Tommen l'aveva portata con sé a Valyria nella sua demente ricerca. Tommen non aveva mai fatto ritorno. Né aveva fatto ritorno zio Gery, il più giovane e il più temerario dei fratelli del padre di Tyrion, andato anche lui, otto anni prima, alla ricerca della spada perduta.

Per tre volte, per *almeno* tre volte, lord Tywin si era offerto di acquistare spade lunghe di Valyria da case minori cadute in disgrazia finanziaria. Le sue pressioni erano sempre state fermamente respinte. Ben volentieri quegli insignificanti lord avrebbero dato ai Lannister le loro figlie primogenite, qualora la richiesta fosse stata fatta, ma mai si sarebbero privati delle venerate spade di famiglia.

Tyrion non poté fare a meno di domandarsi da dove venisse il metallo di quella particolare spada. Erano pochi i maestri armaioli che sapevano lavorare il vecchio acciaio valyriano, i segreti di quell'arte erano andati perduti quando il Disastro aveva annientato l'antica Valyria.

«Che strani colori» disse il Folletto, ruotando la lama alla luce del sole.

La maggior parte dell'acciaio di Valyria era di un grigio così scuro da apparire quasi nero, e lo stesso valeva anche per l'acciaio di quella lama, in cui, però, le ripiegature sfumavano in un rosso altrettanto profondo del grigio. I due colori si sovrapponevano l'uno all'altro senza mai realmente toccarsi, ogni singola sfumatura era distinta dall'altra, come onde create dalle tenebre della notte e dal rosso del sangue che andassero a infrangersi su una spiaggia d'acciaio.

«Come sei riuscito a ottenere questo effetto?» chiese Tyrion. «Non ho mai visto niente di simile.»

«Neppure io, mio signore» rispose l'armaiolo. «Lo confesso, non sono questi i colori che mi ero prefissato, e non credo che saprei riprodurli. Il lord tuo padre aveva chiesto il porpora della vostra nobile casa, ed è quella la tinta che ho aggiunto alla fusione del metallo. Ma l'acciaio di Valyria è caparbio. Queste antiche spade hanno una loro memoria, si dice, e non cambiano facilmente. Avrò applicato chissà quanti accorgimenti, continuando a rendere il rosso più brillante, ma il colore non ha mai cessato di scurirsi, come se la lama stessa risucchiasse la luce del sole. E, come puoi vedere, certe piegature hanno semplicemente rifiutato il rosso. Se i miei lord di Lannister non sono soddisfatti, naturalmente tenterò di nuovo, tutte le volte che voi lo richiederete, ma...»

«Non sarà necessario» disse lord Tywin. «Va bene così.»

«Una spada color porpora sarebbe stata magnifica sotto il sole, ma, a essere sincero, anch'io preferisco questi colori» ammise Tyrion. «Conferiscono alla lama una sua inquietante bellezza... la rendono unica. Non esiste al mondo, penso, un'altra spada come questa.»

«No, ne esiste un'altra.» L'armaiolo si protese sul tavolo e aprì l'involto di panno oleato, rivelando una seconda spada lunga.

Tyrion posò la spada di Joffrey e prese l'altra. Se non gemelle, le due spade erano almeno prime cugine. La lama della seconda era più spessa, più pesante, più larga di mezzo pollice e più lunga di tre pollici. Entrambe però avevano il medesimo prodigioso cromatismo: pieghe di sangue e pieghe di tenebre. Tre scanalature, incise in profondità, percorrevano la lama della seconda spada dall'elsa alla punta. La spada del re ne aveva soltanto due. L'impugnatura di quella di Joffrey era notevolmente più elaborata, i bracci del guardamano a croce lavorati a zampa di leone, gli artigli sguainati. Ma entrambe le spade avevano raffinate impugnature di cuoio rosso e pomelli d'oro a testa di leone.

«Magnifica.» Perfino in mani inesperte come quelle di Tyrion, la lama pareva dotata di vita propria. «Non ho mai provato una spada tanto equilibrata.»

«È destinata a mio figlio.»

"E non c'è bisogno di chiedere *quale* figlio." Tyrion tornò a posare la spada sul tavolo, accanto a quella di Joffrey. Non poté fare a meno di chiedersi se Robb Stark avrebbe lasciato in vita suo fratello Jaime abbastanza a lungo da poterla impugnare. "Nostro padre sembra esserne certo, altrimenti, perché le avrebbe fatte forgiare?"

«Hai fatto un buon lavoro, maestro Mott» disse lord Tywin all'armaiolo. «Il mio attendente provvederà al tuo compenso. E ricorda, rubini per i foderi.»

«Lo ricorderò, mio signore. Sei molto generoso.» Maestro Mott riavvolse le spade nel panno oleato, si mise l'involto sotto il braccio e appoggiò un ginocchio a terra. «È un onore poter servire il Primo Cavaliere del re. Consegnerò le spade il giorno prima del matrimonio reale.»

«Provvedi a farlo.»

Quando le guardie ebbero scortato fuori l'armaiolo, Tyrion si arrampicò su una sedia. «Allora... una spada per Joffrey, una spada per Jaime, ma nemmeno una daga per il nano. È così che stanno le cose, padre?»

«L'acciaio bastava solo per due lame, non per tre. Se è una daga che ti serve, prelevane una dall'arsenale. Alla sua morte, Robert se ne è lasciate dietro un centinaio. Quale dono di nozze, Gerion gliene regalò una con la lama istoriata, l'impugnatura d'avorio e uno zaffiro sul pomo. E metà degli emissari che si presentavano a corte cercarono di ottenere i favori di sua maestà offrendogli pugnali incrostati di gioielli e spade con intarsi d'argento.»

«Se invece di lame gli avessero offerto le loro figlie» disse Tyrion ridendo «i suoi favori li avrebbero ottenuti di certo.»

«Senza dubbio. L'unica lama che Robert Baratheon abbia mai usato è il coltello da caccia che Jon Arryn gli diede da ragazzo.» Lord Tywin fece un gesto, allontanando il pensiero di re Robert e di tutti i suoi coltelli. «Che cos'hai visto sul lungofiume?»

«Fango» rispose Tyrion. «E un mucchio di carcasse che nessuno si è preso la briga di seppellire. Prima che possiamo riaprire il porto fluviale, il fiume delle Rapide Nere dovrà essere dragato, e le navi affondate dovranno essere o distrutte o sollevate dal fondale. Tre quarti dei moli devono essere riparati, alcuni forse dovremo demolirli e ricostruirli. L'intero mercato del pesce è andato distrutto. Sia la Porta del fiume sia la Porta del re sono state danneggiate dall'assalto sferrato da Stannis con gli arieti di sfondamento e devono essere sostituite.» "E se davvero la tua merda è oro, padre, sarà meglio che tu trovi una latrina e ti dia da fare." Ma questo, Tyrion evitò di dirlo: aveva imparato la lezione.

«Sono certo che troverai l'oro necessario.»

«Davvero, padre? E dove? I forzieri sono vuoti, questo te l'ho già detto. Non abbiamo ancora finito di pagare gli alchimisti per tutto quell'altofuoco, né i fabbri per la catena con cui ho sbarrato il fiume. Quanto a Cersei, ha impegnato la corona per coprire metà dei costi delle nozze di Joff: settantasette fottutissime portate, mille invitati, una torta zeppa di colombe, e poi cantastorie, saltimbanchi...»

«Le stravaganze servono un loro proposito. Devono dare prova del potere e della ricchezza di Castel Granito all'intero reame.»

«Allora forse dovrebbe essere Castel Granito a pagare.»

«E perché? Ho preso visione dei libri contabili di Ditocorto. Gli introiti della corona sono dieci volte più consistenti di quanto non fossero sotto Aerys.»

«Lo stesso vale per le spese della corona. Con il conio, Robert era generoso tanto quanto lo era con il suo cazzo. Ditocorto si è indebitato pesantemente. Con te, tra gli altri. Gli introiti sono considerevoli, questo è vero, ma bastano a stento a coprire gli interessi sui prestiti a usura contratti da Ditocorto. Intendi annullare il debito che la corona ha contratto con la Casa Lannister?»

«Non essere ridicolo.»

«Allora magari sette portate al banchetto potrebbero bastare. E solo trecento ospiti invece di mille. E credo che un matrimonio resti ugualmente vincolante anche *senza* un orso che balla.»

«I Tyrell ci considererebbero mediocri. Io avrò un banchetto nuziale di quelle dimensioni, Tyrion, e avrò anche la ricostruzione del porto fluviale. Se tu non ritieni di essere in grado di fornire i finanziamenti necessari, troverò un maestro del conio che lo sarà.»

L'oltraggio di venire liquidato dopo così poco tempo non era una cosa che Tyrion Lannister fosse intenzionato a tollerare. «Troverò i finanziamenti.»

«Ne sono certo» assicurò suo padre. «E già che ci sei, perché non trovi anche il letto di tua moglie?»

"Quindi le voci sono arrivate anche qui dentro." «Già fatto, padre, grazie. È il mobile che si trova tra la finestra e il focolare, con il baldacchino di velluto e il materasso imbottito di piume d'oca.»

«Lieto di sentirtelo dire. Ora, forse, potresti addirittura tentare di fare conoscenza con la donna che lo divide con te.»

"Donna? Vorrai dire *bambina*." «Un ragno ti ha sussurrato all'orecchio, padre, oppure è la mia dolce sorella che devo ringraziare?» Considerando quello che accadeva tra le lenzuola di Cersei, si sarebbe potuto pensare che lei avrebbe avuto la decenza di tenere il naso fuori dalle sue, di lenzuola. «E dimmi, padre, come mai tutte le cameriere di Sansa sono al servizio di Cersei? Comincio ad avere la nausea di essere spiato anche in camera da letto.»

«Se le serve di tua moglie non ti piacciono, allontanale e assumine altre più di tuo gradimento. È un tuo diritto. È la verginità di tua moglie a preoccuparmi, non le sue serve. Questa... delicatezza da parte tua mi sorprende. Non mi risulta che tu abbia avuto problemi di sorta con le puttane. C'è una qualche differenza con la giovane Stark?»

«Per quale ragione ti sta così fottutamente a cuore dove vado a infilare il cazzo?» ritorse Tyrion. «Sansa è troppo giovane.»

«È abbastanza vecchia da diventare la lady di Grande Inverno, una volta che suo fratello Robb sarà morto. Prendi la sua verginità, e sarai un passo più vicino a prendere il Nord. Mettila incinta, e il trofeo sarà tuo. Devo proprio ricordarti che un matrimonio non consumato può essere annullato?»

«Dal sommo septon o da un Concilio del Credo dei Sette Dèi. Il nostro attuale sommo septon è solo una foca ammaestrata che abbaia a comando. Il *tuo* comando. È più probabile che ad annullare il mio matrimonio sia Ragazzo di luna, non lui.»

«Allora forse è a Ragazzo di luna che avrei dovuto dare in sposa Sansa Stark. Lui probabilmente avrebbe saputo che cosa fare con lei.»

Tyrion strinse le mani ai braccioli della sedia. «Ho udito tutto quello che posso tollerare riguardo alla verginità di mia moglie. Ma per rimanere in materia di matrimoni, come mai non ho notizie sulle prossime nozze di mia sorella? Se ricordo bene...»

Lord Tywin lo interruppe. «Mace Tyrell ha respinto la mia offerta di dare Cersei in sposa a suo figlio Willas.»

«No! Ha *rifiutato* la nostra dolcissima Cersei?» Di colpo Tyrion si sentì di ottimo umore.

«Quando per la prima volta gli proposi l'unione, lord Tyrell sembrava molto bendisposto» disse il signore di Castel Granito. «Il giorno dopo, tutto era cambiato. Opera di quella vecchia, la regina di Spine. Il figlio è un burattino nelle sue mani. Secondo Varys, ha detto a lord Mace che tua sorella è troppo vecchia e troppo... *usurata* per il suo prezioso nipotino con una gamba sola.»

«Cersei deve essersi fatta una montagna di risate» sogghignò Tyrion.

Lord Tywin gli lanciò un'occhiata raggelante. «Cersei non ne è al corrente. Né lo sarà. È meglio per tutti noi che la proposta non sia mai stata fatta. Cerca di ricordartene, Tyrion: *l'offerta non è mai stata fatta.*»

«Quale offerta?» Tyrion già sospettava che lord Mace Tyrell avrebbe finito con il rimpiangere amaramente di averla respinta.

«Tua sorella si sposerà. È certo. Il problema è: con chi? Ho parecchie altre idee...» Ma prima che potesse esporle, ci fu un leggero bussare alla porta. Una delle guardie si affacciò per annunciare il gran maestro Pycelle. «Che entri» disse lord Tywin.

Pycelle zampettò dentro appoggiandosi a un bastone, caracollando il tempo necessario per lanciare a Tyrion uno sguardo che avrebbe fatto inacidire il latte di capra. Un tempo aveva una splendida barba bianca. Ma questo era stato prima che qualcuno gliela rasasse malamente. Per l'esattezza, un barbaro delle montagne della Luna chiamato Shagga figlio di Dolf, agli ordini di un tale chiamato il Folletto. Adesso quella barba ricresceva rada e spelacchiata, mettendo in evidenza sgradevolissime pieghe cascanti tutto attorno al collo.

«Mio lord Primo Cavaliere» esordì il vecchio, chinandosi quanto più poté senza cadere. «È giunto un altro corvo messaggero dal Castello Nero. Potrei consultarmi con te in privato?»

«Non è necessario.» Lord Tywin fece cenno al gran maestro Pycelle di accomodarsi. «Tyrion può restare.»

"Oooooh, davvero?" Il Folletto si strofinò il naso mutilato, rimanendo in attesa.

Pycelle si schiarì la gola, operazione che implicava non pochi colpi di tosse e scatarramenti. «La lettera proviene da Bowen Marsh, lo stesso uomo che aveva inviato l'ultima. Castellano del Castello Nero e attendente dei Guardiani della notte. Scrive che lord Mormont ha mandato messaggi secondo i quali i bruti si muovono in gran numero verso sud.»

«Le terre a nord della Barriera non sono in grado di sostenerne un gran numero» asserì lord Tywin, deciso. «Non c'è nulla di nuovo in questo avvertimento.»

«In realtà sì, mio lord. Mormont ha inviato un uccello dalla foresta Stregata, dando notizia di trovarsi sotto attacco. Da allora, altri corvi hanno fatto ritorno al Castello Nero ma nessuno portava messaggi. Bowen Marsh teme che lord Mormont sia caduto in battaglia, assieme a tutti i suoi uomini.»

Tyrion ricordava con affetto il vecchio Jeor Mormont, con i suoi modi bruschi e il suo corvo parlante. «Questa notizia è sicura?» chiese.

«No» ammise Pycelle. «Ma nessuno degli uomini di Mormont ha ancora fatto ritorno. Marsh teme che i bruti li abbiano uccisi, e che presto la Barriera stessa possa trovarsi sotto attacco.» L'anziano sapiente frugò sotto la palandrana, tirando fuori il messaggio. «Ecco la lettera, mio lord. Un'invocazione a tutti e cinque i re. Marsh vuole uomini, tutti quelli che possiamo mandargli.»

«Cinque re?» Lord Tywin era indispettito. «Esiste un unico re nell'Occidente: re Joffrey. Quegli idioti vestiti di nero faranno meglio a ricordarlo, se vogliono che sua maestà conceda loro il suo appoggio. Nella tua risposta, Pycelle, sarà tua cura precisare che Renly Baratheon è morto e che gli altri cosiddetti re altro non sono che traditori e mentitori.»

«Saranno lieti di apprenderlo, mio lord, non ne dubito. La Barriera si trova all'estremo confine del mondo, e spesso le notizie arrivano con grande ritardo.» Pycelle fece andare il capo su e giù. «Che cosa dovrò rispondere a Marsh riguardo agli uomini che ci implora di mandargli? Non dovremmo riunire il concilio...»

«Non sarà necessario. La confraternita dei Guardiani della notte è composta da ladri, assassini e bastardi della risma più turpe. Anche se non mi sfugge che questa feccia *potrebbe* dare prova del contrario, qualora le venisse impartita l'appropriata disciplina. Se Mormont è effettivamente morto, i confratelli in nero dovranno scegliere un nuovo lord comandante.»

Pycelle scoccò a Tyrion uno sguardo corrosivo. «Un ottimo ragionamento, mio lord Primo Cavaliere» disse a lord Tywin. «E io conosco proprio l'uomo adatto: Janos Slynt.»

L'idea non piacque affatto a Tyrion. Soprattutto considerando che era stato lui a deportare quel grasso sacco di sterco, precedente comandante della Guardia cittadina di Approdo del Re, alla Barriera. «I confratelli in nero scelgono da soli il loro lord comandante» ricordò a Pycelle e al padre. «Lord Slynt è nuovo della Barriera. E questo lo so bene: sono stato io a mandarlo là. Perché dovrebbero scegliere proprio lui contro una dozzina di uomini con molta più esperienza?»

«Perché» replicò lord Tywin come se Tyrion fosse lo scemo del villaggio «se loro non dovessero eleggere chi vogliamo noi, la

Barriera farà in tempo a sciogliersi prima che vedano anche un solo uomo di rinforzo.»

"E questo potrebbe in effetti essere un buon motivo" fu costretto a convenire Tyrion. «Janos Slynt è l'uomo sbagliato, padre. Andrà meglio il comandante della Torre delle ombre, o del Forte orientale.»

«Il comandante della Torre delle ombre è un Mallister di Seagard. Il Forte orientale è tenuto da un uomo delle isole di Ferro.» E nessuno dei due sarebbe diventato un suo sostenitore, l'implicazione nella voce di lord Tywin era fin troppo chiara.

«Janos Slynt è figlio di un macellaio» insistette Tyrion. «Tu stesso mi hai sempre detto che...»

«Ricordo bene quello che ti ho detto. Tuttavia, il Castello Nero non è Harrenhal. E i Guardiani della notte non sono il concilio del re. C'è una funzione per ogni strumento, e uno strumento per ogni funzione.»

Tyrion non riuscì a contenere la rabbia. «Lord Janos Slynt è un'armatura vuota pronta a vendersi al miglior offerente.»

«Questo io lo considero un punto a suo favore. Non esiste offerente migliore di noi.» Lord Tywin tornò a volgersi verso Pycelle. «Manda un corvo messaggero. Scrivi che re Joffrey, unico legittimo re dei Sette Regni, è profondamente rattristato dall'udire la notizia della dipartita del lord comandante Mormont. Purtroppo, in questo momento non è in grado di fornire uomini, con così tanti ribelli e usurpatori ancora schierati contro di lui. Suggerisci però che le cose potrebbero cambiare, una volta che la sicurezza del trono sarà ristabilita... fermo restando che il re abbia piena confidenza nell'autorità alla guida della confraternita. In chiusura, chiedi a Marsh di fare pervenire i più fervidi saluti di sua maestà a lord Janos Slynt, suo fedele servitore e amico.»

«Sì, mio lord» rispose Pycelle accompagnando le parole con un su e giù del cranio raggrinzito. «Scriverò come il Primo Cavaliere comanda, con grande piacere.»

"A questo vecchio fetente avrei dovuto fare tagliare la testa, non la barba" rimuginò Tyrion. "Quanto a Slynt, avrei dovuto mandarlo a fare una nuotatina assieme al suo caro amico Allar Deem." Ma per lo meno non aveva commesso lo stesso stupido errore con Symon Lingua d'argento. "Visto, padre caro?" avrebbe voluto urlare. "Visto come imparo in fretta la lezione?"

SAMWELL

Su, nel soppalco, una donna stava partorendo rumorosamente. Mentre giù, vicino al fuoco, un uomo stava morendo sommessamente. Samwell Tarly non avrebbe saputo dire quale delle due cose gli facesse più paura.

Avevano avvolto il povero Bannen in un mucchio di pellicce, attizzando il fuoco al massimo. Eppure, l'unica cosa che il confratello in agonia riusciva a dire era: «Ho freddo. Vi prego. Ho tanto freddo». Sam cercava di nutrirlo con brodo di cipolle, ma Bannen non riusciva a deglutire. Il brodo gli colava dalle labbra, ruscellando sul mento con la stessa velocità con cui Sam riempiva il cucchiaio.

«Quello lì è già morto.» Craster lanciò a Bannen un'occhiata indifferente, continuando a masticare una salsiccia. «Fai meglio a piantargli un coltello nella pancia invece di mettergli il cucchiaio in bocca, te lo dico io.»

«Non ricordo di aver chiesto il tuo parere.» Gigante, il suo vero nome era Bedwyck, non raggiungeva il metro e mezzo, ma era un metro e mezzo di pura determinazione. «Distruttore, putacaso, hai chiesto tu a Craster di darci il suo consiglio?»

Distruttore. A Sam, quel soprannome continuava a far venire i brividi nella schiena. Scosse comunque la testa. Riempì di nuovo il cucchiaio, lo sollevò e cercò di far scivolare il brodo tra le labbra di Bannen.

«Cibo e fuoco» stava dicendo Gigante «è tutto quello che ti abbiamo chiesto. E il cibo ce lo dai storcendo il grugno.»

«Accontentati che non storco il grugno anche a darti il fuoco.» Craster era un uomo grande e grosso, che sembrava ancora più grande e grosso per le puzzolenti pelli di pecora che si teneva addosso giorno e notte. Un bruto dal naso largo e schiacciato, la bocca storta da un lato. Gli mancava un orecchio. I capelli incrostati e la barba arruffata stavano passando dal grigio al bianco, ma le sue mani dure e tozze, coperte di calli, avevano l'aria di essere ancora forti abbastanza da fare danni. «Vi do da mangiare quello che posso, ma voi corvi neri avete sempre fame. Sono un uomo timorato, se no vi mandavo via a calci. Credi che m'importa qualcosa se quello lì mi crepa dentro casa? Credi che mi viene in tasca qualcosa da tutte le vostre bocche da sfamare, piccolo uomo?» Craster sputò con disprezzo. «Corvi neri. Quando mai quell'uccello nero ha portato qualcosa di buono nella casa di un uomo, eh, rispondi? Mai. Mai.»

Altro brodo colò dall'angolo della bocca di Bannen. Sam lo asciugò con il bordo della manica. Gli occhi del ranger erano aperti, ma non vedevano nulla. «Ho freddo» disse di nuovo, in un soffio appena percettibile. Un maestro avrebbe saputo che cosa fare con lui, ma loro non lo avevano, un maestro. Nove giorni prima, Kedge Occhiobianco aveva amputato il piede maciullato di Bannen. Un'eruzione di sangue e pus di fronte alla quale Sam per poco non aveva vomitato. Ma era stato troppo poco, troppo tardi. «Ho tanto freddo» ripeterono le labbra pallide.

La sala comune del primitivo castello di Craster era disseminata di malridotti confratelli in nero. Seduti sui talloni o sulle panche grezze, bevevano ciotole dello stesso leggero brodo di cipolle, masticando tozzi di pane duro. Due di loro, a ben guardare, erano feriti addirittura più gravemente di Bannen. Fornio delirava da giorni, dalla spalla di ser Byam continuava a colare un viscido pus giallastro. Quando la colonna dei Guardiani della notte aveva lasciato il Castello Nero per la spedizione oltre la Barriera, Bernarr il Marrone aveva con sé bisacce piene di fuoco di Myr, unguento di salvia, aglio tritato, gelsomino, papavero, rame di re e altre erbe medicinali. C'era perfino il dolcesonno, che donava una morte priva di dolore. Ma Bernarr il Marrone era morto sul Pugno dei Primi Uomini e, nella battaglia e nella fuga disperata che ne era seguita, a nessuno degli altri confratelli era venuto in mente di cercare la bisaccia dei medicamenti di maestro Aemon. Hake, il cuoco, sapeva qualcosa di erboristeria, ma anche lui era morto nella battaglia. Per cui toccava agli attendenti superstiti occuparsi come potevano dei feriti, il che non era molto. "Per lo meno qui dentro sono all'asciutto, e il fuoco li tiene caldi. Hanno bisogno di più cibo, però."

Tutti loro avevano bisogno di più cibo. Gli uomini mugugnavano da giorni. Karl Piededuro, chiamato così perché aveva un piede di legno, continuava a dire che Craster aveva una dispensa nascosta da qualche parte e, ogni volta che era fuori portata d'orecchio del lord comandante, Garth di Vecchia Città aveva cominciato a fargli da eco. Sam aveva pensato di implorare Craster di dare quanto meno ai feriti qualcosa di più nutriente, ma non aveva avuto il coraggio di farlo. Gli occhi di Craster erano gelidi, ostili, e ogni volta che il bruto lo fissava, le sue mani si torcevano, quasi volessero chiudersi a pugno. "Saprà che ho parlato con Gilly, l'ultima volta che siamo passati di qui?" si chiese Sam. "E lei, gli avrà detto che ho parlato di portarla via? Forse l'ha costretta a dirglielo con la forza."

«Ho freddo» si lamentò Bannen. «Vi prego, ho freddo.»

La sala del castello di Craster era piena di fumo, di calore, eppure anche Sam sentiva freddo. "E sono stanco, così stanco." Aveva bisogno di dormire, ma ogni volta che chiudeva gli occhi sognava neve vorticante. E rivedeva uomini morti che barcollavano verso di lui, mani nere e occhi di un blu scintillante.

Su nel soppalco, Gilly emise un gemito disperato che rimbalzò giù nella sala dal soffitto basso, priva di finestre. «Spingi!» le comandò una delle vecchie mogli di Craster. «Forte. Più *forte*. Urla, se ti fa sentire meglio.» E Gilly urlò, così forte che Sam chiuse di colpo gli occhi.

Craster lanciò un'occhiata feroce. «Ne ho le palle piene di tutto questo urlare!» sbraitò verso l'alto. «Datele uno straccio da mordere, se no vengo su io a farle assaggiare il dorso della mia mano.»

E lo avrebbe fatto, Sam ne era certo. Craster aveva diciannove mogli, ma se si fosse mosso per salire quella scala a pioli, nessuna di loro avrebbe osato interferire. E lo stesso valeva per i confratelli in nero. Due notti prima, Craster si era messo a picchiare una delle ragazze giovani. A parecchi confratelli questo non era piaciuto, poco ma sicuro. «La sta ammazzando» aveva detto Garth di Greenaway. Karl Piededuro aveva riso. «Se lui non lo vuole, quel pezzetto di carne dolce, può darmelo a me.» Bernarr il Nero aveva imprecato a denti stretti, pieno di rabbia. Alan di Rosby si era alzato ed era uscito, per evitare di sentire i tonfi e i gemiti. «Sotto il tetto di Craster valgono le regole di Craster» aveva ricordato a tutti loro il ranger Ronnel Harclay. «E Craster è un amico della confraternita.»

"Un amico, certo." Quel pensiero rimbalzava nella mente di Samwell mentre ascoltava le grida soffocate di Gilly. Craster era un uomo brutale, che dominava mogli e figlie con il pugno di ferro, ma quel suo castello era pur sempre un rifugio. «Corvi congelati» aveva sogghignato Craster quando i confratelli si erano trascinati dentro, quei pochi che erano riusciti a sopravvivere al disastro sul Pugno dei Primi Uomini, agli assalti dei non-morti e al freddo micidiale. «E tanti meno del branco che se n'è svolazzato a nord.» Ma aveva comunque dato loro spazio sul pavimento, un tetto al riparo dalla neve e un fuoco attorno cui scaldarsi. Le sue mogli avevano anche portato loro ciotole di vino bollente, in modo da mettere qualcosa di caldo in pancia. "Corvi fottuti" li chiamava Craster, ma li aveva anche nutriti, sia pure con poco.

"Siamo suoi ospiti" si ripeté Sam. "Gilly è sua. Sua moglie, sua figlia, il suo tetto, le sue regole."

La prima volta che lui era passato di là, Gilly lo aveva supplicato di aiutarla. Sam le aveva prestato il suo mantello nero, in modo che lei potesse nascondere il ventre gravido mentre andava alla ricerca di Jon Snow. "I cavalieri dovrebbero proteggere le donne e i bambini." Soltanto pochi confratelli in nero erano cavalieri, eppure... "Tutti noi abbiamo pronunciato le parole del giuramento" pensò Sam. "'Io sono lo scudo che protegge i regni degli uomini.'" Una donna rimaneva comunque un essere umano, perfino una donna dei bruti. "Dovremmo aiutarla. Sì, dovremmo farlo." Gilly temeva per la creatura che aveva in grembo, temeva che potesse essere un maschio. Craster allevava le sue figlie in modo che in seguito diventassero le sue mogli, ma nel suo strano maniero non c'era mai stata traccia di maschi, né adulti né bambini. Gilly aveva detto a Jon che Craster aveva consegnato i suoi figli maschi agli dèi. "Se gli dèi sono generosi" pregò Sam "manderanno a Gilly una figlia."

Su nel soppalco, Gilly emise un altro grido strangolato. «Ecco che ci siamo» disse la donna anziana. «Un'ultima spinta, adesso. Oh, vedo già la testa del bambino...»

"Bambina" pensò Sam con disperazione. "La testa della *bambina...*"

«Freddo» bisbigliò Bannen, sempre più debolmente. «Ti prego. Tanto freddo.»

Sam mise da parte ciotola e cucchiaio, gettò un'altra pelliccia sopra l'uomo morente, mise un altro ciocco sul fuoco. Gilly lanciò un grido acuto e cominciò ad ansimare. Craster continuava a biascicare la dura salsiccia annerita. Per lui e per le sue mogli, le salsicce c'erano. Ma non per i Guardiani della notte.

«Donne» grugnì. «Quanto starnazzano. Un tempo avevo una grassa scrofa che ne ha cacciati fuori otto senza neanche un mezzo grugnito.» Senza smettere di masticare, Craster girò la testa, lanciando a Sam un'occhiata di disprezzo. «Era grassa quasi quanto te, ragazzo.» Sghignazzò. «Distruttore.»

Fu più di quanto Samwell potesse sopportare. Si allontanò dal grosso focolare, barcollando goffamente tra gli uomini che dormivano, che si accoccolavano e che morivano sul pavimento di terra battuta. Fumo e urla e gemiti gli stavano dando le vertigini. Abbassando la testa, si aprì la strada tra le pelli di cervo appese all'architrave, le porte del castello di Craster. Uscì nel pomeriggio del Nord.

Il cielo era coperto, ma per contrasto con la penombra rossastra della sala la luce del giorno era accecante. La neve appesantiva ancora i rami degli alberi circostanti, e ricopriva le colline dalle tinte dorate e ocra dell'autunno. Ma ce n'era meno di prima. La tempesta era passata e al castello di Craster i giorni erano stati... be', forse non caldi, ma almeno non così spaventosamente freddi. Samwell poteva udire il sommesso *plik-plik-plik* dell'acqua che si scioglieva dalle stalattiti di ghiaccio di cui era irto lo spesso tetto di fango indurito. Tirò un lungo sospiro tremante e si guardò attorno.

Verso ovest, Ollo Lophand e Tim Stone si muovevano lungo la fila dei cavalli, dando da mangiare e da bere ai destrieri superstiti.

Sottovento, altri confratelli scuoiavano e macellavano gli animali considerati troppo deboli per continuare. Picchieri e arcieri montavano la guardia al riparo di trincee scavate nella cruda terra, unica difesa di Craster contro qualsiasi insidia si celasse nella foresta là fuori. Da una dozzina di falò si alzavano dense dita di fumo grigio azzurro a gonfiarsi verso l'alto. Dalle profondità del bosco, Sam percepì l'eco lontana di asce al lavoro: l'obiettivo era raccogliere la legna necessaria per tenere i fuochi accesi tutta la notte. La notte era il momento peggiore. Calavano le tenebre, di notte. E calava il *gelo*.

Dal loro arrivo al castello di Craster non c'erano stati attacchi, né dei non-morti né degli Estranei. E non ce ne sarebbero stati, insisteva Craster. «Un uomo in grazia degli dèi non deve temere cose come quelle. L'ho detto anche a Mance Rayder, una volta, quando è venuto qua a ficcare il naso. Ma lui non mi dà retta, non più di quanto fate voi corvi neri con le vostre spade e i vostri fottuti fuochi. Tanto non vi aiuteranno quando verrà il freddo bianco. Solo gli dèi vi aiutano quando arriva. E con gli dèi è meglio andare d'accordo.»

Anche Gilly aveva parlato del freddo bianco e dei sacrifici che Craster faceva a quei suoi dèi. Quando lo aveva saputo, Samwell avrebbe voluto andare a ucciderlo. "Non esistono leggi oltre la Barriera" ricordò a se stesso. "E Craster è un amico della confraternita."

Da dietro la primitiva struttura di fango e sterpi si levò un grido. Sam andò a dare un'occhiata. Il terreno che aveva sotto i piedi era una poltiglia di neve che si scioglieva e di fango molle. Gli stessi materiali, sosteneva Edd l'Addolorato, di cui era fatto il castello di Craster. Materiali che però erano più densi della merda: risucchiavano gli stivali con tale forza che Sam ne sentì uno che stava per sfilarsi.

Sul retro di una specie di orto, a lato di un serraglio per le pecore, una dozzina di confratelli lanciava frecce a una sagoma fatta di paglia e fieno. Lo snello uomo biondo chiamato Donnel Hill il Dolce aveva appena piantato una freccia proprio nel centro del bersaglio, da cinquanta iarde di distanza.

«Prova tu a fare di meglio, vecchio» sfidò Donnel.

«*Aye*. Certo che faccio di meglio.»

Ulmer, dinoccolato, incurvato, dalla barba grigia e la pelle cascante, si spostò sullo spiazzo da cui tiravano e sfilò una freccia dalla faretra appesa al cinturone. In gioventù era stato un fuorilegge, membro della famigerata fratellanza del bosco del Re. Dichiarava di aver trafitto con una freccia la mano del Toro Bianco, leggendario comandante della Guardia reale, per rubare un bacio dalle labbra di una principessa dorniana. Oltre a quello, le aveva anche rubato i gioielli e uno scrigno pieno di dragoni d'oro, ma era del bacio che si vantava con tutti nelle sere di bevute.

Ulmer incoccò e tese l'arco, movimenti fluidi come seta d'estate. Scoccò. La sua freccia andò a conficcarsi a lato di quella di Donnel Hill, spostata di circa mezzo pollice verso il centro del bersaglio.

«Ti va bene così, ragazzo?» chiese l'anziano confratello, arretrando.

«Va bene, va bene» riconobbe Donnel con astio. «Avevi il vento a tuo favore. Soffiava più forte quando ho tirato io.»

«Allora dovevi tenerne conto. Hai buona mira e mano sicura, ma ci vuole ben di più per battere il miglior arciere del bosco del Re. Fu Fletcher Dick a insegnarmi come si tende un arco, e non c'è mai stato arciere più grande di lui su questa terra. Ti ho mai parlato del vecchio Dick?»

«Solo trecento volte.»

Al Castello Nero, non c'era uomo che non avesse sentito ripetere le storie di Ulmer sulla grande banda di fuorilegge dei tempi andati: Simon Toyne e il Cavaliere sorridente, Oswyn Lungocollo tre-volte-impiccato, Wenda la Cerbiatta Bianca, Fletcher Dick, Ben il Panzone e tutti gli altri. Cercando di risparmiarsi la trecentounesima volta, Donnel il Dolce si guardò in giro e vide Sam immobile nella palta.

«Ehi, *Distruttore*» chiamò, sollevando l'arco lungo. «Vieni a farci vedere come hai fatto a inchiodare l'Estraneo.»

Sam arrossì. «Non è stata una freccia. È stata una daga, di vetro di drago...» Sapeva quello che sarebbe successo se avesse impugnato quell'arco. Avrebbe mancato il bersaglio e mandato la freccia al di là della trincea, a perdersi tra gli alberi. E a quel punto, ci sarebbe stata una risata generale.

Non voleva che accadesse di nuovo: i sorrisi di derisione, le piccole battute crudeli, il disprezzo nei loro sguardi. Si girò e tornò da dove era venuto, solo che il piede destro sprofondò nel fango, e quando lui cercò di tirarlo fuori lo stivale rimase nella melma. Sam fu costretto a mettere un ginocchio a terra ed estrarlo a forza, mentre le immancabili risate gli raschiavano all'orecchio. A dispetto delle molte paia di calze, quando Sam riuscì finalmente a dileguarsi, la neve sciolta era comunque riuscita a filtrare fino al piede. "Inutile. Un essere inutile, ecco cosa sono" pensò tetramente. "Mio padre aveva ragione. Non ho alcun diritto di essere ancora vivo quando così tanti uomini valorosi sono morti."

Grenn si stava occupando del falò a sud dell'ingresso al perimetro, ed era intento a spaccare ciocchi con l'ascia nudo fino alla cintola. Era rosso in faccia per lo sforzo, il sudore che gli fumava dalla pelle. Quando Sam arrivò ansimando vicino a lui, gli rivolse un gran sorriso. «Gli Estranei si sono fregati il tuo stivale, Distruttore?»

"Anche lui?" «Colpa del fango. E, per favore, non chiamarmi a quel modo.»

«Perché no?» Il tono di Grenn era sinceramente perplesso. «È un bel nome. E tu l'hai ottenuto in modo onesto.»

Pyp prendeva sempre in giro Grenn accusandolo di essere duro di comprendonio quanto le mura di un castello, per cui Sam gli spiegò con pazienza come lui vedeva la cosa. «È solo un modo diverso per darmi del codardo» disse, in equilibrio sulla gamba sinistra mentre cercava d'infilare il piede destro nello stivale infangato. «Mi prendono in giro, proprio come prendono in giro Bedwyck chiamandolo "Gigante".»

«Lui però non è un gigante» obiettò Grenn. «E Piccolo Paul non è mai stato piccolo. Be', forse lo era quando ancora succhiava il latte dalla tetta della mamma, ma dopo no di certo. E tu quell'Estraneo lo hai distrutto *per davvero*. Non è la stessa cosa.»

«No, senti... io non ho mai... Ero *spaventato*!»

«Non più di quanto lo ero io. È solo Pyp che dice che sono troppo scemo per avere paura. Ma anch'io ho paura come tutti gli altri.» Grenn si chinò a raccogliere un ciocco spaccato a metà e lo gettò nel fuoco. «Avevo paura di Jon ogni volta che dovevo affrontarlo in addestramento. Era così svelto, lui, e combatteva come se avesse voluto uccidermi.» Il legno fresco, intriso d'umidità, rimase a fumare tra le fiamme prima di prendere fuoco. «Ma questo non l'ho mai detto a nessuno. Certe volte penso che tutti fanno solo finta di essere coraggiosi, ma nessuno di noi lo è. Forse fare è finta è il modo per diventarlo, non so. Lascia che ti chiamino Distruttore, che te ne importa?»

«A te però non è mai piaciuto che ser Alliser Thorne ti chiamasse "uri", o muflone.»

«Quello che lui diceva è che ero grosso e stupido.» Grenn si grattò la barba. «Se Pyp voleva chiamarmi "uri", poteva farlo. O tu, o Jon. Un uri è una grande bestia feroce, per cui non è poi così male come nome. Io *sono* grosso, e divento sempre più grosso. Quanto a te, non è meglio essere Sam il Distruttore che Messer Porcello?»

«Perché non posso essere Samwell Tarly e basta?» Sam si lasciò cadere pesantemente sul ciocco che Grenn doveva ancora tagliare. «È stato il vetro di drago a uccidere l'Estraneo. Non io, il vetro di drago.»

Era stato costretto a dirlo. A tutti quanti. Alcuni non gli avevano creduto, lo sapeva. Dirk aveva mostrato a Sam il proprio stiletto dicendo: «Ho una lama di ferro, che me ne faccio di una di vetro?». Bernarr il Nero e tutti e tre i confratelli di nome Garth gli avevano detto senza mezzi termini che non credevano alla sua storia. Rolley di Sisterton arrivò a dire: «Magari hai dato una pugnalata in un cespuglio e invece dietro c'era Piccolo Paul che stava cagando, per cui tiri fuori una balla».

Ma Dywen, il ranger veterano dai denti di legno, aveva ascoltato. E anche Edd l'Addolorato aveva ascoltato. Così avevano insistito che Sam e Grenn raccontassero l'intero evento al lord comandante. Jeor Mormont aveva tenuto la fronte aggrottata per tutto il tempo, facendo domande precise, ma era un uomo troppo cauto per ignorare qualsiasi possibile elemento di vantaggio, anche solo ipotetico. Aveva ordinato che Sam gli consegnasse tutto il vetro di drago contenuto nel suo zaino, che non era molto. Ogni volta che Sam pensava all'arsenale che Jon Snow aveva trovato sepolto tra le rocce del Pugno dei Primi Uomini, gli veniva voglia di piangere. C'erano lame di daga e rostri di picca, e almeno due o trecento punte di freccia. Jon aveva fatto daghe di vetro di drago per sé, per Sam, per il lord comandante Mormont, e aveva dato a Sam uno dei rostri di picca, un corno spezzato e alcune punte di freccia. Anche Grenn aveva preso una manciata di punte di freccia, ma questo era tutto.

Così, adesso gli restava solo la daga di Mormont e quella che aveva dato a Grenn, più diciannove frecce e una lunga lancia di legno di quercia con la punta di vetro di drago nero. Le sentinelle si erano passate la picca da un turno di guardia all'altro, mentre Mormont aveva distribuito le punte di freccia agli arcieri migliori. Bill Grugno, Garth Piumagrigia, Ronnel Harclay e Donnel Hill il Dolce ne avevano avute tre a testa, Ulmer quattro. Ma anche se avessero centrato ogni volta il bersaglio, sarebbero stati costretti a ripiegare sulle frecce incendiarie fin troppo presto. Sul Pugno dei Primi Uomini ne avevano lanciate a centinaia, di quelle frecce, eppure i non-morti avevano continuato ad avanzare.

"Non basterà" pensò Sam. Gli sbarramenti di pali e le trincee piene di neve sciolta e fango sarebbero riusciti appena a rallentare i non-morti, i quali avevano scalato le ben più ripide pendici del Pugno, dilagando oltre il muro perimetrale di rocce. E questa volta, invece di trecento agguerriti, ben disciplinati Guardiani della notte, i mostri avrebbero trovato a contrastarli solamente quarantuno stremati superstiti, nove dei quali feriti troppo gravemente per combattere. Degli oltre sessanta confratelli che erano riusciti a sganciarsi a colpi di spada dal Pugno dei Primi Uomini, solo quarantaquattro ce l'avevano fatta a trascinarsi fuori dalla tempesta, rifugiandosi infine nel castello di Craster. Tre di loro erano morti per le ferite riportate, e di lì a non molto Bannen sarebbe stato il quarto.

«Pensi che i non-morti siano spariti?» chiese Sam a Grenn. «Perché non vengono a finirci?»

«Vengono solo quando fa freddo.»

«È vero» riconobbe Sam. «Ma è il freddo che porta i non-morti, o sono i non-morti a portare il freddo?»

«Che differenza fa?» L'ascia di Grenn fece volare schegge di legno. «Vengono assieme, è questa l'unica cosa che importa. Ehi, adesso però noi sappiamo che il vetro di drago può ucciderli. Forse non verranno più. Forse adesso sono loro ad avere paura di *noi*!»

Samwell avrebbe voluto credere che potesse essere vero. A lui però sembrava che, una volta morti, la paura cessava di avere significato, così come anche l'amore e il senso del dovere. Si circondò le gambe con le braccia, continuando a sudare sotto gli strati di lana, cuoio e pellicce. La daga di vetro di drago aveva liquefatto la cosa livida nella foresta, era vero... Grenn però sosteneva che avrebbe fatto lo stesso anche con i non-morti. "Questo non lo sappiamo" pensò. "In realtà, non sappiamo niente. Quanto vorrei che anche Jon fosse qui." Grenn gli piaceva, ma non poteva fare con lui gli stessi discorsi che faceva con Jon. "Jon non mi chiamerebbe Distruttore, ne sono certo. E potrei parlargli della creatura di Gilly." Ma Jon era andato in esplorazione assieme a Qhorin il Monco, e di lui non avevano più avuto notizie. "Anche lui aveva una daga di vetro di drago, ma avrà pensato di usarla? E se ora giace morto e congelato in fondo a qualche strapiombo... o peggio ancora: se ora è morto e cammina?"

Sam continuava a non capire perché gli dèi volessero prendere Jon Snow e Bannen e risparmiare *lui*, così goffo e codardo. Avrebbe dovuto morire lui sul Pugno, lui che si era pisciato addosso tre volte, lui che aveva perduto la sua spada. E avrebbe dovuto morire nella foresta se Piccolo Paul non fosse arrivato e non l'avesse portato in salvo. "Vorrei che fosse stato solo un sogno. In modo da potermi svegliare"' Come sarebbe stato bello... risvegliarsi sul Pugno dei Primi Uomini, con i confratelli ancora tutti attorno a lui, magari con vicino Jon e Spettro. Anzi, meglio: svegliarsi al Castello Nero, al riparo della Barriera, per poi andare nella sala comune a farsi una ciotola di quella spessa zuppa d'avena che faceva Hobb Tre Dita, con una bella cucchiaiata di burro a sciogliersi nel mezzo e del miele come contorno. Quel solo pensiero fece rumoreggiare il suo stomaco vuoto.

«Snow.»

A quel suono, Sam alzò lo sguardo. Il corvo parlante del lord comandante Mormont stava svolazzando attorno al fuoco, le grandi ali nere che agitavano l'aria.

«Snow» gracchiò l'uccello. «Snow, snow.»

Dovunque andasse quel corvo, Mormont non poteva essere lontano. In sella al suo destriero, il lord comandante dei Guardiani della notte emerse dalla foresta, accanto a lui cavalcavano Dywen, l'anziano veterano, e Ronnel Harclay, che era stato promosso comandante dei ranger al posto di Thoren Smallwood, ucciso dall'orso mostruoso sul Pugno dei Primi Uomini. La sentinella armata di picca sulla porta intimò il *chi va là*. Il Vecchio orso rispose in tono ruvido: «Per i sette inferi, chi pensi che *vada là*? Gli Estranei ti hanno forse portato via gli occhi?». Superò la coppia di pali ai lati dell'ingresso, uno sormontato da un teschio d'ariete, l'altro da un teschio d'orso. Fermò il cavallo con un colpo di redini, sollevò un pugno, emise un fischio. Il corvo gli calò sulla spalla.

«Mio signore» comunicò Ronnel Harclay «ci sono rimasti solo ventidue cavalli, ma almeno la metà non riuscirà a farcela fino alla Barriera.»

«Lo so bene» brontolò Mormont. «Ma da qui dobbiamo comunque andarcene. Craster ce lo ha detto chiaro e tondo.» Il suo sguardo si spostò verso il cielo a occidente, dove un banco di nubi minacciose stava inghiottendo il sole. «Gli dèi ci hanno concesso una tregua, ma quanto durerà?» Mormont balzò a terra con un volteggio. Al movimento improvviso, il corvo tornò a spiccare il volo. Il Vecchio orso vide Sam: «*Tarly!*» tuonò.

«Io?» Goffamente, Samwell si rimise in piedi.

«Io?» ripeté il corvo atterrando sulla testa dell'anziano guerriero. «Io?»

«Il tuo nome è Tarly? Hai forse un fratello da queste parti? Sì, *tu*. Chiudi la bocca e vieni con me.»

«Con te?» Le parole uscirono dalle labbra di Sam in un balbettio.

Il lord comandante Mormont gli lanciò un'occhiata da incenerirlo. «Sei un uomo dei Guardiani della notte, Tarly. Cerca di non bagnarti le mutande ogni volta che ti guardo. Vieni, ho detto.» Affondando nel fango, i suoi stivali producevano suoni viscidi. Sam fu costretto ad arrancare per tenergli dietro. «Ho continuato a pensare a questo tuo vetro di drago.»

«Non è mio» disse Sam.

«Il vetro di drago di Jon Snow, allora. Se quello di cui abbiamo bisogno sono daghe di vetro di drago, perché ne abbiamo soltanto due? Ogni uomo della Barriera dovrebbe esserne armato a partire dal giorno in cui pronuncia il suo giuramento.»

«Non abbiamo mai saputo...»

«Non abbiamo mai *saputo*? Un tempo invece dovevamo sapere! La confraternita dei Guardiani della notte ha dimenticato lo scopo stesso della propria esistenza, Tarly. Non si costruisce una muraglia di ghiaccio alta settecento piedi semplicemente per impedire a un branco di selvaggi ricoperti di pelli di portare via qualche donna. La Barriera esiste *per proteggere i regni degli uomini...* e non per proteggerli semplicemente da altri uomini, che è tutto quello che sono questi bruti, una volta che ti trovi a faccia a faccia con loro. Troppi anni, Tarly. Troppe centinaia, migliaia di anni. Abbiamo perduto la consapevolezza di qual è il nostro vero nemico. E adesso che il nemico è qui, abbiamo dimenticato come si fa a combatterlo. Il vetro di drago viene dai draghi, non è questo che dice il popolino?»

«I ma-maestri pensano di no» insistette Samwell. «I maestri dicono che viene dai grandi fuochi nel ventre profondo della terra. "Ossidiana", lo chiamano.»

Mormont emise un grugnito. «Possono anche chiamarlo torta al limone per quello che m'importa. Se, come tu sostieni, questa ossidiana uccide davvero, ne voglio dell'altra. Ne voglio molta di più.»

Sam incespicò. «Jon ne ha trovata dell'altra, sul Pugno dei Primi Uomini. Centinaia di punte di freccia, e anche di punte di picca...»

«Così hai detto. Ma qui quell'arsenale vale ben poco. Per tornare sul Pugno dei Primi Uomini dovremmo essere armati con armi che non riusciremo ad avere fino a quando non ci saremo di nuovo, su quel fottuto Pugno dei Primi Uomini. E abbiamo ancora i bruti con cui fare i conti. Il vetro di drago dobbiamo trovarlo da qualche altra parte.»

Erano accadute talmente tante cose, che Sam quasi si era dimenticato dei bruti. «I Figli della foresta usavano lame di vetro di drago» disse. «Loro saprebbero dove trovare l'ossidiana.»

«I Figli della foresta sono tutti morti, Tarly» ribatté Mormont. «I Primi Uomini ne hanno sterminati la metà con spade di bronzo e gli Andali hanno annientato la metà che restava con quelle di ferro. Per quale motivo le daghe di vetro di drago dovrebbero...»

S'interruppe. Craster era sbucato fuori dalle pelli di cervo che chiudevano l'entrata. Il bruto sorrise, rivelando una chiostra di putridi denti marrone. «Ho un figlio.»

«Figlio» ripeté il corvo di Mormont. «Figlio, figlio, figlio.»

L'espressione del lord comandante era rigida. «Sono contento per te.»

«Davvero? E io sono contento quando tu e i tuoi ve ne andate da qui. Mai troppo presto, per quanto mi riguarda.»

«Non appena i nostri feriti avranno recuperato le forze...»

«Non possono recuperare più di quello che hanno già fatto, vecchio corvo nero, lo sappiamo entrambi. Sono già morti, e anche tu lo sai. Tagliagli la gola e falla finita. Oppure lasciali, se non hai lo stomaco per farlo, e a loro ci penso io.»

La voce di Mormont divenne ostile. «Thoren Smallwood diceva che tu sei un amico della confraternita.»

«*Aye*» ribatté Craster. «E vi ho dato tutto quello che potevo. Ma l'inverno sta arrivando, e adesso la ragazzina mi ha scodellato un'altra bocca da nutrire.»

«Potremmo prenderlo noi» borbottò qualcuno.

Craster girò il capo. I suoi occhi si strinsero. Sputò sul piede di Sam. «Cos'hai detto, Distruttore?»

Sam aprì la bocca, la richiuse. «Io... io... io volevo solo dire... se tu non la vuoi... la bocca in più da sfamare... con l'inverno che sta arrivando, noi... ecco, potremmo prenderlo noi, il bambino e...»

«Mio figlio. Il mio sangue. E tu pensi che lo do a voi corvi?»

«Pensavo solo che...» "Tu non hai figli maschi, tu li abbandoni, Gilly lo ha detto chiaramente. Li lasci nei boschi, per questo hai soltanto mogli... e figlie che crescono per diventare altre mogli."

«Fa' silenzio, Sam» ordinò il lord comandante Mormont. «Hai parlato abbastanza. Troppo. Vai dentro.»

«Mm-mio signore...»

«*Dentro!*»

Rosso in faccia, Samwell scostò le pelli di cervo, rientrando nella semioscurità della sala. Mormont lo seguì.

«Ma che razza di gigantesco imbecille sei, Tarly?» La voce dell'anziano guerriero era strozzata, rabbiosa. «Anche se Craster ce lo desse, il bambino sarebbe morto prima che arriviamo alla Barriera. In un momento come questo, abbiamo bisogno di un infante di cui occuparci quanto di un'altra tormenta di neve. Cos'è, quelle tue tettone hanno forse latte da dargli? O forse intendi prendere anche la madre?»

«Lei vuole venire» disse Sam. «Mi ha implorato...»

Mormont lo interruppe con un gesto. «Non una parola di più, Tarly. Ti è stato detto e *ridetto* di stare ben lontano dalle mogli di Craster.»

«Lei è sua figlia» si difese debolmente Sam.

«Va' a vedere come sta Bannen. Vacci subito. Prima che io dia fuori di matto.»

«Sì, mio lord.» Samwell se ne andò in fretta, tremando.

Ma quando raggiunse il focolare, fu solo per trovare Gigante intento a coprire il volto e la testa di Bannen con una cappa di pelliccia. «Diceva di avere freddo» disse il piccolo ranger. «Spero che sia andato in qualche luogo caldo.»

«La ferita...» disse Sam.

«Alla malora la ferita.» Dirk diede dei colpetti al cadavere con la punta dello stivale. «Era ferito al piede. Conoscevo un uomo del mio villaggio che lo aveva perduto, un piede. È vissuto fino a novantaquattro anni.»

«Il freddo» insistette Sam. «Non è stato mai al caldo.»

«Non è stato *nutrito*» sibilò Dirk. «Non come doveva. Quel bastardo di Craster lo ha fatto crepare di fame.»

Sam si guardò attorno con ansia. Craster non era rientrato. Se lo avesse fatto, le cose avrebbero potuto mettersi male di nuovo. Il bruto odiava i bastardi, anche se i ranger dicevano che lui stesso era un bastardo, frutto dell'unione di una donna dei bruti e di un corvo nero morto da molto tempo.

«Craster ha già i suoi da nutrire» disse a Gigante. «Tutte queste donne. Ci ha dato quello che poteva.»

«Non ci credo, cazzo. Il giorno che ce ne andremo, Craster aprirà un otre di birra e festeggerà con prosciutto e miele. E se la riderà di noi, che saremo là fuori a morire di fame. È solo un fottuto bruto, nient'altro. E nessuno dei bruti è amico della confraternita. Non vuoi credermi?» Dirk diede un altro calcio al corpo di Bannen. «Allora chiedilo a lui.»

Bruciarono il corpo al tramonto. Lo bruciarono sul fuoco che Grenn aveva alimentato per tutto il giorno. Tim Stone e Garth di Vecchia Città portarono fuori il cadavere nudo, reggendolo per le mani e per i piedi. Lo fecero oscillare un paio di volte prima di gettarlo tra le fiamme. I confratelli rimasti si divisero i vestiti di Bannen, e anche le sue armi, la sua corazza, tutto quello che aveva posseduto in vita. Al Castello Nero, i Guardiani della notte seppellivano i loro caduti con i dovuti onori. Ma questo non era il Castello Nero. "In questo castello le ossa ritornano... sotto forma di non-morti."

«Il suo nome era Bannen» disse il lord comandante Mormont, mentre le fiamme avvolgevano la salma. «Era un uomo coraggioso, un buon ranger. Venne da noi da... da dov'è che veniva?»

«Da qualche parte giù verso Porto Bianco» gridò qualcuno.

«Venne da noi da Porto Bianco» riprese Mormont «e mai è venuto meno al suo dovere. Ha mantenuto fede al suo giuramento quanto meglio ha potuto, cavalcando lontano, combattendo con fierezza. Non vedremo mai nessun altro come lui.»

«E ora la sua guardia si è conclusa» dissero i confratelli in nero, in un unico coro solenne.

«E ora la sua guardia si è conclusa» fece eco Mormont.

«Conclusa» gridò il suo corvo. «Conclusa.»

Sam aveva gli occhi rossi e la gola secca a causa del fumo. Guardò tra le fiamme. Credette di vedere Bannen mettersi seduto, con le mani strette a pugno, quasi a lottare contro il fuoco che lo divorava. Fu solo un istante, poi il fumo vorticante inghiottì tutto quanto. Ma la cosa peggiore fu *l'odore*. Se si fosse trattato di un lezzo repellente, Sam sarebbe anche riuscito a sopportarlo. Ma ciò che emanava dal suo confratello che bruciava era un odore talmente simile a quello del maiale arrosto che gli venne l'acquolina in bocca. Fu orribile. Troppo orribile. Il corvo urlò ancora: «Conclusa». Samwell Tarly corse dietro il castello di Craster. A vomitare in un fosso fangoso.

Fu là, inginocchiato nella melma, che lo trovò Edd l'Addolorato. «Vai a caccia di vermi, Sam? Oppure ti senti male e basta?»

«Mi sento male» rispose flebilmente Sam, ripulendosi la bocca con il dorso della mano. «Quell'odore...»

«Chi l'avrebbe mai detto che Bannen sapeva così di buono, eh?» Il tono di Edd era tetro come sempre. «Pensa che mi era venuta una mezza idea di tagliarmene una fetta. Se ci fosse stata un po' di salsa di mele, magari l'avrei anche fatto. Il maiale migliora sempre con la salsa di mele sopra.» Si slacciò le brache e tirò fuori l'uccello. «Meglio che non crepi anche tu, Sam, se no mi viene da pensare che non ce la farò a resistere. Con te, ci sarebbe una carne molto più croccante di quella di Bannen. Non sono mai stato capace di resistere a della buona carne croccante.» Edd sospirò e si mise a spandere un liquido arco giallo, fumante. «Ci mettiamo in sella alle prime luci, mi senti? Sole o neve, noi andiamo, così dice il Vecchio orso.»

"Sole o neve." Sam sollevò al cielo due occhi ansiosi. «Neve?» berciò. «Ci mettiamo... in sella? Tutti?»

«Be', no. Alcuni dovranno camminare.» Edd l'Addolorato diede una scrollata. «Ecco, Dywen dice che dovremmo imparare a cavalcare cavalli morti, come fanno gli Estranei. Dice che questo ci farebbe risparmiare sulla biada. Quanto può mangiare un cavallo morto?» Si richiuse la patta. «Non posso dire che l'idea mi piace. Se uno impara a fare andare i cavalli morti, mi sa che i prossimi siamo noi. E mi sa anche che il primo sarei proprio io. "Edd" diranno "adesso che sei morto, non ci sono più scuse per sonnecchiare, per cui alzati e prendi questa picca, sei tu di guardia questa notte." Bah, mi sto preoccupando troppo. Probabilmente sarò morto prima che loro scoprano il trucco.»

"Forse tutti noi saremo morti, e anche molto prima di quanto vorremmo." Sam si rimise in piedi barcollando.

Quando Craster seppe che i suoi sgraditi ospiti se ne sarebbero andati il mattino seguente, divenne quasi gentile, per quanto potesse diventarlo. «Era ora» disse. «Voi non siete di qui ve l'ho detto, no? Ma in ogni caso voglio che ve ne andate come si deve, con un banchetto. Una bella mangiata. Le mie mogli possono arrostire i cavalli che avete macellato, e io troverò birra e pane.» Sorrise di nuovo, mettendo in mostra i denti marci. «Non c'è niente di meglio di birra e carne di cavallo. Se li cavalchi, li puoi anche mangiare, lo dico sempre.»

Le sue mogli e le sue figlie trascinarono fuori le panche e i lunghi tavoli di tronchi, e poi si misero a cucinare e a servire. Tranne che per Gilly, Samwell faceva fatica a distinguerle l'una dall'altra. Alcune erano vecchie, altre giovani, alcune erano appena delle bambine, ma molte di loro erano anche figlie di Craster, oltre a essere le sue mogli, e per certi versi si assomigliavano tutte. Cucinando e servendo, parlavano tra loro a voce bassa, senza mai rivolgersi agli uomini in nero.

Nel castello c'era un'unica sedia, che naturalmente spettò a Craster. Indossava un gilè di pelle di pecora senza maniche. Le sue braccia massicce erano ricoperte di peluria bianca, attorno a un polso portava un bracciale d'oro a torciglione. Il lord comandante Mormont prese posto accanto a lui, all'estremità della panca alla sua destra. I confratelli in nero si ammassarono gomito a gomito, tranne una dozzina che erano fuori a montare la guardia e ad alimentare i fuochi.

Sam, con lo stomaco che ancora rumoreggiava, trovò posto tra Edd l'Addolorato e Oss l'Orfano. La carne di cavallo abbrustolita colava grasso mentre le mogli di Craster facevano ruotare gli spiedi sulle fiamme. Di nuovo, l'odore fece venire a Sam l'acquolina in bocca, e questo gli fece tornare in mente Bannen. Stava morendo di fame, eppure, se avesse cercato di mandarne giù anche un solo boccone, sapeva che avrebbe vomitato di nuovo. Come potevano gli altri divorare quei poveri destrieri che li avevano portati così lontano? Le mogli di Craster portarono in tavola delle cipolle e lui non esitò ad arraffarne una. Una metà era nera di muffa, Sam la tagliò via con la daga e mangiò l'altra metà cruda. C'era anche del pane, ma soltanto due forme. Ulmer ne chiese dell'altro, ma una delle donne si limitò a scuotere la testa.

Fu a quel punto che iniziarono i guai.

«Due forme e basta?» gridò Karl Piededuro dal fondo della panca. «Ma siete stupide, donne? Di pane ce ne serve di più!»

Il lord comandante Mormont gli lanciò un'occhiata severa. «Prendi quello che ti viene dato e sii riconoscente. A meno che tu non preferisca stare là fuori, a mangiare neve.»

«Ci torneremo anche troppo presto, là fuori.» Karl Piededuro non si lasciò affatto impressionare dalla rabbia del Vecchio orso. «Io voglio mangiare quello che Craster tiene nascosto, mio lord.»

Craster strinse gli occhi. «Ho dato abbastanza a voi corvi. Ho delle donne da sfamare.»

Dirk infilzò un pezzo di carne di cavallo. «*Aye*. Quindi ammetti che hai una dispensa segreta. So no, come altro faresti a superare l'inverno?»

«Io sono un uomo timorato...» cominciò Craster.

«Tu sei un uomo avido» lo rimbeccò Karl. «E sei un bugiardo.»

«Prosciutti» disse Garth di Vecchia Città, con voce quasi mistica. «C'erano dei maiali, quando siamo passati l'altra volta. Ci scommetto che ha dei prosciutti nascosti da qualche parte. Prosciutti affumicati e salami, e anche pancetta.»

«E salsicce» rincarò Dirk. «Quelle lunghe e nere, dure come la pietra, che si conservano per anni interi. Io dico che Craster ne ha infrattate almeno un centinaio.»

«Orzo» suggerì Ollo Lophand. «Avena. Grano.»

«Grano» gracchiò il corvo di Mormont, agitando le ali. «Grano, grano, grano, grano, grano.»

«*Basta così!*» tuonò Mormont al di sopra dei versi rauchi del corvo. «Tacete! Tutti quanti. Questa è follia!»

«Mele» disse Garth di Greenaway. «Barili e barili pieni di sode mele d'autunno. Ci sono alberi di mele là fuori, li ho visti io.»

«Fragole secche. Cavoli. Pinoli.»

«Grano, grano, grano.»

«Montone salato. C'è un ovile per le pecore. Ha dozzine di gerle piene di montone salato, lo sappiamo tutti che ce le ha.»

Ormai, Craster sembrava pronto a infilzarli a uno a uno per poi metterli ad arrostire assieme ai cavalli.

«*Silenzio!*» Il lord comandante Mormont si alzò. «Non tollererò più discorsi del genere.»

«E allora riempiti le orecchie di pane rinsecchito, vecchio.» Karl Piededuro si alzò a sua volta, arretrando dal tavolo. «O forse te la sei già mangiata, la tua crosta di pane del cazzo?»

«Hai forse dimenticato chi hai di fronte?» Sam vide la faccia del Vecchio orso virare al rosso. «Siediti, mangia e fa' silenzio. Questo è un *ordine*.»

Nessuno fiatò. Nessuno si mosse. Tutti gli occhi erano puntati sul lord comandante e sul grosso ranger dal piede di legno, intenti a fissarsi dai lati opposti del tavolo. Sam ebbe l'impressione che fosse Karl ad abbassare gli occhi per primo, che stesse per sedersi, per quanto pieno di rabbia...

... ma fu Craster ad alzarsi, con l'ascia in pugno. La grossa ascia di acciaio nero che proprio Mormont gli aveva dato come dono all'ospite.

«No» ringhiò il bruto. «Non ti siedi. Nessuno che mi chiama avido dorme sotto il mio tetto o mangia alla mia tavola. Vattene fuori, storpio. E anche te e te e te.» Da Piededuro, la testa dell'ascia si spostò a indicare Dirk e poi Garth e poi l'altro Garth. «Andatevene a dormire al freddo e a pancia vuota, tutti quanti, o io...»

«Bastardo del cazzo!» Era uno dei Garth quello che Sam udì imprecare, ma non capì quale fosse.

«*Chi è che mi chiama bastardo?*» Ruggendo, Craster spazzò via piatto, carne e coppe di vino con la sinistra, sollevando l'ascia con la destra.

«Tutti gli uomini lo sanno, che sei un bastardo di corvo» replicò Karl.

Per un uomo della sua stazza, Craster si mosse molto più in fretta di quanto Samwell avrebbe creduto possibile. In un attimo, saltò sul tavolo brandendo l'ascia. Una donna urlò. Garth di Greenaway e Oss l'Orfano snudarono i pugnali. Karl barcollò all'indietro, inciampando nel corpo di ser Byam, che giaceva a terra ferito. Un momento prima, Craster gli piombava addosso vomitando insulti. Il momento dopo, vomitava sangue. Dirk lo aveva afferrato per i capelli, tirandogli indietro la testa e aprendogli la gola da un orecchio all'altro con un'unica, veloce passata. Poi gli diede una spinta violenta. Il bruto crollò in avanti, dritto addosso a ser Byam. Il ranger ferito urlò di dolore, mentre Craster gli moriva addosso annegando nel suo stesso sangue, e l'ascia gli sfuggiva dalle dita ormai prive di forza. Due delle mogli di Craster piangevano, una terza imprecava, una quarta si gettò contro Donnel il Dolce e cercò di cavargli gli occhi a unghiate. Donnel la scaraventò a terra.

Il lord comandante, livido di furore, torreggiò sul cadavere di Craster. «Gli dèi ci maledicono!» gridò. «Non esiste crimine peggiore che portare l'assassinio nella casa dell'ospite. Nel nome di tutte le leggi del focolare, noi...»

«Non esistono leggi a nord della Barriera, vecchio. O te ne sei scordato?» Dirk prese per un braccio una delle mogli di Craster, le puntò alla gola la lama del pugnale insanguinato. «Facci vedere dove tiene nascosto il cibo, donna, se non vuoi fare la sua stessa fine.»

«Lasciala andare.» Mormont fece un passo avanti. «Avrò la tua testa per questo. Tu non...»

Garth di Greenaway gli sbarrò la strada. Ollo Lophand lo bloccò da dietro. Tutti e due avevano le lame sguainate. «Morditi la lingua, vecchio» intimò Ollo. Mormont cercò di estrarre la daga. Ollo aveva solamente una mano, ma era maledettamente svelto. Si liberò dalla stretta del Vecchio orso e gli affondò la lama nel ventre. Quando la strappò fuori, era tutta rossa, gocciolante.

A quel punto, l'universo impazzì.

Più tardi, molto più tardi, Samwell sedeva sul pavimento di terra battuta, tenendo la testa di Mormont in grembo. Non ricordava come fosse arrivato lì. Non ricordava quasi niente di quanto era accaduto dopo che il Vecchio orso era stato accoltellato. Garth di Greenaway aveva ucciso Garth di Vecchia Città, questo lo ricordava, ma non ricordava perché lo avesse fatto. Rolley di Sisterton si era spezzato il collo cadendo dalla scala del soppalco, dove cercava di arrivare per prendersi un assaggio delle mogli di Craster. Grenn...

Grenn gli aveva urlato qualcosa in faccia e lo aveva schiaffeggiato. Poi era scappato via con il Gigante, Edd l'Addolorato e alcuni altri. Il cadavere di Craster continuava a giacere sopra ser Byam, ma i lamenti del cavaliere ferito erano cessati. Quattro uomini in nero sedevano sulle panche, mangiando pezzi di carne di cavallo bruciacchiata, mentre Ollo Lophand si accoppiava sul tavolo con una donna piangente.

«Tarly.» Quando Vecchio orso cercò di parlare, il sangue gli sgorgò dalla bocca, andando ad arrossargli la barba. «Tarly, vai. *Vai.*»

«Dove, mio lord?» La voce di Samwell era piatta, inerte. "Non ho paura." Era così strana, quella sensazione. «Non c'è nessun posto in cui andare.»

«La Barriera. Torna alla Barriera. Adesso.»

«Adesso» gracchiò il corvo. «Adesso. Adesso.» L'uccello zampettò lungo il braccio dell'anziano guerriero morente, raggiunse il suo petto e, con una singola beccata, gli strappò un pelo della barba.

«Devi… devi andare a dirglielo.»

«Dirgli che cosa, mio lord?» chiese gentilmente Sam.

«Tutto. Il Pugno. I bruti. Il vetro di drago… Tutto quanto.» Il respiro di Mormont era diventato quasi impercettibile, la sua voce un sussurro. «Devi dire a mio figlio… Jorah. Digli di prendere il nero. Della confraternita. Il mio desiderio. L'ultimo.»

«Desiderio?» Il corvo inclinò la testa, i lucidi occhi neri quasi perplessi. «Grano?»

«Niente più grano» lo zittì Mormont. «Dillo a Jorah. Lo perdono. Mio figlio. Ti prego. Vai.»

«È troppo lontano» rispose Samwell. «Non ce la farò mai a raggiungere la Barriera, mio lord.» Era così stanco. Tutto quello che voleva era dormire, dormire senza più risvegliarsi. E sapeva che se fosse rimasto lì abbastanza a lungo, Dirk oppure Ollo Lophand o anche Karl Piededuro avrebbero finito con l'arrabbiarsi con lui, esaudendo il suo desiderio, giusto per vederlo morire. «Tanto vale che rimanga con te, mio lord. Lo sai? Non ho più paura, adesso. Né di te, né di nient'altro…»

«Invece è meglio che tu ne hai» disse una voce di donna.

Tre delle mogli di Craster erano in piedi davanti a loro. Due vecchie rugose che Sam non conosceva, e tra loro Gilly, tutta avvolta nelle pelli, con in braccio un fagotto di pelliccia bianca e marrone in cui doveva esserci il suo bimbo.

«Non dobbiamo parlare con le mogli di Craster» disse Sam. «Abbiamo i nostri ordini.»

«È finito il tempo degli ordini» disse la vecchia rugosa a destra di Gilly.

«I corvi più neri sono giù nella cantina, a ingozzarsi» disse la vecchia a sinistra. «O su nel soppalco, con quelle giovani. Ma presto torneranno. Meglio che tu sia già andato via quando tornano. I cavalli sono scappati, ma Dyah ne ha catturati due.»

«Tu hai detto che mi aiutavi» gli ricordò Gilly.

«Ho detto che sarebbe stato Jon ad aiutarti. Jon ha coraggio, ed è un bravo guerriero, ma adesso penso che sia morto. Io sono un codardo. E sono grasso. Guarda come sono grasso. E poi, lord Mormont è ferito. Non vedi? Non posso abbandonare il lord comandante.»

«Ragazzo» disse una vecchia. «Il vecchio corvo se n'è andato prima di te. Guarda.»

La testa di Mormont era ancora posata sul suo grembo, ma i suoi occhi erano aperti, fissi. Le labbra non si muovevano. Il corvo inclinò di nuovo la testa e gracchiò, poi guardò Sam. «Grano?»

«Niente grano.» Samwell abbassò le palpebre del Vecchio orso. «Non ne ha più, di grano.» Cercò di pensare a una preghiera. Gli uscì un'unica frase: «Madre, abbi misericordia. Madre, abbi misericordia. Madre, abbi misericordia».

«Tua madre non può fare niente per te» disse la vecchia a sinistra. «Neanche il vecchio uomo morto può fare niente per te. Prendi la sua spada, la sua grande mantella di pelliccia calda e anche il suo cavallo, se riesci a trovarlo. E poi vai.»

«La ragazza non mente» disse la vecchia a destra. «È la ragazza mia, e gliel'ho insegnato da subito con le botte che non si mente. Tu hai detto che l'aiutavi. Fai quello che ti dice Ferny, ragazzo. Prendi la ragazza e fai presto.»

«Presto» esortò il corvo. «Presto, presto, presto.»

«Dove?» chiese Sam, senza capire. «Dov'è che devo portarla?»

«In qualche posto caldo» risposero a una voce le due vecchie donne.

«Me e il mio piccolo.» Gilly stava piangendo. «Ti prego. Sarò tua moglie, come lo ero di Craster. Ti prego, ser corvo nero. È un bambino, proprio come ha detto Nella. Se non lo prendi tu, lo prendono *loro*.»

«Loro?» disse Sam.

«Loro. Loro. Loro» fece eco il corvo.

«I fratelli del bambino» spiegò la vecchia a sinistra. «I figli di Craster. Il freddo bianco si sta alzando là fuori, corvo. Lo sento nelle ossa. E queste povere vecchie ossa non mentono. Loro saranno qui presto. I *figli*.»

ARYA

I suoi occhi si erano abituati alle tenebre. Così, quando Harwin le tolse il cappuccio che le copriva la testa, il chiarore rossastro all'interno della caverna fece ammiccare Arya come uno stupido gufo.

Al centro del pavimento di terra battuta era stata scavata una enorme fossa, nella quale ardeva un fuoco gigantesco. Ruggendo, contorcendosi, le fiamme si levavano fino al soffitto annerito dal fumo. Le pareti della caverna erano un mosaico di pietre e terriccio, tra cui strisciavano gigantesche radici bianco grigiastre che parevano un groviglio di migliaia di serpenti albini. Arya fece scorrere lo sguardo su quello strano mondo sotterraneo. Figure umane cominciarono a emergere tra le radici, a comparire dalle ombre, per dare un'occhiata ai prigionieri. Vennero dalle imboccature di tunnel neri come l'inchiostro, scivolarono fuori da tutte le fenditure, da tutte le nicchie. In una zona dalla parte opposta del fuoco, le radici formavano una sorta di scalinata che saliva fino a una cavità dove un uomo sedeva immobile, quasi perduto tra i meandri del titanico albero-diga.

Lem tolse il cappuccio anche a Gendry. «Cos'è questo posto?» chiese il Toro.

«Un posto antico, profondo e segreto. Un rifugio dove né lupi né leoni vengono in cerca di preda.»

"Né lupi né leoni." Ad Arya vennero i brividi. Le tornò in mente il sogno che aveva fatto… la sua gola piena del sapore del sangue quando le sue fauci di lupo avevano strappato dalla spalla il braccio di un uomo.

Per quanto grande fosse il fuoco al centro, la caverna era ancora più grande. Era difficile dire dove cominciava e dove finiva. Oltre la soglia, i tunnel potevano fermarsi dopo qualche passo oppure continuare per miglia. Arya vide uomini, donne e bambini piccoli, tutti che la osservavano guardinghi.

«Eccolo là il mago, scoiattolino» disse Barbaverde. «Adesso avrai le tue risposte.» Indicò verso il fuoco, nel punto in cui Tom Settecorde stava parlando con un individuo alto e magro, che indossava una corazza fatta con parti provenienti da armature diverse sopra una tunica lacera, di un rosso sbiadito. "Thoros di Myr?... No, non può essere lui." Il ricordo che Arya aveva del prete rosso era quello di un uomo grasso, con la faccia liscia e un lucido cranio calvo. Quest'uomo, invece, aveva lineamenti cascanti e una criniera di arruffati capelli grigi. Tom disse qualcosa, il mago si voltò a guardarla e Arya pensò che stesse per avvicinarsi a lei. Ma a quel punto, nella luce delle fiamme apparve il Cacciatore Pazzo, e Arya e Gendry vennero dimenticati.

Il Cacciatore si era rivelato essere un individuo tozzo che indossava abiti di pelle chiara pezzati, un uomo stempiato, dal mento sfuggente, pronto alla rissa. A Tempio di Pietra, Arya aveva creduto che Lem e Barbaverde sarebbero stati fatti a pezzi quando erano andati ad affrontarlo davanti alle gabbie da corvi, imponendogli di consegnare loro il prigioniero Lannister nel nome del lord della Folgore. Tutto attorno ai due fuorilegge c'erano i molossi del Cacciatore, ringhianti e sbavanti di ferocia. Ma poi Tom Sette era riuscito ad acquietarli con la sua musica, Tansy la locandiera aveva attraversato la piazza con il grembiule pieno di ossa e grasso di montone e Lem aveva indicato Anguy appostato alla finestra del bordello, con in pugno l'infallibile arco e la freccia incoccata. Il Cacciatore Pazzo aveva inveito contro tutti loro, chiamandoli "sputacchiere puzzolenti", ma alla fine aveva acconsentito a portare il suo trofeo a lord Beric Dondarrion perché venisse giudicato.

L'uomo aveva i polsi legati da una corda di canapa, un cappio al collo e un sacco sulla testa. Eppure, da lui continuava a emanare un senso di letale pericolo. Arya lo percepiva serpeggiare per tutta la caverna. Thoros, *se* era davvero Thoros, incontrò preda e cacciatore a breve distanza dal fuoco.

«Come hai fatto a catturarlo?» chiese il prete rosso.

«I cani hanno fiutato l'odore. Da non credere, stava dormendo sotto un salice dopo una sbornia.»

«Tradito dalla sua stessa indole.» Thoros si voltò verso il prigioniero e gli strappò via il cappuccio. «Benvenuto nella nostra umile dimora, cane. Non è magnifica quanto la sala del trono di Robert Baratheon, ma la compagnia è migliore.»

Sul volto ustionato di Sandor Clegane, le fiamme proiettavano ombre rossastre, rendendolo addirittura più spaventoso di quanto apparisse alla luce del giorno. Quando fece forza sulle funi che gli legavano i polsi, scaglie di sangue secco caddero al suolo. La bocca del Mastino si contrasse: «Io ti conosco» disse a Thoros.

«È vero. Durante le grandi mischie, tu maledivi la mia spada fiammeggiante, anche se è con quella che ti ho abbattuto per tre volte.»

«Thoros di Myr» annuì Clegane. «Un tempo avevi il cranio rasato.»

«In quel tempo il mio cuore aveva ceduto al bere, e vano era il cuore, in verità. Inoltre, ho perduto il mio rasoio nei boschi.» Il prete rosso si diede un colpo sul ventre. «Oggi, sono meno di quanto ero, eppure sono di più. Un anno nelle terre selvagge fa svanire la carne dal corpo di un uomo. Vorrei poter trovare un sarto per la mia pelle. Nell'aspetto, potrei essere giovane di nuovo, e graziose fanciulle mi coprirebbero di baci.»

«Solo quelle cieche, prete.»

I fuorilegge scoppiarono in una risata generale, e Thoros rideva più forte di tutti. «Difatti. Eppure, non sono più il falso prete che conoscevi in quei giorni. Nel mio spirito, il Signore della luce si è risvegliato. Molti poteri per lungo tempo dormienti si stanno a loro volta risvegliando, e ci sono forze che si muovono nella terra. L'ho visto nelle mie fiamme.»

Il Mastino non fu impressionato. «In culo le tue fiamme. E in culo anche tu.» Diede un'occhiata circolare alla caverna. «Strana compagnia per un uomo di fede.»

«Questi sono i miei fratelli» disse Thoros con semplicità.

Lem Mantello di limone si fece avanti. Lui e Barbaverde erano gli unici uomini là dentro abbastanza alti da poter guardare il Mastino negli occhi. «Attento a non abbaiare troppo, cane. La tua vita è nelle nostre mani.»

«Allora farai meglio a ripulirti la merda dalle dita.» Il Mastino gli rise in faccia. «Da quanto tempo vi nascondete in questo buco?»

Quell'accusa implicita di viltà non piacque affatto ad Anguy l'Arciere. «Chiedilo a Vargo Hoat il Caprone se stiamo nascosti, Mastino. Chiedilo a tuo fratello. Chiedilo al lord mignatta. Gli abbiamo fatto sputare sangue a tutti loro.»

«Voi? Non fatemi ridere. Più che soldati sembrate guardiani di porci.»

«Certi di noi facevano proprio i guardiani di porci» ribatté un uomo tarchiato che Arya non conosceva. «E altri erano tintori, cantastorie o muratori. Ma questo prima della guerra.»

«Quando lasciammo Approdo del Re, eravamo uomini di Grande Inverno e uomini di Darry e uomini di Blackhaven, uomini di Mallery e uomini di Wylde. Eravamo cavalieri e scudieri e armigeri, eravamo lord e comunardi, uniti da un unico proposito.» La voce proveniva dall'uomo seduto più in alto di tutti, tra le radici pallide dell'albero-diga. «Sei gruppi di noi cavalcarono per assicurare tuo fratello Gregor alla giustizia del re.» L'uomo ora stava scendendo dal groviglio di radici. «Sei gruppi di uomini valorosi e onesti, guidati da uno stolto con le stelle sul mantello.»

Con addosso una cappa nera disseminata di stelle ricamate ridotta a uno straccio, e sotto di essa una corazza provata da mille battaglie, quell'uomo sembrava uno spaventapasseri. Il suo volto era quasi completamente sepolto da barba e baffi color rosso dorato. Tranne che per un punto privo di peli sopra l'orecchio sinistro, dove il suo cranio era infossato a causa di un colpo.

«Più di ottanta della nostra compagnia sono morti, ma altri hanno raccolto le spade cadute dalle loro mani.» L'uomo raggiunse il pavimento della caverna e i fuorilegge fecero ala per lasciarlo passare. Arya vide che gli mancava un occhio, e i bordi della cavità orbitale vuota erano pieni di cicatrici frastagliate. E tutto attorno al collo gli pendeva un anello di pelle annerita. «Con il loro aiuto, continuiamo a combattere quanto meglio possiamo, nel nome di Robert e del reame.»

«Robert?» gorgogliò Sandor Clegane, incredulo.

«Fu Ned Stark a darci l'ordine di partire» disse Jack Fortunello da sotto il suo elmo a calotta. «Ma lui, quel giorno, stava seduto sul Trono di Spade. Per cui non siamo mai veramente stati uomini suoi, ma uomini di Robert.»

«Robert è il re dei vermi da un pezzo. È per questo che vi siete sprofondati sotto la terra, per essere la sua corte?»

«Il re è morto» ammise l'uomo spaventapasseri. «E il nostro vessillo reale è andato perduto a Mummer's Ford, quando i macellai di tuo fratello ci sono calati addosso, ma noi siamo ancora uomini del re.» Si avvicinò al petto un pugno contratto. «Robert non è più, ma la sua terra rimane. E noi la difenderemo.»

«La *terra*?» grugnì il Mastino. «È forse tua madre, Dondarrion? O la tua puttana?»

Dondarrion? Beric Dondarrion era stato un uomo avvenente. Jeyne Poole, la giovane amica di Sansa, figlia dell'attendente di Grande Inverno, si era innamorata di lui a prima vista. Ma neppure Jeyne poteva essere cieca al punto da pensare che quest'uomo fosse avvenente. Eppure, quando Arya lo guardò meglio, vide le tracce, i resti della folgore violetta biforcata sullo smalto incrinato della sua corazza.

«Rocce, alberi e fiumi, ecco di che cosa è fatta la tua terra» stava dicendo il Mastino. «C'è bisogno di difenderle, le rocce? Robert non avrebbe pensato di farlo. Qualsiasi cosa non potesse scopare, combattere o bere lo annoiava. E quindi chi siete voi... *Bravi Camerati*?»

A quelle parole, l'altro appellativo degli infami Guitti Sanguinari, un'ondata di oltraggio dilagò per la caverna. «Prova a chiamarci di nuovo a quel modo, cane...» Lem snudò la spada lunga «e io ti farò ingoiare la lingua.»

Il Mastino guardò la lama con disprezzo. «Eccolo qua, un Bravo Camerata coraggioso, che sventola il suo acciaio di fronte a un prigioniero legato. Perché non mi sleghi, eroe? Forza, provaci. Così vediamo quanto sei coraggioso.» Si voltò verso il Cacciatore Pazzo alle sue spalle. «E tu, hai qualcosa da dire? O tutto il coraggio lo hai lasciato nei tuoi canili?»

«No, ma dovevo lasciarti a marcire in una gabbia per corvi.» Il Cacciatore estrasse il coltello. «Cosa che posso ancora fare.»

Il Mastino gli rise in faccia.

«Siamo tutti fratelli, qui» dichiarò Thoros di Myr. «Fratelli che hanno prestato sacro giuramento al reame, al nostro dio e a noi stessi.»

«La fratellanza senza vessilli.» Tom Sette strimpellò un singolo accordo. «I cavalieri della collina cava.»

«*Cavalieri?*» Clegane pronunciò la parola come un insulto ringhiante. «Dondarrion è un cavaliere, ma il resto di voi è la più patetica banda di fuorilegge e di uomini finiti che io abbia mai visto. La mia merda è meglio di voi.»

«Ogni uomo può essere un cavaliere» replicò il macilento Beric Dondarrion. «E ogni uomo che tu vedi davanti a te ha sentito il peso della spada sulla spalla. Noi siamo la compagnia dimenticata.»

«Lasciatemi andare, e io mi dimenticherò che esistete» ringhiò Clegane. «Se volete assassinarmi, fatelo pure, il vostro assassinio del cazzo. Mi avete tolto la spada, il cavallo, l'oro. Toglietemi anche la vita e sia finita... Ma almeno risparmiatemi questo belare da baciapile.»

«Morirai fin troppo presto, cane» garantì Thoros. «Ma non sarà assassinio: sarà solamente giustizia.»

«*Aye*» si associò il Cacciatore Pazzo. «È un destino ben più gentile di quanto meriti, dopo tutto il male che hai fatto. Voi osate chiamarvi leoni. A Sherrer, a Mummer's Ford, ragazzine di sei, sette anni sono state stuprate. Infanti che ancora succhiavano il latte sono stati tagliati in due sotto gli occhi delle loro madri. Nessun leone ha mai ucciso con tanta crudeltà.»

«A Sherrer e a Mummer's Ford io non c'ero» ribatté il Mastino. «I tuoi bambini morti va' a scaricarli davanti alla porta di qualcun altro.»

Fu Thoros a rispondergli. «Neghi forse che la Casa Clegane sia stata costruita sui bambini morti? Li ho visti io depositare i cadaveri del principe Aegon e della principessa Rhaenys davanti al Trono di Spade. Per diritto delle armi, in luogo di quei brutti cani, sul vostro vessillo dovrebbero campeggiare due infanti sgozzati.»

Il Mastino fece una smorfia. «Mi prendi forse per mio fratello? È forse un crimine essere un Clegane?»

«L'assassinio è un crimine.»

«E chi avrei assassinato?»

«Lord Lothar Mallery e ser Gladden Wylde» accusò Harwin.

«I miei fratelli Lister e Lennocks» dichiarò Jack Fortunello.

«Goodman Beck e Mudge, il figlio del mugnaio di Donnelwood» gridò una vecchia dalle ombre.

«La vedova di Merriman, dal cuore così dolce» aggiunse Barbaverde.

«Quei septon a Stagno Torbido.»

«Ser Andrey Charlton. Il suo scudiero Lucas Roote. Ogni uomo, donna e bambino a Campo di pietre e Mulino del topo muschiato.»

«Lord e lady Deddings, che erano tanto ricchi.»

Tom Settecorde continuò la conta dei morti. «Alyn di Grande Inverno, Joth Arcosvelto, Piccolo Matt e sua sorella Randa, Ryn l'Incudine. Ser Ormond. Ser Dudley. Pate di Mory, Pate di Bosco di Lancia, Pate il Vecchio e Pate di Bosco di Shermer. Wyl il Tessitore orbo, comare Maerie. Maerie la Puttana. Becca la Panettiera. Ser Raymun Darry, lord Darry, il giovane lord Darry. Il Bastardo di Bracken, Fletcher Will. Harsley, comare Nolla...»

«*Basta così!*» L'espressione del Mastino era irrigidita dall'ira. «Piantatela con questa litania. Questi nomi non significano niente per me. Chi erano?»

«Gente» rispose lord Beric. «Gente grande e piccola, giovane e vecchia. Gente buona e gente cattiva, morta sulle punte delle lance dei Lannister, morta con il ventre squarciato dalle spade dei Lannister.»

«Non è stata la *mia* spada a squarciargli il ventre. E chiunque dica il contrario è un mentitore.»

«Sei al servizio dei Lannister di Castel Granito» replicò Thoros.

«Lo ero un tempo. Io e migliaia di altri uomini. Adesso ognuno di noi è colpevole dei crimini commessi dagli altri?» Sandor Clegane sputò. «Ma forse voi siete davvero *cavalieri*. Mentite come mentono i cavalieri, e magari assassinate come assassinano i cavalieri.»

Lem e Jack Fortunello cominciarono a inveire contro di lui. Dondarrion alzò una mano, imponendo il silenzio. «Chiarisci le tue parole, Clegane.»

«Un cavaliere è una spada in sella a un cavallo. Tutto il resto – i giuramenti, gli unguenti sacri, i pegni delle dame – non è altro che un nastro di seta legato alla lama della spada. Può darsi che quella lama sia più bella con un nastro attorno, ma vi uccide nello stesso identico modo. Ebbene, all'inferno i vostri nastri. Ficcatevi le vostre spade su per il culo. Voi e io siamo la stessa cosa. C'è un'unica differenza: io non mento sulla mia identità. E allora uccidetemi pure, ma non chiamate me assassino mentre voi ve ne state lì a dirvi gli uni agli altri che la vostra merda non puzza di merda. *Avete capito*?»

Arya sgusciò davanti a Barbaverde, talmente rapida che lui nemmeno la vide. «Tu *sei* un assassino!» gridò. «Hai ucciso Mycah, non negarlo. Lo hai *assassinato*!»

Il Mastino la guardò senza dare segno di averla riconosciuta. «E chi sarebbe questo Mycah, ragazzo?»

«Io non sono un ragazzo! Mycah invece lo era. Era il garzone del macellaio e tu lo hai ucciso. Jory Cassel ha detto che lo hai quasi tagliato in due, e lui nemmeno aveva la spada.»

Adesso Arya sentiva gli occhi di tutti piantati su di lei, le donne, i bambini e gli uomini che chiamavano loro stessi i cavalieri della collina cava. «E questa chi è?» chiese qualcuno.

«*Per i sette inferi!...*» Fu il Mastino a rendersene conto. «La sorellina di quell'altra. La piccoletta che ha gettato nel Tridente quella ridicola spada di Joffrey.» La sua risata parve veramente l'abbaiare di un mastino. «Di' un po', non lo sai che sei morta?»

«No, *tu* sei morto!» replicò Arya con furore.

Harwin la prese per un braccio e la tirò indietro.

«La ragazza ti accusa di essere un assassino» disse lord Beric.

«Neghi di aver assassinato questo garzone di macellaio, questo Mycah?»

«Ero lo scudo giurato di Joffrey Baratheon» disse il Mastino scrollando le spalle. «Il garzone di macellaio aggredì un principe ereditario.»

«È una menzogna!» Arya lottò contro la stretta di Harwin. «Sono stata *io* ad aggredirlo! Ho colpito Joffrey e ho gettato Artiglio di leone nel Tridente. Mycah è scappato e basta, come io gli avevo detto di fare.»

«Tu hai visto il ragazzo attaccare il principe Joffrey?» chiese lord Beric Dondarrion al Mastino.

«Così ho udito dalle sue labbra regali. Non spettava a me mettere in discussione le parole di un principe.» Con le mani legate, Clegane indicò Arya. «E la sorella di questa stessa ragazzina lo ha confermato al cospetto del tuo prezioso re Robert Baratheon.»

«Sansa è solo una bugiarda!» Arya era di nuovo furiosa contro sua sorella. «Non è andata affatto come ha detto lei!»

Thoros prese lord Beric in disparte. Parlarono a voce bassissima per qualche momento, mentre Arya ribolliva di rabbia. "*Devono* ucciderlo. Cento e cento volte ho pregato per la sua morte."

Beric Dondarrion tornò a rivolgersi al Mastino. «Sei accusato di omicidio, ma qui nessuno è in grado di appurare la verità o la falsità dell'accusa. Per cui, non è nostro compito giudicarti. Ora è il Signore della luce l'unico che può farlo. Io ti condanno a un verdetto per singolar tenzone.»

Il Mastino corrugò la fronte, pieno di sospetto, come se non si fidasse delle proprie orecchie. «Che cosa sei tu, Dondarrion, uno stolto o un folle?»

«Né l'una cosa né l'altra. Sono semplicemente un lord. Prova la tua innocenza con una spada in pugno, e sarai libero.»

«No!» fu l'unica parola che Arya riuscì a gridare prima che Harwin le coprisse la bocca con una mano. "Non possono lasciarlo andare." Il Mastino era letale con una spada in pugno, questo lo sapevano tutti. "Si farà beffe di loro."

E infatti si fece beffe di loro. Sandor Clegane emise una lunga risata rauca che riecheggiò sulle pareti della caverna, una risata strangolata dal disprezzo. «Allora, chi sarà il prode?» Si voltò verso Lem Mantello di limone. «L'eroe con la cappa giallo piscio? No? Che te ne pare, Cacciatore Pazzo? I cani tu li prendi a calci, perché non ci provi con me?» Il Mastino vide Barbaverde. «Tu sei grosso quanto basta, uomo di Tyrosh, fatti avanti. O forse è la ragazzina che farete combattere contro di me?» Rise di nuovo.

«Forza e coraggio, cavalieri: chi di voi ha voglia di crepare?»
«È me che affronterai» disse lord Beric Dondarrion.
Arya ricordava tutte le strane storie che circolavano su di lui. "Non può essere ucciso" pensò, ma era una vana speranza. Il Cacciatore Pazzo tagliò le corde che imprigionavano le mani del Mastino. «Mi serve una spada e un'armatura.» Clegane si massaggiò un polso scorticato.
«Avrai una spada» dichiarò lord Beric. «Ma l'innocenza dovrà essere la tua armatura.»
Le labbra del Mastino si tesero. «La mia innocenza contro la tua corazza. È così che funziona, quindi?»
«Ned, aiutami a toglierla.»
Quando lord Beric pronunciò il nome di suo padre, Arya sentì un brivido. Ma questo Ned era solo un ragazzo, uno scudiero dai capelli biondi che non poteva avere più di dodici anni. Si fece avanti in fretta e aprì le fibbie che serravano l'acciaio. La tunica imbottita sotto la corazza era imputridita dall'uso e dal tempo. Anch'essa cadde a terra quando la placca di metallo venne rimossa.
Gendry trattenne il fiato. «Madre, abbi misericordia.»
Le costole di lord Beric si delineavano sotto la pelle cerea. Una cicatrice a forma di cratere slabbrato deturpava il suo pettorale sinistro, appena sopra il capezzolo. Quando Dondarrion si voltò per chiedere spada e scudo, Arya vide una cicatrice simile nella schiena. "Una lancia lo ha passato da parte a parte." Anche il Mastino aveva visto. "Ha forse paura?" Arya voleva che lui avesse paura, quanta doveva averne avuta Mycah prima di morire.
Ned portò a lord Beric il cinturone con la spada e una lunga tunica nera. Quell'indumento era fatto per essere portato sopra l'armatura, per cui ricadeva troppo largo sul suo corpo. Ma sul petto campeggiava la folgore violetta biforcata della Casa Dondarrion. Il lord sfoderò la spada e ridiede il cinturone allo scudiero.
Thoros si preparò a riconsegnare al Mastino il suo cinturone. «Possiede onore, un cane?» chiese il prete rosso. «In caso tu pensassi di aprirti la strada a colpi di spada, o di prendere un bambino come ostaggio… Anguy, Dennet, Kyle: al primo segno d'inganno, riempitelo di frecce.» Fu solamente dopo che i tre arcieri ebbero incoccato le frecce e teso gli archi che Thoros passò il cinturone a Clegane.
Il Mastino snudò la spada d'impeto e gettò via il fodero. Il Cacciatore Pazzo gli ridiede il suo scudo di legno di quercia, irto

di rostri di ferro, con sopra dipinto l'emblema con i tre cani neri dei Clegane. Il giovane Ned aiutò lord Beric a imbracciare il suo scudo, talmente macellato dai colpi che il simbolo della folgore violetta circondato da rade stelle quasi non si vedeva più.

Il Mastino fece il primo passo verso l'avversario. Thoros di Myr lo fermò. «Prima preghiamo.» Si girò verso le fiamme e sollevò le braccia al cielo. «Signore della luce, abbassa il tuo sguardo su di noi.»

Dovunque nella caverna, i membri della fratellanza senza vessilli levarono le loro voci in risposta. «*Signore della luce, difendici.*»

«Signore della luce, proteggici nelle tenebre.»

«*Signore della luce, possa il tuo volto risplendere su di noi.*»

«Accendi la tua fiamma tra di noi, o R'hllor» disse il prete rosso. «Mostraci la verità o la falsità di quest'uomo. Abbattilo con la tua potenza se è colpevole, concedi forza alla sua spada se non lo è. Signore della luce, dona a noi la tua saggezza.»

«*Perché la notte è oscura*» dissero tutti gli altri in coro, anche Harwin e Anguy insieme a loro «*e piena di terrori.*»

«Anche questa caverna è oscura» irrise il Mastino «ma qui, sono io il terrore. Mi auguro che il tuo sia un dio pietoso, Dondarrion. Perché lo incontrerai presto.»

Senza sorridere, lord Beric si passò il filo della spada lungo il palmo della mano sinistra. Lentamente, fece scorrere l'acciaio. Il sangue corse scuro dal taglio, colando sulla lama.

E a quel punto, la sua spada prese fuoco.

Arya udì Gendry bisbigliare una preghiera.

«Brucia al fondo dei sette inferi» imprecò il Mastino. «Tu e anche Thoros.» Lanciò un'occhiata al prete rosso. «Quando avrò finito con lui, toccherà a te, Myr.»

«Ogni parola che dici proclama la tua colpevolezza, cane» rispose Thoros, mentre Lem, Barbaverde e Jack Fortunello urlavano insulti e minacce.

Lord Beric rimase in silenzio, in attesa, immobile come acqua stagnante, lo scudo all'avambraccio sinistro, la spada fiammeggiante nella mano destra. "Uccidilo" invocò Arya. "Ti prego: lo devi uccidere." Illuminato dal basso, il volto di Dondarrion era la maschera della morte, l'orbita vuota simile a una ferita sanguinolenta, furibonda. La sua spada era in fiamme dalla punta fino all'elsa, ma lord Beric pareva non sentire il calore torrido. Era così immobile da sembrare scolpito nella pietra.

Il Mastino scatenò l'attacco, e allora Dondarrion si mosse, rapido come la folgore.

L'acciaio fiammeggiante si sollevò a intercettare l'acciaio gelido, lunghi vessilli di fuoco nella scia, simili a quei nastri di seta di cui aveva parlato Clegane. Le lame cozzarono l'una contro l'altra. L'istante stesso in cui il primo colpo venne parato, il Mastino ne assestò un altro. Questa volta, fu lo scudo di lord Beric a mettersi di mezzo, schegge di legno volarono via sotto la violenza del fendente. E i colpi continuarono, feroci, furiosi. Dal basso in alto, da destra a sinistra. Dondarrion li parò tutti. Le fiamme vorticavano dalla sua spada, spettri rossi, fantasmi gialli che disegnavano archi nell'aria della caverna. A ogni movimento, gli spettri bruciavano più vividi, come se il lord della Folgore fosse al centro di una gabbia di fuoco.

«È altofuoco?» domandò Arya a Gendry.

«No. Questa è un'altra cosa. È...»

«... magia?» completò lei, mentre il Mastino arretrava.

Adesso era lord Beric ad attaccare, riempiendo l'aria di vortici fiammeggianti, costringendo il gigantesco guerriero alla ritirata. Clegane parò un colpo alto. Uno dei cani dipinti sul suo scudo perse la testa. Passò al contrattacco, Dondarrion intercettò di nuovo con lo scudo il suo fendente e rispose duramente.

La fratellanza dei fuorilegge gridò incitamenti al suo capo. «È tuo!» udì Arya. «Addosso! Addosso! Addosso!»

Il Mastino parò un colpo alla testa, la sua espressione si distorse nel sentire il calore delle fiamme che gli alitava sulla faccia. Clegane grugnì, imprecò, arretrò.

Lord Beric non gli diede respiro. Si avventò sul guerriero deturpato, le braccia che mulinavano senza sosta. Le spade cozzarono, si separarono, cozzarono di nuovo. Altre schegge volarono via dallo scudo con la folgore. Fiamme tornarono a baciare i cani dipinti, una volta, due, tre. Il Mastino fintò a destra, Dondarrion lo anticipò con un rapido passo laterale e lo respinse dalla parte opposta... verso la vampata ruggente del fuoco al centro della caverna. Clegane arretrò fino a quando non sentì il morso del calore sulla schiena. Un rapido sguardo dietro di sé gli diede la visione di quanto aveva alle spalle. Un rapido sguardo che per poco non gli costò la testa sotto un nuovo attacco di lord Beric.

Sandor Clegane andò ferocemente al contrattacco. Arya vide il bianco dei suoi occhi. Tre passi avanti, due passi indietro, attacco sinistro che Lord Beric evitò, doppio fendente in avanti, trasverso sul rientro. *Clang! Clang!* I grandi scudi di quercia incassarono un colpo dopo l'altro, una mazzata dell'acciaio dopo l'altra. Una patina di sudore appiccicava i lunghi capelli sulla fronte del Mastino. "Sudore di vino" pensò Arya, ricordando che era stato catturato perché ubriaco. E pensò di vedere i primi lampi della paura nei suoi occhi. "Sta per essere sconfitto" si disse esultando. La spada di lord Beric falciò e sciabolò. In un unico, feroce assalto, il lord della Folgore riguadagnò tutto il terreno che Clegane aveva conquistato. Ancora una volta, il Mastino fu costretto sul margine del cratere. "Ci siamo, ci siamo... sta per morire!" Arya si alzò in punta di piedi, in modo da vedere meglio.

«*Fottuto bastardo!*» urlò il Mastino.

Le fiamme stavano lambendo il retro delle sue cosce. Andò al contrattacco, mulinando sempre più velocemente la grande spada, cercando di annientare l'avversario più piccolo con la forza bruta, cercando di spezzargli la spada, lo scudo, un braccio. Ma nei suoi occhi lampeggiavano le fiamme delle parate di Dondarrion. E quando il Mastino cercò di allontanarsi da esse, un piede gli cedette.

Sandor Clegane fu con un ginocchio a terra.

Lord Beric si avventò, il colpo decisivo che sibilava nell'aria, disegnando torridi pennoni di fuoco. Con il respiro ansimante per lo sfinimento, proprio all'ultimo secondo Clegane riuscì a sollevare lo scudo sopra la testa. *Crack!* Tutta la caverna parve vibrare all'impatto della spada sul legno di quercia che incassò il colpo eruttando un vulcano di schegge.

«Il suo scudo... *brucia...*» la voce di Gendry era un sussurro. Anche Arya lo vide. Le fiamme erano dilagate sulla vernice gialla scheggiata, stavano divorando i tre cani neri.

Con un temerario contrattacco, Sandor Clegane era riuscito a rimettersi in piedi. Lord Beric arretrò di un altro passo. Fu solo allora che il Mastino sembrò rendersi conto che il fuoco che gli ruggiva a un palmo dalla faccia proveniva dal suo stesso scudo. Con un urlo di repulsione, calò su di esso un colpo selvaggio, completandone la distruzione. Lo scudo si spezzò. Una metà volò via roteando, ancora avvolta dal fuoco. L'altra metà si ostinò a rimanergli attaccata all'avambraccio. I suoi sforzi disperati di liberarsene attizzarono le fiamme. Il fuoco raggiunse la manica. Tutto il suo braccio sinistro cominciò a bruciare.

«Finiscilo!» urlò Barbaverde a lord Beric. Altre voci si levarono in un unico coro. «Colpevole! Colpevole!» Arya gridò assieme a tutti gli altri. «Colpevole! Uccidilo! Colpevole! Uccidilo!»

Fluido come seta dell'estate, lord Beric scivolò in avanti per il colpo conclusivo. Il Mastino emise un grido rauco. Sollevò la spada a due mani. La calò con tutta la sua forza. Lord Beric parò facilmente...

«Noooooo!» Arya non contenne l'urlo.

... e la sua spada fiammeggiante si spezzò di netto in due. L'acciaio del Mastino continuò nella sua corsa di devastazione. Affondò nel corpo di Beric Dondarrion nel punto tra il collo e la spalla. L'acciaio fece scempio di tutto quello che incontrò, fino allo sterno. Dallo squarcio, il sangue eruttò in un fiume nero, rovente.

Sandor Clegane sussultò all'indietro, continuando a bruciare. Si strappò di dosso i resti dello scudo. Imprecando, li lanciò lontano. Poi si rotolò sulla nuda terra, cercando di spegnere le fiamme che continuavano a torcersi sul suo braccio.

Le ginocchia di lord Beric si piegarono lentamente, come in una genuflessione. Mentre crollava in avanti, la spada del Mastino rimase conficcata di traverso nel suo corpo. La terra della caverna bevve il suo sangue. All'interno della collina cava, gli unici suoni erano il ruggito delle fiamme e i deboli gemiti del Mastino che cercava di rialzarsi. "Mycah." E tutte le stupide preghiere che aveva levato agli dèi perché il Mastino morisse. Arya non riusciva a pensare ad altro. "Se gli dèi esistono, perché lord Beric non ha vinto?" Lei *sapeva* che il Mastino era colpevole.

«Vi prego...» implorò Sandor Clegane con un rantolo mentre si stringeva il braccio ustionato. «Brucio. Aiutatemi. Qualcuno... qualcuno mi aiuti.» Sandor Clegane stava piangendo. «*Vi prego.*»

Arya lo guardò, stupefatta. "Piange come un bambino..."

«Melly, occupati di quelle ustioni» ordinò Thoros. «Lem, Jack: datemi una mano con lord Beric. Ned, meglio che ci sia anche tu.»

Il prete rosso strappò la spada del Mastino dal corpo del suo lord caduto e ne conficcò la punta nella terra fradicia di sangue. Lem fece scivolare le sue grandi mani sotto le ascelle di Dondarrion, Jack Fortunello lo prese per i piedi. Assieme lo trasportarono oltre il fuoco al centro della caverna, svanendo nelle tenebre di uno dei tunnel. Thoros e il giovane Ned li seguirono.

Il Cacciatore Pazzo sputò. «Io dico di riportarlo a Tempio di Pietra. E di cacciarlo in una gabbia per corvi.»

«Sì» disse Arya. «Ha assassinato Mycah. È stato *lui.*»

«Quanta rabbia in uno scoiattolo così piccolo» mormorò Barbaverde.

Harwin sospirò. «R'hllor lo ha giudicato innocente.»

«Chi è "Rulore"?» Arya nemmeno riusciva a pronunciare quel nome.

«Il Signore della luce. Thoros ci ha insegnato che...»

Ad Arya non importava niente di quello che Thoros aveva insegnato. Strappò la daga dal fodero alla cintola di Barbaverde e scappò via prima che lui potesse afferrarla. Anche Gendry cercò di prenderla, ma lei era sempre stata troppo svelta per Gendry.

Tom Settecorde e alcune donne stavano aiutando il Mastino a rimettersi in piedi. La vista del suo braccio lasciò Arya senza fiato. C'era una striscia di pelle rosa là dov'era stata la correggia dello scudo. Ma sopra di essa, sotto di essa, dal polso al gomito, la sua carne era fessurata, rossa, grondante sangue e siero. Gli occhi di Sandor Clegane incontrarono quelli di lei. La sua bocca si distorse. «Ci tieni proprio tanto a vedermi morto? E allora fallo tu, ragazzina lupo. Piantamela dentro, quella lama. Sarà sempre più pulita del fuoco.»

Clegane cercò di alzarsi. Nel movimento, un lembo di carne ustionata si staccò dal suo braccio. Le ginocchia gli cedettero. Tom riuscì a trattenerlo per il braccio valido, evitando che cadesse.

"Adesso è il braccio" pensò Arya. "E prima è stata la faccia." Ma lui rimaneva pur sempre il Mastino. Meritava di bruciare nelle fiamme degli inferi. Nella sua stretta, il pugnale pareva essere diventato più pesante. Arya serrò le dita con più forza. «Hai ucciso Mycah» ripeté, sfidandolo a negare. «Dillo. Lo hai ucciso. Lo hai ucciso.»

«L'ho ucciso.» La faccia del Mastino era una maschera contorta. «L'ho tagliato in due dal mio cavallo, e ho riso della sua morte. Sono rimasto a guardare mentre picchiavano a sangue tua sorella. E sono rimasto a guardare anche mentre mozzavano la testa a tuo padre.»

Lem le afferrò il polso, torcendoglielo, strappandole la daga. Lei gli diede un calcio, ma lui tenne l'arma.

«Brucia negli inferi, Mastino» Arya urlò in faccia a Sandor Clegane, piena di furore cieco, disarmato. «*Brucia negli inferi!*»

«Già fatto.» La voce alle sue spalle era appena più percettibile di un sussurro.

Arya si girò. C'era lord Beric Dondarrion in piedi dietro di lei, una mano lorda di sangue appoggiata alla spalla di Thoros di Myr.

CATELYN

“Che i re dell’Inverno rimangano pure nelle loro cripte gelide sotto terra” disse a se stessa Catelyn. Era dal fiume che i Tully traevano la loro forza. Ed era al fiume che facevano ritorno una volta che le loro vite si erano concluse.

Collocarono lord Hoster su un agile scafo di legno, vestito con una scintillante armatura d’argento completa di corazza pettorale e maglia di ferro. Sotto di lui si allargava il suo mantello, ricamato a strisce ondulate blu e rosse. Anche la sua tunica era blu e rossa. Una trota, istoriata a scaglie di bronzo e d’argento, ornava la cresta del grande elmo da guerra che fu sistemato accanto a lui. Sul torace gli misero una spada di legno dipinto, le dita strette attorno all’impugnatura. Guanti di maglia di ferro celarono le sue mani devastate dal male, riuscendo quasi a farle apparire forti come un tempo. Alla sua sinistra, venne deposto il massiccio scudo di legno di quercia; alla destra, il corno da caccia. Il resto dell’imbarcazione venne riempito di pezzetti di legno e frammenti di vecchia pergamena, oltre a pietre per rendere lo scafo più pesante nell’acqua. Sulla prora sventolava il vessillo dei Tully, l’argentea trota guizzante di Delta delle Acque.

In sette furono scelti per spingere nella corrente l’imbarcazione funebre, in onore dei volti dei sette dèi. Uno era Robb, signore del Nord, al quale lord Hoster aveva prestato solenne giuramento di fedeltà. Con lui c’erano i lord Bracken, Blackwood, Vance e Mallister, ser Marq Piper… e Lothar Frey lo Storpio, giunto dalle Torri Gemelle quale latore della risposta che loro avevano aspettato. Formavano la scorta quaranta soldati comandati da Walder Rivers, il più anziano dei figli bastardi di lord Walder, un uomo austero, dai capelli grigi, con una reputazione di formidabile guerriero. Il loro arrivo, avvenuto a poche ore dal decesso di lord Hoster, aveva mandato Edmure su tutte le furie. «Quel vecchio bavoso di Walder Frey dovrebbe essere prima scuoiato e poi squartato!» aveva inveito. «A trattare con noi manda uno storpio e un bastardo. E non venitemi a dire che non si tratta di un insulto.»

«Non ho alcun dubbio che lord Walder abbia scelto con cura i suoi emissari» era stata la risposta di Catelyn al fratello. «Un gesto meschino, una stupida forma di vendetta. Ma non dimenticare con chi abbiamo a che fare. Lord Frey il ritardatario, lo chiamava nostro padre. Un uomo dal pessimo carattere, invidioso e soprattutto divorato dall'orgoglio.»

Grazie agli dèi, Robb aveva dimostrato più buonsenso dello zio. Aveva accolto i Frey con tutte le cortesie, trovando baraccamenti in cui alloggiare le truppe delle Torri Gemelle, e chiedendo discretamente a ser Desmond Grell, maestro d'armi della fortezza di Delta delle Acque, di farsi da parte per concedere a Lothar Frey l'onore di aiutare lord Hoster a partire per il suo ultimo viaggio. "Sei stato costretto a imparare una dura saggezza, figlio mio, e a impararla anche molto prima del tempo." Forse Casa Frey aveva davvero abbandonato il re del Nord, ma il lord del Guado rimaneva comunque il più potente tra gli alfieri di Delta delle Acque, e Lothar lo Storpio era lì in qualità di suo rappresentante.

I sette uomini spinsero lo scafo di lord Hoster lungo la scalinata dell'acqua, scendendo i gradini di pietra sommersa mentre la grata difensiva veniva sollevata con gli argani. Lothar Frey, corpulento e flaccido, aveva il fiato grosso nel fare la sua parte a spingere l'imbarcazione nella corrente. Jason Mallister, lord di Seagard, e Tytos Blackwood, lord di Raventree, si misero di prua, affrontando l'acqua del fiume alta fino al torace per indirizzarla nella direzione giusta.

Catelyn rimase a osservare dalle fortificazioni, in attesa. Così come aveva fatto tante e tante volte prima. Davanti a lei, il rapido, impetuoso Tumblestone andava a conficcarsi come una lancia nella sponda della Forca Rossa del Tridente, e il suo flusso bianco e azzurro si mescolava con quello fangoso, rossastro del fiume più ampio. La nebbia del mattino fluttuava sulle acque, tendaggi evanescenti, simili ai veli del ricordo.

"Bran e Rickon lo staranno aspettando" pensò Catelyn con tristezza. "Così come un tempo io lo aspettavo."

L'affilata imbarcazione superò l'arcata di pietra rossa della

Porta dell'acqua. Entrò nella forte corrente del Tumblestone e acquistò velocità, puntando verso il ribollire delle acque all'innesto tra i due fiumi. Lo scafo emerse dalla quiete delle alte mura della fortezza. Immediatamente, il vento gonfiò la vela quadrata, e Catelyn vide i raggi del sole scintillare sull'elmo di suo padre. Il timone di lord Hoster Tully mantenne la rotta, mandando lo scafo a navigare serenamente al centro del canale, verso il sole sorgente.

«Ora» esortò ser Brynden Tully, il Pesce Nero.

Accanto a lui, Edmure Tully – *lord* Edmure Tully a questo punto, e quanto tempo ci sarebbe voluto per abituarsi? – incoccò una freccia. Il suo scudiero accostò alla punta una sottile torcia. Edmure attese fino a che le fiamme non ebbero attecchito, poi sollevò il lungo arco, tese la fune fin quasi alla tempia e scoccò. *Thrumm!* La freccia salì verso il cielo. Catelyn ne seguì il volo con lo sguardo e con il cuore, fino a quando non ricadde estinguendosi con un lieve sibilo nelle acque turbinose, lontana dalla prua della barca funebre.

Edmure imprecò a denti stretti. «Il vento» disse, incoccando una seconda freccia. «Ancora.» Il fuoco della torcia si attorcigliò allo straccio intriso d'olio avvolto appena dietro la punta. Le fiamme si alzarono nuovamente. Edmure tese, puntò, scoccò. In alto e lontano volò la seconda freccia. Troppo in alto e lontano. Svanì nel fiume una dozzina di iarde oltre la barca, e la fiamma si estinse in un attimo. La rabbia stava colorando il collo di Edmure, rendendolo rosso quanto la sua barba. «Di nuovo» ordinò, sfilando una terza freccia dalla faretra. "È teso anche lui come quell'arco" percepì Catelyn.

Ser Brynden ebbe la stessa percezione. «Lascia che provi io, mio lord» propose.

«Posso riuscirci» insistette Edmure. Accesero la freccia. Lui sollevò l'arco, inspirò profondamente, mise l'arco in tensione. Per un lungo momento parve esitare, mentre la fiamma si dilatava crepitando lungo l'asta. Alla fine, scoccò. La freccia salì e salì, raggiunse la cuspide, tornò a discendere. In basso, sempre più in basso... sibilando a lato della vela gonfia di vento.

L'aveva mancata. Di poco, appena qualche palmo, ma l'aveva mancata. «Che gli Estranei se lo portino alla dannazione!» imprecò Edmure. La barca era quasi fuori portata, forma vacua tra le nebbie del fiume. Senza aggiungere altro, Edmure consegnò l'arco allo zio, ser Brynden.

«Presto» disse il Pesce Nero con urgenza. Incoccò una freccia, tenendola ferma di fronte alla torcia. Poi tese, lanciò. Fu tutto talmente rapido che Catelyn non fu nemmeno certa che la fiamma avesse attecchito. Ma mentre la freccia saliva nel cielo, vide le fiamme distendersi nell'aria, come un vessillo rosso lampeggiante. Poi la barca venne inghiottita dalla nebbia. Ricadendo, anche la freccia venne inghiottita dalla nebbia... fu solo un battito di ciglia. Improvviso come la speranza, l'anemone rosso del fuoco si aprì sui fiumi. La vela avvampò, gettando sulle nebbie vividi aloni rosa e arancione. Per un momento, Catelyn vide con chiarezza la forma della barca, avvolta da vortici di fiamme.

"Portami dentro di te, Cat, piccola mia." Quasi le parve di udire il suo sussurro.

Catelyn annaspò alla cieca, cercando la mano del fratello. Non la trovò. Edmure si era allontanato, per essere da solo sul punto più alto delle fortificazioni. Così fu suo zio Brynden a prenderle la mano, intrecciando le dita forti a quelle di lei. Insieme, guardarono il piccolo occhio infuocato allontanarsi sempre più, la barca tramutata in una pira che scendeva lungo la corrente.

Alla fine, svanì del tutto...

Forse avrebbe continuato ad andare alla deriva sul Tridente. O forse si era già frantumata, affondando. Il peso dell'armatura avrebbe portato lord Hoster a riposare nel soffice fango del fondale, nelle sale acquose che ospitavano la corte eterna dei Tully, branchi di pesci come loro attendenti.

Quasi nell'attimo stesso in cui lo scafo scomparve alla vista, Edmure se ne andò. Catelyn avrebbe voluto abbracciarlo, anche solo per poco. Avrebbe voluto sedere con lui per un'ora, o forse per un'intera luna, a parlare dei loro morti. E a piangere per loro. Ma sapeva bene quanto lui che non era questo il momento adatto. Edmure Tully era il lord di Delta delle Acque, adesso. I suoi cavalieri volevano stringersi attorno a lui, mormorando condoglianze e promesse di fedeltà, isolandolo da qualcosa di troppo piccolo come il dolore di sua sorella. Edmure ascoltò, senza udire nemmeno una parola.

«Non c'è vergogna nel mancare il bersaglio» le disse quietamente Brynden. «A Edmure, questo andrebbe detto. Il giorno in cui il lord mio padre scese lungo il fiume, anche Hoster mancò il bersaglio.»

«Con la prima freccia.» Catelyn allora era troppo piccola per ricordare, ma lord Hoster le aveva spesso raccontato quella storia. «La seconda ha trovato la vela.» Sospirò. Edmure non era forte quanto sembrava. Quando alla fine era sopraggiunta, la morte del lord loro padre era stata una misericordia per tutti loro, ma per Edmure era stato comunque un duro colpo.

La notte prima, dopo aver forse bevuto troppo, aveva ceduto ed era scoppiato a piangere, divorato dai rimpianti per tutte le cose rimaste incompiute, per tutte le parole rimaste non dette. Non avrebbe mai dovuto lasciare Delta delle Acque per andare a combattere sui guadi, aveva detto a Catelyn tra le lacrime. Avrebbe dovuto rimanere al capezzale di loro padre. «Dovevo essere con lui, come sei stata tu» aveva confessato. «Ha parlato di me, verso la fine? Dimmi la verità, Cat? Ha chiesto di me?»

L'ultima parola di lord Hoster era stata "Tansy", ma Catelyn non aveva trovato la forza di dirglielo. «Ha mormorato il tuo nome» gli aveva mentito. Suo fratello aveva annuito con gratitudine, baciandole una mano. "Se non avesse cercato di soffocare il suo dolore, il suo senso di colpa, forse sarebbe riuscito a tendere l'arco nel modo giusto." Catelyn sospirò. Un'altra cosa che non avrebbe detto a Edmure.

Ser Brynden la scortò dalle fortificazioni fino a dove si trovava Robb, circondato dai suoi alfieri, con la giovane regina al fianco. Nel vedere Catelyn, il re del Nord la prese dolcemente tra le braccia.

«Lord Hoster tuo padre aveva un aspetto regale, mia signora» mormorò Jeyne Westerling. «Quanto avrei voluto poterlo conoscere.»

«E io conoscerlo meglio» aggiunse Robb.

«Anche lui lo avrebbe desiderato» disse Catelyn. «Ma ci sono troppe leghe tra Delta delle Acque e Grande Inverno.» "E troppe montagne e fiumi ed eserciti tra Delta delle Acque e il Nido dell'Aquila." Sua sorella Lysa, lady della valle di Arryn, continuava a non rispondere alle sue lettere.

Anche da Approdo del Re l'unica risposta era il silenzio. A quel punto, Catelyn sperava che Brienne e ser Cleos avessero raggiunto la città con il loro prigioniero, Jaime Lannister. Poteva addirittura darsi che Brienne fosse già sulla via del ritorno, portando con sé Sansa e Arya. "Ser Cleos ha giurato che avrebbe imposto al Folletto di inviare un corvo messaggero non appena lo scambio avesse avuto luogo. Lo ha giurato!" I corvi però non sempre ce la facevano. Qualsiasi uomo armato di arco avrebbe potuto abbattere il volatile e arrostirselo per cena. La pergamena che avrebbe potuto dare pace al suo spirito forse ora giaceva tra le ceneri di un falò, assieme a un mucchietto di ossa di corvo.

C'erano altri in attesa di porgere a Robb le loro condoglianze. Catelyn si tenne pazientemente in disparte mentre, l'uno dopo l'altro, lord Jason Mallister, Grande Jon e ser Rolph Spicer parlavano al re del Nord. Ma quando fu il turno di Lothar Frey di accostarsi, Catelyn diede al figlio una discreta tirata di manica; lui si voltò e rimase ad aspettare quanto Lothar aveva da dire.

«Maestà.» Sui trentacinque anni e troppo in carne, Lothar Frey aveva occhi ravvicinati, pizzetto a punta e capelli scuri raccolti in piccole trecce che gli ricadevano fin sulle spalle. Una gamba era rimasta contorta durante il parto e per questo gli avevano dato il soprannome di "Lothar lo Storpio". Da una dozzina d'anni era l'attendente del padre, lord Walder Frey delle Torri Gemelle. «Siamo desolati di violare il tuo lutto, ma ritieni di poterci concedere udienza questa sera?»

«Con piacere» disse Robb. «Non è mai stato mio intendimento fomentare inimicizia tra noi.»

«Né è stato mio intendimento esserne la causa» aggiunse la regina Jeyne.

Lothar Frey sorrise. «Comprendo, e lo stesso vale per il lord mio padre. Mi ha dato istruzione di dirvi che anche lui è stato giovane, un tempo, e ricorda bene che cosa si prova a perdere il cuore di fronte alla bellezza.»

Catelyn dubitava fortemente che lord Walder avesse detto qualcosa di simile, o che avesse mai perduto il cuore di fronte alla bellezza. Il lord del Guado era rimasto vedovo per ben sette volte e adesso era sposato per l'ottava, ma delle sue consorti parlava quasi esclusivamente in termine di corpi per riscaldargli il letto e di giumente da procreazione. In ogni caso, quelle parole avevano il suono giusto, e Catelyn capì di non avere nulla da obiettare. Lo stesso valse per Robb.

«Grande è la cortesia di tuo padre» disse il giovane re del Nord. «Attendo con ansia la nostra conversazione futura.»

Lothar lo Storpio fece un inchino, baciò la mano della regina e si congedò. Intanto, si era già radunata una dozzina di altri personaggi. Robb parlò con ognuno di loro, dispensando ringraziamenti e sorrisi quando era necessario. Soltanto dopo che l'ultima persona si fu allontanata tornò a volgersi verso Catelyn. «C'è qualcosa di cui dobbiamo discutere. Vuoi accompagnarmi?»

«Come comandi, maestà.»

«Non era un comando, madre.»

«In tal caso, ne sarò lieta.»

Dal suo ritorno a Delta delle Acque, Robb l'aveva trattata con grande gentilezza, per quanto avesse cercato di rado un rapporto diretto tra loro. Se preferiva stare assieme alla sua regina, Catelyn non poteva certo biasimarlo. "Jeyne porta il sorriso sul suo volto, mentre l'unica cosa che io ho da condividere con lui è il dolore." Sembrava che a Robb piacesse anche la compagnia dei fratelli della sua sposa: il giovane Rollam, suo scudiero, e ser Raynald, suo vessillifero. "Hanno sostituito quelli che ha perduto" si era resa conto Catelyn nel vederli assieme. "Rollam ha preso il posto di Bran, Raynald è in parte Theon Greyjoy e in parte Jon Snow. Era solo con i Westerling che lei vedeva suo figlio sorridere, o lo udiva ridere come il ragazzo che ancora era. Con tutti gli altri, lui rimaneva sempre il re del Nord, il capo chino sotto il peso della corona perfino quando non la portava.

Robb baciò delicatamente la giovane moglie, promise di farle visita nelle sue stanze e si allontanò insieme alla lady sua madre. I loro passi li portarono verso il parco degli dèi.

«Lothar sembra ben disposto, e questo è un segno che apre alla speranza. Abbiamo bisogno dei Frey.»

«Questo non significa che torneranno con noi.»

Robb annuì. La cupezza della sua espressione, le spalle incurvate quasi portarono Catelyn sulla soglia delle lacrime. "La corona lo sta schiacciando. Desidera così tanto essere un buon re, essere coraggioso, onorevole e astuto, ma quel peso è troppo grande per un ragazzo." Robb continuava a fare il possibile, ma tutto continuava a rovinargli addosso, un colpo dopo l'altro, inesorabilmente.

Quando aveva ricevuto la notizia della battaglia combattuta a Duskendale, in cui lord Randyll Tarly aveva sbaragliato Robett Glover e ser Helman Tallhart, la reazione più comprensibile sarebbe stata di furore. Invece sul volto di Robb era apparsa un'espressione di stolida incredulità.

«Duskendale, sul mare Stretto? Per quale motivo Robett e ser Helman avrebbero dovuto spingersi fino laggiù?» Aveva scosso la testa, frastornato. «Un terzo della mia fanteria distrutto... per *Duskendale*?»

«Gli uomini di ferro occupano il mio castello» aveva risposto Galbart Glover, la voce gonfia di disperazione. «E ora mio fratello è prigioniero dei Lannister.» Robett Glover era sopravvissuto alla disfatta, ma era stato catturato poco dopo lungo la strada del Re.

«Non lo sarà a lungo» aveva promesso il re del Nord. «Offrirò loro in cambio Martyn Lannister. Lord Tywin dovrà accettare, se non altro per il fratello.» Martyn era figlio di ser Kevan, fratello gemello del giovane Willem che lord Karstark aveva sventrato nelle segrete di Delta delle Acque. Delitti che ancora tormentavano Robb, come Catelyn sapeva. La guardia attorno a Martyn era stata triplicata, ma Robb continuava a temere per la sua incolumità.

«Avrei dovuto scambiare lo Sterminatore di re con Sansa fin dal principio, esattamente come tu avevi suggerito» disse Robb mentre percorrevano il ponte coperto di collegamento. «Se l'avessi offerta in sposa a ser Loras, il cavaliere di Fiori, adesso i Tyrell sarebbero dalla nostra parte e non con Joffrey. Avrei dovuto pensarci.»

«Il tuo pensiero era rivolto alle battaglie, e giustamente. Nemmeno un re è in grado di pensare a tutto.»

«Battaglie» mugugnò Robb guidandola tra i grandi alberi del parco degli dèi. «Ho vinto tutte le battaglie che ho combattuto, eppure sto perdendo la guerra.» Alzò lo sguardo, come se le risposte fossero scritte nel cielo. «Gli uomini di ferro tengono Grande Inverno, e anche il Moat Cailin. Mio padre è morto, come Bran e Rickon e forse anche Arya. E adesso è morto anche tuo padre.»

Catelyn non doveva, non poteva permettere che lui cadesse preda della disperazione. Lei stessa conosceva fin troppo bene il gusto di quella coppa. «Robb, era da molto tempo che mio padre stava morendo. Non c'era nulla che tu potessi fare per cambiare quella realtà. È vero, hai commesso degli errori, ma quale re non ne commette? Ned sarebbe stato orgoglioso di te.»

«Madre, c'è qualcos'altro che devi sapere.»

Catelyn sentì il cuore saltarle in gola. "E questo è qualcosa che lui odia. E ha timore di rivelarmi." L'unica cosa a cui poté pensare fu Brienne, e la sua missione. «Si tratta dello Sterminatore di re?»

«No. Di Sansa.»

"È morta" pensò immediatamente Catelyn. "Brienne ha fallito. Jaime è morto e Cersei ha assassinato la mia dolce figlia per vendetta." «Lei se n'è... andata, Robb?»

«Andata?» Lui parve scosso. «Morta? Oh, madre, no, non è questo. Non le hanno fatto alcun male, solo che... un corvo messaggero è arrivato l'altra notte. E io... non ho trovato la forza di dirtelo, non fino a quando tuo padre non avesse raggiunto il suo riposo.» Robb le prese una mano. «L'hanno fatta sposare a Tyrion Lannister.»

Le dita di Catelyn si serrarono attorno a quelle del figlio. «Il Folletto?»

«Sì.»

«Tyrion aveva giurato di scambiarla con il fratello» disse Catelyn, annientata. «Sansa e Arya, tutt'e due. Le avremmo avute indietro se gli avessimo ridato il loro prezioso Jaime... il Folletto lo aveva giurato davanti a tutta la corte. Come ha potuto sposarla, dopo aver detto ciò che ha detto al cospetto degli dèi e degli uomini?»

«Tyrion Lannister rimane il fratello dello Sterminatore di re. Infrangere giuramenti è qualcosa che i Lannister hanno nel sangue.» Robb passò le dita sull'elsa della spada. «Quanto vorrei potergli mozzare quella sua testa deforme. A quel punto, Sansa sarebbe una vedova. E sarebbe libera. Non vedo altra via d'uscita. L'hanno costretta a pronunciare la formula di rito davanti a un septon, e a indossare un mantello porpora.»

Catelyn ricordava bene il piccolo uomo contorto che aveva catturato nella locanda sulla strada del Re, per poi trascinarlo attraverso le montagne della Luna fino al Nido dell'Aquila. «Avrei dovuto lasciare che Lysa lo scaraventasse fuori dalla Porta della luna. Povera, dolce Sansa... perché hanno voluto farle una cosa del genere?»

«Per Grande Inverno.» Robb aveva risposto senza esitazione. «Adesso che Bran e Rickon sono morti, la mia erede diretta è Sansa. E se dovesse succedere qualcosa a me...»

«Non ti accadrà nulla. *Nulla!*» Catelyn gli strinse la mano ancora più forte. «Non potrei sopportarlo. Mi hanno portato via Ned e i tuoi cari fratelli. Ora Sansa è sposata, Arya è perduta, mio padre è morto... Se dovesse succederti qualcosa, io impazzirei, Robb. Tu sei tutto quello che mi rimane. Sei tutto quello che rimane del *Nord*.»

«Non sono ancora morto, madre.»

Di colpo, Catelyn fu in preda al terrore. «Non è necessario combattere le guerre fino all'ultima goccia di sangue.» Avvertì la disperazione incrinarle la voce. «Non saresti il primo re a fare atto di sottomissione, e nemmeno il primo Stark.»

«No.» Le labbra di Robb si serrarono. «Mai.»

«Non c'è vergogna in un atto del genere. Quando la sua ribellione fallì, Balon Greyjoy si sottomise a Robert. Pur di evitare che il suo esercito affrontasse il fuoco dei draghi, Torrhen Stark si sottomise a Aegon Targaryen il Conquistatore.»

«Aegon aveva forse assassinato il padre di Torrhen?» Robb ritirò la mano da quella di lei. «Mai, ho detto.»

"Adesso si sta comportando come un ragazzo, non come un re." «I Lannister non hanno bisogno del Nord. Vorranno inchini e ostaggi, non di più... Il Folletto si terrà Sansa, qualsiasi cosa noi facciamo. Per cui hanno già il loro ostaggio. Gli uomini di ferro si riveleranno nemici ben più implacabili, te lo garantisco. Se vogliono nutrire una qualsiasi speranza di dominare sul Nord, i Greyjoy dovranno sterminare ogni singolo componente della Casa Stark, in modo da evitare dispute per il trono. Theon ha già assassinato Bran e Rickon. Tutto quello che resta loro da fare è assassinare te... E Jeyne, anche lei, certo. Credi davvero che lord Balon voglia correre il rischio di lasciarla in vita perché possa darti degli eredi?»

L'espressione di Robb era gelida. «È per questo che hai liberato lo Sterminatore di re? Per fare la pace con i Lannister?»

«Ho liberato lo Sterminatore di re per riavere Sansa... e Arya, se sono ancora vive. Questo tu lo sai bene, Robb. Ma se anche avessi nutrito qualche speranza di ottenere la pace, sarebbe davvero una cosa tanto infame?»

«Sì» rispose lui. «I Lannister hanno ucciso mio padre.»

«Credi che io lo abbia dimenticato?»

«Non lo so. Lo hai fatto?»

Catelyn non aveva mai alzato le mani su nessuno dei propri figli in un impeto di rabbia, ma questa volta arrivò sul punto di colpire Robb. Dovette compiere uno sforzo per ricordare a se stessa quanto spaventato, quanto solo dovesse sentirsi suo figlio in quel momento.

«Tu sei il re del Nord» disse. «La scelta è tua. Ti chiedo solamente di ripensare a quello che ho detto. I cantastorie compongono belle rime sui re che muoiono gloriosamente in battaglia, ma la tua vita vale più di una ballata, Robb. Almeno per me che te l'ho data.» Catelyn chinò il capo. «Ho il tuo permesso di ritirarmi?»

«Sì.»

Robb le voltò le spalle e sfoderò la spada. Quali fossero le sue intenzioni, Catelyn non fu in grado di dirlo. Non c'era nessun nemico, là nel parco degli dèi. Non c'era nessuno contro cui battersi. C'erano solo loro due, tra alti alberi e foglie cadute. "Esistono battaglie che nessuna spada può vincere" avrebbe voluto dirgli Catelyn. Ma la sua paura era che il re fosse sordo a tali parole.

Più tardi, alcune ore più tardi, Catelyn stava cucendo nelle sue stanze quando il giovane Rollam Westerling arrivò di corsa, ad annunciarle che la cena era servita. "Bene" pensò Catelyn, sollevata. Dopo il colloquio nel parco degli dèi, non era certa che suo figlio desiderasse la sua compagnia. «Uno scudiero consapevole del proprio dovere» disse a Rollam in tono cupo. "Anche Bran lo sarebbe stato."

Se al desco Robb appariva distaccato ed Edmure affranto, Lothar lo Storpio fece da contraltare a entrambi. Fu la cortesia fatta persona, parlando con affetto di lord Hoster, porgendo a Catelyn delicate condoglianze per la perdita di Bran e Rickon, lodando Edmure per la sua vittoria al Mulino di Pietra, ringraziando Robb per "la rapida, decisa giustizia" che aveva imposto a Rickard Karstark. Invece, Walder Rivers, fratello bastardo di Lothar, fu tutt'altra storia. Era un uomo aspro, ostile, il volto con gli stessi lineamenti sospettosi del vecchio lord Walder Frey. Parlò poco e di rado, dedicando la propria attenzione soprattutto alla carne e alla birra che gli veniva presentata.

Una volta che tutte le parole vuote furono state dette, la regina e gli altri Westerling si congedarono, i resti della cena vennero portati via e Lothar Frey si schiarì la gola. «Prima di passare alle questioni che ci conducono qui, c'è un altro argomento da affrontare» esordì con solennità. «Un argomento grave, temo. Avevo sperato che non toccasse a me essere latore di questa notizia, ma sembra che sia comunque mio dovere. Il lord mio padre ha ricevuto un messaggio dai suoi nipoti.»

Catelyn era stata travolta dalla sofferenza, al punto da dimenticarsi quasi completamente dei due giovanissimi Frey che aveva accettato di prendere come suoi protetti a Grande Inverno. "No, non anche questo. Madre, abbi misericordia, quanti altri colpi potremo sopportare?" In qualche modo sapeva, sentiva che le prossime parole che avrebbe udito avrebbero affondato ancora di più dentro di lei la lama che già la stava dilaniando. «I nipoti che si trovavano a Grande Inverno?» si costrinse a dire. «Grande Walder e Piccolo Walder?»

«Walder e Walder, è esatto. Ma al momento, mia lady, si trovano a Forte Terrore. Mi addolora dovervi dire quanto segue, ma c'è stata una battaglia. Grande Inverno è bruciato.»

«*Bruciato?*» La voce di Robb era incredula.

«I vostri lord del Nord hanno cercato di strapparla agli uomini di ferro. Nel momento in cui Theon Greyjoy si è reso conto che il suo trofeo era perduto, ha dato il castello alle fiamme.»

«Non abbiamo avuto notizia di nessuna battaglia» disse ser Brynden.

«I miei nipoti sono giovani, d'accordo, ma si trovavano là. Grande Walder ha scritto la lettera, ma anche il cugino l'ha firmata. Si è trattato di un evento quanto mai sanguinoso, stando al loro resoconto. Il vostro castellano è stato ucciso. Ser Rodrik, era questo il suo nome?»

«Ser Rodrik Cassel.» Catelyn era costernata. "Quel coraggioso, leale, caro uomo." Poteva quasi vederlo, mentre si accarezzava gli imponenti baffi bianchi. «Che ne è stato del resto della nostra gente?»

«Gli uomini di ferro hanno passato molti di loro a fil di spada, temo.»

Pieno di un muto furore, Robb picchiò un pugno sul tavolo. Poi si voltò di scatto, in modo da evitare che i Frey vedessero i suoi occhi pieni di lacrime.

Ma sua madre le vide. "Sul mondo le tenebre si fanno ogni giorno più fitte." Il pensiero di Catelyn andò a Beth, la figlioletta di ser Rodrik, all'infaticabile maestro Luwin e all'allegro septon Chayle, a Mikken nella sua forgia, a Farlen e Palla nei canili, alla vecchia Nan e al semplice Hodor. Il suo cuore era a pezzi. «Vi prego, non *tutti*...»

«No» disse Lothar lo Storpio. «Le donne e i bambini sono riusciti a nascondersi, i miei nipoti Walder e Walder erano tra loro. Con Grande Inverno in rovina, i sopravvissuti sono stati portati a Forte Terrore dal figlio di lord Bolton.»

«Dal *figlio* di lord Bolton?» La voce di Robb era incrinata.

Intervenne Walder Rivers. «Un figlio bastardo, credo.»

«Non Ramsay Snow? Roose Bolton ha quindi un altro figlio bastardo?» Robb era furibondo. «Ramsay Snow era un essere mostruoso, un turpe assassino, ed è morto da codardo. O almeno così mi è stato detto.»

«Non sono a conoscenza di altri dettagli» riprese Lothar. «In qualsiasi guerra, sempre grande è la confusione. Molte notizie false. Tutto quello che posso dirvi è che i miei nipoti asseriscono che è stato questo figlio bastardo di Bolton a salvare le donne e i piccoli di Grande Inverno. I superstiti sono al sicuro a Forte Terrore.»

«Theon» disse Robb all'improvviso. «Che ne è di Theon Greyjoy? È stato ucciso anche lui?»

«Nemmeno di questo sono a conoscenza, maestà.» Lothar lo Storpio aprì le braccia. «Walder e Walder non fanno parola della sua sorte. Forse lord Bolton potrebbe saperlo, se ha qualche contatto con questo suo figlio.»

«Non esiteremo a chiederglielo» disse ser Brynden.

«Tutti voi siete molto scossi, me ne rendo conto. Sono davvero dolente di aver rinnovato il vostro dolore. Forse dovremmo rimandare a domani. Le nostre faccende possono aspettare fino a quando vi sarete riavuti...»

«No» tagliò corto Robb. «Voglio che le nostre faccende siano risolte *adesso*.»

«Questo vale anche per me» concordò Edmure. «Hai una risposta alla mia offerta, mio lord?»

«Sì.» Lothar sorrise. «Il lord mio padre mi comanda di dire a sua maestà che accetterà la nuova alleanza matrimoniale tra le nostre due nobili Case e rinnoverà il suo giuramento di fedeltà al re del Nord. A condizione che sua maestà porga le sue scuse per l'insulto arrecato alla Casa Frey nella sua reale persona... a faccia a faccia.»

Delle scuse erano un prezzo infimo da pagare, ma Catelyn trovò detestabile quella meschina condizione imposta da lord Walder.

«Sono compiaciuto» disse Robb con cautela. «Non è mai stata mia intenzione causare dell'attrito tra noi, Lothar. I Frey hanno combattuto valorosamente per la mia causa. E io desidero molto averli di nuovo al mio fianco.»

«La tua cortesia mi lusinga, maestà. Allora, se questi termini sono da te accettati, mi è stata data licenza di offrire a lord Tully la mano di mia sorella, lady Roslin, una fanciulla di sedici anni. Roslin è la figlia più giovane che il lord mio padre ha avuto dalla sua sesta moglie, lady Bethany della Casa Rosby. Lady Roslin è di indole delicata e ha una grande passione per la musica.»

Edmure si agitò sullo scranno. «Non sarebbe meglio se prima la incontrassi?»

«La incontrerai alle nozze» replicò Walder Rivers in tono secco. «A meno che lord Tully non senta il bisogno di controllarle i denti.»

Edmure evitò di dare in escandescenze. «Ti prendo in parola per quanto riguarda lo stato dei suoi denti, Rivers. Al tempo stesso, sarebbe cosa gradevole se, prima di sposarla, potessi quanto meno vederla in faccia.»

«Dovrai accettarla qui e ora, lord Tully» non cedette Walder Rivers. «In caso contrario, l'offerta di mio padre verrà ritirata.»

Lothar lo Storpio allargò di nuovo le braccia. «Mio fratello ha l'irruenza tipica del soldato, ma dice il vero. È desiderio del lord mio padre che questo matrimonio abbia luogo immediatamente.»

«*Immediatamente?*» Edmure ripeté la parola in tono così infelice che la mente di Catelyn venne attraversata da un pensiero quanto mai sgradevole: che a battaglie finite suo fratello potesse rompere la promessa matrimoniale.

«Lord Walder ha forse dimenticato che stiamo combattendo una guerra?» chiese Brynden il Pesce Nero con voce aspra.

«Al contrario» replicò Lothar. «È esattamente questo a motivare la sua insistenza affinché le nozze vengano celebrate al più presto. In guerra, gli uomini muoiono, anche quelli giovani e vigorosi. Che cosa ne sarà della nostra rinnovata alleanza se lord Edmure dovesse cadere prima di aver preso Roslin in sposa? E c'è da considerare anche l'età di mio padre. Ha più di novant'anni, e difficilmente vivrà per vedere la fine di questo conflitto. Prima che gli dèi lo chiamino accanto a loro, darà conforto al suo nobile cuore sapere che la sua cara Roslin è felicemente sposata, in modo da morire con la consapevolezza che la fanciulla ha al suo fianco un marito forte a proteggerla.»

"Tutti noi vogliamo che lord Walder muoia contento." A Catelyn l'intero compromesso piaceva sempre meno. «Mio fratello ha appena perduto il padre» intervenne. «Ha bisogno di tempo per il lutto.»

«Roslin è una fanciulla luminosa» insistette Lothar. «Potrebbe rivelarsi proprio ciò di cui Edmure ha bisogno per superare il suo dolore.»

«E mio padre ha cominciato a non apprezzare i fidanzamenti prolungati» aggiunse il bastardo Walder Rivers. «Proprio non riesco a immaginarne il motivo.»

«Io lo immagino alla perfezione, Rivers.» Robb gli lanciò uno sguardo raggelante. «Ora, vi prego di volerci scusare.»

«Come vostra maestà comanda.» Lothar lo Storpio si alzò. Il fratello bastardo lo aiutò a zoppicare fuori dalla sala.

Edmure era furibondo. «Quello che stanno dicendo è che la mia promessa sposa non ha alcun valore. Per quale motivo dovrei lasciare che sia quel vecchio bavoso a scegliere la mia sposa? Lord Walder ha altre figlie oltre a Roslin. E ha anche svariate nipoti. Dovrebbe essermi concessa la medesima libertà di scelta che venne concessa a te, Cat. Ora sono io il lord a cui Walder ha giurato fedeltà. Dovrebbe fare salti di gioia alla sola idea che io prenda in matrimonio una *qualsiasi* delle donne Frey.»

«È un uomo orgoglioso» disse Catelyn. «E noi lo abbiamo ferito.»

«Che gli Estranei se lo portino alla dannazione, il suo orgoglio ferito! Non accetterò di essere coperto di vergogna nel mio stesso castello. La mia risposta è no.»

«Non ti darò alcun ordine, zio Edmure.» Robb gli lanciò un'occhiata cauta. «Ma se rifiuti, lord Frey lo prenderà come un altro insulto. E ogni speranza di ricomporre i nostri rapporti sarà svanita.»

«Questo tu non puoi saperlo» ribatté Edmure. «È dal giorno che sono nato che Frey vuole darmi una delle sue figlie. Non ha alcuna intenzione di lasciarsi scivolare tra quelle sue dita rugose un'occasione come questa. Quando Lothar gli porterà la nostra risposta, vedrai che scenderà a ben più miti consigli e accetterà la promessa di matrimonio... ma con una figlia di *mia* scelta.»

«Col tempo potrebbe farlo. Forse» disse ser Brynden. «Ma possiamo realmente permetterci di aspettare, con Lothar che va avanti e indietro tra qui e le Torri Gemelle con offerte e controfferte?»

«Io *devo* tornare al Nord.» Le mani di Robb si serrarono a pugno. «I miei fratelli morti, Grande Inverno distrutta, la mia gente sterminata... Solo gli dèi sanno che razza di essere è quel bastardo di Bolton, o se Theon Greyjoy è ancora vivo e libero. Non posso rimanere qui seduto ad aspettare un matrimonio che potrebbe avere o non avere luogo.»

«*Deve* avere luogo» disse Catelyn, anche se si sentiva il cuore pesante. «Edmure, ti garantisco che non sono più disposta di te a sopportare altri insulti e altre lamentele da Walder Frey. Al tempo stesso, vedo ben poca scelta. Senza questo matrimonio, la causa di Robb è perduta. Fratello... noi dobbiamo accettare.»

«*Noi* dobbiamo accettare?» Nella voce del nuovo lord Tully si era inserito qualcosa d'infantile. «Perché non ti offri tu come nona lady Frey, Cat?»

«Da quanto mi risulta, l'ottava lady Frey gode di ottima salute» rispose Catelyn. "Per fortuna." Diversamente, conoscendo di che cosa era capace lord Walder Frey, l'ipotesi prospettata da Edmure sarebbe potuta diventare decisamente realistica.

«Sono l'ultimo uomo dei Sette Regni che può dirti chi devi sposare, nipote» disse il Pesce Nero. «Però, tu avevi accennato al fare ammenda per la battaglia dei Guadi, o sbaglio?»

«Quello che avevo in mente era un ben diverso genere di ammenda. Che so, una singolar tenzone con lo Sterminatore di re. Sette anni di pace quale fratello questuante. Nuotare nel mare del Tramonto con le gambe legate...» Edmure si rese conto che il suo tentativo di umorismo non stava facendo sorridere nessuno. Alzò le braccia al cielo. «Che gli Estranei vi portino tutti quanti alla dannazione! E va bene: la sposo, quella donzella, la sposo! Per fare *ammenda*!»

DAVOS

«Voci.» Lord Alester Florent alzò la testa di scatto. «Le senti anche tu, Davos? Sta arrivando qualcuno.»

«Lampreda» disse Davos. «È ora di cena, o giù di lì.» La notte prima, Lampreda, uno dei due carcerieri, aveva portato loro uno sformato di manzo e pancetta, e anche una caraffa di birra. Alla sola idea, Davos sentì brontolare lo stomaco.

«No, sono più di uno.»

"Ha ragione." Davos udì almeno due voci, oltre al suono di passi, crescere nel silenzio delle segrete. Si alzò in piedi, accostandosi alle sbarre.

Lord Alester Florent si spazzò via la paglia dagli abiti. «Il re mi ha mandato a chiamare. O forse la regina, sì, certo... Selyse non mi lascerebbe mai marcire qui, io sono sangue del suo sangue.»

Fuori della cella apparve Lampreda, con il mazzo di chiavi in mano. Lo seguivano ser Axell Florent e quattro guardie, che rimasero in attesa sotto la torcia mentre Lampreda cercava la chiave giusta.

«Axell» chiamò lord Alester. «Dèi misericordiosi! È il re che mi manda a chiamare, o la regina?»

«Nessuno ti manda a chiamare, traditore» rispose ser Axell.

Lord Alester arretrò come se fosse stato schiaffeggiato. «No, ti giuro che non ho commesso alcun tradimento. Perché non mi dai ascolto? Se solo sua maestà mi permettesse di spiegare...»

Lampreda inserì una grande chiave di ferro nella serratura, la girò, aprì la porta della cella. «Tu» disse a Davos. «Vieni.»

«Dove?» Davos guardò ser Axell. «Dimmi la verità, cavaliere, intendi bruciarmi?»

«Sei stato mandato a chiamare. Puoi camminare?»

«Posso camminare.» Davos uscì dalla cella. Lord Alester si lasciò sfuggire un gemito di angoscia quando Lampreda chiuse di nuovo la porta.

«Prendi la torcia» ordinò ser Axell al carceriere. «Che il traditore rimanga nelle tenebre.»

«No...» gridò lord Alester, il traditore in questione, fratello di ser Axell. «Ti prego, Axell, non portare via la luce... Dèi, abbiate pietà...»

«Dèi? C'è un unico dio: R'hllor. E il dio Estraneo.» Ser Axell fece un gesto secco. Uno degli armigeri staccò la torcia dalla nicchia nella parete e si avviò per primo verso le scale.

«Mi stai portando da Melisandre?» chiese Davos.

«Ci sarà anche lei» rispose ser Axell. «Non è mai lontana dal re. Ma è sua maestà in persona che ha chiesto di te.»

Davos si portò una mano al petto, dove un tempo c'era la sua fortuna, in una sacca di pelle stretta da una stringa di cuoio. "Ma ora la mia fortuna è svanita" ricordò. "Assieme alle ultime falangi delle quattro dita che re Stannis mi ha fatto mozzare." Ma le sue mani erano ancora lunghe abbastanza da poter serrare la gola di una donna, specialmente una gola snella come quella di Melisandre di Asshai, sacerdotessa delle ombre.

Salirono sempre più in alto, percorrendo la scala a spirale in fila indiana. Le pareti erano di scabra pietra nera, fredda al tocco. La luce delle torce guizzava davanti a loro, le ombre scivolavano sul muro dietro di loro. Alla terza svolta superarono una grata di ferro che si apriva sull'oscurità, e un'altra grata ancora alla quinta svolta.

A quel punto, Davos immaginò che dovessero trovarsi vicino alla superficie, o addirittura sopra il livello della terra. Raggiunsero la porta successiva, questa fatta di legno, continuando a salire. Nelle pareti c'erano feritoie per arcieri, ma nessuna lama di luce solare si apriva la strada attraverso lo spessore delle mura. Fuori era notte.

Le gambe di Davos erano doloranti quando finalmente ser Axell aprì con una spinta una pesante porta e fece cenno di seguirlo. Al di là, un alto ponte di pietra si arcuava sopra un baratro, fino a congiungersi al Tamburo di pietra, il massiccio torrione centrale del castello della Roccia del Drago. Il vento dell'oceano soffiava incessante sotto le arcate che sostenevano il tetto del ponte. Nel superarlo, Davos sentì l'odore dell'acqua salmastra. Respirò a fondo, riempiendosi i polmoni dell'aria fredda, pura. "Vento e acqua, datemi forza" pregò. Un gigantesco fuoco ardeva nel cortile sottostante, per tenere lontani i terrori delle tenebre. Gli uomini della regina vi stavano raccolti attorno, cantando lodi al loro nuovo dio rosso.

Al centro del ponte, ser Axell si fermò all'improvviso. Un brusco gesto con la mano, e i suoi uomini sparirono fuori portata di voce. «Se dovessi decidere io, ti manderei al rogo assieme a mio fratello Alester» disse a Davos. «Siete due traditori.»

«Di' quello che ti pare. Io non tradirei mai re Stannis.»

«Lo faresti. Lo farai. Te lo leggo in faccia. E l'ho visto nelle fiamme. R'hllor mi ha concesso la benedizione di quel dono. Come a lady Melisandre, egli mi mostra il futuro nelle fiamme. Stannis Baratheon *siederà* sul Trono di Spade. L'ho visto. E so ciò che deve essere fatto. Sua maestà deve nominarmi Primo Cavaliere, in sostituzione di quel traditore di mio fratello. E sarà questo che tu gli dirai.»

"Che io gli dirò?" Davos non rispose.

«La regina insiste sulla mia nomina» continuò ser Axell. «Perfino il tuo vecchio amico di Lys, il pirata Saan, dice la stessa cosa. Abbiamo fatto un piano comune, lui e io. Eppure sua maestà continua a non decidersi, a non agire. La sconfitta, verme nero nella sua anima, lo rode dentro. È compito di noi che lo amiamo mostrargli che cosa fare. Se tu sei devoto alla sua causa quanto dichiari, allora unirai la tua voce alle nostre. Digli che io sono l'unico Primo Cavaliere di cui ha bisogno. Se glielo dici, quando prenderemo il mare farò in modo che tu abbia una nuova nave.»

"Una nave." Davos studiò il volto del suo interlocutore. Ser Axell aveva le grandi orecchie dei Florent, molto simili a quelle della regina. Peli setolosi ne spuntavano fuori, e anche dalle narici. Altri peli, a ciuffetti e a placche scalene, ricoprivano il suo doppio mento. Aveva il naso largo, gli occhi ostili ravvicinati. "Mi darebbe più volentieri una pira, non una nave, lo ha detto chiaramente, ma se gli facessi un favore..."

«E se stai pensando di tradirmi» riprese ser Axell «ti suggerisco di ricordare che da lungo tempo sono il castellano della Roccia del Drago. La guarnigione è mia. Forse non posso mandarti al rogo senza il consenso del re...» Pose una mano carnosa sulla nuca di Davos e lo spinse brutalmente contro il parapetto del ponte, alto fino alla cintola. «Ma non si sa mai, potrebbe capitarti una disgrazia.» Axell aumentò la pressione, tenendo Davos mezzo sospeso nel vuoto, a guardare giù nel cortile. «Mi hai sentito?»

«Ti ho sentito» rispose Davos. "E tu osi chiamare me traditore?"

Ser Axell lo lasciò andare. «Bene.» Sorrise. «Sua maestà sta aspettando. Meglio non farlo aspettare troppo.»

Fu alla sommità del Tamburo di pietra, all'interno del grande locale circolare chiamato sala del Tavolo dipinto, che incontrarono Stannis Baratheon. Il re era in piedi dietro il tavolo da cui la sala prendeva il nome, una massiccia lastra di legno scolpita e dipinta con la rappresentazione del continente occidentale com'era stato all'epoca di Aegon Targaryen il Conquistatore. A poca distanza dal re c'era un braciere di ferro, e i carboni ardenti emanavano un pulsante chiarore arancione. Quattro alte finestre a sesto acuto guardavano a nord, sud, est e ovest. Al di là di esse, c'era la notte e il cielo stellato. Davos poteva udire il soffio del vento e, più debole, il suono del mare.

«Maestà» disse ser Axell «con tua compiacenza, ho portato il Cavaliere della cipolla.»

«Vedo.»

Stannis indossava una tunica di lana grigia, un mantello rosso scuro e un cinturone di semplice cuoio nero da cui pendevano la spada e la daga. Gli circondava la fronte una corona di oro rosso con punte a forma di fiamma. Davos rimase sconvolto dal suo aspetto. Stannis Baratheon sembrava invecchiato di dieci anni rispetto all'uomo che aveva lasciato a Capo Tempesta quando aveva fatto vela per il fiume delle Rapide Nere, e per la battaglia destinata a segnare la loro fine. La barba tagliata corta del re era un intrico di fili grigi. Appariva anche molto dimagrito. I suoi occhi erano punti azzurri perduti in fosse profonde, e sotto la pelle del volto s'indovinava l'ossatura del cranio.

Eppure, nel vedere Davos, un debole sorriso gli increspò le labbra. «Allora il mare mi ha restituito il mio cavaliere dei pesci e delle cipolle.»

«Così è, maestà.» "Ma è consapevole di avermi fatto rinchiudere in una segreta?" pensò Davos piegando un ginocchio a terra.

«Alzati, ser Davos» ordinò Stannis. «Mi sei mancato, cavaliere. Ho bisogno di valido consiglio, e in questo tu sei sempre stato all'altezza delle mie aspettative. Per cui dimmi il vero: qual è la condanna per tradimento?»

La parola restò ad aleggiare nell'aria. "Domanda spaventosa" pensò Davos. Gli veniva forse chiesto di condannare il suo compagno di cella? O se stesso? "I re conoscono la risposta meglio di chiunque altro." «Tradimento?» riuscì a dire alla fine, debolmente.

«Come altrimenti definiresti voltare le spalle al tuo re, cercare di portargli via il trono che gli spetta di diritto? Ti chiedo di nuovo: qual è la condanna per il tradimento secondo la legge?»

«La morte.» Davos non ebbe scelta se non ammetterlo. «La condanna è la morte, maestà.»

«Ed è sempre stato così. Io non sono... Io non sono un uomo crudele, ser Davos. Tu mi conosci da molto tempo. Questa non è una mia sentenza. È sempre stato così, dai giorni di Aegon e addirittura da prima. Daemon Fuoconero, i fratelli Toyne, il re Avvoltoio, il gran maestro Hareth... i traditori hanno sempre pagato con la vita... perfino Rhaenyra Targaryen. Era la figlia di un re, madre di altri due, eppure subì la morte dei traditori per aver cercato di usurpare la corona del fratello. È la legge. *La legge*, Davos. Non crudeltà.»

«Sì, maestà.» "Non sta parlando di me." Davos sentì un sussultò di compassione per il suo compagno di cella, là sotto nelle tenebre. Sapeva che avrebbe dovuto tacere, ma era stanco, ed era disgustato. Udì se stesso dire: «Sire, lord Florent non intendeva tradire».

«I contrabbandieri usano forse un'altra parola? Io l'ho fatto Primo Cavaliere, eppure lui era pronto a svendere i miei diritti al trono per una ciotola di zuppa di piselli. Era addirittura pronto a dargli a Shireen, la mia unica figlia, che lui avrebbe concesso in sposa a un bastardo nato dall'incesto.» La voce del re grondava rabbia. «Mio fratello aveva il dono di ispirare lealtà. Perfino ai suoi nemici. A Sala dell'Estate vinse tre battaglie in un'unica giornata, portando lord Grandison e lord Cafferen prigionieri a Capo Tempesta. Appese i loro vessilli nella sua sala come trofei. I daini bianchi di Cafferen erano chiazzati di sangue, e il leone dormiente di Grandison era praticamente squarciato a metà. Eppure, quella stessa notte, entrambi banchettarono e si ubriacarono assieme a Robert. Lui arrivò addirittura a portarli a caccia con sé. "Questi uomini volevano portarti da Aerys il Folle per bruciarti sul rogo" gli dissi quando li vidi nel cortile, intenti a esercitarsi nel lancio dell'ascia. "Non dovresti mettere asce nelle loro mani." Robert aveva riso e basta. Io avrei gettato Grandison e Cafferen nelle segrete, lui invece li trasformò in amici. Lord Cafferen cadde al castello di Ashford, abbattuto da Randyll Tarly mentre combatteva *per* Robert. Lord Grandison fu ferito sul Tridente e morì un anno dopo. Mio fratello fece sì che loro lo amassero, mentre l'unica cosa che io sembro ispirare è il tradimento. Perfino perpetrato dal sangue del mio sangue, dalla mia stessa famiglia. Fratello, nonno, cugini, zii acquisiti...»

«Maestà» disse ser Axell «ti prego, dammi l'opportunità di dimostrarti che non tutti i Florent sono altrettanto deboli.»

«Ser Axell vuole che io riprenda la guerra» spiegò il re a Davos. «I Lannister pensano che io sia ormai finito e sconfitto, i lord che mi avevano giurato fedeltà mi hanno abbandonato, pressoché tutti quanti. Perfino lord Estermont, il padre della mia stessa madre, ha compiuto atto di sottomissione a Joffrey. I pochi che mi sono rimasti fedeli stanno perdendo le speranze. Dissipano i loro giorni bevendo e giocando d'azzardo, leccandosi le ferite come cani bastonati.»

«La battaglia riporterà l'ardore nei loro cuori, maestà» dichiarò ser Axell. «La sconfitta è una malattia, e la vittoria è la cura.»

«Vittoria...» La bocca del re si piegò in una smorfia. «Ci sono vittorie e vittorie, cavaliere. Ma descrivi il tuo piano a ser Davos. Voglio udire i suoi commenti su quanto proponi.»

Ser Axell si girò verso Davos. L'espressione sul suo volto doveva essere molto simile a quella sul volto dell'orgoglioso lord Belgrave il giorno in cui re Baelor Targaryen il Benedetto gli ordinò di inginocchiarsi a lavare i piedi piagati del mendicante. Ciononostante, ser Axell Florent obbedì.

Il piano che aveva concepito assieme a Salladhor Saan era semplice. A poche ore di navigazione dalla Roccia del Drago si ergeva l'isola della Chela, l'antica sede circondata dal mare della Casa Celtigar. Lord Ardrian Celtigar aveva combattuto alle Acque Nere sotto il vessillo del cuore fiammeggiante ma, una volta preso prigioniero, non aveva perso tempo a passare tra le file di Joffrey. In quel momento, si trovava ancora ad Approdo del Re. «Troppo spaventato dal furore di sua maestà anche solo per accostarsi alla Roccia del Drago, senza dubbio» affermò ser Axell. «Mossa saggia da parte sua. Quell'uomo ha tradito il suo re di diritto.»

Ser Axell proponeva di usare la flotta di Salladhor Saan e gli uomini scampati alle Acque Nere – alla Roccia del Drago Stannis ne aveva ancora circa millecinquecento, per la maggior parte membri della Casa Florent – per condurre una rappresaglia per la defezione di lord Celtigar. L'isola della Chela era scarsamente presidiata. Il suo castello, si diceva, era ricco di tappeti di Myr, cristalli di Volantis, monili d'oro e d'argento, coppe tempestate di gioielli, falchi magnifici, un'ascia di acciaio di Valyria, un corno col potere di richiamare mostri dalle profondità del mare, bauli di rubini e più vini di quanti se ne potessero bere in cento anni. A dispetto dell'immagine miseranda di sé che Celtigar aveva dato al mondo in realtà non aveva mai lesinato sul lusso personale.

«Incendiamo il castello e passiamo la gente a fil di spada» concluse ser Axell. «Tramutiamo l'isola della Chela in una desolazione di ceneri e ossa, buona solo per nutrire i beccamorti, in modo che il reame possa vedere il destino che tocca a chi fornica con i Lannister.»

Stannis ascoltò in silenzio il discorso di ser Axell, contraendo lentamente le mascelle. Alla fine, disse: «Si può fare, credo. Il rischio è poco. Joffrey non disporrà di forze marittime fino a quando lord Redwyne non sarà salpato da Arbor. Il bottino potrebbe servire a comprarci, almeno per qualche tempo, la lealtà del pirata Salladhor Saan. In se stessa, l'isola della Chela è priva di valore, ma la sua caduta farebbe notare a lord Tywin che la mia causa non è ancora morta». Il re tornò a rivolgersi a Davos. «Parla, cavaliere. E che sia la verità. Come valuti la proposta di ser Axell?»

"E che sia la verità." Davos ricordò la cella tenebrosa che condivideva con lord Alester, ricordò i due carcerieri, Porridge e Lampreda. Ripensò alle parole di ser Axell sul ponte verso il Tamburo di Pietra. "Una nave o una spinta nel vuoto, quale scegli?" Ma chi stava chiedendo in quel momento era il re.

«Maestà» disse Davos con lentezza. «Io la valuto una follia e anche... *aye*, codardia.»

«*Codardia?*» esplose ser Axell. «Nessun uomo può darmi del vile davanti al mio re!»

«Silenzio» gli impose re Stannis. «Continua, ser Davos, voglio udire le tue ragioni.»

Davos si girò verso ser Axell. «Tu dici che dovremmo mostrare al reame di non essere finiti. Assestare un colpo, tornare in guerra, *aye*... ma contro quale nemico? Non troverai neppure l'ombra di un Lannister sull'isola della Chela.»

«Troveremo dei traditori» disse ser Axell «per quanto ce ne siano altri molto più vicini. Forse addirittura in questa stessa stanza.»

Davos ignorò la provocazione. «Non ho dubbi che lord Celtigar abbia fatto atto di sottomissione a Joffrey. Lord Celtigar è un vecchio, che desidera solo finire i propri giorni nel suo castello, bevendosi i suoi buoni vini nelle sue belle coppe tempestate di pietre preziose.» Tornò a volgersi verso Stannis. «Eppure, quando hai chiamato, sire, lord Celtigar ha risposto. È venuto con le sue navi e le sue spade. È stato al tuo fianco a Capo Tempesta, quando Renly ci attaccò, e le sue navi hanno risalito le Acque Nere. Per te i suoi uomini hanno combattuto, per te hanno ucciso, per te hanno *incendiato*. L'isola della Chela è debolmente difesa, certo. Difesa da donne, bambini e vecchi. E questo perché? Perché i loro mariti, i loro figli e i loro padri sono morti sulle Acque Nere, ecco perché. Morti ai remi, oppure con la spada in pugno, combattendo sotto i nostri vessilli. Eppure ser Axell propone di piombare sulle case a cui questi uomini non faranno più ritorno. Propone di stuprare le loro vedove e di passare i loro figli a fil di spada. Questa gente non è fatta di traditori...»

«*Sono* traditori!» insistette ser Axell. «Non tutti gli uomini di Celtigar sono caduti alle Acque Nere. A centinaia sono stati presi prigionieri insieme al loro lord, e insieme a lui hanno fatto atto di sottomissione.»

«*Insieme a lui*» ripeté Davos. «Precisamente: erano i suoi uomini. Gli avevano giurato fedeltà. Quale altra scelta rimaneva loro?»

«Ogni uomo ha una scelta. Avrebbero potuto rifiutarsi di inginocchiarsi. Alcuni lo hanno fatto, e hanno pagato con la vita. Sono morti da uomini sinceri, leali.»

«Certi uomini sono più forti di altri.» Era una risposta debole, Davos lo sapeva. E Stannis Baratheon era un uomo dalla volontà di ferro, che non comprendeva né perdonava la debolezza altrui. "Sto perdendo" pensò Davos, con poca speranza.

«È dovere di ogni uomo rimanere leale al suo re di diritto, perfino quando il lord che serve agisce in modo opposto.» Il tono di Stannis non ammetteva repliche.

Un impeto disperato s'impadronì di Davos Seaworth, una temerarietà molto prossima alla follia. «Come tu rimanesti leale a re Aerys il Folle quando tuo fratello innalzò contro di lui i vessilli di rivolta?»

Seguì un silenzio stupefatto. Fu ser Axell a spezzarlo. «Tradimento!» urlò. Poi estrasse la daga dal fodero. «Maestà, è al tuo cospetto che quest'uomo osa pronunciare una simile infamia!»

Davos poteva udire il digrignare dei denti di Stannis. Sulla fronte del re apparve in rilievo una vena bluastra, rigonfia. I loro occhi si incontrarono.

«Metti via la tua lama, ser Axell» disse Stannis. «E lasciaci soli.»

«Come sua maestà desidera...»

«Desidero che tu te ne vada» ribadì Stannis. «Allontanati dalla mia presenza, e manda qui Melisandre.»

«Come comandi.» Ser Axell rimise la daga nel fodero, fece un inchino e si affrettò verso l'uscita. I suoi stivali echeggiarono rabbiosi sulla pietra del pavimento.

«Tu hai sempre fatto affidamento sulla mia tolleranza, Davos» ammonì Stannis quando furono soli. «Ma ricorda bene, contrabbandiere: io posso accorciarti la lingua con la stessa facilità con cui ti accorciai le dita.»

«Io sono tuo vassallo, maestà. Lo stesso vale per la mia lingua. Fa' di essa ciò che credi.»

«Certo» disse il re, più calmo. «E voglio che essa dica la verità. Per quanto la verità sia qualcosa di amaro, a volte. *Aerys?* Se tu solamente sapessi... quanto fu dura quella scelta. Il sangue del mio sangue o il mio signore?» Il viso di Stannis si contrasse. «Hai mai visto il Trono di Spade, Davos? I rostri sul bordo dello schienale, i vortici di metallo, le punte frastagliate delle spade e dei pugnali tutte attorcigliate, fuse le une nelle altre... Non c'è niente di *comodo* in quello scranno, cavaliere. Aerys si era tagliato così tante volte che gli uomini lo chiamavano "re Piaga". Fu su quello scranno che Maegor il Crudele venne assassinato. *Da* quello scranno, ho sentito dire da alcuni. Non è un sedile su cui un uomo possa riposare a suo agio. Mi chiedo spesso per quale ragione i miei fratelli lo volessero così disperatamente.»

«E tu allora?» gli chiese Davos. «*Tu* per quale ragione lo vuoi?»

«Non è questione di volerlo. Quale erede di Robert, il trono è mio. È la legge. Dopo di me, dovrà passare a mia figlia, a meno che Selyse non mi dia finalmente un figlio maschio.» Stannis fece scorrere con lentezza tre dita sulla superficie del Tavolo dipinto, sugli strati di lacca liscia, dura, scurita dal tempo. «Io *sono* il re. Volerlo essere non ha nulla a che fare con esserlo. Ho un dovere nei confronti di mia figlia. Nei confronti del reame. Perfino nei confronti di Robert. Lui provava poco affetto per me, lo so, ma era pur sempre mio fratello. La donna Lannister non solo lo ha reso cornuto, lo ha anche tramutato in un giullare con il berretto a sonagli. Potrebbe addirittura averlo assassinato, come ha assassinato Jon Arryn e Eddard Stark. Per questi crimini deve essere fatta giustizia. A cominciare da Cersei e dalle abominazioni che ha partorito. Ma quello è solo l'inizio. Intendo ripulire l'intera corte. Come Robert avrebbe dovuto fare dopo la battaglia del Tridente. Una volta, ser Barristan Selmy mi disse che il marcio nel regno di Aerys partiva da Varys. L'eunuco non avrebbe mai dovuto essere perdonato. Lo stesso vale per lo Sterminatore di re. Quanto meno, Robert avrebbe dovuto strappare quel mantello bianco di dosso a Jaime Lannister e sbattere lui sulla Barriera, come insisteva lord Stark. Invece fu Jon Arryn che Robert ascoltò. Io mi trovavo ancora a Capo Tempesta, assediato, irraggiungibile.» Stannis si voltò di scatto verso Davos, lanciandogli un'occhiata scaltra. «La verità, adesso. Perché volevi assassinare lady Melisandre?»

"Quindi lui *sa*." Davos non poté mentire. «Quattro dei miei figli sono bruciati sulle Acque Nere. È stata lei a consegnarli alle fiamme.»

«Le fai un torto. Quelle fiamme non sono state opera sua. Maledici il Folletto, maledici i piromanti, maledici quello stolto di Florent che ha portato la mia flotta dritta nella trappola. Oppure maledici me, per il mio ostinato orgoglio, per averla allontanata nel momento in cui avevo più bisogno di lei. Ma non maledire Melisandre. Lei rimane una mia fedele servitrice.»

«Maestro Cressen era un tuo fedele servitore. Lei lo ha ucciso, così come ha ucciso ser Cortnay Penrose e tuo fratello Renly.»

«Ora sei tu a parlare come uno stolto» lo rimproverò il re. «Melisandre ha *visto* la fine di Renly nelle fiamme, questo è vero, ma non è stata autrice di quella morte più di quanto lo sia stato io. La donna rossa era con me. Il tuo Devan può confermartelo. Dubiti di me? Allora chiedilo a lui. Melisandre avrebbe risparmiato Renly se soltanto avesse potuto. È stata lei a fare pressioni su di me perché m'incontrassi con lui, per dargli un'ultima possibilità di fare ammenda per il suo tradimento. Ed è stata sempre Melisandre a dirmi di mandarti a chiamare quando ser Axell era deciso a consegnarti a R'hllor.» Stannis fece un debole sorriso. «Tutto questo ti sorprende?»

«Sì. Melisandre sa che io non sono suo amico, né del suo dio rosso.»

«Ma sei amico *mio*. Questo, lei lo sa anche meglio.» Fece cenno a Davos di avvicinarsi. «Il ragazzo è malato. Maestro Pylos lo sta salassando con le sanguisughe.»

«Il ragazzo?» Il pensiero di Davos volò a Devan, scudiero del re. «Parli di mio figlio?»

«Devan? Un bravo giovane. C'è molto di te in lui. No, è il bastardo di Robert che è malato, il ragazzo che prendemmo a Capo Tempesta.»

"Edric Storm." «Ho parlato con lui nel giardino di Aegon.»

«Come lei ha desiderato. E come lei ha visto.» Stannis sospirò. «È riuscito ad affascinare anche te, quel ragazzo? È un dono che ha. Lo ha ottenuto dal padre, proviene dal sangue di Robert. Sa di essere figlio del re, ma ha scelto di dimenticare di essere nato bastardo. E adora Robert, così come lo adorava Renly quando era giovane. Il mio regale fratello faceva la parte del padre affettuoso nelle sue visite alla Roccia del Drago, e portava anche doni...

spade e pony e mantelli bordati di pelliccia. Opera dell'eunuco, tutto era opera di Varys. Il ragazzo scriveva alla Fortezza Rossa lettere traboccanti di ringraziamenti. Robert si faceva una risata e chiedeva a Varys che cosa mandare ogni anno. Renly non era meglio di lui. Ha lasciato che l'educazione del ragazzo venisse affidata a castellani e maestri, e ognuno di loro è rimasto vittima del suo fascino. Piuttosto che privarsi di lui, Penrose ha scelto la morte.» Il re tornò a far stridere i denti. «È qualcosa che continua a farmi infuriare. Come ha potuto pensare che avrei fatto del male a quel ragazzo? Nella rivolta contro Aerys scelsi Robert, non è stato forse così? Quando quel duro giorno venne, scelsi il legame del sangue, non quello dell'onore.»

"Non chiama il ragazzo per nome." E questo metteva Davos a disagio. «Spero che il giovane Edric si rimetta presto.»

«È un colpo di freddo, nulla di più.» Stannis fece un gesto vago, come per allontanare quel pensiero. «Ha la tosse, i brividi, la febbre. Ma maestro Pylos lo rimetterà in sesto rapidamente. Di per sé, il ragazzo è meno di niente, ma nelle sue vene scorre il sangue di mio fratello. E lei sostiene che nel sangue di un re c'è il potere.»

Davos non ritenne necessario chiedere chi fosse quella *lei*.

Stannis toccò di nuovo il Tavolo dipinto. «Guardalo, cavaliere della Cipolla. Il mio reame, il mio retaggio. Il mio Occidente.» Passò una mano su di esso. «Questi discorsi sui Sette Regni sono pura follia. Aegon se ne rese conto trecento anni fa, stando in piedi in questo stesso luogo. Dipinsero questo tavolo dietro suo comando. Fiumi e golfi, dipinsero, colline e montagne, castelli e città e mercati, laghi e paludi e foreste... ma nessun confine. *È un'unica entità*. Un unico reame, sotto il dominio di un unico re.»

«Un unico re» concordò Davos. «Ma un unico re significa pace.»

«Io porterò giustizia nel continente occidentale. Qualcosa che ser Axell non comprende, così come non comprende la guerra. L'isola della Chela non mi recherebbe nessun guadagno... e distruggerla sarebbe una cosa malvagia, proprio come tu hai detto. Celtigar deve pagare il prezzo del tradimento di persona, individualmente. E quando prenderò possesso del mio regno, lui pagherà quel prezzo. Ogni uomo dovrà raccogliere la tempesta frutto del vento che ha seminato, dal più alto dei lord al più infimo dei ratti di fogna. E molti di loro perderanno ben più della punta delle dita, hai la mia parola. Hanno immerso il mio regno in un bagno di sangue, e questo io non intendo dimenticarlo.» Re

Stannis voltò le spalle al tavolo. «In ginocchio, cavaliere della Cipolla.»

«Maestà?»

«Un tempo, per pesci e cipolle io ti feci cavaliere. Per questo, io ora decido di elevarti a lord.»

Davos non capiva. «Maestà, mi accontento di essere tuo cavaliere. Non saprei nemmeno da che parte cominciare a essere un lord.»

«Benissimo. Essere un lord significa saper mentire. Una dura lezione che sono stato costretto a imparare. E ora: *in ginocchio.* Te lo comanda il tuo re.»

Davos s'inginocchiò, e Stannis snudò la spada lunga. "Portatrice di luce" l'aveva chiamata Melisandre: la spada rossa degli eroi, forgiata dai fuochi che avevano annientato i sette dèi. La stanza parve più luminosa nel momento in cui la lama uscì dal fodero. L'acciaio sembrava mandare lampi, ora arancione, ora gialli, ora rossi. Attorno, l'aria tremava. E nessun gioiello era dotato di pari brillantezza. Ma quando Stannis toccò la spalla di Davos, non fu diversa da tutte le altre spade lunghe.

«Ser Davos della Casa Seaworth» disse il re «giuri di essere mio onesto e fedele vassallo, ora e per sempre?»

«Lo giuro, maestà.»

«Giuri di servirmi lealmente in tutti i tuoi giorni a venire, di darmi il tuo onesto consiglio e la tua pronta obbedienza, di difendere i miei diritti e il mio reame contro tutti i miei avversari nelle battaglie grandi e in quelle piccole, di proteggere la mia gente e di punire i miei nemici?»

«Lo giuro, maestà.»

«Alzati quindi, Davos Seaworth. E alzati quale lord del Bosco delle piogge, ammiraglio del mare Stretto… e Primo Cavaliere del re.»

Per un lungo momento, Davos fu troppo stupefatto per muoversi. "Solo questa mattina mi sono svegliato nelle sue segrete…" «Maestà, non puoi… Non sono adatto a essere il Primo Cavaliere del re.»

«Non esiste uomo più adatto.» Stannis rinfoderò Portatrice di luce, afferrò la mano di Davos e lo fece alzare in piedi.

«Le mie origini sono umili» gli ricordò Davos. «Un contrabbandiere salito di rango. I tuoi lord non mi obbediranno mai.»

«Vorrà dire che nomineremo dei nuovi lord.»

«Ma io… non so leggere… né scrivere.»

«Maestro Pylos leggerà per te. Quanto a scrivere, il mio ultimo

Primo Cavaliere scrisse fino a farsi cadere la testa dalle spalle. Tutto quello che ti chiedo è di darmi ciò che mi hai sempre dato. Onestà. Lealtà. Verità.»

«Di certo deve esserci qualcuno migliore... qualche grande lord...»

Stannis grugnì. «Bar Emmon, quel ragazzino? Il mio nonno privo di fede? Celtigar mi ha abbandonato, il nuovo Velaryon ha sei anni, e il nuovo Sunglass ha fatto vela per la città libera di Volantis dopo che ho bruciato suo fratello.» Fece un gesto di rabbia. «Alcuni uomini validi rimangono ancora, è vero. Ser Gilbert Farring continua a tenere per me Capo Tempesta, assieme a duecento uomini leali. Lord Morrigen, il Bastardo di Canto Notturno, il giovane Chyttering, mio cugino Andrew... ma di nessuno di loro mi fido come di te, mio lord del Bosco delle piogge. Tu sarai il Primo Cavaliere. E sarai quello che vorrò al mio fianco in battaglia.»

"Un'altra battaglia e per tutti noi sarà la fine" pensò Davos. "Lord Alester lo ha visto con fin troppa chiarezza." «Maestà chiede il mio onesto consiglio. E allora, in onestà... non abbiamo le forze per affrontare un'altra battaglia contro i Lannister.»

«Quella di cui parla sua maestà è la grande battaglia.» A parlare era stata una voce di donna, vibrante dell'accento dell'Oriente. Melisandre di Asshai era sulla soglia, splendida in seta rossa e levigato satin, reggendo un piatto d'argento coperto.

«Al confronto di quello che ci aspetta, queste piccole guerre non sono altro che scaramucce da bambini. L'essere il cui nome non può essere pronunciato sta raccogliendo il proprio potere, Davos Seaworth, un potere terribile, malvagio e formidabile oltre ogni comprensione. Presto verrà il gelo. E verrà la notte che non ha fine.» La donna rossa collocò il piatto d'argento sul Tavolo dipinto. «A meno che gli uomini non trovino il coraggio di combatterlo. Uomini i cui cuori sono fatti di fuoco.»

Stannis fissò il piatto d'argento. «E tutto questo, lord Davos, lei me lo ha mostrato nelle fiamme.»

«Tu lo hai *visto*, sire?» Stannis Baratheon non avrebbe mai mentito su una cosa del genere.

«Con i miei stessi occhi. Dopo la battaglia, quando ero smarrito, disperato, lady Melisandre mi ha persuaso a scrutare nel cuore del fuoco. Il tiraggio del camino era forte, e ceneri si sollevavano dalle fiamme. Io rimasi a osservarle, sentendomi uno sciocco, ma lei mi spinse a osservare nel profondo, e... le ceneri erano bianche, volteggiavano nella corrente ascensionale, eppure io ebbi l'impressione che stessero... cadendo. Neve, pensai. Poi le scintille parvero formare un circolo nell'aria, trasformandosi in un anello di torce. Stavo osservando, *attraverso* il fuoco, una collina in una foresta. Le ceneri erano diventate uomini vestiti di nero dietro le torce, e c'erano forme in movimento nella neve. A dispetto di tutto il calore generato dal fuoco, provai un freddo tale da farmi rabbrividire. Ma ciò che vidi era reale, e su questo sono pronto a mettere in gioco il mio regno.»

«Cosa che hai fatto» aggiunse Melisandre.

La determinazione nella voce del re riempì Davos di nero terrore. «Una collina nella foresta... forme nella neve... io non...»

«Significa che la battaglia è cominciata» spiegò Melisandre. «La sabbia scivola giù per la clessidra più rapidamente, e il tempo dell'uomo sulla terra volge al termine. Dobbiamo agire con coraggio, altrimenti ogni speranza è perduta. L'Occidente deve unirsi sotto il suo unico vero re, il principe che fu promesso, lord della Roccia del Drago e prescelto da R'hllor.»

«R'hllor fa strane scelte.» Sul volto di Stannis si disegnò una smorfia, come avesse appena assaggiato qualcosa di putrido. «Perché io e non i miei fratelli? Renly e la sua pesca. In sogno, vedo il succo che gli scorre dalle labbra. E il sangue che gli scorre dalla gola. Se solo avesse fatto il suo dovere di fratello, avremmo annientato lord Tywin. Una vittoria di cui perfino Robert sarebbe stato orgoglioso. Robert...» Digrignò i denti. «Vedo anche lui in sogno. Ride. Beve. Fa il gradasso. Le cose che faceva meglio. Quelle e combattere. E io non sono mai stato migliore di lui in niente. Il Signore della luce avrebbe dovuto scegliere Robert come suo campione. Perché io?»

«Perché tu sei un uomo giusto» disse Melisandre.

«Un uomo giusto.» Stannis toccò con un dito il piatto d'argento coperto. «Con le mignatte.»

«Sì» confermò Melisandre «ma te lo ripeto di nuovo, non è questa la via.»

«Avevi giurato che avrebbe funzionato.» Il re apparve adirato.

«Funzionerà... e non funzionerà.»

«Quale delle due?»

«Entrambe.»

«Parla in modo che io possa capire, donna.»

«Quando i fuochi parleranno in modo che io stessa possa capire, lo farò. La verità è nelle fiamme, ma vederla non sempre è facile.» Il grosso rubino che portava alla gola bevve la fiamma del chiarore che emanava dal braciere. «Dammi il ragazzo, maestà. È la via più sicura. La via migliore. Dammi il ragazzo. E io risveglierò il drago di pietra.»

«Ti ho già dato la mia risposta. No.»

«È solo un ragazzo bastardo, in cambio di tutti i ragazzi della terra dell'Occidente, e anche di tutte le ragazze. In cambio di tutti i ragazzi che dovranno ancora nascere, nei regni di tutto il mondo.»

«Il ragazzo è innocente.»

«Il ragazzo venne concepito violando il tuo talamo nuziale, diversamente anche tu avresti avuto figli maschi. Il ragazzo ti reca onta.»

«Fu *Robert* a recarmi onta. Non il ragazzo. Mia figlia ha cominciato a provare affetto per lui. E lui è del mio stesso sangue.»

«Sangue di tuo fratello» precisò Melisandre. «Sangue di re. E solamente il sangue di un re è in grado di risvegliare il drago di pietra.»

Di nuovo, Stannis digrignò i denti. «Non intendo ascoltare oltre. I draghi non ci sono più. I Targaryen hanno cercato di risvegliarli una mezza dozzina di volte. E hanno fatto la figura dei giullari, oppure sono morti. L'unico giullare di cui c'è bisogno su questa roccia dimenticata dagli dèi è Macchia. Hai portato le mignatte, donna. Fa' quello che devi.»

Melisandre fece un rigido inchino del capo. «Come il mio re comanda» disse.

Con la mano destra, la donna rossa estrasse una manciata di polvere dall'interno della manica sinistra e la gettò nel braciere. I carboni avvamparono.

Mentre pallide fiamme si torcevano sopra di essi, Melisandre prese il piatto d'argento e lo presentò al re. Davos osservò mentre lei sollevava il coperchio. Sotto, c'erano tre grosse sanguisughe nere, gonfie di sangue.

"Sangue del giovane Edric" sapeva Davos. "Sangue di re."

Stannis allungò una mano. Le sue dita si serrarono attorno a una delle sanguisughe.

«Pronuncia il nome» comandò Melisandre.

La sanguisuga si contorceva nella stretta del re, cercando di attaccarsi a una delle sue dita. «L'usurpatore» disse Stannis. «Joffrey Baratheon.» Gettò la mignatta nel fuoco, dove si arricciò sui carboni come una foglia d'autunno, bruciando.

Stannis afferrò la seconda. «L'usurpatore» dichiarò, questa volta a voce più alta. «Balon Greyjoy.» Gettò la sanguisuga nel braciere. La carne dell'animale si aprì, fessurandosi. Il sangue eruttò, sibilando e fumando al calore.

L'ultima delle tre mignatte fu nella mano del re. E quest'ultima, Stannis la esaminò per un lungo momento mentre si contorceva tra le sue dita. «L'usurpatore» sentenziò alla fine. «Robb Stark.»

La gettò nelle fiamme.

JAIME

I bagni di Harrenhal si trovavano in un locale in penombra, dal soffitto basso, pieno di vapore, con grandi vasche di pietra. Quando Jaime venne accompagnato dentro, trovò Brienne seduta in una di esse, intenta a strigliarsi un braccio quasi con rabbia.

«Non così forte, donzella» le disse. «Finirai per strapparti via la pelle.»

Brienne abbandonò la brusca e si coprì i seni con mani grandi quanto quelle di Gregor Clegane, la Montagna che cavalca. I piccoli seni appuntiti che lei cercava così pudicamente di nascondere sarebbero apparsi molto più naturali su una bimba di dieci anni, che non su quel suo torace pieno di muscoli possenti.

«Che cosa ci fai qui?» chiese con asprezza.

«Lord Bolton insiste che ceni con lui, solo che si è dimenticato di invitare anche le mie pulci.» Con la sinistra, Jaime diede una tirata alla manica della guardia che lo accompagnava. «Aiutami a uscire da questi stracci fetidi.» Con una mano sola, non poteva fare molto per sciogliere i lacci delle brache. L'uomo obbedì, di malavoglia ma obbedì. «Ora lasciaci» gli ordinò Jaime quando i suoi abiti furono ammucchiati sul pavimento bagnato. «La mia lady di Tarth non apprezza che feccia come te si goda la vista delle sue tette.» Poi, con il moncone indicò la donna dalla grinta dura che assisteva Brienne. «Anche tu. Aspetta fuori. C'è un'unica porta, e la donzella è troppo grossa per cercare di sgusciare via dal camino.»

L'abitudine all'obbedienza era un retaggio antico. La donna seguì la guardia fuori dal locale, lasciando Jaime e Brienne soli nei bagni. Le vasche, costruite secondo l'uso delle città libere, erano abbastanza grandi da ospitare sette o anche otto persone. Goffamente, lentamente, Jaime entrò in quella dove stava Brienne.

Adesso riusciva a tenere aperti tutti e due gli occhi, per quanto il destro, a dispetto delle sanguisughe di Qyburn, fosse ancora piuttosto gonfio. Si sentiva come un vecchio di centonovant'anni, ma comunque molto meglio di quando erano arrivati a Harrenhal.

Brienne scivolò lontano da lui. «Ci sono altre vasche.»

«A me però va bene questa.» Cautamente, s'immerse fino al mento nell'acqua fumante. «Niente paura, donzella. Le tue cosce sono viola e verdi, e non sono interessato a quello che c'è nel mezzo.» Qyburn lo aveva ammonito di tenere asciutta la fasciatura, così Jaime fu costretto a tenere il braccio destro appoggiato sul bordo. Sentì che la tensione si rilasciava nelle gambe, ma cominciò a girargli la testa. «Se perdo i sensi, tirami fuori. Nessun Lannister è mai annegato in una vasca, e non intendo essere io il primo.»

«Perché dovrebbe importarmi se muori?»

«Perché hai prestato solenne giuramento.» Jaime sorrise, mentre una vampata di rossore risaliva la spessa colonna bianca che era il collo di Brienne. Lei gli voltò la schiena. «Giochi ancora alla verginella piena di vergogna? Pensi che ci sia qualcosa che io non abbia già visto?»

Jaime brancolò alla ricerca della brusca che lei aveva lasciato cadere nell'acqua, la trovò e cominciò a strigliarsi con forza. Ma anche questo si rivelò un'operazione difficile. "La mia mano sinistra non serve a niente..."

Eppure, l'acqua divenne più scura, lo sporco di cui era incrostato il suo corpo si staccò dalla pelle. Brienne continuava a voltargli le spalle, la muscolatura delle sue ampie spalle era contratta, rigida.

«La vista del mio moncone ti turba così tanto?» le chiese Jaime. «Dovresti essere lieta. Ho perduto la mano che ha ucciso il re, la mano che ha gettato il ragazzino Stark da quella torre, la mano che faccio scivolare tra le cosce di mia sorella per farla bagnare.» Le spinse il moncone in faccia. «Non c'è da stupirsi che Renly sia morto... con *te* a fargli la guardia.»

Brienne balzò in piedi come se lui l'avesse trafitta. Per il movimento improvviso, un'ondata percorse la vasca. Brienne si issò sul bordo, Jaime ebbe la rapida visione del cespuglio di peluria bionda alla biforcazione delle sue gambe. Era molto più pelosa di Cersei. Assurdamente, Jaime sentì il proprio membro agitarsi sott'acqua. "Adesso so di essere stato lontano da mia sorella troppo a lungo." Distolse lo sguardo, turbato dalla risposta del proprio corpo.

«Quello che ho detto è stato ingiusto» bofonchiò. «Sono un uomo mutilato, pieno di amarezza. Perdonami, donzella. Mi hai protetto come avrebbe fatto un uomo, e meglio di come avrebbe fatto la maggior parte di loro.»

Brienne si avvolse in un asciugamano, coprendo la sua nudità. «Mi stai forse deridendo?»

Quelle parole riaccesero in lui il furore. «Hai proprio la testa dura come le mura di questo castello! Mi sono appena scusato. Sono stanco di litigare con te. Che ne dici di una tregua?»

«Le tregue sono basate sulla fiducia. Vorresti che io mi fidassi...»

«... dello Sterminatore di re, esatto. Lo spergiuro che ha assassinato il povero, triste Aerys Targaryen. Ma non è Aerys che disprezzo: è Robert Baratheon. "Ho sentito che ora ti chiamano Sterminatore di re" mi disse al banchetto per la sua incoronazione. "Cerca di non farla diventare un'abitudine." E poi rise. Per quale ragione nessuno ha mai chiamato Robert "spergiuro"? È stato lui a dilaniare il reame, ma sono io ad avere merda al posto dell'onore.»

«Tutto quello che Robert ha fatto lo ha fatto per amore.» L'acqua colava lungo le gambe di Brienne, formando una pozza ai suoi piedi.

«Tutto quello che Robert ha fatto lo ha fatto per orgoglio, una fica e un bel faccino.» Jaime strinse il pugno... o quanto meno lo avrebbe fatto, se solo avesse ancora avuto la mano. Il dolore gli artigliò il braccio mutilato, crudele come una risata di scherno.

«Scese in campo per salvare il reame» insistette Brienne.

"Per salvare il reame." «Sapevi che è stato mio fratello Tyrion a incendiare il fiume delle Rapide Nere? L'altofuoco brucia anche sull'acqua. Aerys avrebbe voluto farci il bagno, nell'altofuoco, se solo avesse osato. Tutti i Targaryen impazziscono per il fuoco.» Jaime sentì la testa che vorticava. "È il caldo che fa qui dentro, il veleno che mi scorre nel sangue, i postumi della febbre. Non sono me stesso." Si rilassò nell'abbraccio liquido fino a quando non ebbe l'acqua fino al mento. «Ho lordato il mio mantello bianco della Guardia reale, certo... quel giorno indossavo l'armatura dorata, ma...»

«Armatura dorata?» La voce di Brienne pareva provenire da una distanza insondabile.

Jaime Lannister chiuse gli occhi e fluttuò nel calore. E nel ricordo.

«Dopo che i grifoni danzanti ebbero perduto la battaglia delle Campane, Aerys decise di mandare lord Connington in esilio.»

"Ma perché dico tutto questo a una donna così assurdamente brutta?" «Si era reso finalmente conto che Robert non era un fuorilegge qualsiasi da schiacciare a capriccio: Robert Baratheon era la più grande minaccia che la Casa Targaryen fronteggiava dai tempi di Daemon Fuoconero. Senza tanti complimenti, il re ricordò a Lewyn Martell, principe di Dorne, di avere in suo potere la principessa Elia e lo mandò ad assumere il comando dei diecimila dorniani che stavano salendo a nord per la strada del Re. Jon Darry e Barristan Selmy cavalcarono fino a Tempio di Pietra per radunare quanti più uomini possibile del vessillo del grifone. Il principe Rhaegar fece ritorno dal Sud e convinse il padre a ingoiare il proprio orgoglio e a convocare mio padre. Ma nessun corvo messaggero tornò da Castel Granito, e questo non fece che aumentare le paure del re. Aerys cominciò a vedere traditori da tutte le parti, e Varys l'eunuco era perennemente in prima fila a indicargli quelli che forse non aveva notato. Sua maestà diede ordine ai suoi alchimisti di sistemare ampolle di altofuoco in ogni angolo di Approdo del Re. Sotto il Grande Tempio di Baelor e nel fondo delle Pulci, dentro le stalle e nei magazzini, vicino a tutte e sette le porte di accesso alla città, perfino nelle cantine della Fortezza Rossa.

«Tutto questo venne fatto nella massima segretezza da un manipolo di maestri piromanti. I quali non si fidarono nemmeno di chiedere aiuto ai loro stessi accoliti. Gli occhi della regina erano chiusi da anni e Rhaegar aveva il suo da fare a comandare l'esercito. Ma il nuovo Primo Cavaliere di Aerys, un duro tutto mazza da guerra e pugnale, non era un individuo completamente stupido. Vedendo i continui andirivieni notturni di Rossart, Belis e Garigus cominciò ad avere dei sospetti. Chelsted, era questo il suo nome, lord Chelsted.» Jaime se ne era ricordato all'improvviso. «Lo avevo considerato un codardo, ma il giorno in cui affrontò Aerys aveva trovato il coraggio, da qualche parte. Fece tutto quello che poté per dissuadere il re. Argomentò, scherzò, minacciò e alla fine implorò. Quando tutti i suoi sforzi si furono rivelati vani, si tolse la catena del suo rango e la gettò a terra. Per quel gesto, Aerys lo bruciò vivo con l'altofuoco. Dopo di che, sistemò quella medesima catena al collo di Rossart, il suo piromante preferito: l'uomo che aveva fatto arrostire lord Rickard Stark nella sua armatura. E mentre avveniva tutto questo, io rimasi ai piedi del Trono di Spade nella mia bella corazza bianca, immobile come un cadavere, facendo la guardia al mio sovrano e a tutti i suoi segreti.

«Tutti i miei confratelli della Guardia reale erano lontani, capisci, ma Aerys preferiva avermi vicino. Io ero pur sempre il figlio di lord Tywin Lannister, per questo il buon re non si fidava di me. Voleva che fossi là dove Varys poteva sorvegliarmi, giorno e notte. Così io udii tutto.»

Jaime ricordava i lampi negli occhi di Rossart ogni volta che dispiegava le sue mappe, indicando i punti nei quali la "sostanza", parola che i piromanti usavano per indicare l'altofuoco, doveva essere collocata. Lo stesso valeva per Garigus e Belis.

«Rhaegar affrontò Robert sul Tridente» riprese «e tu sai bene quale fu l'esito di quella battaglia. Quando la notizia della disfatta raggiunse la corte, Aerys spedì immediatamente la regina alla Roccia del Drago assieme al principe Viserys. Anche la principessa Elia avrebbe dovuto andare, ma Aerys lo proibì. Chissà come, si era messo in testa che il principe Lewyn aveva tradito Rhaegar sul Tridente. Ma fino a quando Elia e il piccolo principe Aegon fossero stati accanto a lui, era certo di riuscire a costringere Dorne a essergli leale. "I traditori vogliono la mia città" lo udii dire a Rossart "ma io darò loro solo ceneri. Che Robert sia pure il re di ossa annerite e carne cotta." I Targaryen non seppelliscono mai i loro morti. Li bruciano. Aerys era pronto ad appiccare il fuoco alla più grande pira funeraria di tutta la sua dinastia. Per quanto, a dire il vero, non credo che lui si aspettasse realmente di morire. Come Aerion Chiarofuoco prima di lui, anche Aerys il Folle era convinto che il fuoco lo avrebbe trasformato... Era convinto di risorgere sotto forma di drago, in modo da incenerire tutti i suoi nemici.

«Ned Stark stava correndo verso sud assieme all'avanguardia di Robert, ma furono le forze di mio padre a raggiungere per prime Approdo del Re. Pycelle convinse il re che il suo Protettore dell'Ovest era venuto a difenderlo, così le porte della città vennero aperte. L'unica volta in cui avrebbe dovuto dare ascolto all'eunuco, Aerys lo ignorò. Mio padre si era tenuto fuori dalla guerra, rimuginando su tutti i torti che Aerys gli aveva fatto, e deciso a far sì che la Casa Lannister fosse dalla parte dei vincitori. La sconfitta di Rhaegar sul Tridente fu l'evento che lo fece decidere.

«Spettò a me tenere la Fortezza Rossa, ma sapevo che ormai tutto era perduto. Mandai un messo ad Aerys chiedendo il suo permesso per avviare i negoziati. Il messo tornò con un ordine del re: "Se non sei anche tu un traditore, portami la testa di tuo padre". Aerys non intendeva arrendersi a nessun costo. Con lui c'era lord Rossart, mi riferì il messo. E io sapevo benissimo che cosa questo volesse dire... la più grande di tutte le pire funerarie.

«Sorpresi Rossart, che era vestito come un qualunque armigero, mentre stava correndo alla porta secondaria del castello. Uccisi lui per primo. E poi uccisi Aerys, evitando che quel demente potesse trovare qualcun altro per portare il messaggio ai piromanti. Qualche giorno più tardi, mi misi sulle tracce degli altri maestri e uccisi anche loro. Belis mi offrì oro, Garigus piagnucolò implorando pietà. Bene, l'acciaio di una spada è più pietoso del morso dell'altofuoco. Non credo comunque che Garigus abbia troppo apprezzato la cortesia che gli riservai.»

L'acqua era diventata fredda. Jaime riaprì gli occhi, stava fissando il moncone della mano con cui un tempo impugnava la spada. "La mano che ha fatto di me lo Sterminatore di re." Con quell'unico colpo, Vargo Hoat il Caprone gli aveva strappato la gloria e la vergogna. "Lasciando che cosa? Chi sono io adesso?"

Brienne appariva ridicola, con l'asciugamano stretto a coprire le inesistenti tette e le grosse gambe bianche torreggianti.

«La mia storia ti ha lasciato senza parole? Avanti, fa' qualcosa: maledicimi, baciami, chiamami bugiardo. *Qualsiasi* cosa.»

«Se tutto questo è vero, come mai nessuno ne è al corrente?»

«I cavalieri della Guardia reale giurano di tenere i segreti del re. Non avresti voluto che io infrangessi il mio solenne giuramento, vero?» Jaime rise. «Credi davvero che il nobile lord di Grande Inverno fosse interessato ad ascoltare le mie futili spiegazioni? Un uomo così onorevole, Eddard Stark. Gli bastò meno di un'occhiata per giudicarmi colpevole.» Balzò in piedi, mentre l'acqua ormai fredda gli ruscellava lungo il petto. «Ma con quale diritto il lupo giudica il leone? *Con quale diritto?*»

Jaime fu colto da un brivido violento. Mentre cercava di uscire dalla vasca, finì con l'urtare il moncone contro il bordo. La sofferenza dilagò... e di colpo, i bagni di Harrenhal si misero a ruotare attorno a lui. Brienne lo afferrò prima che potesse cadere. Le sue braccia, irte di pelle d'oca, erano viscide e gelide, le gambe inerti come un cazzo moscio. Ma la donzella era forte, e più delicata di quanto lui avrebbe creduto. "Più delicata di Cersei..." Quel pensiero gli attraversò la mente mentre Brienne lo aiutava a uscire dalla vasca.

«Guardie! *Guardie!*» la udì gridare. «Lo Sterminatore di re...»

"Jaime... il mio nome è Jaime."

Quando rinvenne era sdraiato sul pavimento di pietra bagnato. Le guardie, Brienne, Qyburn incombevano su di lui, tutti con espressione preoccupata. Brienne era nuda, ma in quel momento sembrava averlo dimenticato.

«È stato il calore dell'acqua» diceva maestro Qyburn. "No, non è più un maestro. La Cittadella gli ha portato via la catena dell'ordine." «C'è ancora veleno nel suo sangue, ed è anche malnutrito. Che cosa gli avete dato da mangiare?»

«Vermi, piscio e vomito grigio» suggerì Jaime.

«Gallette, acqua e porridge d'orzo» disse una delle guardie. «Ma però lui quasi non vuole mangiare. Che cosa dobbiamo fare adesso?»

«Asciugatelo, vestitelo e portatelo alla Torre del rogo del re, a braccia se necessario» ordinò Qyburn. «Lord Bolton vuole che ceni con lui questa sera. Non rimane molto tempo.»

«Portate degli abiti che ser Jaime possa indossare» intervenne Brienne. «Provvederò io che sia lavato e vestito.»

Compito che gli altri furono ben contenti di affidarle. Lo rimisero in piedi e lo fecero sedere su una delle panche di pietra contro una parete. Brienne recuperò l'asciugamano, si avvicinò a Jaime con una striglia a setole dure e finì di ripulirlo. Una delle guardie le diede un rasoio per sistemargli la barba. Qyburn rientrò con biancheria di cotone grezzo, brache di lana marrone, un'ampia tunica verde e un farsetto di pelle allacciato sul davanti.

A quel punto, Jaime sentiva che la testa gli girava di meno, ma continuava a sentirsi impacciato nei movimenti. Con l'aiuto di Brienne riuscì a vestirsi. «Adesso tutto quello di cui ho bisogno è uno specchio d'argento.»

Il maestro dei Guitti Sanguinari aveva portato abiti puliti anche per Brienne, un vestito di satin rosa e una sottotunica di lino. «Sono spiacente, mia signora. Questi sono gli unici abiti femminili di Harrenhal abbastanza grandi per la tua misura.»

Era evidente che il vestito era stato tagliato per qualcuno con le braccia più sottili, le gambe più corte e i seni più generosi. Ma i raffinati merletti di Myr non riuscivano a nascondere i lividi che costellavano la pelle di Brienne. Nel complesso, quell'abbigliamento la faceva apparire grottesca. "Ha spalle più larghe delle mie, e il collo più grosso" pensò Jaime. "Non c'è da sorprendersi se preferisce indossare la maglia di ferro." Inoltre, il rosa non era un colore adatto a lei. Nella testa di Jaime frullò una dozzina di battute acide. Ma fu là, per una volta tanto, che le lasciò. Meglio non farla arrabbiare: con una mano sola, non sarebbe stato in grado di competere con lei.

Qyburn aveva portato anche un'ampolla. «Che cos'è?» volle sapere Jaime quando il maestro insistette perché bevesse.

«Liquerizia corretta con aceto, miele e chiodi di garofano. Ti darà un po' di forza e ti schiarirà la testa.»

«Portami invece una pozione che fa ricrescere le mani» ribatté Jaime. «È di quella che ho bisogno.»

«Bevi» disse Brienne, senza sorridere. Lui bevve.

Mezz'ora più tardi, sentì di avere recuperato le energie quanto bastava per alzarsi in piedi. In contrasto con la penombra calda e umida dei bagni, l'aria dell'esterno fu come uno schiaffo in piena faccia.

«Milord Bolton credo che lo sta già aspettando» disse una guardia a Qyburn. «Anche la donna. Devo trasportarlo?»

«Posso ancora camminare. Brienne, dammi il tuo braccio.»

Aggrappandosi a lei, Jaime lasciò che lo guidassero attraverso il cortile della fortezza, fino a una vastissima sala piena di correnti, più vasta perfino della sala del trono ad Approdo del Re. Enormi caminetti si allineavano lungo le pareti, a circa dieci piedi l'uno dall'altro, molti più di quanti lui fosse in grado di contare. Nessuno era acceso e il gelo delle pareti sembrava penetrare fino al midollo. Una dozzina di lancieri con mantelli di pelliccia sorvegliava le porte e le scale che conducevano a due gallerie soprastanti. E là, in quell'immane spazio vuoto, seduto a un tavolo poggiato su cavalletti al centro di quello che sembrava un acro di liscio pavimento di granito, attendeva il lord di Forte Terrore, con accanto solo un coppiere.

«Mio lord» disse Brienne quando furono al suo cospetto.

Gli occhi di Roose Bolton erano più pallidi della pietra, più scuri del latte. E la sua voce era esile come il fruscio del ragno sulla tela. «Sono lieto che tu ti senta abbastanza in forze per essere mio ospite, cavaliere. Mia lady. Vi prego, accomodatevi.» Con un cenno indicò la distesa di formaggi, pane, carni fredde e frutta che copriva il tavolo. «Bevete bianco o rosso? Vendemmie diverse, temo. Ser Amory Lorch ha pressoché prosciugato le cantine di lady Whent.»

«Confido che per un simile affronto tu lo abbia ucciso.» Rapidamente, per non mostrare quanto fosse debole, Jaime si sistemò sullo scranno che gli veniva offerto. «Il bianco è per gli Stark. Berrò il rosso, da buon Lannister.»

«Io preferirei dell'acqua» disse Brienne.

«Elmar, il rosso per ser Jaime, acqua per lady Brienne, vino ippocratico per me.» Bolton fece un gesto alla scorta, e le guardie si allontanarono in silenzio.

La forza dell'abitudine spinse Jaime a tentare di prendere il vino con la destra. Il moncone urtò la coppa, spruzzando gocce color sangue sulla candida tovaglia di lino. Jaime fu costretto ad afferrare il calice con la sinistra, per evitare che si rovesciasse. Il signore del Nord fece finta di non notare la sua goffaggine. Scelse una prugna e la mangiò a piccoli, rapidi morsi. «Assaggia queste, ser Jaime. Sono dolcissime, e anche un toccasana per l'intestino. Lord Vargo le ha prese in una locanda, prima di bruciarla.»

«Il mio intestino sta benissimo, il Caprone non è lord di niente e le tue prugne m'interessano ben poco rispetto a quanto m'interessano le tue intenzioni.»

«Riguardo a te?» Un sorriso vago increspò le labbra di Roose Bolton. «Tu sei un trofeo pericoloso, cavaliere. Semini discordia dovunque tu vada. Perfino qui, nella mia casa felice di Harrenhal.» La sua voce era poco più alta di un bisbiglio. «E anche a Delta delle Acque, sembra. Sapevi che Edmure Tully ha offerto mille dragoni d'oro per la tua cattura?»

"Solo?" «Mia sorella pagherà dieci volte tanto.»

«Davvero?» Di nuovo quel sorriso, che durò appena un istante per poi svanire. «Diecimila dragoni d'oro sono una somma enorme. E naturalmente c'è da considerare anche l'offerta di lord Karstark. Promette la mano di sua figlia all'uomo che gli porterà la tua testa.»

«Lascia che sia il tuo caprone a rimettere in pari la bilancia» disse Jaime.

Bolton ridacchiò impercettibilmente. «Harrion Karstark era tenuto prigioniero qui quando prendemmo la fortezza, lo sapevi? Gli ho dato tutti gli uomini di Karhold che erano ancora con me e l'ho mandato a unirsi a Glover. Mi auguro che nulla di male gli sia accaduto a Duskendale, altrimenti... Alys Karstark sarà tutto quello che rimane della progenie di lord Rickard.» Scelse un'altra prugna. «Per tua fortuna, non ho bisogno di una moglie. Mentre mi trovavo alle Torri Gemelle ho sposato lady Walda Frey.»

«Walda la Bianca?» chiese Jaime mentre cercava di reggere il pane con il moncone e di staccarne un pezzo con la sinistra. Walda Frey, chiamata la Bianca, era una bambina di dieci anni.

«Walda la Grassa. Come dote, il lord di Frey mi aveva offerto il peso della sposa in argento. Per cui ho scelto di conseguenza. Elmar, spezza il pane per ser Jaime.»

Il ragazzo staccò un pezzo delle dimensioni di un pugno da una delle forme e lo porse a Jaime. «Lord Bolton» chiese Brienne «si dice che sia tua intenzione dare Harrenhal a Vargo Hoat.»

«Era quello il suo prezzo» rispose Roose Bolton. «I Lannister non sono i soli a pagare i propri debiti. E comunque, presto io dovrò andare. Edmure Tully sposerà lady Roslin Frey alle Torri Gemelle, e il mio re vuole che io sia presente.»

«*Edmure* si sposa?» disse Jaime. «Non Robb Stark?»

«Sua maestà Robb è già sposato.» Bolton sputò il nocciolo della prugna nel palmo della mano e lo mise da parte. «A una Westerling del Crag. Mi è stato detto che il suo nome è Jeyne. Sono sicuro che tu la conosci, cavaliere. Suo padre è un alfiere di tuo padre.»

«Mio padre ha una quantità di validi alfieri, e la maggior parte di loro ha figlie.» Con la sinistra, Jaime afferrò la coppa, cercando di ricordare che aspetto avesse questa Jeyne. I Westerling erano un'antica Casa, con più orgoglio che potere.

«Non può essere vero» intervenne Brienne con ostinazione. «Re Robb era promesso a una Frey. Non avrebbe mai infranto una promessa, lui...»

«Sua maestà è un ragazzo di sedici anni» interruppe Roose Bolton in tono conciliante. «E ti sarei grato se non mettessi in dubbio quello che dico, mia signora.»

Jaime si sentì quasi dispiaciuto per Robb Stark. "Ha vinto la guerra sul campo, e l'ha perduta nella camera da letto, povero stolto." «E lord Walder gradisce cenare con la trota al posto del lupo?» chiese.

«Oh, la trota costituisce un'ottima pietanza.» Bolton indicò il coppiere con un dito pallido. «Ma il mio povero Elmar ha il cuore spezzato. Era promesso ad Arya Stark, ma quando re Robb lo ha tradito, il mio nobile padre dei Frey non ha avuto altra scelta se non rompere il patto matrimoniale.»

«Ci sono notizie di Arya Stark?» intervenne Brienne. «Lady Catelyn aveva temuto che... La ragazza è ancora in vita?»

«Oh, sì» rispose il lord di Forte Terrore.

«Lo sai per certo, mio signore?»

Roose Bolton scrollò le spalle. «Arya Stark è stata data per dispersa, è vero, ma ora è stata ritrovata. È mia intenzione farla tornare sana e salva al Nord.»

«Insieme a sua sorella?» chiese Brienne. «Tyrion Lannister ci ha promesso tutt'e due le ragazze in cambio di suo fratello.»

Il lord di Forte Terrore parve trovare divertenti quelle parole. «Mia lady, te lo ha mai detto nessuno? I Lannister mentono.»

«È un'offesa all'onore della mia casata?» Con la mano che gli restava, Jaime afferrò il coltello da formaggio. «Punta tonda e senza affilatura» commentò, facendo scorrere il polpastrello lungo il bordo della lama «ma nel tuo occhio penetrerà comunque.» Aveva la fronte madida di sudore. Poteva solo sperare di non apparire debole come si sentiva.

Il sorriso vago fece di nuovo la sua comparsa sulle labbra sottili di Roose Bolton. «Parli temerariamente per un uomo che ha bisogno di aiuto per spezzare il pane. E, permetti che te lo rammenti, le mie guardie sono attorno a noi.»

«Attorno a noi, e a un miglio di distanza.» Jaime percorse con lo sguardo la vastità vuota della sala. «Il tempo di raggiungerci, e tu saresti più morto di Aerys.»

«È poco cavalleresco minacciare l'ospite che ti offre formaggio e olive» rimproverò il lord di Forte Terrore. «Per noi uomini del Nord le leggi dell'ospitalità rimangono sacre.»

«Io qui sono un prigioniero, non un ospite. Il tuo caprone mi ha mozzato la mano. Se pensi che qualche prugna potrà farmelo dimenticare, non hai proprio capito un cazzo.»

Lord Bolton parve incassare. «Forse. O forse invece sto pensando di offrirti come regalo di nozze a Edmure Tully... oppure di tagliarti la testa, il medesimo trattamento che tua sorella ha riservato a Eddard Stark.»

«Non te lo consiglio. Castel Granito ha una lunga memoria.»

«Mille leghe di montagna, mare e palude separano le mie mura dalla tua roccia. L'ostilità dei Lannister non ha alcun significato per i Bolton.»

«Mentre l'amicizia dei Lannister potrebbe significare molto.» Ora Jaime cominciava a capire quale fosse il gioco. "Ma la donzella avrà capito?" Non osò cercare di scoprirlo.

«Non sono certo che siate il genere di amici che un uomo saggio vorrebbe avere.» Roose Bolton fece cenno al ragazzo. «Elmar, taglia una fetta di arrosto per i nostri ospiti.»

Brienne fu servita per prima, ma non fece neppure il gesto di cominciare a mangiare. «Mio lord» disse «ser Jaime deve essere scambiato con le figlie di lady Catelyn. Tu devi liberarci, in modo che possiamo proseguire per la nostra strada.»

«Il corvo venuto da Delta delle Acque ci avvertiva di una fuga, non di uno scambio. E se tu, mia signora, hai aiutato questo prigioniero a liberarsi dai ceppi, allora sei colpevole di tradimento.»

La grossa donzella si alzò in piedi. «Io sono al servizio di lady Stark.»

«E io del re del Nord o "re che Perse il Nord", come alcuni adesso lo chiamano. E lui non ha mai avuto intenzione di restituire ser Jaime ai Lannister.»

«Siediti e mangia, Brienne» insistette Jaime, mentre Elmar gli metteva davanti una fetta di arrosto, scuro e al sangue. «Se Bolton avesse intenzione di ucciderci, non sprecherebbe certo con noi le sue prugne, mettendo in grave pericolo la salute del suo intestino.»

Guardò la carne. Non ce l'avrebbe mai fatta a tagliarla con una mano sola. "Valgo meno di una ragazzina, adesso" pensò. "Il Caprone ha rimesso le cose in pari. Dubito però che potrà contare sui ringraziamenti di lady Catelyn quando Cersei le farà riavere le sue cuccioline nelle mie stesse condizioni." A quel pensiero, la sua espressione si contrasse. "E anche la colpa di questo verrà scaricata su di me, ci scommetto."

Roose Bolton tagliò metodicamente la sua fetta di carne, facendone sprizzare il sangue nel piatto. «Lady Brienne, ti rimetterai a sedere se ti dico che spero di far riprendere a ser Jaime il suo viaggio, proprio come tu e lady Stark desiderate?»

«Tu... ci permetterai davvero di andare via?» La donzella era diffidente, comunque sedette.

«Sì. Tuttavia, lord Vargo ha creato una piccola... difficoltà.» Bolton guardò Jaime con quei suoi occhi dallo strano colore. «Lo sai per quale ragione Hoat ti ha tagliato la mano?»

«Gli piace tagliare le mani.» Il lino che fasciava il moncherino di Jaime era chiazzato di vino, e di sangue. «E anche i piedi. Non mi sembra che abbia bisogno di avere una ragione.»

«Invece ne ha una. Hoat è più astuto di quanto sembri. Nessun uomo rimane al comando di una compagnia di ventura come i Bravi Camerati per così tanto tempo se non ha una certa dose d'intelligenza.» Bolton infilzò un pezzo di carne sulla punta della propria daga e se lo mise in bocca, masticò pensosamente, inghiottì. «Lord Vargo ha abbandonato la Casa Lannister perché io gli ho offerto Harrenhal, una ricompensa mille volte superiore a qualsiasi cosa avrebbe potuto sperare di ottenere da lord Tywin. Essendo uno straniero nel continente occidentale, non poteva sapere che si tratta di una ricompensa avvelenata.»

«La maledizione di Harren il Nero?» ironizzò Jaime.

«La maledizione di Tywin Lannister.» Bolton alzò la coppa ed Elmar la riempì in silenzio. «Il Caprone avrebbe dovuto prima consultarsi con i Tarbeck e i Reyne. Loro avrebbero potuto avvertirlo di come il lord tuo padre punisce il tradimento.»

«I Tarbeck e i Reyne hanno cessato di esistere» puntualizzò Jaime.

«È proprio questo il punto. Senza dubbio, lord Vargo sperava che Stannis trionfasse nel suo assalto contro Approdo del Re: allora gli avrebbe dimostrato gratitudine per il suo contributo, anche se piccolo, alla caduta della Casa Lannister confermandogli il possesso di questo castello.» Il lord di Forte Terrore ridacchiò senza allegria. «Ma temo che conosca assai poco Stannis Baratheon. Un individuo che forse gli avrebbe anche concesso Harrenhal per i suoi servizi... ma che lo avrebbe anche appeso a un cappio per i suoi crimini.»

«Un cappio è qualcosa di delicato rispetto a quello che avrà da mio padre.»

«E Hoat ormai lo ha capito. Con Stannis sconfitto e Renly morto, solo una vittoria degli Stark può salvarlo dalla vendetta di lord Tywin. Ma le probabilità di tale vittoria stanno pericolosamente assottigliandosi.»

«Re Robb ha vinto tutte le battaglie» dichiarò Brienne con determinazione, tanto ostinatamente leale nelle parole quanto lo era nei fatti.

«Ha vinto tutte le battaglie, certo. Ma ha perduto i Frey, i Karstark, Grande Inverno e il Nord. Un peccato che il lupo sia così giovane. A sedici anni, i ragazzi credono di essere invincibili. E immortali. Un uomo più anziano avrebbe fatto atto di sottomissione, credo. Dopo una guerra viene sempre la pace, e con la pace viene il perdono... per quelli come Robb Stark, quanto meno. Non per personaggi come Vargo Hoat.» Bolton rivolse a Jaime il suo sorriso spettrale. «Entrambe le parti si sono avvalse dei suoi servigi, ma né l'una né l'altra verserà una lacrima per la sua dipartita. I Bravi Camerati non hanno combattuto nella battaglia delle Acque Nere, eppure saranno conteggiati tra le perdite di quella battaglia.»

«Mi perdonerai se non porto il lutto?»

«Non provi compassione per il nostro infame, morituro Caprone? Ah, ma gli dèi devono averla... altrimenti, perché avrebbero gettato *te* tra le sue zampe?» Bolton masticò un altro pezzo di carne. «Karhold è più piccola e più tetra di Harrenhal, ma ha il vantaggio di trovarsi troppo lontano perfino per gli artigli del leone. Una volta sposato ad Alys Karstark, Vargo Hoat sarebbe un vero lord. Sarebbe una buona cosa incassare dell'oro da tuo padre, perché no, ma ti consegnerebbe comunque a lord Rickard, a dispetto di quanto fosse disposto a dargli lord Tywin. Il suo prezzo sarebbe la giovane Karstark, e un rifugio sicuro.

«Ma per venderti, Hoat deve tenerti, e le terre lungo i fiumi ora brulicano di uomini i quali non aspettano altro che metterti le mani addosso. Glover e Tallhart sono stati annientati a Duskendale, ma i resti del loro esercito continuano a vagare per la terra, con Gregor Clegane la Montagna che fa a pezzi i disertori. Un migliaio di Karstark continuano a darti la caccia nelle zone a sud e a est di Delta delle Acque. Da tutte le altre parti, ci sono uomini di Darry rimasti senza lord e senza legge, branchi di lupi a quattro zampe e bande di fuorilegge del lord della Folgore. Dondarrion non chiede di meglio che impiccare te e il Caprone al medesimo albero.» Il lord di Forte Terrore inzuppò un pezzo di pane nel sangue colato dalla carne. «Harrenhal è l'unico posto in cui lord Vargo può sperare di tenerti al sicuro. Qui però i suoi Bravi Camerati sono in schiacciante inferiorità numerica rispetto ai miei uomini del Nord e ai Frey di ser Aenys. Senza dubbio lui teme che io possa rimandarti da Edmure Tully a Delta delle Acque, o peggio ancora… rimandarti da tuo padre.

«Tagliandoti la mano, intendeva porre fine alla minaccia rappresentata dalla tua spada, ottenere un macabro messaggio da inviare a tuo padre e diminuire il tuo valore ai miei occhi. Perché Hoat è un mio uomo, come io sono un uomo di Robb Stark. Quindi il suo crimine è anche un mio crimine, o così potrebbe apparire agli occhi di tuo padre. Ed è questa la mia… piccola difficoltà.» Rimase a osservare Jaime con occhi gelidi, inespressivi. Occhi in attesa.

"Capisco." «Tu vuoi che ti liberi da quella responsabilità. Vuoi che dica a mio padre che il moncherino non è opera tua.» Jaime rise. «Mio lord, rimandami da Cersei e io canterò la canzone più dolce che tu potrai mai desiderare sulla cortesia che mi hai riservato.» Qualsiasi altra risposta, Jaime lo sapeva, avrebbe indotto Bolton a gettarlo di nuovo in pasto al Caprone. «Se avessi ancora la destra, te lo metterei per iscritto. Come sono stato mutilato dal mercenario che il mio stesso padre ha portato in Occidente, e come sono stato salvato dal nobile lord Bolton.»

«Mi fiderò della tua parola, cavaliere.»

"Frase che non sento dire troppo spesso." «Quando ci verrà consentito andarcene? E come intendi farmi superare tutti quei lupi, banditi e Karstark?»

«Partirai quando Qyburn giudicherà che hai recuperato abbastanza forze, sotto una nutrita scorta di uomini scelti da me personalmente, al comando di Walton, il mio capitano. "Artigli d'acciaio", lo chiamano. Un soldato di ferrea lealtà. Walton provvederà a farti arrivare ad Approdo del Re sano e salvo.»

«A patto che le figlie di lady Catelyn siano a loro volta restituite sane e integre» disse la donzella. «Mio lord, la protezione del tuo capitano Walton è gradita, ma le ragazze Stark sono compito mio.»

Il lord di Forte Terrore le lanciò uno sguardo privo d'interesse. «Non è più necessario che tu ti preoccupi delle ragazze Stark. Lady Sansa è la moglie del Folletto, ormai soltanto gli dèi possono separarli.»

«Sua moglie?» Brienne era sconvolta. «Il Folletto? Ma... lui ha giurato... davanti a tutta la corte, sotto gli occhi degli dèi e degli uomini...»

"Una ragazza così innocente." Jaime era sorpreso, molto sorpreso, ma riuscì a nasconderlo. "Sansa Stark. Ecco qualcosa che dovrebbe portare il sorriso sulla faccia di Tyrion." Ricordò quanto il fratello nano era stato felice con quella piccola figlia di contadini, tanti anni prima... felice almeno per una settimana.

«Quello che il Folletto ha o non ha giurato non ha più molta importanza adesso» disse seccamente lord Bolton. «Per te meno che per chiunque altro.» La donzella sembrò ferita da quelle parole. E forse, quando Bolton fece cenno alle sue guardie, Brienne cominciò finalmente a sentire i rostri della trappola d'acciaio. «Ser Jaime proseguirà per Approdo del Re, ma non mi risulta di aver detto nulla riguardo a te, lady Brienne di Tarth. Sarebbe quanto mai scorretto da parte mia privare lord Vargo di entrambi i suoi trofei.» Il lord di Forte Terrore allungò una mano per prendere un'altra prugna. «Se fossi in te, mia signora, piuttosto che preoccuparmi degli Stark penserei a procurarmi gli zaffiri per il tuo riscatto.»

TYRION

Da qualche parte alle sue spalle, tra i ranghi di cappe dorate schierate lungo la strada, un cavallo nitrì con impazienza. Tyrion udì anche l'immancabile tosse di lord Gyles Rosby. Non aveva richiesto la presenza di lord Gyles, non più di quanto avesse richiesto quella di ser Addam Marbrand o di Jalabhar Xho o di chiunque altro. Ma il lord suo padre aveva insistito che Doran Martell, principe di Dorne, avrebbe potuto non gradire di avere un nano come unica scorta da una sponda all'altra delle Acque Nere.

"Joffrey sarebbe dovuto venire ad accogliere i dorniani di persona" rimuginò il Folletto, continuando ad aspettare "solo che avrebbe trasformato tutta la faccenda in una farsa, non c'è dubbio." Di recente, il giovane re si era messo a ripetere le battute più o meno umoristiche sui dorniani che sentiva dagli armati di lord Mace Tyrell. "Quanti dorniani ci vogliono per ferrare un cavallo? Nove. Uno per mettere il ferro, gli altri otto per sollevare il cavallo." Per qualche ragione, Tyrion non riteneva che Doran Martell avrebbe condiviso quel genere di umorismo.

Vide i loro vessilli al vento mentre i cavalieri emergevano in una lunga colonna polverosa dal verde della foresta risparmiata dal fuoco. Da quel punto fino al fiume, rimanevano solo neri tronchi bruciati, retaggio della battaglia. "Troppi vessilli" pensò acidamente il Folletto. Rimase a osservare le ceneri sollevate dagli zoccoli dei cavalli che si avvicinavano. Anche gli zoccoli dei cavalli dell'avanguardia di Tyrell, sfondando il fianco dello schieramento di Stannis, avevano sollevato quelle medesime ceneri. "Si direbbe che Martell si sia portato dietro metà dei lord di Dorne." Cercò di pensare che da tutto questo sarebbe anche potuto venire fuori qualcosa di buono, ma non riuscì proprio a vedere che cosa.

«Quanti vessilli conti?» chiese a Bronn.

Il mercenario si fece visiera sugli occhi con una mano. «Otto... no, nove.»

Tyrion si voltò indietro sulla sella. «Pod, vieni qui. Descrivi gli emblemi che vedi, e dimmi quali Case rappresentano.»

Podrick Payne, il suo giovane scudiero, si accostò in sella al suo castrato. Innalzava lo stendardo reale, il grande emblema di Joffrey con il cervo e il leone, lottando contro il suo peso. Bronn reggeva il vessillo di Tyrion, il leone dei Lannister, oro in campo porpora.

"Pod sta crescendo di statura" si rese conto Tyrion mentre il ragazzo si alzava in piedi sulle staffe per vedere meglio. "Presto anche lui, come tutti gli altri, sarà più alto di me." Per ordine di Tyrion, Podrick aveva studiato con diligenza l'araldica di Dorne ma, come sempre, era nervoso. «Non riesco a vedere bene. Il vento li fa ondeggiare troppo.»

«Bronn, di' tu al ragazzo quello che vedi.»

Quel giorno, con il nuovo farsetto e il nuovo mantello, la catena fiammeggiante di traverso sul torace, Bronn appariva un vero cavaliere. «Sole rosso su sfondo arancio» descrisse «con una lancia di traverso sul retro.»

«Martell» disse subito Podrick Payne, visibilmente sollevato. «Casa Martell di Lancia del Sole, mio signore. Il principe di Dorne.»

«Questo lo sa anche il mio cavallo» rispose Tyrion in tono secco. «Dagliene un altro, Bronn.»

«C'è una bandiera viola con delle palle gialle.»

«Limoni?» azzardò Pod speranzoso. «Limoni disseminati su sfondo viola? La Casa Dalt di Lemonwood?»

«Potrebbe essere. Quello dopo ha un grande uccello nero sul giallo. Qualcosa di bianco o di rosa nelle zampe, difficile dirlo con il vessillo che sbatte.»

«L'avvoltoio dei Montenero trattiene un infante tra gli artigli» disse Pod. «Casa Montenero di Montenero, cavaliere.»

«Di nuovo a leggere libri, Pod?» Bronn rise. «I libri ti mandano in malora l'occhio della spada, ragazzo. Vedo un teschio. Vessillo nero.»

«Il teschio incoronato della Casa Manwoody, color osso e oro su sfondo nero.» Pod diventava sempre più determinato a ogni risposta esatta. «I Manwoody di Tomba del Re.»

«Tre ragni neri?»

«Sono scorpioni, cavaliere. Casa Qorgyle di Sandstone, tre scorpioni neri in campo rosso.»

«Rosso e giallo, una linea spezzata tra di loro.»
«Le fiamme di Hellholt. Casa Uller.»
Tyrion era ammirato. "Il ragazzo non è per niente stupido, una volta che gli si scioglie la lingua." «Continua, Pod» lo esortò. «Se me li dici tutti, ti faccio un regalo.»
«Una torta a fette rosse e nere» incalzò Bronn. «Con una mano dorata nel mezzo.»
«Casa Allyrion di Grazia degli Dèi.»
«Un pollo rosso che mangia un serpente, sembra.»
«I Gargalen di Costa del Sale. È un serpentario. Cavaliere, chiedo venia. È un serpentario, non un pollo. Rosso, con un serpente nero nel becco.»
«Molto bene!» esclamò Tyrion. «Ancora uno, ragazzo.»
Bronn osservò le schiere dorniane in avvicinamento. «L'ultimo è una piuma dorata su scacchi verdi.»
«Una penna dorata, cavaliere. Jordayne di Tor.»
Tyrion rise. «E sono nove. Bene. Nemmeno io sarei stato in grado di riconoscerli tutti.» L'ultima era una bugia, ma avrebbe dato al ragazzo un po' d'orgoglio, qualcosa di cui aveva un grande bisogno.
"Martell si porta dietro dei compagni formidabili, a quanto sembra." Non una delle nobili Case che Pod aveva menzionato era piccola o insignificante. Erano nove dei più grandi lord di Dorne quelli che risalivano la strada del Re, loro o i loro eredi. E Tyrion non era affatto convinto che avessero fatto tutta quella strada solo per vedere un orso danzante. Un simile spiegamento di forze e di blasoni era un messaggio. "E un messaggio che non mi piace." Si chiese se non avesse commesso un errore a mandare Myrcella quale protetta a Lancia del Sole.
«Mio lord» disse timidamente Pod. «Non c'è alcuna carrozza.»
Tyrion voltò di scatto la testa. Il ragazzo aveva ragione.
«Doran Martell viaggia sempre in carrozza» aggiunse il giovane scudiero. «Un carro scolpito munito di drappi di seta, con sopra il sole dei Dorne.»
La stessa cosa che aveva sentito Tyrion. Il principe Doran era oltre la cinquantina e afflitto dalla gotta. "Può darsi che questa volta abbia voluto fare più in fretta" ipotizzò. "Può darsi che abbia temuto che la sua carrozza potesse costituire una ghiotta preda per i briganti. O che fosse troppo ingombrante sugli alti passi montani della strada delle Ossa. Può darsi che abbia scelto di sopportare la gotta."

Poteva darsi, certo. E allora come mai aveva quella brutta sensazione?

L'attesa stava diventando intollerabile. «In alto i vessilli» scattò Tyrion. «Andiamo a incontrarli.»

Diede di speroni. Bronn e Podrick furono i primi a seguirlo, l'uno alla sua destra, l'altro alla sua sinistra. Quando i dorniani li videro, aumentarono a loro volta l'andatura, i vessilli che garrivano nel vento. Alle loro selle ornate erano appesi gli scudi rotondi di metallo, preferiti dai guerrieri dell'estremo Sud dell'Occidente. Molti erano armati di fasci di corte picche da lancio, o dei classici archi dorniani a doppia curvatura che sapevano usare da cavallo con micidiale precisione.

Esistevano tre tipi di dorniani, come il temerario re Daeron Targaryen I, chiamato il Giovane drago, aveva osservato tanto tempo prima durante la sua sanguinosa conquista di Dorne. C'erano i dorniani del sale, che vivevano lungo le coste, i dorniani della sabbia, abitatori dei deserti e delle lunghe valli fluviali e, infine, i dorniani della roccia, il cui dominio erano i passi e le altezze delle Montagne Rosse. I dorniani del sale erano quelli nelle cui vene scorreva sangue di Rhoyne, l'antico regno di Nymeria, leggendaria regina guerriera. I dorniani della roccia erano quelli con il minore retaggio rhoynar.

Tutte e tre le etnie sembravano ben rappresentate nel seguito del principe Doran. I dorniani del sale erano agili e scuri, pelle liscia, olivastra, e lunghi capelli neri che fluttuavano nel vento. I dorniani della sabbia erano di carnagione addirittura più scura, le facce abbronzate dal torrido sole di Dorne. Per evitare insolazioni, avvolgevano attorno ai loro elmi lunghe sciarpe dai colori chiari. I dorniani della roccia erano di corporatura più robusta e di pelle più chiara, discendenti degli andali e dei Primi Uomini, dai capelli castani chiari o biondi, facce cosparse di lentiggini e bruciate dal sole invece che abbronzate.

I lord indossavano caftani di seta e satin, con cinture ingioiellate e maniche fluenti. Le loro armature erano pesantemente smaltate, con istoriazioni di rame brunito, argento scintillante, soffice oro rosso. Cavalcavano cavalli dal pelo fulvo, dorato, alcuni addirittura bianco come la neve. Animali snelli e veloci, dai lunghi colli e dagli splendidi musi affilati. I favolosi destrieri delle sabbie di Dorne erano più piccoli dei cavalli da guerra veri e propri, né potevano reggere il peso dell'armatura, ma si diceva che potessero galoppare per un intero giorno, un'intera notte e tutto il giorno successivo senza mai stancarsi.

Il capo dorniano inforcava uno stallone nero come il peccato, coda e criniera rosse come il fuoco. Sedeva in sella come se vi fosse nato, alto, asciutto, aggraziato. Dietro le sue spalle ondeggiava una cappa di pallida seta rossa. La sua tunica era ornata da file sovrapposte di dischi di rame, che a ogni falcata scintillavano come monete appena uscite dalla forgia. Sul suo alto elmo lavorato dominava un sole di rame, e sullo scudo rotondo appeso alle sue spalle il sole trafitto dalla lancia dei Martell campeggiava sulla levigata superficie di metallo.

"Un sole Martell, ma di dieci anni più giovane" pensò Tyrion nel trattenere le redini "fin troppo atletico, e decisamente troppo feroce." A quel punto, aveva capito con chi avrebbe dovuto fare i conti. "Quanti dorniani ci vogliono per iniziare una guerra?" chiese a se stesso. "Uno solo." Eppure, non ebbe altra scelta se non sorridere.

«Lieto d'incontrarvi, miei lord. Abbiamo avuto notizia del vostro arrivo, e sua maestà re Joffrey ha insistito perché venissi a darvi il benvenuto in suo nome. Anche il lord mio padre, Primo Cavaliere del re, vi manda i suoi saluti.» Tyrion esibì un'espressione amabilmente confusa. «Quale di voi è il principe Doran?»

«La salute di mio fratello richiede che lui rimanga a Lancia del Sole.»

Il nobile sul cavallo nero come il peccato, dalla criniera e la coda rosse come il fuoco, si tolse l'elmo. Sotto c'era un volto scavato, saturnino, dalle sottili sopracciglia arcuate su grandi occhi neri. Neri e vividi come pozze d'olio di carbone. Appena qualche filo argenteo interrompeva la compattezza dei suoi lucenti capelli neri, i quali avevano cominciato a recedere dalla sua fronte, formando un picco di vedova appuntito quanto il suo naso. "Un dorniano del sale, è certo."

«Il principe Doran mi ha inviato a sedere in sua vece nel concilio di re Joffrey, se così compiace a sua maestà.»

«Sua maestà sarà onorato di avere a consiglio un rinomato guerriero quale il principe Oberyn di Dorne» disse Tyrion. Ma nel dirlo pensava invece: "L'uomo chiamato Vipera rossa... Questo significherà fiumi di sangue nelle strade". «E anche i tuoi nobili compagni sono i benvenuti.»

«Consentimi, lord Lannister, di presentarteli. Ser Deziel Dalt, di Lemonwood. Lord Tremond Gargalen. Lord Harmen Uller e suo fratello ser Ulwyck. Ser Ryon Allyrion e suo figlio naturale ser Daemon Sand, il bastardo di Grazia degli Dèi. Lord Dagos Manwoody, suo fratello ser Myles, i suoi figli Mors e Dickon. Ser

Arron Qorgyle. E non sia mai che io trascuri le signore. Myria Jordayne, erede di Tor. Lady Larra Montenero, sua figlia Jynessa, suo figlio Perros.» Il principe Oberyn Martell indicò una donna dai capelli neri verso il fondo della colonna, facendole cenno di avvicinarsi. «E questa è Ellaria Sand, la mia concubina.»

Tyrion riuscì a soffocare un grugnito. "La sua concubina, e nata bastarda... Se Oberyn la vorrà alle nozze, Cersei andrà fuori di testa da qui fino ai sette inferi." Se Ellaria Sand fosse stata relegata in qualche infimo angolo del banchetto, la sua cara sorella avrebbe rischiato il furore di Vipera rossa. Viceversa, facendola sedere accanto a lui alla tavola reale, era quanto mai probabile che tutte le altre nobildonne si ritenessero offese.

Il principe Oberyn fece voltare il proprio destriero, fronteggiando i compatrioti dorniani. «Ellaria, miei lord e lady, cavalieri di Dorne, constatate quanto ci ama re Joffrey. Sua maestà è stato infatti così gentile da mandare niente meno che suo zio il Folletto per accompagnarci a corte.»

Bronn emise una risata gorgogliante. Per cui anche Tyrion fu costretto a fingere di essere divertito. «Non sono venuto da solo, miei lord. Sarebbe stato un compito troppo grande per un piccolo uomo come me.» Anche la sua scorta era arrivata, fu quindi il suo turno fare le presentazioni. «Lasciate che vi presenti ser Flement Brax, erede di Hornvale. Lord Gyles di Rosby. Ser Addam Marbrand, lord comandante della Guardia cittadina di Approdo del Re. Jalabhar Xho, principe della valle del Fiore Rosso. Ser Harys Swyft, suocero di mio zio ser Kevan per unione matrimoniale. Ser Merlon Crakehall. Ser Philip Foote e ser Bronn delle Acque Nere, due eroi della nostra recente battaglia contro il ribelle Stannis Baratheon. E infine il mio giovane scudiero, Podrick della Casa Payne.»

Tyrion cercò di declamare quei nomi nel modo più altisonante possibile, ma quelli che li portavano non erano neppure lontanamente illustri o formidabili quanto i componenti del seguito del principe Oberyn. Cosa che entrambi sapevano fin troppo bene.

«Mio lord di Lannister» intervenne lady Montenero «abbiamo percorso una strada lunga e polverosa, riposo e conforto sarebbero quanto mai graditi. Potremmo quindi continuare verso la città?»

«Subito, mia signora.». Tyrion fece voltare il cavallo e chiamò ser Addam Marbrand. Al suo comando, anche le cappe dorate che formavano il grosso della Guardia d'onore girarono rapidamente i loro destrieri. L'intera colonna cominciò a muoversi in direzione del fiume e di Approdo del Re, che giaceva al di là.

"Oberyn Nymeros Martell." Mentre cavalcava a fianco del nobile dorniano, Tyrion bofonchiò il nome a denti stretti. "La Vipera rossa di Dorne. Per i sette inferi, che cosa s'immaginano che ci faccia con lui adesso?"

Di quell'uomo conosceva solo la reputazione, è vero... ma si trattava di una reputazione che incuteva terrore. Quando non aveva ancora sedici anni, Oberyn Martell era stato scoperto a letto con la concubina dell'anziano lord Yronwood, un gigante dalla nomea minacciosa e dal pessimo carattere. Ne venne fuori un duello. Considerando la giovane età e l'alto lignaggio del principe, fu un duello solo al primo sangue. Entrambi gli uomini ricevettero ferite e l'onore ottenne quindi soddisfazione. Il principe Oberyn guarì rapidamente. Per contro, le ferite di lord Yronwood s'infettarono, portandolo alla morte. In seguito, si sussurrò che Oberyn aveva combattuto con una spada avvelenata. E da quel momento, amici e nemici lo soprannominarono "Vipera rossa". Tutto questo accadeva molti anni prima, certo. Il ragazzo sedicenne adesso era un uomo di oltre quarant'anni, e la leggenda che lo accompagnava si era fatta molto più tenebrosa. Oberyn Martell aveva viaggiato a lungo nelle città libere, apprendendo l'arte degli avvelenatori e forse, a prestare ascolto a certe dicerie, anche arti più oscure. Aveva studiato alla Cittadella, riuscendo a forgiare sei anelli della catena di maestro, fino a quando quell'istruzione gli era venuta a noia. Era stato soldato nelle Terre Contese al di là del mare Stretto, cavalcando per un periodo nei ranghi dei Secondi Figli, una delle più celebri compagnie di ventura di quelle regioni, prima di formarne una propria. I suoi tornei, le sue battaglie, i suoi duelli, i suoi cavalli, la sua carnalità... si diceva che fornicasse sia con uomini sia con donne, disseminando figlie bastarde ai quattro angoli di Dorne. I "serpenti delle sabbie", così veniva chiamata la sua progenie femminile. Per quanto ne sapeva Tyrion, il principe Oberyn non aveva mai generato un figlio maschio.

E poi, naturalmente, aveva storpiato per sempre Willas Tyrell, l'erede di Alto Giardino.

"In tutti i Sette Regni non esiste uomo meno gradito a un matrimonio Tyrell." Di questo, Tyrion era fin troppo consapevole. Mandare il principe Oberyn ad Approdo del Re, quando la città ospitava ancora lord Mace Tyrell, due dei suoi figli e mille dei loro armigeri, era una provocazione pericolosa quanto lo stesso principe Oberyn. "Una sola parola sbagliata, una sola battuta fuori luogo, e i nostri alleati si azzanneranno alla gola gli uni con gli altri." Il Folletto continuò a cavalcare lungo la strada del Re fianco a fianco con la Vipera rossa, superando campi desolati e alberi scheletriti.

«Noi ci siamo già incontrati» disse disinvoltamente il principe di Dorne. «Sebbene non mi aspetti che tu possa ricordartene. Eri addirittura più piccolo di adesso.»

In quelle parole c'era un'affilata punta di derisione che a Tyrion non piacque, ma non avrebbe risposto alle provocazioni del dorniano. «E quando è stato, mio lord?» chiese, in tono di cordiale interesse.

«Oh, molti e molti anni fa, quando mia madre dominava Dorne e il lord tuo padre era Primo Cavaliere di un diverso re.»

"Non così diverso da questo re quanto tu potresti pensare." Ma questo Tyrion non lo disse.

«Fu quando feci visita a Castel Granito con mia madre, il suo consorte e mia sorella Elia. Io avevo, oh, quattordici, forse quindici anni, Elia un anno più di me. Tuo fratello e tua sorella erano sugli otto, nove anni, se ricordo bene, e tu eri appena nato.»

"Strano momento per fare una visita." Sua madre era morta nel darlo alla luce, quindi i Martell avevano trovato la fortezza immersa nel lutto. Specialmente suo padre. Lord Tywin menzionava di rado la moglie che aveva perduto, ma Tyrion aveva udito i suoi zii parlare del grande amore che c'era tra di loro. In quei giorni, suo padre era il Primo Cavaliere di Aerys il Folle, ed erano in molti a sostenere che in realtà fosse lord Tywin a dominare i Sette Regni, ma che era lady Joanna a dominare lord Tywin. "Dopo la sua morte, non è più stato lo stesso uomo, Folletto" gli aveva detto suo zio Gery. "La sua parte migliore è morta insieme a lei." Gerion era il più giovane dei quattro figli di lord Tytos Lannister, ed era lo zio cui Tyrion aveva voluto più bene di tutti.

Ma Gerion adesso non c'era più, perduto oltre gli oceani, ed era stato Tyrion in persona a mandare lady Joanna alla tomba.

«E trovasti Castel Granito di tuo gradimento, mio lord?» chiese al principe Oberyn.

«Non tanto. Tuo padre ci ignorò per tutto il tempo che fummo là, anche se diede disposizioni a ser Kevan affinché si occupasse del nostro intrattenimento. La mia stanza aveva un pagliericcio di piume su cui dormire e tappeti di Myr sul pavimento, ma era buia e priva di finestre. Molto simile a una segreta, a tutti gli effetti, come dissi a Elia in quell'occasione. I vostri cieli erano troppo grigi, i vostri vini troppo dolci, le vostre donne troppo caste, il vostro cibo troppo blando... Quanto a te, ebbene, tra tutte quelle delusioni, fosti proprio tu la più grande.»

«Ero appena nato. Come ti aspettavi che fossi?»

«*Enorme*» rispose la Vipera rossa. «Eri piccolo, certo, ma grande era già la tua fama. Noi ci trovavamo a Vecchia Città alla tua nascita, e l'intero borgo non faceva altro che parlare del mostro scaturito dal talamo dal Primo Cavaliere. E di quali sventure un simile presagio poteva rappresentare per il reame.»

«Carestia, pestilenza e guerra, ne sono certo.» Tyrion fece un sorriso amaro. «È sempre carestia, pestilenza e guerra. Oh, e inverno, certo. La gelida notte che non ha fine.»

«Tutto questo» disse il principe Oberyn «e anche la caduta di tuo padre. Lord Tywin era diventato un'entità più grande di Aerys, udii un confratello questuante dire una volta, ma solamente un dio può collocarsi più in alto di un re. Tu fosti la sua maledizione, un castigo mandato dagli dèi per insegnargli che non era migliore di qualsiasi altro uomo.»

«Io continuo a tentare, ma lui si rifiuta d'imparare.» Tyrion sospirò. «Ma continua, principe, ti prego: adoro le belle storie.»

«Quella che ti riguarda è tra le migliori: si diceva che tu avessi la coda. Una coda dura e ossuta, attorcigliata come quella di una scrofa. Il tuo cranio era mostruosamente grande, ci dissero, quanto metà del tuo corpo. Eri nato coperto di una spessa peluria nera, ci dissero, con la barba, un occhio malefico e unghie simili ad artigli di leone. I tuoi denti erano talmente lunghi da non permetterti di chiudere la bocca, e tra le tue gambe c'erano non solo i genitali di un maschietto ma anche quelli di una femminuccia.»

«Quanto sarebbe più semplice la vita se gli uomini potessero scoparsi da soli, non sei d'accordo, mio principe? E ho anche bene in mente svariate circostanze nelle quali artigli e zanne avrebbero potuto rivelarsi di notevole utilità. In ogni caso, comincio a intuire le ragioni della tua delusione.»

Bronn ridacchiò di nuovo, ma Oberyn si limitò a sorridere.

«Probabilmente, non ti avremmo mai visto se non fosse stato per la tua dolce sorella» riprese il dorniano. «Non venivi mai portato al desco, né nelle sale. Ma di notte, a volte, udivamo le grida di un neonato provenire dalle profondità della rocca. Avevi una voce mostruosamente forte, questo te lo riconosco. Continuavi a urlare per ore, e nulla poteva acquietarti eccetto la tetta di una donna.»

«Il che è valido ancora oggi.»

Questa volta, il principe Oberyn rise. «Gusto che abbiamo in comune. Lord Gargalen una volta mi disse che sperava di morire con la spada in pugno, io gli risposi che la mia speranza era di andarmene con in pugno un seno rigoglioso.»

Tyrion non trattenne un sogghigno. «Facevi forse riferimento a mia sorella?»

«Cersei promise a Elia che ci avrebbe portati a vederti. Il giorno prima di salpare, mentre tuo padre e mia madre erano impegnati in un colloquio riservato, Cersei e Jaime ci condussero nella tua stanza. La tua nutrice cercò di mandarci via, ma tua sorella non volle sentire ragioni. "Lui è mio" disse "mentre tu sei solamente una vacca da latte, e non sarai tu a dirmi che cosa fare. Fa' silenzio, o dirò a mio padre di tagliarti la lingua. Una vacca non ha bisogno di lingua, solo di mammelle."»

«Sua maestà ha imparato la cortesia in tenera età.» Tyrion era divertito all'idea di Cersei che lo dichiarava di sua proprietà. «Non si è certo comportata nello stesso modo in seguito, come sanno bene gli dèi.»

«Cersei arrivò addirittura al punto di sciogliere i nodi dei tuoi pannolini per consentirci di vedere bene» continuò il principe di Dorne. «In effetti, avevi un occhio malefico e la peluria nera sul capo. Forse la tua testa era più grande del normale... ma non c'era nessuna coda, nessuna barba, niente artigli né zanne, e niente tra le tue gambe tranne un piccolo cazzo rosa. Dopo tutti quei meravigliosi bisbigli, il Flagello di lord Tywin si era rivelato nient'altro che un orribile neonato, rosso e con le gambe leggermente tozze. Elia emise il tipico suono che le ragazze emettono di fronte a un infante, sono certo che sai di che cosa sto parlando. Quel verso che fanno anche davanti ai cuccioli di cane e ai gattini appena nati. Credo che lei stessa, a dispetto della tua bruttezza, sia stata tentata di allattarti. Al mio commento che come creatura mostruosa tutto sommato valevi poco, tua sorella disse: "Ha ucciso mia madre", dopo di che afferrò quel tuo piccolo cazzo e lo torse talmente forte da farmi temere che te lo avrebbe strappato via. Tu urlasti, ma Cersei abbandonò la presa solo dopo che tuo fratello Jaime disse: "Lascialo stare, gli stai facendo male". "Tanto non importa" ci disse "lo sanno tutti che morirà presto. Non avrebbe neppure dovuto vivere così a lungo."»

Il sole splendeva sopra le loro teste, era una giornata d'autunno piacevolmente calda, ma dopo aver udito tutto questo, Tyrion Lannister sentì il gelo insinuarsi nel profondo del proprio essere. "Cara, dolce sorellina." Si grattò la cicatrice che gli deturpava il naso e fece gustare al dorniano uno sguardo del suo "occhio malefico". "Perché avrà voluto raccontarmi una storia come questa? Mi sta mettendo alla prova oppure sta anche lui torcendomi il cazzo come fece Cersei, solo per sentirmi urlare?"

«Ricordati di raccontare questo aneddoto anche al lord mio padre» riprese il Folletto. «Sono convinto che lo delizierà quanto ha deliziato me. Soprattutto la parte che riguarda la mia coda. In realtà, ce l'avevo, una coda. Ma lui me l'ha tagliata.»

Il principe Oberyn ridacchiò. «Sei diventato più divertente rispetto all'ultima volta che ci siamo incontrati.»

«Sì, ma era mia intenzione diventare più *alto.*»

«E restando in materia di divertimenti, l'attendente di lord Buckler mi ha fatto giungere all'orecchio una curiosa storiella. Sostiene che tu abbia messo una tassa sull'uso delle camere private delle donne.»

«È una tassa sulle puttane.» Adesso Tyrion era di nuovo irritato. "E l'idea è stata di mio padre." «Solo un centesimo per ogni, ehm... transito. Il Primo Cavaliere del re ha ritenuto che questo potesse migliorare la moralità cittadina.» "E pagare anche le nozze di Joffrey." Nemmeno a dirlo, quale maestro del Conio, tutto il biasimo era ricaduto su Tyrion. Bronn gli aveva detto che nelle strade la tassa veniva chiamata "il soldino del nano". «Apri bene le gambe per il Mezzo-uomo adesso» urlavano nei bordelli e nelle osterie, se si voleva dare credito al mercenario.

«In tal caso» disse Oberyn «sarà mia cura avere sempre con me una borsa ben munita di centesimi. Anche un principe deve pagare le tasse.»

«Perché mai vorresti andare a puttane?» Tyrion gettò un'occhiata dietro di sé, a Ellaria Sand che cavalcava assieme alle altre donne. «Lungo il viaggio hai forse finito con lo stancarti della tua concubina?»

«Mai. Abbiamo troppo in comune.» Il principe Oberyn scrollò le spalle. «Però non l'abbiamo mai fatto con una bella bionda, ed Ellaria è curiosa. Tu conosci una creatura del genere?»

«Sono un uomo sposato.» "Per quanto non abbia ancora consumato." «E non frequento più le puttane.» "A meno che non voglia vederle penzolare da un nodo scorsoio."

Oberyn cambiò improvvisamente argomento. «Si dice che al banchetto di nozze del re saranno servite settantasette portate.»

«Soffri la fame, mio principe?»

«Soffro la fame da lungo tempo. Per quanto non fame di cibo. Dimmi, ti prego, quando verrà servita la *giustizia*?»

«Giustizia?» "Ecco perché è qui. Avrei dovuto capirlo fin dal primo momento." «Tu amavi molto tua sorella?»

«Da bambini, Elia e io eravamo inseparabili, quasi come tuo fratello e tua sorella.»

"Dèi, spero proprio non come loro." «Guerre e nozze ci hanno impegnato molto, principe Oberyn. Temo che nessuno abbia avuto il tempo di tornare a esaminare delitti perpetrati sedici anni fa, pur considerando quanto sono stati efferati. Lo faremo, è chiaro, non appena sarà possibile. Qualsiasi aiuto Dorne potrà fornire per ristabilire la pace del re non potrà che contribuire ad avvicinare l'inizio dell'inchiesta del lord mio padre, la quale...»

«Nano!» Adesso c'era ben poca cordialità nel tono della Vipera rossa. «Risparmiami le tue menzogne da Lannister. Per che cosa ci prendi, per pecoroni o giullari? Mio fratello il principe Doran non è un uomo assetato di sangue, ma questo non significa che negli ultimi sedici anni sia rimasto a dormire. Jon Arryn venne a Lancia del Sole l'anno dopo che Robert era salito al trono, e ti posso garantire che gli furono poste domande stringenti. A lui e ad altri cento. Non ho viaggiato fin qui per assistere a una farsa come questa tua cosiddetta "inchiesta". Sono venuto qui perché giustizia sia fatta per Elia e per i suoi figli. E giustizia avrò. Cominciando da quella putrida palude che risponde al nome di Gregor Clegane... mi correggo: *concludendo* con Gregor Clegane. Prima di crepare, la Montagna di sterco che cavalca mi dirà da chi ha avuto gli ordini. E insisto che questo tu lo faccia presente al lord tuo padre. Con estrema chiarezza.» Oberyn sorrise. «Una volta un vecchio septon disse che io ero la prova vivente della bontà degli dèi. E sai perché, Folletto?»

«No» ammise cautamente Tyrion.

«Perché, se gli dèi fossero crudeli, avrebbero fatto sì che fossi io il primogenito di mia madre e Doran il terzogenito. Vedi, nano, della progenie Martell sono *io* quello assetato di sangue. E sono sempre *io* quello con cui ti dovrai confrontare qui e ora, non il mio paziente, prudente, gottoso fratello.»

Tyrion poteva vedere il sole risplendere sul fiume delle Rapide Nere, mezzo miglio più avanti, illuminando le torri e le colline di Approdo del Re. Guardò di nuovo alle proprie spalle, alla scintillante colonna di cavalieri che li seguiva lungo la strada del Re.

«Parli come un uomo che dietro di sé ha un grande esercito, principe Oberyn. Mentre tutto quello che vedo sono trecento uomini. Vedi quella città davanti a noi, a nord del fiume?»

«Quel turpe ammasso che chiamate Approdo del Re?»
«Quello, per l'appunto.»
«Non solo lo vedo, ma comincio anche a sentirne il tanfo.»
«E allora annusa bene, mio lord. Riempiti il naso. Scoprirai che il tanfo di mezzo milione di persone batte di gran lunga quello di trecento dorniani. Riesci a sentire anche il tanfo delle cappe dorate della Guardia cittadina? Ebbene, loro sono quasi cinquemila. Ai quali vanno ad aggiungersi le ventimila spade che hanno prestato giuramento di fedeltà al lord mio padre. E poi ci sono le rose. Che delizioso olezzo emanano le rose, vero? Specialmente quando sono tante e poi tante. Cinquanta, sessanta, settantamila rose, dentro la città e accampate fuori delle mura. Davvero non potrei dire quante, con esattezza, ma certamente di più di quante sono in grado di contarne.»
Oberyn Martell alzò le spalle. «A Dorne, prima che sposassimo Daeron Targaryen II alla principessa Myriah, dicevamo che tutti i fiori si piegano sotto il sole. Se le rose dovessero cercare d'intralciarmi, sarà mio piacere schiacciarle sotto gli zoccoli del mio cavallo.»
«Come hai schiacciato Willas Tyrell?»
La reazione del nobile dorniano non fu quella che Tyrion si aspettava. «Ho ricevuto una lettera da Willas circa metà di un anno addietro. Abbiamo un comune interesse per i cavalli di razza. Non ha mai nutrito alcuna acrimonia nei miei confronti per quanto accadde in quel torneo. Io colpii la sua corazza pettorale correttamente, ma lui rimase con il piede impigliato nella staffa e il cavallo gli cadde addosso. Arrivai a mandare un maestro al capezzale del ragazzo, ma il massimo che lui riuscì a fare fu salvargli la gamba. Il ginocchio era leso senza rimedio. Se qualcuno è da biasimare, quel qualcuno è l'idiota che ha per padre. Willas Tyrell era inesperto come un fiore di campo, non avrebbe mai dovuto partecipare a una tenzone di quella fatta, contro avversari di quella fatta. Il Fiore di Lardo lo ha gettato nella mischia in troppo giovane età, lo stesso errore che ha commesso con gli altri due figli. Lord Mace voleva un altro Leo Lungaspina, quello che ha ottenuto è uno storpio.»
«C'è chi sostiene che ser Loras è addirittura più temibile di Leo Lungaspina» disse Tyrion.
«Parli della rosellina di Renly Baratheon? Ne dubito.»
«Dubita quanto ti aggrada» insistette Tyrion «resta il fatto che ser Loras ha sconfitto molti validi cavalieri, incluso mio fratello Jaime.»

«Per "sconfitto" tu intendi "disarcionato" in torneo. Se vuoi spaventarmi, parlami di quelli che ha decapitato in battaglia.»

«Ser Robar Royce e ser Emmon Cuy, per menzionarne solo due. Alcuni uomini dicono che abbia compiuto gesta di grande valore durante la battaglia delle Acque Nere, combattendo a fianco dello spettro di Renly.»

«E gli stessi uomini che hanno assistito a quelle gesta hanno visto anche loro lo spettro di Renly?» Il guerriero dorniano sogghignò.

Tyrion gli lanciò una lunga occhiata. «Il bordello di Chataya, sulla strada della Seta, ospita una quantità di ragazze che potrebbero soddisfare le tue necessità. Dancy ha capelli del colore del miele. Quelli di Marei sono come oro pallido. Ti suggerisco, mio lord, di tenere l'una o l'altra costantemente al tuo fianco.»

«Costantemente?» Il principe Oberyn sollevò una delle sopracciglia sottili. «E perché, Folletto?»

«Vuoi morire con un seno rigoglioso in pugno, hai detto. O sbaglio?»

Tyrion aumentò l'andatura, dirigendosi verso il punto in cui le chiatte erano attraccate alla sponda meridionale del fiume. Aveva tollerato tutto il tollerabile della cosiddetta arguzia dorniana. "Il lord mio padre avrebbe veramente dovuto mandare Joffrey. Il regale nipotino forse avrebbe chiesto a Oberyn che differenza passa tra un dorniano e una scoreggia di vacca." Quel pensiero, a dispetto di tutto, strappò a Tyrion un sogghigno. Era essenziale che lui si trovasse nei pressi quando la Vipera rossa sarebbe stato presentato al sovrano.

ARYA

Il primo a morire fu l'uomo sul tetto. Era accucciato dietro il camino, a duecento iarde di distanza, solo una forma indistinta nella penombra metallica dell'aurora. Mentre il cielo si faceva progressivamente più luminoso, l'uomo si mosse, si stiracchiò, si alzò in piedi. La freccia di Anguy lo centrò in pieno petto. L'uomo rotolò giù per la ripida copertura di ardesia come un fantoccio senza scheletro, abbattendosi di fronte alla porta del chiostro.

I Guitti Sanguinari avevano collocato altre due sentinelle in quel punto, ma il bagliore delle torce le rendeva cieche alle tenebre notturne. Questo aveva permesso ai fuorilegge di avvicinarsi strisciando lentamente. La prima guardia cadde con una freccia di traverso nella gola, la seconda con il ventre trapassato da parte a parte. Era la seconda a reggere la torcia. Nel cadere, le fiamme si attorcigliarono su di lui, incendiandogli i vestiti. Un urlo gli sfuggì dalle labbra, e questo pose fine all'effetto sorpresa dell'agguato. Thoros di Myr lanciò il grido di battaglia e i fuorilegge si lanciarono all'attacco.

Arya rimase a osservare dalla sella, il cavallo fermo sulla cresta di una collina boscosa dalla quale si dominava il tempio, il mulino, la birreria e le stalle. Più la desolazione di erbacce, alberi bruciati e fango ovunque. Ormai, gli alberi erano quasi completamente spogli. Le poche foglie secche, color marrone, che si ostinavano ad aggrapparsi ai rami facevano ben poco per ostruire la visuale. A sorvegliarli, lord Beric aveva messo Dick Sbarbato e Mudge. Arya odiava essere lasciata indietro come una stupida bimbetta, ma per lo meno anche Gendry era stato lasciato indietro con lei. E poi Arya aveva imparato la lezione: meglio evitare di discutere. Questa era una battaglia, e in battaglia bisogna obbedire agli ordini.

Sull'orizzonte a est dominavano le tinte rosa e oro. Più sopra, tra veli di nubi basse in movimento, era visibile una mezza luna. Il vento era freddo. Arya poteva udire lo scorrere dell'acqua che faceva girare la grande ruota del mulino. L'aria del mattino era satura dell'odore della pioggia, ma le gocce non avevano ancora cominciato a cadere. Frecce incendiarie solcarono le nebbie, trascinandosi dietro pallidi nastri di fuoco, andando a conficcarsi nelle pareti di legno del chiostro. Alcune sfondarono le finestre chiuse. In breve, tentacoli di fumo cominciarono a strisciare tra le imposte spezzate.

Due Guitti, con le asce in pugno, si precipitarono a fianco a fianco fuori dal chiostro. Anguy e gli altri arcieri li stavano aspettando. Uno dei due morì istantaneamente. L'altro riuscì ad abbassarsi e la freccia gli si conficcò nella spalla. Barcollando, continuò ad avanzare, fino a quando altre due frecce sibilarono, così ravvicinate che sarebbe stato difficile dire quale avesse colpito il bersaglio per prima. Gli spessi steli perforarono la sua corazza pettorale come se fosse fatta di seta invece che d'acciaio. L'uomo crollò pesantemente. Anguy usava sia punte ad arpione sia punte a bulbo. Una punta ad arpione era in grado di forare perfino corazze massicce. "Voglio imparare anch'io a tirare con l'arco" pensò Arya. Il combattimento alla spada le piaceva, ma, come aveva ben visto, anche le frecce erano ottime armi.

Le fiamme stavano dilagando sul muro occidentale del chiostro. Un fumo denso si riversava fuori da una delle finestre distrutte. Un balestriere di Myr sporse la testa da un'altra finestra, scoccò, tornò ad abbassarsi per ricaricare. Arya udì rumori di combattimento provenire anche dalle stalle: urla, cozzare d'acciaio, nitrire di cavalli spaventati. "Uccideteli tutti" pensò, piena di furore. Si morse il labbro così forte da sentire il sapore del sangue. "Uccideteli tutti quanti."

Il balestriere riapparve. Tre frecce sibilarono a un palmo dalla sua testa nel medesimo istante in cui si sporse. Una gli rimbalzò contro l'elmo, costringendolo a mettersi di nuovo al riparo, con balestra e tutto il resto. Arya vide le fiamme levarsi anche dietro molte finestre del secondo piano. Tra il fumo e le nebbie del mattino, l'aria era un caos di nero e di bianco. Anguy e gli altri arcieri si spinsero in avanti, alla ricerca di bersagli più definiti.

Poi l'intero chiostro parve esplodere. I Guitti Sanguinari si avventarono fuori come formiche guerriere. Due ibbenesi superarono l'ingresso tenendo i pelosi scudi marrone alti davanti a loro. Li seguiva un dothraki, con campanelle nei capelli, armato di un grande arakh ricurvo. Dietro di lui venivano tre mercenari di Volantis, con i corpi coperti di tatuaggi sinistri. Altri Guitti saltavano dalle finestre, rotolando a terra. Arya vide un uomo colpito al petto da una freccia mentre ancora cercava di scavalcare il davanzale. Udì il suo urlo mentre stramazzava. Il fumo stava diventando più denso. Frecce e dardi di balestra sibilavano in entrambe le direzioni. Watty crollò con un grugnito, abbandonando l'arco. Kyle stava cercando d'incoccare un'altra freccia quando un uomo con una maglia di ferro nera gli sfondò lo stomaco con una picca. Arya sentì lord Beric gridare qualcosa. Dai fossi, da dietro gli alberi, gli uomini della fratellanza senza vessilli si gettarono all'attacco, con la spada in pugno. Arya scorse il mantello giallo di Lem che gli svolazzava dietro mentre lui, da cavallo, decapitava l'uomo che aveva ucciso Kyle.

Thoros e lord Beric sembravano essere simultaneamente da tutte le parti, spade infuocate che mulinavano. Il prete rosso pestò uno scudo di pelle di vacca fino a quando non l'ebbe ridotto in pezzi. Il suo cavallo sfondò con un calcio la testa dell'uomo che aveva cercato di proteggersi dietro di esso. Un dothraki andò alla carica contro il lord della Folgore. La spada fiammeggiante volò a intercettare l'arakh. Le lame si baciarono, mulinarono, tornarono a baciarsi. Poi i capelli tintinnanti del dothraki presero fuoco. Un attimo dopo, la sua testa non era più attaccata al corpo. Arya vide anche Ned, che combatteva a fianco del lord della Folgore. "Non è giusto. Ned è poco più vecchio di me. Avrebbero dovuto lasciarmi combattere."

La battaglia non andò avanti molto a lungo. I Bravi Camerati ancora in piedi morirono l'uno dopo l'altro, oppure scelsero di gettare a terra le loro armi. Due dothraki riuscirono a guadagnare i cavalli e a darsi alla fuga. Ma solo perché lord Beric decise di lasciarli andare. «Che portino la notizia a Harrenhal» disse, spada fiammeggiante ancora in pugno. «In modo da dare altre notti insonni al lord Sanguisuga e al suo caprone.»

Jack Fortunello, Harwin e Merrit di Città di Luna affrontarono il chiostro che bruciava alla ricerca di prigionieri. Riemersero dalle fiamme e dal fumo assieme a otto confratelli marrone, uno dei quali talmente stremato che Merritt fu costretto a trasportarlo a spalla. Tra loro c'era anche un septon, dalle spalle aggobbite e pressoché calvo, che portava una cotta di maglia di ferro sopra il saio grigio. «Questo l'ho trovato che cercava di nascondersi sotto la scala della cantina» disse Jack, tossendo.

Nel vederlo, Thoros sorrise. «Tu sei Utt.»

«*Septon* Utt. Un uomo di dio.»

«E qual è il dio che vuole una feccia come te?» ringhiò Lem.

«Ho peccato» piagnucolò il septon. «Lo so, lo so. Perdonami, padre. Oh, quanto gravemente ho peccato!»

Arya ricordava bene septon Utt dai suoi giorni a Harrenhal. Shagwell, il giullare dei Guitti, diceva che Utt piangeva sempre e implorava perdono subito dopo aver ucciso il suo ultimo ragazzino. Certe volte, voleva perfino che gli altri Guitti lo maledicessero. Tutti pensavano che la cosa fosse molto divertente.

Lord Beric infilò la spada nel fodero con un gesto deciso, estinguendo le fiamme. «Concedete ai morti il dono della misericordia. Gli altri legateli mani e piedi per il processo» ordinò. E così venne fatto.

I processi furono rapidi. Parecchi fuorilegge si fecero avanti per descrivere le cose che i Bravi Camerati avevano fatto: città e villaggi saccheggiati, raccolti bruciati, donne stuprate e assassinate, uomini mutilati e torturati. Alcuni parlarono dei bambini e dei ragazzi che septon Utt portava via. Per tutto il tempo, lui piagnucolò e invocò pietà. «Sono erba debole» disse a lord Beric. «Io prego il Guerriero affinché mi dia forza, ma gli dèi mi hanno reso debole. Abbi pietà della mia debolezza. I ragazzi, quei dolci ragazzi... non è mai stata mia intenzione fare loro del male...»

Septon Utt finì a penzolare dal ramo di un alto olmo, ondeggiando lentamente appeso per il collo, nudo come il giorno in cui era venuto al mondo. Gli altri Bravi Camerati subirono la stessa sorte. Alcuni di loro lottarono, scalciando e contorcendosi, mentre il nodo scorsoio gli veniva serrato attorno alla gola. Uno dei balestrieri, con un pesante accento di Myr, continuava a urlare: «Io soldato! Io soldato!». Un altro si offrì di guidare all'oro gli uomini della fratellanza senza vessilli. Un terzo cercò di convincerli che sarebbe stato un ottimo fuorilegge. L'uno dopo l'altro, furono tutti denudati, legati e impiccati. Per loro, Tom Settecorde cantò una ballata funebre accompagnandosi con la sua arpa di legno. Thoros implorò il Signore della luce perché arrostisse le loro anime negli inferi fino alla fine dei tempi.

"Un albero guitto" pensò Arya nel vedere i corpi oscillare nel vento, mentre l'incendio del chiostro gettava cupe sfumature rossastre sulla loro pelle livida. I corvi stavano già arrivando, come dal nulla. Li udì gracchiare e stridere, e si domandò che cosa stessero dicendo. Arya non aveva avuto paura di septon Utt quanta ne aveva avuta di Rorge e Mordente e alcuni degli altri ancora a Harrenhal, ma era comunque contenta che fosse morto. "Avrebbero dovuto impiccare anche il Mastino, oppure tagliargli la testa." Invece, con suo inferocito disgusto, i fuorilegge avevano curato il braccio ustionato di Sandor Clegane, gli avevano restituito spada, armatura e cavallo e lo avevano lasciato libero a poche miglia dalla collina cava. L'unica cosa che si erano presi era stato il suo oro.

Il chiostro crollò in un ruggito di fumo e di fiamme, le mura ormai troppo indebolite per reggere il pesante tetto di ardesia. Gli otto confratelli in saio marrone poterono solo guardare con rassegnazione. Erano loro gli unici superstiti, spiegò il più anziano, che portava appeso al collo un piccolo mantello di ferro, simbolo della sua devozione al Fabbro. «Prima della guerra eravamo quarantaquattro, e questo era un luogo prospero. Avevamo una dozzina di vacche da latte e un toro, un centinaio di arnie, un vigneto e un bosco di meli. Ma quando i leoni passarono di qui ci portarono via il vino, il latte e il miele, macellarono le vacche, diedero fuoco al vigneto. Dopo... ho perso il conto di quanti altri sono venuti a farci visita. Il falso septon era solo l'ultimo. E poi c'è stato quella specie di mostro... gli abbiamo consegnato tutto il nostro argento, ma lui era certo che stessimo nascondendo anche dell'oro, così i suoi uomini ci hanno uccisi uno alla volta per costringere il Confratello Anziano a parlare.»

«Voi otto come avete fatto a sopravvivere?» chiese Anguy l'arciere.

«Mi vergogno» rispose il vecchio religioso. «La colpa è mia. Quando è venuto il mio turno di morire, ho rivelato dov'era nascosto il nostro oro.»

«Fratello» lo confortò Thoros di Myr «l'unica vergogna è non averglielo rivelato immediatamente.»

Notte. I fuorilegge avevano trovato rifugio nella birreria sulla riva del fiume. I loro ospiti avevano una scorta di cibo nascosta sotto il pavimento delle stalle, così condivisero una cena semplice a base di pane d'orzo, cipolle e un'acquosa zuppa di cavoli con un vago sapore d'aglio. Arya trovò un pezzo di carota che galleggiava nella sua ciotola e si considerò fortunata. I confratelli non chiesero il nome a nessuno dei fuorilegge. "Loro sanno" pensò Arya. E come potevano non sapere? Lord Beric aveva l'emblema della folgore sulla corazza pettorale, sullo scudo e sul mantello. Thoros indossava la sua tonaca rossa, anzi, quello che ne restava. Uno dei confratelli, un giovane novizio, trovò il coraggio per dire al prete rosso di non pregare il suo falso dio fintanto che si trovavano sotto il loro tetto. «Fottiti» replicò Lem Mantello di limone. «È anche il nostro dio, e voi ci dovete la vostra vita del cazzo. E poi che cosa c'è di falso in questo dio? Il vostro Fabbro saprà anche rimettere a posto una spada spezzata, ma sa rimettere a posto un uomo spezzato?»

«Basta così, Lem» intervenne lord Beric. «Sotto il loro tetto noi onoreremo le loro regole.»

«Il sole non cesserà di risplendere se anche perdiamo una preghiera o due» concordò Thoros. «So quello che dico.»

Lord Beric non mangiò. Arya non lo aveva mai visto mangiare, talvolta beveva una coppa di vino. E sembrava che lord Beric neppure dormisse. L'unico occhio che gli era rimasto si chiudeva, ogni tanto, come a causa della stanchezza, ma quando gli si parlava, tornava immediatamente ad aprirsi. Il lord delle Terre Basse indossava ancora il suo malridotto mantello nero e la corazza ammaccata, lo smalto dell'emblema della folgore era tutto scheggiato. Dormiva addirittura con la corazza addosso. L'acciaio nero opaco celava la terribile ferita inflittagli dal Mastino, lo stesso valeva per la spessa sciarpa di lana avvolta a nascondere l'anello di pelle annerita che aveva attorno alla gola. Ma nulla nascondeva il suo cranio deturpato, con quella specie di cratere alla tempia, né la fossa purpurea dell'occhio mancante, né il rilievo delle ossa sotto la pelle del suo volto scarno.

Arya lo scrutò guardinga, ricordando tutte le strane storie che circolavano su di lui a Harrenhal. Lord Beric sembrò percepire la paura della ragazza. Voltò la testa, le fece cenno di avvicinarsi. «Ti faccio paura, bambina?»

«No» rispose mordendosi il labbro. «Solo che... be'... avevo pensato che il Mastino ti avesse ucciso, invece...»

«Una ferita» intervenne Lem Mantello di limone. «Una grave ferita, *aye*, ma Thoros l'ha guarita. Non c'è mai stato nessun guaritore meglio di Thoros.»

Lord Beric guardò Lem, nell'unico occhio che gli restava c'era una luce strana, nessuna luce nell'occhio che gli mancava, solo cicatrici e sangue disseccato. «Nessun guaritore è migliore di lui» concordò con tono pacato. «Lem, è da parecchio che dobbiamo cambiare la guardia. Provvedi tu, per cortesia.»

«*Aye*, milord.» La grande cappa gialla vorticò dietro di lui mentre Lem usciva nella notte ventosa.

«A volte, perfino gli uomini coraggiosi scelgono di essere ciechi, quando hanno paura di vedere» disse lord Beric quando Lem fu uscito. «Thoros, quante volte mi hai riportato indietro?»

Il prete rosso chinò la testa. «È R'hllor a riportarti indietro, mio lord. Il Signore della luce. Io sono solamente il suo strumento.»

«Quante volte?» insistette lord Beric.

«Sei» rispose Thoros con riluttanza. «E ogni volta diventa più difficile. Sei diventato temerario, mio lord. Trovi che la morte sia davvero così dolce?»

«Dolce? No, amico mio. Non dolce.»

«E allora non corteggiarla come fai. Lord Tywin comanda dal retro dello schieramento. Lo stesso vale per lord Stannis. Sarebbe cosa saggia se anche tu facessi altrettanto. Una settima morte potrebbe significare la fine per entrambi.»

Dondarrion si tastò il punto sopra l'orecchio sinistro in cui la sua tempia era infossata. «È qui che ser Burton Crakehall mi spezzò l'elmo e il cranio con un colpo di mazza.» Aprì la sciarpa, esponendo la pelle scura attorno al collo. «E questa è la traccia che il lord della manticora mi lasciò a Cascate Impetuose. Aveva catturato un povero locandiere e la moglie pensando che fossero dalla mia parte, e fece sapere in giro che li avrebbe impiccati se io non mi fossi costituito. Ma quando lo feci, lui li impiccò comunque, appendendo me alla forca in mezzo a loro.» Alzò un dito, indicando la voragine rossa che aveva al posto dell'occhio. «Qui è dove la Montagna che cavalca mi conficcò lo stiletto nella celata.» Un vago sorriso increspò le labbra del lord della Folgore. «Tre volte sono morto per mano della Casa Clegane. Si direbbe che dovrei aver imparato la lezione...»

Era una battuta, Arya lo sapeva, ma Thoros non rise. Mise una mano sulla spalla di lord Beric. «Meglio non pensarci troppo.»

«Come posso pensare a ciò che ricordo a stento? Avevo un castello nelle Terre Basse, un tempo, e là c'era una donna che avevo promesso di sposare. Ma oggi non sarei in grado di ritrovare quel castello, né di ricordare il colore dei capelli di quella donna. Chi mi ha fatto cavaliere, vecchio amico? Quali erano i miei cibi preferiti? Tutto si dissolve. A volte, penso di essere nato su un prato d'erba coperta di sangue, in una radura di ceneri, con in bocca il sapore del fuoco e con un buco nel petto. Sei forse tu mia madre, Thoros?»

Arya fissò il prete rosso di Myr, la sua figura dai capelli arruffati, coperta di stracci di un rosso stinto, di parti di armature scompagnate. Un'ispida barba grigia gli copriva le guance e la pelle cascante sotto il mento. Non aveva proprio l'aspetto dei maghi delle storie della vecchia Nan, eppure...

«Potresti riportare indietro un uomo senza testa?» gli chiese Arya. «Solo per una volta, non per sei.»

«Io non conosco alcuna magia, bambina. Soltanto preghiere. La prima volta, il mio lord aveva un buco attraverso tutto il corpo e la bocca piena di sangue. Sapevo che non c'era speranza. Così, quando il suo povero petto martoriato cessò di muoversi, io gli diedi il bacio del buon dio e lo affidai a lui. Mi riempii la bocca di fuoco e soffiai le fiamme dritto nel suo corpo, giù per la gola fino ai polmoni, fino al suo cuore e alla sua anima. "L'ultimo bacio", viene chiamato, e molte volte ho assistito mentre i vecchi preti lo davano ai servitori del Signore della luce in punto di morte. Io stesso lo avevo dato una volta o due, come tutti i preti rossi devono fare. Ma mai, prima di quel momento, avevo veduto un uomo morto sussultare mentre il fuoco scendeva dentro di lui, né avevo veduto i suoi occhi che si riaprivano. Non sono stato io a risollevare lord Beric, piccola mia. È stato il Signore. R'hllor non ha ancora finito con lui. La vita è calore, e il calore è fuoco, e il fuoco è dono del Signore e solo del Signore.»

Arya sentì gli occhi riempirsi di lacrime. Thoros aveva usato molte parole. Ma il loro significato era "no": il prete rosso non poteva riportare indietro un uomo senza testa, nemmeno una volta.

«Tuo padre era un uomo buono» disse lord Beric. «Harwin mi ha parlato molto di lui. In suo onore, io farei volentieri a meno del tuo riscatto, ma la fratellanza senza vessilli ha un bisogno disperato di quell'oro.»

Arya tornò a mordersi il labbro. "Il che è vero, suppongo." Dondarrion aveva dato l'oro del Mastino a Barbaverde e al Cacciatore Pazzo perché comprassero provviste a sud del fiume Mander, questo lei lo sapeva. «L'ultimo raccolto è bruciato, questo lo perderemo per l'inondazione, e ormai l'inverno è alle porte» aveva udito dire il lord mentre affidava loro la missione. «La nostra gente ha bisogno di granaglie e di sementi, noi di lame e di cavalli. Troppi dei miei uomini sono in sella a muli, asini e somari, affrontando nemici che montano destrieri.»

Quello che però Arya non sapeva era quanto Robb avrebbe pagato per lei. Adesso era un re, non più il ragazzo che aveva lasciato a Grande Inverno, con la neve che gli si scioglieva tra i capelli. E se avesse saputo le cose che lei aveva fatto, il ragazzo infilzato nelle stalle della Fortezza Rossa, la guardia sgozzata a Harrenhal, tutto il resto... «E se mio fratello rifiutasse di pagare il riscatto?»

«Perché dici questo?» chiese lord Beric.

«Be', i miei capelli sono un cespuglio, ho le unghie sporche e i piedi tutti induriti.» A Robb probabilmente questo non sarebbe importato, ma a sua madre sì. Lady Catelyn aveva sempre voluto che lei fosse come Sansa, che cantasse, danzasse, ricamasse e coltivasse le buone maniere. Il solo pensiero indusse Arya a ravviarsi i capelli con le dita, ma erano tutti intrecciati, annodati, e l'unico risultato che ottenne fu strapparne un po'. «Ho rovinato il vestito che mi aveva dato lady Smallwood, e non sono poi così brava a cucire.» Si morse il labbro. «Non so cucire molto bene, intendo. Septa Mordane diceva sempre che avevo le mani di un fabbro.»

Gendry scoppiò a ridere. «Con quelle dita morbide?» ululò. «Non riusciresti nemmeno a reggere un martello.»

«Certo che ci riuscirei, se volessi!» scattò lei.

Thoros ridacchiò. «Tuo fratello pagherà, bambina. Non avere timore.»

«Sì, ma che cosa succede se invece non paga?» insistette Arya.

Lord Beric sospirò. «In quel caso, ti rimanderò da lady Smallwood per qualche tempo, o forse al mio castello di Blackhaven. Ma non sarà necessario, ne sono sicuro. Non ho il potere di ridarti tuo padre, come non può farlo Thoros, ma posso quanto meno fare sì che tu ritorni sana e salva tra le braccia di tua madre.»

«Lo *giuri*?» gli chiese Arya. Anche Yoren, il corvo errante dei Guardiani della notte con cui aveva lasciato Approdo del Re, aveva promesso di riportarla a casa… ma era finito morto ammazzato.

«Sul mio onore di cavaliere» dichiarò solennemente il lord della Folgore.

Stava piovendo quando Lem fece ritorno nella birreria, imprecando a denti stretti. L'acqua gli gocciolava dal mantello formando pozze sul pavimento. Anguy e Jack Fortunello sedevano vicino alla porta giocando a dadi, ma qualsiasi partita giocassero, Jack Fortunello con un occhio solo aveva proprio poca fortuna. Tom di Settecorrenti sostituì una delle corde alla sua arpa e cantò *Le lacrime della Madre*, *Quando la moglie di Willum era bagnata*, *Lord Harte cavalcò in un giorno di pioggia* e finì con *Le piogge di Castamere*.

E chi sei tu, disse l'orgoglioso lord,
che così in basso io devo inchinarmi?
Solo un gatto con un altro pelo,
questa è l'unica verità che conosco.
Pelo d'oro o pelo rosso,

un leone artigli ancora ha.
E i miei sono lunghi e affilati, mio lord,
lunghi e affilati quanto i tuoi.

Così lui parlò, così lui parlò,
il lord di Castamere.

Ma ora le piogge piangono nella sua sala,
senza nessuno a udire quel pianto.
Sì, ora le piogge piangono nella sua sala,
senza una sola anima a udire quel pianto.

Alla fine, Tom si ritrovò a secco di canzoni piovose e mise via l'arpa. L'unico suono che rimase fu il martellare della pioggia contro il tetto di ardesia della birreria. La partita di dadi si concluse. Arya rimase in equilibrio prima su una gamba e poi sull'altra, ascoltando Merrit che si lamentava perché il suo cavallo aveva perso un ferro.

«Potrei ferrartelo io» disse Gendry d'un tratto. «Ero solo un apprendista, ma il mio maestro diceva che la mia mano era fatta per impugnare il martello. Sono capace di ferrare cavalli, chiudere i buchi nelle maglie di ferro e sistemare le ammaccature dalle corazze. Scommetto che sono anche capace di fare le spade.»

«Cos'è che stai dicendo, ragazzo?» chiese Harwin.

«Sarò il vostro fabbro.» Gendry andò a poggiare un ginocchio a terra davanti a lord Beric. «Se accetti di prendermi con te, milord, posso darvi un valido aiuto. Ho fatto utensili e coltelli e una volta ho fatto anche un elmo che non era brutto. Uno degli uomini della Montagna che cavalca me l'ha rubato quando ci hanno presi.»

Arya si morse il labbro. "Anche lui vuole lasciarmi."

«Farai una scelta migliore a servire lord Tully a Delta delle Acque» rispose lord Beric. «Non sono in grado di pagarti per il tuo lavoro.»

«Nessuno mi ha mai pagato nemmeno prima. Voglio una forgia, del cibo e un posto dove dormire. Tanto mi basta, milord.»

«Un fabbro è benvenuto da qualsiasi parte. Un abile armaiolo lo è ancora di più. Perché dovresti scegliere di restare con noi?»

Arya osservò Gendry contorcere quella sua faccia da stupido, segno che stava pensando. «Alla collina cava, quella cosa che hai detto di essere uomini di re Robert, e fratelli, quella cosa là a me è piaciuta. Mi è piaciuto che al Mastino gli hai fatto il processo. Lord Bolton la gente la impicca o gli taglia la testa, e lord Tywin e ser Amory lo stesso. Preferisco fare il fabbro per te.»

«Abbiamo maglie di ferro in quantità che hanno bisogno di riparazioni, milord» ricordò Jack a lord Beric. «Le abbiamo prese quasi tutte ai morti, e ci sono buchi dove è entrata la morte.»

«Tu devi essere mezzo scemo, ragazzo» disse Lem. «Noi siamo *fuorilegge*. Feccia della razza peggiore, la maggior parte di noi, eccetto milord. E non pensare nemmeno che è come dicono le canzoni di Tom. Non avrai baci da nessuna principessa, e non scenderai in nessun torneo dentro un'armatura rubata. Se vieni con noi, finisci con il collo in un cappio, o magari con la testa su una picca sulle mura di qualche castello.»

«Né più né meno di quello che farebbero a voi» disse Gendry.

«*Aye*, proprio così» confermò allegramente Jack. «I corvi ci aspettano tutti. Milord, il ragazzo sembra abbastanza coraggioso, e a noi serve quello che lui ci può dare. Prendilo, dice Jack Fortunello.»

«E anche in fretta» disse Harwin, ridacchiando «prima che gli passi la febbre e gli ritorni il buonsenso.»

Il vago sorriso riapparve sulle labbra di lord Beric. «Thoros, la mia spada.»

Questa volta il lord della Folgore non diede fuoco alla lama, si limitò a posarla sulla spalla di Gendry. «Gendry, giuri tu, davanti agli occhi degli dèi e degli uomini, di difendere coloro i quali non sono in grado di difendere se stessi, di proteggere tutte le donne e tutti i bambini, di obbedire agli ordini dei tuoi capitani, del lord a cui sei fedele, del tuo re, di combattere con coraggio quando necessario e di compiere qualsiasi altro compito ti venga affidato, a dispetto di quanto duro o umile o pericoloso questo potrà essere?»

«Lo giuro, milord.»

Il lord delle Terre Basse spostò la lama dalla spalla destra alla sinistra. «Alzati, ser Gendry, cavaliere della Collina cava, e sii il benvenuto nella nostra fratellanza senza vessilli».

Dall'ingresso venne una risata aspra, raschiante.

La pioggia ruscellava lungo la figura sulla soglia. Il braccio bruciato era avvolto in foglie e bende di lino, appeso al collo da un tratto di rozza corda. Al chiarore del piccolo fuoco acceso dai fuorilegge, le antiche ustioni che deturpavano il volto dell'intruso scintillavano nere, lucide.

«E così ti sei messo a fare nuovi cavalieri, Dondarrion?» ringhiò il Mastino. «Dovrei ucciderti una seconda volta per questo.»

Lord Beric lo affrontò con freddezza. «Avevo sperato di non rivederti più, Clegane. Come sei riuscito a trovarci?»

«Non è stato difficile. Avete fatto abbastanza fumo da essere visibili fino alla Barriera.»

«Che ne è stato delle sentinelle che ho messo di guardia?»

La bocca di Sandor Clegane si contorse in un sogghigno. «Quei due orbi? Credo di averli uccisi tutti e due. Che cosa faresti in questo caso, eh?»

Anguy incoccò una freccia nel suo arco. Notch ne stava incoccando un'altra. «Ci tieni davvero tanto a morire, Sandor?» chiese Thoros. «Devi essere pazzo o ubriaco per averci seguito fin qui.»

«Ubriaco di pioggia? Non mi avete lasciato nemmeno di che comprarmi una coppa di vino, razza di figli di puttana.»

Anguy tese l'arco. «Siamo fuorilegge. I fuorilegge rubano. Lo dicono tutte le canzoni. E se a Tom glielo chiedi in modo gentile, magari te ne canta una. Ringrazia che non ti abbiamo ucciso.»

«Forza, arciere, provaci tu. Ti strappo quella faretra tutta intera e t'infilo tutte le freccette su per il tuo culo lentigginoso.»

Anguy allineò il tiro con l'arco lungo, lord Beric lo fermò con un gesto prima che potesse scoccare. «Perché sei qui, Clegane?»

«Per riavere quello che è mio.»

«Il tuo oro?»

«Che altro? Non certo per il piacere di ammirare la tua faccia, Dondarrion, te lo garantisco. Sei addirittura più brutto di me adesso. E oltre che cavaliere sei diventato anche ladro, a quanto pare.»

«Ti ho dato una ricevuta per il tuo oro» ribatté lord Beric con calma. «Una promessa di pagamento, a guerra finita.»

«Mi ci sono pulito il culo con il tuo pezzo di carta. È l'oro che voglio.»

«Non lo abbiamo più. L'ho mandato a sud con Barbaverde e il Cacciatore, per comprare grano e sementi al di là del Mander.»

«Per nutrire quelli a cui voialtri avete bruciato i raccolti» disse Gendry.

«Per cui è questa la storia, adesso?» Sandor Clegane rise di nuovo. «Guarda un po', e io che volevo fare proprio la stessa cosa. Dare da mangiare a un branco di cafoni e ai loro marmocchi pidocchiosi.»

«Stai mentendo» non cedette Gendry.

«Vedo che il ragazzino ha una bella lingua biforcuta. Perché credere a loro e non a me? Non sarà a causa della mia faccia, vero?» Clegane lanciò un'occhiata ad Arya. «Farai cavaliere anche lei, Dondarrion? La prima ragazzina di otto anni cavaliere?»

«Ne ho *dodici*» mentì Arya ad alta voce «e potrei essere cavaliere, se voglio. Potevo uccidere anche te, solo che Lem mi ha portato via il pugnale.» Il solo ricordo la mandava su tutte le furie.

«Prenditela con Lem, non con me. E dopo mettiti la coda tra le gambe e comincia a correre. Lo sai che cosa fanno i mastini ai lupi?»

«La prossima volta ti uccido, stanne certo. E ucciderò anche tuo fratello!»

«No.» Gli occhi scuri del Mastino si strinsero. «Questo non lo farai.» Tornò a voltarsi verso lord Beric. «Senti un po', perché non fai cavaliere il mio cavallo? Non caca mai nelle sale e scalcia meno di tanti altri, si merita di essere fatto cavaliere. A meno che tu non voglia rubarmi anche lui.»

«Meglio che su quel cavallo ci sali sopra e te ne vai» disse Lem.

«Me ne andrò con il mio oro. Il vostro stesso dio ha decretato che sono senza colpa...»

«Il Signore della luce ti ha restituito la vita» dichiarò Thoros di Myr. «Non ti ha proclamato reincarnazione di Baelor il Benedetto.» Il prete rosso snudò la spada. Arya vide anche Jack e Merrit mettere mano alle lame. Lord Beric continuava a stringere in pugno la spada con cui aveva fatto cavaliere Gendry. "Forse questa è la volta che lo uccideranno."

Sulla bocca del Mastino si disegnò un'altra smorfia. «Non siete altro che volgari ladri.»

Lem s'inferocì. «I tuoi amici leoni arrivano in un villaggio, prendono tutto il cibo e tutto il denaro che riescono a trovare e lo chiamano "approvvigionamento". Lo stesso fanno i lupi, quindi perché noi no? Nessuno ti ha rapinato, cane. È stato solo "un approvvigionamento".»

Sandor Clegane li guardò a uno a uno, spostando lo sguardo dall'uno all'altro, come se volesse imprimersi bene nella mente le loro facce. Poi si voltò e tornò da dove era venuto, nelle tenebre e nella pioggia battente, senza dire una parola. I fuorilegge rimasero in attesa, titubanti...

«Meglio che vada a vedere che cosa ha fatto alle nostre sentinelle.» Prima di uscire, Harwin scrutò con circospezione poco oltre la porta, per assicurarsi che il Mastino non fosse in agguato lì fuori.

«Ma come ha fatto quel bastardo del cazzo a mettere le mani su tutto quell'oro?» disse Lem, spezzando la tensione.

Anguy scrollò le spalle. «Ha vinto il torneo del Primo Cavaliere, ad Approdo del Re.» Il giovane arciere sogghignò. «Anch'io mi sono fatto una discreta fortuna, ma poi ho incontrato Dancy,

Jayde e Alayaya. E loro mi hanno fatto gustare l'arrosto di cigno, e fare il bagno nei vini di Arbor.»

«E così ti sei spazzolato via tutto, giusto?» rise Tom Settecorde.

«Non proprio tutto. Mi sono comprato questi stivali, e questa eccellente daga.»

«Invece dovevi comprarti un pezzo di terra e far diventare onesta una di quelle ragazze del cigno arrosto» disse Jack Fortunello. «In modo da crescerti un mazzo di rape e un mazzo di figli.»

«Ah, guerriero! Che spreco sarebbe stato quello, tramutare il mio oro in rape.»

«A me le rape piacciono» ribatté Jack, irritato. «E anche adesso, a delle rape tritate non ci sputo sopra.»

Thoros di Myr non prestò attenzione al battibecco. «Il Mastino non ha perduto solo qualche borsa d'oro» considerò. «Ha perduto anche il suo padrone e il suo canile. Non può tornare dai Lannister, il Giovane lupo non lo accoglierà mai con sé, né suo fratello sarà là a dargli il benvenuto. Quell'oro era tutto quello che gli restava, a quanto pare.»

«Per i fottutissimi inferi» esclamò Watty il Mugnaio. «Allora quello torna qua ad assassinarci nel sonno, poco ma sicuro.»

«No.» Lord Beric aveva rinfoderato la spada. «Sandor Clegane ci ucciderebbe tutti ben volentieri, ma non nel sonno. Anguy, domani mattina ti metterai di retroguardia assieme a Dick Sbarbato. Se vedete Clegane che annusa la nostra pista, uccidetegli il cavallo.»

«Ma quello è un buon cavallo» protestò Anguy.

«*Aye*» concordò Lem. «È il cavaliere che dobbiamo uccidere. Il cavallo ci serve.»

Lord Beric scosse il capo. «Clegane si è guadagnato la vita nel combattimento nella collina cava. E di quella io non lo rapinerò.»

«Il mio lord è saggio» disse Thoros rivolto agli altri. «Fratelli, un verdetto per singolar tenzone è una cosa sacra. Mi avete udito chiedere a R'hllor di tenderci la mano, e avete anche visto il suo dito infuocato spezzare la lama di lord Beric, proprio quando il lord della Folgore stava per porre fine al duello. Il Signore della luce non ha ancora finito con il Mastino di Joffrey, questo significa.»

Harwin rientrò nella birreria a passi rapidi. «Piedemoscio dormiva della grossa ma era illeso.»

«Aspetta che gli metto le mani addosso, a quello» disse Lem. «Gli apro un secondo buco del culo. Poteva farci uccidere tutti quanti.»

Quella notte, nessuno di loro dormì sonni tranquilli: Sandor Clegane poteva essere ancora da qualche parte là fuori, in agguato nelle tenebre. Arya si raggomitolò vicino al fuoco, stretta nel suo mantello e bene al caldo, eppure il sonno non venne. Estrasse la moneta che Jaqen H'ghar le aveva dato e la strinse nel pugno. Questo la fece sentire di nuovo forte, le fece ricordare di essere stata lo spettro di Harrenhal. In quei giorni, lei era in grado di uccidere con un sussurro.

Ma adesso Jaqen H'ghar non c'era più. L'aveva abbandonata. "Anche Frittella mi ha abbandonata, e adesso Gendry se ne va." Lommy Maniverdi era morto. Yoren, il corvo errante, era morto. Syrio Forel, l'imbattibile spadaccino di Braavos, era morto. Perfino il lord suo padre, il grande Eddard Stark, era morto. Jaqen le aveva dato quella stupida moneta di ferro, poi aveva cambiato faccia ed era svanito.

«*Valar morghulis*» bisbigliò in un soffio. *Valar morghulis*: tutti gli uomini devono morire. Serrò il pugno così forte che il bordo della moneta le affondò nel palmo. «Ser Gregor, Dunsen, Polliver, Raff Dolcecuore. Messer Sottile e il Mastino. Ser Ilyn, ser Meryn, re Joffrey, regina Cersei.» I nomi dell'odio.

Arya cercò d'immaginare quale aspetto avrebbero avuto da morti, ma le fu difficile richiamare alla memoria le loro facce. Il Mastino poteva vederlo. Poteva vedere anche suo fratello, ser Gregor, la Montagna che cavalca, e mai avrebbe dimenticato il volto di Joffrey o quello di sua madre, Cersei Lannister. Mentre gli altri... Raff e Dunsen e Polliver, tutti loro sbiadivano. Sbiadiva perfino Messer Sottile, dai lineamenti così ordinari, il terribile torturatore che aveva visto all'opera in quel villaggio sulle rive dell'Occhio degli Dèi.

Alla fine, Arya scivolò nel sonno. Ma tornò a svegliarsi di soprassalto nel cuore nero della notte. Percepiva qualcosa. Del fuoco rimanevano soltanto braci. Mudge era in piedi all'ingresso, un'altra guardia passeggiava all'esterno. La pioggia era cessata. Arya poteva udire l'ululato dei lupi. "Così vicini... e così tanti" pensò. Sembrava che fossero subito dietro la stalla, a dozzine, forse a centinaia. "Spero che si mangino il Mastino." Ricordava bene quello che lui aveva detto riguardo ai lupi e ai mastini.

Al mattino, septon Utt penzolava ancora dall'"albero guitto", ma i confratelli in saio marrone erano al lavoro sotto la pioggia, muniti di vanghe, intenti a scavare fosse per gli altri morti. Lord Beric li ringraziò per aver concesso loro cibo e alloggio per la notte. Diede loro una borsa di cervi d'argento come contributo alla ricostruzione. Harwin, Allegro Luke e Watty il Mugnaio uscirono in avanscoperta, ma non trovarono né mastini né lupi.

Mentre Arya stringeva il sottopancia al cavallo, Gendry le si accostò per dirle che gli dispiaceva. Lei infilò un piede nella staffa e volteggiò in sella, in modo da poterlo guardare dall'alto in basso e non il contrario. "Le spade avresti potuto farle per mio fratello, a Delta delle Acque" pensò. Ma fu qualcosa d'altro che disse: «Vuoi essere uno stupido cavaliere fuorilegge e finire impiccato? Perché dovrebbe importarmene qualcosa? Io sarò a Delta delle Acque, libera dietro riscatto, assieme a mio fratello, il re del Nord».

Quel giorno, per fortuna, non vi furono altre piogge e, per una volta tanto, riuscirono a percorrere parecchia strada.

BRAN

La torre sorgeva su un'isola, la sua gemella riflessa sulle acque blu e immobili. Al soffiare del vento, increspature scivolavano sulla superficie del lago, inseguendosi le une con le altre come ragazzi intenti a rincorrersi. Sulle sponde, le querce crescevano folte, blocchi di foresta densi e scuri, circondate da tappeti di foglie morte e ghiande cadute. Al di là degli alberi c'era il villaggio. Quello che ne restava.

Era il primo villaggio che incontravano da quando avevano lasciato i contrafforti più bassi delle colline. Meera li aveva preceduti, andando in esplorazione, in modo da essere certi che tra le rovine non ci fosse nessuno in agguato. Scivolando tra gli alberi di querce e di mele, con la rete in pugno e la lancia in resta, spaventò tre cervi rossi, mettendoli in fuga nel sottobosco. Estate percepì il movimento della selvaggina e in un attimo scattò all'inseguimento. Bran osservò il meta-lupo lanciarsi dietro la preda. Per un momento, non desiderò altro che togliersi la pelle d'uomo e correre via assieme a lui. Solo che Meera stava facendo loro cenno di venire avanti. Con riluttanza, distolse lo sguardo dai balzi di Estate e disse a Hodor di procedere, entrando nel villaggio. Jojen avanzò al loro fianco.

Da quel punto fino alla Barriera la terra era prateria, Bran lo sapeva. Grandi estensioni incolte e basse colline, alti pascoli e umide paludi. Sarebbe stato un cammino molto più agevole di quello sulle montagne che si erano lasciati alle spalle, ma tutto quello spazio aperto metteva Meera a disagio. «Mi sento nuda» confessò. «Non c'è un posto in cui nascondersi.»

«Di chi sono queste terre?» chiese Jojen.

«Dei Guardiani della notte» rispose Bran. «Questo è il Dono. Il Nuovo Dono, a meridione del Dono di Brandon.» Era stato maestro

Luwin a raccontargli la storia. «Brandon il Costruttore diede ai confratelli in nero tutta la terra a sud della Barriera, per una distanza di venticinque leghe. Per il loro... "sostentamento e supporto".» Si sentì orgoglioso per essere riuscito a ricordare quel dettaglio. «Secondo certi maestri, fu un altro Brandon Stark a farlo, non il Costruttore. In ogni caso, questa terra è chiamata il Dono di Brandon. Migliaia di anni più tardi, la regina Alysanne la Buona venne a visitare la Barriera sul suo drago Ali d'argento. Ritenne i Guardiani della notte così coraggiosi che indusse il Vecchio Re a raddoppiare l'estensione delle loro terre, da venticinque a cinquanta leghe. Così questo divenne il Nuovo Dono.» Fece un ampio gesto. «Tutto questo.»

Bran si rese conto che da molti anni nessuno viveva più in quel villaggio. Tutte le case stavano crollando. Perfino la locanda. Non doveva essere mai stata un granché, ma ora tutto ciò che ne restava era un camino di pietra e due muri sbrecciati, e intorno una dozzina di alberi di mele. Uno stava crescendo proprio al centro di quella che era stata la sala comune, il pavimento era coperto da strati di foglie cadute e mele marce. Il loro odore saturava l'aria, un aroma pesante, acido, che quasi toglieva il respiro. Meera infilzò alcune mele con la sua lancia, nella speranza che alcune fossero ancora commestibili, ma si rivelarono tutte troppo marrone e piene di vermi.

Era un luogo quieto, immoto e tranquillo, riposante alla vista. Bran pensò che però c'era sempre qualcosa di triste in una locanda abbandonata, e Hodor parve percepirlo. «Hodor?» disse con espressione confusa. «Hodor? Hodor?»

«È terra buona.» Jojen raccolse un pugno di terriccio, sbriciolandolo tra le dita. «Un villaggio, una locanda, un solido fortino nel lago, tutti questi alberi di mele... ma che fine ha fatto la gente, Bran? Perché mai avrebbero dovuto lasciare un posto come questo?»

«Hanno avuto paura dei bruti» spiegò Bran. «I bruti superano la Barriera, oppure arrivano attraverso le montagne, per razziare e rubare e portare via le donne. Se ti prendono, fanno una coppa del tuo teschio e da essa bevono sangue, diceva sempre la vecchia Nan. La confraternita dei Guardiani della notte non è più così forte come lo era all'epoca di Brandon o della regina Alysanne, e loro riescono a passare più numerosi. Le zone vicino alla Barriera sono state assalite così duramente che la gente si è spostata a sud, tra le montagne, o nelle terre degli Umber, a est della strada del Re. Anche le genti del Grande Jon vengono assalite, ma non quanto quelle che un tempo vivevano nel Dono.»

Lentamente, Jojen Reed voltò la testa, come se stesse ascoltando una musica che lui solo era in grado di udire. «Dobbiamo ripararci qui. Sta arrivando una tempesta. Una di quelle brutte.»

Bran alzò lo sguardo al cielo. Era stata una splendida, chiara giornata d'autunno, soleggiata, quasi calda. Ma adesso verso occidente si stavano in effetti ammassando nubi oscure, e il vento sembrava soffiare più forte. «Non c'è il tetto nella locanda, e ci sono solo due muri» rilevò. «Dovremmo raggiungere il fortino.»

«Hodor» disse Hodor. Forse era d'accordo.

«Non abbiamo imbarcazioni, Bran» disse Meera, continuando a frugare tra le foglie con la lancia.

«C'è un camminamento. Un camminamento di pietre, nascosto sotto la superficie dell'acqua. Potremmo arrivarci a piedi.» Quanto meno, *loro* potevano farlo. Lui doveva rimanere nella gerla sulla schiena di Hodor, in compenso sarebbe stato all'asciutto.

I due ragazzi dell'Incollatura si scambiarono uno sguardo. «Come fai a saperlo?» chiese Jojen. «Sei forse già stato qui, mio principe?»

«No, me lo disse la vecchia Nan. Sul fortino c'è una corona dorata, vedi?» Indicò la costruzione nel lago. In alto, tra i merli, erano ancora visibili tracce di vernice scrostata color oro. «Fu lì che dormì la regina Alysanne, e i merli furono dipinti d'oro in suo onore.»

«Un camminamento?» Jojen scrutò il lago. «Ne sei certo?»

«Sì» confermò Bran.

Una volta che seppe dove cercare, Meera ne trovò l'imbocco con facilità: era un sentiero di pietra largo circa tre piedi, che conduceva dritto nel lago. Li guidò con cautela, saggiando il terreno a ogni passo con la lancia. Potevano vedere la fine del camminamento, nel punto in cui le pietre emergevano dall'acqua inoltrandosi sul terreno dell'isola, per poi trasformarsi in una breve teoria di scalini che si arrestava sulla soglia del fortilizio.

Il tratto emerso, gli scalini e la porta erano allineati, il che faceva pensare che anche il resto del camminamento fosse in linea retta. Ma non era affatto così. La parte sotto il lago procedeva a zigzag, sviluppandosi attorno a un terzo dell'isola prima di tornare indietro. Le curve erano insidiose, e quel lungo tragitto implicava che chiunque stesse avvicinandosi si sarebbe trovato esposto per molto tempo al tiro delle frecce lanciate dal fortilizio. Inoltre, le pietre nascoste erano bagnate e viscide. Per due volte Hodor perse l'equilibrio, gridando un allarmato «*Hodor!*» prima di riuscire a recuperarlo. La seconda volta Bran si prese un bello spavento. Se Hodor fosse caduto nel lago, lui sarebbe potuto annegare, specialmente se il gigantesco stalliere, in preda al panico, si fosse dimenticato, come accadeva in certi casi, di averlo nella gerla sulla schiena. "Forse saremmo dovuti veramente rimanere alla locanda, sotto l'albero di mele" pensò. Ma ormai era troppo tardi per rinunciare.

Per fortuna, non ci fu una terza volta. L'acqua non salì mai oltre la cintola di Hodor, anche se i Reed si ritrovarono immersi fino al petto. In breve furono sull'isola, a salire i gradini del fortilizio. La porta era ancora robusta, anche se gli anni avevano deformato le spesse assi di quercia, impedendo una chiusura completa. Meera la spalancò, mentre i cardini arrugginiti cigolavano. L'architrave incombeva. «Abbassati, Hodor» disse Bran. Ma Hodor non si abbassò abbastanza e lui picchiò la testa. «Mi ha fatto male» si lamentò.

«Hodor» disse Hodor, raddrizzandosi.

Si ritrovarono in una sala schiacciata dalle ombre, larga a stento per contenerli tutti e quattro. Alla loro sinistra, altri scalini, scavati nella parete interna del torrione, s'incurvavano diramandosi verso l'alto. Alla loro destra, altri scalini scendevano al di là di una grata di ferro. Bran alzò lo sguardo: c'era un'altra grata appena sopra di loro. "Un foro di difesa." Fu ben contento che non ci fosse nessuno lassù a versare loro addosso olio bollente.

Le grate erano chiuse da lucchetti, ma le sbarre di ferro erano tutte corrose dalla ruggine. Hodor afferrò la porta di sinistra e diede una scrollata, grugnendo nello sforzo. Non accadde nulla. Allora diede una spinta, senza maggior successo. Scosse le sbarre, le prese a calci, si avventò contro di esse, colpì i cardini con il pugno enorme fino a quando l'aria non fu piena di scaglie di ruggine. Niente da fare, la porta di ferro non intendeva cedere. L'altra porta, quella che conduceva nei sotterranei, non fu più accomodante. «Non c'è modo d'entrare» disse Meera, scuotendo la testa.

Il foro difensivo era appena sopra la testa di Bran, seduto nella gerla sulla schiena di Hodor. Bran alzò le braccia e afferrò le sbarre, giusto per fare un tentativo. La grata si staccò dal soffitto in una cascata di ruggine e di frammenti di pietra. «*Hodor!*» gridò Hodor. La grata fece prendere a Bran una seconda botta in testa, picchiando con violenza ai piedi di Jojen. Meera rise: «Guarda, mio principe» disse «sei anche più forte di Hodor». Bran arrossì.

Senza quello sbarramento, Hodor fu in grado di issare Meera e

Jojen attraverso il foro difensivo. Poi i due ragazzi *crannogman* afferrarono Bran per le braccia e lo issarono a sua volta. Il difficile fu sollevare Hodor. Il colossale ragazzo di stalla era troppo pesante perché Jojen e Meera riuscissero a tirarlo su come avevano fatto con Bran. Alla fine, Bran gli disse di andare a cercare alcune grosse pietre, che sull'isola non mancavano di certo. Hodor riuscì a formare una pila sul pavimento e, salendovi, poté afferrare i malridotti bordi del foro e issarsi attraverso di esso. «Hodor» ansimò con aria felice, sogghignando ai tre ragazzi.

Avevano raggiunto un labirinto di piccole celle, buie e vuote, che Meera esplorò fino a trovare la strada che portava alla scala interna. A mano a mano che salivano, la luce diventava più intensa. Al terzo piano, nelle spesse pareti di pietra si aprivano feritoie per arcieri. Al quarto piano c'erano vere e proprie finestre. Il quinto piano, l'ultimo, sulla sommità del mastio, era costituito da un'unica grande camera circolare con finestre ad arco su tre lati che davano su piccole balconate. Sul quarto lato c'era un locale latrina munito di condotto di scarico fognario che scendeva fino al lago.

Quando finalmente raggiunsero il tetto, il cielo era completamente coperto e le nubi a ovest erano nere. Il vento soffiava così forte da sollevare il mantello di Bran, facendolo schioccare come un vessillo. «Hodor» commentò Hodor a quel rumore.

Meera volteggiò su se stessa. «Mi sento quasi come un gigante in piedi sul tetto del mondo.»

«Nell'Incollatura abbiamo alberi alti due volte questa torre» le ricordò il fratello.

«*Aye*, ma tutto attorno ci sono altri alberi alti come loro» ribatté Meera. «Il mondo si chiude attorno all'Incollatura, e il cielo è molto più piccolo. Mentre qui... lo senti il vento, fratello? E poi guarda come è diventato vasto il mondo.»

Era vero, si poteva vedere molto lontano da lassù. Verso sud c'erano i contrafforti delle colline, con alle spalle le montagne grigie e verdi. In tutte le altre direzioni, a perdita d'occhio, si stendevano le pianure ondulate del Nuovo Dono.

«Speravo che da qui saremmo riusciti a vedere la Barriera» disse Bran, deluso. «Che cosa stupida... mancheranno ancora cinquanta leghe.» Anche solo parlare di quelle distanze lo faceva sentire stanco, e gli metteva freddo. «Jojen, che cosa faremo una volta che avremo raggiunto la Barriera? Mio zio Benjen raccontava sempre quanto è grande. Alta settecento piedi, e così spessa alla base che gli accessi sono tunnel dentro il ghiaccio.

Come riusciremo a passare, in modo da trovare il corvo con tre occhi?»

«Lungo la Barriera ci sono dei castelli abbandonati, ho sentito» rispose Jojen «fortezze costruite dai Guardiani della notte che adesso però sono vuote. Una di queste potrebbe essere un passaggio sull'altro lato.»

"Castelli fantasma" li chiamava la vecchia Nan. Una volta, maestro Luwin aveva fatto imparare a Bran i nomi di tutte quelle fortificazioni disseminate lungo la sommità della Barriera. Erano diciannove in tutto, anche se non più di diciassette venivano presidiate simultaneamente. Al banchetto in onore della visita di re Robert a Grande Inverno, Bran aveva recitato i loro nomi per lo zio Benjen, da est a ovest e da ovest a est. "Bran, li sai meglio di me" aveva riso Benjen Stark. "Forse dovresti essere tu Primo Ranger. E io rimanere qui al tuo posto." Ma questo era stato prima che Bran cadesse. Prima che diventasse Bran lo Spezzato. E quando alla fine si era risvegliato, lo zio Benjen aveva fatto ritorno al Castello Nero da molto tempo.

«Mio zio diceva che, quando un forte veniva abbandonato, gli ingressi venivano sigillati con ghiaccio e pietre» aggiunse Bran.

«Allora dovremo riaprirli» disse Meera.

Parole che misero Bran a disagio. «Meglio di no. Dall'altra parte potrebbero venire cose cattive. Dovremmo semplicemente andare a Castello Nero e chiedere al lord comandante di lasciarci passare.»

«Maestà» intervenne Jojen «dovremmo invece evitare il Castello Nero, così come abbiamo evitato la strada del Re. Ci sono uomini a centinaia là.»

«Guardiani della notte» precisò Bran. «Loro pronunciano giuramenti, e non partecipano alle guerre e cose del genere.»

«*Aye*» replicò Jojen «ma basterebbe anche un solo uomo pronto a infrangere quei giuramenti, per vendere il tuo segreto agli uomini di ferro o al Bastardo di Bolton. E non possiamo nemmeno essere certi che la confraternita in nero ci permetterebbe di passare. Potrebbero decidere di trattenerci o di rimandarci indietro.»

«Ma il lord mio padre era amico dei Guardiani della notte, e mio zio è Primo Ranger. Zio Benjen potrebbe addirittura sapere dove vive il corvo con tre occhi. E c'è anche Jon al Castello Nero.» Bran sperava di poter rivedere Jon, e anche lo zio Benjen. Gli ultimi confratelli in nero che avevano fatto visita a Grande Inverno avevano detto che Benjen Stark era scomparso durante un pattugliamento, ma Bran era sicuro che avesse fatto ritorno al Castello Nero. *Doveva* essere così. «Scommetto che la confraternita ci darebbe anche dei cavalli» aggiunse.

«Tranquillo.» Jojen mise una mano a visiera sugli occhi e scrutò verso il sole al tramonto. «Guarda. C'è qualcosa... un cavaliere, penso. Lo vedi?»

Anche Bran si schermò gli occhi, perché nonostante le nubi la luce dell'ultimo sole era abbagliante. Sulle prime, non vide nulla. Poi, un movimento nel paesaggio attirò la sua attenzione. All'inizio pensò che si trattasse di Estate, ma non era così. "Un uomo a cavallo." Era troppo lontano per riuscire a distinguere altro.

«Hodor?» Anche Hodor aveva sollevato una mano a proteggere gli occhi, solo che stava guardando dalla parte sbagliata. «Hodor?»

«Non ha molta fretta» notò Meera. «Ma sta andando verso il villaggio, mi sembra.»

«Meglio rientrare, prima che ci veda» disse Jojen.

«Estate è vicino al villaggio» obiettò Bran.

«A Estate non accadrà nulla» promise Meera. «È un uomo solo in sella a un cavallo stanco.»

Le prime gocce di pioggia, grosse e pesanti, cominciarono a martellare la pietra, costringendoli a ripararsi al piano inferiore. Appena in tempo: la pioggia iniziò a scrosciare con violenza. La potevano sentire flagellare la superficie del lago perfino dietro le spesse mura della fortezza. Sedettero sul pavimento della grande stanza circolare, mentre l'oscurità si addensava tutto attorno a loro. La balconata rivolta a nord guardava verso il villaggio abbandonato. Meera strisciò all'esterno con il ventre a terra, scrutando il lago, cercando di vedere se il cavaliere fosse ancora nei paraggi. «Ha trovato rifugio tra le rovine della locanda» disse rientrando. «Sembra che stia cercando di accendere un fuoco nel caminetto.»

«Quanto vorrei che lo avessimo anche noi, un fuoco» si lamentò Bran. «Ho freddo. Ci sono dei vecchi mobili, giù in fondo alle scale, li ho visti. Potremmo dire a Hodor di farli a pezzi e riscaldarci con quelli.»

L'idea piacque a Hodor. «Hodor» disse, pieno di speranza.

Jojen scosse la testa. «Dove c'è fuoco, c'è fumo. E del fumo che si levasse da questa torre sarebbe visibile molto, molto lontano.»

«Sempre che ci sia qualcuno a vederlo» obiettò Meera.

«C'è un uomo nel villaggio.»

«Un uomo solo.»

«Un uomo solo basta e avanza per tradire Bran ai suoi nemici, se si trattasse dell'uomo sbagliato. Ci rimane ancora quella mezza anatra di ieri. Mangiamola e poi mettiamoci a dormire. Domattina, quell'uomo se ne andrà per la sua strada. E noi per la nostra.»

Fecero come aveva detto Jojen. Facevano sempre come diceva Jojen. Meera divise l'anatra in quattro parti. L'aveva catturata con la rete il giorno prima, mentre l'animale cercava di spiccare il volo dalla palude in cui lei l'aveva sorpresa. A mangiarla fredda, non era gustosa quanto lo era stata allo spiedo, calda e croccante, ma per lo meno non soffrirono la fame. Bran e Meera si divisero il petto, Jojen mangiò la coscia, Hodor divorò la zampa e l'ala, mugugnando: «Hodor» e leccandosi il grasso dalle dita dopo ogni morso. Era il turno di Bran di raccontare una storia, così narrò loro di un altro Brandon Stark, chiamato Brandon il Navigatore, che aveva fatto vela verso il mare del Tramonto.

Stava calando la sera quando l'anatra e la storia finirono entrambe. La pioggia continuava a cadere. Bran si chiese quanto lontano si fosse spinto Estate, e se fosse riuscito a catturare uno di quei cervi.

In breve tempo, la penombra grigia che riempiva la torre divenne tenebra. Hodor era inquieto e camminò per un po', seguendo sistematicamente la parete ricurva e fermandosi a sbirciare nella latrina a ogni giro, come se avesse dimenticato che cosa c'era dentro. Jojen rimase immobile sulla balconata nord, celato nelle ombre, scrutando nella notte e nella pioggia. Da qualche parte a settentrione, una folgore squarciò il cielo, illuminando per un istante l'interno della torre. Hodor sussultò, emettendo un suono spaventato. Bran contò fino a otto, aspettando il tuono. E quando il tuono arrivò, Hodor gridò: «*Hodor!*».

"Spero che Estate non si spaventi troppo" pensò Bran. I cani di Grande Inverno erano sempre agitati durante i temporali, proprio come Hodor. "Dovrei andare a cercarlo, in modo da calmarlo..."

Un'altra folgore lampeggiò nel buio. Questa volta, il tuono arrivò quando Bran aveva contato fino a sei. «Hodor!» gridò nuovamente Hodor. «*Hodor! Hodor!*» Impugnò la spada, come se volesse combattere contro la tempesta.

«Hodor, stai tranquillo» disse Jojen. «Bran, digli di non urlare. Meera, riesci a portargli via quella spada?»

«Ci posso provare» rispose Meera.

«Hodor, *zitto*!» intimò Bran. «Adesso fa' il bravo. Basta gridare "Hodor" come uno stupido. Siediti.»

«Hodor?» Il gigantesco stalliere dalla mente semplice consegnò la spada lunga a Meera con relativa mansuetudine, ma la sua espressione era una maschera di confusione.

Jojen riprese a scrutare nelle tenebre. E tutti loro sentirono che tratteneva il fiato.

«Jojen, che cosa c'è?» chiese Meera.

«Uomini. Nel villaggio.»

«L'uomo che abbiamo visto prima?»

«Altri uomini. Armati. Ho visto un'ascia, e anche delle picche.» Mai fino a quel momento la voce di Jojen era sembrata così simile a quella del tredicenne che era. «Li ho visti alla luce del lampo, che si muovevano tra gli alberi.»

«Quanti?»

«Tanti, troppi per riuscire a contarli.»

«A cavallo?»

«No.»

«Hodor.» Hodor era spaventato. «Hodor. Hodor.»

Ora anche Bran si sentiva un po' spaventato, sebbene non volesse ammetterlo davanti a Meera. «E se vengono qui?»

«Non lo faranno.» Meera sedette accanto a lui. «Perché dovrebbero?»

«Per trovare riparo.» La voce di Jojen era tetra. «A meno che la tempesta non si calmi. Meera, puoi andare giù a sbarrare la porta?»

«Sbarrarla? Non sono nemmeno riuscita a chiuderla. Il legno è troppo deformato. E comunque non riusciranno a superare le grate di ferro.»

«Potrebbero riuscirci, invece. Possono rompere il lucchetto, oppure svellere i cardini. Oppure dare la scalata al foro difensivo, come abbiamo fatto noi.»

Un altro fulmine saettò nel cielo. Hodor gemette. Una nuova scarica di tuoni rotolò sul lago. «Hodor!» ruggì lo stalliere. Poi si premette le mani sulle orecchie, caracollando in cerchio nelle tenebre. «*Hodor! Hodor! Hodor!*»

«No!» anche Bran urlò. «Basta ripetere Hodor!»

Non servì a niente. «*Hoooodooooor!*» Il ragazzo di stalla continuò a urlare. Altri lampi tornarono a lacerare il cielo, e adesso anche Jojen stava gridando, gridando a Bran e a Meera di chiudere la bocca a Hodor.

«Sta' zitto!» gridò Bran in tono stridulo, impaurito, cercando inutilmente di afferrare le gambe di Hodor quando gli passò accanto. Afferrando, afferrando, *afferrando*…

Hodor barcollò... e chiuse la bocca. Scosse lentamente la testa da una parte all'altra, poi si lasciò scivolare sul pavimento e rimase seduto, a gambe incrociate. Quando altri tuoni esplosero, non parve udirli. Tutti e quattro restarono là immobili, nella torre buia, non osando quasi respirare.

«Bran, che cosa hai fatto?» sussurrò Meera.

«Niente.» Bran fece un cenno di diniego con la testa. «Non lo so.» Invece lo sapeva. "L'ho raggiunto. Nello stesso modo in cui raggiungo Estate." Per un mezzo battito del cuore, *lui* era stato Hodor. Ed era questo a fargli paura.

«Sta succedendo qualcosa sulla riva del lago» disse Jojen. «Mi è sembrato di aver visto un uomo indicare la torre.»

"Non avrò paura." Bran era il principe di Grande Inverno, figlio di lord Eddard Stark, ormai quasi un uomo fatto e anche un metamorfo, non un bambinetto come Rickon. "Estate non avrebbe paura." «Molto probabilmente sono solo degli Umber» disse. «O forse dei Knott, dei Norrey, dei Flint venuti giù dalle montagne. Oppure dei confratelli dei Guardiani della notte. Indossano mantelli neri, Jojen?»

«Di notte, tutti i mantelli sono neri, principe. Il lampo è venuto e andato troppo in fretta perché riuscissi a vedere che cosa indossano.»

Meera era tesa. «Se fossero dei confratelli in nero, sarebbero a cavallo, non è così?»

Bran pensò qualcosa d'altro. «Non ha importanza» disse in tono determinato. «Non riuscirebbero ad arrivare fino alla torre nemmeno se volessero. A meno che non abbiano una barca o sappiano del camminamento sommerso.»

«Il camminamento!» Meera arruffò i capelli a Bran e lo baciò sulla fronte. «Il nostro dolce principe! Ha ragione, Jojen: non possono sapere del camminamento. E anche se lo sapessero, non potrebbero mai percorrerlo di notte, sotto la pioggia.»

«Ma a un certo punto la notte finirà. Se rimangono fino al mattino...» Jojen evitò di completare la frase. «Stanno alimentando il fuoco acceso dal primo uomo...» riprese dopo qualche momento. Un ennesimo lampo squarciò il buio. La sua luce livida riempì la torre, stagliando le loro figure contro il sudario delle tenebre. Hodor ondeggiava avanti e indietro, mugolando.

In quel fugace bagliore, Bran percepì la paura di Estate. Chiuse i due occhi. E aprì il terzo occhio. La pelle del ragazzo gli scivolò dalle spalle come una cappa, e si allontanò dalla torre...

... Si ritrovò nella pioggia, con il ventre pieno di carne di cervo, avanzando nel sottobosco, mentre il cielo sopra di lui avvampava ed esplodeva. L'odore delle mele marce e delle foglie fradicie quasi copriva l'odore dell'uomo, eppure quell'odore era là. Udì il tintinnare, lo strisciare di pelle metallica, vide uomini muoversi sotto gli alberi. Un uomo con un bastone passò oltre barcollando, una pelle sollevata a coprirgli la testa lo rendeva cieco e sordo. Il meta-lupo lo aggirò tenendosi a distanza, scivolando dietro i cespugli di rovi, dietro i rami spogli di un albero di mele. Poteva udirli parlare, avvolti in un miscuglio di odori: pioggia, foglie cadute, cavalli. E poi c'era quell'altro odore...

... Il tanfo rosso e crudo della paura.

JON

Il terreno era coperto di aghi di pino e foglie trascinate dal vento, uno strato verde e marrone, ancora umido per le piogge recenti. Enormi querce spoglie, alti alberi-sentinella, schiere di pini-soldato torreggiavano tutto attorno a loro. Su un'alta collina c'era un altro torrione, antico e vuoto, con i fianchi coperti fino quasi alla sommità da uno spesso muschio verde.

«Chi l'ha costruita quella, tutta di pietra in quel modo lì?» gli chiese Ygritte. «Un re?»

Jon Snow scosse il capo. «No. Sono stati gli uomini che un tempo vivevano qui.»

«Cosa gli è successo?»

«Sono morti. Oppure se ne sono andati.»

Il Dono di Brandon era stato una zona agricola per migliaia di anni. Ma con l'assottigliarsi della confraternita in nero, sempre meno gente era andata a lavorare nei campi, a occuparsi delle api, a piantare gli alberi da frutta. A palmo a palmo, le terre selvagge erano tornate a riprendersi molti campi, molte strutture. Nel Nuovo Dono c'erano stati villaggi e fortini le cui gabelle, pagate in merci e lavoro, avevano aiutato a nutrire e a vestire i confratelli in nero. Ma adesso anch'essi erano svaniti quasi tutti.

«Sono stati stolti a lasciare un castello come questo» commentò Ygritte.

«È soltanto un torrione. Ci viveva un nobile di rango minore, assieme alla sua famiglia e a pochi uomini che gli avevano giurato fedeltà. Quando arrivavano i predoni, lui accendeva un fuoco sul tetto. I torrioni di Grande Inverno sono grossi il triplo di questo.»

Ygritte lo guardò come se pensasse che lui stava vaneggiando. «Come fanno gli uomini a costruire cose tanto alte, se non ci sono i giganti a sollevare le pietre?»

Secondo la leggenda, Brandon il Costruttore aveva davvero usato i giganti per aiutarlo a erigere Grande Inverno, Jon però non voleva mescolare troppi argomenti. «Gli uomini sono in grado di innalzare costruzioni molto più alte di queste. A Vecchia Città c'è una torre addirittura più alta della Barriera.» Intuì che Ygritte non gli credeva. "Se solo potessi portarla a Grande Inverno… donarle un fiore colto nei giardini vetrati, farla banchettare nella sala grande, mostrarle i re di pietra sui loro troni. Potremmo fare il bagno nelle sorgenti calde, e fare l'amore sotto il grande albero-cuore, con gli antichi dèi a proteggerci."

Era un sogno splendido… solo che Grande Inverno non sarebbe mai stata sua. E lui non l'avrebbe mai mostrata a nessuno. Apparteneva a suo fratello Robb, il re del Nord. Lui era uno Snow, non uno Stark. "Bastardo, spergiuro, voltagabbana…"

«Magari dopo possiamo tornare qua, e vivere in quella torre» disse Ygritte. «Vuoi, Jon Snow? Dopo?»

Dopo. Una parola che gli pareva una punta di lancia conficcata nel petto. "Dopo la guerra. Dopo la conquista. Dopo che i bruti saranno dilagati oltre la Barriera…"

Una volta, il lord suo padre aveva parlato di fare nuovi lord e di sistemarli nei fortini abbandonati, come difesa contro i bruti. La strategia avrebbe richiesto che i Guardiani della notte restituissero larga parte del Dono di Brandon, ma suo zio Benjen riteneva che il lord comandante Mormont potesse essere convinto in tal senso, bastava che i nuovi nobili pagassero i loro tributi al Castello Nero invece che a Grande Inverno. "Comunque, è un sogno per la primavera" aveva detto lord Eddard. "Quando l'inverno sta arrivando, neppure la promessa di terre convincerà gli uomini a venire al Nord."

"Se l'inverno fosse arrivato e poi finito più in fretta, e se la primavera lo avesse seguito, anch'io avrei potuto essere scelto per dominare uno di questi torrioni nel nome di mio padre." Ma lord Eddard Stark era morto, e suo fratello Benjen Stark era disperso. E la difesa che, insieme, avevano sognato non sarebbe mai stata forgiata.

«Questa terra» disse Jon «appartiene ai Guardiani della notte.»

Le narici di Ygritte si dilatarono. «Qui non ci vive nessuno.»

«Sono stati i vostri predoni a cacciarli.»

«Allora erano dei codardi. Se volevano la terra, dovevano rimanere a combattere.»

«Forse erano stanchi di combattere. Stanchi di sbarrare le loro porte ogni notte, di chiedersi se Rattleshirt o qualcun altro come lui sarebbe arrivato a sfondarle per portarsi via le loro mogli. Stanchi di avere i loro raccolti razziati, e rubato quel poco che possedevano. È più semplice andarsene dove non ci sono predoni.» "Ma se la Barriera dovesse cedere, tutto il Nord sarà esposto agli assalti dei predoni."

«Tu non sai niente, Jon Snow. Sono le figlie che prendiamo, non le mogli. Siete voi quelli che rubano. Vi siete presi tutto il mondo, e avete costruito la Barriera per tenere fuori il popolo libero.»

«Abbiamo fatto questo?» A volte Jon dimenticava che Ygritte apparteneva ai bruti, cosa che lei non mancava di ricordargli. «E com'è successo?»

«Gli dèi hanno fatto la terra perché tutti gli uomini la condividono. È stato solo quando sono venuti i re con le corone e le spade d'acciaio e hanno detto che era tutto loro. "Miei sono gli alberi" hanno detto "e tu non puoi mangiare le mie mele. Mio è il fiume, e tu non puoi pescare. Mio è il bosco, e tu non puoi cacciare. Mia la terra, mia l'acqua, mio il castello, mia la figlia, tieni giù le mani o te le taglio, però, se pieghi le ginocchia, magari te la faccio odorare." Voi ci chiamate ladri, ma almeno un ladro dev'essere coraggioso, furbo e svelto. Uno che s'inginocchia, s'inginocchia e basta.»

«Harma Testa di cane e Sacco d'ossa non vengono a rubare il pesce o le mele. Vengono a rubare spade e asce. Spezie, sete e pellicce. Prendono ogni moneta, ogni anello, ogni coppa ingioiellata che riescono a trovare, otri di vino in estate e scorte di manzo in inverno. E in tutte le stagioni prendono le donne, per portarle a nord della Barriera.»

«E allora, se anche lo fanno? Io preferisco essere rubata da un uomo forte piuttosto che essere data da mio padre a un tipo molle.»

«Dici così, certo, ma che cosa ne sai? Come ti sentiresti se a rubarti fosse qualcuno che odi?»

«Sì, uno deve essere svelto, furbo e coraggioso per rubare *me*. Così anche i suoi figli potranno essere forti e abili. Perché dovrei odiare un uomo del genere?»

«Perché, per esempio, potrebbe non lavarsi mai, e puzzare come un orso.»

«Allora lo sbatto dentro un torrente o gli butto addosso una secchiata d'acqua. E comunque, gli uomini non è che devono profumare come fiori.»

«Che cos'è che non va nei fiori?»

«Niente, se sei un'ape. Per il letto, io voglio uno di questi.» Ygritte tentò di afferrargli quello che lui aveva in mezzo alle gambe.

Jon le prese il polso. «E se l'uomo che ti ruba bevesse troppo?» insistette. «Se fosse brutale e violento?» Serrò ancora di più la stretta, a sottolineare le sue parole. «Se fosse più forte te, e gli piacesse picchiarti a sangue?»

«Gli taglio la gola mentre dorme.» Ygritte si contorse come un'anguilla, divincolandosi dalla sua presa. «Tu non sai niente, Jon Snow.»

"Una cosa la so. So che sei selvaggia fino al midollo." Certe volte, era facile dimenticarlo, quando ridevano assieme o si baciavano. Ma poi uno dei due diceva qualcosa, o faceva qualcosa, e a quel punto, all'improvviso, Jon veniva richiamato all'ordine dalla muraglia che divideva i loro mondi.

«Un uomo può possedere una donna o può possedere un coltello» riprese Ygritte «ma nessun uomo può possedere tutte e due. Perfino la bimba piccola lo impara da sua madre.» Sollevò il mento con aria di sfida, scuotendo i folti capelli rossi. «E gli uomini non possono essere padroni della terra più di quanto possono essere padroni del mare o del cielo. Voi sottomessi del Sud pensate di sì, ma Mance ve lo farà vedere che non è così.»

Era un'affermazione spavalda, ma suonava vuota. Jon gettò un'occhiata alle proprie spalle, per controllare che il maknar fosse fuori portata di voce. Errok, Grossa Vescica e Canapa Dan camminavano pochi passi più indietro, e non prestavano loro la minima attenzione. Grossa Vescica si stava lamentando che gli faceva male il culo.

«Ygritte» disse Jon a bassa voce «Mance non può vincerla, questa guerra.»

«Sì che può!» insistette lei. «Tu non sai niente, Jon Snow. Non hai visto come combatte il popolo libero!»

I bruti combattevano come eroi o come demoni, dipendeva dalla persona con cui si stava parlando, ma il risultato finale era lo stesso. "Combattono con coraggio temerario, ogni uomo in cerca di gloria." «Non dubito che siate tutti molto valorosi, ma quando si arriva alla battaglia la disciplina batte sempre il valore. Alla fine, anche Mance fallirà, come tutti gli altri re oltre la Barriera prima di lui. E quando questo accadrà, tu morirai, Ygritte. Tutti voi morirete.»

Ygritte s'inferocì al punto che Jon pensò che stesse per colpirlo. «Tutti *noi*?» sibilò. «Anche tu, allora. Tu non sei più un corvo nero adesso, Jon Snow. Ho giurato che non lo sei, per cui è meglio che non lo sei davvero.»

Lo spinse contro il tronco di un albero e lo baciò, a bocca aperta, nel bel mezzo di quella strapelata colonna. Jon udì Grigg il Caprone che le diceva di continuare a marciare. Qualcuno rise. A dispetto di tutto e di tutti, lui rispose al bacio. Quando alla fine si staccarono, Ygritte aveva il respiro affannato.

«Tu sei mio» ansimò. «Mio, come io sono tua. Se moriamo, moriamo. Tutti gli uomini devono morire, Jon Snow. Ma prima, dobbiamo vivere.»

«Sì.» La voce di Jon era roca. «Prima dobbiamo vivere.»

Ygritte sogghignò a quelle parole, mostrando a Jon i suoi denti storti che in qualche modo lui aveva imparato ad amare. "Selvaggia fino al midollo" pensò di nuovo, sentendo alla bocca dello stomaco un vuoto scavato dalla tristezza. Contrasse le dita della mano ustionata, la mano della spada, chiedendosi che cosa avrebbe pensato Ygritte se avesse saputo quali erano le sue vere intenzioni. Lo avrebbe tradito se l'avesse presa da parte, rivelandole di essere ancora il figlio di Ned Stark e un Guardiano della notte? Jon sperava di no, ma non osava correre quel rischio. Troppe vite erano in gioco: doveva raggiungere il Castello Nero prima del maknar dei Thenn... questo nell'ipotesi che avesse avuto la possibilità di sfuggire ai bruti.

Erano discesi sul versante sud della Barriera a Guardia Grigia, un fortilizio abbandonato ormai da duecento anni. Un secolo prima, una parte dei colossali gradini di pietra era crollata. Ma anche così, la discesa era stata molto più agevole della salita. Da là, il maknar li aveva spinti ad addentrarsi in profondità nel Dono di Brandon, in modo da evitare le pattuglie della confraternita in nero. Grigg il Caprone li aveva guidati oltre i pochi villaggi disabitati che ancora rimanevano in quelle terre. A parte i radi torrioni che sembravano perforare il cielo come dita di pietra, non avevano incontrato alcuna traccia umana. Senza essere avvistati, senza essere osservati, continuavano a marciare oltre colline gelide, fradicie di pioggia, attraverso pianure battute dal vento.

"Non dovrai esitare, qualsiasi cosa ti chiedano" gli aveva detto Qhorin il Monco. "Cavalca con loro, mangia con loro, combatti con loro, per tutto il tempo necessario." E con loro Jon aveva cavalcato per molte leghe, marciato per molte altre. Con loro aveva condiviso il pane e il sale. Aveva condiviso anche le coperte di Ygritte, eppure i bruti ancora non si fidavano di lui. I Thenn lo sorvegliavano giorno e notte, attenti al minimo segno di tradimento. Non poteva andarsene, e tra non molto sarebbe stato troppo tardi.

"Combatti con loro" aveva detto Qhorin prima di cedere la propria vita alla lama di Lungo artiglio... ma Jon non era arrivato a quello, non ancora. "Nel momento in cui dovessi versare il sangue di un confratello in nero, sarei perduto. Avrei veramente attraversato la Barriera per sempre, e senza ritorno."

Alla fine di ogni giorno di marcia, il maknar lo convocava per porgli astute, taglienti domande riguardo al Castello Nero, le guarnigioni, le difese. Jon mentiva quando possibile, in altri casi faceva finta di non sapere. Ma ad ascoltare c'erano anche Grigg il Caprone ed Errok, e loro ne sapevano abbastanza da rendere Jon ancora più cauto. Una menzogna troppo evidente lo avrebbe tradito.

Ma la verità era spaventosa. Tranne che per la Barriera stessa, il Castello Nero era privo di difese. Non c'erano neppure palificazioni di rostri di legno e terrapieni. Come "castello" non era nulla di più di un grappolo di torri e di fortini, due terzi dei quali ridotti in rovina. E per quanto riguardava la guarnigione, nella sua spedizione a nord della muraglia di ghiaccio il Vecchio orso aveva portato con sé duecento uomini. Qualcuno di loro era tornato? Jon non aveva modo di saperlo. Al castello restavano, forse, quattrocento confratelli, ma per la maggior parte erano costruttori e attendenti, non ranger.

I Thenn erano guerrieri duri, e anche più disciplinati degli altri bruti; era senza dubbio per questo che Mance Rayder li aveva scelti per quell'incursione. I difensori del Castello Nero comprendevano il maestro cieco Aemon e il suo attendente Clydas, mezzo cieco anche lui; Donal Noye, l'armaiolo con un braccio solo; septon Cellador, quasi sempre ubriaco; Dick Follard il Sordo; Hobb Tre Dita, il cuoco; l'anziano ser Wynton Stout, e poi Halder e Pyp e Toad e Albett e gli altri ragazzi con i quali Jon si era addestrato. A comandarli sarebbe stato il lord attendente Bowen Marsh, grasso e dalla faccia rubizza, nominato castellano in assenza del lord comandante Mormont. Edd l'Addolorato a volte chiamava Marsh "Vecchio melograno", soprannome azzeccato quanto lo era Vecchio orso riferito a Mormont. «È proprio l'uomo che vuoi in prima linea quando i nemici attaccano» commentava Edd con il suo inevitabile tono tetro. «Lui sì che te li conta per bene. Un vero diavolo con i numeri, il Vecchio melograno.»

"Se il maknar riuscisse a sferrare un attacco di sorpresa contro il Castello Nero, sarebbe un bagno di sangue. Ragazzi macellati nei loro letti ancora prima che si rendano conto di essere assaliti." Jon doveva avvertirli, ma come? Non veniva mai mandato a caccia o alla ricerca di cibo da solo, non gli veniva mai permesso di montare la guardia da solo. Inoltre, temeva anche per la sorte di Ygritte. Non poteva portarla con sé, ma nel momento in cui lui l'avesse lasciata indietro, il maknar avrebbe fatto scontare a lei il tradimento del corvo voltagabbana? "Due cuori che battono come uno solo..."

Passavano le notti avvolti nelle stesse pelli. Jon scivolava nel sonno con la testa di lei sul petto, i capelli rossi che gli solleticavano il mento. L'odore di Ygritte era diventato parte di lui. I suoi denti storti, il contatto del suo seno quando lui lo accarezzava, il sapore della sua bocca... tutto questo era la gioia e la disperazione di Jon Snow. Per molte e molte notti era rimasto a giacere con il corpo di Ygritte tra le braccia, a chiedersi se anche il lord suo padre era stato confuso quanto lo era lui in quel momento riguardo a sua madre, chiunque lei fosse. "Ygritte ha teso la trappola, e Mance Rayder mi ci ha spinto dritto dentro."

Ogni giorno che Jon passava con i bruti rendeva il suo compito sempre più difficile. Presto avrebbe dovuto trovare un modo per tradire quella gente e, quando questo fosse accaduto, loro sarebbero morti. Non voleva la loro amicizia, non più di quanto volesse l'amore di Ygritte. Eppure... i Thenn parlavano l'antico linguaggio e si rivolgevano a Jon solo di rado, ma con i guerrieri di Jarl, quegli uomini coraggiosi che avevano dato la scalata alla Barriera, era mortalmente diverso. A dispetto di tutto, Jon stava cominciando a conoscerli: Errok, silenzioso e con il volto scavato, Grigg il Caprone, solido gregario, Quort e Bodger, due ragazzini, Canapa Dan, fabbricante di funi. Il peggiore di tutti era Del, un adolescente dalla faccia cavallina all'incirca della stessa età di Jon, che parlava con aria sognante della ragazza dei bruti che voleva rubare per sé. «È una fortunata, come la tua Ygritte. È anche lei baciata dal fuoco.»

Jon era costretto a mordersi la lingua. Non voleva sapere della ragazza di Del o della madre di Bodger, né del posto vicino al mare da cui veniva Helm, né di quando Grigg aveva visitato gli uomini verdi sull'isola dei Volti, né della volta in cui un alce aveva costretto Alluce ad arrampicarsi su un albero. Non voleva sentire della vescica sul culo di Grossa Vescica, né di quanta birra era in grado di bere Pollici di Pietra, né di come il fratellino di Quort lo aveva implorato di non andare con Jarl. Quort non poteva avere più di quattordici anni, anche se si era già procurato una moglie e aveva un bambino in viaggio. «Magari finisce che viene al mondo in un castello» si vantava il ragazzo. «In un castello come un lord!» Era molto impressionato dai "castelli" che avevano visto, anche se in realtà erano solo torri di guardia.

Jon si domandava anche dove fosse Spettro. Era riuscito a fare ritorno al Castello Nero, oppure correva nelle foreste, assieme a un branco di lupi? Non riusciva ad avere alcuna percezione del meta-lupo albino, nemmeno in sogno. Gli sembrava che una parte di sé fosse stata amputata. Perfino con Ygritte che dormiva accanto a lui si sentiva solo. E non voleva morire da solo.

Quel pomeriggio, mentre continuavano a marciare verso est, tagliando per una pianura disseminata di basse colline, gli alberi cominciarono a diradarsi. Attorno a loro, l'erba gli arrivava alla cintola, e gli steli di avena selvatica ondeggiavano frusciando a ogni soffio di vento. La giornata però rimase quasi sempre calda e luminosa. Tuttavia, all'approssimarsi del tramonto, nubi minacciose si ammassarono a occidente; ben presto, inghiottirono il disco arancione del sole, e Lenn dichiarò che una tempesta si stava avvicinando. Sua madre era una strega dei boschi, quindi tutti i predoni concordavano sul fatto che Lenn avesse il dono di prevedere il tempo. «Qui vicino c'è un villaggio» disse Grigg il Caprone al maknar. «Due miglia, forse tre. Possiamo trovare rifugio là.» Styr non se lo fece ripetere.

Le tenebre erano calate e la tempesta infuriava quando arrivarono a destinazione. Il villaggio, situato sulla riva di un lago, era abbandonato da così tanto tempo che la maggior parte delle case era crollata. Perfino la piccola locanda di tronchi, che in passato doveva essere stata una piacevole visione per i viandanti, era crollata e priva del tetto. "Qui troveremo ben misero rifugio" pensò cupamente Jon. Nel livido lampeggiare delle folgori, poté vedere i contorni di una torre di guardia cilindrica costruita su una piccola isola nel lago, ma non c'era modo di raggiungerla senza una barca.

Errok e Del si spinsero in avanscoperta tra le rovine, Del però tornò quasi subito. Styr fece fermare la colonna e mandò avanti una dozzina dei suoi Thenn, con le lance in resta. A quel punto, anche Jon aveva visto: il bagliore del fuoco arrossava il camino tra le macerie della locanda. "Non siamo soli." Il terrore strisciò dentro di lui come un serpente. Udì il nitrito di un cavallo, e poi le grida. "Cavalca con loro, mangia con loro, combatti con loro..." aveva detto Qhorin.

Ma il combattimento si era già concluso. «È solo un uomo» riferì Errok tornando da Styr. «Un vecchio a cavallo.»

Il maknar gridò ordini nell'antico linguaggio. Una falange di Thenn si sparpagliò a formare un perimetro difensivo attorno al villaggio. Altri Thenn andarono a rastrellare le rovine in modo da essere sicuri che nessun altro si nascondesse tra le erbacce e le pietre crollate. Gli altri guerrieri si concentrarono nella locanda senza tetto, sgomitando per essere più vicini al fuoco che ardeva nel caminetto. I rami bagnati che il vecchio stava bruciando causavano più fumo che fuoco, ma qualsiasi quantità di calore era la benvenuta in una notte di pioggia come quella. Due Thenn avevano gettato a terra il vecchio e frugavano tra le sue cose, uno tratteneva il cavallo, mentre altri tre razziavano il contenuto delle bisacce da sella.

Jon preferì andarsene. Schiacciò sotto il tacco una mela marcia, che emise un suono viscido. "Styr lo ucciderà." Tanto il maknar di Thenn aveva dichiarato a Guardia Grigia: qualunque sottomesso avessero incontrato, sarebbe stato immediatamente messo a morte, per evitare che fosse dato l'allarme. "Cavalca con loro, mangia con loro, combatti con loro." Significava che lui doveva farsi da parte, muto e indifferente, mentre i bruti sgozzavano un vecchio?

Ai margini del villaggio, Jon incontrò una delle guardie di Styr. Il Thenn grugnì qualcosa nell'antico linguaggio e indicò verso la locanda con la punta della picca. "Torna da dove sei venuto" intuì Jon. "Certo... ma da dove sono venuto?"

Si diresse verso la sponda del lago, riuscendo a scoprire un punto abbastanza asciutto sotto un'arcata in un muro di pietre a secco di una struttura quasi completamente crollata. Fu là che Ygritte lo trovò, seduto a scrutare il lago flagellato dalla pioggia. «Io conosco questo posto» disse mentre la ragazza si sistemava accanto a lui. «Quella torre... guarda la cima la prossima volta che arriva un lampo, e dimmi che cosa vedi.»

«*Aye*, se vuoi» rispose lei. Poi aggiunse: «Certi Thenn dicono che hanno sentito dei rumori qua fuori. Grida, dicono».

«Tuoni.»

«No, grida hanno detto. Forse ci sono gli spettri.»

Ergendosi nero dall'isola rocciosa, con la pioggia che martellava il lago tutto attorno, quel fortino aveva in effetti un aspetto tetro, spettrale.

«Potremmo andare a dare un'occhiata» suggerì Jon. «Sarebbe difficile ritrovarsi più inzuppati di quanto già siamo.»

«A nuoto? Con la tempesta?» Ygritte rise all'idea. «Cos'è questo, Jon Snow, un trucco per farmi togliere i vestiti?»

«Vuoi dire che mi servono trucchi, adesso?» scherzò lui. «Non sarà perché non sai fare nemmeno una bracciata?» Jon era un abile nuotatore, arte che aveva imparato fin da bambino nel fossato di Grande Inverno.

Ygritte gli diede un pugno sul braccio. «Tu non sai niente, Jon Snow. Io sono un mezzo pesce, e te lo faccio vedere.»

«Mezzo pesce, mezzo caprone, mezzo cavallo... ci sono troppi *mezzi* in te, Ygritte.» Jon scosse la testa. «Non ci sarà bisogno di nuotare. Se questo è il posto che credo, possiamo andare a piedi.»

Lei si ritrasse, lanciandogli un'occhiata. «A piedi sull'acqua? Che razza di stregoneria del Sud è mai questa?»

«Nessuna streg...» Jon venne interrotto da una folgore enorme che dal cielo nero calò a pugnalare la superficie del lago. Per un battito di ciglia, il mondo fu illuminato come a mezzogiorno. Il rombo del tuono che seguì fu talmente assordante che Ygritte gemette, coprendosi le orecchie.

«Hai guardato?» chiese Jon, mentre il boato si affievoliva e le tenebre tornavano a invadere la notte. «Hai visto?»

«Giallo» rispose lei. «È questo che intendi? Alcune pietre in piedi là sulla cima sono gialle.»

«Si chiamano merli. Sono state dipinte di vernice dorata molto tempo fa. Questo posto è chiamato Corona della Regina.»

Oltre il lago, la città era di nuovo nera, una forma incerta, che si distingueva vagamente.

«Ci viveva una regina?» domandò Ygritte.

«Una regina si fermò qui per una notte.» La storia gli era stata narrata dalla vecchia Nan, e maestro Luwin l'aveva confermata quasi tutta. «Alysanne, moglie del re Jaehaerys Targaryen, il Conciliatore. È chiamato il Vecchio re perché regnò molto a lungo, ma era giovane quando salì sul Trono di Spade. In quei giorni, il suo desiderio era viaggiare per tutto il reame. Quando arrivò a Grande Inverno, aveva con sé la sua regina, sei draghi e metà della sua corte. Il re doveva discutere di alcune cose con il protettore del Nord, e Alysanne cominciò ad annoiarsi, così salì in groppa al suo drago, Ali d'argento, e volò a nord a vedere la Barriera. Questo villaggio fu uno dei luoghi in cui si fermò. In seguito, gli abitanti dipinsero la cima del loro fortino in modo che sembrasse la corona d'oro che Alysanne aveva indossato quando passò la notte tra loro.»

«Io non l'ho mai visto, un drago.»

«Nessuno l'ha mai visto. Gli ultimi draghi morirono più di cento anni fa. Ma questo accadde prima di allora.»

«La regina Alysanne, dici?»

«Alysanne la Buona, come la chiamarono in seguito. Anche uno dei castelli sulla sommità della Barriera ha il suo nome. Porta della regina. Prima della sua visita, era chiamato Porta della neve.»

«Se era davvero tanto buona, doveva abbatterla, la Barriera.»

"No." Il pensiero folgorò Jon. "La Barriera protegge il reame degli uomini. Dagli Estranei... e anche da quelli come te, tesoro."

«Avevo un amico che sognava i draghi. Un nano. Mi disse...»

«*Jon Snow!*» Uno dei Thenn incombeva su di loro, con la fronte aggrottata. «Maknar vuole.»

Jon pensò che forse si trattava dello stesso uomo che aveva trovato all'esterno della caverna la notte prima di affrontare la scalata della Barriera, ma non poteva esserne certo. Si alzò in piedi. Ygritte andò con lui, cosa che faceva sempre inarcare il sopracciglio al maknar. Ogni volta che lui cercava di allontanarla, Ygritte gli ricordava di essere una donna libera, non una sottomessa come le femmine del Sud. Ygritte andava e veniva come e quando le pareva.

Trovarono il maknar in piedi sotto l'albero cresciuto attraverso il pavimento della sala comune della locanda in rovina. Il prigioniero era in ginocchio vicino al focolare, circondato da picche di legno e spade di bronzo. Osservò Jon avvicinarsi, ma non parlò. La pioggia ruscellava sui muri sbrecciati, picchiando sulle poche foglie che ancora si ostinavano a restare attaccate all'albero. Dal fuoco si alzava un fumo denso, acre.

«Deve morire» decretò Styr, maknar dei Thenn. «Uccidilo, corvo.»

Il vecchio continuò a rimanere in silenzio. Si limitò a guardare Jon, in piedi in mezzo ai bruti. Tra la pioggia e il fumo, al bagliore delle fiamme, non poteva aver visto che Jon era tutto vestito di nero, eccetto per il mantello di pelle di pecora. "O forse invece mi ha visto?"

Dal fodero di traverso alla schiena, Jon estrasse Lungo artiglio. La pioggia corse sull'acciaio, la luce del fuoco tracciò una linea arancione vivido lungo il filo della lama. "Un fuoco così piccolo basta per porre fine alla vita di un uomo." Gli tornò in mente quello che Qhorin il Monco aveva detto ai confratelli della pattuglia quando avevano avvistato il fuoco al passo Skirling. "Il fuoco è vita quassù, ma può anche trasformarsi in morte." Solo che quelle parole erano state pronunciate tra gli alti Artigli del Gelo, nelle desolazioni senza legge a nord della Barriera. Questo era il Dono di Brandon, terra creata dal primo degli Stark, protetta dai Guardiani della notte e dal potere di Grande Inverno. Terra in cui un uomo doveva avere il diritto e la libertà di accendersi un fuoco, senza morire per questo.

«Perché esiti?» chiese Styr. «Uccidilo e falla finita.»

Nemmeno in quel momento il prigioniero proferì parola. "Pietà" avrebbe potuto invocare. Oppure: "Vi siete già presi il mio cavallo, il mio conio e il mio cibo, lasciatemi almeno la vita". O anche: "No, vi prego, non vi ho fatto alcun male". Mille e mille cose avrebbe potuto dire, o forse avrebbe potuto piangere, chiedendo aiuto ai suoi dèi. Invece da lui continuava a non uscire niente. Forse sapeva che non c'era niente da dire. Continuò a fissare Jon, uno sguardo di accusa e di richiesta di aiuto.

"Non dovrai esitare, qualsiasi cosa ti chiedano. Cavalca con loro, mangia con loro, combatti con loro..." Ma quel vecchio non opponeva alcuna resistenza. Si era semplicemente trovato nel posto sbagliato, al momento sbagliato. Chiunque fosse, da qualsiasi parte venisse, dovunque volesse andare su quel suo triste cavallo dalla schiena incurvata... nulla di tutto questo aveva importanza.

"È un vecchio" si ripeté Jon. "Cinquant'anni, forse sessanta. Ha vissuto più a lungo di molta gente. I Thenn lo uccideranno comunque, nulla che io possa fare o dire potrà salvarlo." Nella sua mano, Lungo artiglio sembrava troppo pesante perché lui riuscisse a sollevarla. Il vecchio continuava a guardarlo, con i suoi occhi grandi e scuri, profondi come pozzi. "Cadrò dentro quegli occhi, e in essi annegherò." Anche il maknar lo stava guardando, Jon poteva quasi sentire in bocca il sapore della sua diffidenza. "Quest'uomo è già morto. Che differenza fa se è la mia mano ad abbatterlo?" Un solo fendente sarebbe bastato, un colpo rapido, pulito. Lungo artiglio era forgiata in acciaio di Valyria. "Come Ghiaccio." Jon ricordò un'altra esecuzione, moltissimo tempo prima: il disertore in ginocchio, la sua testa che rotola, il rosso del sangue sul bianco della neve... Ghiaccio, la grande spada degli Stark... la spada di suo padre, le parole di suo padre, il volto di suo padre...

«Fallo, Jon Snow» lo incitò Ygritte. «Devi farlo. Così dimostri che non sei un corvo nero, che sei uno del popolo libero.»

«Un vecchio seduto accanto a un fuoco?»

«Anche Orell stava seduto vicino al fuoco. Lui però lo hai ucciso subito.» Lo sguardo che Ygritte gli lanciò era pieno di durezza. «Eri pronto a uccidere anche me, prima di vedere che ero una donna. E io dormivo.»

«Era diverso. Eravate soldati... sentinelle.»

«*Aye*, e voi corvi non volevate che vi vedevamo. Quello che noi vogliamo adesso. È proprio uguale. Uccidilo.»

Jon voltò le spalle al vecchio. «No.»

Il maknar si avvicinò, una presenza fredda, alta, pericolosa. «Io dico sì. E qui io comando.»

«Tu comandi i Thenn» ribatté Jon. «Non il popolo libero.»

«Io non vedo nessun popolo libero. Vedo solo un corvo nero e la donna del corvo nero.»

«Io non sono la donna di nessun corvo nero!» Ygritte estrasse il pugnale dal fodero. Fece tre rapidi passi, afferrò il vecchio per i capelli, esponendo la sua gola. Dopo di che, gliela aprì da un orecchio all'altro. Neppure nella morte l'uomo si lasciò sfuggire un suono. «Tu non sai *niente*, Jon Snow!» gli urlò Ygritte in faccia, gettando ai suoi piedi il pugnale arrossato.

Il maknar disse qualcosa nell'antico linguaggio. Jon si chiese se avesse detto ai Thenn di ucciderlo lì dove si trovava, ma non ebbe mai quella risposta. Un'ennesima folgore calò dal cielo nero, e si abbatté sulla cima della torre nel lago. Tutti ne sentirono il furore, e quando il tuono arrivò, parve mandare in pezzi la notte stessa.

E poi, a calare tra loro fu la morte.

Il bagliore del lampo aveva reso Jon momentaneamente cieco. Ebbe solo la visione frantumata di una forma grigia in pieno balzo. Poi udì l'urlo. Il primo Thenn morì come il vecchio: la gola squarciata che esplodeva in una fontana di sangue. La luce della folgore svanì ma la forma grigia continuò a vorticare, ringhiando. Un altro Thenn piombò nelle tenebre. Ci furono imprecazioni, urla, grida di dolore. Jon vide Grossa Vescica barcollare all'indietro, trascinando altri tre uomini nella caduta. "*Spettro!*" pensò per un folle istante. "Spettro ha superato la Barriera!" Un'ennesima folgore tramutò la notte in giorno, e lui poté finalmente vedere il lupo che torreggiava sul torace dilaniato di Del, zanne snudate da cui ruscellavano cascate rosse che apparivano nere nella luce glaciale. "È grigio! Questo meta-lupo è grigio!"

Le tenebre tornarono assieme al rombo dei tuoni. I Thenn cercavano di difendersi con le lance, mentre il meta-lupo schizzava tra loro. Il destriero del vecchio arretrò, reso pazzo dall'odore del sangue, scalciando freneticamente. Jon Snow continuava a stringere in pugno Lungo artiglio. E di colpo, ebbe la sua risposta: non avrebbe più avuto un'altra possibilità come questa. *Mai più!*

Tagliò in due il primo Thenn mentre si girava verso il lupo, abbatté il secondo con uno spintone, decapitò il terzo. Nel caos della strage, udì qualcuno urlare il suo nome. Forse Ygritte, forse il maknar. Impossibile dirlo. Il Thenn che lottava per tenere sotto controllo il cavallo non lo vide nemmeno avventarsi. Di colpo, Lungo artiglio era diventata leggera come una piuma. Mulinò la spada contro il polpaccio dell'avversario, sentì l'acciaio aprirsi la strada fino all'osso. Il bruto crollò e il destriero si diede alla fuga. In qualche modo, chissà come, Jon riuscì ad afferrarlo per la criniera con la mano sinistra. Volò letteralmente sulla groppa. Una mano si serrò attorno alla sua caviglia, Jon calò la lama di Lungo artiglio quasi alla cieca. Vide la faccia, il cranio di Bodger dissolversi in uno scintillante anemone purpureo. Il cavallo si impennò di nuovo, scalciando. Uno zoccolo centrò uno dei Thenn alla tempia. *Crack!*

Dopo di che partirono al galoppo. Jon non tentò nemmeno di guidare il destriero. Era troppo impegnato a restarci sopra attraverso il fango e i tuoni e la pioggia. L'alta erba bagnata gli frustò la faccia. Una lancia sibilò a un palmo dal suo orecchio. "Se il cavallo inciampa e si spezza una zampa, mi crollerà addosso e mi ucciderà." Ma gli antichi dèi erano dalla sua parte e il cavallo non inciampò. Altri lampi dilaniarono la nera volta del cielo, altri tuoni rotolarono sulla pianura vuota chiamata Dono di Brandon Stark.

Dietro Jon Snow, le grida, le urla si affievolirono. Alla fine, svanirono del tutto.

Molte ore dopo, la pioggia era cessata. Jon Snow era solo in un oceano di erba nera.

Un dolore sordo, pulsante, gli dilaniava la coscia destra. Abbassò lo sguardo. Aveva una freccia conficcata nella parte posteriore. "E questo quando è successo?" Afferrò la freccia e, con cautela, cercò di estrarla. Niente da fare, la punta era penetrata in profondità nella carne. Quando tentò nuovamente, il dolore fu atroce. Cercò di ritornare con la mente alla follia di devastazione nella locanda in rovina. Ma l'unica cosa cui riuscì a pensare fu la belva: quella fiera grigia, scavata, terribile. "Era troppo grosso per essere un lupo normale. Un meta-lupo, questo doveva essere." Non aveva mai visto un animale muoversi con simile rapidità. "Come un vento grigio..." *Vento Grigio?* Robb era forse tornato al Nord?

Jon scosse la testa. Là e in quel momento, pensare era troppo arduo... il lupo, quel vecchio, Ygritte, tutto quanto...

Goffamente, si trascinò giù dal cavallo. La gamba ferita cedette, costringendolo a soffocare un grido. "Sarà un vero tormento." Ma doveva estrarre la freccia, aspettare non sarebbe servito a niente. Jon afferrò l'impennaggio con una mano, inspirò a fondo, spinse la freccia in avanti. Prima grugnì e poi imprecò. Il dolore fu talmente intenso da costringerlo a fermarsi. "Sto sanguinando come un maiale macellato." Ma non c'era niente da fare finché non avesse estratto la freccia. Digrignò i denti e fece un altro tentativo... fu costretto a fermarsi di nuovo, tremando. "Ancora una volta." E non poté fare a meno di urlare. Ma quando ebbe finito, la punta della freccia si era aperta la strada fino alla parte anteriore della coscia. Jon tirò indietro le brache fradicie di sangue in modo da avere una presa più solida. Lentamente, spinse tutto il fusto della freccia attraverso la gamba. Gli parve impossibile esserci riuscito senza perdere i sensi.

Giacque nell'erba nera per molto tempo, con le mani strette attorno al suo rosso trofeo, continuando a perdere sangue, troppo debole per muoversi. Dopo un po', si rese conto che se non si fosse *costretto* a muoversi sarebbe morto dissanguato.

Jon si trascinò fino al piccolo corso d'acqua nel quale il cavallo si stava abbeverando. Lavò la ferita nell'acqua gelida, la fasciò stretta con lembi strappati dal mantello. Lavò anche la freccia, rigirandosela tra le dita. L'impennaggio... era grigio o bianco? Ygritte sistemava in coda alle sue frecce piume d'anatra di colore grigio pallido. "Mi ha lanciato una freccia mentre stavo scappando?" Se lo aveva fatto, Jon non poteva biasimarla. Si chiese se avesse mirato al cavallo o a lui. Se il destriero fosse stato colpito, anche per lui sarebbe stata la fine.

«Fortuna che la mia gamba si sia messa di mezzo» grugnì.

Riposò per qualche tempo, lasciando che il cavallo brucasse. L'animale per fortuna non si allontanò troppo. Con una gamba ferita, non sarebbe mai riuscito a riprenderlo. Si rimise faticosamente in piedi e montò in sella. Solo allora si rese conto che non c'era alcuna sella. Non c'era mai stata. "Come ho fatto a saltargli sulla schiena, senza sella, senza staffe, e con la spada in pugno?" Un'altra domanda che non avrebbe mai avuto risposta.

Dei tuoni brontolarono in lontananza, ma sopra di lui le nubi si stavano aprendo. Jon frugò il cielo con lo sguardo fino a trovare il Drago di ghiaccio. Fece voltare il destriero verso nord, verso il Castello Nero. Il dolore pulsante alla coscia lo costrinse a digrignare di nuovo i denti mentre dava di talloni ai fianchi del cavallo appartenuto a quel vecchio sconosciuto. "Sto tornando a casa" disse a se stesso. Ma allora perché sentiva quel grande vuoto dentro?

Cavalcò fino all'alba. Le stelle continuarono a scrutarlo come tanti occhi.

DAENERYS

I suoi esploratori dothraki le avevano detto come stavano le cose, ma Daenerys Targaryen, la Madre dei draghi, volle vedere con i propri occhi. Ser Jorah Mormont cavalcò al suo fianco attraverso la foresta di alberi di leccio, e poi su per un costone di arenaria. «Non più avanti di così, mia regina» l'avvertì il cavaliere in esilio quando furono in prossimità della cresta.

Dany trattenne le redini della sua purosangue e fece scorrere lo sguardo sulla pianura: l'esercito di Yunkai, città di schiavisti, era schierato a sbarrarle la strada. Barbabianca le aveva insegnato a valutare con chiarezza l'entità delle forze nemiche. «Cinquemila uomini» stabilì Daenerys dopo un momento.

«Direi anch'io» concordò ser Jorah. «Quelli sui fianchi sono mercenari. Lancieri e arcieri a cavallo, armati di spade e asce per il combattimento a distanza ravvicinata. I Secondi Figli sull'ala sinistra, i Corvi della Tempesta sulla destra. Vedi i vessilli?»

Tra i suoi artigli, l'arpia di Yunkai stringeva una frusta e un collare di ferro al posto del tratto di catena di quella di Astapor. I mercenari innalzavano i loro vessilli al di sotto di quello della città che servivano: sulla destra, quattro corvi attraversati da folgori; sulla sinistra una spada spezzata.

«Le forze di Yunkai sono al centro» rilevò Dany. Nella distanza, i loro ufficiali non si riuscivano a distinguere da quelli di Astapor, con gli alti elmi lucenti e i mantelli su cui erano cuciti vividi dischi di rame. «Sono soldati schiavi quelli che comandano?»

«In larga misura. Ma non pari agli Immacolati. Yunkai è nota per addestrare schiavi del piacere, non guerrieri.»

«Che ne pensi? Possiamo sconfiggere questo esercito?»

«Con facilità» dichiarò ser Jorah.

«Ma non senza spargimento di sangue.» E di sangue, sui rossi mattoni di Astapor, ne era stato sparso in abbondanza il giorno in cui la città era caduta, per quanto ben poco fosse quello di Daenerys e delle sue schiere. «Potremmo vincere questa battaglia, certo, ma a un costo tale da impedirci di prendere la città.»

«Questo, khaleesi, sarà sempre un rischio. Astapor era compiacente e vulnerabile. Yunkai è stata preavvertita.»

Dany valutò la situazione. L'esercito degli schiavisti appariva piccolo al confronto del suo, ma i mercenari erano a cavallo. E lei aveva vissuto troppo a lungo con i dothraki, ed era stata in troppi bagni di sangue, per non aver imparato quali potevano essere gli effetti di un assalto di guerrieri a cavallo contro soldati appiedati. "Gli Immacolati potrebbero anche reggere la carica, ma verrebbero macellati." «Agli schiavisti piace parlare» disse infine. «Mandiamo loro un messaggio che vorrei incontrarli questa sera nella mia tenda. E invitiamo a farmi visita anche i capitani delle compagnie di ventura. Ma non assieme. I Corvi della Tempesta a mezzogiorno, i Secondi Figli due ore più tardi.»

«Come desideri» assentì ser Jorah. «Ma se non dovessero venire...»

«Verranno. Saranno curiosi di vedere i draghi e di sentire quanto ho da dire. E i più astuti tra loro non si lasceranno sfuggire l'opportunità di valutare la mia forza militare.» Dany fece voltare la purosangue argentata. «Li aspetterò nel mio padiglione.»

La Madre dei draghi fece ritorno al suo esercito sotto cieli limpidi, accompagnata da rapidi venti. Il profondo fossato che circondava l'accampamento era già stato scavato a metà, i boschi attorno erano pieni di Immacolati intenti a tagliare rami dagli alberi di leccio per farne rostri. I soldati eunuchi non dormivano in un accampamento che non fosse fortificato, o almeno era quanto Verme Grigio aveva dichiarato. Dany lo trovò intento a sorvegliare i lavori. Fermò brevemente il cavallo accanto a lui per parlargli. «Yunkai ha drizzato la schiena in preparazione alla battaglia.»

«Ciò è buono, maestà. Questi soldati hanno sete di sangue.»

Nel dare agli Immacolati l'ordine di scegliere di loro iniziativa gli ufficiali tra i loro stessi ranghi, la stragrande maggioranza aveva indicato Verme Grigio per il livello più alto. Dany lo aveva affidato a ser Jorah perché lo addestrasse al comando. Il cavaliere in esilio aveva detto che, fino a quel momento, il giovane eunuco era stato severo ma giusto, rapido nell'apprendere, instancabile e sempre attento ai dettagli.

«I Saggi Padroni hanno messo assieme un esercito di schiavi per affrontarci.»

«A Yunkai uno schiavo apprende la via dei sette sospiri e le sedici posizioni del piacere. Gli Immacolati apprendono la via delle tre lance. Il tuo Verme Grigio spera di potertene dare dimostrazione.»

Una delle prime cose che Dany aveva fatto dopo la caduta di Astapor era stata abolire l'usanza di dare agli Immacolati un nuovo nome da schiavo ogni giorno. Per la maggior parte, i nati liberi avevano ripreso i loro nomi originari, o almeno quelli che ancora li ricordavano. Gli altri avevano scelto di chiamarsi come divinità o eroi del passato, oppure col nome di armi, di gemme, addirittura di fiori. Il risultato era stato soldati con nomi davvero peculiari, alle orecchie di Dany. Verme Grigio era rimasto Verme Grigio. Quando lei gli aveva domandato il perché, la sua risposta era stata: "È un nome fortunato. Il nome con cui questo soldato è nato era un nome maledetto. Era il nome che questo soldato portava quando è stato preso come schiavo. Mentre Verme Grigio è il nome che questo soldato ricevette il giorno in cui Daenerys, Nata dalla tempesta, gli ridiede la libertà".

«Se si dovesse arrivare alla battaglia, allora che Verme Grigio mostri la sua saggezza oltre che il suo coraggio» gli disse Dany. «Risparmiate ogni schiavo che fugge o che getta la propria arma. Meno ne verranno uccisi, più rimarranno per unirsi a noi in seguito.»

«Questo soldato lo ricorderà.»

«Sono certa che lo farà. Sii alla mia tenda per mezzogiorno. Voglio che tu sia presente assieme agli altri miei ufficiali quando incontrerò i capitani mercenari.» Dany diede di speroni, guidando la purosangue verso l'accampamento.

All'interno del perimetro difensivo eretto dagli Immacolati, le tende erano disposte in ranghi ordinati, con l'alto padiglione dorato al centro. Poco oltre l'accampamento di Dany, era cresciuto un secondo accampamento: cinque volte più grande, dilatato e caotico. Un secondo accampamento privo di fossati, tende, sentinelle, linee di cavalli. Chi possedeva cavalli o muli dormiva accanto a essi, per paura che potessero venire rubati. Capre, pecore e cani mezzo morti di fame vagavano fra orde di donne, bambini, vecchi. Daenerys aveva lasciato Astapor nelle mani di un triumvirato formato da tre schiavi liberati, un guaritore, un dotto e un prete. Tre uomini saggi, aveva pensato Dany, e giusti. Eppure, a decine di migliaia avevano preferito seguirla fino a Yunkai piuttosto che rimanere ad Astapor. "Ho dato loro la città, ma i più erano troppo spaventati per prenderla."

Paragonata alla sua, l'armata dei liberti era gigantesca ma era anche più un peso che un beneficio. Forse uno su cento aveva un somaro, un cammello o un bue. I più portavano armi rubate in un qualche arsenale di Astapor, ma solo uno su dieci era abbastanza in forze per combattere, e nessuno era addestrato a farlo. Dovunque passassero, tramutavano la terra in una spoglia desolazione, simili a locuste con i sandali. Eppure, respingendo le insistenze di ser Jorah e dei suoi cavalieri di sangue, Dany non aveva potuto costringere se stessa ad abbandonarli. "Ho detto loro che erano liberi. Ora non posso dire che non sono liberi di venire con me." Osservò il fumo che si levava dai loro fuochi e sospirò profondamente. Da un lato aveva i migliori soldati di fanteria del mondo, certo, e dall'altro aveva anche i peggiori.

Arstan Barbabianca era in piedi all'esterno del padiglione dorato. A poca distanza, Belwas il Forte sedeva a gambe incrociate sull'erba, mangiando fichi da una ciotola. Durante la marcia, il loro compito era di proteggere la sua persona. Dany aveva nominato Jhogo, Aggo e Rakharo ko e cavalieri di sangue, e in quel momento la cosa più importante era che comandassero i suoi dothraki. Il suo *khalasar* era esiguo, solo una trentina di guerrieri a cavallo, quasi tutti ragazzini dai capelli ancora privi di trecce e vecchi dalla schiena incurvata. Ma erano tutta la cavalleria di cui disponeva, e Dany non osava fare a meno di loro. Gli Immacolati potevano anche essere la più formidabile fanteria del mondo, come sosteneva ser Jorah, ma perfino loro avevano bisogno di esploratori e di incursori.

«Yunkai avrà la guerra» disse Daenerys a Barbabianca una volta all'interno del padiglione.

Irri e Jhiqui avevano coperto il pavimento di tappeti, Missandei accese un bastoncino d'incenso per alleggerire l'aria polverosa. Drogon e Rhaegal dormivano su alcuni cuscini, attorcigliati l'uno sull'altro, Viserion stava appollaiato sul bordo della vasca vuota.

«Missandei, quale lingua parlano questi Yunkai, il valyriano?»

«Sì, maestà» rispose la bambina. «Un dialetto diverso da quello di Astapor, ma abbastanza simile da essere comprensibile. Gli schiavisti si fanno chiamare Saggi Padroni.»

«Buoni Padroni ad Astapor, Saggi Padroni a Yunkai...» Dany

sedette a gambe incrociate su un cuscino. Viserion dispiegò le ali bianche e dorate e le svolazzò accanto. Lei grattò la testa coperta di scaglie del drago, dietro le corna. «Lo vedremo, quanto sono saggi.»

Ser Jorah Mormont tornò un'ora più tardi, accompagnato dai tre capitani dei Corvi della Tempesta. Tutti portavano piume nere sugli elmi lucidati, e tutti dichiararono di essere pari in onore e in autorità. Dany li studiò, mentre Irri e Jhiqui versavano il vino. Prendahl na Ghezn era un ghiscariano di corporatura massiccia, dalla faccia larga e capelli scuri che stavano diventando grigi. Sallor il Baldo, con una cicatrice contorta che gli solcava una guancia, aveva la carnagione pallida tipica di Qarth. Quanto a Daario Naharis, il terzo capitano di ventura, era follemente eccentrico perfino per un tyroshi. La sua barba era tagliata a tre cuspidi e tinta di blu, lo stesso colore dei suoi occhi e dei riccioli che gli ricadevano sul collo. Portava baffi appuntiti dipinti in tinta dorata. I suoi abiti erano di tutte le sfumature del giallo. Sbuffi di merletto di Myr gli uscivano dal colletto e dalle maniche. Sul farsetto portava cuciti medaglioni di bronzo a forma di dente di leone e ricami dorati davano la scalata ai suoi stivali di cuoio alti fino alla coscia. Nel cinturone di anelli istoriati teneva infilati guanti di morbido camoscio giallo, e le sue unghie erano smaltate di blu.

Fu Prendahl na Ghezn a parlare a nome di tutti e tre i mercenari. «Farai meglio a portare altrove la tua pletora di straccioni» esordì. «Astapor l'hai presa con l'inganno, ma Yunkai non cadrà altrettanto facilmente.»

«Cinquecento Corvi della Tempesta contro diecimila dei miei Immacolati» ribatté Dany. «Sono solo una giovane ragazza e non comprendo le vie della guerra, eppure questa mi sembra una battaglia persa in partenza per voi.»

«I Corvi della Tempesta non si ergono da soli» disse Prendahl.

«I Corvi della Tempesta non si ergono affatto. Volano via, infatti, al primo accenno di tuono. E forse voi dovreste volare via adesso. Si dice che i mercenari sono notoriamente di scarsa fedeltà. A che cosa vi servirà tenere il campo, quando i Secondi Figli passeranno dall'altra parte?»

«Questo non accadrà» insistette Prendahl, senza cedere. «E se anche succedesse, non avrebbe importanza. I Secondi Figli non sono niente. Noi combattiamo al fianco degli uomini della fortezza di Yunkai.»

«Voi combattete al fianco di ragazzini da letto muniti di picche.» Nel voltare la testa, le due campanelle nella treccia argentea di Daenerys tintinnarono minacciosamente. «E non pensate nemmeno di chiedere asilo una volta che la battaglia avrà avuto inizio. Invece unitevi a me adesso, e non solo potrete tenere tutto l'oro che Yunkai vi ha pagato ma anche assicurarvi anche la vostra parte della razzia, con ricompense ancora maggiori una volta che avrò riconquistato il mio regno. Combattete per i Saggi Padroni, e la vostra ricompensa sarà la morte. Pensate veramente che Yunkai vi aprirà le porte quando vedrà i miei Immacolati farvi a pezzi sotto le sue mura?»

«Donna, tu scoreggi aria come un buco del culo, e sei altrettanto convincente.»

«*Donna*?» Dany ridacchiò. «Devo prendere questa parola come un insulto? Che restituirei... se tu fossi un uomo, Prendahl.» Sostenne lo sguardo del mercenario. «Io sono Daenerys nata dalla tempesta, della nobile Casa Targaryen, la Non-bruciata, Madre dei draghi, khaleesi dei cavalieri di Drogo, e regina dei Sette Regni dell'Occidente.»

«Quello che tu sei» ribatté Prendahl na Ghezn «è la puttana di un barbaro a cavallo. E dopo che ti avrò domata, ti farò accoppiare con il mio stallone.»

Belwas il Forte snudò il suo colossale arakh. «Belwas il Forte darà la tua brutta lingua alla sua piccola regina, se così lei desidera.»

«No, Belwas. Ho dato a questi uomini il mio salvacondotto.» Dany sorrise. «Dimmi una cosa, Prendahl na Ghezn: i Corvi della Tempesta sono schiavi... o sono liberi?»

«Noi siamo una confraternita di uomini liberi» disse Sallor il Baldo.

«Bene.» Dany si alzò. «Allora, tornate dai vostri liberi commilitoni e riferite loro quanto ho detto. Può darsi che alcuni decidano di godersi oro e gloria invece della morte. Attendo una vostra risposta domani mattina.»

I capitani dei Corvi della Tempesta si alzarono tutti insieme. «La nostra risposta è no» disse Prendahl na Ghezn. Gli altri due lo seguirono fuori della tenda ma... nell'uscire, Daario Naharis gettò uno sguardo dietro di sé. E chinò il capo in un cortese cenno d'addio.

Il comandante dei Secondi Figli arrivò due ore più tardi, da solo. Si rivelò essere un torreggiante braavosiano, dai pallidi occhi verdi e con un'arruffata barba rosso oro che gli fluiva quasi fino alla cintola. Il suo nome era Mero, ma si faceva chiamare il Bastardo del Titano.

Mero bevve la prima coppa di vino in un'unica sorsata, si ripulì la bocca con il dorso della mano e scoccò a Dany uno sguardo laido. «Credo di essermi chiavato la tua sorella gemella in una casa di piacere delle mie parti. O forse eri tu?»

«Lo escludo. Mi ricorderei di un uomo della tua magnificenza, non ho dubbi.»

«Sì, difatti. Nessuna donna ha mai dimenticato il Bastardo del Titano.» Il braavosiano tornò a sollevare la coppa perché Jhiqui gliela riempisse di nuovo. «Che ne diresti di toglierti quei vestiti e di venire a sederti sulle mie ginocchia? Se mi compiaci, potrei portare i Secondi Figli dalla tua parte. Forse.»

«Se tu portassi i Secondi Figli dalla mia parte, io non ti farei castrare. Forse.»

Il gigante rise. «Ragazzina, già un'altra donna cercò di castrarmi, usando i denti. Lei adesso non li ha più, i denti, mentre la mia spada è più lunga e turgida che mai. Vuoi che la tiri fuori e che te la mostri?»

«Non è necessario. Dopo che i miei eunuchi te l'avranno mozzata, avrò tutto il tempo di esaminarla con calma.» Dany bevve un sorso di vino. «È pur vero che sono solo una giovane ragazza e non conosco le vie della guerra. Spiegami quindi come intendi sconfiggere diecimila Immacolati con i tuoi cinquecento soldati. Innocente in materia quale sono, come rapporto mi sembra quanto mai a tuo sfavore.»

«I Secondi Figli hanno affrontato avversari più forti e ne sono usciti vincitori.»

«I Secondi Figli hanno affrontato avversari più forti e ne sono usciti con la fuga. Come a Qohor, quando i Tremila Immacolati hanno affrontato l'orda dothraki al vostro posto. O forse lo neghi?»

«Ciò è accaduto molti e molti anni fa, prima che i Secondi Figli fossero comandati dal Bastardo del Titano.»

«Per cui è da te che traggono il loro coraggio?» Dany si voltò verso ser Jorah. «Quando la battaglia avrà inizio, uccidilo per primo.»

Il cavaliere in esilio sorrise. «Con piacere, maestà.»

«Ma naturalmente» Daenerys tornò a rivolgersi a Mero «potreste uscirne di nuovo con la fuga. Non saremo di certo noi a fermarvi. Prendete l'oro di Yunkai e scappate.»

«Se tu avessi mai visto il Titano di Braavos, sciocca ragazzina, sapresti che non ha coda da mettersi tra le gambe.»

«Allora rimani. E combatti per me.»

«Vale la pena di combattere per te, questo è vero» disse il mercenario braavosiano «e io sarei lieto di farti baciare la mia spada, se fossi libero. Ma ho accettato il conio di Yunkai, e ho dato la mia sacra parola.»

«Il conio può essere restituito» rispose lei. «Io ti pagherò altrettanto e di più. Ho altre città da conquistare, e un intero regno che mi attende all'altro capo del mondo. Servimi con fedeltà, e i Secondi Figli non avranno mai più bisogno di cercare altri ingaggi.»

«Altrettanto e anche di più...» Il mercenario braavosiano si tirò la folta barba rossiccia. «... e forse un bacio, eh? O più di un bacio? Per un uomo della mia magnificenza?»

«Forse.»

«Mi piacerà il sapore della tua lingua, credo.»

Dany poté percepire la rabbia di ser Jorah. "Al mio orso nero, tutti questi discorsi di baci non piacciono affatto." «Questa notte ripensa a quanto ti ho detto. Potrò avere la tua risposta domani mattina?»

«Potrai.» Il Bastardo del Titano sogghignò. «E io posso avere una caraffa di questo ottimo vino da portare ai miei capitani?»

«Puoi averne un otre. Viene dalle cantine dei Buoni Padroni di Astapor, e io ne ho carri pieni.»

«Allora dammene un carro intero. Quale pegno del tuo buon riguardo.»

«Tu hai una sete grande, Mero.»

«Io sono un uomo grande. Da tutte le parti. E ho molti fratelli. Il Bastardo del Titano non beve mai da solo, khaleesi.»

«E un intero carro quindi sia, contro la tua promessa di berlo alla mia salute.»

«Data!» tuonò il mercenario. «Data e ridata! Eleveremo a te tre brindisi, per portarti una risposta al sorgere del sole.»

Ma dopo che Mero se ne fu andato, Arstan Barbabianca ebbe qualcosa da dire. «Questo individuo ha una pessima reputazione perfino nel continente occidentale. Non farti ingannare dai suoi modi, maestà. Tre brindisi eleverà a te questa notte, per poi venire a stuprarti domani mattina.»

«Il vecchio, per una volta tanto, ha ragione» concordò ser Jorah. «I Secondi Figli sono un'antica compagnia di ventura, e non senza valore, ma sotto Mero sono diventati degli infami quasi quanto i Bravi Camerati di Vargo Hoat. Quell'individuo è altrettanto pericoloso per i suoi signori di quanto lo è per i suoi nemici. È per questo che oggi si trova davanti alle mura di Yunkai. Nelle città libere non c'è più nessuno disposto ad assoldarlo.»

«Non è la sua reputazione che voglio, ma i suoi cinquecento cavalieri. Che cosa mi dici dei Corvi della Tempesta, c'è qualche speranza con loro?»

«No» dichiarò ser Jorah senza mezzi termini. «Quel Prendahl na Ghezn è di sangue ghiscariano. Probabilmente aveva parenti ad Astapor.»

«Peccato. Bene, forse non saremo comunque costretti a combattere. Aspettiamo di sentire quello che hanno da dire gli Yunkai.»

Gli emissari di Yunkai arrivarono che il sole stava tramontando. Cinquanta uomini in sella a splendidi cavalli neri e uno su un grande cammello bianco. Portavano elmi alti il doppio della testa, in modo da non schiacciare i bizzarri vortici, le assurde torri e le altre forme pazzesche in cui erano acconciati i capelli oleati sotto di essi. Quella gente tingeva sottane di lino e tuniche di un colore giallo intenso, e cuciva dischi di rame ai mantelli.

L'uomo sul cammello bianco si presentò come Grazdan mo Eraz. Asciutto e muscoloso, sfoggiava un sorriso con troppi denti, molto simile a quello esibito da Kraznys mo Nakloz fino a quando Drogon non gli aveva incenerito la faccia e il cranio con un getto di fiamme scaturito dalle sue fauci. La sua capigliatura era acconciata in forma di corno che si diramava dalla parte alta della fronte, il suo *tokar* aveva frange di merletto di Myr dorato.

«Antica e gloriosa è Yunkai, regina di tutte le città» esordì Grazdan, una volta che Dany lo ebbe accolto nella propria tenda. «Forti sono le nostre mura, orgogliosi e fieri i nostri nobili, senza paura il nostro popolo. Scorre in noi il sangue dell'antica Ghis, il cui impero era già antico quando Valyria altro non era se non una squallida bimba. Tu sei saggia, khaleesi, a sederti e parlamentare. Non facile conquista qui troverai.»

«Magnifico. I miei Immacolati gradiranno lo scontro.» Daenerys guardò Verme Grigio, il quale annuì.

«Se è sangue ciò che tu desideri» Grazdan scrollò le spalle in modo esagerato «che dunque sangue scorra. I tuoi eunuchi tu hai liberato, mi viene detto. Libertà per un Immacolato ha significato quanto un cappello piumato su un merluzzo.» Rivolse uno dei suoi sorrisi all'ufficiale degli eunuchi, ma Verme Grigio pareva fatto di pietra. «Quelli di loro che sopravviveranno, noi di nuovo schiavi li renderemo. E di loro, per riprendere Astapor dalla feccia ci serviremo. Non dubitare, anche di te una schiava possiamo fare. A Lys, a Tyrosh case di piacere esistono in cui riccamente per l'ultima Targaryen nel loro letto uomini pagheranno.»

«Sono lieta di constatare che sai chi sono» disse Dany con calma.

«Della mia conoscenza del selvaggio, stolto Occidente vado orgoglioso.» Grazdan aprì le mani in un gesto conciliante. «E pur tuttavia, per quale motivo parlarci l'un l'altro con siffatta acrimonia dovremmo? Vero è che tu ad Astapor di atti di barbarie ti sei macchiata, ma qui a Yunkai la più tollerante delle genti noi siamo. Il tuo contenzioso con noi non è, maestà. A quale scopo contro le nostre possenti mura tu vuoi vanificare la tua forza, quando di ogni uomo, per riconquistare il trono che di tuo padre all'Occidente fu, hai necessità? In codesta impresa, null'altro che il successo Yunkai ti augura. E all'uopo di provare la verità di ciò, un dono ti ho portato.»

Lo schiavista batté le mani. Due uomini della sua scorta si fecero avanti trasportando un pesante baule di legno di cedro con bande di bronzo e oro, che collocarono ai piedi di Daenerys.

«Cinquantamila marchi d'oro» disse Grazdan mellifluo. «Per te, quale gesto di amicizia dai Saggi Padroni di Yunkai. Oro liberamente dato certamente è meglio di una razzia pagata con il sangue, vero? Quindi io ti dico, Daenerys Targaryen, prendi questo scrigno... e vattene.»

Dany aprì il coperchio del baule con una spinta del piccolo piede inguainato nel mocassino dothraki. Era pieno di monete d'oro, esattamente come l'emissario aveva detto. Ne afferrò una manciata e se le fece scivolare tra le dita. Nel ricadere e rimbalzare sulle altre, parvero scintillare di luce propria. Erano nuove di zecca, incise con una piramide a gradoni su una faccia e con l'arpia di Ghis sull'altra.

«Molto graziose. Mi domando, Grazdan, quanti altri bauli come questo troverò una volta presa la tua città?»

Grazdan ridacchiò. «Nessuno, perché mai tu farai ciò.»

«Ho anch'io un piccolo dono per te.» Con un calcio, Dany richiuse di schianto il baule. «Tre giorni. La mattina del terzo giorno, voi manderete fuori i vostri schiavi. Tutti quanti. A ogni uomo, ogni donna, ogni bambino verrà data un'arma, e verrà dato quanto cibo, abiti, conio e merci lui o lei sarà in grado di trasportare. A tutti verrà permesso di scegliere liberamente tra i possedimenti dei loro padroni, quale compenso per i loro anni di servitù. Una volta che tutti gli schiavi se ne saranno andati, voi aprirete le porte e lascerete che i miei Immacolati entrino a perquisire la vostra città, in modo da essere certi che nessuno sia rimasto ai ceppi. Voi fate questo, e Yunkai non sarà bruciata né saccheggiata, e a nessuno della vostra gente verrà fatto del male. I Saggi Padroni avranno la pace che desiderano, e avranno dato prova di essere veramente saggi. Che cosa ne dici?»

«Dico che tu sei pazza!»

«Davvero?» Daenerys scrollò le spalle, poi disse: «*Dracarys!*».

I draghi risposero. Rhaegal sibilò ed emise fumo, Viserion fece schioccare le fauci, Drogon lanciò un getto di fiamme nere e rosse. Il fuoco lambì i merletti del *tokar* del Grazdan. In un attimo, la seta s'incendiò. L'emissario terrorizzato schizzò in piedi, imprecando a squarciagola, dando colpi frenetici alla stoffa in fiamme. Urtò il baule e monete d'oro volarono da tutte le parti sui tappeti del padiglione. Le sue urla cessarono solo quando Barbabianca gli rovesciò addosso un'intera caraffa d'acqua, estinguendo l'incendio.

«Tu avevi detto che avremmo avuto il tuo salvacondotto!» ululò l'emissario, abbandonando la parlantina forbita.

«Tutti voi schiavisti di Yunkai piagnucolate in questo modo per un *tokar* bruciato? Te ne comprerò uno nuovo... a patto che voi, entro tre giorni, consegniate i vostri schiavi. In caso contrario, farò in modo che Drogon ti conceda un bacio ancora più incendiario.» Daenerys arricciò il naso. «I tuoi sfinteri hanno ceduto. Prenditi il tuo oro e vattene. E fa' in modo che i Saggi Padroni siano informati del mio messaggio.»

Grazdan mo Eraz puntò un indice accusatore. «Pagherai cara la tua arroganza, puttana! Queste tue piccole lucertole non ti salveranno, è una promessa. Tu mandali a meno di una lega da Yunkai e noi riempiremo il cielo di frecce. Pensi davvero che sia poi così difficile uccidere un drago?»

«È molto più difficile che uccidere uno schiavista. Tre giorni, Grazdan. Diglielo. Alla fine del terzo giorno, che tu apra le porte della città oppure no, io sarò a Yunkai.»

Il buio era ormai completo quando la delegazione degli schiavisti lasciò l'accampamento. Prometteva di essere una notte tenebrosa, senza luna, senza stelle, sferzata da un vento da occidente, freddo e umido. "Una splendida notte nera" pensò Daenerys. Attorno a lei ardevano i fuochi del suo esercito, del suo popolo, piccoli astri arancione disseminati su campi e colline. «Ser Jorah» ordinò «convoca i miei cavalieri di sangue.» Dany rimase ad attenderli seduta su una pila di cuscini, circondata dai suoi draghi. Una volta che il consesso fu completo, riprese: «Un'ora dopo mezzanotte dovrebbe essere un tempo adeguato».

«Sì, khaleesi» disse Rakharo. «Ma tempo per cosa?»

«Per attaccare.»

L'espressione di ser Jorah Mormont s'indurì. «Ma ai mercenari tu hai detto...»

«... che volevo una loro risposta domani. Non ho fatto nessuna promessa riguardo a stanotte. I Corvi della Tempesta staranno discutendo la mia offerta. I Secondi Figli si staranno ubriacando con il vino che ho dato a Mero. E gli yunkai credono di avere tre giorni di tempo. Arriveremo addosso a tutti loro con il favore delle tenebre.»

«Avranno disposto delle spie a sorvegliarci.»

«Nel buio, tutto quello che vedranno sarà il bagliore dei nostri fuochi» ribatté Dany. «Se davvero vedranno qualcosa.»

«Khaleesi» disse Jhogo «mi occuperò io di loro. Non sono cavalieri delle pianure, sono solo schiavi a cavallo.»

«Per l'appunto» concordò Dany. «Ritengo che dovremmo attaccare simultaneamente da tre lati. Verme Grigio, i tuoi Immacolati li colpiranno da destra e da sinistra. I miei ko guideranno una carica a cuneo direttamente contro il loro centro. Dei soldati schiavi non saranno mai in grado di reggere un assalto di cavalieri dothraki. È vero però che sono solo una giovane ragazza e conosco ben poco delle vie della guerra. Che cosa ne pensate, miei lord?»

«Io penso che sei la sorella di Rhaegar Targaryen» rispose ser Jorah con un mezzo sorriso acido.

«*Aye*» disse Arstan Barbabianca «e anche una regina.»

Ci volle un'ora per definire tutti i dettagli. "Ora ha inizio il momento più pericoloso" pensò Dany mentre i suoi capitani si muovevano per allestire i rispettivi schieramenti. Quanto a lei, poteva solamente pregare che l'oscurità della notte celasse al nemico i loro preparativi.

Attorno alla mezzanotte, un brivido di paura. Ser Jorah si aprì a forza la strada oltre Belwas il Forte. «Gli Immacolati hanno catturato uno dei mercenari che tentava di introdursi nell'accampamento.»

«Una spia?» Quel pensiero la spaventava. Ne avevano catturato uno, ma quanti altri potevano essere sfuggiti?

«Dichiara di portare doni. È quel guitto in giallo con i capelli blu.»

"Daario Naharis." «Ah, quello. Sentirò quanto ha da dire, allora.»

Il cavaliere in esilio introdusse il mercenario, e Dany non poté fare a meno di chiedersi se erano mai esistiti due uomini più diversi. Il tyroshi era biondo quanto ser Jorah era bruno, snello mentre il cavaliere era massiccio, dotato di capelli fluenti quando l'altro era ormai calvo, glabro a contrasto dei peli di Mormont. E mentre il cavaliere di Dany vestiva in modo contenuto, un pavone appariva austero a confronto del capitano mercenario. Questo a dispetto del fatto che Daario Naharis, per quella visita notturna, avesse gettato un pesante mantello nero a coprire i suoi sgargianti abiti gialli. Di traverso su una spalla aveva una pesante sacca di tela.

«Khaleesi, porto regali e buone notizie. I Corvi della Tempesta sono tuoi.» Quando sorrise, un dente d'oro scintillò al centro della chiostra. «E lo stesso vale per Daario Naharis!»

Dany era dubbiosa. Se quel tyroshi era davvero una spia, una simile dichiarazione poteva essere solo un tentativo disperato di salvarsi la testa. «E che cosa hanno da dire in merito Prendahl e Sallor?»

«Ben poco.» Daario rovesciò la sacca. Due teste mozzate rotolarono sui tappeti del padiglione. Le teste di Prendahl na Ghezn e di Sallor il Baldo, gli altri due capitani dei Corvi della Tempesta. «I miei doni alla regina dei draghi.»

Viserion annusò il sangue che ancora gocciolava dal collo di Prendahl. Lanciò un sibilante getto di fuoco che investì in pieno la faccia del morto. Al calore, le guance esangui divennero nere, piene di vesciche. Drogon e Rhaegal si agitarono nel percepire l'odore della carne bruciata.

«Tu hai fatto questo?» Daenerys provò un leggero senso di vertigine.

«Io e nessun altro.» Se i draghi mettevano Daario Naharis a disagio, il mercenario riuscì a celarlo molto bene. Per l'attenzione che dedicò loro, avrebbero potuto essere tre gattini che giocavano con un topo.

«Perché?»

«Perché tu sei così *splendida*!» Le mani di Daario Naharis erano grandi e forti, e c'era qualcosa nei suoi duri occhi azzurri, nel suo deciso naso adunco che ricordava il rostro di un magnifico, letale uccello da preda. «Prendahl parlava troppo e diceva troppo poco.» Il suo abbigliamento, per quanto elaborato, era passato attraverso fin troppe vicissitudini. Macchie di sale costellavano i suoi stivali, lo smalto blu delle sue unghie era scheggiato, i suoi merletti di Myr erano intrisi di sudore. A Daenerys non sfuggì quanto fosse corroso il bordo inferiore del suo mantello. «E Sallor si metteva le dita nel naso come se le sue caccole fossero d'oro.» Naharis stava eretto a braccia incrociate, le palme appoggiate sull'elsa delle sue lame, un ricurvo arakh dothraki all'anca sinistra, uno stiletto di Myr alla destra. Le impugnature erano identiche, due donne dorate, nude e lascive.

«E tu sei esperto nell'uso di quelle belle lame?» gli chiese Dany.

«Prendahl e Sallor te lo confermerebbero, se i morti potessero parlare. Per me, un giorno è non vissuto appieno a meno che non abbia amato una donna, ucciso un nemico e gustato un ottimo pasto... e i giorni che ho vissuto sono innumerevoli quanto le stelle nel cielo. Io tramuto la strage in un'opera di bellezza, e quanti acrobati, quanti danzatori del fuoco hanno pianto presso gli dèi per poter essere rapidi la metà di me, agili un quarto di me. Ti direi i nomi di tutti gli uomini che ho abbattuto, ma prima che io avessi finito i tuoi draghi sarebbero diventati grandi come fortezze, le mura di Yunkai si sarebbero trasformate in polvere gialla e l'inverno sarebbe arrivato e di nuovo andato.»

Dany rise. Le piaceva la ribalderia che vedeva in questo Daario Naharis. «Snuda la tua spada e giura al mio servizio.»

In un battito di ciglia, l'arakh di Daario fu fuori dal fodero. La sua sottomissione fu follemente oltraggiosa come tutto il resto di lui. Con un'ampia piroetta, il capitano mercenario portò il volto ai piedi di Daenerys. «Tua è la mia spada. Tua è la mia vita. Tuo è il mio amore. Il mio sangue, il mio corpo, le mie canzoni, tutto quanto tu possiedi. Io vivrò e morirò al tuo comando, mia regina!»

«E allora vivi» disse Dany «e combatti per me questa notte.»

«Questo non sarebbe saggio, mia regina.» Ser Jorah lanciò a Daario uno sguardo gelido, ostile. «Tieni questo individuo sotto sorveglianza fino a quando la battaglia non sarà combattuta e vinta.»

Lei valutò per qualche momento, poi scosse la testa. «Se Naharis può darci i Corvi della Tempesta, la sorpresa è certa.»

«E se invece ti tradisce, la sorpresa è perduta.»

Di nuovo, Dany scrutò il mercenario da capo a piedi. Daario le rivolse un sorriso tale da farla prima arrossire e poi distogliere lo sguardo. «Non ci tradirà.»

«Come puoi esserne sicura?»

Daenerys indicò i grumi di carne annerita dal fuoco che i suoi draghi stavano divorando, un boccone sanguinolento dopo l'altro. «Quella io la definirei una prova della sua sincerità. Daario Naharis, che i tuoi Corvi della Tempesta siano pronti a colpire il retro dello schieramento di Yunkai nel momento in cui il mio attacco avrà inizio. Sei in grado di rientrare sano e salvo?»

«Se dovessi venire fermato, dirò di essere venuto in esplorazione e di non aver visto nulla.» Il mercenario si rialzò in piedi, fece un inchino e si dileguò in un turbine.

«Maestà» disse ser Jorah Mormont, senza alcun ritegno «hai commesso un errore. Non sappiamo niente di quest'uomo...»

«Sappiamo che è un grande guerriero.»

«Un grande imbonitore, vorrai dire.»

«Ci porta i Corvi della Tempesta.» "E ha gli occhi azzurri."

«Cinquecento mercenari di incerta lealtà.»

«Tutte le lealtà sono incerte in momenti come questi» gli ricordò Dany. «E io verrò tradita altre due volte, una volta per oro, una volta per amore.»

«Daenerys, ho il triplo dei tuoi anni» disse ser Jorah. «Ho visto quanto possono essere falsi gli uomini. Ben pochi meritano la tua fiducia, e questo Daario Naharis non è uno di loro. Perfino la sua barba ha colori falsi.»

L'affermazione fece avvampare la rabbia di Dany. «Mentre tu hai una barba onesta, è questo che mi stai dicendo? Sei tu l'unico uomo che meriti la mia fiducia, vero?»

Il cavaliere s'irrigidì. «Non ho detto questo.»

«Me lo ripeti ogni giorno, invece. Pyat Pree è un mentitore, Xaro Xhoan Daxos è un infame, Belwas il Forte è un guitto, Arstan Barbabianca è un assassino... Credi davvero che sia ancora la ragazzina vergine di Pentos, che non sia in grado di udire le parole dietro le parole?»

«Maestà...»

Daenerys lo affrontò con durezza. «Tu sei stato per me un amico migliore di chiunque altro abbia mai conosciuto, un fratello migliore di quanto Viserys sia mai stato. Tu sei il primo della mia Guardia, il comandante del mio esercito, il mio consigliere più importante, il mio valido braccio destro. Io ti onoro, ti rispetto e ti apprezzo... Ma *non* ti desidero, Jorah Mormont. E comincio a essere stanca del fatto che tu cerchi di tenere lontano da me ogni altro uomo, in modo che io faccia conto unicamente su di te. Questo non solo non è più accettabile, ma non contribuirà in alcun modo a far sì che io ti ami di più, o meglio.»

Quando Dany aveva incominciato a parlare, il volto di Mormont era virato al porpora, ma quando ebbe finito aveva riacquistato il suo pallore. Rimase immobile come pietra. «Se così comanda la mia regina» disse in tono secco, freddo.

Ma Dany emanava abbastanza calore per entrambi. «Così è» disse. «Così lei *comanda*. Ora va' dagli Immacolati, cavaliere. Hai una battaglia da combattere. E da vincere.»

Dopo che Mormont se ne fu andato, Dany si lasciò cadere sui cuscini, attorniata dai suoi draghi. Non avrebbe voluto essere così dura con ser Jorah, ma i suoi continui sospetti avevano finito con risvegliare il drago che era in lei.

"Mi perdonerà" si disse. "Sono la sua regina." Si scoprì a domandarsi se il cavaliere non avesse ragione riguardo a Daario Naharis. Di colpo, provò un grande senso di solitudine. Mirri Maz Duur, la maegi degli uomini-agnello che aveva distrutto khal Drogo e il figlio che lei portava in grembo, aveva predetto che mai più lei avrebbe generato un altro figlio vivente. "La Casa Targaryen finirà con me." Un pensiero che la riempì di tristezza.

«Dovrete essere voi i miei figli» disse ai suoi draghi «i miei feroci figli. Arstan dice che i draghi vivono più a lungo degli uomini, per cui voi continuerete a vivere anche dopo che io sarò morta.»

Drogon curvò il collo per mordicchiarle una mano. Aveva zanne molto affilate, ma non intaccava mai la sua pelle quando giocava a quel modo. Dany rise e lo cullò fino a quando il Giovane drago non emise un ruggito, con la coda che sferzava come una frusta. "È più lunga di ieri" notò. "E domani lo sarà ancora di più. Crescono più in fretta ora, e quando saranno cresciuti, io avrò le mie ali." A cavallo di un drago, sarebbe stata in grado di guidare di persona i suoi uomini in battaglia, come aveva fatto ad Astapor, ma i suoi draghi erano ancora troppo piccoli per reggere il suo peso.

Quiete e immobilità regnarono sull'accampamento quando la mezzanotte venne e poi passò. Daenerys restò nel padiglione assieme alle sue ancelle, mentre Arstan Barbabianca e Belwas il Forte montavano la guardia. "È l'attesa la parte più difficile." Sedere nella tenda con le mani in mano mentre la battaglia veniva combattuta senza di lei la faceva sentire come una bimbetta.

Le ore parvero scivolare a passo di tartaruga. Perfino dopo che Jhiqui le ebbe rilassato con i massaggi i muscoli delle spalle annodati dalla tensione, Dany era troppo inquieta per riuscire a dormire. Missandei si offrì di cantarle una ninnananna del pacifico popolo di Naath, ma Dany scosse il capo. «Fai entrare Arstan» disse.

Quando l'anziano scudiero entrò, Daenerys era raggomitolata nella sua pelle di *hrakkar*, il leone bianco del mare d'erba dothraki, il cui odore selvaggio continuava a ricordarle Drogo. «Non posso dormire mentre uomini muoiono per me, Barbabianca. Raccontami ancora di mio fratello, ti prego. Mi è piaciuta la storia che mi hai narrato a bordo della nave, di come lui decise che doveva essere un guerriero.»

«Maestà è gentile a dire questo.»

«Viserys diceva che nostro fratello aveva vinto molti tornei.»

Arstan chinò la testa canuta in segno di rispetto. «Non spetta a me negare le parole di sua maestà...»

«Ma?» disse Dany in tono deciso. «Parla. Te lo ordino.»

«L'abilità del principe Rhaegar era fuori discussione, ma lui gareggiava di rado. Non ha mai amato il canto delle lame come lo amavano Robert Baratheon o Jaime Lannister. Per lui era qualcosa che doveva fare, un compito che il mondo gli aveva imposto. E che assolse bene, come faceva bene qualsiasi altra cosa. Era quella la sua natura. Ma non traeva alcuna gioia dai tornei. Si diceva che amasse la sua arpa molto più della sua lancia.»

«Ma alcuni tornei deve averli vinti di sicuro» disse Dany, delusa.

«Quando era giovane, sua maestà si portò valorosamente in un torneo a Capo Tempesta, sconfiggendo lord Steffon Baratheon, lord Jason Mallister, la Vipera rossa di Dorne e un cavaliere misterioso che in seguito si rivelò essere il famigerato Simon Toyne, capo dei fuorilegge del bosco del Re. Spezzò ben dodici lance contro ser Arthur Dayne, quel giorno.»

«Quindi fu lui il campione del torneo?»

«No, maestà. L'onore andò a un altro cavaliere della Guardia reale, il quale disarcionò il principe Rhaegar all'ultima tenzone.»

Dany non voleva sentire di Rhaegar che veniva disarcionato. «Ma allora, quali tornei ha *vinto* mio fratello?»

«Maestà.» L'anziano scudiero esitò. «Tuo fratello vinse il torneo più grande di tutti.»

«Vale a dire?» insistette Dany.

«Il torneo che lord Whent allestì alla fortezza di Harrenhal, sul lago dell'Occhio degli Dèi, nell'anno della falsa primavera. Un grande evento. Oltre al confronto alla lancia, ci fu anche una grande mischia, combattuta tra sette squadre di cavalieri. E inoltre gare d'arco e di lancio dell'ascia, una corsa dei cavalli, una sfida di cantastorie, uno spettacolo di guitti, e molti banchetti e sollazzi. Lord Whent era tanto generoso quanto era ricco. Le laute ricompense in palio per i vincitori attirarono centinaia di contendenti. Perfino il tuo regale padre, re Aerys, si recò a Harrenhal. Ed erano anni che non lasciava la Fortezza Rossa. I più grandi lord, i più formidabili campioni dei Sette Regni gareggiarono in quel torneo, e il principe della Roccia del Drago li batté tutti.»

«Ma quello fu il torneo in cui Rhaegar incoronò Lyanna Stark, regina d'amore e di bellezza!» esclamò Dany. «La principessa Elia, sua moglie, era là. Eppure mio fratello diede la corona alla giovane Stark. E in seguito la rapì al suo promesso sposo. Come ha potuto mio fratello fare una cosa simile? La donna di Dorne lo trattava così male?»

«Non spetta a qualcuno come me dire che cosa stesse passando per il cuore di tuo fratello, maestà. La principessa Elia era buona e delicata, per quanto di salute molto cagionevole.»

Dany si avvolse più stretta attorno alle spalle la pelle del leone delle pianure. «Una volta, Viserys mi disse che era stata colpa mia, per essere nata troppo tardi.» Ricordava di aver negato con veemenza quell'accusa, arrivando addirittura al punto di dire a Viserys che la colpa invece era sua, per non essere nato femmina. Un'insolenza per la quale lui l'aveva battuta a sangue. «Se fossi nata a tempo debito, mi disse, Rhaegar avrebbe sposato me invece di Elia di Dorne, e tutto sarebbe stato diverso. Se Rhaegar fosse stato felice con sua moglie, non avrebbe avuto bisogno della giovane Stark.»

«Forse, maestà.» Barbabianca fece una breve pausa. «Ma non sono certo che la felicità facesse parte della personalità di Rhaegar.»

«Lo fai sembrare un uomo molto acido» protestò Dany.

«Non acido, no, ma... c'era della malinconia nel principe Rhaegar, un senso di...» Il vecchio esitò nuovamente.

«Dillo» incalzò lei «un senso di?...»

«... di catastrofe. Era nato nel dolore, mia regina, un'ombra che rimase su di lui per tutta la vita.»

Viserys le aveva parlato della nascita di Rhaegar soltanto una volta. Forse era una storia che lo rattristava troppo. «Era l'ombra di Sala dell'Estate a tormentarlo, vero?»

«Sì. E al tempo stesso Sala dell'Estate era il luogo che il principe amava più di ogni altro. Vi si recava saltuariamente, con la sua arpa come unica compagna. Neppure i cavalieri della Guardia reale andavano con lui. Gli piaceva dormire nella sala in rovina, sotto la luna e le stelle, e ogni volta che ritornava ad Approdo del Re, portava con sé una nuova canzone. A udirlo suonare la sua arpa dalle corde d'argento, a udirlo cantare di crepuscoli, lacrime e morti di re, era impossibile non percepire che era di se stesso che stava cantando, e di coloro che amava.»

«Che cosa puoi dirmi dell'Usurpatore? Cantava anche lui canzoni tristi?»

Arstan ridacchiò. «Robert? A Robert piacevano le canzoni che lo facevano ridere, e più volgari erano più a lui piacevano. Cantava solo quando era ubriaco, e si trattava sempre di *Un otre di birra*, *Quarantaquattro boccali*, *L'orso e la fanciulla bionda*. Robert era molto...»

Tutti e tre i draghi levarono insieme la testa e ruggirono.

«Cavalli!» Daenerys balzò in piedi, sempre stringendo la pelle di leone. Udì Belwas il Forte gridare qualcosa. Poi altre voci, e il rumore di molti destrieri. «Irri, va' a vedere chi...»

Il lembo dell'ingresso del padiglione venne spalancato. Ser Jorah Mormont entrò. Era coperto di polvere, aveva l'armatura schizzata di sangue, ma erano le uniche tracce della battaglia.

Il cavaliere in esilio pose un ginocchio a terra al cospetto di Dany. «Maestà» dichiarò «ti porto la vittoria. I Corvi della Tempesta hanno combattuto con noi, gli schiavi-soldati sono stati sbaragliati e i Secondi Figli erano troppo ubriachi per combattere. Esattamente come tu avevi detto. Duecento morti, per la maggior parte di Yunkai. I loro schiavi hanno gettato le lance e si sono dati alla fuga, i loro mercenari si sono arresi. Abbiamo preso migliaia di prigionieri.»

«Le nostre perdite?»

«Una dozzina di caduti, al massimo.»

Fu solo a questo punto che Daenerys Targaryen si concesse un sorriso. «Alzati, mio coraggioso orso. Grazdan? È stato catturato? O il Bastardo del Titano?»

«Grazdan è andato a Yunkai a presentare la tua offerta negoziale.» Ser Jorah si rimise in piedi. «Quando si è reso conto che i Corvi della Tempesta avevano cambiato bandiera, Mero è fuggito. I miei uomini gli stanno dando la caccia. Non dovrebbe sfuggirci a lungo.»

«Molto bene» disse Dany. «Mercenari o schiavi, risparmiate tutti coloro che mi faranno giuramento di fedeltà. Se un numero sufficiente di Secondi Figli deciderà di passare dalla nostra parte, che la loro compagnia di ventura continui a esistere.»

Il giorno dopo, marciarono fino a tre leghe di distanza da Yunkai. La città era costruita in mattoni gialli invece che rossi, ma per il resto era una replica di Astapor. Le stesse mura in via di sgretolamento, le stesse piramidi a gradoni, grandi arpie collocate alla cuspide delle porte. Le mura e le torri brulicavano di balestrieri e frombolieri. Ser Jorah e Verme Grigio schierarono i loro uomini, Irri e Jhiqui eressero il padiglione dorato e Daenerys fu di nuovo costretta all'attesa.

La mattina del terzo giorno le porte della città si spalancarono e una lunga fila di schiavi cominciò a uscire. Dany montò in sella alla sua purosangue argentata per andare ad accoglierli. Al loro passaggio, Missandei disse che dovevano la loro libertà a Daenerys, nata dalla tempesta, la Non-bruciata, regina dei Sette Regni dell'Occidente e Madre dei draghi.

«*Mhysa!*» gridò un uomo dalla pelle scura. Aveva una bambina appollaiata sulla spalla, e anche lei, con la sua vocetta, gridò la medesima parola. «*Mhysa! Mhysa!*»

Dany lanciò un'occhiata interrogativa a Missandei. «Che cosa gridano?»

«È ghiscariano, un antico linguaggio. Significa "Madre".»

Dany sentì un vuoto nel petto. "Mai più genererò un altro figlio vivente" ricordò. La mano le tremava nel sollevarla. Forse sorrise. Doveva averlo fatto, perché l'uomo rise e gridò di nuovo. Altre voci si unirono alla sua.

«*Mhysa!*» invocavano. «*Mhysa! Mhysa!*»

Le sorridevano, cercavano di toccarla, s'inginocchiavano. "*Maela*" la chiamarono alcuni. Altri gridarono: "*Aelalla, Qathei, Tato*"... ma qualsiasi lingua usassero, la parola era sempre la stessa. "Madre. Mi chiamano *Madre*."

Quel canto crebbe, si dilatò, salì d'intensità. Divenne un urlo così tonante che la purosangue si spaventò, rifiutando, scuotendo la testa, agitando la coda grigio argento. Un urlo così poderoso che parve scuotere le mura stesse di Yunkai. Altri schiavi continuavano a riversarsi dalle porte della città degli schiavisti, come rispondendo alla chiamata. Correvano verso di lei, spingendo, inciampando, cercando di toccarle una mano, di accarezzare la criniera del suo cavallo, di baciarle i piedi. I suoi poveri cavalieri di sangue non riuscirono a tenerli tutti quanti a distanza. Perfino Belwas il Forte grugnì e ringhiò di rabbia impotente.

Ser Jorah insistette perché lei non si fermasse, e Dany ricordò il sogno che aveva fatto nella Casa degli Eterni di Qarth. «Non mi faranno del male» gli disse. «Sono i miei figli, Jorah.»

Daenerys rise e spronò la cavalla, cavalcando verso di loro, mentre le campanelle nei suoi capelli tintinnavano dolce vittoria. Avanzò prima al passo, poi al trotto, infine si lanciò al galoppo, con la treccia che le ondeggiava dietro la schiena. Gli schiavi liberati fecero ala al suo passaggio.

«Madre!» chiamarono centinaia, migliaia, decine di migliaia di gole. «Madre» invocarono al suo passaggio, sfiorandole le gambe mentre lei volava tra loro. «Madre, Madre, Madre!»

ARYA

Arya Stark capì nel momento in cui vide la grande collina solitaria ergersi dalla pianura. Erano tornati indietro. Tutta la strada fino a Cuore Alto.

Al tramonto i fuorilegge avevano raggiunto la cima, piantando l'accampamento dove nulla sarebbe stato in grado di minacciarli. Assieme a Ned, lo scudiero di lord Beric, Arya camminò lungo l'anello dei monconi degli alberi-diga, osservando l'ultima luce del giorno svanire a occidente. Da quel punto, potevano vedere una tempesta infuriare sul Nord. Cuore Alto torreggiava al di sopra della pioggia, ma non al di sopra del vento. Le raffiche erano così violente che Arya ebbe l'impressione che qualcuno, alle sue spalle, le stesse strattonando il mantello. Quando si girò, dietro di lei non c'era nessuno.

"Spettri" ricordò. "Cuore Alto è un luogo stregato."

Fecero un grande fuoco sulla vetta dell'altura. Thoros di Myr sedette a gambe incrociate, scrutando nel profondo delle fiamme. Scrutando come se non esistesse nient'altro al mondo.

«Che cosa sta facendo?» chiese Arya a Ned.

«Certe volte vede cose nelle fiamme» rispose lo scudiero. «Il passato. Il futuro. Cose che succedono lontano.»

Arya guardò a sua volta nel fuoco, cercando di vedere quello che il prete rosso stava vedendo. Tutto quello che ottenne fu che gli occhi cominciarono a lacrimarle, costringendola a distogliere lo sguardo.

Anche Gendry stava osservando Thoros. «Puoi davvero vedere il futuro nel fuoco?» chiese all'improvviso.

Thoros si voltò, sospirando. «Non qui. Non ora. Ma certi giorni, sì. Certi giorni, il Signore della luce mi concede delle visioni.»

L'espressione di Gendry era dubbiosa. «Il mio maestro diceva che tu eri un ubriacone e un ciarlatano, e un cattivo prete.»

«Poco gentile da parte sua.» Thoros ridacchiò. «È vero, ma è poco gentile comunque. E chi era questo tuo mastro? Io ti conosco, ragazzo?»

«Ero apprendista del mastro armaiolo Tobho Mott, sulla strada dell'Acciaio. Era da lui che compravi le tue spade.»

«Difatti. Mi faceva sempre pagare il doppio di quello che valevano, e poi mi rimproverava perché davo fuoco alle lame.» Thoros rise. «Il tuo maestro, però, aveva ragione. Non ero un prete consacrato. Ero il più giovane di otto figli, per cui mio padre mi affidò al Tempio Rosso, solo che quella non era la strada che avrei scelto io. Recitavo le preghiere e pronunciavo le benedizioni, ma ero anche quello che guidava le incursioni nelle cucine, e a volte mi ritrovavo una ragazza nel letto. Ragazze cattive, non ho mai saputo come riuscissero ad arrivare fino là.

«Però avevo il dono delle lingue. E quando scrutavo nelle fiamme, ebbene, di quando in quando potevo vedere cose. Ma, pur con tutto questo, ero più un problema che altro, per cui alla fine mi mandarono ad Approdo del Re, a portare la luce del Signore della luce all'Occidente assillato dal buio dei Sette Dèi. Re Aerys amava così tanto il fuoco che si pensò potesse diventare un convertito. Ma, ahimè, i suoi piromanti conoscevano trucchi migliori dei miei.

«Re Robert aveva dell'affetto per me, però. La prima volta che scesi in una grande mischia impugnando la mia spada fiammeggiante, il cavallo di Kevan Lannister s'imbizzarrì e lo disarcionò. Sua maestà rise così forte da farmi temere che si sarebbe spaccato in due.» Il ricordo fece sorridere il prete rosso. «Ma non era quello il modo di trattare una lama, anche su questo il tuo maestro aveva ragione.»

«Il fuoco consuma.» Lord Beric era sopraggiunto alle loro spalle, e nella sua voce c'era qualcosa che immediatamente ridusse Thoros al silenzio. «*Consuma*... e quando questo è compiuto, non rimane nulla. Nulla.»

«Beric. Caro amico.» Il prete rosso gli mise la mano su un braccio. «Che cosa stai dicendo?»

«Nulla che non abbia già detto. Sei volte, Thoros? Sono sei volte di troppo.» All'improvviso si girò, voltando loro le spalle.

Quella notte, il vento ululò con tale ferocia da sembrare un lupo gigantesco. E all'Ovest c'erano lupi veri a impartire lezioni di ululato. Notch, Anguy e Merrit di Città di Luna montavano la guardia. Ned, Gendry e molti altri della fratellanza senza vessilli dormivano profondamente quando Arya percepì un movimento nelle tenebre. Una piccola forma pallida scivolò dietro ai cavalli, appoggiata a un bastone contorto, mentre i lunghissimi capelli lividi vorticavano nell'aria agitata. La donna non poteva essere alta più di un metro. I bagliori del fuoco facevano scintillare i suoi occhi della medesima luce rossa che avvampava negli occhi del meta-lupo albino di Jon Snow. "Anche lei è uno spettro." Arya si avvicinò furtivamente, mettendo un ginocchio al suolo, continuando a osservare.

C'erano Thoros e Lem assieme a lord Beric quando la donna nana sedette con loro vicino al fuoco, senza essere stata invitata. «La Brace e il Limone tornano a farmi visita, e anche sua maestà il lord dei Cadaveri.»

«Un nome foriero di maledizione. Ti ho chiesto di non usarlo.»

«*Aye*, me lo hai chiesto. Ma c'è fetore di morte fresca attorno a te, mio lord.» La nana aveva un unico dente. «Datemi del vino o me ne vado. Vecchie sono le mie ossa. E mi fanno male le giunture quando i venti soffiano, e quassù i venti soffiano sempre.»

«Un cervo d'argento per i tuoi sogni, mia lady» disse lord Beric con solenne cortesia. «E un altro se hai notizie per noi.»

«Non me lo posso mangiare un cervo d'argento, né posso cavalcarlo. Un otre di vino per i miei sogni e, per le notizie, un bacio dal muflone con il mantello giallo.» La minuscola donna ridacchiò. «*Aye*, e che sia umido quel bacio, con anche un po' di lingua. Troppo tempo, troppo. La sua bocca avrà gusto di limone, e la mia di ossa. Troppo vecchia, io sono, troppo.»

«*Aye*» si lamentò Lem. «Troppo vecchia per il vino e per i baci. Tutto quello che ti beccherai da me sarà il piatto della mia lama, megera.»

«A ciuffi vengono via i miei capelli, e nessuno mi bacia da mille e più anni. È duro essere vecchi. Bene, avrò una canzone allora. Una canzone da Tom Sette, per le mie notizie.»

«L'avrai, la tua canzone da Tom» promise lord Beric. E fu lui a darle l'otre di vino.

La nana bevve a lungo, con il vino che le scorreva a rivoli sul mento. Tornò ad abbassare l'otre di pelle, ripulendosi le labbra con il dorso della mano avvizzita. «Vino amaro per un'amara conoscenza, quale migliore accoppiamento? Il re è morto, questo è abbastanza amaro per voi?»

«*Quale* fottuto re è morto, megera?» gridò Lem.

«Quello viscido. Il re della seppia, miei lord. L'ho visto in sogno, morto e stramorto. E adesso le seppie di ferro si avventano le une contro le altre. Oh, anche lord Hoster Tully è morto, ma questo lo sapete, vero? Nella sala dei re, il caprone siede da solo e con la febbre, mentre il grande cane cala su di lui.» La vecchia tracannò un altro sorso di vino, stringendo l'imboccatura della sacca nel portarsela di nuovo alle labbra.

Il caprone era Vargo Hoat. Ma... *il grande cane?* Voleva forse dire il Mastino? Oppure suo fratello, la Montagna che cavalca? Arya non ne era certa. Entrambi avevano il medesimo emblema, tre cani neri su sfondo giallo. E metà degli uomini per i quali lei invocava la morte erano fedeli di Gregor Clegane: Polliver, Dunsen, Raff Dolcecuore, Messer Sottile, lo stesso ser Gregor. "Forse lord Beric li impiccherà tutti quanti."

«Ho sognato un lupo che ululava nella pioggia, ma nessuno era lì a udire la sua sofferenza» riprese la donna-spettro. «Ho sognato di un tale fragore che pensavo che mi scoppiasse la testa, tamburi e corni e trombe e urla, ma il suono più triste di tutti era quello delle campanelle. Ho sognato una fanciulla a una festa con serpenti nei capelli, e veleno che le gocciolava dai denti. E dopo ho sognato di nuovo quella fanciulla, intenta a uccidere un gigante selvaggio in una fortezza fatta di neve.» La donna-spettro voltò di colpo la testa, sorridendo nell'oscurità, sorridendo dritta ad Arya. «Non puoi celarti a me, bambina. Vieni più vicino, adesso.»

Dita di ghiaccio scivolarono lungo la schiena di Arya. "La paura uccide più della spada" ricordò a se stessa. Si alzò e si avvicinò con cautela al fuoco, tenendo il peso sugli avampiedi, pronta a scappare.

Gli occhi rossastri della donna-spettro la scrutarono. «Io ti vedo» sussurrò. «Sì, ragazza-lupo, io ti vedo. Bimba del sangue. Pensavo che fosse il lord a puzzare di morte...» La nana cominciò a singhiozzare, il suo minuscolo corpo si scuoteva. «Sei crudele a venire sulla mia collina, crudele. Mi sono strangolata di dolore a Sala dell'Estate, non voglio nessuna parte del tuo dolore. Vattene via da qui, cuore nero. *Vattene via!*»

C'era un tale terrore nella voce della donna dai capelli lividi che Arya fece un passo indietro. «Non spaventare la bambina» protestò Thoros. «Non vuole fare alcun male.»

Lem Mantello di limone sollevò le dita a tastarsi il naso rotto. «Non ne sarei così fottutamente sicuro.»

«Se ne andrà domani mattina, con noi» assicurò lord Beric alla piccola donna. «La stiamo portando a Delta delle Acque, da sua madre.»

«*Nay*» ribatté la nana. «Non ci andate. Il Pesce Nero controlla i fiumi, adesso. Se è la madre che volete, cercatela alle Torri Gemelle. Perché ci sarà un matrimonio.» La donna-spettro ridacchiò di nuovo. «Guarda dentro i tuoi fuochi, prete rosa, e vedrai. Non ora, però, e non qui. Non vedrai niente qui. Questo posto appartiene ancora agli antichi dèi... loro aleggiano sulla collina, come me. Deboli, rinsecchiti, ma non ancora morti. Perché la quercia ricorda la ghianda, e la ghianda sogna la quercia, e il tronco mutilato continua a vivere in entrambi. E loro ricordano quando i Primi Uomini vennero con i fuochi nel pugno.» Quattro lunghe sorsate, e finì il vino. Gettò lontano l'otre vuoto, puntando il suo bastone contorto verso lord Beric. «Avrò il mio pagamento, adesso. Avrò la canzone che mi hai promesso.»

E così Lem andò a svegliare Tom Settecorde da sotto le sue pellicce, e lo portò vicino al fuoco che ancora sbadigliava, con l'arpa di legno in mano. «La stessa canzone dell'altra volta?» chiese il menestrello.

«Oh, *aye*. La canzone della mia Jenny. Ce n'è forse un'altra?»

Tom si mise a cantare, e la donna-spettro chiuse gli occhi, ondeggiando lentamente avanti e indietro, mormorando le rime. E piangendo.

Thoros prese Arya fermamente per una mano e la guidò in disparte: «Lascia che si goda la sua canzone in pace. È tutto quello che le resta».

"Non le avrei mai fatto del male" pensò Arya. «Che cosa voleva dire riguardo alle Torri Gemelle? Mia madre lady Catelyn è a Delta delle Acque, non è vero?»

«Era a Delta delle Acque.» Il prete rosso si fregò il mento. «Un matrimonio, ha detto la vecchia. Vedremo. In ogni caso, dovunque sia andata, lord Beric la troverà.»

Non molto più tardi, il cielo si scatenò. Folgori crepitarono nel buio e tuoni rotolarono sulle colline. La pioggia cadde in tendaggi accecanti. La donna-spettro svanì con la stessa rapidità con cui era apparsa. I fuorilegge raccolsero dei rami e allestirono rozzi rifugi.

Piovve per tutta la notte. Al mattino, Ned, Lem e Watty il Mugnaio si svegliarono in cattive condizioni. Watty non riuscì a tenere la colazione nello stomaco, e il giovane Ned era febbricitante e tremava, la pelle fredda e umida al tocco.

C'era un villaggio abbandonato a mezza giornata di cavallo

verso nord, disse Notch a lord Beric. Potevano riparare là, aspettando che la pioggia cessasse. Così si trascinarono in sella e spronarono i cavalli giù per la grande collina chiamata Cuore Alto.

Le piogge continuarono, incessanti. Cavalcarono per foreste e campi, guadando torrenti in piena la cui corrente saliva a turbinare fino al ventre dei cavalli. Arya sollevò il cappuccio del mantello, fradicia e tremante, eppure decisa a non cedere. In breve, Merrit e Mudge si ritrovarono scossi dalla stessa tosse cavernosa di Watty, e il povero Ned peggiorava a ogni miglio.

«Se porto l'elmo, la pioggia picchia contro l'acciaio e mi fa venire mal di testa» si lamentò. «Se me lo tolgo, i capelli fradici mi si appiccicano alla faccia e mi entrano in bocca.»

«Ce l'hai un coltello, no?» lo rimbeccò Gendry. «Se i capelli ti danno tanta noia, rapatela a zero, quella testa fottuta.»

"Ned non gli piace." Ad Arya, lo scudiero sembrava un ragazzo a posto, forse un po' timido, ma di buona indole. Aveva sempre sentito dire che i dorniani erano bassi e cicciotti, con i capelli neri e piccoli occhi scuri. Ned invece aveva grandi occhi azzurri, di un azzurro così profondo da sembrare quasi viola. E i suoi capelli erano biondo chiaro, color sabbia più che miele.

«Da quanto tempo sei lo scudiero di lord Beric?» gli chiese, tentando di distrarlo dalle brutte condizioni in cui era.

«Mi prese come paggio quando sposò mia zia.» Il ragazzo tossì. «Avevo sette anni, e quando ne compii dieci mi fece suo scudiero. Ho vinto un premio, una volta. Ma solo nel lancio degli anelli.»

«Non ho mai imparato a maneggiare la lancia, ma scommetto che con la spada riuscirei a batterti» disse Arya. «Hai mai ucciso qualcuno?»

La domanda lo mise a disagio. «Ho solo dodici anni.»

"Io ho ucciso un ragazzo quando avevo otto anni" fu sul punto di dirgli Arya, ma poi ci ripensò: meglio di no. «Sei stato in battaglia, però.»

«Sì.» Non pareva che ne andasse troppo orgoglioso. «Ero a Mummer's Ford. Quando lord Beric cadde nel fiume, l'ho trascinato fino a riva in modo che non annegasse sotto il peso dell'armatura e sono rimasto vicino a lui con la spada in pugno. Non ho dovuto combattere, però. Lui aveva una lancia spezzata piantata nel petto, e nessuno venne a darci noia. Quando raggiungemmo gli altri, Gergen il Verde mi diede una mano a rimettere in sella il nostro lord.»

Arya continuava a ricordare il ragazzo che aveva infilzato nelle stalle della Fortezza Rossa. Poi c'era stata la guardia alla porta secondaria di Harrenhal, cui aveva tagliato la gola. E poi anche gli uomini di ser Amory Lorch, nel fortino abbandonato sul lago. Non era certa se anche Weese e Chiswyck contassero, o quelli che erano morti quando lei aveva fatto preparare la zuppa di donnola... D'un tratto, si sentì piena di tristezza. «Anche mio padre era chiamato Ned» disse.

«Lo so. Lo vidi al torneo del Primo Cavaliere. Volevo andare a parlargli, ma non mi venne in mente nulla da dirgli.» Ned rabbrividì nella sua cappa, una pezza di stoffa viola pallido intrisa di pioggia. «C'eri anche tu a quel torneo? Vidi tua sorella. Ser Loras Tyrell le diede una rosa.»

«Lei me lo disse.» Sembrava accaduto un'eternità prima. «La sua amica Jeyne Poole s'innamorò di lord Beric.»

«Era promesso sposo di mia zia.» Ned appariva a disagio. «Ma è successo prima, però. Prima che lui...»

"... *morisse*?" Arya lo pensò mentre la voce di Ned si perdeva in un silenzio imbarazzato. Gli zoccoli dei loro cavalli traevano suoni viscidi nel sollevarsi dal terreno fangoso.

«Mia signora?» riprese Ned dopo un po'. «Tu hai un fratello bastardo... Jon Snow?»

«È sulla Barriera, con i Guardiani della notte.» "Forse è alla Barriera che dovrei andare, e non a Delta delle Acque. A Jon non importerebbe niente se ho ucciso qualcuno o se ho i capelli spazzolati..." «Jon mi assomiglia, anche se è nato bastardo. Mi scompigliava i capelli e mi chiamava "sorellina".» Jon le mancava più di chiunque altro. Anche solo pronunciare il suo nome la rendeva triste. «Come fai a sapere di Jon?»

«È mio fratello di latte.»

«Fratello?» Arya non capiva. «Ma tu sei di Dorne. Come fate tu e Jon a essere dello stesso sangue?»

«Fratelli di *latte*. Non di sangue. La lady mia madre non aveva latte quando io ero piccolo, così fu Wylla ad allattarmi.»

«Wylla?» Arya era sempre più confusa. «E chi è Wylla?»

«La madre di Jon Snow. Lui non te lo ha mai detto? È stata al nostro servizio per tanti anni. Da prima che io nascessi.»

«Jon non l'ha mai conosciuta, sua madre. Non ha mai saputo nemmeno il suo nome.» Arya lanciò a Ned un'occhiata guardinga. «Tu la conosci? Davvero?» "Non mi starà prendendo in giro?" «Se stai dicendo bugie ti do un pugno in faccia.»

«Wylla era la mia nutrice» ripeté Ned in tono solenne. «Lo giuro sull'onore della mia nobile Casa.»

«Tu appartieni a una nobile Casa?» Che cosa stupida aveva detto: Ned era uno scudiero, era ovvio che fosse un nobile. «Ma chi *sei*?»

«Mia signora?» Ned appariva imbarazzato. «Io sono Edric Dayne, il... il lord di Stelle al Tramonto.»

Dietro di loro, Gendry emise un grugnito. «Lord e lady» proclamò in tono disgustato.

Arya afferrò al volo una mela raggrinzita da un ramo basso, volteggiò sulla sella e gliela tirò addosso. Il frutto rimbalzò su quella zucca dura da toro.

«Acc...!» si lamentò Gendry. «Mi hai fatto male.» Si tastò la pelle sopra l'occhio. «Che razza di lady è una che tira mele marce alla gente?»

«La razza peggiore» disse Arya, improvvisamente contrita. Tornò a voltarsi verso Ned. «Mi dispiace di non aver capito chi fossi. Mio lord.»

«La colpa è stata mia. Mia lady.» Era molto cortese.

"Jon ha una madre. Wylla, il suo nome è Wylla." Doveva ricordarsene, in modo da poterglielo dire, la prossima volta che si fossero incontrati. Si domandò se lui l'avrebbe chiamata ancora "sorellina". "Non sono più tanto piccola. Adesso dovrà chiamarmi in qualche altro modo." Forse, una volta arrivati a Delta delle Acque, avrebbe potuto scrivere a Jon una lettera, comunicandogli quello che le aveva detto Edric Dayne.

«Ci fu un Arthur Dayne» ricordò. «Lo chiamavano la Spada dell'alba.»

«Mio padre era il fratello maggiore di ser Arthur. Lady Ashara era mia zia. Io però non l'ho mai conosciuta. Si è gettata in mare dalla Spada di Roccia Pallida prima che io nascessi.»

«E perché ha fatto una cosa del genere?» Arya era turbata.

E di nuovo Ned apparve a disagio. Forse temeva che lei gli lanciasse addosso qualcosa. «Il lord tuo padre non ti ha mai parlato di lei?» chiese. «Lady Ashara Dayne di Stelle al Tramonto.»

«No. La conosceva?»

«Da prima che Robert diventasse re. Lady Ashara incontrò tuo padre e i suoi fratelli al torneo di Harrenhal, l'anno della falsa primavera.»

«Oh.» Arya non sapeva che cosa dire. «Ma perché si è gettata in mare?»

«Aveva il cuore spezzato.»

Di fronte a questo, Sansa avrebbe emesso un lungo sospiro e versato una lacrima per il vero amore. Arya invece pensò solo che era stato un gesto stupido. Ma non poteva dirlo a Ned, in fondo si trattava di sua zia. «E chi fu a spezzarglielo?»

Ned esitò. «Forse non spetta a me...»

«*Dimmelo!*»

«Mia zia Allyria dice che lady Ashara e tuo padre s'innamorarono a Harrenhal.»

«Non può essere. Lui amava la lady mia madre.»

«Sono certo che fosse così, mia signora, ma...»

«Ha amato *solo* lei.»

«Ah, sì?» disse Gendry da dietro di loro. «Allora vuol dire che quel figlio bastardo lo ha trovato sotto una foglia di cavolo.»

Arya desiderò avere un'altra mela marcia da fargli rimbalzare sul cranio. «Mio padre aveva *onore*» ribatté con rabbia. «E poi non stavamo parlando con te. Perché non te ne torni a Tempio di Pietra a far suonare le stupide campanelle di quella ragazzotta?»

Gendry ignorò la battuta. «Almeno tuo padre il suo figlio bastardo se lo è cresciuto *lui*, non come mio padre. Io non so nemmeno chi era, mio padre. Un ubriacone puzzolente, scommetto, come tutti quelli che mia madre si portava a casa dalle birrerie. Tutte le volte che si arrabbiava con me diceva: "Se c'era tuo padre, ti dava un fracco di botte". Ecco tutto quello che so di lui.» Sputò con disprezzo. «Be', se lui era qui adesso, magari gliele davo *io* le botte. In ogni caso è morto, credo. E anche tuo padre è morto, per cui che importa più con chi dormiva?»

Ma ad Arya importava, anche se non riusciva a spiegarsene la ragione. Ned stava cercando di scusarsi per averla turbata, ma lei non volle saperne. Spronò il cavallo al galoppo e se li lasciò tutti e due alle spalle. Anguy l'Arciere cavalcava poche iarde più avanti. Arya gli si mise al fianco. «I dorniani mentono, non è vero?» gli disse.

«Sono famosi per le loro menzogne.» Il giovane arciere sogghignò. «Naturalmente, loro dicono lo stesso di noi delle Terre Basse, per cui eccoti servita. Che altro succede adesso? Ned è un bravo ragazzo...»

«È solo uno stupido bugiardo.»

Arya abbandonò la pista, saltò un tronco marcito e attraversò un ennesimo torrente, sollevando spruzzi d'acqua da tutte le parti, ignorando le grida dei fuorilegge dietro di lei. "Vogliono solo dirmi altre bugie." Pensò di tentare un'altra volta la fuga, ma erano in troppi e conoscevano quelle terre troppo bene. A che scopo fuggire se poi si veniva ripresi?

Alla fine, fu raggiunta da Harwin che si mise a cavalcare al suo fianco. «Dove credi di andare, milady? Non dovresti scappare via da sola. Questi boschi sono infestati dai lupi, e da cose anche peggiori.»

«Non ho paura» rispose Arya. «È che Ned ha detto...»

«*Aye*, lo ha detto anche a me. Lady Ashara Dayne. È una vecchia storia, quella. L'ho sentita tanto tempo fa, a Grande Inverno, quando avevo più o meno la tua età.» Si protese ad afferrare solidamente le briglie di Arya e fece voltare il suo cavallo. «Dubito che ci sia qualcosa di vero. Ma se anche fosse, che cosa cambia? Quando il lord tuo padre ha incontrato questa signora dorniana, suo fratello Brandon era ancora vivo, ed era lui a essere il promesso sposo di lady Catelyn, non lord Eddard. Quindi non c'è nessuna macchia sull'onore di tuo padre. E non c'è niente come un torneo per far bollire il sangue degli uomini. E delle donzelle. Per cui forse qualche parola è stata davvero sussurrata dentro una tenda, una notte, chi può dirlo? Parole o baci, forse anche qualcosa di più, ma che male c'è in questo? La primavera era arrivata, o almeno così pensavano, e nessuno dei due, lord Eddard e Lady Ashara, era impegnato.»

«Lei però si è uccisa.» Arya era piena d'incertezza. «Ned dice che si è gettata in mare da una torre.»

«Lo ha fatto» ammise Harwin «ma dev'essere stato per il dolore, sarei pronto a giurarci. Lady Ashara aveva perduto suo fratello, la Spada dell'alba.» Scosse la testa. «Non pensare a queste cose, mia lady. Sono morti, tutti quanti. Lascia stare... e quando arriveremo a Delta delle Acque, ti prego, non farne parola con la lady tua madre.»

Il villaggio abbandonato era esattamente dove Notch aveva detto. Trovarono riparo in una stalla di pietra grigia. Del tetto, ne rimaneva solo metà, ma era più di quanto avessero tutte le altre case del paese. "Non è un villaggio. Solo pietre nere e vecchie ossa."

«Sono stati i Lannister a uccidere la gente che viveva qui?» chiese Arya ad Anguy mentre asciugavano i cavalli.

«No.» Lui indicò. «Vedi quanto è spesso il muschio che cresce sulle pietre? Nessuno le ha toccate da molto tempo. E là, vedi l'albero che cresce fuori da quel muro? Questo posto venne incendiato tanto tempo fa.»

«E chi è stato, allora?» chiese Gendry.

«Hoster Tully.» Notch, nato da quelle parti, era un uomo esile e ingobbito, con i capelli grigi. «Questo villaggio era di lord Goodbrook. Quando Delta delle Acque si schierò con Robert, Goodbrook rimase leale a re Aerys, così lord Tully gli è piombato addosso e lo ha messo a ferro e fuoco. Dopo la battaglia del Tridente, il figlio di Goodbrook ha fatto la pace con Robert e e con lord Hoster. Ma questo ai morti non è servito proprio a niente.»

Silenzio. Gendry scoccò uno sguardo strano ad Arya, poi si girò e riprese a strigliare il suo cavallo. Fuori intanto continuava a cadere la pioggia.

«Io dico che abbiamo bisogno di un fuoco» dichiarò Thoros. «Perché la notte è oscura e piena di terrori. E anche bagnata, eh? Tanto bagnata.»

Jack Fortunello tagliò a colpi d'ascia un po' di legna secca da uno degli stallatici mentre Notch e Merrit raccoglievano paglia e ramoscelli per l'esca. Fu lo stesso Thoros a innescare la scintilla, e Lem fece vento alle fiamme con il suo grande mantello giallo fino a quando queste non avvamparono, attorcigliandosi nell'aria. Thoros sedette di fronte al fuoco a gambe incrociate, scrutandolo come aveva fatto a Cuore Alto. Arya rimase a osservarlo da vicino. Le sue labbra si mossero una sola volta, e lei credette di averlo udito mormorare: «Delta delle Acque».

Lem passeggiò avanti e indietro, tossendo, la sua lunga ombra che lo tallonava a ogni passo. Tom Settecorde si sfilò gli stivali e si massaggiò i piedi.

«Devo essere proprio pazzo per tornare a Delta delle Acque» si lamentò il cantastorie. «I Tully non hanno mai portato nulla di buono al vecchio Tom Sette. È stata quella Lysa a spedirmi per la strada alta delle montagne della Luna, dove i barbari mi hanno portato via l'oro, il cavallo e perfino tutti i vestiti. Nella valle di Arryn ci sono ancora dei cavalieri che raccontano di quando sono arrivato a piedi alla Porta insanguinata, con solo la mia arpa a coprire le vergogne. Mi hanno fatto cantare *Il ragazzo del compleanno* e *Il re senza coraggio* prima di aprire la porta. Il mio unico sollazzo è che tre di loro sono crepati dal ridere. Da quel giorno non sono più tornato al Nido dell'Aquila, e non ho più cantato *Il re senza coraggio*, nemmeno per tutto l'oro di Castel Gra...»

«*Lannister*» disse Thoros. «Ruggente rosso e oro.»

Il prete rosso schizzò in piedi e andò a cercare lord Beric. Lem e Tom non persero tempo a raggiungere i due uomini. Arya non riuscì a capire che cosa stavano dicendo, ma il menestrello continuava a lanciarle occhiate. A un certo punto, Lem s'infuriò tanto da picchiare un pugno nel muro. Poi lord Beric le fece cenno di avvicinarsi. Era l'ultima delle cose che Arya aveva voglia di fare, ma Harwin le appoggiò una mano sulla schiena e la spinse avanti. Lei si fermò dopo due passi, esitando, piena di paura.

«Mio lord» riuscì a sussurrare, poi rimase in attesa di quello che lord Beric aveva da dire.

«Diglielo» comandò a Thoros il lord della Folgore.

Il prete rosso sedette sui talloni di fronte a lei. «Mia lay» disse «il Signore della luce mi ha concesso una visione di Delta delle Acque. Un'isola in un mare di fuoco sembrava. Le fiamme erano leoni in pieno balzo con artigli d'oro. E come ruggivano! Un mare di Lannister, mia signora. Molto presto, Delta delle Acque sarà attaccata.»

Ad Arya parve di avere appena ricevuto un pugno nel ventre. «*No!*»

«Cara» replicò Thoros «le fiamme non mentono. A volte, da quel cieco stolto che sono, le leggo in modo errato. Ma non questa volta, temo. Presto i Lannister cingeranno d'assedio Delta delle Acque.»

«Robb li sconfiggerà.» L'espressione di Arya si fece ostinata. «Li sconfiggerà come ha già fatto prima.»

«Tuo fratello potrebbe non essere là» disse Thoros. «E lo stesso vale per tua madre. Non li ho visti nelle fiamme. Le nozze di cui ha parlato la piccola donna di Cuore Alto, le nozze alle Torri Gemelle... ha le sue vie per conoscere le cose, quella vecchia. I tronchi mutilati degli alberi-diga le sussurrano all'orecchio mentre lei dorme. E se dice che tua madre è andata alle Torri Gemelle...»

Arya si girò verso Tom e Lem. «Se voi non mi aveste presa, io adesso sarei là. Sarei a *casa*.»

Lord Beric non prestò alcuna attenzione al suo sfogo. «Mia lady» chiese con pacata cortesia «saresti in grado di riconoscere il fratello di tuo nonno? Ser Brynden Tully, quello che chiamano il Pesce Nero. E lui, sarebbe in grado di riconoscere te?»

Arya scosse la testa con disperazione. Aveva udito sua madre parlare di ser Brynden detto il Pesce Nero, ma se anche lo aveva mai incontrato, doveva essere stato quando era ancora troppo piccola per potersene ricordare.

«Ci sono scarse possibilità che il Pesce Nero paghi per una ragazza che nemmeno conosce» disse Tom. «Questi Tully sono una genìa acida, sospettosa. È probabile che lui pensi che stiamo cercando di vendergli della merce fasulla.»

«Allora lo convinceremo» insistette Lem Mantello di limone. «*Lei* lo farà, oppure Harwin. Io dico di portarla là, prendere l'oro e levarcela dai piedi una volta per tutte.»

«E se i leoni ci fanno prigionieri mentre siamo nel castello?» rifletté Tom. «Non chiederebbero nulla di meglio che mettere il nostro lord in una gabbia appesa in cima a Castel Granito.»

«Non ho alcuna intenzione di farmi prendere» dichiarò lord Beric. Una parola conclusiva, e non detta, rimase ad aleggiare nell'aria. *Vivo.* E anche se quella parola non aveva neppure sfiorato le labbra del lord della Folgore, tutti la udirono, perfino Arya. «Tuttavia, non è il caso di rischiare di andare là alla cieca. Voglio sapere dove si trovano i loro eserciti, quello dei lupi e quello dei leoni. Sharna la locandiera sa di certo qualcosa. E il maestro di lord Karyl Vance saprà qualcosa di più. Sala delle Ghiande non è lontana. Lady Smallwood ci offrirà rifugio per un po', mentre mandiamo fuori degli esploratori...»

Parole che alle orecchie di Arya suonarono come rulli di tamburo. Parole che di colpo furono più di quanto lei potesse sopportare. Era Delta delle Acque che lei voleva, non Sala delle Ghiande. Erano sua madre e suo fratello Robb che voleva, non lady Smallwood, non uno zio che neanche aveva mai conosciuto. Roteò su se stessa e schizzò verso la porta. Harwin cercò di afferrarla, ma lei gli scivolò via, rapida come un serpente.

Fuori delle stalle, la pioggia continuava a cadere. Lontano a occidente, lampi spezzavano il cielo. Arya corse a perdifiato. Non aveva idea di dove stesse andando. Voleva soltanto una cosa: essere sola, andarsene lontano da tutte quelle voci, quelle parole vuote, quelle promesse senza senso. "Tutto quello che volevo era andare a Delta delle Acque." Ma la colpa era stata solamente sua: non avrebbe mai dovuto tirarsi dietro Gendry e Frittella quando era fuggita da Harrenhal. Da sola sarebbe stato tutto più semplice. Da sola, i fuorilegge non l'avrebbero mai catturata, e adesso lei sarebbe già con sua madre, con Robb. "Quelli non sono mai stati il mio branco. Altrimenti, non mi avrebbero abbandonata." Attraversò una pozza d'acqua fangosa. Qualcuno stava gridando il suo nome, Harwin probabilmente, oppure Gendry. Il tuono che rombò per un attimo sulle colline dopo un'altra folgore inghiottì le grida. "Il lord della Folgore..." pensò con rabbia. Forse non poteva morire, ma certo poteva mentire.

Da qualche parte alla sua sinistra, un cavallo nitrì. Arya non poteva essersi allontanata dalle stalle per più di una cinquantina di iarde, eppure era già fradicia fino al midollo. Svoltò dietro l'angolo crollato di una delle case in rovina, nella speranza che tutto quel muschio potesse ripararla un po' dalla pioggia... e finì dritta tra le braccia di una sentinella. Una mano guantata di maglia di ferro si serrò duramente attorno al suo braccio.

«Mi stai facendo *male*!...» Arya cercò di liberarsi dalla stretta. «Lasciami andare! Stavo per tornare indietro...»

«Indietro?» La risata di Sandor Clegane fu come ferro che gratta contro la pietra. «Possa essere dannato se ti lascio tornare indietro, ragazzina-lupo. Tu adesso sei *mia*.»

Gli bastò una mano sola per sollevarla da terra e trascinarla verso il suo cavallo in attesa, mentre Arya scalciava inutilmente. La pioggia gelida si riversò su di loro, soffocando le grida. Un'unica domanda affiorò nella mente di Arya Stark. Ed era stato proprio lui, il Mastino, a fargliela: "Lo sai che cosa fanno i mastini ai lupi?".

JAIME

La febbre si ostinava a tormentarlo, ma il moncone era pulito e stava guarendo, e Qyburn decise che il braccio non era più in pericolo. Jaime Lannister era ansioso di andarsene, lasciandosi dietro una volta per tutte Harrenhal, i Guitti Sanguinari e Brienne di Tarth. C'era una vera donna ad attenderlo alla Fortezza Rossa.

«Mando anche Qyburn con voi, in modo che possa continuare a occuparsi di te nel viaggio fino ad Approdo del Re» disse Roose Bolton la mattina della loro partenza. «Continua ad accarezzare la speranza che tuo padre, in nome della gratitudine, faccia pressioni sulla Cittadella affinché gli venga restituita la sua catena di maestro.»

«Tutti accarezziamo speranze. Se Qyburn dovesse riuscire a farmi ricrescere la mano, mio padre lo farebbe gran maestro.»

Walton Artigli d'acciaio, un uomo diretto, brutale, dai modi bruschi, un soldato tutto d'un pezzo, comandava la scorta di Jaime. Per tutta la vita Jaime aveva combattuto a fianco di gente come lui. Gli uomini come Walton uccidevano al comando del loro signore, stupravano dopo che la battaglia era finita, sentendo il sangue bollire ancora nelle vene, razziavano ogni volta che ne avevano l'opportunità. Ma una volta che la guerra era finita, facevano ritorno alle loro case, gettavano le spade per impugnare gli aratri, sposavano la figlia del vicino e tiravano su un branco di marmocchi urlanti. Uomini che obbedivano senza discutere, certo. Ma la profonda, maligna crudeltà dei Guitti Sanguinari semplicemente non faceva parte della loro natura.

Entrambi i gruppi lasciarono Harrenhal quella medesima mattina, sotto un freddo cielo grigio che annunciava pioggia. Ser Aenys Frey se ne era andato tre giorni prima, dirigendosi a nord-est, verso la strada del Re. Bolton intendeva seguirlo. «Il Tridente è in piena» disse a Jaime. «Attraversarlo sarà difficile, perfino al Guado Rosso. Presenterai i miei più cordiali saluti a tuo padre?»

«E tu presenterai i miei a Robb Stark?»

«Su questo puoi contare.»

Alcuni Bravi Camerati si erano raccolti nel cortile per assistere alla partenza. Al trotto, Jaime si avvicinò a loro. «Zollo. È cortese da parte tua venire ad augurarmi il buon viaggio. Pyg. Timeon. Vi mancherò? E allora, Shagwell, nessuna battuta divertente questa mattina? Giusto per allietarmi il cammino? E tu, Rorge, non vieni a darmi il bacetto dell'addio?»

«Vattene in culo, storpio» replicò Rorge, il senzanaso.

«Se proprio insisti. Ma sii certo di una cosa: *tornerò*. Un Lannister ripaga sempre i propri debiti.» Jaime fece voltare il cavallo, raggiungendo Walton Artigli d'acciaio e le sue duecento spade.

Bolton lo aveva addobbato come un cavaliere, preferendo ignorare la mano mancante, elemento che tramutava quella tenuta da guerra in una grottesca farsa. Jaime avrebbe cavalcato munito di cinturone con spada e daga, scudo ed elmo appesi alla sella, maglia di ferro sotto una tunica marrone scuro. Ma non era stupido al punto da mostrare l'emblema del leone di Lannister sulle maniche, né da esibire il blasone bianco che gli spettava di diritto quale confratello giurato della Guardia reale. Nell'armeria aveva trovato un vecchio scudo, tutto scheggiato e ammaccato, che su quello che restava della vernice mostrava ancora il grande pipistrello nero in campo argento e oro della Casa Lothson. I Lothson avevano tenuto Harrenhal prima dei Whent. Ai loro tempi, erano stati una famiglia potente, ma si erano estinti da decenni, per cui era poco probabile che qualcuno avrebbe sollevato obiezioni se lui portava quello scudo. Non sarebbe stato il cugino di nessuno, il nemico di nessuno, la spada giurata di nessuno... A tutti gli effetti, lo Sterminatore di re non sarebbe stato nessuno.

Uscirono da Harrenhal attraverso la porta piccola a est, separandosi da Roose Bolton e dal suo esercito sei miglia più avanti, dirigendo poi a sud e costeggiando il lago per un po'. Walton intendeva evitare per quanto possibile la strada del Re, preferendo seguire i sentieri dei contadini e le piste della selvaggina che giravano attorno all'Occhio degli Dèi.

«La strada del Re sarebbe più rapida.» Jaime era ansioso di tornare al più presto da Cersei. Se avessero proceduto a tappe forzate, forse sarebbe addirittura riuscito ad arrivare ad Approdo del Re in tempo per le nozze di Joffrey.

«Non voglio guai» dichiarò Walton. «Solo gli dèi sanno chi potremmo incontrare lungo la strada del Re.»

«Nessuno di cui avere paura, è certo. Hai duecento uomini a disposizione.»

«*Aye*. Ma gli altri potrebbero averne di più. Il mio signore mi ha ordinato di portarti sano e salvo dal lord tuo padre. Ed è quello che intendo fare.»

"Sono già passato di qui" rimuginò Jaime dopo alcune miglia, mentre superavano un mulino abbandonato sulla sponda del lago. Crescevano erbacce nel punto in cui la figlia del mugnaio gli aveva sorriso timidamente, mentre il padre gridava: «Il torneo sta dall'altra parte, ser». "Come se non lo avessi saputo."

Al grande torneo di Harrenhal, re Aerys aveva festeggiato con grande pompa la sua investitura nella Guardia reale. Jaime aveva pronunciato il giuramento di fronte al padiglione del re, inginocchiato sull'erba verde, nel fulgore della sua armatura bianca, alla presenza dell'intera corte. Perfino ora, dopo tutti gli anni che erano passati, Jaime continuava a ricordare il ruggito che si era levato dalla folla quando ser Gerold Hightower, il leggendario Toro Bianco, lo aveva fatto alzare e gli aveva posto sulle spalle la candida cappa. Solo che, quella stessa notte, Aerys era tornato a essere l'acido demente che era. Non gli servivano tutti e sette i cavalieri della Guardia reale lì a Harrenhal. A Jaime fu ordinato di rientrare ad Approdo del Re, in modo da vegliare sulla regina e sul piccolo principe Viserys, rimasti alla Fortezza Rossa. Perfino quando il Toro Bianco si offrì di incaricarsi della missione, in modo che Jaime potesse competere nel torneo di lord Whent, Aerys aveva opposto un rifiuto. «Jaime Lannister non conquisterà gloria qui» aveva dichiarato. «Lui è *mio*, adesso, non più di lord Tywin. E servirà come io deciderò. Io sono il re. Io do gli ordini, e lui obbedirà.»

Fu quella la prima volta in cui Jaime capì, davvero *capì*. Non era stata la sua maestria con la spada e la lancia a fargli ottenere quel mantello bianco, né le sue audaci imprese contro i fuorilegge della fratellanza di bosco del Re. Aerys lo aveva scelto per recare oltraggio a suo padre, per privare lord Tywin Lannister del suo erede diretto.

Perfino ora, dopo tanto tempo, quel pensiero continuava a riempirlo di amarezza. E in quel giorno remoto, quando era salito in sella avvolto nel suo bel mantello bianco e si era diretto a sud per andare a fare la guardia a un castello vuoto, quel pensiero gli aveva fatto quasi rivoltare lo stomaco. Si sarebbe strappato il mantello di dosso, facendolo in mille pezzi, se avesse potuto. Ma era troppo tardi. Aveva pronunciato il giuramento al cospetto di mezzo reame, e un cavaliere della Guardia reale serviva a vita.

Qyburn gli si affiancò. «La mano ti causa dolore?»

«È l'assenza della mano a causarmi dolore.»

Il mattino era il momento peggiore. Nei suoi sogni, Jaime era ancora integro. E all'alba, mentre era immerso nel dormiveglia, sentiva le dita della destra che si muovevano. "È stato un incubo" ripeteva una parte sepolta di lui "nient'altro che un incubo." Ma poi apriva gli occhi, e l'incubo rifiutava di svanire.

«Mi hanno detto che hai ricevuto una visita la notte scorsa» riprese Qyburn. «Confido che tu l'abbia apprezzata.»

Jaime gli scoccò uno sguardo freddo. «Non mi ha detto chi è stato a mandarla da me.»

Il maestro sorrise con modestia. «La tua febbre era quasi scomparsa, per cui ho pensato che avresti apprezzato un po' di esercizio fisico. Pia è molto abile, non sei d'accordo? E anche molto... disponibile.»

E questo, la ragazza di certo lo era stata. Era scivolata dentro la stanza e fuori dai vestiti con tale rapidità che Jaime aveva pensato di stare ancora sognando.

Ma era stato solo quando la donna si era infilata sotto le coperte, afferrandogli la mano sinistra e portandosela su un seno che lui si era mosso. "Ed era anche molto attraente." «Ero una bambina da niente quando sei venuto a Harrenhal per il torneo di lord Whent e il re ti ha dato il mantello» gli aveva rivelato. «Eri così splendido, tutto in bianco, e tutti dicevano che eri un cavaliere molto coraggioso. A volte, quando sono con un uomo, chiudo gli occhi e faccio finta che sopra di me ci sei tu, con la tua pelle liscia e i tuoi riccioli dorati. Però non ho mai creduto davvero che un giorno sarebbe successo.»

Dopo quelle parole, mandarla via non era stato facile. Ma Jaime l'aveva fatto. "Io ho una donna" ricordò a se stesso. «Mandi una ragazza nel letto di tutti quelli che salassi?» chiese a Qyburn.

«Il più delle volte è lord Vargo che le manda da me. Vuole che sia io a esaminarle prima che... bene, basti dire che un tempo lord Vargo ha amato con scarsa saggezza, e non ha desiderio di ripetere l'esperienza. Ma non temere, Pia è sanissima. E anche la tua fanciulla di Tarth.»

Lo sguardo di Jaime divenne tagliente. «Brienne?»

«È una ragazza forte. E la sua verginità è intatta. O per lo meno lo era ancora ieri notte.» Qyburn ridacchiò.

«Hoat te l'ha mandata perché tu la esaminassi?»

«Sì. Lui è... pignolo, se vogliamo dire così.»

«Ha qualcosa a che fare con la richiesta di riscatto?» chiese Jaime. «Il padre ha voluto una prova che Brienne è ancora vergine?»

«Non hai saputo?» Qyburn scrollò le spalle. «Abbiamo ricevuto un corvo messaggero da lord Selwyn in risposta a quello che gli avevo mandato io. Il signore di Evenstar offre trecento dragoni d'oro perché sua figlia gli sia restituita sana e salva. Avevo detto a lord Vargo che non ci sono zaffiri a Tarth, ma lui si rifiuta di ascoltare. È convinto che il lord di Evenstar voglia ingannarlo.»

«Trecento dragoni sono un riscatto equo per un cavaliere. Il Caprone dovrebbe accontentarsi di quello che può ottenere.»

«Il Caprone è il lord di Harrenhal, e il lord di Harrenhal non mercanteggia.»

Una situazione che Jaime trovò irritante, per quanto forse avrebbe dovuto aspettarsela. "Quella menzogna sugli zaffiri ti ha risparmiato per un po', donzella. E sii grata per quel po'." «Se la sua verginità è coriacea come tutto il resto di lei» scherzò «il Caprone si spezzerà il cazzo in due cercando di metterglielo dentro.» Brienne era forte quanto bastava per sopravvivere a parecchi stupri, valutò Jaime, ma se avesse opposto una resistenza troppo vigorosa, Vargo Hoat avrebbe potuto cominciare a mozzarle le mani e i piedi. "E se anche fosse? Perché dovrebbe importarmene? Potrei avere ancora la mia mano destra, se lei non avesse fatto la stupidaggine di impedirmi di prendere la spada di mio cugino Cleos." Quando avevano duellato nel torrente, Jaime per poco non le aveva staccato una gamba con un fendente, anche se dopo lei gli aveva reso la pariglia a usura. "Hoat potrebbe non immaginare quanto fottutamente forte è Brienne. Meglio che stia attento, se no finirà che lei gli spezzerà quel suo esile collo... Ahhh, che immagine seducente."

Jaime decise di averne abbastanza della compagnia di Qyburn. Spinse il cavallo al trotto, raggiungendo la testa della colonna. Davanti a Walton cavalcava un uomo del Nord di nome Nage, piccolo e rotondetto, che innalzava un vessillo di pace: una bandiera a strisce nei colori dell'arcobaleno con sette lunghe code, sistemata su una lunga asta con una stella a sette punte in cima. «Non dovrebbe essere diverso il vessillo di pace di voi uomini del Nord?» chiese a Walton. «Che cosa rappresentano per voi i sette dèi?»

«Sono dèi del Sud» rispose Artigli d'acciaio «ma per farti arrivare sano e salvo da tuo padre ci serve una pace del Sud.»

"Mio padre." Jaime si domandò se lord Tywin avesse ricevuto la richiesta di riscatto del Caprone, con o senza la sua mano putrefatta. "Quanto vale uno spadaccino senza più la mano della spada? Metà dell'oro di Castel Granito? Trecento dragoni? O forse *niente*?" Suo padre non si era mai fatto guidare troppo dai sentimenti. Lord Tytos Lannister, padre di lord Tywin, una volta aveva fatto imprigionare lord Tarbeck, un alfiere ribelle. La temeraria lady Tarbeck rispose facendo catturare tre Lannister, compreso il giovane Stafford, la cui sorella era promessa sposa del cugino Tywin. "Rimandatemi il mio lord, il mio amore, altrimenti saranno questi tre a rispondere di qualsiasi ingiuria lui dovesse subire" aveva scritto lady Tarbeck a Castel Granito. Il giovane Tywin suggerì al padre di piegarsi alla richiesta... rimandando indietro lord Tarbeck in tre pezzi. Lord Tytos, però, era un leone di indole più gentile, per cui lady Tarbeck poté godere la compagnia del suo lord Testa di muflone per alcuni altri anni, mentre Stafford Lannister si sposò, procreò e prosperò... fino a Oxcross, dove cadde nell'assalto sferrato da Robb Stark, il Giovane lupo. Per contro, lord Tywin Lannister reggeva ancora, eterno come Castel Granito. "Ma adesso, mio lord, oltre al figlio nano hai anche il figlio storpio. Quanto la odierai, questa cosa..."

La strada li portò a un villaggio bruciato. Doveva essere passato almeno un anno da quando il posto era stato dato alle fiamme. Le costruzioni si ergevano simili a crisalidi nere, prive di tetto. Nei campi tutto intorno le erbacce erano cresciute alte fino alla cintola. Artigli d'acciaio fece fermare la colonna per permettere agli uomini di abbeverare i cavalli. "Conosco anche questo posto" pensò Jaime, mentre aspettava il suo turno al pozzo. C'era una piccola locanda là dove adesso rimanevano poche pietre delle fondamenta e il camino. Jaime vi aveva fatto sosta per bersi un boccale di birra. Una servetta dagli occhi scuri gli aveva portato formaggio e mele, ma il locandiere aveva rifiutato il suo conio. «È un onore avere un cavaliere della Guardia reale sotto il mio tetto, ser» gli aveva detto l'uomo. «Qualcosa che potrò raccontare ai miei nipoti.» Lo sguardo di Jaime si spostò sul camino, solitario simulacro che spuntava dalle erbacce. Chissà se quell'uomo era poi riuscito ad avere dei nipoti. "Avrà raccontato loro che una volta lo Sterminatore di re si è fermato a bere la sua birra e a mangiare il suo formaggio e le sue mele, oppure si sarà vergognato a dire di aver nutrito qualcuno come me?" Non lo avrebbe mai saputo: chiunque avesse incendiato il villaggio, probabilmente aveva ucciso anche i nipoti.

Sentì le dita fantasma che si contraevano. Quando Artigli d'acciaio disse che avrebbero dovuto accendere un fuoco e mangiare qualcosa, Jaime scosse la testa. «Non mi piace questo posto. Proseguiamo.»

Al crepuscolo, avevano lasciato il lago, inoltrandosi lungo una pista sconnessa che serpeggiava tra querce e olmi. L'arto amputato di Jaime pulsava in modo ossessivo quando Walton decise di accamparsi per la notte. Per fortuna, Qyburn aveva portato un otre di vino dei sogni. Mentre Artigli d'acciaio disponeva le sentinelle, Jaime si stese vicino al fuoco e sistemò la propria pelle d'orso arrotolata contro il moncone di un tronco come cuscino. Brienne gli avrebbe consigliato di mangiare prima di mettersi a dormire, per restare in forze, ma in quel momento si sentiva più stanco che affamato. Chiuse gli occhi, sperando di sognare Cersei. I sogni della febbre erano sempre così vividi...

Era nudo e solo. Ed era circondato da nemici, le pareti di pietra sembravano schiacciarlo. *La Rocca*, lo sapeva, Castel Granito. Ne percepiva il peso immane sopra di sé. Era a casa. Era a casa, ed era integro.

Sollevò la mano destra e contrasse le dita, sentendone la forza. Una sensazione simile a quella del sesso, a quella che si provava in duello. Quattro dita e un pollice. Aveva sognato di essere mutilato, ma non era vero. Il sollievo gli diede le vertigini. "La mia mano, la mano della spada." Nulla avrebbe potuto fargli del male se rimaneva integro.

Era circondato da una dozzina di figure alte, scure, con il viso celato dal cappuccio del mantello. «Chi siete?» chiese Jaime. «Per quale ragione vi trovate a Castel Granito?»

Nessuna risposta. Le figure si limitarono a provocarlo con le punte delle lance. Jaime non poté fare altro che fuggire. Giù per un passaggio contorto, scendendo stretti gradini scavati nella roccia viva. In basso, sempre più in basso. "No, devo salire" disse a se stesso. "Su, non giù. Perché sto andando giù?" C'era il suo destino ad attenderlo sotto terra, lo sapeva con la certezza propria dei sogni. Qualcosa era in agguato là in basso, qualcosa di oscuro, di terribile. Jaime cercò di fermarsi. Le lance delle figure incappucciate lo costrinsero a continuare a scendere. "Se solo avessi la mia spada, nulla potrebbe farmi del male."

I gradini finirono di colpo di fronte a una tenebra piena di echi. Jaime si fermò con un sussulto, in bilico sul margine estremo del nulla. La punta di una lancia gli affondò nella schiena, scaraventandolo nell'abisso. Gridò nel cadere, ma fu una caduta breve. Atterrò carponi, mani e ginocchia che affondavano in sabbia soffice e acqua bassa. C'erano molte caverne allagate nelle viscere di Castel Granito, ma questa gli era sconosciuta.

«Che cos'è questo luogo?»

«È il *tuo* luogo.»

La voce trasse echi che sembravano senza fine. Non era un'unica voce, ma centinaia, migliaia di voci. Le voci di tutti i Lannister che erano vissuti da Lann l'Astuto, all'alba dei giorni. Ma la più imperiosa di tutte apparteneva a suo padre. Accanto a lord Tywin c'era Cersei, pallida e bellissima, con una torcia in mano. C'era anche Joffrey, il figlio che Jaime e sua sorella avevano generato assieme. E dietro di loro, una dozzina di altre forme oscure, dai capelli d'oro.

«Sorella, perché nostro padre ci ha portati qui?»

«Noi? Questo è il tuo luogo, fratello.» La torcia che Cersei reggeva era l'unica fonte di luce nella caverna. «Questa è la tua tenebra.» Si voltò per andarsene.

«No, rimani con me!» implorò Jaime. «Non lasciarmi qui sotto da solo.» Ma loro se ne stavano andando. «*Non abbandonatemi nel buio!*» Qualcosa di spaventoso viveva là sotto. «Datemi almeno una spada.»

«Te l'ho data, una spada» rispose lord Tywin.

Era lì, ai suoi piedi. Jaime frugò nell'acqua fino a quando la sua mano si chiuse attorno all'elsa. "Nulla può farmi del male fino a quando avrò una spada in pugno." Sollevò la lama... dalla punta, una lingua di fiamma livida strisciò su lungo il filo della lama, arrestandosi quasi all'elsa. La fiamma assunse il colore dell'acciaio, emettendo un chiarore azzurro argenteo. Il buio arretrò. Leggermente chinato, tutti i sensi tesi, Jaime si spostò in cerchio, pronto ad affrontare qualsiasi minaccia fosse emersa dalle tenebre. L'acqua gli gorgogliava attorno agli stivali, alta fino alle caviglie, mortalmente gelida. "Attento all'acqua. Potrebbero esserci creature nascoste..."

Da dietro di lui venne un tonfo liquido. *Splash!* Jaime vorticò su se stesso... ma la debole luce livida rivelò soltanto Brienne di Tarth, le mani imprigionate da grosse catene.

«Ho giurato di tenerti al sicuro» disse la donzella caparbiamente. «Ho pronunciato un solenne giuramento.» Nuda, sollevò le mani verso Jaime. «Cavaliere, ti prego. Se tu volessi essere così gentile...»

Gli anelli d'acciaio si divisero come seta. «Una spada» supplicò Brienne. E la spada apparve: fodero, cinturone e tutto il resto. Lei se la serrò attorno ai grossi fianchi. La luce era talmente debole che Jaime riusciva a vederla a stento, anche se si trovavano a pochi passi di distanza. "In questa luce, potrebbe essere quasi bella" pensò. "In questa luce, potrebbe addirittura sembrare un cavaliere." Anche la spada di Brienne si accese della fiamma misteriosa, emettendo a sua volta quel chiarore azzurro argenteo. Il buio arretrò un po' di più.

«La fiamma brucerà fino a quando vivrete.» La voce di Cersei echeggiò dalle profondità della caverna. «Quandò la fiamma morirà, anche voi morirete.»

«*Sorella!*» gridò Jaime. «Rimani con me. *Rimani!*» Nessuna risposta. Solamente il suono di passi che si allontanavano.

Brienne fece ondeggiare la lunga spada avanti e indietro, guardando il fuoco azzurrino contorcersi e bruciare più vivido. Ai suoi piedi, il suo riflesso balenò sulla superficie delle acque nere. Brienne di Tarth era alta e forte come Jaime la ricordava, eppure gli parve che ora le forme di lei fossero più femminili.

«Tengono un orso qua sotto?» Brienne continuò a muoversi, lentamente, cautamente, con la spada in pugno. Fece un passo, si girò, restò in ascolto. A ogni suo movimento, l'acqua si agitava. «Un leone di caverna? Meta-lupi? Un orso? Dimmelo, Jaime. Che cosa vive qua sotto? Che cosa c'è in attesa nelle tenebre.»

«Il destino.» Nessun orso, lui questo lo sapeva. Nessun leone. «Nient'altro che il destino.»

Nel chiarore azzurrino delle lame, la grande donzella appariva pallida, fiera. «Non mi piace questo posto.»

«Nemmeno io ne sono entusiasta.» Le loro lame generavano piccole isole di luce, ma tutto attorno a loro dilagava un oceano di tenebre senza fine. «Ho i piedi fradici.»

«Possiamo tornare indietro per la stessa strada che hanno percorso per portarci qui» propose Brienne. «Se tu mi salissi sulle spalle, credo che riusciresti a raggiungere l'imboccatura di quel tunnel.»

"E a quel punto potrei seguire Cersei." Percepì che il membro diventava turgido al solo pensiero. Si voltò, in modo che Brienne non vedesse.

«Ascolta.» Lei gli mise una mano sulla spalla, e a quel tocco improvviso Jaime sussultò. "È calda." «Arriva qualcosa.» Brienne sollevò la punta della spada, indicando verso sinistra. «Da là.»

Jaime scrutò nell'oscurità. E anche lui vide. Qualcosa si stava muovendo nelle tenebre, anche se non fu in grado di distinguerlo con chiarezza...

«Un uomo a cavallo. No, sono in due. Due cavalieri, fianco a fianco.»

«Qui sotto, nelle viscere di Castel Granito?»

Non aveva senso. Eppure i due uomini continuavano ad avvicinarsi, su destrieri pallidi, cavalli e cavalieri coperti di corazze. I destrieri apparvero dal buio a passo lento. "Non emettono alcun suono" si rese conto Jaime. "Nessun tonfo sull'acqua, o tintinnare d'acciaio, o percuotere di zoccoli." Ricordò Eddard Stark, quando aveva percorso a cavallo l'intera lunghezza della sala del trono di Aerys il Folle, ammantato di silenzio. Solo i suoi occhi parlavano. Gli occhi di un lord, gelidi e grigi e pieni di condanna.

«Sei tu, Stark?» chiamò Jaime a voce alta. «Vieni pure avanti. Non ti ho mai temuto in vita, non ti temo in morte.»

Brienne gli toccò il braccio. «Ne vengono altri.»

Anche lui li vide. Era come se le loro armature fossero fatte di neve, questo gli parve, e veli di nebbia vorticavano alle loro spalle. Avevano le celate degli elmi abbassate, ma Jaime Lannister non aveva bisogno di vederli in volto per sapere chi erano.

Cinque di loro erano stati suoi confratelli. Oswell Whent e Jon Darry. Lewyn Martell, principe di Dorne. Gerold Hightower, il Toro Bianco. Ser Arthur Dayne, la Spada dell'alba. E al loro fianco, incoronato di nebbia e di dolore, con i lunghi capelli che fluivano dietro di lui, cavalcava Rhaegar Targaryen, principe della Roccia del Drago, erede legittimo del Trono di Spade.

«Non mi fate paura» li sfidò Jaime, voltandosi mentre il gruppo si divideva in due ali, circondando lui e Brienne. «Mi batterò con voi uno alla volta o tutti assieme. Ma chi di voi è venuto per affrontare la donzella? Lasciatela fuori, e che lei possa andarsene.»

«Ho fatto il giuramento di tenere ser Jaime al sicuro.» Brienne si rivolse allo spettro di Rhaegar. «Ho fatto un sacro giuramento.»

«Tutti noi abbiamo fatto giuramenti» disse ser Arthur Dayne, con enorme tristezza.

Gli spettri smontarono dai loro cavalli-spettro. Nell'estrarre le spade lunghe, non produssero alcun suono.

«Voleva bruciare tutta la città» disse Jaime. «Voleva lasciare a Robert solo una montagna di ceneri.»

«Era il tuo re» disse Darry.

«E tu avevi giurato di proteggerlo» disse Whent.

«Lui e i figli, avevi giurato di proteggere anche loro» disse il principe Lewyn.

C'era un'aura di luce gelida attorno al principe Rhaegar. Era pulsante, cangiante: ora bianca, ora rossa, ora oscura. «Avevo lasciato mia moglie e i miei figli nelle tue mani.»

«Non avevo mai pensato che lui avrebbe fatto loro del male.» La lama di Jaime bruciava con minore intensità adesso. «Ero con il re...»

«Eri a uccidere il re» disse ser Arthur Dayne.

«A tagliargli la gola» disse il principe Lewyn.

«La gola del re per il quale avevi giurato di morire» disse il Toro Bianco.

Le fiamme che ardevano sulla spada di Jaime stavano estinguendosi. Ricordò le parole di Cersei. "No." Il terrore fu come una mano metallica che gli serrava la gola. E poi la sua spada fu oscura. «No, no, no, no...» Solamente quella di Brienne continuava a bruciare. *"Noooooooooo!"*

Gli spettri si avventarono.

Si svegliò in un sussulto, il cuore che gli impazziva nel petto. Fissò la tenebra disseminata di stelle, racchiusa dalle cime degli alberi agitate dal vento. In bocca aveva il sapore acre del fiele. Stava tremando. Era coperto di sudore, un sudore torrido e gelido a un tempo. Abbassò lo sguardo sulla mano della spada. Il polso terminava con una fasciatura di cuoio e bende, avvolta strettamente attorno a quel brutto moncone. Di colpo, si ritrovò gli occhi pieni di lacrime. "L'ho sentita. Ho sentito la forza nelle dita, il duro cuoio dell'impugnatura della spada. La mia mano..."

«Mio signore.» Qyburn gli si inginocchiò accanto, con la faccia paterna coperta di rughe di preoccupazione. «Che cosa succede? Ti ho udito gridare.»

Alle spalle del maestro sconsacrato torreggiava Walton Artigli d'acciaio, alto, austero. «Che cosa è successo? Perché hai gridato?»

«Un sogno... solo un sogno.» Jaime fissò l'accampamento, sentendosi per qualche momento come perduto. «Era tutto buio, ma avevo ancora la mia mano.» Guardò il braccio mutilato, sentendosi male di nuovo. "Non esiste una caverna come quella sotto Castel Granito" pensò. Si sentiva lo stomaco vuoto, con rigurgiti acidi. La testa, rimasta appoggiata alla pelle d'orso contro il moncone di tronco, gli pulsava.

Qyburn gli tastò la fronte. «Hai ancora un po' di febbre.»

«Era un sogno di febbre.»

Jaime allungò il braccio sinistro. «Aiutami.» Artigli d'acciaio gli afferrò la mano sana e lo tirò in piedi.

«Un'altra coppa di vino dei sogni?» chiese Qyburn.

«No. Ho sognato abbastanza per questa notte.» Si domandò quanto tempo mancasse ancora all'alba. In qualche modo, sapeva che se avesse richiuso gli occhi, sarebbe tornato di nuovo in quella caverna allagata, piena di tenebre. Popolata da spettri.

«Latte di papavero, allora?» insistette Qyburn. «E qualcosa per la febbre? Sei ancora debole, mio signore. Hai bisogno di dormire, di riposare.»

"Proprio l'ultima cosa che intendo fare." La pallida luce della luna scendeva sul ceppo su cui Jaime aveva appoggiato la testa. Il muschio che lo copriva era talmente spesso da impedirgli di notare il colore del legno. Era bianco. Un albero-diga. La sua mente tornò a Grande Inverno, all'albero del cuore di Ned Stark. "Non era lui" pensò. "Non è mai stato lui." Ma quel tronco adesso era morto, come era morto Stark, e tutti gli altri: il principe Rhaegar, i suoi figli, ser Arthur. "E Aerys, certo. Aerys è il più morto di tutti."

«Tu credi nei fantasmi, Qyburn?»

Il maestro ebbe una strana espressione. «Una volta, alla Cittadella, entrai in una stanza vuota, in cui c'era una sedia vuota. Eppure io sapevo che appena un momento prima là c'era una donna. Il cuscino era infossato dove lei si era seduta, la stoffa era ancora calda, il suo profumo continuava ad aleggiare nell'aria. Se uscendo da una stanza ci lasciamo dietro il nostro odore, è certo che qualcosa delle nostre anime deve rimanere quando usciamo da questa vita.» Qyburn allargò le mani. «Agli arcimaestri questa mia linea di pensiero non piaceva, però. A Marwyn sì, ma era l'unico.»

«Walton, fa' sellare i cavalli.» Jaime si passò le dita tra i capelli. «Voglio tornare indietro.»

«Indietro dove?» Artigli d'acciaio lo guardò con aria dubbiosa.

«A Harrenhal.» "Crede che sia diventato pazzo. E forse ha ragione." «Ho dimenticato qualcosa.»

«Ora è lord Vargo Hoat a tenere Harrenhal. Lui e i suoi Guitti Sanguinari.»

«Tu hai il doppio dei suoi uomini.»

«Se non ti porto da tuo padre come mi è stato comandato, lord Bolton avrà la mia pelle. Letteralmente. Noi continuiamo per Approdo del Re.»

Un tempo, Jaime avrebbe replicato con un sorriso e una minaccia, ma gli storpi con una mano sola non ispirano troppa paura. Si chiese come si sarebbe comportato suo fratello. "Tyrion troverebbe di certo il modo." «I Lannister mentono, Artigli d'acciaio. O forse lord Bolton si è dimenticato di dirtelo?»

Il soldato corrugò la fronte con sospetto. «E se anche fosse?»

«A meno che tu non mi riporti a Harrenhal, la canzone che canterò a mio padre potrebbe non essere affatto quella che il lord di Forte Terrore vorrebbe sentire. Potrei perfino dichiarare che è stato Bolton a farmi mozzare la mano... e che sei stato tu, Walton Artigli d'acciaio, a calare la spada.»

Walton lo guardò a bocca aperta. «Ma non è la verità.»

«No, è vero, ma a chi presterà fede mio padre?» Jaime si costrinse a sorridere, lo stesso sorriso di quando al mondo non esisteva niente che potesse spaventarlo. «Sarebbe tutto più facile se tornassimo indietro. Riprenderemo ben presto il viaggio, comunque, e io, una volta ad Approdo del Re, canterò una canzone talmente dolce che tu non crederai alle tue orecchie. Avrai la ragazza, e anche una bella borsa piena d'oro come ringraziamento.»

«Oro?» Quella prospettiva piacque a Walton Artigli d'acciaio. «Quanto?»

"Lo tengo in pugno." «Tu quanto oro vuoi?»

Quando il sole tornò a sorgere, erano già a metà strada da Harrenhal.

Jaime spinse il cavallo molto più duramente di quanto avesse fatto il giorno prima, costringendo Artigli d'acciaio e i suoi guerrieri del Nord a dare di speroni per tenere il passo. Ma anche a quel ritmo forsennato, era quasi mezzogiorno quando finalmente raggiunsero la fortezza sull'Occhio degli Dèi. Schiacciate da un cielo plumbeo, foriero di pioggia, le immense mura del castello e le sue cinque torri si ergevano nere, sinistre. "Ha un aspetto così morto." Le mura erano vuote, i portali chiusi e sbarrati. Ma lassù, al di sopra dei merli, un solitario vessillo pendeva floscio dal pennone. "Il capro nero di Qohor." Si portò alla bocca la sola mano che gli restava e chiamò.

«Voi, del castello! Aprite le porte se non volete che le butti giù a calci!»

Ma solo quando anche Artigli d'acciaio e Qyburn aggiunsero le loro voci al richiamo, una testa finalmente apparve dietro le fortificazioni. Guardò giù per un attimo, poi tornò a scomparire. Poco dopo, udirono la grata difensiva che veniva sollevata. I portali di Harrenhal furono spalancati. Jaime Lannister spronò il cavallo, penetrando per primo nel tunnel attraverso le mura, senza quasi degnare di un'occhiata le minacciose feritoie che gli scorrevano ai lati. Lo aveva preoccupato il fatto che il Caprone potesse non lasciarli entrare, ma sembrava proprio che i Bravi Camerati continuassero a considerarli come alleati. "Idioti."

Il cortile esterno era deserto. Solamente nelle stalle dal lungo tetto di ardesia c'era qualche segno di vita. Ma in quel momento, non erano i cavalli a interessare Jaime. Trattenne le redini e diede un'occhiata in giro. Udì dei rumori provenire da qualche parte dietro la Torre degli spettri, e le voci di molti uomini che urlavano in una dozzina di lingue diverse. Artigli d'acciaio e Qyburn si avvicinarono e gli si posero ai fianchi.

«Prendi quello che hai dimenticato e andiamocene» disse Walton. «Non voglio guai dai Guitti.»

«Di' ai tuoi uomini di tenere le mani sulle impugnature delle spade, e i Guitti non vorranno guai da te. Due a uno, ricordi?»

Il suono di un ruggito lontano, non forte ma feroce. Jaime voltò la testa di scatto. Il ruggito rimbalzò contro le mura di Harrenhal, mentre le risate in molte lingue diverse si gonfiavano come un'onda di piena. Di colpo, Jaime seppe che cosa stava accadendo. "Siamo arrivati troppo tardi?" Sentì una stretta allo stomaco. Spronò il cavallo, lanciandolo al galoppo attraverso il cortile esterno e superando l'arcata di un ponte di pietra. Volò al di là della Torre dei lamenti, corse per il Cortile di granito.

L'avevano gettata nella fossa dell'orso.

Re Harren il Nero aveva voluto allestire in stile grandioso perfino quel genere di supplizio. La fossa aveva un diametro di dieci iarde, era profonda cinque, con pareti di pietra e il fondo coperto di sabbia, circondata da sei file di panche di marmo. I Bravi Camerati le occupavano solo per un quarto, notò Jaime mentre smontava goffamente di sella. I mercenari erano così assorbiti dallo spettacolo che si svolgeva sotto di loro che solo quelli dalla parte opposta della fossa notarono il loro arrivo.

Brienne indossava ancora l'assurdo abito rosa che aveva indossato alla cena con Roose Bolton. Niente scudo a proteggerla, né corazza, né maglia di ferro, nemmeno di cuoio trattato. Solo satin rosa e merletto di Myr. Forse il Caprone riteneva che lo spettacolo sarebbe stato più divertente con lei vestita da donna. Metà della sottana era ridotta a brandelli, sangue grondava dal suo braccio sinistro, dove gli artigli dell'orso avevano colpito.

"Per lo meno le hanno dato una spada." La donzella la reggeva con una mano sola, cercando di mantenere la distanza tra sé e l'orso bruno. "Non ce la farà, la fossa è troppo stretta." Era essenziale che Brienne fosse in grado di attaccare, in modo da porre rapidamente fine allo scontro. Una robusta spada d'acciaio era in grado di sistemare qualsiasi orso. Ma la donzella sembrava avere paura di avvicinarsi. Sopra di lei, i Guitti Sanguinari continuavano a far grandinare insulti e suggerimenti osceni.

«Questo non ci riguarda» Artigli d'acciaio avvertì Jaime. «Lord Bolton ha detto che la donna era roba loro, che potevano fare di lei quello che volevano.»

«Il suo nome è Brienne.» Jaime scese i gradini di marmo, superando una dozzina di stupefatti mercenari. Vargo Hoat occupava il posto riservato agli alti lord, nell'ordine di panche più in basso. «Lord Vargo!» tuonò Jaime, coprendo le urla dell'orda.

Il capitano mercenario di Qohor per poco non si soffocò con il vino. «*Schterminatore di re?...*» Aveva la metà sinistra della faccia fasciata rozzamente, il lino sopra l'orecchio era chiazzato di sangue.

«Fai uscire Brienne dalla fossa.»

«Tienitene fuori, Schterminatore di re. A meno che non vuoi un altro bracscio mosciato.» Fece ondeggiare la coppa di vino. «La tua baldracca mi ha dato un morscio all'orecchio. Non mi sciorprende, il padre non lo paga il rischcatto di queschta demente.»

Un altro ruggito costrinse Jaime a voltarsi. L'orso era alto otto piedi. "Gregor Clegane munito di pelliccia" pensò "ma probabilmente con più buonsenso." Però la belva non poteva arrivare a colpire lontano quanto la Montagna che cavalca con la sua mostruosa spada lunga in pugno.

Ringhiando di furore, l'orso mostrò fauci irte di zanne giallastre, ricadde sulle quattro zampe e puntò dritto contro Brienne. "Questo è il tuo momento!... Colpisci! Adesso!"

Invece Brienne assestò un inutile colpo di punta. L'orso rinculò, poi tornò ad avanzare ringhiando. Brienne scivolò a sinistra, e menò di nuovo un colpo di punta contro il muso dell'animale, che questa volta sollevò una zampa e lo deviò.

"È cauto" si rese conto Jaime. "Ha già affrontato l'uomo. Sa che spade e lance possono fargli del male. Ma questo non basterà a tenerlo a distanza per molto."

«Uccidilo!» gridò, ma la sua voce annegò tra le grida dell'orda. Se anche Brienne lo udì, non ne diede segno. Continuò a spostarsi lungo il perimetro della fossa, tenendo la schiena contro la pietra della parete. "Troppo vicino. Se l'orso dovesse riuscire a inchiodarla contro il muro..."

La belva si girò goffamente, troppo lontano, troppo veloce. Rapida come una pantera-ombra, Brienne mutò direzione. "Eccola, la donzella che ricordo." Si spinse in un attacco avanzato, assestando un colpo violento sul dorso dell'animale. Ruggendo, l'orso tornò ad alzarsi sulle zampe posteriori. Brienne tornò a ritirarsi. "Il sangue... dov'è il sangue?" Poi, di colpo, Jaime comprese. «Le avete dato una spada da torneo!»

Il Caprone emise una risata gorgogliante, annaffiando Jaime di vino e saliva: «Ma scerto».

«Te lo pago io, quello stramaledetto riscatto! Oro, zaffiri, tutto quello che chiedi. Tirala fuori da là!»

«La vuoi, Schterminatore di re? Va' a prenderla.»

Jaime Lannister andò a prenderla.

Si appoggiò con la mano che gli restava sul bordo di marmo e piroettò dentro la fossa, rotolando sulla schiena nel cadere sulla sabbia. L'orso udì il tonfo, annusò, guatò il nuovo intruso con aria guardinga. Jaime schizzò in appoggio su un ginocchio. "Magnifico! Per i sette inferi, adesso che cosa faccio?" Si riempì il pugno di sabbia.

«Sterminatore di re?...» La voce di Brienne alle sue spalle era stupefatta.

«Il mio nome è Jaime.»

Poi scattò in azione, lanciò la sabbia contro il muso della belva. L'orso falciò l'aria con gli artigli, ruggendo come una specie di demone.

«Che cosa ci fai qui?»

«Qualcosa di molto stupido.» Jaime si mosse seguendo la parete curva. «Mettiti dietro di me.»

«Mettiti *tu* dietro di me. Sono io ad avere la spada.»

«Una spada senza punta e senza affilatura. Mettiti dietro di me! *Adesso!*»

Jaime notò qualcosa semisepolto nella sabbia. L'afferrò con la sinistra. Era una mandibola umana, con ancora attaccato un brandello di carne verdastra brulicante vermi. "Carina." Si domandò a chi fosse appartenuta la faccia che stringeva in mano in quel momento. L'orso stava di nuovo avvicinandosi. Jaime mulinò il pezzo d'osso e lo lanciò contro la testa della belva, carne putrefatta, vermi e tutto. Mancò il bersaglio di una buona iarda. "Tanto varrebbe che mi tagliassi anche la mano sinistra, per quello che serve."

Brienne cercò di aggirarlo per lanciarsi all'attacco. Lui le fece lo sgambetto, facendola crollare nella sabbia mentre continuava a stringere l'inutile spada. Jaime le fece scudo con il proprio corpo. L'orso si avventò.

Twang! Un rombo sordo, improvviso. E di colpo l'impennaggio di un dardo sporgeva dall'occhio sinistro della belva. Sangue e saliva densa colarono dalle fauci spalancate. Un altro dardo lo centrò a una zampa. L'orso ruggì, arretrò. Quando Jaime e Brienne rientrarono nel suo campo visivo, tornò di nuovo alla carica. Dagli spalti, altre balestre scoccarono. *Twang! Twang!* I dardi si conficcarono nella pelliccia e poi nella carne. A una distanza tanto ravvicinata, era quasi impossibile fallire. I dardi colpirono duro come mazze da guerra, eppure l'orso riuscì a fare un altro passo. "Povero disgraziato, stupido bruto." La fiera tentò di ghermirlo con una zampata. Jaime danzò di lato, urlando di scherno, calciandogli sabbia sul muso. L'orso si girò per inseguire quell'essere che osava tormentarlo. Altri due dardi si piantarono nella sua schiena. La belva emise un ultimo ruggito, poi scivolò lentamente sulle zampe posteriori, si accasciò sulla sabbia e morì.

Brienne si sollevò in ginocchio, le mani strette attorno alla spada, il respiro mozzo, irregolare. Gli arcieri di Artigli d'acciaio incoccarono altre frecce, mentre i Guitti Sanguinari urlavano oscenità. Jaime vide Rorge e Tre alluci snudare le spade, vide Zollo srotolare la sua frusta dothraki.

«Avete uschiso il mio orscio!» grugnì Vargo Hoat.

«E tu farai la stessa fine se mi crei guai» lo rimbeccò Walton Artigli d'acciaio. «La donzella viene con noi.»

«Il suo nome è Brienne» precisò Jaime dal fondo della fossa. «Brienne, la vergine di Tarth. A proposito, lo sei *ancora* vergine, spero?»

Il viso aperto e schietto di lei divenne rosso fino all'attaccatura dei capelli. «Sì.»

«Meno male» fece Jaime. «Perché io salvo solo fanciulle vergini.» Si volse verso Hoat. «Avrai il tuo riscatto. Per entrambi. Un Lannister paga sempre i propri debiti. Ora trovate delle funi e tirateci fuori di qui.»

«In culo» ringhiò Rorge. «Uccidili, Hoat! Se non lo fai, finisce che lo rimpiangi, cazzo!»

Il mercenario di Qohor esitò. Metà dei suoi erano ubriachi, gli uomini del Nord erano sobri come la pietra. Ed erano anche il doppio dei Guitti. Molti dei balestrieri avevano già i dardi incoccati. «Tirateli fuori» risolse il Caprone. Si rivolse a Jaime: «Ho moschtrato di escere miscericordioscio. Dillo al lord tuo padre».

«Lo farò, mio lord.» "Anche se non ti servirà."

Walton Artigli d'acciaio attese fino a quando furono ad almeno mezza lega da Harrenhal prima di dare sfogo al proprio furore. «Ma sei impazzito, Sterminatore di re? Avevi forse voglia di morire? Nessun uomo può affrontare un orso a mani nude!»

«Una mano nuda e un moncone nudo» lo corresse Jaime. «Ma contavo che tu uccidessi l'orso prima che lui uccidesse me. Altrimenti, lord Bolton ti avrebbe pelato come un'arancia, o no?»

Artigli d'acciaio lo maledisse chiamandolo "fetente d'un Lannister", diede di speroni e partì al galoppo verso la testa della colonna.

«Ser Jaime?» Perfino con quell'abito di satin lurido e quei merletti sbrindellati addosso, Brienne di Tarth continuava a sembrare un uomo con la sottana. «Ti sono grata, ma... Eri ormai lontano. Perché tornare indietro?»

Almeno una dozzina di battute, una più crudele dell'altra, affiorarono alla mente di Jaime Lannister. Ma lui si limitò a scrollare le spalle. «Ti ho vista in sogno» disse.

CATELYN

Robb Stark disse addio alla sua giovane regina per tre volte. La prima volta nel parco degli dèi, di fronte all'albero-cuore, alla vista degli dèi e degli uomini. La seconda volta sotto la grata difensiva di Delta delle Acque, dove Jeyne Westerling lo aveva stretto in un lungo abbraccio e gli aveva dato un bacio ancora più lungo. La terza volta fu un'ora più tardi, molto oltre il fiume Tumblestone, quando la fanciulla arrivò al galoppo in sella a un cavallo schiumante di sudore, implorando il re del Nord di portarla con lui.

Robb fu commosso da quel gesto, Catelyn lo vide con chiarezza, ma ne fu anche contrariato. Era una giornata grigia, umida, aveva cominciato a cadere una pioggia esile, e l'ultima cosa che Robb Stark voleva in quel momento era interrompere la marcia per rimanere impalato sotto il diluvio per consolare debitamente la sua piangente giovane moglie davanti a metà del suo esercito. "Le parla con gentilezza" pensò Catelyn nell'osservarli uno di fronte all'altra "ma c'è rabbia sotto la superficie."

Per tutto il tempo in cui il re e la regina parlarono, Vento Grigio continuò ad aggirarsi attorno a loro, fermandosi solo per scrollarsi l'acqua dalla pelliccia e per digrignare i denti alla pioggia. Finalmente Robb diede a Jeyne l'ultimo bacio, distaccò una dozzina di uomini perché la scortassero a Delta delle Acque e rimontò in sella. Solamente allora il grande meta-lupo schizzò via in testa all'esercito del Nord, rapido come una freccia scoccata da un micidiale arco lungo.

«Il cuore della regina Jeyne è pieno d'amore, a quanto vedo» disse Lothar Frey lo Storpio a Catelyn. «Assomiglia alle mie sorelle. Infatti, scommetterei che perfino in questo momento Roslin sta danzando attorno alle Torri Gemelle cantando: "Lady Tully, lady Tully, lady *Roslin* Tully." E al mattino, esaminerà pezze di stoffa nei colori rosso e blu, cercando d'immaginare come starà nel suo mantello di nozze.» Lothar si voltò sulla sella, rivolgendo un sorriso a Edmure. «Ma tu sei stranamente quieto, lord Tully. Come ti senti *tu*?»

«Più o meno come mi sono sentito al Mulino di Pietra appena prima che i corni da guerra si mettessero a suonare» ribatté Edmure, ed era una battuta scherzosa soltanto a metà.

Lothar fece una risata piena di buonumore. «Preghiamo affinché il tuo matrimonio abbia lo stesso felice esito, mio lord.»

"E che gli dèi ci proteggano se non dovesse essere così." Catelyn diede di speroni allontanandosi, lasciando suo fratello Edmure e Lothar lo Storpio in compagnia l'uno dell'altro.

Era stata lei a insistere che Jeyne rimanesse a Delta delle Acque, anche se Robb l'avrebbe voluta al suo fianco. Lord Walder avrebbe potuto interpretare l'assenza della regina alle nozze come un'altra offesa. Per contro, la sua presenza poteva rappresentare un altro tipo di offesa, come sale gettato sulle ferite dell'anziano, bizzoso aristocratico. «Walder Frey ha lingua tagliente e lunga memoria» Catelyn aveva avvertito il figlio. «Non dubito che tu sia abbastanza forte da sopportare il berciare di quel vecchio in nome della sua alleanza, ma c'è troppo di tuo padre in te per restartene buono mentre Frey insulta Jeyne apertamente.»

Argomenti la cui validità Robb non aveva potuto negare. "Ma pur tenendone conto, lui è comunque adirato con me" rimuginò cupamente Catelyn. "Jeyne gli manca già, e una parte di lui biasima me per la sua assenza, pur sapendo che si tratta di un buon consiglio."

Dei sei Westerling venuti da Crag al seguito di Robb, solamente uno era rimasto al suo fianco: ser Raynald, fratello di Jeyne, vessillifero reale. Il giorno stesso in cui aveva ricevuto da lord Tywin l'assenso per lo scambio dei prigionieri, Robb aveva inviato Rolph Spicer, zio di Jeyne, a scortare Martyn Lannister alla Zanna Dorata. Era stata una mossa abile. Il giovane re del Nord aveva rimosso i timori per la sicurezza di Martyn, Galbart Glover aveva tirato un sospiro di sollievo nell'udire che suo fratello Robett era stato imbarcato su una nave a Duskendale, ser Rolph aveva ricevuto un importante e onorevole compito... e Vento Grigio era di nuovo a fianco del re. "Esattamente dove deve essere."

Lady Westerling era rimasta a Delta delle Acque assieme ai suoi figli: Jeyne, la sorella minore Eleyna e il giovane Rollam, scudiero di Robb, che si era amaramente lamentato di venire lasciato indietro. Eppure, anche quella era stata una mossa abile. Prima di lui, scudiero di Robb era stato Olyvar Frey, il quale sarebbe stato di certo presente al matrimonio della sorella Roslin. Mostrare a Olyvar il suo sostituto sarebbe stato non solo poco saggio ma anche poco cortese. Quanto a ser Raynald, era un allegro giovane cavaliere, e aveva spergiurato che nessuno dei potenziali insulti di lord Frey sarebbe riuscito a provocarlo. "E vogliano gli dèi che si tratti solo di insulti."

Catelyn però nutriva grossi timori in merito. Dopo il Tridente, il lord suo padre, il defunto Hoster Tully, non si era mai più fidato di Walder Frey, qualcosa che lei non poteva assolutamente dimenticare. Era dietro le alte, forti mura di Delta delle Acque, con il Pesce Nero a proteggerla, che la regina Jeyne sarebbe stata più al sicuro. Per il micidiale guerriero, Robb aveva addirittura creato un nuovo titolo: Protettore della Marca Meridionale. E se c'era un uomo in grado di tenere il Tridente contro tutti i nemici, quell'uomo era ser Brynden Tully.

In ogni caso, Catelyn avrebbe sentito la nostalgia del volto scavato di suo zio, e Robb avrebbe sentito la mancanza dei suoi consigli. Ser Brynden era stato cruciale in tutte le vittorie che il re del Nord si era assicurato. In sua vece, il comando degli esploratori e degli incursori era stato affidato a Galbart Glover, uomo valido, leale e solido, ma privo della temeraria intelligenza di ser Brynden.

Dietro la barriera formata dagli esploratori di Glover, la linea di marcia dell'esercito del Nord si dipanava per parecchie miglia. Grande Jon comandava l'avanguardia. Catelyn viaggiava nella colonna principale, circondata da massicci cavalli da guerra, con in sella uomini coperti d'acciaio. Più indietro veniva il convoglio della logistica, una processione di carri stracarichi di vettovaglie, cibo, attrezzature per l'accampamento, doni di nozze e feriti troppo deboli per camminare. A sorvegliare i carriaggi erano ser Wendel Manderly e i suoi cavalieri di Porto Bianco. Dietro arrancavano branchi di pecore, di capre e alcuni scarni armenti. Dietro gli animali, marciava a piedi uno sparuto gruppo di baldracche, guitti e musicanti, immancabile strascico al seguito di qualsiasi esercito. In coda a tutto, c'era Robin Flint con la retroguardia. Alle loro spalle, non c'erano nemici per centinaia di leghe, ma Robb non aveva voluto correre rischi comunque.

Erano tremilacinquecento. Tremilacinquecento che avevano avuto il battesimo dell'acciaio al bosco dei Sussurri, che avevano arrossato le loro spade alla battaglia degli Accampamenti, a Oxcross, Ashemark, Crag e per tutte le ricche colline aurifere dei Lannister nell'Ovest del reame. Con l'eccezione di Edmure, accompagnato da un piccolo gruppo di amici, gli altri lord del Tridente erano rimasti a presidiare le terre dei fiumi mentre Robb tornava a riprendersi il Nord. Più avanti, molto più avanti, li attendevano la sposa di Edmure e la prossima battaglia... "E quello che attende me sono due figli morti, un letto vuoto e un castello pieno di spettri." Un futuro oscuro. "Brienne, dove sei? Riportami le mie figlie, Brienne. Riportamele sane e salve."

Verso mezzogiorno, la pioggerella che li aveva accompagnati per tutta la mattina diventò un martellare incessante che durò fino al calare della notte. Il giorno dopo gli uomini del Nord non videro mai il sole, ma continuarono a cavalcare sotto cieli plumbei, con i cappucci sollevati per riparare gli occhi dalla pioggia. Era una pioggia sferzante, che trasformava la strada in una pista fangosa e i campi in paludi che gonfiava i fiumi e spogliava gli alberi delle ultime foglie. Quello scroscio senza fine rendeva faticoso perfino conversare, per cui gli uomini parlavano solo quando avevano qualcosa di importante da dire, il che accadeva abbastanza di rado.

«Siamo più forti di quanto sembriamo, mia signora» le disse lady Maege Mormont nel corso della marcia. Catelyn nutriva affetto per lady Maege e per Dacey, la maggiore delle sue figlie; e loro erano più comprensive di molti riguardo alla sua situazione con Jaime Lannister. La figlia era alta e asciutta, la madre bassa e tozza, ma tutte e due vestivano maglia di ferro e cuoio trattato, con l'orso nero, emblema della Casa Mormont, sugli scudi e sulle tuniche. Agli occhi di Catelyn, si trattava di una strana tenuta per delle signore di alto lignaggio, ma sia Dacey sia lady Maege sembravano molto più a loro agio come guerriere, e anche come donne, di quanto non lo fosse l'amazzone di Tarth.

«Ho combattuto al fianco del Giovane lupo in tutte le battaglie» disse allegramente Dacey Mormont «non me ne sono persa una, finora.»

"In compenso hai perduto tutto il resto" avrebbe voluto dirle Catelyn, ma non osò pronunciare ad alta voce quelle parole. Agli uomini del Nord il coraggio non mancava di certo, ma erano lontani da casa, e soltanto la fede nel loro giovane sovrano li sosteneva. E quella fede doveva essere protetta a ogni costo. "Devo essere più forte" si ripeté Catelyn. "Devo esserlo per Robb. Se mi lasciassi scivolare nella disperazione, il dolore finirebbe per divorarmi." Tutto dipendeva da quel matrimonio. Se Edmure e Roslin fossero stati felici insieme, se lord Frey il ritardatario avesse ricevuto soddisfazione e avesse di nuovo messo il suo potere nell'alleanza con Robb... "Ma anche in questo caso, che speranze potremmo avere, presi come siamo tra i Lannister e i Greyjoy?" Un'incognita su cui Catelyn preferì non soffermarsi, sebbene sapesse che era al centro delle preoccupazioni di Robb. Lo vedeva studiare le mappe ogni volta che si accampavano, cercando di ideare una strategia che potesse fargli riconquistare il Nord.

Edmure aveva altre preoccupazioni. «Non credere che *tutte* le figlie di lord Walder assomiglino a lui, vero?» domandò, seduto nel suo alto padiglione con le strisce rosse e blu dei Tully assieme a Catelyn e ai suoi amici.

«Con così tante madri diverse, alcune devono per forza essere attraenti» rispose ser Marq Piper. «D'altra parte, perché quel vecchio fetente dovrebbe dare proprio a te una di quelle carine?»

«Già, non c'è ragione» concordò Edmure in tono tetro.

Fu più di quanto Catelyn potesse tollerare. «Cersei Lannister è attraente» disse con voce tagliente. «Ma tu faresti meglio a pregare che Roslin Frey sia robusta e in salute, con un buon cervello e un cuore leale.» E con questo, uscì dalla tenda.

Edmure non la prese bene. Ignorò Catelyn per tutta la giornata successiva, preferendo continuare la marcia in compagnia di Marq Piper, Lymond Goodbrook, Patrek Mallister e i giovani Vance. "Loro non lo rimproverano, al massimo fanno qualche battuta" si disse Catelyn quel pomeriggio, mentre il gruppo la superava al galoppo senza nemmeno rivolgerle un saluto. "Sono sempre stata troppo severa con Edmure, e adesso il dolore rende le mie parole ancora più taglienti." Rimpiangeva di averlo contraddetto come aveva fatto. Cadeva già abbastanza pioggia dal cielo perché lei ne aggiungesse dell'altra. Era davvero una cosa così terribile desiderare una moglie graziosa? Le tornò in mente la prima volta in cui aveva posato lo sguardo su Eddard Stark, e l'infantile disappunto che aveva provato quel momento. Se lo era immaginato come una versione più giovane del fratello Brandon, ma si era sbagliata. Eddard era più basso di statura e aveva lineamenti più ordinari, e poi era talmente austero. Parlava con la dovuta cortesia, ma dietro le sue parole Catelyn aveva percepito una freddezza che ne faceva l'opposto di Brandon, le cui emozioni, invece, erano intense quanto i suoi accessi furiosi di rabbia. Perfino quando Ned aveva preso la sua verginità, nel loro amore c'era stato più dovere che passione. "Eppure generammo Robb, quella notte. Assieme, Ned e io generammo un re. E dopo la guerra contro Aerys, a Grande Inverno, una volta che ebbi scoperto quale cuore caldo e delicato si celasse dietro il volto solenne di Ned, ebbi dentro di me più amore di qualsiasi altra donna. Non c'è motivo perché Edmure non debba vivere la stessa esperienza con la sua Roslin."

Quasi per singolare volontà degli dèi, il loro cammino verso le Torri Gemelle li portò ad attraversare il bosco dei Sussurri, dove Robb aveva ottenuto la sua prima grande vittoria. Seguirono il corso tortuoso del torrente che scorreva sul fondo della stretta, aspra vallata. Lo stessa strada seguita dagli uomini di Jaime Lannister quella notte fatale. "Faceva più caldo allora" ricordò Catelyn. "Gli alberi erano ancora verdi, e il torrente non era straripato a invadere le rive." Adesso le foglie cadute ostruivano la corrente, formando cumuli fradici tra rocce e radici. Da verde intenso, le chiome degli alberi che avevano nascosto l'esercito di Robb erano diventate di un colore dorato smorto, punteggiato di chiazze marrone, una sfumatura tendente al rossastro che a Catelyn parve simile alla ruggine e al sangue disseccato. Gli abeti e i pini-soldato erano gli unici a mostrare ancora il verde, come lance scure puntate contro il ventre delle nubi.

"Non sono morti solamente gli alberi da allora." La notte del bosco dei Sussurri, Ned era ancora vivo nella segreta sotto l'Alta Collina di Aegon, Bran e Rickon erano ancora al sicuro dietro le mura di Grande Inverno. "Theon Greyjoy combatteva ancora al fianco di Robb, vantandosi di come per poco non aveva incrociato la spada con lo Sterminatore di re. Quanto vorrei che lo avesse fatto davvero. Se fosse stato Theon a morire al posto dei figli di lord Karstark, forse tante catastrofi sarebbero state evitate..."

Nell'attraversare quel campo di battaglia molto dopo la battaglia, Catelyn notò ancora tracce del massacro. Un elmo rovesciato che si riempiva di pioggia, una lancia spezzata, le ossa di un cavallo. Tumuli di pietre erano stati eretti a coprire alcuni dei caduti, ma i predatori avevano già dissacrato quelle tombe senza nome. Tra i sassi sparsi qua e là, Catelyn notò brandelli di stoffe dai colori ancora brillanti, e pezzi di metallo. Da una delle tombe devastate, i resti di una faccia con la linea del teschio che cominciava a emergere da sotto la carne morta, macerata dagli elementi, parevano quasi guardarla.

Si domandò dove Ned stesse dormendo il sonno eterno. Le Sorelle del silenzio avevano riportato le sue ossa a Grande Inverno, scortate da Hallis Mollen e da una piccola guardia d'onore. Erano davvero riuscite, le spoglie di Ned, a raggiungere Grande Inverno, per potere essere collocate accanto a quelle di suo fratello Brandon, nelle cripte oscure sotto la fortezza? Oppure la porta del Moat Cailin era stata sbarrata prima che Mollen e le consorelle in grigio potessero passare?

Tremilacinquecento cavalieri cavalcavano sul fondo della valle, penetrando nel cuore del bosco dei Sussurri, ma di rado Catelyn Stark si era sentita più sola. Ogni lega che percorrevano la portava più lontano da Delta delle Acque, e sempre più spesso lei si domandava se avrebbe rivisto il castello delle sue origini oppure se sarebbe andato perduto per sempre, come tante altre cose.

Cinque giorni dopo, gli esploratori rientrarono portando una grave notizia: le piene avevano travolto il ponte di legno a Fairmarket. Galbart Glover e due dei suoi uomini più temerari, rimanendo in sella ai cavalli che nuotavano, avevano tentato di guadare la turbolenta Forca Blu del Tridente a Ramsford. Due cavalli erano stati spazzati via dalla furia delle acque ed erano annegati, anche uno degli uomini era annegato. Glover era riuscito a tenersi aggrappato a una roccia fino a quando era stato finalmente tratto in salvo.

«È da primavera che il fiume non cresceva così tanto» disse Edmure. «E se la pioggia continua a cadere, crescerà anche di più.»

«C'è un altro ponte più a monte, vicino a Vecchie Pietre» ricordò Catelyn, che aveva percorso spesso quelle terre insieme a suo padre. «È più vecchio e più piccolo, ma se è ancora in piedi...»

«È crollato, mia signora» disse Galbart Glover. «Sradicato dalla piena addirittura prima di quello a Fairmarket.»

Robb guardò Catelyn. «C'è un altro ponte?»

«No. E i guadi saranno tutti impraticabili. Se non possiamo superare la Forca Blu, saremo costretti ad aggirarla, attraverso Settecorrenti e Hag's Mire.»

«Paludi e pessime strade, o addirittura nessuna strada» avvertì Edmure. «Sarà una marcia lenta, ma prima o poi arriveremo, immagino.»

«Lord Walder aspetterà, ne sono certo» intervenne Robb. «Lothar gli ha mandato un corvo messaggero da Delta delle Acque, sa che stiamo arrivando.»

«Sì, ma quel vecchio è ostile, e di natura sospettosa» aggiunse Catelyn. «Potrebbe prendere il nostro ritardo come un ennesimo, deliberato insulto.»

«Bene, in quell'eventualità mi scuserò con lui anche per il ritardo. Avrò un atteggiamento da cane bastonato, e mi scuserò una parola sì e l'altra no.» L'espressione di Robb divenne cauta. «Mi auguro che Roose Bolton sia riuscito ad attraversare il Tridente prima dell'inizio delle piogge. La strada del Re va verso nord in linea retta, e lui avrà una marcia facile. Perfino se andasse a piedi, dovrebbe raggiungere le Torri Gemelle prima di noi.»

«E una volta che avrai ricongiunto i tuoi uomini ai suoi, una volta che le nozze di mio fratello saranno state celebrate, a quel punto cosa faremo?» gli chiese Catelyn.

«Nord.» Robb grattò Vento Grigio dietro l'orecchio.

«Attraverso l'Incollatura? Contro il Moat Cailin?»

Lui le rivolse un sorriso enigmatico. «Quella è una strada» rispose. E dal tono con cui parlò, Catelyn capì che non avrebbe detto altro. "Un re saggio non rivela mai tutto" ricordò a se stessa.

Raggiunsero Vecchie Pietre dopo altri otto giorni di pioggia quasi ininterrotta, e posero l'accampamento sulla collina da cui si dominava la Forca Blu, all'interno di una fortezza in rovina degli antichi re dei Fiumi. Le fondazioni si ostinavano a spuntare dalle erbacce, vestigia di sale e manieri, ma da molto tempo le genti del posto portavano via le pietre per costruire stalle, templi e torri di guardia. Eppure, al centro di quello che un tempo era stato il cortile della fortezza, seminascosto dall'erba scura alta fino al petto di un uomo e da alberi di frassino, torreggiava ancora un grande sepolcro istoriato.

Sul coperchio della tomba erano state scolpite le sembianze dell'uomo che giaceva all'interno. Secoli di vento e di pioggia avevano lasciato il segno dei loro assalti. Si vedeva ancora che il re aveva avuto la barba, ma il resto del volto era liscio, privo di lineamenti. Bocca, naso, occhi, la corona che portava in capo erano solo tracce vaghe, remote. Le mani del simulacro erano intrecciate sull'impugnatura della mazza da guerra collocata sul torace. Un tempo, sulla mazza dovevano essere state incise le rune che raccontavano la storia del sovrano, ma tutto era stato dilavato via dal tempo. La pietra era fessurata, decolorata qua e là dal dilagare del lichene livido, gli angoli si disgregavano. Dai piedi del sovrano ormai dimenticato crescevano rami di rose selvatiche che salivano fino quasi a raggiungere il torace.

Fu là che Catelyn trovò Robb, immobile e austero nelle tenebre incombenti, con Vento Grigio al suo fianco. La pioggia era cessata. Il giovane re del Nord era a capo scoperto.

«Ha un nome, questo castello?» le domandò quietamente quando Catelyn si fermò vicino a lui.

«Vecchie Pietre. Così lo chiamava il popolo quando ero piccola. Ma non dubito che avesse un nome diverso all'epoca in cui era sede di re.» Una volta, Catelyn si era fermata là durante un viaggio a Seagard con il lord suo padre. "C'era anche Petyr con noi..."

«C'è una canzone» ricordò Robb. «*Jenny di Vecchie Pietre*, con i fiori nei capelli.»

«Alla fine, tutti noi diventiamo canzoni. Se siamo fortunati.» Quel giorno lontano, Catelyn aveva giocato a essere Jenny, si era messa perfino dei fiori tra i capelli. E Petyr Baelish, molto prima che diventasse Ditocorto, aveva fatto finta di essere il suo principe delle Libellule. Catelyn non poteva aver avuto più di dodici anni, e Petyr era solo un bambino.

Robb fece scivolare lo sguardo sul sepolcro. «A chi appartiene questa tomba?»

«Qui giace Tristifer, quarto nel suo nome, re dei Fiumi e delle Colline» rispose Catelyn. Lord Hoster le aveva raccontato quella storia. «Dominava dal Tridente fino all'Incollatura, migliaia di anni prima di Jenny e del suo principe, nei giorni in cui i regni dei Primi Uomini stavano crollando uno dopo l'altro sotto l'invasione degli andali. Martello della Giustizia, era chiamato Tristifer. Aveva combattuto in cento battaglie, e novantanove le aveva vinte, o così dicevano i cantastorie, e quando costruì questo castello, era il più forte di tutto l'Occidente.» Catelyn mise una mano sulla spalla del figlio. «Cadde nella centesima battaglia, quando sette re andali unirono le loro forze contro di lui. Il quinto Tristifer non fu pari a lui, e presto il regno fu perduto, e poi il castello, e infine anche l'intera discendenza. Con la morte di Tristifer il Quinto morì anche la nobile Casa Mudd, che aveva dominato sulle terre dei fiumi per migliaia di anni prima della venuta degli andali.»

«Il suo erede non è stato all'altezza.» Robb fece scorrere una mano sulla pietra corrosa. «Avevo sperato di lasciare Jeyne in attesa di un figlio... abbiamo tentato e tentato, ma non sono certo...»

«Non sempre accade la prima volta.» "Per quanto sia accaduto nel tuo caso." «E nemmeno la centesima. Sei ancora molto giovane.»

«Giovane. E re» disse Robb. «E un re deve avere un erede. Se nella prossima battaglia io dovessi morire, il regno non deve morire con me. Secondo la legge, è Sansa la prossima in linea di successione, per cui Grande Inverno e il Nord passerebbero a lei.»

Le sue labbra si strinsero. «A lei, e al lord suo marito, Tyrion Lannister. Non posso permettere che accada, non *intendo* permettere che accada. Quel nano non dovrà mai avere il Nord.»

«No» fu d'accordo Catelyn. «Devi nominare un erede provvisorio fino a quando Jeyne non ti avrà dato un figlio.» Rifletté sulla situazione per alcuni momenti. «Il padre di tuo padre non ha avuto né fratelli né sorelle, ma suo padre aveva una sorella che andò in sposa a uno dei figli minori di lord Raymar Royce, del ramo cadetto. Ebbero tre figlie, che sposarono tutte nobili della valle di Arryn. Un Waynwood e un Corbray, per certo. La più giovane... forse un Templeton, ma...»

«Madre.» C'era una punta di asprezza nella voce di Robb. «Dimentichi qualcosa. Dimentichi che mio padre ha avuto quattro figli maschi.»

No, Catelyn non lo aveva dimenticato. Semplicemente, si era rifiutata di vedere. Ma la realtà non cambiava. «Uno Snow non è uno Stark.»

«Jon è uno Stark, ben più di molti di quei signorotti della Valle che non hanno neppure mai visto Grande Inverno.»

«Jon è un confratello dei Guardiani della notte, ha giurato di non avere né moglie né terre. E chi prende il nero serve a vita.»

«Lo stesso vale per i cavalieri della Guardia reale. Ma questo non ha impedito ai Lannister di strappare il mantello bianco dalle spalle di ser Barristan Selmy e di ser Boros Blount quando ritennero che non gli fossero più di alcuna utilità. Se io mandassi cento uomini per prendere il posto di Jon, sono pronto a scommettere che i Guardiani della notte troverebbero un cavillo per liberarlo dal suo giuramento.»

"Ha deciso... ha *già* deciso!" E Catelyn sapeva bene quanto poteva essere ostinato il suo primogenito. «Un bastardo non può essere un erede.»

«A meno che non venga legittimato a diventarlo per decreto reale» ribatté Robb. «Evento per il quale esistono precedenti più numerosi che non per lo scioglimento di un confratello in nero dal suo giuramento.»

«Precedenti, certo» disse Catelyn con amarezza. «Sul suo letto di morte, Aegon il Quarto legittimò tutti i suoi figli bastardi. E quanta sofferenza, tragedia, guerra e assassinio derivarono da quell'atto? Io so che tu ti fidi di Jon. Ma puoi fidarti anche dei suoi figli? O dei *loro* figli? I discendenti di Fuoconero tormentarono i Targaryen per ben cinque generazioni, fino a quando Barristan il Valoroso uccise gli ultimi due sulla Scala di Pietra della

Fortezza Rossa. Nel momento in cui avrai fatto di Jon uno Stark legittimo, non esisterà più modo di farlo ridiventare bastardo. E se lui dovesse sposarsi e procreare, non vi sarà più sicurezza per un figlio tuo e di Jeyne."

«Jon non farebbe mai del male a mio figlio.»

«Vuoi dire non più di quanto Theon Greyjoy ne avrebbe fatto a Bran o a Rickon?»

Vento Grigio balzò sulla cripta di re Tristifer, con le zanne snudate. L'espressione di Robb era gelida. «Questo, madre, non è solo crudele, è ingiusto. Jon Snow non è Theon Greyjoy.»

«Così tu preghi che sia. E le tue sorelle? A loro hai pensato? Ai *loro* diritti hai pensato? Sono d'accordo che non si debba permettere che il Nord passi al Folletto, ma che ne sarà di Arya? Secondo la legge, dopo Sansa viene lei... tua sorella, legittima...»

«... e morta. Dal giorno in cui hanno decapitato mio padre, di Arya non si è saputo più nulla. Perché continui a mentire a te stessa, madre? Arya non c'è più, come non ci sono più Bran e Rickon. E una volta che il nano avrà avuto un figlio da Sansa, i Lannister la uccideranno. L'unico fratello che mi rimane è Jon. Se io dovessi morire senza eredi, voglio che sia lui a succedermi quale re del Nord. Avevo sperato che tu appoggiassi la mia scelta.»

«Non posso farlo» rispose Catelyn. «Ti do il mio appoggio in qualsiasi altra scelta, Robb. Qualsiasi altra scelta. Ma non in questa. Non chiedermelo.»

«Io non devo chiedere niente, madre. Io sono il re.»

Robb le voltò le spalle e se ne andò. Vento Grigio saltò giù dal sepolcro e lo seguì.

"Che cosa ho fatto?" La domanda rimbalzò nella mente di Catelyn, rimasta sola presso il sepolcro di Tristifer. "Prima provoco la rabbia di Edmure, adesso quella di Robb. Eppure la sola cosa che ho fatto è stata dire la verità. Sono davvero così fragili gli uomini da non riuscire a tollerarla?"

Avrebbe voluto piangere, ma fu il cielo a piangere per lei. Catelyn Stark non poté fare altro che tornare alla sua tenda e rimanere là, in silenzio.

Nei giorni che seguirono, Robb fu dovunque. Cavalcò alla testa dell'avanguardia assieme a Grande Jon, andò in esplorazione con Vento Grigio, galoppò fino alla retroguardia di Robin Flint. Con orgoglio gli uomini del Nord dicevano che il Giovane lupo era sempre il primo a levarsi all'alba e l'ultimo a coricarsi la notte. Ma Catelyn si domandava se Robb si coricasse davvero. "Sta diventando scarno e furioso come il suo meta-lupo."

«Mia signora» l'apostrofò lady Maege Mormont una mattina, mentre cavalcavano sotto la pioggia incessante «mi sembri triste. C'è qualcosa che non va?»

"Il lord mio marito è morto, e anche mio padre. Due dei miei figli sono stati assassinati, una delle mie figlie è stata gettata in pasto a un nano senza fede in modo che possa partorire i suoi infami figli, l'altra mia figlia è svanita nel nulla, probabilmente morta, e adesso sia l'unico figlio che mi rimane sia mio fratello sono adirati con me. Come può esserci qualcosa che non va?" Ma si trattava di una verità decisamente troppo ingombrante perché lady Mormont volesse udirla.

«È una pioggia malefica, questa» si limitò a dire Catelyn. «Abbiamo già molto sofferto, e davanti a noi ci sono solo altri pericoli, altro dolore. Dobbiamo affrontarli con coraggio, al suono dei corni e con i vessilli che garriscono nel vento. Ma questa pioggia ci sta martellando. I vessilli pendono inerti e fradici, gli uomini si avvolgono nei loro mantelli, quasi senza parlare gli uni con gli altri. Soltanto una pioggia malefica cadrebbe a gelare i nostri cuori proprio quando abbiamo più bisogno che essi siano roventi.»

Dacey Mormont alzò lo sguardo al cielo. «Preferisco che a martellarmi sia la pioggia piuttosto che un nugolo di frecce.»

Catelyn riuscì a sorridere. «Sei più valorosa di me, temo. Tutte le donne dell'isola dell'Orso sono guerriere dure come voi?»

«Noi femmine d'orso, sì» rispose lady Maege. «Dobbiamo esserlo. Nei giorni antichi, gli uomini di ferro venivano ad assalirci sulle loro navi lunghe, e anche i bruti dalla Costa Congelata. I nostri uomini erano quasi sempre in mare a pescare. Le mogli che si lasciavano dietro dovevano difendere se stesse e i loro figli, se non volevano essere portate via.»

«C'è una scultura sul nostro portale» intervenne Dacey. «Raffigura una donna che indossa una pelle d'orso, regge su un braccio un infante che succhia il seno e con l'altra mano impugna un'ascia da battaglia. Non è proprio una vera lady, ma a me è sempre piaciuta.»

«Una volta, mio nipote portò a casa una vera lady» disse lady Maege. «L'aveva vinta a un torneo. Quanto odiava quella scultura.»

«*Aye*, e anche tutto il resto» aggiunse Dacey. «Aveva capelli come oro fino, quella Lynesse. Pelle come crema. Ma le sue mani morbide non erano fatte per impugnare asce.»

«E le sue tette non erano fatte per allattare» concluse sua madre con fermezza.

Catelyn sapeva di chi parlavano: ser Jorah Mormont aveva portato la sua seconda moglie a Grande Inverno per le feste, ed erano stati loro ospiti per una settimana. Catelyn ricordava come era giovane lady Lynesse, come era bella, e come era infelice. Una notte, dopo parecchie coppe di vino, Lynesse le aveva confessato che il Nord proprio non era adatto a una Hightower di Vecchia Città. "Una Tully di Delta delle Acque la pensava esattamente allo stesso modo" l'aveva confortata gentilmente Catelyn "ma col tempo finì con lo scoprire che c'è molto da amare nel Nord."

"Ma ora tutto è perduto" pensò. "Grande Inverno e Ned, Bran e Rickon, Sansa, Arya: tutto svanito. Mi rimane solo Robb." Che anche in lei ci fosse troppo di Lynesse Hightower, e troppo poco di una Stark? "Vorrei aver imparato anch'io a maneggiare un'ascia da battaglia, forse sarei stata in grado di proteggerli."

Giorno dopo giorno, diluvio dopo diluvio. Percorsero tutta la strada fino alle sorgenti della Forca Blu. Oltre Settecorrenti, dove il fiume si divideva in un labirinto di rivoli e torrenti. E poi attraverso Hag's Mire, dove verdi pozze scintillanti erano in attesa, pronte a inghiottire gli incauti, dove la terra molle pareva risucchiare gli zoccoli dei cavalli come un infante affamato succhia il capezzolo della madre. L'avanzata era peggio che lenta. Furono costretti ad abbandonare nel fango metà dei carriaggi, distribuendo il carico tra i muli e i cavalli da tiro.

Tra le paludi di Hag's Mire li raggiunse lord Jason Mallister. C'era ancora più di un'ora di luce quando il signore di Seagard arrivò assieme alla sua colonna, ma Robb decretò immediatamente la sosta e ser Raynald Westerling si recò da Catelyn per scortarla alla tenda del re. Trovò Robb seduto accanto a un braciere, con una mappa sulle ginocchia. Vento Grigio dormiva ai suoi piedi. Oltre a Mallister, con lui c'erano Grande Jon, Galbart Glover, Maege Mormont, Edmure e un uomo che Catelyn non conosceva, un individuo stempiato, troppo in carne e dall'aria ambigua. "Non è un nobile." Lo capì nel momento stesso in cui posò lo sguardo sullo straniero. "Né un guerriero."

Jason Mallister si alzò, offrendo a Catelyn il proprio scranno. I suoi capelli erano bianchi e castani quasi in eguale misura, ma il lord di Seagard era ancora un uomo di bell'aspetto, il volto rasato dai lineamenti cesellati, zigomi alti, fieri occhi grigio azzurri.

«È sempre un piacere incontrarti, lady Stark. Porto buone notizie, spero.»

«Abbiamo grande bisogno di buone notizie, mio lord.» Catelyn sedette, ascoltando la pioggia picchiare rumorosamente sulla stoffa del padiglione reale.

Robb attese che ser Raynald chiudesse l'ingresso alla tenda. «Miei lord, gli dèi hanno ascoltato le nostre preghiere. Lord Jason ci ha portato il capitano della *Myraham*, un vascello mercantile di Vecchia Città. Capitano, di' a tutti quanto hai detto a me.»

«*Aye*, maestà.» Il marittimo si leccò nervosamente le labbra spesse. «Il mio ultimo approdo prima di Seagard è stato Porto dei Lord, a Pyke. Gli uomini di ferro mi hanno trattenuto colà per più della metà di un anno. Ordine di re Balon. Solo che... insomma, per dirla in breve e anche chiara, lui è morto.»

«Balon Greyjoy?» Catelyn sentì il cuore balzarle in gola. «Ci stai dicendo che Balon Greyjoy è morto?»

Il piccolo capitano di mare annuì. «Voi sapete come è costruita Pyke? In parte su un promontorio, in parte su rocce e isole staccate dalla costa, con in mezzo ponti di collegamento sospesi. Da come l'ho sentita raccontare a Porto dei Lord, c'era una tempesta in arrivo da occidente, pioggia e tuoni. Il vecchio re Balon stava percorrendo uno di quei ponti sospesi quando il vento lo ha afferrato e ha distrutto il ponte. Il corpo del re è stato trascinato a riva due giorni dopo, tutto gonfio e coperto di ferite. I granchi gli avevano mangiato gli occhi, ho sentito dire.»

«Granchi reali, spero.» Grande Jon rise. «Per farsi una scorpacciata di calamaro reale, eh?»

La testa del capitano andò su e giù. «*Aye*, ma non è mica finita qui, no!» Si protese in avanti. «Il *fratello* è tornato.»

«Victarion?» chiese Galbart Glover, sorpreso.

«No, l'altro: Euron. Occhio di corvo, lo chiamano. E se mai c'è stato un nero pirata sulle acque, quello è Euron Greyjoy. Era stato lontano per anni, ma lord Balon non era ancora diventato freddo ed ecco che Euron arriva a Porto dei Lord a bordo della sua *Silenzio*. Vele nere, scafo rosso e un equipaggio tutto formato di gente muta. È stato fino ad Asshai delle Ombre e ritorno, ho sentito. Dovunque fosse, adesso però è a casa. Ha marciato fino a Pyke ed è andato dritto dritto a sedersi sul Trono del Mare. Lord Botley ha avuto qualcosa da obiettare, così Euron lo ha annegato in un barile pieno di acqua salata. È stato a quel punto che sono corso alla *Myraham* e ho salpato l'ancora, sperando di poter filare via mentre c'era ancora tanta confusione. Questo ho fatto, ed eccomi qua.»

«Capitano» disse Robb quando l'uomo ebbe finito «hai i miei ringraziamenti, e non te ne andrai senza ricompensa. Lord Jason ti riaccompagnerà alla nave quando qui avremo concluso. Ora, cortesemente, attendi fuori.»

«Come maestà comanda.»

Se ne era appena andato che Grande Jon cominciò a ridere. Robb lo acquietò con un'occhiata.

«Euron Greyjoy può essere qualsiasi cosa, ma, se anche solo la metà di quanto Theon disse di lui risponde a verità, non corrisponde certo all'idea che chiunque può avere di un re. Ed è Theon l'erede di diritto delle isole di Ferro... a meno che non sia morto nel disastro di Grande Inverno. Victarion ha il comando della flotta del Ferro, e rifiuto di credere che voglia rimanere al Moat Cailin mentre Euron Occhio di corvo siede sul trono di Pyke. Victarion deve tornare indietro.»

«C'è anche la figlia, Asha Greyjoy» gli ricordò Galbart Glover. «È lei a tenere Deepwood Motte, oltre alla moglie e al figlio di Robett.»

«Se rimane a Deepwood Motte, è tutto quello che può sperare di tenere» disse Robb. «Ciò che vale per i fratelli di Balon vale doppiamente per lei. Sarà costretta a fare vela per le isole di Ferro, per scacciare Euron e far valere il proprio diritto alla successione.» Il re del Nord si rivolse a Jason Mallister. «Hai una flotta a Seagard?»

«Una flotta, maestà? Mezza dozzina di navi lunghe e due galee da guerra. Bastano appena a difendere le mie coste dai predoni, ma non posso sperare di prevalere sulla flotta del Ferro in uno scontro diretto.»

«Né io ti chiederei di farlo. Mi aspetto che gli uomini di ferro facciano vela per Pyke. Theon mi ha detto come la pensa la sua gente. Sulla sua tolda, ogni capitano è re. Tutti quanti vorranno fare udire la loro voce in materia di successione. Mio lord, ho bisogno di due delle tue navi lunghe per circumnavigare il capo delle Aquile e andare su fino all'Incollatura, fino alla Torre delle Acque Grigie.»

Lord Jason esitò. «Una dozzina di torrenti scorrono per le foreste della Pioggia, tutti con fondale basso, fangosi, e non esistono mappe. Non oso nemmeno chiamarli fiumi. I canali si muovono e mutano percorso di continuo. Dappertutto ci sono secche, cateratte e grovigli di alberi decomposti. E la Torre delle Acque Grigie *si sposta*. Come faranno le mie navi a trovarla?»

«Risali il fiume issando il mio vessillo. Saranno i *crannogmen*, gli uomini delle paludi, a trovarti. Voglio due navi, per raddoppiare la possibilità che il mio messaggio raggiunga Howland Reed. Lady Maege sarà a bordo di una di esse, Galbart sarà sull'altra.» Si girò verso i due che aveva appena menzionato. «Porterete lettere per i miei lord rimasti nel Nord, ma tutti gli ordini che conterranno saranno falsi, per l'eventualità che abbiate la sfortuna di essere catturati. Se dovesse accadere, direte che stavate navigando verso il Nord. Per l'isola dell'Orso, o per la costa Pietrosa.» Batté un dito sulla mappa. «Il Moat Cailin è la chiave del reame. Lord Balon lo sapeva, ed è là che ha mandato suo fratello Victarion al comando del grosso della forza dei Greyjoy.»

«Lotte di successione o no» intervenne lady Maege «gli uomini di ferro non sono stupidi al punto di abbandonare il Moat Cailin.»

«No, è vero» riconobbe Robb. «Penso che Victarion si lascerà dietro il meglio della sua guarnigione. Ma ogni uomo che prenderà con sé sarà un uomo in meno contro cui dovremo combattere. E dovrà portare con sé molti dei suoi capitani, contateci. I capi. Avrà bisogno che quegli uomini siano dalla sua parte se vuole sperare di sedere sul Trono del Mare.»

«Maestà, non intenderai davvero lanciare un attacco dall'Incollatura» disse Galbart Glover. «Gli accessi sono troppo stretti, non c'è spazio per schierarsi. Nessuno ha mai preso il Moat Cailin.»

«Non da sud» ribatté Robb. «Ma se attacchiamo simultaneamente da nord e da ovest, e se piombiamo sugli uomini di ferro alle spalle mentre loro cercano di respingere quello che pensano sia l'assalto principale dall'Incollatura, allora abbiamo una possibilità di farcela. Quando mi sarò ricongiunto con lord Bolton e con i Frey, avrò più di dodicimila uomini. Intendo suddividerli in tre tronconi, che muoveranno per il passaggio tra le paludi a mezza giornata di marcia l'uno dall'altro. Se i Greyjoy hanno esploratori a sud dell'Incollatura, vedranno la mia intera forza precipitarsi verso il Moat Cailin.

«Roose Bolton guiderà la retroguardia, io comanderò il centro. Grande Jon, spetterà a te guidare l'avanguardia contro il Moat Cailin. Il tuo attacco dovrà essere così feroce che gli uomini di ferro non penseranno neppure che altri nemici stiano strisciando loro addosso da nord.»

Grande Jon ridacchiò. «Quelli che strisceranno faranno meglio a essere veloci, altrimenti i miei uomini avranno superato le mura e conquistato il Moat anche prima che si facciano vedere.

Quella fortezza sarà il mio regalo a te quando arriverai con tutta calma.»

«E io sarò lieto di riceverlo» rispose Robb.

Edmure aveva la fronte aggrottata. «Parli di attaccare gli uomini di ferro alle spalle, sire, ma in che modo pensi di arrivare a nord rispetto a loro?»

«Esistono percorsi attraverso l'Incollatura che non sono segnati su nessuna mappa, zio. Percorsi noti solo ai *crannogmen*, strette piste tra le paludi, vie d'acqua in mezzo alla vegetazione che possono essere affrontate solo con imbarcazioni.» Si girò verso i suoi due emissari. «Dite a Howland Reed che deve inviarmi delle guide, due giorni dopo che avrò cominciato ad avanzare su per il passaggio principale. Deve inviarle al *centro* dello schieramento, là dove sventoleranno i miei vessilli. Tre eserciti lasceranno le Torri Gemelle, ma solo due raggiungeranno il Moat Cailin. Il mio esercito svanirà semplicemente nell'Incollatura, tornando a riemergere sul fiume della Febbre. Dopo che mio zio Edmure sarà sposato, se ci muoviamo rapidamente, potremo essere tutti in posizione entro la fine dell'anno. Caleremo sul Moat Cailin da tre direttrici il primo giorno del nuovo secolo, mentre gli uomini di ferro si staranno svegliando con un furioso martellare nel cranio per le gozzoviglie della notte prima.»

«Mi piace questo piano» assentì Grande Jon. «Mi piace molto.»

«Ci sono dei rischi.» Galbart Glover si passò una mano sulla bocca. «Se i *crannogmen* dovessero abbandonarci...»

«Non saremmo comunque in condizioni peggiori delle attuali. Ma *non* ci abbandoneranno. Mio padre conosceva il valore di Howland Reed.» Robb arrotolò la mappa, e solo allora guardò Catelyn. «Madre?»

Catelyn s'irrigidì. «Ho anch'io un ruolo in tutto questo?»

«Il tuo ruolo è restare al sicuro. Il nostro viaggio all'Incollatura sarà pieno di pericoli, e al Nord non ci aspetta altro che battaglia. Ma lord Mallister si è gentilmente offerto di ospitarti a Seagard fino a quando la guerra non sarà conclusa. Ti troverai bene là, madre. Ne sono certo.»

"È questa la mia punizione per essermi opposta a Jon Snow? Oppure è perché sono una donna, peggio ancora: una madre?" A Catelyn ci volle qualche attimo per rendersi conto che gli occhi di tutti erano puntati su di lei. Loro *sapevano*, capì. Fin da prima della riunione del consiglio.

Non avrebbe dovuto essere sorpresa. Liberare lo Sterminatore di re non le aveva guadagnato molti amici, e spesso aveva udito

Grande Jon ripetere che il campo di battaglia non era posto per le donne.

La rabbia che provava certamente trapelò dal suo viso, ma Galbart Glover parlò prima che lei potesse dire una sola parola. «Mia signora, sua maestà è saggio. È meglio che tu non venga con noi.»

«Seagard sarà illuminata dalla tua presenza, mia lady» aggiunse lord Jason Mallister.

«E io sarei tua prigioniera» disse Catelyn.

«Mia onorata ospite» insistette lord Jason.

Catelyn si voltò verso il figlio. «Senza voler recare offesa a lord Jason» disse rigidamente «poiché non mi è concesso venire con te, preferisco fare ritorno a Delta delle Acque.»

«Ho lasciato mia moglie a Delta delle Acque. Voglio che mia madre sia altrove. Mettere tutti i tesori in un unico scrigno rende le cose più facili per chi intende rapinarti. Dopo il matrimonio di Edmure, tu andrai a Seagard. Tale è il mio comando.» Robb si alzò in piedi, e fu con quella rapidità che il destino di Catelyn venne segnato. Il re del Nord prese un foglio di pergamena. «Un'ultima cosa. Noi ci auguriamo che lord Balon Greyjoy abbia lasciato il caos dietro di sé. Ma è un errore che io non intendo commettere. Al momento, non ho ancora un erede, i miei fratelli Bran e Rickon sono morti e mia sorella Sansa è sposata a un Lannister. Ho pensato a lungo, profondamente, a chi potrebbe essere il mio successore. Io ora vi comando, come miei validi e fidati lord, di apporre i vostri sigilli a questo documento quali testimoni della mia decisione.»

"È un re, non ci sono dubbi." Catelyn, sconfitta, fu costretta ad ammetterlo con se stessa. A quel punto, poteva soltanto sperare che la trappola che Robb aveva ideato per il Moat Cailin funzionasse bene quanto quella che aveva teso a lei.

SAMWELL

"Whitetree... Dèi, vi prego, fate che questo sia Whitetree." Samwell Tarly lo ricordava bene, Whitetree. Era sulle mappe che lui stesso aveva tracciato mentre marciavano verso nord. Se quel villaggio era davvero Whitetree, allora lui avrebbe saputo con precisione dove si trovavano. "Vi prego, *deve* esserlo." Lo desiderava al punto di dimenticarsi dello stato dei suoi piedi, la sofferenza lancinante ai polpacci e alla parte bassa della schiena, e anche le dita rigide, semicongelate, che quasi non sentiva più. Si era addirittura dimenticato di lord Mormont, di Craster, dei non-morti, degli Estranei. "Whitetree" pregò Sam, a qualsiasi dio fosse in ascolto.

Ma i villaggi dei bruti si assomigliavano tutti. Al centro di questo particolare villaggio cresceva un gigantesco albero-diga... ma un albero dal tronco bianco non voleva necessariamente dire che si trattasse proprio di Whitetree, albero bianco. L'albero-diga di Whitetree non era più grosso di questo? Forse la memoria lo stava ingannando. Il volto scolpito nel tronco color delle ossa era allungato e triste, lacrime di rossa resina disseccata colavano dai suoi occhi. "Era questo il suo aspetto quando siamo passati di qui andando a nord?" Sam non riusciva a ricordare.

Attorno al gigantesco albero si ergevano capanne a un'unica stanza con tetti di zolle erbose, una costruzione più grande, rettangolare, fatta di tronchi ormai coperti di muschio, un pozzo di pietra e un serraglio per le pecore... senza neppure una pecora. E non c'erano uomini, nemmeno uno. I bruti erano andati a ingrossare le file dell'armata di Mance Rayder su negli Artigli del Gelo, portando con sé tutti i loro averi tranne le case. Sam era grato di questo. Era stremato. Aveva come l'impressione di aver continuato a camminare per metà della sua esistenza terrena. I suoi stivali stavano cadendo a pezzi. Le vesciche ai piedi erano scoppiate, trasformandosi in calli. Ma adesso altre vesciche si erano formate sotto i calli, e c'era un inizio di congelamento alle dita dei piedi.

Ma l'alternativa era marciare o morire, Sam ne era consapevole. Gilly era ancora indebolita dalle fatiche del parto, e inoltre portava l'infante. Aveva bisogno del cavallo molto più di lui. Il loro secondo cavallo era morto a tre giorni di cammino dal castello di Craster. L'incredibile era che fosse durato tanto a lungo, quel povero quadrupede già mezzo morto di fame. A dargli il colpo di grazia doveva essere stato il peso di Sam. Avrebbero potuto continuare in due sulla stessa sella, ma lui aveva temuto che anche il secondo cavallo gli morisse sotto. "È meglio che io vada a piedi."

Sam lasciò Gilly nella costruzione principale ad accendere il fuoco e andò a dare un'occhiata alle capanne. La ragazza era decisamente più brava di lui con la pietra focaia: Sam sembrava del tutto incapace di far prendere le esche. L'ultima volta che aveva cercato di ottenere una scintilla strisciando la pietra contro la lama del coltello si era ferito senza risultato. Gilly gli aveva fatto una fasciatura di fortuna, ma la mano continuava a essere rigida e dolorante, e più goffa del solito. Sapeva che avrebbe dovuto cambiare la fasciatura e lavare la ferita, ma aveva paura di guardare. E poi faceva così freddo che non avrebbe sopportato di togliersi i guanti.

Sam non sapeva che cosa sperasse di trovare in quelle case vuote. Forse un po' di cibo che i bruti si erano lasciati dietro. Ma doveva dare un'occhiata. Nella loro risalita verso nord, Jon Snow aveva perlustrato tutte le capanne di Whitetree. Non c'era altro che paglia vecchia, odori vecchi e ceneri sulla pietra sotto il foro di scarico del fumo. In una, un raschiare di topi in un angolo buio.

Tornò a voltarsi verso l'albero-diga, studiando per alcuni momenti il volto scolpito nel tronco livido. "Non è la faccia che ricordo" fu costretto ad ammettere con se stesso. "E questo albero non è grosso nemmeno la metà di quello di Whitetree." Gli occhi rossi del volto scolpito lacrimavano sangue, e Sam non ricordava neppure questo. Goffamente, scivolò in ginocchio.

«Antichi dèi, ascoltate la mia preghiera. I Sette erano gli dèi di mio padre, ma è a voi che io ho pronunciato il mio giuramento quando sono diventato un Guardiano della notte. Abbiamo bisogno del vostro aiuto. Temo che ci siamo perduti. Abbiamo anche fame, e un freddo terribile. Non so in quali dèi credo, qui e ora, ma... vi prego, se siete da qualche parte, aiutateci. Gilly ha un figlio piccolo.»

Fu tutto quello che gli riuscì di tirare fuori. Il crepuscolo si stava facendo più profondo, le foglie dell'albero-diga stormivano debolmente, ondeggiando come migliaia di piccole mani purpuree. Se gli dèi di Jon avevano udito la sua invocazione, Samwell Tarly non fu in grado di dirlo.

Quando rientrò nella struttura principale, Gilly aveva acceso il fuoco. Sedeva vicino alle fiamme, con le pellicce aperte, il piccolo al seno. "Anche lui è affamato come noi" pensò Sam. Le vecchie del castello di Craster avevano dato loro del cibo, ma a quel punto lo avevano mangiato quasi tutto. Come cacciatore, Sam era stato un disastro perfino a Collina del Corno, dove la selvaggina era abbondante e lui aveva ad aiutarlo battitori e segugi. Ma qui, in questa foresta vuota e senza fine, le possibilità che gli riuscisse di prendere qualcosa erano remote. Anche i suoi tentativi di pesca nei laghi e nei torrenti congelati si erano risolti in patetici fallimenti.

«Quanto manca, Sam?» chiese Gilly. «È ancora lontano?»

«Non così lontano. Non lontano come prima.»

Samwell si sfilò le corregge dello zaino, si sistemò a terra con movimenti impacciati e cercò di incrociare le gambe. A causa di quel marciare senza fine, la schiena gli doleva in modo così atroce che gli sarebbe piaciuto appoggiarsi contro uno dei pilastri di legno che sostenevano il tetto. Ma il fuoco si trovava nel centro della stanza, sotto la verticale del foro di scarico del fumo, e Sam desiderava il calore più disperatamente del rilassamento fisico.

«Qualche altro giorno e dovremmo esserci» aggiunse.

Sam aveva con sé le sue mappe, ma se quello non era Whitetree, le mappe non sarebbero servite a molto. "Ci siamo spostati troppo a est per aggirare quel lago" rimuginò "o forse troppo a ovest quando abbiamo cercato di riprendere il sentiero." Stava cominciando a odiare laghi e fiumi. Qui, a nord della Barriera, non esistevano chiatte per attraversarli, né ponti. Questo significava marciare tutto attorno ai laghi e andare alla ricerca di guadi per superare i fiumi. Era più semplice seguire le piste lasciate dagli animali che arrancare tra la vegetazione fitta, era più semplice aggirare una formazione montagnosa che scalarla. "Se con noi ci fossero Bannen o Dywen, saremmo già arrivati al Castello Nero, e ora saremmo nella sala comune a riscaldarci i piedi." Ma Bannen era morto, il suo corpo bruciato al castello di Craster, e Dywen se ne era andato assieme a Grenn, Edd l'Addolorato e gli altri dopo la morte del Vecchio orso.

"La Barriera è lunga oltre trecento miglia e alta quasi settecento piedi" ricordò Sam a se stesso. Se continuavano a dirigersi a sud, presto o tardi *dovevano* trovarla. E lui era certo che stessero andando a sud. Durante il giorno si basava sul sole e nelle notti serene seguiva la coda del Drago di ghiaccio, anche se, dopo che il secondo cavallo era morto, di notte non si erano più spostati molto. Perfino con la luna piena era molto buio sotto la cupola delle chiome degli alberi, e sarebbe stato fin troppo facile cadere e spezzarsi una gamba, sia per Sam sia per il loro ultimo cavallo. "Ormai dobbiamo essere parecchio a sud, sì, parecchio a sud."

Quello di cui non aveva idea era di quanto avessero deviato verso est o verso ovest. Avrebbero raggiunto la Barriera, certo... in un giorno, in una settimana, non poteva essere molto più lontana, di sicuro... ma in quale punto l'avrebbero raggiunta? Era il portale di accesso al Castello Nero che dovevano trovare: l'unico tunnel sotto la Barriera in cento leghe.

«La Barriera è davvero così grande come diceva Craster?» chiese Gilly.

«Più grande» rispose Sam. «Così grande che non si riesce nemmeno a vedere il castello nascosto dietro di essa. Ma sono là tutti e due, vedrai. La Barriera è fatta interamente di ghiaccio, ma i castelli sono di pietra e legno. Ci sono alte torri e cripte profonde e una costruzione centrale con un grande fuoco che arde nel caminetto, giorno e notte. E non hai idea quanto è caldo là dentro, Gilly, da non credere.»

«Posso starci anch'io vicino al fuoco? Io e il piccolo? Non per molto tempo, solo fino a quando siamo belli caldi?»

«Potrai restare vicino al fuoco per tutto il tempo che vorrai. E avrai anche da mangiare e da bere. Vino caldo alla cannella e una ciotola di stufato di cacciagione con le cipolle, e il pane di Hobb appena tirato fuori dal forno, talmente bollente da scottarti le dita.» Sam si tolse un guanto e agitò le dita vicino al fuoco, ma fu subito costretto a pentirsene. Il freddo le aveva intirizzite, e quando il calore fece tornare la sensibilità il dolore per poco non lo fece urlare. «A volte, alcuni dei confratelli cantano» riprese, cercando di ignorare la sofferenza. «Dareon era quello che cantava meglio di tutti, ma lo hanno mandato al Forte orientale. C'è ancora Halder, però, e anche Toad, rospo. Il suo vero nome è

Todder, ma assomiglia proprio a un rospo, per cui lo chiamiamo a quel modo. Anche a lui piace cantare, ma è terribilmente stonato.»

«Tu canti?» Gilly si sistemò meglio le pellicce, spostando l'infante da un seno all'altro.

Sam arrossì. «Io... conosco qualche canzone. Quando ero piccolo mi piaceva cantare. Danzavo anche, ma il lord mio padre detestava tutto questo. Diceva che, se proprio dovevo agitarmi, lo facessi nel cortile degli addestramenti, con una spada in pugno.»

«Canti una canzone del Sud per il piccolo?»

«Se lo desideri.» Samwell ci pensò qualche momento. «C'è una canzone che il mio septon era solito cantare a me e alle mie sorelle quando eravamo bambini e si avvicinava l'ora di andare a dormire. *Il canto dei Sette*, si chiama.» Si schiarì la gola e cominciò a cantare piano:

«Austero e forte è il volto del Padre,
lui siede e il giusto dall'ingiusto giudica.
Le nostre vite, le brevi e le lunghe, lui osserva
e tutti i bambini lui ama.

Il dono della vita concede la Madre,
e ogni vita lei protegge.
Il suo sorriso gentile a ogni dolore pone fine,
e tutti i bambini lei ama.

Di fronte all'avversario si erge il Guerriero,
e dovunque noi andiamo lui ci sorveglia.
Con la spada e lo scudo, con la lancia e l'arco,
e tutti i bambini lui protegge.

Antica e saggia è la Vecchia,
e il dipanarsi del nostro fato lei guarda.
La sua lampada di oro vivido lei innalza,
e tutti i bambini lei guida.

Giorno e notte lavora il Fabbro,
per più giusto rendere il mondo degli uomini.
Con martello e aratro e chiaro fuoco,
e per tutti i bambini lui costruisce.

Danza attraverso il cielo la Vergine,
nel sussurro di ogni amante lei vive.
Volare agli uccelli insegna il suo sorriso,
e a tutti i bambini i sogni lei concede.

I Sette Dèi che tutti noi hanno creato,
ascoltano se noi li invochiamo.

Così gli occhi chiudete, e mai voi cadrete,
ché tutti voi loro vedono, bambini.

Orsù gli occhi chiudete, e mai voi cadrete,
ché tutti voi loro vedono, o bambini.»

Sam ricordava ancora l'ultima volta che aveva cantato quella canzone assieme a sua madre, per fare addormentare Dickon, il suo fratellino. Suo padre aveva udito le loro voci ed era entrato nella stanza, pieno di rabbia. "Non voglio più sentirla, quella lagna" aveva detto con asprezza lord Randyll Tarly alla moglie. "Hai già rovinato uno dei miei figli con quelle molli canzoni da septon. Intendi fare la stessa cosa anche con questo infante?" Poi il suo sguardo si era spostato su Sam: "Vai a cantare con le tue sorelle, se proprio devi cantare. Non ti voglio vicino a mio figlio".

Il bimbo di Gilly si era addormentato. Era così piccolo, così quieto e fragile, che Sam temeva per lui. Non aveva neppure un nome. Ne aveva parlato con Gilly, ma lei gli aveva risposto che portava male dare il nome a un bimbo prima dei due anni. Ne morivano così tanti.

Gilly si coprì il seno. «Era carina la tua canzone, Sam. Canti bene.»

«Dovresti sentire Dareon. La sua voce è dolce come il vino al miele.»

«Abbiamo bevuto un vino al miele dolcissimo il giorno che Craster mi fece sua moglie. Era estate, e non faceva così freddo.» Gilly gli lanciò un'occhiata perplessa. «Hai cantato solo sei dèi. Craster diceva sempre che il Sud ha sette dèi.»

«Sì, sono sette» confermò Sam «ma nessuno nomina mai lo Sconosciuto.» Il volto dello Sconosciuto era il volto della morte. Soltanto a pensarci, Sam sentiva un brivido freddo nella schiena. «Mangiamo qualcosa. Un paio di bocconi.»

Tutto quello che restava loro erano poche salsicce nere, dure come il legno. Sam ne tagliò poche fette sottili. Lo sforzo gli fece dolere il polso, ma era abbastanza affamato da non cedere. Se si masticava a lungo, la carne si ammorbidiva e il sapore era buono. Le mogli di Craster le avevano fatte stagionare nell'aglio.

Quando ebbero finito, Sam chiese licenza e uscì a sgombrarsi l'intestino e a occuparsi del cavallo. Un vento feroce si era messo a soffiare da nord, le foglie rosse scricchiolavano quando lui passò sotto l'albero-diga. Per fare abbeverare il cavallo fu costretto a spezzare la sottile crosta di ghiaccio che ricopriva il torrente ai margini del villaggio. "Sarà meglio che lo porti dentro." Non ci teneva proprio a svegliarsi il mattino dopo per scoprire che durante la notte il loro ultimo cavallo era morto congelato. "Ma anche se accadesse, Gilly andrebbe avanti comunque." La ragazza era molto coraggiosa, non come lui. Avrebbe voluto sapere che cosa avrebbe fatto di lei, una volta che avessero raggiunto il Castello Nero. Gilly continuava a dire che sarebbe stata sua moglie, se lui la voleva, ma i confratelli in nero non potevano avere moglie. Inoltre, lui era un Tarly di Collina del Corno: non avrebbe mai potuto sposare una donna dei bruti. "Dovrò farmi venire qualche idea. Per adesso, basta arrivare vivi alla Barriera. Tutto il resto non ha importanza."

Condurre il cavallo alla struttura principale fu abbastanza semplice, farlo passare per la porta lo fu di meno, ma Sam non si diede per vinto. Gilly era già assopita quando finalmente riuscì a portare dentro il destriero. Lo guidò in un angolo, mise altra legna sul fuoco, si tolse il pesante mantello e si infilò sotto le pellicce a fianco della donna dei bruti. La sua cappa era ampia abbastanza da ricoprire tutti e tre, in modo da conservare il calore animale.

Gilly odorava di latte e d'aglio e di vecchie pellicce bagnate, ma ormai Sam ci aveva fatto l'abitudine. Erano odori buoni per quanto lo riguardava. Dormire vicino a lei gli piaceva. Gli faceva tornare alla mente un tempo ormai lontano a Collina del Corno, quando divideva un grande letto assieme alle sue sorelle. A quell'abitudine aveva messo fine lord Randyll quando aveva deciso che stava facendo diventare anche Sam molle come una ragazza. "Dormire da solo in una fredda cella non mi ha reso né più duro né più coraggioso." Si domandò che cosa avrebbe detto suo padre se lo avesse visto in quel momento. "Mio lord, ho ucciso un Estraneo" Sam immaginava di dirgli. "L'ho pugnalato con una daga di ossidiana, e adesso i confratelli in nero mi chiamano Sam il Distruttore." Ma perfino in quella fantasticheria lord Randyll aveva un'espressione ostile, e incredula.

Samwell fece un sogno strano, quella notte. Era a Collina del Corno, nel castello, ma suo padre non c'era. Il castello era suo adesso. Con lui c'era Jon Snow. E c'erano anche lord Mormont, il Vecchio orso, e Grenn, Edd l'Addolorato, Pyp, Toad e tutti gli altri confratelli dei Guardiani della notte. Ma non indossavano il nero, bensì abiti colorati. Sam sedeva sull'alto scranno, offrendo loro un magnifico banchetto, tagliando succulente fette d'arrosto con la grande spada dei Tarly, Veleno del cuore. C'erano frittelle dolci e vino al miele in quantità, si cantava e si ballava e tutti stavano al caldo. Quando il banchetto si concluse, Sam salì per andare a dormire. Ma non andò nell'ampia stanza dove il lord suo padre riposava con la lady sua madre, no, andò nella stanza che condivideva con le sue sorelle. Ma sull'ampio, soffice letto c'era Gilly ad aspettarlo. Coperta solo da una grande pelliccia, con il latte che le colava dai seni...

... Si svegliò all'improvviso, nel gelo. E nel terrore.

Il fuoco si era spento, rimanevano solo rosse braci pulsanti. L'aria stessa pareva come congelata, tanto il freddo era brutale. Nell'angolo, il cavallo nitriva, scalciando contro i tronchi della struttura con le zampe posteriori. Gilly sedeva vicino al fuoco, con il piccolo stretto tra le braccia. Sam si mise seduto, ancora intontito, e il fiato che gli usciva dalla bocca aperta si condensava in nuvolette biancastre. La stanza era immersa nelle tenebre, ma c'erano ombre con profondità diverse di nero. I peli delle braccia di Sam erano dritti.

"Non è nulla" si disse. "Ho freddo, tutto qui."

Vicino alla porta, un'ombra si mosse. Un'ombra di quelle grosse.

"Sto ancora sognando" pregò Sam. "Dèi, vi supplico, fate che sia un sogno, un incubo. Lui è morto... morto! L'ho visto morire."

«È venuto per il piccolo» pianse Gilly. «Sente l'odore. Un piccolo nato da poco ha odore di vita. È venuto a prendere la vita.»

L'enorme forma fatta di tenebra si chinò sotto l'architrave, entrò nella stanza, ondeggiò verso di loro. Nella debole luce delle braci, Sam distinse i lineamenti distorti. Piccolo Paul.

«Vattene» gorgogliò. «Non ti vogliamo qui.»

Le mani di Piccolo Paul erano nere come il carbone, la sua faccia pallida come il latte, nei suoi occhi scintillava una sinistra luce azzurra. La sua barba era coperta di cristalli di ghiaccio. Aveva una gazza appollaiata su una spalla. Gli stava beccando la guancia, divorando carne morta. La vescica di Sam cedette, l'orina calda gli ruscellò lungo le gambe.

«Gilly, calma il cavallo e portalo fuori. Vai.»

«Tu...» cominciò lei.

«Ho il pugnale. La daga di vetro di drago.»

Riuscì a estrarla mentre si alzava in piedi. La prima daga, quella con cui aveva ucciso l'Estraneo, l'aveva data a Grenn. Ma per fortuna, prima di fuggire dal castello di Craster, si era ricordato di prendere quella di lord Mormont. La strinse nel pugno, spostandosi lontano dal fuoco, lontano da Gilly e dal piccolo.

«Paul?» Voleva mostrarsi coraggioso, ma la parola gli uscì come una specie di belato. «Piccolo Paul. Non mi riconosci? Sono io, Sam. Sam il ciccione, Sam lo spaventato. Mi hai salvato tu nel bosco, ricordi? Mi hai trasportato quando non riuscivo più a muovere un passo. Nessun altro sarebbe stato in grado di farlo, ma tu lo hai fatto.» Sam arretrò con la daga in pugno, tremando. "Che razza di codardo sono..." «Non farci del male, Paul. Ti prego. Perché vorresti farci del male?»

Gilly si mosse sul pavimento di terra battuta. Il non-morto voltò la testa e la fissò. «*No!*» urlò Sam. Il non-morto si girò di nuovo verso di lui. La gazza che aveva sulla spalla strappò un altro brandello di carne dalla guancia devastata. Sam tenne la daga tesa davanti a sé, il respiro simile al pompare del mantice di un fabbro ferraio. All'angolo opposto della stanza, Gilly raggiunse il cavallo. "Dèi, datemi coraggio" pregò Sam. "Per una volta, datemi un po' di coraggio. Quanto basta perché lei possa andarsene."

Piccolo Paul avanzò verso di lui. Sam continuò ad arretrare fino a quando non fu con le spalle contro la scabra superficie dei tronchi della parete. Strinse la daga con entrambe le mani per tenerla ferma. Il non-morto non sembrava temere il vetro di drago. Forse non sapeva che cos'era. Si muoveva con lentezza, ma Piccolo Paul non era stato troppo veloce nemmeno da vivo. Dietro di lui, Gilly stava calmando il cavallo con dolci mormorii, poi cercò di spingerlo verso la porta. Ma il cavallo doveva aver percepito l'odore freddo, putrido del non-morto e di colpo rifiutò, arretrando, con gli zoccoli che frustavano l'aria glaciale. Al rumore, Paul roteò su se stesso, perdendo qualsiasi interesse in Sam.

Non c'era più tempo per pensare o per pregare o per avere paura. Samwell Tarly si lanciò in avanti e affondò la daga nella schiena di Piccolo Paul. Girato a metà, il non-morto non vide neppure arrivare il colpo. La gazza lanciò un verso stridulo e spiccò il volo.

«Sei morto!» gridò Sam, sferrando un altro affondo. «Sei morto! Morto! Morto!» Continuò a colpire e gridare, a colpire e gridare, scavando squarci enormi nel mantello di spessa lana nera di Paul. Schegge di vetro di drago sprizzavano nell'aria ogni volta che la lama urtava contro la maglia di ferro sotto il mantello.

Le grida di Sam riempirono l'aria di vapori lividi. Lasciò cadere la daga ormai inutile e fece un rapido passo indietro, mentre Piccolo Paul si girava di nuovo. Prima che potesse estrarre l'altro pugnale, la lama d'acciaio di cui tutti i confratelli erano armati, le mani nere del non-morto si serrarono attorno al suo collo. Le dita di Paul erano talmente fredde che quasi sembravano bruciargli la pelle. Affondarono in profondità nella carne soffice della gola di Sam. "Corri, Gilly, corri!" avrebbe voluto gridare, ma quando aprì la bocca, ne uscì solo un rantolo strozzato.

In qualche modo, le sue dita tremanti trovarono l'elsa del pugnale d'acciaio. Lo estrasse, lo affondò nel ventre del non-morto. La lama scivolò sulla maglia di ferro, sfuggendogli di mano. Le dita di Piccolo Paul strinsero ancora di più, letali, inesorabili. Cominciarono a torcere. "Finirà per staccarmi la testa" pensò Sam, pieno di disperazione. Aveva la gola come congelata, i polmoni in fiamme. Fece forza contro i polsi del non-morto, li tempestò di pugni. Niente da fare. Prese Paul a calci in mezzo alle gambe. Inutile. L'universo di Samwell Tarly si contrasse. Si tramutò nelle due gelide stelle azzurre che erano gli occhi del non-morto, nello spaventoso dolore dello strangolamento, in un gelo così terribile che le lacrime gli si cristallizzarono sugli occhi. Sam si contorse, continuando a lottare disperatamente... poi si scaraventò in avanti.

Piccolo Paul era grosso e potente, ma Sam era più pesante di lui. E i non-morti erano goffi nei movimenti, Sam lo aveva visto sul Pugno dei Primi Uomini. Il movimento improvviso fece perdere l'equilibrio a Piccolo Paul che barcollò all'indietro di un passo. L'uomo vivo e l'uomo morto crollarono uno sopra l'altro. All'impatto, una delle gelide mani nere che serravano la gola perse la presa. Sam riuscì a inghiottire una vitale boccata d'aria prima che le fredde dita serrassero nuovamente la presa. Sentì la bocca piena del sapore metallico del sangue. Si contorse, andando alla ricerca del pugnale. Fu a quel punto che vide il vacuo chiarore arancione. *Il fuoco...!* Rimanevano solo braci e ceneri... eppure... non riusciva più a respirare, non riusciva più a pensare... Samwell barcollò di lato, trascinando Paul con sé... le sue braccia annasparono sulla terra battuta del pavimento, frugando, cercando, spargendo ceneri da tutte le parti... fino a quando trovarono qualcosa d'incandescente... un pezzo di legno annerito, con un'estremità che pulsava rossa e arancione nelle tenebre... Sam lo afferrò e affondò la punta ardente dritta nella bocca di Piccolo Paul con tale violenza che sentì i denti dell'essere infernale andare in mille pezzi.

Ma la stretta del non-morto non si allentò. Gli ultimi pensieri di Samwell Tarly andarono a sua madre, che lo aveva amato, e a suo padre, che gli aveva voltato le spalle. Tutto cominciò a vorticargli attorno. Poi Sam vide un filo di fumo uscire dai denti spezzati di Paul. Infine, la faccia del non-morto eruttò in un anemone di fuoco. Le mani gelide cessarono di stringere.

Sam succhiò aria, mentre rotolava goffamente lontano da Piccolo Paul. Il non-morto stava bruciando. I ghiaccioli che gli impregnavano la barba si liquefacevano, la carne si carbonizzava. Sam udì lo stridere della gazza, ma da Piccolo Paul non venne alcun suono. La sua bocca si aprì, ne uscì solo un tentacolo di fiamme. E nei suoi occhi... quella luce azzurra... *era svanita*!

Sam strisciò verso la porta. L'aria era talmente gelida che respirare era una sofferenza, ma una sofferenza piacevole. Anche lui fu costretto a chinare la testa per uscire. «Gilly, l'ho ucciso. Gil...»

Gilly era appoggiata con la schiena contro l'albero-diga, con il bimbo in braccio. Non-morti. Erano da tutte le parti. La circondavano. Una dozzina, no, di più, molti di più... un'intera orda! Un tempo, alcuni di loro erano stati dei bruti, ancora indossavano pelli e pellicce. Mentre altri... erano stati confratelli in nero. Sam riconobbe Lark delle Sorelle, Piededolce, Ryles. La lacerazione alla gola di Chett era nera, le vesciche che gli costellavano la faccia coperte da un'esile patina di ghiaccio. Un altro sembrava Hake, il cuoco, ma era difficile esserne certi. Gli mancava metà del cranio. Gli esseri mostruosi avevano fatto a pezzi, letteralmente a pezzi, il loro povero cavallo superstite. Gli stavano strappando le viscere con le nere mani grondanti rosso. Pallidi vapori si levavano dal ventre squarciato.

«Non è giusto...» Le parole di Sam furono un flebile lamento.

«Giusto.» Il corvo parlante di lord Mormont gli si posò sulla spalla. «Giusto, lamento, spavento.» Sbatté le ali e urlò assieme a Gilly. I non-morti le erano quasi addosso.

Sam udì le foglie rosso scuro dell'albero-diga stormire, sussurrando le une alle altre in un linguaggio ignoto. Perfino la luce delle stelle parve muoversi con loro, e tutto attorno gli alberi si piegarono, scricchiolarono. Samwell Tarly divenne terreo come latte cagliato, i suoi occhi si dilatarono tanto da sembrare che stessero per schizzargli fuori dalle orbite.

Corvi!

Erano sull'albero-diga. A centinaia. A migliaia. Stavano appollaiati su quei rami pallidi come scheletri, a scrutare tra le foglie rosse come il sangue. Sam vide i loro becchi aprirsi, udì i loro stridii. Un coro ancestrale. I corvi spiegarono le ali nere e piombarono sui non-morti in un vortice di vento nero. Una nube fatta di ferocia allo stato puro. Calarono su Chett, beccandogli fuori dalla testa i freddi occhi azzurri, coprirono Lark delle Sorelle come locuste, strapparono brani gocciolanti da dentro la testa sfondata di Hake. Erano così numerosi che Sam li vide inghiottire il disco della luna, cancellandolo dal cielo.

«Vai» disse l'uccello parlante, tornato sulla sua spalla. «Vai, vai, vai.»

Samwell si mise a correre, getti di fiato condensato che gli eruttavano dalla bocca. Tutto attorno a lui, i non-morti cercavano di difendersi dal devastante vento nero dei corvi, dai loro becchi che li dilaniavano. E tutto in un silenzio soprannaturale, senza emettere un solo grugnito, un solo lamento. I corvi ignorarono Sam. Lui prese Gilly per mano e la strappò dal tronco dell'albero-diga.

«Dobbiamo andarcene! Adesso!»

«Ma dove?» Gilly gli tenne dietro, con il bimbo stretto al petto. «Hanno ucciso il cavallo. Come facciamo a...»

«*Confratello!*»

L'urlo parve spezzare la notte in due, coprendo le strida delle migliaia di corvi. Sotto gli alberi, c'era un uomo coperto dalla testa ai piedi di abiti neri e grigi, tutti laceri, chiazzati. Un uomo a cavallo di un alce enorme.

«Da questa parte» chiamò il cavaliere. La sua faccia era celata da un cappuccio.

"Indossa abiti neri." Sam trascinò Gilly verso la figura. L'alce era gigantesco, alto dieci piedi all'articolazione della spalla, con un palco di corna quasi altrettanto alto. L'animale si mise in ginocchio per permettere loro di salirgli sul dorso.

«Qui» disse il cavaliere, e tese una mano guantata aiutando Gilly a montare dietro di lui. Poi venne il turno di Sam.

Solo quando afferrò la mano dell'uomo a cavallo dell'alce, Sam si rese conto che non portava guanti. La sua mano era nera, gelida, le dita dure come la roccia.

ARYA

Quando raggiunsero la sommità dell'argine e videro il fiume, Sandor Clegane tirò con forza le redini, imprecando.

La pioggia continuava a cadere da un cielo nero come metallo, flagellando le ribollenti acque verdi e marrone con migliaia di punte di spada. "Sarà largo almeno un miglio" pensò Arya Stark. Le cime di centinaia di alberi emergevano dalle acque turbinose, i loro rami protesi verso il cielo parevano braccia di uomini in procinto di annegare. Le sponde erano assediate da spessi strati di foglie fradicie. Più avanti nel canale tumultuoso, Arya distinse qualcosa di pallido e gonfio. Il cadavere di un cervo, o forse di un cavallo, che andava rapidamente a valle. C'era anche un suono, una specie di rombo continuo, al limite dell'udibile, simile al bramito emesso da un cane appena prima del ringhio.

Nel contorcersi sulla sella, Arya sentì gli anelli della maglia di ferro del Mastino affondarle nella schiena. Le braccia di lui la circondavano. Sul braccio sinistro, quello ustionato, Clegane aveva indossato un bracciale protettivo d'acciaio. Lei lo aveva visto toglierselo e cambiare la medicazione: la carne ferita era ancora vivida, grondante siero. Se anche l'ustione continuava a farlo soffrire, Sandor Clegane non lo aveva dato a vedere in alcun modo.

«È il fiume delle Rapide Nere?» Avevano cavalcato così a lungo nella pioggia e nelle tenebre, superando boschi privi di sentieri e villaggi senza nome, che Arya aveva perduto il senso dell'orientamento.

«È un fiume che dobbiamo attraversare. Non hai bisogno di sapere altro.»

Clegane le rispondeva, di quando in quando, ma l'aveva avvertita di non fare domande. Le aveva dato molti, troppi avvertimenti durante quel loro primo giorno. «La prossima volta che cerchi di colpirmi, ti lego le mani dietro la schiena» aveva detto. «La prossima volta che cerchi di scappare, ti lego i piedi. Urla, strepita, cerca di mordermi, e ti metto un bavaglio. Possiamo cavalcare assieme, oppure posso sbatterti di traverso alla sella come una scrofa da macello. La scelta è tua.»

La scelta di Arya era stata cavalcare, ma quando si erano accampati aveva atteso finché lui non si fu messo a dormire, poi era andata alla ricerca della pietra più grossa che riuscisse a maneggiare, in modo da sfondargli quel suo brutto cranio. "Silenziosa come un'ombra" aveva ripetuto a se stessa nello strisciare verso di lui. Ma non lo era stata abbastanza. Il Mastino non stava affatto dormendo. Forse si era svegliato o forse era stata lei a svegliarlo. Quale che fosse la spiegazione, aveva aperto gli occhi di colpo, la bocca piegata in un sogghigno. Clegane le aveva strappato la pietra dalle dita come se fosse stata un'infante inerme. Arya era riuscita solo a sferrargli un calcio.

«Per questa volta te la cavi» aveva detto il Mastino, lanciando la pietra tra i cespugli. «Ma se sarai così stupida da riprovarci, ti farò del male.»

«Perché non mi ammazzi e basta? Come hai fatto con Mycah?» Arya gli aveva gridato in faccia. Era ancora pronta alla sfida in quei momenti, era ancora più inferocita che spaventata.

Per tutta risposta, Clegane l'aveva afferrata per la tunica, tirandola verso di sé finché la sua ghigna ustionata fu a un pollice dalla faccia di Arya. «Pronuncia quel nome un'altra volta soltanto, e io ti pesto tanto da farti *desiderare* di essere ammazzata.»

Dopo quell'episodio, ogni sera prima di dormire, il Mastino avvolgeva Arya nella coperta del cavallo, poi legava con tratti di fune le due estremità, impacchettandola come una neonata nelle fasce.

"*Deve* essere il fiume delle Rapide Nere" decise Arya, guardando la pioggia martellare la corrente. Il Mastino era il cane di Joffrey. La stava riportando alla Fortezza Rossa, per gettarla di nuovo in pasto a Joffrey e alla regina Cersei. Avrebbe voluto che spuntasse il sole, in modo da poter capire in quale direzione stavano andando. Ma più osservava la crescita del muschio sugli alberi più si sentiva confusa. "Il fiume delle Rapide Nere non è così largo presso Approdo del Re, ma c'è da tener conto delle piogge."

«I guadi saranno scomparsi» disse Sandor Clegane «e non è proprio il caso di attraversare a nuoto né di provarci.»

"Non c'è modo di passare" intuì Arya. "Lord Beric ci riprenderà di sicuro." Clegane aveva spinto il suo stallone nero allo stremo, tornando sui propri passi due, anche tre volte, in modo da confondere gli inseguitori. Aveva addirittura cavalcato per mezzo miglio dentro un fiume... Eppure, quando Arya si voltava indietro, si aspettava di vedere i fuorilegge della fratellanza senza vessilli. Aveva cercato di aiutarli incidendo il suo nome sui tronchi ogni volta che andava tra i cespugli a liberare la vescica, ma la quarta volta che lo aveva fatto il Mastino l'aveva sorpresa. Fine del tentativo. "Non importa" si era consolata Arya. "Thoros mi troverà con le sue fiamme." Ma Thoros non l'aveva trovata. O comunque non ancora, e una volta che avessero attraversato il fiume...

«Città di Harroway non dovrebbe essere lontana» disse il Mastino. «E là lord Foote tiene nelle sue stalle il cavallo acquatico con due teste del Vecchio Re Andahar. Forse con quello riusciremo a raggiungere l'altra sponda.»

Arya non aveva mai sentito parlare di Andahar. E nemmeno aveva mai visto un cavallo con due teste, specialmente uno che potesse correre sull'acqua. Ma aveva imparato la lezione, per cui si morse la lingua per non chiedere altro e rimase rigidamente seduta sulla sella. Il Mastino fece voltare la testa dello stallone e si diresse al trotto lungo la sommità dell'argine, seguendo il fiume verso valle. Per lo meno, muovendosi in quella direzione, la pioggia li investiva sulla schiena. Arya ne aveva abbastanza di venire accecata dal diluvio, di sentire le gocce scorrerle lungo le guance come lacrime. "I lupi non piangono mai" ricordò a se stessa per l'ennesima volta.

Non poteva essere più tardi di mezzogiorno, eppure il cielo era scuro come al crepuscolo. Arya aveva perso il conto di quanti giorni erano passati senza vedere il sole. Era fradicia fino al midollo, piena di piaghe da sella, con il naso intasato, dolorante in ogni parte del corpo. Aveva anche la febbre, e a volte era scossa da brividi incontrollabili. Ma quando aveva detto al Mastino che si sentiva male, in risposta aveva avuto una specie di ringhio. «Soffiati il naso e tappati la bocca» le aveva detto. Per metà del tempo lui dormiva in sella, confidando nel suo stallone per proseguire lungo malridotte piste agricole o sentieri di animali migratori. Il cavallo era un corsiero da guerra, grosso quasi quanto un destriero ma molto più veloce. "Straniero", lo chiamava il Mastino. Una volta, mentre Clegane faceva una pisciata contro un albero, Arya aveva cercato di rubarlo, pensando di riuscire a dileguarsi prima che lui potesse riprenderla. C'era mancato poco che Straniero le staccasse la faccia con un morso. Con il suo padrone era mansueto come un vecchio castrato, ma con chiunque altro mostrava un'anima nera quanto quella del Mastino. Arya non aveva mai visto un cavallo così veloce a mordere o a tirare calci.

Per ore continuarono a cavalcare seguendo il corso del fiume, tra alti zampilli sollevati dalle zampe di Straniero nel guadare piccoli affluenti, prima di raggiungere il posto di cui Sandor Clegane aveva parlato. «La città di lord Harroway...» cominciò, poi la vide. «Per i sette inferi!»

Il villaggio era una desolazione: quando le acque crescenti avevano superato gli argini era stato allagato. Tutto quello che restava di Città di Harroway era il piano superiore di una locanda di tronchi, la cupola a sette spicchi di un tempio invaso dall'acqua, due terzi di un torrione di pietra, pochi tetti coperti di vegetazione acquatica e una selva di comignoli.

Però Arya notò che dalla torre si levava del fumo. E sotto una delle finestre ad arco era saldamente ormeggiata una chiatta a fondo piatto. La chiatta era munita di una dozzina di scalmi, al centro del ponte c'era un casotto di legno con il tetto di zolle erbose, a poppa e a prua si ergevano due teste di cavallo di legno scolpito. "Eccolo, il cavallo con due teste..." Il Mastino si portò le mani a coppa attorno alla bocca e lanciò un richiamo. Subito due uomini uscirono dal casotto. Un terzo uomo si appostò a una delle finestre del torrione, imbracciando una balestra con il dardo incoccato. «Che cosa vuoi?» urlò.

«Portateci dall'altra parte» gridò di rimando il Mastino.

I due uomini sulla barca confabularono tra loro. Uno dei due, un individuo irsuto dai capelli grigi, le braccia massicce e la schiena incurvata, si avvicinò al parapetto. «Ti costerà.»

«Pagherò.»

"Con cosa?" si chiese Arya. I fuorilegge avevano preso a Clegane tutto il suo oro, ma forse lord Beric gli aveva lasciato qualche moneta d'argento e di rame. Un passaggio in traghetto non poteva costare più di pochi pezzi di rame...

I barcaioli avevano ripreso a confabulare. Alla fine, quello con la schiena incurvata si voltò e lanciò un grido. Comparvero altri sei uomini, che si coprirono con i cappucci per proteggersi dalla pioggia. Altri ancora uscirono contorcendosi dalla finestra del fortilizio, saltando poi sul ponte della chiatta. La maggior parte di loro assomigliava quanto bastava all'uomo dalla schiena curva per essere membri della sua famiglia. Alcuni staccarono le catene d'ormeggio e si munirono di lunghi pali, altri sistemarono negli scalmi pesanti remi a pala larga. La chiatta ruotò e scivolò lentamente sul basso fondale, mentre i remi lavoravano da entrambe le murate. Sandor Clegane cavalcò giù per il fianco della collina, dirigendosi verso l'imbarcazione.

Quando la prora arrivò a contatto con la terraferma, i barcaioli aprirono un ampio portello sotto la testa scolpita del cavallo e spinsero in posizione una pesante passerella di quercia. Sul margine dell'acqua, Straniero ebbe un'esitazione. Il Mastino lo spronò e lo costrinse a salire a bordo.

L'uomo dalla schiena curva li stava aspettando sul ponte. «Abbastanza bagnato per i tuoi gusti?» chiese sorridendo.

La bocca del Mastino si piegò in una smorfia. «È la tua barca che mi serve, non il tuo fottuto umorismo.» Smontò di sella e tirò giù Arya al suo fianco. Uno dei barcaioli fece per prendere le briglie di Straniero. «Io non lo farei» avvertì Clegane, mentre il cavallo scalciava. L'uomo balzò indietro e scivolò sul fasciame reso viscido dalla pioggia, imprecando nel picchiare duramente sul didietro.

L'uomo dalla schiena incurvata aveva smesso di sorridere. «Ti possiamo portare di là» disse in tono aspro. «Ti costerà un conio d'oro. Più un altro per il cavallo. E un terzo per il ragazzo.»

«Tre dragoni d'oro?» Clegane gli scoppiò a ridere in faccia. «Tre dragoni d'oro bastano a comprarla, la tua barca fottuta.»

«L'anno scorso poteva anche essere. Ma con il fiume così ingrossato, avrò bisogno di altre mani ai pali e ai remi solo per evitare che finiamo sbattuti cento miglia in mezzo al mare. Ecco la tua scelta. Tre dragoni, altrimenti è meglio che insegni a quel tuo cavallo degli inferi a cavalcare sull'acqua.»

«Un bandito onesto. Mi piace. Tre dragoni... dopo che ci avrai fatti sbarcare tutti interi sulla riva nord.»

«No, devo averli adesso. Se no, non ci muoviamo.» L'uomo tese di colpo una mano tozza, callosa, con il palmo rivolto in alto.

«No, ecco la tua scelta. Oro sulla riva nord...» Clegane scosse la spada lunga, sbloccando la lama all'interno del fodero. «Oppure acciaio su quella sud.»

Il barcaiolo studiò la faccia del Mastino. Arya percepì chiaramente che quello che vide non gli piacque affatto. Dietro di lui c'era una dozzina di uomini, tutti individui forti che impugnavano remi e pali di legno massiccio. Ma nessuno di loro si fece avanti per spalleggiarlo. Assieme, sarebbero stati in grado di sopraffare Sandor Clegane, anche se lui sarebbe riuscito a farne fuori tre o quattro prima che gli altri potessero abbatterlo.

«Come faccio a essere sicuro che il conio ce l'hai davvero?» chiese il barcaiolo dopo qualche momento.

"Non ce l'ha" avrebbe voluto gridare Arya. Invece si morse il labbro.

«Onore di cavaliere» dichiarò il Mastino, senza neppure l'ombra di un sorriso.

"Non lo è nemmeno, un cavaliere." Ma di nuovo Arya non parlò.

«Questo andrà bene.» Il barcaiolo sputò. «Muoviamoci. Possiamo scaricarvi dall'altra parte prima che faccia buio. Lega il cavallo, non voglio che si agiti quando saremo in mezzo. C'è un braciere giù in cabina, se tu e tuo figlio volete riscaldarvi.»

«Non sono il suo stupido figlio!» gridò Arya, piena di rabbia. Quello era anche peggio che essere presa per un ragazzo. Era talmente inferocita che stava per rivelare chi era realmente. Sandor Clegane l'afferrò per la collottola e la sollevò dalla tolda con una mano sola. «Quante volte ti ho detto di tenere chiusa quella boccaccia?» La scosse con tanta violenza, che Arya sentì i denti sbattere gli uni contro gli altri. Il Mastino la lasciò cadere. «Vattene dentro e cerca di asciugarti, come ha detto quest'uomo.»

Arya obbedì. Il grande braciere di ferro era pieno di braci ardenti e nel casotto l'aria era caldissima, soffocante. Eppure era piacevole sentire quel calore, scaldarsi le mani e asciugarsi un po'. Ma appena sentì che la chiatta si muoveva, Arya corse fuori.

Il cavallo con due teste avanzò lentamente sui bassi fondali, destreggiandosi tra le cime degli alberi e i comignoli affioranti della inondata Harroway. Una dozzina di uomini era ai remi, altri quattro si servivano di lunghi pali per tenere a distanza qualsiasi oggetto arrivasse troppo vicino allo scafo, rocce, alberi, case sommerse. L'uomo dalla schiena curva teneva il timone. La pioggia martellava le assi lisce della tolda, ruscellando lungo le grandi teste scolpite a prora e a poppa. Arya si stava di nuovo infradiciando, ma non le importava. Voleva vedere. Notò che l'uomo armato di balestra era ancora appostato alla finestra del torrione. Seguì con lo sguardo la chiatta mentre scivolava sotto il mastio. Arya si chiese se si trattasse del lord Foote che il Mastino aveva menzionato. "Non ha esattamente l'aspetto di un lord." D'altra parte, nemmeno lei aveva esattamente l'aspetto di una lady.

Quando si furono lasciati alle spalle la città ed entrarono nel fiume vero e proprio, la corrente divenne molto più forte. Attraverso la grigia foschia della pioggia, Arya riuscì a distinguere sulla sponda opposta l'alto pilastro di pietra che segnalava l'approdo del traghetto. Ma nel momento stesso in cui lo vide, si rese conto che venivano spinti lontano, a valle. I rematori adesso vogavano più vigorosamente, lottando contro la furia del fiume. Foglie e rami spezzati vorticavano ai fianchi dell'imbarcazione con tale rapidità che parevano lanciati da una catapulta. Gli uomini con i pali si protendevano in fuori, allontanando tutto ciò che minacciava la chiatta. Là fuori, anche il vento era più forte. Ogni volta che si voltava verso monte, Arya riceveva scariche di pioggia in piena faccia. A ogni sussulto della tolda, Straniero nitriva e scalciava.

"Se saltassi fuoribordo, il fiume mi trascinerebbe via perfino prima che il Mastino si rendesse conto che non ci sono più." Arya gettò uno sguardo dietro di sé. Sandor Clegane lottava con il suo cavallo terrorizzato, cercando di calmarlo. Non si sarebbe mai più presentata un'occasione come quella per fuggire. "Solo che potrei annegare" Il suo fratello bastardo Jon Snow diceva sempre che lei sapeva nuotare come un pesce, ma perfino un pesce avrebbe avuto dei problemi in quel fiume. E poi annegare poteva essere comunque meglio che tornare ad Approdo del Re. Il pensiero di Joffrey fece decidere Arya. Si spostò cautamente verso la prora. L'acqua del fiume era di un torbido colore marrone a causa del fango in sospensione, la pioggia ne flagellava la superficie. Più che acqua sembrava zuppa. Arya si chiese quanto fosse fredda. "Tanto, più bagnata di così..." Mise una mano sul parapetto.

Il grido esplose all'improvviso, appena dietro di lei, un attimo prima che saltasse. I barcaioli stavano precipitandosi in avanti, con i pali protesi. Per qualche attimo, Arya non capì che cosa stesse succedendo. Poi lo vide: un albero sradicato, nero, enorme. Stava arrivando dritto addosso alla chiatta. Un groviglio di radici contorte, di rami spezzati sporgeva dalla sua superficie, simile ai tentacoli di un calamaro degli abissi. I rematori spinsero freneticamente indietro, cercando di evitare una collisione che avrebbe potuto rovesciare la chiatta o sventrarla. Il vecchio dalla schiena curva aveva girato il timone, il cavallo di prora stava ruotando, ma troppo lentamente. L'albero sradicato, legno nero e marrone che scintillava nella pioggia, continuò a precipitarsi in avanti come un ariete di sfondamento.

Non poteva essere a più di dieci piedi dalla prua quando due dei barcaioli riuscirono a intercettarlo con i pali. *Crrraaack!* All'impatto, uno si spezzò. Ci fu un lungo, lamentoso scricchiolio. La chiatta stessa parve spezzarsi sotto i loro piedi. Ma il secondo uomo era riuscito a dare all'albero una robusta spinta, sufficiente a mandarlo lontano da loro. Il tronco sfrecciò di fianco al traghetto, uno scarto di appena una manciata di pollici, mentre le radici strisciavano come artigli contro la testa di cavallo scolpita. Forse era fatta... No. Uno dei rami contorti dell'albero mostruoso volle infliggere un colpo d'addio. La chiatta parve impennarsi, Arya scivolò, picchiando dolorosamente un ginocchio sul ponte. L'uomo con il palo spezzato non ebbe altrettanta fortuna. Arya lo udì urlare, lo vide volare fuoribordo. Le furibonde acque marrone si chiusero sopra di lui. Quando Arya riuscì ad alzarsi in piedi, guardò oltre la murata: l'uomo era scomparso. Uno dei barcaioli aveva afferrato un rotolo di fune, ma non c'era nessuno a cui gettarla.

"Forse toccherà terra da qualche parte a valle" cercò di convincersi Arya. Ma le parve solo una vana speranza. E adesso aveva perduto qualsiasi desiderio di farsi una nuotata. Sandor Clegane le gridò di tornare dentro e lei obbedì mestamente. Il traghetto aveva ripreso a lottare per rimettersi in rotta, a lottare contro un fiume che voleva trascinarlo fino al mare.

Toccarono terra, alla fine. Almeno due miglia lontano dal pilastro di pietra del normale approdo. Lo scafo urtò contro la riva con tale violenza che un altro dei pali si spezzò e per poco Arya non perse di nuovo l'equilibrio. Sandor Clegane la sollevò e la rimise in sella a Straniero come se pesasse quanto una bambola di pezza. I barcaioli li fissavano con occhi vacui, esausti. Tutti tranne l'uomo dalla schiena curva, il quale stese di nuovo la mano.

«Sei dragoni» impose. «Tre per il passaggio, tre per l'uomo che ho perso.»

«Qui.» Sandor Clegane frugò nella bisaccia, mise nel palmo del traghettatore un rotolo di pergamena tutto raggrinzito. «Prendine dieci.»

«Dieci?» L'uomo era confuso. «Che storia è questa?»

«La ricevuta di un uomo morto, del valore di novemila dragoni, o giù di lì.» Il Mastino volteggiò in sella dietro ad Arya e gli rivolse un sorriso sgradevole. «Dieci di quei novemila sono tuoi. Tornerò a riprendermi il resto, un giorno. Per cui vedi di non spenderli.»

L'uomo accennò al documento. «Roba scritta. Che cosa me ne faccio di roba scritta? Tu avevi promesso oro. Onore di cavaliere, avevi detto.»

«I cavalieri non ce l'hanno, l'onore. È ora che tu lo impari, vecchio.»

Il Mastino diede di speroni, spingendo Straniero al galoppo nella pioggia. I barcaioli gli urlarono dietro oscenità, un paio lanciarono pietre. Clegane ignorò gli insulti e ignorò le pietre. In breve, lui e Arya svanirono nella semioscurità plumbea degli alberi, il ruggito del fiume che si affievoliva alle loro spalle.

«Il traghetto non ritornerà sull'altra sponda fino a domani mattina» disse il Mastino «e stai sicura che quella masnada non accetterà pezzi di carta dal prossimo branco di fessi che passerà dalle loro parti. Se i tuoi amici ci stanno dietro, sarà meglio che siano dei nuotatori fottutamente poderosi.»

Arya si morse la lingua e si concentrò. "*Valar morghulis*" pensò cupamente. "Ser Ilyn, ser Meryn, re Joffrey, regina Cersei. Dunsen, Polliver, Raff Dolcecuore, ser Gregor e Messer Sottile... e il Mastino, il Mastino, *il Mastino*!"

Quando la pioggia cessò e uno squarcio si aprì tra le nubi, Arya tremava e ormai starnutiva così di frequente che Clegane decise di fermarsi per la notte. Cercò addirittura di accendere un fuoco. Ma la legna che raccolsero era troppo umida. Per quanto ci provasse, la scintilla della pietra focaia non prese in nessun modo. Alla fine, disgustato, sbatté via tutto con un calcio. «Per i sette inferi del cazzo» ringhiò. «Io lo odio, il fuoco.»

Rimasero seduti su delle pietre bagnate sotto una quercia, ascoltando lo sgocciolare dell'acqua dalle foglie. Consumarono un pasto freddo a base di pane duro, formaggio muffito e salsiccia affumicata. Il Mastino usò la daga per tagliare la carne. Notò che Arya fissava la lama e i suoi occhi si strinsero: «Non pensarci nemmeno».

«Non ci stavo pensando» mentì lei.

Clegane commentò quella risposta con un grugnito, ma le diede comunque una spessa fetta di salsiccia. Arya cominciò a masticarla, senza staccargli lo sguardo di dosso.

«Tua sorella non l'ho mai picchiata» disse il Mastino. «Ma picchierò te, se mi ci costringi. Falla finita di pensare a come ammazzarmi. Non ti servirà proprio a niente.»

Arya non replicò. Si limitò a masticare la salsiccia e a fissarlo freddamente. "Dura come la pietra" pensò.

«Tu almeno mi guardi in faccia. Questo te lo riconosco, ragazzina-lupo. Ti piace, la mia faccia?»

«No. È tutta bruciata e brutta.»

Clegane le offrì un pezzo di formaggio infilzato sulla punta della daga. «Sei una piccola scema. Se anche riuscissi a scappare, che cosa credi di ottenere? Semplicemente verresti presa da qualcuno peggio di me.»

«No» ribatté lei. «Non c'è nessuno peggio di te.»

«Non hai mai conosciuto mio fratello. Gregor una volta uccise un uomo perché russava. Uno dei suoi.» Il Mastino sogghignò, la metà ustionata della sua faccia si tese, distorcendogli la bocca in modo grottesco. Da quel lato non aveva labbra, e gli rimaneva solo un mozzicone d'orecchio.

«Invece lo conosco, tuo fratello.» Forse però la Montagna che cavalca *era* peggio del Mastino, ora che ci pensava. «Lui e Dunsen e Polliver, e Raff Dolcecuore e Messer Sottile.»

Sandor Clegane apparve sorpreso. «E come ha conosciuto quella genìa la preziosa figlioletta di Ned Stark? Gregor non porta mai a corte i suoi topi di fogna preferiti.»

«Li ho conosciuti in un villaggio.» Arya mangiò il formaggio, allungando una mano per prendere un pezzo di pane. «Sulle rive dell'Occhio degli Dèi, dove loro mi catturarono insieme a Gendry e Frittella. Avevano preso anche Lommy Maniverdi, ma lui aveva una gamba ferita, così Raff Dolcecuore lo ha ucciso.»

La bocca del Mastino si distorse di nuovo. «Catturata? Mio fratello ti ha catturata?» Si mise a ridere, una risata acida, a metà tra un ruggito e un ringhio. «Gregor non ha mai saputo chi aveva per le mani, giusto? No, non può averlo saputo, diversamente ti avrebbe trascinata ad Approdo del Re, con te che urlavi e scalciavi, immagino. Per poi scaricarti tra le braccia di Cersei. Ah, che magnifica fottitura. Non mancherò di dirglielo... prima di tagliargli la gola.»

Non era la prima volta che Arya lo sentiva parlare di assassinare la Montagna. «Ma lui è tuo fratello» disse dubbiosamente.

«Non hai mai desiderato uccidere un fratello?» Clegane rise di nuovo. «O una sorella, magari?» Dovette notare qualcosa nell'espressione di lei e si protese in avanti. «Sansa. Lei, vero? La piccola lupa vuole divorare l'uccellino.»

«No» rispose Arya in un sibilo. «Io voglio uccidere *te*.»

«Perché ho tagliato in due quel tuo amichetto? Ne ho tagliati in due anche molti altri, te lo garantisco. Tu pensi che questo mi renda una sorta di mostro. Bene, forse è così, ma ho anche salvato la vita di tua sorella. È stato il giorno in cui la folla inferocita l'ha trascinata giù da cavallo. Mi sono aperto la strada tra loro a colpi di spada e l'ho riportata alla Fortezza Rossa, se no anche lei avrebbe ricevuto lo stesso regaletto che hanno fatto a Lollys Stokeworth. E tua sorella ha cantato per me. Tu questo non lo sapevi, non è così? Tua sorella mi ha cantato una piccola, dolce canzone.»

«Stai mentendo» ribatté Arya senza esitare.

«Tu non sai neppure metà di quello che credi di sapere, ragazzina-lupo. *Il fiume delle Rapide Nere?* Per i sette inferi, ma dove credi che siamo? Dove credi che stiamo andando?»

La delusione nella voce di lui la fece esitare. «Ad Approdo del Re» rispose. «Mi stai riportando da Joffrey e dalla regina.» Ma era la risposta sbagliata, Arya se ne rese conto all'improvviso. Lo aveva già capito dal modo in cui il Mastino le aveva posto le ultime due domande. Ma lei doveva dire qualcosa, qualsiasi cosa.

«Stupida, cieca ragazzina-lupo.» La sua voce era aspra, dura come una raspa di ferro. «In culo Joffrey, in culo la regina, in culo anche quel contorto mostriciattolo di suo fratello. Io ho chiuso con la città, chiuso con la Guardia reale, chiuso con i Lannister. Che cosa c'entra un mastino con i leoni, questo ti chiedo?» Clegane afferrò l'otre, bevve una lunga sorsata. Poi si passò il dorso della mano sulle labbra e tese l'otre ad Arya. «Quel fiume era il Tridente, ragazzina, non le Rapide Nere. Cerca di vederti una mappa in testa, se ci riesci. Domattina dovremmo raggiungere la strada del Re. E dopo viaggeremo più in fretta, arriveremo dritti alle Torri Gemelle. E sarò io a riconsegnarti a tua madre. *Io.* Non il nobile lord della Folgore, e nemmeno quel fraudolento prete fiammeggiante, quel mostro.» L'espressione sul viso di Arya lo fece sogghignare. «Credi davvero che i tuoi amichetti fuorilegge siano i soli a sentire l'odore del riscatto? Dondarrion si è preso il mio oro, così io mi sono preso te. Vali il doppio di quanto loro mi hanno portato via, dico io. Forse addirittura di più, se ti vendessi ai Lannister. Ma questo non lo farò. Perfino un cane si stanca di essere preso a calci. Se questo tuo Giovane lupo ha il buonsenso che gli dèi hanno dato a un rospo, mi farà nobile e mi implorerà di mettermi al suo servizio. Perché, anche se lui ancora non lo sa, ha bisogno di me. Forse potrei addirittura uccidere Gregor per lui. E questo gli piacerebbe parecchio.»

«Mio fratello non ti prenderà mai al suo servizio» sibilò Arya. «Non *tu*.»

«In quel caso, intascherò tutto l'oro che posso portare, gli riderò in faccia e me ne andrò al galoppo. Se non mi vuole, darebbe prova di saggezza uccidendomi. Ma non lo farà. C'è troppo di suo padre in lui, da quanto ho sentito. Per me va bene, in un modo o nell'altro, vinco io. E vinci anche tu, ragazzina-lupo. Per cui falla finita di berciare e di digrignare i denti, ne ho la nausea. Tieni la bocca chiusa, fa' come ti dico e magari riusciremo addirittura ad arrivare in tempo per lo strafottuto matrimonio di tuo fratello il re del Nord.»

JON

Il cavallo era alla fine, ma Jon Snow non poteva concedergli respiro. Doveva raggiungere la Barriera prima del maknar di Thenn. Avrebbe dormito sulla sella, se ne avesse avuta una, ma non l'aveva, e rimanere sul dorso dell'animale era già un'impresa ardua da sveglio. Il dolore alla gamba ferita aumentava senza sosta. Ma Jon non osava fermarsi per curarla. Così, ogni volta che rimontava in groppa al destriero, gli squarci scavati dalla freccia tornavano a riaprirsi.

Raggiunse la sommità di una dorsale rocciosa. Sotto di lui, la strada del Re – in quelle remote zone del Nord nient'altro che una pista dissestata, piena di buche e solchi – si dipanava tra pianure e colline. Jon accarezzò il collo del cavallo. «Adesso tutto quello che dobbiamo fare è seguire la strada, amico. E, presto, la Barriera.» La gamba era diventata rigida come un pezzo di legno, la febbre gli rendeva la testa vuota tanto che per ben due volte si scoprì a muoversi nella direzione sbagliata.

E presto, la Barriera. Rivide i suoi amici che bevevano vino caldo nella sala comune. Rivide Hobb ai suoi fornelli, Donal Noye alla sua forgia, maestro Aemon nella sua torretta sotto l'uccelliera. "E il Vecchio orso? E Sam, Grenn, Edd l'Addolorato, Dywen con i suoi denti di legno..." Jon poté solo pregare che fossero riusciti a fuggire dal Pugno dei Primi Uomini.

Ma nei suoi pensieri c'era anche Ygritte. Ricordava l'odore dei suoi capelli, il calore del suo corpo... e l'espressione sul suo viso quando aveva tagliato la gola a quel vecchio. "Hai sbagliato ad amarla" sussurrò una voce dentro di lui. "Hai sbagliato a lasciarla" sussurrò una voce diversa.

Si chiese se anche suo padre si era sentito così dilaniato quando aveva abbandonato la vera madre di Jon per fare ritorno da lady Catelyn. "Aveva giurato fedeltà a lady Stark. E io ho giurato fedeltà ai Guardiani della notte."

Per poco, così divorato dalla febbre da non rendersi conto di dove si trovava, non superò Città della Talpa. La maggior parte del villaggio era costruita nel sottosuolo, soltanto poche capanne erano visibili alla luce della luna al tramonto. L'ingresso al bordello era un gabbiotto non più grosso di una latrina. Ondeggiando al vento, la sua lanterna rossa scricchiolava, simile a un occhio iniettato di sangue spalancato nelle tenebre. Jon smontò di fronte alla stalla annessa, quasi stramazzando giù dal cavallo, svegliando rudemente i due ragazzi all'interno.

«Ho bisogno di un cavallo fresco... sella, briglie, tutto quanto.» Lo disse con un tono che non ammetteva repliche. Gli portarono quanto aveva chiesto. E anche un otre di vino e una forma di pane nero. «Svegliate il villaggio» riprese Jon. «Avvertite la gente. I bruti... Ci sono bruti a sud della Barriera. Raccogliete le vostre cose e andate al Castello Nero.» Si issò sulla sella del castrato a pelo scuro che gli avevano dato, stringendo i denti all'ennesima fiammata di dolore alla gamba. Riprese a galoppare verso nord.

La Barriera si erse di fronte a lui torreggiando nelle nebbie dell'alba che spuntava, le stelle che cominciavano a sbiadire nel cielo orientale. I raggi della luna scintillavano pallidi contro il ghiaccio. Spronò il cavallo a proseguire, seguendo la strada assediata dal fango viscido. Finalmente arrivò in vista delle torri di pietra e delle palizzate di tronchi che costituivano il Castello Nero. Parevano giocattoli spezzati, ammucchiati di fronte all'immane muraglia di ghiaccio. Sulla Barriera le prime luci cominciavano a disegnare sfumature rosa e purpuree.

Non c'erano sentinelle a intimargli di fermarsi quando superò le fortificazioni esterne. Nessuno si fece avanti per sbarrargli la strada. Il Castello Nero pareva in rovina quanto Guardia Grigia, uno dei tanti fortini costruiti sulla cima della Barriera e abbandonati ormai da secoli. Dure erbacce marrone crescevano dalle fenditure tra le pietre dei cortili. Neve vecchia copriva ancora il tetto dei Baraccamenti Flint, bianchi cumuli si ostinavano a resistere contro il lato nord della Torre di Hardin, dove Jon si era trasferito dopo che il Vecchio orso lo aveva nominato suo scudiero. Dita di cenere carbonizzata ancora strisciavano all'esterno della Torre del lord comandante, nei punti in cui il fumo era uscito fuori dalle finestre a volute vorticose. Dopo l'incendio,

Jeor Mormont si era spostato nella Torre del re, ma Jon non vide luci neppure là. Da dove si trovava, non era in grado di dire se ci fossero sentinelle di pattuglia in cima alla Barriera, settecento piedi più in alto, ma non c'era nessuno sull'enorme scala retraibile che si arrampicava su per il pendio congelato simile a una grande folgore di legno.

Unica traccia di vita, il fumo che usciva dal comignolo dell'armeria. Appena un esile filo di fumo, in realtà, quasi invisibile contro il grigio del cielo a settentrione, ma era sufficiente. Jon scese di sella e si diresse verso la costruzione. Il calore che si riversava fuori della porta lasciata aperta gli parve il respiro torrido dell'estate. All'interno, intento a pompare sul mantice, c'era Donal Noye, il fabbro dei Guardiani della notte, l'uomo con un braccio solo che tanto tempo prima aveva forgiato la grande mazza da guerra con cui re Robert Baratheon aveva conquistato le sue vittorie sul campo. Al rumore di passi, alzò lo sguardo.

«Jon Snow?»

«L'hai detto.»

A dispetto della stanchezza, della febbre, del maknar, del vecchio morto, di Ygritte, di Mance Rayder, a dispetto di tutto e di tutti, Jon riuscì a sorridere. Faceva bene essere tornato, faceva bene rivedere Donal Noye, col suo ventre prominente e la manica cucita sul braccio mancante, la guance coperte di un'ispida barba nera.

Il fabbro abbandonò la presa sulla leva del mantice. «La tua faccia...»

Jon se ne era quasi dimenticato. Orell, l'aquila, gli artigli, il sangue.... «Un metamorfo ha cercato di cavarmi un occhio.»

Noye corrugò la fronte. «Cicatrice o no, la tua è l'ultima faccia che mi aspettavo di rivedere. Abbiamo sentito dire che eri andato con Mance Rayder.»

Per tenersi in piedi, Jon fu costretto ad aggrapparsi allo stipite della porta. «Chi te lo ha detto?»

«Jarman Buckwell. È tornato una settimana fa. I suoi esploratori sostengono di averti visto con i loro occhi, cavalcavi in una colonna di bruti con addosso un mantello di pelle di pecora.» Noye lo scrutò. «Questo è vero, a quanto vedo.»

«È tutto vero» ammise Jon. «È andata proprio così.»

«Per cui adesso dovrei impugnare una spada e tirarti fuori le budella?»

«No. Stavo obbedendo agli ordini. L'ultimo comando di Qhorin il Monco. Noye, dov'è la guarnigione?»

«A difendere la Barriera contro i tuoi amici bruti.»
«Sì, ma *dove*?»
«Dovunque. Harma Testa di cane è stata avvistata al Forte del bosco lacustre, Rattleshirt a Lungo Tumulo, il Piagnone dalle parti di Segno di Ghiaccio. Tutta la Barriera… i bruti sono qui, sono là, danno la scalata vicino a Porta della regina, scavano attorno agli accessi di Guardia Grigia, si ammassano contro il Forte orientale… ma nel momento in cui vedono un mantello nero svaniscono. E il giorno dopo, eccoli rispuntare fuori.»
Jon soffocò un gemito. «Diversivi. Tutti quanti. Non ti rendi conto, Donal? Mance vuole disperderci lungo tutta la Barriera.»
"E Bowen Marsh c'è cascato in pieno." «Il portale primario sotto il ghiaccio è *qui*, al Castello Nero. Ed è qui che loro attaccheranno.»
Noye attraversò la stanza. «Hai la gamba che gronda sangue.»
Jon abbassò lo sguardo con espressione vuota. Era vero. Le ferite si erano riaperte. «Una freccia…»
«Una freccia dei bruti.» Non era una domanda. Aveva un braccio solo, l'armaiolo del Castello Nero, ma quel braccio era forte come una trave. Lo passò sotto le ascelle di Jon, sostenendolo. «Sei pallido come la cera e bruci come i carboni ardenti. Ti porto da Aemon.»
«Non c'è tempo. Ci sono bruti a *sud* della Barriera, Donal. Stanno risalendo da Corona della Regina. Vengono ad aprire il portale per il grosso dell'esercito di Mance Rayder.»
«Quanti sono?» Noye lo trasportò quasi di peso fuori della porta della fucina.
«Centoventi, e anche bene armati, per dei bruti. Corazze di bronzo, qualcuna di ferro. Qui quanti uomini rimangono?»
«Una quarantina» rispose Donal Noye. «Gli storpiati e gli infermi, più alcuni ragazzi ancora in addestramento.»
«Se Marsh è andato via, chi ha nominato castellano?»
L'armaiolo rise. «Ser Wynton Stout, che gli dèi lo preservino. L'ultimo cavaliere in tutto il castello. Ma il fatto è che Wynton sembra averlo scordato. E nessuno è stato troppo ansioso di rinfrescargli la memoria. Immagino di essere io il meglio che abbiamo da queste parti in fatto di comandanti. Il più fetente degli storpi.»
E questo, almeno questo, era positivo. Donal Noye era uno dei duri e puri, ed era anche uno stagionato guerriero. Per contro, ser Wynton Stout… bene, era stato un uomo poderoso, un tempo, su questo tutti concordavano. Ma dopo ottant'anni come ranger,

forza e acume se ne erano andati. Una volta, era addirittura crollato a dormire con la testa dentro una ciotola di zuppa di piselli. E c'era mancato poco che ci annegasse.

«Dov'è il tuo lupo?» chiese Noye mentre attraversavano il cortile.

«Spettro? Sono stato costretto a lasciarlo quando ho scalato la Barriera. Speravo che ce l'avesse fatta a tornare qui.»

«Mi dispiace, ragazzo. Non se n'è vista traccia.» Salirono su fino alla torretta del maestro, nell'alto maniero di legno sotto l'uccelliera. Noye assestò un calcio alla porta. «*Clydas!*»

Dopo qualche momento apparve un ometto vestito di nero, tutto ingobbito. Alla vista di Jon, i suoi occhietti cisposi si sbarrarono. «Fai sdraiare il ragazzo, Noye. Io vado a chiamare il maestro.»

Un fuoco ardeva nel caminetto, rendendo il locale quasi soffocante. Il calore immerse Jon in una specie di dormiveglia. Quando Noye l'ebbe adagiato sul giaciglio, chiuse gli occhi sperando che la stanza smettesse di roteargli vorticosamente attorno. Nell'uccelliera più sopra, poteva udire i corvi che protestavano, gracchiavano. «Snow» stava dicendo uno degli uccelli. «Snow, snow, snow.» Quella era opera di Samwell Tarly, ricordò Jon. Samwell Tarly... ce l'aveva fatta anche lui a tornare sano e salvo dal Pugno, oppure erano stati soltanto gli uccelli a tornare?

Maestro Aemon non ci mise molto ad arrivare. Si muoveva lentamente, avanzando a piccoli passi cauti, strascicati, una mano chiazzata dall'età appoggiata al braccio di Clydas. Attorno al suo collo esile, c'era la pesante catena dell'appartenenza all'ordine dei sapienti della Cittadella. Anelli d'oro e d'argento scintillavano tra anelli di ferro, piombo, alluminio e altri metalli.

«Jon Snow» lo riconobbe l'anziano saggio. «Quando sarai più in forze, dovrai dirmi tutto quello che hai visto e fatto. Donal, metti una pentola di vino sul fuoco. E anche i miei strumenti. Li voglio al calor rosso. Clydas, avrò bisogno di quel tuo coltello ben affilato.» Maestro Aemon aveva superato i cento anni di età, era avvizzito, fragile, privo di capelli e quasi completamente cieco. Ma se i suoi occhi lividi non vedevano nulla, la sua mente rimaneva lucida come non mai.

«Ci sono i bruti che avanzano» gli disse Jon. Clydas fece scorrere il coltello lungo la gamba delle sue brache, tagliando la spessa stoffa nera incrostata di sangue raggrumato, imbevuta di sangue fresco. «Da sud. Abbiamo scalato la Barriera...»

Clydas tagliò la fasciatura inzuppata di sangue. Maestro Aemon la annusò. «"Abbiamo"?»

«Ero con loro. È stato Qhorin il Monco a ordinarmelo.» Jon serrò le mascelle. Le dita di maestro Aemon stavano esplorando le ferite, tastando, premendo. «Il maknar di Thenn... aaaaahhh, fa male.» Jon digrignò i denti. «Dov'è il Vecchio orso?»

«Jon... mi addolora dirtelo, ma il lord comandante Mormont è stato assassinato al castello di Craster, caduto per mano dei suoi confratelli in nero.»

«Per mano dei confra... *dei nostri stessi uomini*?»

Le parole di Aemon gli arrecarono una sofferenza cento volte peggiore delle sue dita. Nella mente di Jon rimaneva l'ultima immagine che ricordava del Vecchio orso, in piedi di fronte alla tenda, il corvo appollaiato sul braccio che gracchiava, chiedendo grano. "Mormont... morto?" Era la cosa che aveva temuto fin dal momento in cui aveva visto il campo di battaglia dopo lo scontro sul Pugno dei Primi Uomini, ma quel presentimento non attenuò il colpo della notizia.

«Chi è stato? Chi si è rivoltato contro di lui?»

«Garth di Vecchia Città, Ollo Lophand, Dirk... ladri, codardi, assassini, quel gruppo. Avremmo dovuto aspettarcelo. La confraternita non è più quello che era un tempo. Troppo pochi uomini onesti a tenere in riga troppe carogne.» Donal Noye mise le lame del maestro sulle fiamme. «Una dozzina di uomini validi ce l'hanno fatta a tornare. Edd l'Addolorato, Gigante, il tuo amico Grenn l'Uri. Sono stati loro a raccontarci la storia.»

"Solo una dozzina?" Duecento uomini avevano lasciato il Castello Nero assieme al lord comandante Mormont, duecento uomini tra i migliori della confraternita. «Questo vuol dire che adesso è Bowen Marsh il lord comandante?» Come primo attendente, il Vecchio Melograno era cordiale e abile, ma era disperatamente inadatto ad affrontare l'armata d'invasione dei bruti.

«Per il momento» rispose maestro Aemon «ma solo fino a quando non si terrà l'adunata per la scelta del successore. Clydas, portami la fiasca.»

"La scelta del successore." Con Qhorin il Monco e ser Jaremy Rykker morti entrambi, con Benjen Stark ancora disperso, chi restava? Non Bowen Marsh né ser Wynton Stout, questo era certo. Thoren Smallwood? Era sopravvissuto al Pugno dei Primi Uomini? Oppure ser Ottyn Wythers? "No, si tratterà o di Cotter Pyke o di ser Denys Mallister. Ma quale dei due?" Comandanti rispettivamente del Forte orientale e della Torre delle ombre, erano ottimi uomini entrambi ma enormemente diversi l'uno dall'altro. Ser Denys raffinato e cauto, tanto cavalleresco quanto anziano.

Pyke più giovane, nato bastardo, dalla lingua tagliente e fin troppo temerario. Peggio ancora, i due si disprezzavano. Per questo il Vecchio orso li aveva tenuti agli estremi opposti della Barriera. I Mallister di Seagard nutrivano un'ostilità innata per gli uomini delle isole di Ferro, loro nemici ancestrali. E Jon ne era consapevole.

Una fiammata di dolore lo riportò ai suoi nemici di quel momento. Il maestro gli strinse una mano. «Clydas sta portando il latte di papavero.»

Jon cercò di sollevarsi. «Non ne ho bisogno...»

«Sì, invece» disse Aemon con fermezza. «Ti farò male.»

Donal Noye si accostò al giaciglio e spinse Jon a sdraiarsi di nuovo sulla schiena. «Non muoverti, se no ti lego a quest'asse.» Aveva un braccio solo, ma sbatteva Jon da una parte e dall'altra come fosse un bambino. Clydas ritornò con un'ampolla di colore verde e preparò una coppa di pietra. Maestro Aemon la riempì fino all'orlo. «Bevi questo.»

Nel suo agitarsi, Jon si era morso il labbro. Assieme al sapore di gesso della densa pozione sentì anche quello del sangue. Fece l'impossibile per evitare di vomitarla.

Clydas portò una bacinella d'acqua bollente, maestro Aemon lavò via il pus e il sangue dalle ferite di freccia. I suoi gesti erano delicati, ma a ogni più leggero tocco Jon doveva costringersi a non urlare. «Gli uomini del maknar sono disciplinati» riprese «e hanno armature di bronzo.» Parlare lo aiutava a distogliere la mente dalla gamba.

«Il maknar è un lord sull'isola di Skagos» disse Noye. «C'erano degli skagosiani al Forte orientale quando arrivai sulla Barriera per la prima volta, ricordo che parlavano di lui.»

«Jon stava usando la parola nella sua vecchia accezione, ritengo» intervenne maestro Aemon «non come nome di una dinastia ma come titolo gerarchico. Deriva dall'antico linguaggio.»

«Sì, significa lord» concordò Jon. «Styr è il maknar di un qualche luogo chiamato Thenn, all'estremo nord degli Artigli del Gelo. Ha con sé cento dei suoi uomini, più un gruppo di predoni bruti che conoscono il terreno del Dono di Brandon bene quanto noi. Mance però non ha mai trovato il Corno, e questa è una buona notizia. Il Corno dell'Inverno, era quello che stavano cercando con tutti quegli scavi lungo il corso del Fiumelatte.»

Maestro Aemon fece una pausa, tenendo in mano una pezzuola gocciolante. «Il Corno dell'Inverno è una leggenda ancestrale. Il Re oltre la Barriera crede davvero che una cosa simile esista?»

«Tutti loro lo credono» rispose Jon. «Ygritte dice che hanno scoperchiato centinaia di tombe... tombe di re e di eroi, per tutta la valle del Fiumelatte, ma non lo hanno mai...»

«Chi è Ygritte?» lo interruppe Donal Noye con tono tagliente.

«Una donna del popolo libero.» Come avrebbe potuto spiegargli chi era Ygritte? "È calda e astuta e spiritosa. Può baciare un uomo o può tagliargli la gola." «Sta con Styr il maknar, ma non è... è giovane, appena una ragazza, in verità, ma lei...» "... lei ha sgozzato un vecchio solo perché aveva acceso un fuoco." Jon si sentiva la lingua spessa, incerta. Il latte di papavero stava cominciando ad annebbiargli i sensi. «Ho infranto il giuramento che le avevo fatto. Non volevo, ma...» "Hai sbagliato tutto. Sbagliato ad amarla. Sbagliato a lasciarla." «Non sono stato abbastanza forte. Il Monco mi aveva dato l'ordine: cavalca con loro, osserva, non esitare, io...» Gli sembrava di avere la testa piena di stoppa bagnata.

Maestro Aemon annusò di nuovo la ferita. «Donal, per cortesia, il coltello rovente» disse, immergendo di nuovo il panno nell'acqua calda. «Avrò bisogno che tu lo tenga fermo.»

"Non urlerò..." pensò Jon nel vedere la lama rovente al calor rosso. Ma non mantenne neppure quel proponimento. Donal Noye lo tenne fermo, Clydas guidò la mano del maestro cieco. Jon non si mosse, ma picchiò furiosamente il pugno contro il tavolato, picchiò, picchiò e picchiò. Il dolore fu così lancinante da farlo sentire piccolo, fragile e debole dentro, come un bimbo che piangeva nelle tenebre. "Ygritte..." Sentiva il lezzo della carne bruciata, sentiva le sue stesse urla percuotergli le orecchie. "Ygritte, ho dovuto farlo." Per un attimo la sofferenza parve attenuarsi. Il ferro incandescente affondò di nuovo. Jon perse i sensi.

Aprì gli occhi. Era avvolto in una coperta di lana spessa e stava fluttuando. Gli sembrava di non essere in grado di muoversi, ma non aveva importanza. Per qualche tempo, sognò che Ygritte era con lui e lo curava con mani gentili. Alla fine chiuse gli occhi. E dormì.

Il risveglio successivo non fu altrettanto delicato. La stanza era buia. La sofferenza era tornata, un pulsare che gli tramutava la gamba in una lama arroventata a ogni più piccolo movimento. Una dura lezione che Jon imparò nel momento in cui cercò di vedere se aveva ancora la gamba. Ansimando, soffocò un urlo, contraendo il pugno.

«Jon?» Apparve una candela. Nell'alone di luce una faccia conosciuta, dalle grandi orecchie a sventola, lo stava osservando. «Non dovresti muoverti.»

«Pyp?» Jon sollevò una mano. Il ragazzo l'afferrò, la strinse. «Pensavo che fossi andato...»

«Con il Vecchio Melograno? No, mi ha giudicato troppo piccolo e inesperto. C'è qui anche Grenn.»

«Sono qui anch'io.» Grenn si accostò all'altro lato del letto. «Mi ero addormentato.»

Jon aveva la gola arida. «Acqua» rantolò. Grenn gli accostò una coppa alle labbra. «Ho visto il Pugno dei Primi Uomini» riprese Jon dopo una lunga sorsata. «Il sangue, i cavalli morti... Noye ha detto che una dozzina di voi ce l'ha fatta a tornare... chi?»

«Dywen, Gigante, Edd l'Addolorato, Donnel Hill il Dolce, Ulmer, Lew il Mancino, Garth Piumagrigia. Altri quattro o cinque. E anch'io.»

«Sam?»

Grenn distolse lo sguardo. «Ha ucciso uno degli Estranei, Jon. L'ho visto con i miei occhi. Lo ha pugnalato con quel coltello di vetro di drago che gli avevi dato tu, così abbiamo cominciato a chiamarlo Sam il Distruttore. Non lo sopportava.»

Sam il Distruttore. Difficilmente Jon sarebbe riuscito a immaginare un guerriero più improbabile di Samwell Tarly. «Che cosa gli è successo?»

«Lo abbiamo lasciato indietro.» La voce di Grenn era disperata. «Gli ho urlato in faccia, l'ho scosso, l'ho addirittura preso a schiaffi. Gigante ha cercato di rimetterlo in piedi, ma Sam era troppo pesante. Ricordi durante l'addestramento, quando si raggomitolava per terra e cominciava a gemere? Al castello di Craster non gemeva nemmeno. Dirk e Ollo sfasciavano le pareti alla ricerca di cibo, Garth e Garth lottavano, alcuni degli altri stupravano le mogli di Craster. Edd l'Addolorato ha immaginato che la feccia di Dirk avrebbe ucciso anche tutti gli uomini leali, per impedirci di dire quello che avevano fatto, ed erano il doppio di noi. Abbiamo lasciato Sam con il Vecchio orso. Sam non si muoveva più, Jon.»

"Tu eri il suo confratello" fu sul punto di dire Jon. "Come hai potuto abbandonarlo in mezzo a bruti e assassini?"

«Potrebbe essere ancora vivo» disse Pyp. «Potrebbe sorprenderci tutti e arrivare qui domattina a cavallo.»

«*Aye*, portandosi dietro la testa di Mance Rayder.» A Jon non sfuggì che Grenn stava cercando di essere incoraggiante. «Sam il Distruttore!»

Jon cercò di nuovo di mettersi seduto. Fu un errore madornale come la prima volta che ci aveva provato. Gridò di dolore, imprecando.

«Grenn, vai a svegliare maestro Aemon» disse Pyp. «Digli che Jon ha bisogno di altro latte di papavero.»

"Sì" pensò Jon. «No» disse invece. «Il maknar...»

«Lo sappiamo» lo rassicurò Pyp. «Alle sentinelle sulla Barriera è stato detto di tenere gli occhi bene aperti anche in direzione sud, e Donal Noye ha mandato alcuni uomini sulla collina del Vento a sorvegliare la strada del Re. Maestro Aemon ha inviato corvi messaggeri al Forte orientale e anche alla Torre delle ombre.»

Maestro Aemon avanzò nella penombra, con una mano appoggiata sulla spalla di Grenn. «Jon, devi avere pazienza. È un buon segno che tu ti sia svegliato, ma devi concederti il tempo di guarire. Abbiamo cauterizzato la ferita con vino bollente, richiudendola con un impiastro di ortica, semi di senape e pane muffito, ma se non stai a riposo...»

«Non posso farlo, maestro.» Jon lottò contro il dolore e si mise seduto. «Presto Mance Rayder sarà qui... migliaia di uomini, giganti, mammuth... Avete avvertito Grande Inverno? E il re?» Il sudore gli colava dalla fronte. Chiuse gli occhi per un momento.

Grenn scambiò con Pyp uno sguardo strano. «Non lo sa.»

«Jon, ascolta.» Maestro Aemon inspirò a fondo. «Sono accadute molte cose mentre tu eri via, e ben poche sono buone. Balon Greyjoy si è nuovamente proclamato re e ha mandato le sue navi lunghe contro il Nord. Nel reame, nuovi re spuntano da tutte le parti come le erbacce. Abbiamo inviato appelli a tutti, ma nessuno di loro viene in nostro aiuto. Hanno adempimenti più pressanti per le loro spade, e noi siamo remoti, dimenticati. E Grande Inverno... Jon, sii forte... Grande Inverno non esiste più...»

«Non esiste più?» Jon fissò gli occhi lividi di Aemon, la ragnatela di rughe che era il suo volto. «Ci sono i miei fratelli a Grande Inverno. Bran, il piccolo Rickon...»

Il maestro gli toccò la fronte. «Sono terribilmente dispiaciuto, Jon. I tuoi fratelli sono stati uccisi per ordine di Theon Greyjoy, dopo che ha occupato Grande Inverno nel nome di suo padre. Quando gli alfieri di tuo padre hanno cercato di riprendere la fortezza, Theon l'ha incendiata.»

«I tuoi fratelli sono stati vendicati» aggiunse Grenn. «Il figlio di Bolton ha sterminato tutti gli uomini di ferro, e si dice che adesso stia scorticando a palmo a palmo Theon Greyjoy per quello che ha fatto.»

«Mi dispiace, Jon.» Pyp gli strinse una spalla. «A tutti noi dispiace.»

Jon non aveva mai avuto simpatia per Theon Greyjoy, ma era stato il protetto di suo padre. Un altro spasmo di dolore gli serpeggiò su per la gamba, e un attimo dopo si ritrovò di nuovo accasciato sulla schiena. «Ci deve essere un errore» insistette. «A Corona della Regina ho visto un meta-lupo, un meta-lupo grigio... *grigio*... e mi *conosceva*.» Se davvero Bran era morto, poteva essere possibile che parte di lui continuasse a vivere nel suo meta-lupo, così come parte di Orell continuava a vivere nella sua aquila?

«Bevi questo.» Grenn gli accostò una coppa alle labbra.

Jon bevve. Aveva la testa piena di lupi, di aquile, del suono delle risate dei suoi fratelli. Le facce sopra di lui cominciarono a farsi indistinte, a svanire. "Non possono essere morti. Theon non farebbe mai una cosa del genere. E Grande Inverno... tutto quel granito grigio, quel legno di quercia e quel ferro, i corvi che roteano attorno alle torri, il vapore che si leva dalle sorgenti calde nel parco degli dèi, i re di pietra sui loro troni giù nelle cripte... com'è possibile che Grande Inverno abbia cessato di esistere?"

Poi arrivarono i sogni. Era di nuovo a casa, faceva il bagno negli stagni caldi al cospetto dell'enorme albero-diga bianco. Il volto scolpito nel legno era il volto di suo padre. Con lui c'era Ygritte. E lei rideva, spogliandosi del cuoio e delle pellicce fino a rimanere nuda come il giorno in cui era venuta al mondo. Cercò di baciarlo, ma lui non poté accettare. Non con suo padre che lo osservava. Lui era il sangue di Grande Inverno, ed era un uomo dei Guardiani della notte. "Non sarò il padre di un figlio bastardo" le disse. "Non lo sarò. No." "Tu non sai niente, Jon Snow." La voce di Ygritte era un bisbiglio. La sua pelle cominciò a dissolversi nell'acqua calda. E dopo la pelle si dissolse la carne. Alla fine, non rimase altro che il teschio e lo scheletro. L'acqua della sorgente divenne densa, rossa, ribollente.

CATELYN

Udirono la Forca Verde del Tridente prima di vederla. Un sussurro senza fine, simile al bramito di una belva feroce. Il fiume era un liquido mostro ruggente, largo il doppio di quanto era stato l'anno prima, quando Robb aveva diviso l'esercito del Nord, giurando di prendere in sposa una fanciulla Frey quale prezzo per il lord del Guado. "Aveva bisogno di lord Walder e del suo ponte, allora. E ne ha ancora più bisogno adesso." Guardando le torbide acque verdastre correre a valle, Catelyn sentiva il cuore gonfio di un'ansia contraddittoria. "Impossibile guadare, impossibile raggiungere l'altra riva a nuoto. Potrebbe passare un intero ciclo di luna prima che il livello dell'acqua scenda."

Con l'approssimarsi delle Torri Gemelle, Robb si mise in capo la corona e convocò Catelyn ed Edmure perché cavalcassero al suo fianco. Ser Raynald Westerling innalzava il vessillo reale, il meta-lupo degli Stark su sfondo bianco ghiaccio.

Le Torri emersero dalla pioggia simili a spettri, apparizioni di un grigio sfumato che a ogni passo si facevano più solide. Il maniero dei Frey era formato da due fortezze identiche fatte di pietra bagnata, che si ergevano sulle rive opposte del Tridente, collegate da un grande ponte ad arcata singola. Al centro della campata si ergeva la Torre dell'acqua, sotto la quale il fiume scorreva impetuoso. Lungo le sponde era stato scavato un sistema di canali, che formava un fossato attorno a ciascuna torre, trasformandola in un'isola. Le piogge avevano ingrossato i fossati fino a renderli simili a laghi dal fondale basso.

Al di là delle acque turbolente, Catelyn scorse svariate migliaia di uomini accampati all'esterno del castello orientale, i loro vessilli pendevano flosci appesi alle lance davanti alle tende, simili a gatti annegati. La pioggia rendeva impossibile distinguere colori ed emblemi. Per la maggior parte erano grigi, le parve, ma sotto quel cielo l'intero mondo era grigio.

«Sii cauto, Robb» Catelyn mise in guardia il figlio. «Lord Walder ha il guscio fragile e la lingua avvelenata, e senza dubbio alcuni dei suoi figli avranno preso dal padre. Non devi accettare le sue provocazioni.»

«So chi sono i Frey, madre. Sono consapevole del torto che gli ho fatto, e anche di quanto *bisogno* io ho di loro. Sarò soave come un septon.»

Catelyn si agitò sulla sella, colta da un senso di disagio. «Se al nostro arrivo ci verranno offerti dei rinfreschi, non rifiutare a nessun costo. Prendi quello che ti viene presentato, mangia e bevi e che tutti vedano. Se invece nulla verrà offerto, chiedi tu pane e formaggio e un calice di vino.»

«Sono più fradicio che affamato.»

«Robb, dammi ascolto. Una volta che avrai mangiato il suo pane e il suo sale, sarai un ospite di diritto, e sotto il suo tetto avrai le leggi dell'ospitalità a proteggerti.»

L'espressione di Robb era più divertita che spaventata. «Ho un intero esercito a proteggermi, madre, non ho bisogno di riporre la mia fiducia nel pane e nel sale. Ma se a lord Walder piacerà servirmi stufato di corvo in salsa di vermi, non solo lo mangerò di gusto ma chiederò anche una seconda porzione.»

Quattro Frey, avviluppati in pesanti mantelli di spessa lana grigia, uscirono a cavallo dal torrione occidentale. Catelyn riconobbe ser Ryman, figlio di ser Stevron, defunto primogenito di lord Walder. Con la morte del padre, adesso era Ryman l'erede delle Torri Gemelle. La faccia che Catelyn vide sotto il cappuccio era larga, carnosa, stolida. Gli altri tre erano probabilmente i suoi figli, nipoti di lord Walder.

Cosa che Edmure confermò. «Edwyn, l'individuo pallido e magro dall'aria stitica è il maggiore. Quello segaligno con la barba è Walder il Nero, un fetente. Il ragazzo con la faccia butterata dall'acne in sella al baio è Petyr. Petyr Foruncolo lo chiamano i suoi fratelli. Ha solo uno o due anni più di Robb, ma all'età di dieci anni lord Walder lo ha fatto sposare con una donna che aveva il triplo della sua età. Per gli dèi, spero che Roslin non abbia preso da lui.»

Si fermarono, lasciando che i loro ospiti si avvicinassero. Il vessillo di Robb, completamente inzuppato, penzolava inerte in cima all'asta. Lo scroscio costante della pioggia si fondeva con il fragore del rigonfio Forca Verde alla loro destra. Vento Grigio avanzò un po', la coda ritta, gli occhi dorati ridotti a due fessure, intenti a scrutare. Quando i Frey furono a una dozzina di iarde di distanza, Catelyn udì il meta-lupo ringhiare, un ringhio basso che parve fondersi al fragore del fiume.

Robb fu di colpo sul chi vive. «Vento Grigio, da me. Da *me*!»

Troppo tardi. Ringhiando, il meta-lupo spiccò un balzo.

Il palafreno di ser Ryman indietreggiò con un nitrito di terrore. Il baio di Petyr Forcuncolo rifiutò, disarcionando il cavaliere. Walder il Nero fu l'unico a mantenere il controllo del cavallo. La sua mano volò all'elsa della spada.

«No!» Robb stava urlando. «Vento Grigio, qui. *Qui*!»

Catelyn diede di speroni, andando a frapporsi tra la belva e i cavalli dei Frey. Gli zoccoli del suo destriero lanciarono spruzzi di fango da tutte le parti mentre superava il meta-lupo. Vento Grigio deviò, e solo allora sembrò udire i richiami di Robb.

«È così che gli Stark fanno ammenda?» gridò Walder il Nero con la spada in pugno. «Un approccio sgradevole, direi, aizzarci contro il tuo lupo. È questa la ragione che ti porta qui?»

Ser Ryman era sceso di sella per aiutare Petyr Foruncolo a rialzarsi. Il giovane era infangato ma illeso.

«Mi porta il desiderio di scusarmi per il torto fatto alla vostra Casa e per presenziare alle nozze di mio zio.» Robb volteggiò giù dalla sella. «Petyr, prendi il mio cavallo. Il tuo è scappato alle stalle.»

Petyr scambiò un'occhiata con il padre. «Posso montare dietro uno dei miei fratelli» rispose.

I Frey non parevano intenzionati a muoversi. «Sei in ritardo» dichiarò ser Ryman.

«A causa delle piogge» rispose Robb. «Ho inviato un corvo messaggero.»

«Non vedo la donna.»

Con quelle parole sprezzanti ser Ryman intendeva Jeyne Westerling, come tutti sapevano. Lady Catelyn fece un sorriso di scusa. «La regina Jeyne era stanca per il lungo viaggiare, cavalieri. Non dubito che sarà deliziata di farvi visita in tempi più pacifici.»

«Mio nonno non sarà compiaciuto della sua assenza.» Walder il Nero aveva rinfoderato la spada, ma il suo tono non era diventato più amichevole. «Gli ho parlato molto della signora, e lui desiderava vederla con i propri occhi.»

Edwyn si schiarì la gola. «Abbiamo preparato delle stanze per te nella Torre dell'acqua, maestà» disse a Robb con cauta cortesia.

«E anche per lord Tully e per lady Stark. Il tuoi lord alfieri sono parimenti benvenuti sotto il nostro tetto e alla festa nuziale.»

«E i miei uomini?» chiese Robb.

«Il lord mio nonno è dispiaciuto di non essere in grado né di nutrire né di ospitare un esercito così numeroso. È già difficile trovare cibo e riparo per i nostri soldati. Ciononondimeno, i tuoi uomini non verranno trascurati. Se attraverseranno il fiume e si accamperanno vicino ai nostri, forniremo loro otri di vino e di birra sufficienti perché tutti possano bere alla salute di lord Edmure e della sua sposa. Abbiamo eretto tre grandi tende sulla riva opposta, in modo da assicurare un minimo di riparo dalla pioggia.»

«Il lord tuo nonno è molto generoso. I miei uomini lo ringraziano. Il loro è stato un lungo viaggio, e di acqua ne hanno avuta fin troppa.»

Edmure Tully spinse di poco avanti il cavallo. «Quando potrò incontrare la mia promessa sposa?»

«Ti attende nella fortezza» rispose Edwyn Frey. «La perdonerai se ti apparirà timida, ne sono certo. Ha atteso questo giorno con grande ansietà, povera fanciulla. Ma non sarebbe meglio continuare la nostra conversazione al riparo dalla pioggia?»

«Certamente.»

Ser Ryman rimontò in sella, aiutando Petyr a sistemarsi dietro di lui. «Se volete seguirmi, mio padre vi aspetta.» Fece voltare il palafreno e si diresse verso le Torri Gemelle.

Edmure cavalcò a fianco di Catelyn. «Sarebbe stato più cortese se lord Frey il ritardatario fosse venuto a darci il benvenuto di persona» si lamentò. «Sono pur sempre il lord al quale ha giurato fedeltà, oltre che il suo futuro genero. E Robb è il suo re.»

«Aspetta di averli tu novantadue anni, fratello. Vedremo allora quanto sarai ansioso di farti una cavalcata sotto la pioggia.» Ma nel dirlo, Catelyn si chiese se fosse davvero quella la verità. Di solito lord Walder si spostava su una carrozza coperta, che lo avrebbe opportunamente riparato. "Un'offesa intenzionale?" Se era così, poteva essere solo la prima di una lunga serie.

Al corpo di guardia ci furono altri problemi. Vento Grigio si inchiodò a metà del ponte levatoio, si scrollò la pioggia dalla pelliccia e ululò verso la grata difensiva. Robb fischiò con impazienza. «Vento Grigio, che cosa c'è? Vento Grigio, da me.» Ma in risposta il meta-lupo snudò le zanne. "Questo luogo non gli piace" intuì Catelyn. Robb fu costretto a sedersi sui talloni e a parlare quietamente all'orecchio della belva prima di riuscire a farlo passare sotto la grata. A quel punto, erano arrivati anche Lothar lo Storpio e Walder Rivers. «Ha paura per il rumore dell'acqua» disse Rivers. «Gli animali sanno che è bene evitare un fiume in piena.»

«Una cuccia asciutta e uno stinco di montone lo metteranno di umore migliore» disse allegramente Lothar. «Chiamo il mastro dei canili?»

«È un meta-lupo, non un cane» precisò Robb. «E per gli uomini di cui non si fida rappresenta un pericolo. Ser Raynald, rimani con lui. Non intendo portarlo nella sala di lord Walder in questo stato.»

"Abile mossa" decise Catelyn. "Così Robb tiene anche il giovane Westerling lontano da lord Walder Frey."

All'ancestrale lord Walder Frey la gotta e le ossa fragili avevano imposto un duro tributo. Lo trovarono sul suo alto scranno, seduto su un cuscino e con una cappa di ermellino drappeggiata sulle ginocchia. Lo scranno era di legno di quercia nero, lo schienale scolpito a foggia di due grosse torri collegate dal ponte ad arcata. Era un trono talmente monumentale che il suo abbraccio faceva apparire il vecchio aristocratico simile a un grottesco infante. In lord Walder Frey c'era qualcosa che ricordava un avvoltoio, e qualcos'altro che lo rendeva simile a una donnola. Il suo cranio calvo, chiazzato dall'età, si protendeva dalle spalle scarne sulla sommità di un lungo collo di colore rosaceo. Pelle rugosa pendeva sotto il suo mento rendendolo ancora più sfuggente. Aveva occhi cisposi, offuscati; la sua bocca sdentata si muoveva di continuo, risucchiando aria come un neonato succhia il seno della madre.

In piedi a fianco dell'alto scranno di lord Walder c'era l'ottava lady Frey. Ai piedi del vecchio sedeva una versione più giovane di lui stesso, un uomo esile e ingobbito sulla cinquantina. Indossava costosi abiti di lana blu e di satin grigio, a cui erano state fatte due bizzarre aggiunte: una corona e un collare ornati di campanelli d'ottone. La rassomiglianza tra quell'uomo e il lord era sconcertante, tranne che per gli occhi: quelli di lord Frey erano piccoli, opachi, sospettosi; quelli dell'altro grandi, amichevoli. E vacui. A Catelyn tornò in mente che, molto tempo prima, qualcuno della progenie di lord Walder aveva generato un figlio mentalmente ritardato. Durante le visite precedenti, il lord del Guado si era sempre preoccupato di tenerlo nascosto. Ma non per *quella* visita. "L'ha sempre portata quella corona da giullare, o l'intenzione è recare oltraggio a Robb?" Una domanda che Catelyn non osò porre.

Figli, figlie, bambini, nipoti, mariti, mogli e servi Frey affollavano la sala. Ma l'unico a parlare fu il vecchio. «Mi perdonerete se non mi genufletto, lo so. Le mie gambe non funzionano più come una volta, anche se quello che ho in mezzo alle gambe continua a funzionare benone, feh!» Le sue labbra si aprirono in un sorriso sdentato quando vide la corona sul capo di Robb. «C'è chi direbbe, maestà, che ben povero è il re che decide d'incoronarsi col bronzo.»

«Bronzo e ferro sono più forti dell'oro e dell'argento» rispose Robb. «Gli antichi re di Inverno portavano corone come questa.»

«Che gli furono di scarso aiuto quando arrivarono i draghi dei Targaryen, eh.» L'idiota ai piedi dello scranno parve compiaciuto da quel secondo *feh*. Cominciò a scuotere la testa da una parte all'altra, mentre corona e campanelli tintinnavano. «Sire» riprese lord Walder «perdona il mio Aegon per il rumore che fa. Ha meno sale in zucca di un *crannogman*, e prima di oggi non aveva mai incontrato un re. È uno dei ragazzi di Stevron. Noi lo chiamiamo Campanello.»

«Ser Stevron mi parlò di lui.» Robb rivolse un sorriso all'idiota. «Lieto di conoscerti, Aegon. Tuo padre era un uomo coraggioso.»

Aegon fece suonare i campanelli. Quando sorrise a sua volta, una sottile bava di saliva gli colò da un angolo della bocca.

«Risparmia il tuo regale fiato. È come parlare a un pitale.» Lo sguardo di lord Walder si spostò sui nobili al seguito del re del Nord. «Bene, lady Catelyn, vedo che anche tu sei tornata tra noi. E anche il giovane ser Edmure, vincitore del Mulino di Pietra. *Lord* Edmure, adesso. Sarà meglio che me ne ricordi. Tu sei il quinto lord Tully che conosco. E io ho vissuto più a lungo dei quattro precedenti, feh. La tua promessa sposa è da qualche parte qui attorno. Immagino che tu voglia darle un'occhiata.»

«È così, mio lord.»

«Ti sarà concesso. Ma la vedrai vestita. È una fanciulla modesta, e vergine. Non la vedrai nuda fino alla vostra prima notte.» Lord Walder sghignazzò. «Eh. E sarà presto, presto.» Allungò il collo, guardandosi attorno. «Benfrey, va' a prendere tua sorella. E fai in fretta, lord Tully è venuto fino qui apposta da Delta delle Acque.» Un giovane cavaliere che indossava una tunica divisa in quattro quadranti s'inchinò e lasciò la sala. Il vecchio tornò a rivolgersi a Robb. «E la *tua* sposa dov'è, maestà? La graziosa regina Jeyne. Una Westerling di Crag, mi si dice. Feh.»

«L'ho lasciata a Delta delle Acque, mio lord. Come abbiamo detto a ser Ryman, era troppo provata per affrontare altri viaggi.»

«Questo mi rattrista oltremodo. Volevo vederla con questi miei stanchi occhi. Tutti noi lo volevamo, eh. Non è forse così, mia lady?»

La pallida, esile lady Frey parve sorpresa di essere stata interpellata. «S-sì, mio lord. Tutti noi ci tenevamo tanto a rendere omaggio alla regina Jeyne. Deve essere bella.»

«Molto bella, mia lady.» Il gelo atono nella voce di Robb a Catelyn ricordò Eddard Stark.

Il vecchio o non aveva udito il commento della sua lady o rifiutò di prestarvi attenzione. «Più bella di quella che mi sono preso io, feh? Altrimenti, come sarebbe stato possibile che il suo viso e le sue forme abbiano fatto dimenticare a sua maestà la sua solenne promessa?»

Robb incassò la stoccata con dignità. «Non esistono parole per riparare quel torto, ne sono consapevole, ma sono venuto qui per offrirti le mie scuse per l'offesa che ho arrecato alla tua nobile Casa. E per implorare il tuo perdono, mio lord.»

«Scuse, feh. Certo, hai dichiarato di volerle fare, lo ricordo. Sono vecchio, ma certe cose non le dimentico. Non come alcuni re, a quanto pare. Nel momento in cui vedono un bel faccino e un paio di tette sode, i giovani non si ricordano più di niente, non è forse così? Io facevo lo stesso. Qualcuno dice che lo faccio ancora oggi, eh, eh, eh! Ma quel qualcuno sbaglia, come anche tu hai sbagliato. Ma adesso sei qui per fare ammenda. Tu hai offeso le mie ragazze, però. Forse, maestà, sono loro che dovrebbero sentirti implorare perdono. Le mie figlie illibate. Guardale.»

Lord Walder fece un cenno con la mano. Come un'onda, numerose fanciulle e bambine si staccarono dalle pareti della sala e si disposero attorno alla piattaforma con lo scranno. Anche Campanello si alzò, con i campanelli che tintinnavano allegramente. Lady Frey afferrò l'idiota per la manica e lo fece tornare a sedere.

Lord Walder le presentò a una a una. «Mia figlia Arwyn» una giovinetta di quattordici anni. «Shirei, la più giovane delle mie figlie di sangue puro. Ami e Marianne sono nipoti. Ami l'avevo sposata a ser Pate di Settecorrenti, ma la Montagna che cavalca lo ha ucciso, quel muflone, per cui Ami è tornata da me. Quella è Cersei, ma noi la chiamiamo Piccola Ape, sua madre è una Beesbury. Altre nipoti ancora. Una è una Walda, e le altre... Bene, tutte hanno un nome, quale che sia...»

«Io sono Merry, lord nonno» precisò una delle fanciulle.

«Sei impertinente, questo è certo. Vicino a Impertinente c'è mia figlia Tyta. Poi un'altra Walda. Alyx, Marissa... Non sei tu

Marissa? Mi pareva di sì. Non è sempre così calva. Il maestro le ha rasato i capelli, ma spergiura che presto torneranno a crescere. Le gemelle sono Serra e Sarra.» Accennò verso una delle bambine più piccole. «Eh, e tu? Sei un'altra Walda?»

La bimba non poteva avere più di quattro anni. «Sono Walda, figlia di ser Aemon Rivers, lord bisnonno.» Fece una riverenza.

«Da quanto tempo hai cominciato a parlare? Non che tu abbia niente di particolarmente arguto da dire, proprio come tuo padre. Che per giunta è anche un figlio bastardo, feh. Vai via, voglio qui solo Frey. Al re del Nord non interessa la merce illegittima.» Lord Walder guardò Robb, mentre Campanello scuoteva la testa facendo risuonare i campanelli. «Eccole qua, tutte vergini. D'accordo, una è vedova, ma ci sono uomini a cui piacciono le donne già pronte e aperte. E tu avresti potuto avere quella che volevi.»

«Sarebbe stata una scelta impossibile, mio lord» disse Robb con attenta cortesia. «Sono tutte splendide.»

Lord Walder emise un grugnito. «E poi dicono che sono io quello che non ha buoni occhi. Alcune possono anche andare bene, immagino. Altre... bene, ma questo non ha importanza. Nessuna di loro andava bene al re del Nord, eh. Allora, che cos'hai da dire, maestà?»

«Mie signore.» Robb appariva disperatamente a disagio, ma sapeva che quel momento prima o poi sarebbe arrivato, e lo affrontò senza esitare. «Tutti gli uomini dovrebbero mantenere la parola data, i re più di chiunque altro. Avevo giurato di sposare una di voi, ma quel giuramento io l'ho infranto. La colpa non è vostra. Non vi è stata intenzione di arrecarvi offesa, ma in me è nato l'amore per un'altra donna. Non esistono parole adeguate a riparare il torto che vi ho fatto, ne sono consapevole, ma ora io sono qui davanti a voi a chiedere il vostro perdono, in modo che i Frey del Guado e gli Stark di Grande Inverno possano essere nuovamente amici."

Le ragazze più giovani si agitarono con ansia. Le sorelle più grandi rimasero in attesa del verbo di lord Walder, dispensato dall'alto del suo scranno nero. Campanello ondeggiava avanti e indietro nel tintinnio dei campanelli appesi alla corona e al collare.

«Bene» disse alla fine il lord del Guado. «Hai parlato molto bene, maestà. "Non esistono parole adeguate a riparare quel torto", feh. Ben detto, ben detto. Alla festa di nozze, spero che non rifiuterai di danzare con le mie figlie. Daresti un grande piacere al cuore di questo vecchio, eh.» Fece andare su e giù il cranio rosaceo, proprio come il suo nipote idiota, ma senza accompagnamento di campanelli. «Lord Edmure, ecco mia figlia Roslin, il mio bocciolo più prezioso, feh.»

Ser Benfrey condusse Roslin nella sala. Si assomigliavano abbastanza da essere fratello e sorella. A giudicare dall'età, erano figli della sesta lady Frey, una Rosby, se la memoria non ingannava Catelyn.

Roslin era piccola per gli anni che aveva, la carnagione era bianca come se avesse appena fatto il bagno nel latte. Aveva un viso attraente, mento minuto, naso delicato, grandi occhi marrone. Folti capelli castani scendevano in ampie onde fino a una vita talmente sottile che Edmure avrebbe potuto circondarla completamente con le mani. Il corpetto di pizzo dell'abito azzurro chiaro disegnava seni piccoli ma ben formati.

«Maestà.» La ragazza pose un ginocchio a terra. «Lord Edmure, spero di non essere una delusione per te.»

"Al contrario" pensò immediatamente Catelyn. Nel vedere la ragazza, l'espressione di suo fratello si era illuminata. «Ti trovo deliziosa, mia lady» disse Edmure. «E sarà così per sempre, già lo so.»

C'era un piccolo spazio tra i due incisivi superiori di Roslin Frey e questo rendeva timido il suo sorriso, ma quel piccolo difetto appariva quasi accattivante. "Graziosa, certo" valutò Catelyn "ma così minuta, e della stirpe dei Rosby." Una stirpe che non era mai stata robusta. Catelyn avrebbe preferito di gran lunga la corporatura di svariate altre ragazze presenti nella sala, figlie o nipoti, non poteva esserne certa. Avevano i lineamenti dei Crakehall, e la terza moglie di lord Walder era appartenuta a quella Casa. "Fianchi larghi per generare figli, seni grandi per allattarli, braccia forti per sorreggerli. I Crakehall sono sempre stati una famiglia dall'ossatura grossa, una famiglia forte."

«Il mio lord è gentile» disse lady Roslin a Edmure.

«La mia lady è bellissima.» Edmure le prese la mano e la fece alzare. «Ma perché piangi?»

«Piango di gioia, mio lord» rispose Roslin.

«Basta così» li interruppe lord Walder. «Dopo che sarai sposata, potrai piangere e bisbigliare, feh. Benfrey, riaccompagna tua sorella nelle sue stanze, deve prepararsi per il matrimonio. E una l'abbiamo messa a letto, feh, la migliore. Per tutti, per tutti.» Il vecchio protese in avanti le labbra, poi le risucchiò nella bocca sdentata. «Ci sarà musica, oh, sì, dolce musica, e vino, feh, come scorrerà il rosso… e noi ripareremo parecchi torti. Ma adesso siete stanchi, e anche bagnati, mi sgocciolate sul pavimento. Ci sono fuochi ad attendervi, e vino bollente al miele, e bagni se li volete. Lothar, accompagna i nostri ospiti ai loro quartieri.»

«È necessario che io sia con i miei uomini mentre attraversano il fiume, mio lord» disse Robb.

«Non si perderanno» ironizzò lord Walder. «Lo hanno già attraversato una volta, no? Quando siete venuti giù dal Nord. Volevate il guado e io ve l'ho dato, ma non avete mai detto forse che sì, forse che no, feh. Ma fa' pure come credi, maestà. Accompagna pure ogni singolo uomo tenendolo per mano, se così preferisci, a me non importa nulla.»

«Mio lord di Frey!» disse con tono d'urgenza Catelyn. Se ne era quasi dimenticata. «Del cibo sarebbe quanto mai gradito. Abbiamo cavalcato sotto la pioggia per molte leghe.»

Di nuovo, Walder Frey protese le labbra, poi le ritrasse. «Cibo, feh. Una fetta di pane, un po' di formaggio, forse una salsiccia.»

«E una coppa di vino per mandarlo giù meglio» intervenne Robb. «E del sale.»

«Pane e sale. Feh. Naturalmente, naturalmente.»

Il vecchio batté le mani un paio di volte. Servi con caraffe di vino e vassoi carichi di pane, formaggio, burro entrarono nella sala.

«Miei ospiti!» Lord Walder prese una coppa di vino rosso e la levò alta nella mano chiazzata dalla vecchiaia. «Miei onorati ospiti. Siate i benvenuti sotto il mio tetto e attorno al mio desco.»

«E noi ti ringraziamo per la tua ospitalità, mio lord» rispose Robb. Edmure si unì al ringraziamento, seguito dal Grande Jon, da Marq Piper e da tutti gli altri. Bevvero il vino di Walder Frey. Mangiarono il pane e il burro di Walder Frey. Catelyn bevve un sorso di vino e sbocconcellò una fetta di pane. "Ora dovremmo essere al sicuro…" pensò. "Ora."

Ben sapendo quanto poteva essere tirchio il vecchio lord del Guado, Catelyn si era aspettata che le loro stanze fossero spoglie e tetre. Ma sembrava che per i loro ospiti i Frey avessero provveduto generosamente. La camera degli sposi era ampia e riccamente addobbata, dominata da un grande letto di piume con agli angoli pilastrini scolpiti a foggia di torre. Le tende del baldacchino, in segno di cortese rispetto verso i Tully, erano a strisce rosse e blu. Tappeti che mandavano un buon odore coprivano il pavimento di assi, e un'alta finestra munita di imposte si apriva a sud. La stanza di Catelyn era più piccola, ma confortevole e ottimamente arredata, con il fuoco che ardeva nel caminetto. Lothar lo Storpio li assicurò che Robb avrebbe avuto un intero quartiere, come si confaceva a un re. «Di qualsiasi cosa abbiate bisogno, basta che lo diciate a una delle guardie.» Fece un inchino e si ritirò, zoppicando vistosamente nel discendere la scala a spirale.

«Dovremmo avere guardie nostre» disse Catelyn al fratello. Avrebbe dormito sonni più tranquilli sapendo che fuori della porta c'erano uomini Stark e Tully. L'udienza con lord Walder non era stata dolorosa quanto si era aspettata, eppure avrebbe preferito che quella visita alle Torri Gemelle si fosse già conclusa. "Ancora qualche giorno, e Robb tornerà il battaglia, e io andrò in confortevole cattività a Seagard." Lord Jason Mallister le avrebbe riservato le cortesie più squisite, Catelyn non ne dubitava affatto, ma la prospettiva del soggiorno a Seagard continuava a deprimerla.

Dal basso proveniva il rumore degli zoccoli dei cavalli, mentre la lunga colonna di uomini attraversava il ponte di collegamento tra le due fortezze. Le pietre rombavano al passaggio dei carri stracarichi. Catelyn andò alla finestra e guardò fuori, osservando l'esercito di Robb emergere dalla torre orientale.

«La pioggia sembra diminuita.»

«È solo perché siamo al coperto.» Edmure era in piedi davanti al fuoco, lasciandosi pervadere dal calore. «Che cosa te ne pare di Roslin?»

"Troppo minuta e delicata. Il parto sarà una dura tribolazione per lei." Ma notando che suo fratello appariva compiaciuto, tutto quello che disse fu: «Una ragazza dolce».

«Credo di esserle piaciuto. Ma perché piangeva?»

«È una fanciulla vergine alla vigilia del matrimonio. C'era da aspettarsi qualche lacrima.» La mattina del suo matrimonio, Lysa aveva pianto come una fontana, ma appariva radiosa e con gli occhi splendenti quando Jon Arryn le pose sulle spalle il mantello nei colori blu e crema dei lord della Valle.

«È più graziosa di quanto avessi osato sperare.» Edmure alzò una mano, fermandola prima che lei potesse ribattere. «Lo so, lo so: ci sono cose più importanti, risparmiami la predica, septa. Ma... hai visto alcune delle altre ragazze che Frey ha mandato in parata? Quella che sussultava tutta? Forse ha il morbo del tremito. E le due gemelle avevano la faccia più butterata dall'acne di quella di Petyr Foruncolo. Nel momento in cui ho visto quel branco, sono stato certo che Roslin sarebbe stata pelata e con un occhio guercio, intelligente come Campanello e con il buon carattere di Walder il Nero. Invece, oltre che bella, sembra anche gentile.» Edmure però era perplesso. «Per quale motivo il vecchio furetto si è rifiutato di lasciare a me la scelta se non voleva darmi in pasto a un mostro?»

«La tua propensione per i bei visini è ben nota, fratello» gli ricordò Catelyn. «Forse lord Walder vuole che tu sia felice con la tua sposa.» "O forse, ed è molto più probabile, non voleva che ti venissero le ginocchia molli davanti a una pustola, mandando all'aria tutti i suoi piani." «Forse Roslin è la favorita del vecchio. Il lord di Delta delle Acque è una preda molto più ambita di quanto possa sperare la maggior parte delle sue figlie.»

«È vero.» Ma Edmure non era convinto. «È possibile che sia sterile?»

«Lord Walder vuole che suo nipote sia l'erede di Delta delle Acque. A che cosa gli servirebbe darti una moglie sterile?»

«Si sbarazzerebbe di una figlia che nessun altro vuole.»

«Non ne otterrebbe alcun vantaggio. Walder Frey è un uomo gretto, non stupido.»

«D'accordo ma… è possibile?»

«Sì» ammise Catelyn con riluttanza. «Una fanciulla può contrarre nell'infanzia malattie che possono renderla incapace di concepire figli. Ma non c'è ragione di credere che sia il caso di lady Roslin.» Girò lo sguardo per il locale. «E a dire il vero, i Frey ci hanno accolti più cortesemente di quanto mi aspettassi.»

Edmure rise. «Qualche parola pungente e un po' di sarcasmo. Per Frey è cortesia. Mi aspettavo che il vecchio si sarebbe fatto una pisciata nel nostro vino costringendoci poi a lodarne l'annata.»

La battuta rese Catelyn stranamente inquieta. «Se ora vuoi scusarmi, vorrei togliermi questi vestiti fradici.»

«Come preferisci.» Edmure sbadigliò. «Io magari mi faccio un sonnellino.»

Catelyn si ritirò nella propria stanza. Il baule di abiti che aveva portato con sé da Delta delle Acque era stato portato su e sistemato ai piedi del letto. Dopo essersi spogliata e aver appeso il vestito ad asciugare vicino al fuoco, indossò un caldo vestito di lana nei colori rosso e blu dei Tully. Poi si lavò i capelli e se li spazzolò. Infine, andò alla ricerca dei Frey.

Lo scranno nero di lord Walder era vuoto quando Catelyn rientrò nella sala grande, ma alcuni dei suoi figli stavano bevendo vino vicino al fuoco.

«Lady Catelyn.» Quando la vide, Lothar lo Storpio si alzò con movimenti goffi. «Pensavo che stessi riposando. In che cosa posso servirti?»

«Questi sono i tuoi fratelli?» chiese Catelyn.

«Fratelli, fratellastri, fratelli acquisiti e nipoti. Raymund e io abbiamo la stessa madre. Lord Lucias Vypren è il marito della mia sorellastra Lythene, e ser Damon è loro figlio. Credo che tu conosca il mio fratellastro ser Hosteen. E questo è ser Leslyn Haigh e i suoi figli, ser Harys e ser Donnel.»

«Sono lieta d'incontrarvi, cavalieri. C'è ser Perwyn? Fece parte della mia scorta nel viaggio fino a Capo Tempesta e ritorno, quando Robb m'inviò a parlamentare con lord Renly Baratheon. Avrei piacere di rivederlo.»

«Perwyn è via» rispose Lothar lo Storpio. «Gli presenterò i tuoi saluti. Sono certo che gli dispiacerà di non averti incontrata.»

«Ma tornerà in tempo per il matrimonio di lady Roslin, vero?»

«Lo sperava» disse Lothar «ma con queste piogge… Hai visto anche tu quanto sono gonfi i fiumi, mia signora.»

«Sì» disse Catelyn. «Mi chiedevo se saresti così cortese da condurmi dal vostro maestro.»

«Non ti senti bene, mia signora?» chiese ser Hosteen, un uomo imponente, dalla dura mascella quadrata.

«Problemi di donne. Nulla per cui tu ti debba preoccupare, cavaliere.»

Lothar, sempre compunto, la scortò fuori dalla sala, facendole strada su per alcune scale, oltre un ponte coperto, su per un'altra scala. «Troverai maestro Brenett nella torretta, mia signora.»

Catelyn aveva il sospetto che il maestro delle Torri Gemelle fosse, nemmeno a dirlo, un ennesimo figlio di lord Walder. Ma Brenett non aveva i lineamenti dei Frey. Era un uomo grande e grasso, calvo, dal doppio mento, non troppo pulito a giudicare dagli escrementi di corvo che chiazzavano le maniche della sua tunica. Per contro, pareva onestamente amichevole. Dopo che Catelyn gli ebbe riferito le preoccupazioni di Edmure riguardo alla fertilità di lady Roslin, il corpulento sapiente della Cittadella ridacchiò.

«Che il lord tuo fratello non abbia timori, lady Catelyn. Roslin è minuta, è vero, e ha i fianchi stretti, ma sua madre, lady Bethany di Rosby, era come lei, eppure ha dato a lord Walder un figlio all'anno.»

«E quanti sono sopravvissuti oltre l'infanzia?» gli chiese apertamente Catelyn.

«Cinque.» Il maestro li contò sulle dita spesse come salsicciotti. «Ser Perwyn, ser Benfrey, maestro Willamen, che ha preso gli ordini l'anno scorso e ora serve lord Hunter nella valle di Arryn. Olyvar, che è stato scudiero di tuo figlio, e infine lady Roslin, la più giovane. Quattro maschi e una femmina. Lord Edmure si ritroverà con tanti di quei figli da non sapere cosa farne.»

«Sono certa che questa notizia gli farà piacere.»

Quindi la ragazza era non solo graziosa, ma probabilmente anche fertile. "Questo dovrebbe tranquillizzare Edmure." Per quanto lei potesse vedere, lord Walder non stava dando al nuovo lord di Tully alcuna ragione per lamentarsi.

Catelyn non tornò nella propria stanza dopo aver lasciato il maestro. Andò da Robb. Con lui trovò Robin Flint e ser Wendel Manderly, assieme al Grande Jon e a suo figlio, che continuava a venire chiamato il Piccolo Jon anche se ormai minacciava di superare la stazza del padre. Un altro uomo, addirittura più fradicio degli altri, con sulle spalle un mantello di lana rosa pallido bordato di pelliccia bianca, era in piedi di fronte al fuoco.

«Lord Bolton.»

«Lady Stark.» La voce del signore di Forte Terrore era, come sempre, appena percettibile. «La tua vista è un rinnovato piacere, perfino in tempi difficili come questi.»

«Sei gentile, mio lord.» Catelyn avvertì la tensione che pervadeva il gruppo. Perfino Grande Jon, di solito così esuberante, appariva austero e riservato. Il suo sguardo passò sui loro volti cupi. «Che cos'altro è accaduto?»

«Lannister sul Tridente» rispose ser Wendel in tono infelice. «Mio fratello è di nuovo prigioniero.»

«E lord Bolton ci ha portato altre notizie di Grande Inverno» aggiunse Robb. «Ser Rodrik non è stato il solo a morire. Anche Cley Cerwyn e Leobald Tallhart sono stati uccisi.»

«Cley Cerwyn era solo un bambino» disse Catelyn, rattristata. «Allora è vero? Tutti morti, Grande Inverno distrutto?»

I pallidi occhi di Bolton incontrarono quelli di lei. «Gli uomini di ferro hanno incendiato sia il castello sia la città. Parte della vostra gente è stata portata a Forte Terrore da mio figlio, Ramsay.»

«Il tuo bastardo è accusato di crimini gravissimi» gli ricordò Catelyn in tono sferzante. «Omicidio, stupro, azioni anche peggiori.»

«È vero» annuì Roose Bolton. «Il suo sangue è veleno, questo non può essere negato. Eppure è un valido guerriero, tanto astuto quanto senza paura. Quando gli uomini di ferro hanno abbattuto ser Rodrik, e Leobald Tallhart poco dopo, la responsabilità della battaglia è ricaduta su Ramsay. E lui l'ha affrontata. Giura di non rinfoderare la spada fino a quando anche un solo Greyjoy sarà rimasto nel Nord. Forse questa sua determinazione potrà compensare, sia pure in misura minima, i crimini che il suo sangue di bastardo lo ha portato a perpetrare.» Bolton scrollò le spalle. «O forse no. A guerra finita, sua maestà dovrà valutare e giudicare. A quel punto, spero di avere un figlio di sangue puro da lady Walda.»

"È un uomo di ghiaccio" si rese conto Catelyn, e non per la prima volta.

«Ramsay fa menzione di Theon Greyjoy?» chiese Robb. «È stato ucciso anche lui o è riuscito a fuggire?»

Da una sacchetta appesa al cinturone, Roose Bolton trasse un brandello di cuoio. «Assieme alla sua lettera, mio figlio ha mandato questa.»

Ser Wendel girò la faccia, guardando altrove. Robin Flint e il Piccolo Jon Umber si scambiarono un'occhiata. Grande Jon grugnì come un toro infuriato.

«Ma quella è...» Robb era incerto. «Pelle umana?»

«Dal mignolo della mano sinistra di Theon Greyjoy. Mio figlio è crudele, lo riconosco. Eppure... che cos'è una piccola porzione di pelle a confronto delle vite dei due giovani principi Stark? Tu eri la loro madre, mia signora. Posso offrirti questo... questo piccolo simbolo di vendetta?»

Una parte di Catelyn avrebbe voluto stringere al cuore quel macabro trofeo. «Mettilo via, lord Bolton. Ti prego» si costrinse a dire invece.

«Scorticare Theon non riporterà indietro i miei fratelli» disse Robb. «È la sua testa che voglio, non la sua pelle.»

«È l'unico figlio di Balon Greyjoy rimasto in vita» disse Roose Bolton nel suo tono sussurrante, come se loro se ne fossero dimenticati «e ora è re di diritto delle isole di Ferro. Un re prigioniero è un ostaggio di grande valore.»

«Ostaggio?» A quella parola Catelyn si sentì agghiacciare. Spesso gli ostaggi erano scambiati. «Lord Bolton, voglio sperare che tu non stia suggerendo di *liberare* l'uomo che ha assassinato i miei figli.»

«Chiunque arrivi a sedere sul Trono del Mare di Pyke vorrà Theon Greyjoy morto» spiegò Bolton. «Perfino ai ceppi, Theon ha un diritto superiore a quello di uno qualsiasi dei suoi zii. Tenetelo prigioniero, io dico, e in cambio della sua morte esigete concessioni dagli uomini di ferro.»

Robb considerò la proposta con riluttanza, ma alla fine annuì. «Sì. Molto bene. Lasciamolo in vita. Per ora. Tenetelo nelle segrete di Forte Terrore fino a quando non avremo ripreso il Nord.»

Catelyn tornò a rivolgersi a Roose Bolton. «Ser Wendel ha detto qualcosa riguardo a Lannister sul Tridente.»

«È esatto, mia signora. E sono io da biasimare. Ho atteso troppo prima di lasciare Harrenhal. Aenys Frey era partito con parecchi giorni di anticipo su di me e ha attraversato il Tridente al Guado Rosso, anche se con difficoltà. Ma quando siamo arrivati sul fiume, lo abbiamo trovato in piena. Non ho avuto altra scelta che trasportare i miei uomini sulla riva opposta a bordo di piccole barche, e ne avevamo poche. Solo due terzi delle mie forze erano sulla sponda nord quando i Lannister hanno attaccato quelli ancora in attesa di attraversare. Uomini di Norrey, Locke e Burley, principalmente, con ser Wylis Manderly e i suoi cavalieri di Porto Bianco come retroguardia. Io ero sulla riva sbagliata del Tridente, impossibilitato ad aiutarli. Ser Wylis ha organizzato la difesa meglio che ha potuto, ma Gregor Clegane ha caricato con la cavalleria pesante, spingendoli nel fiume. Molti sono annegati, molti sono stati abbattuti. Alcuni sono fuggiti, tutti gli altri sono stati presi prigionieri.»

Gregor Clegane, la Montagna che cavalca, era sempre una pessima notizia, rifletté Catelyn. Che ora Robb fosse costretto a marciare di nuovo a sud per affrontarlo? O forse era la Montagna che stava venendo a nord?

«Anche Clegane ha attraversato il fiume?» chiese.

«No.» La voce di Bolton era debole ma sicura. «Ho lasciato seicento uomini sul guado. Lancieri delle Rills, delle montagne e del Coltello Bianco, cento arcieri Hornwood, alcuni mercenari e cavalieri erranti, più un solido contingente di Stout e di Cerwyn come rinforzo. Al comando ci sono Ronnel Stout e ser Kyle Condon. Ser Kyle era il braccio destro del defunto lord Cerwyn, come certamente saprai, mia signora. I leoni non sanno nuotare meglio dei lupi. Fino a quando il fiume rimarrà in piena, ser Gregor non lo attraverserà.»

«L'ultima cosa di cui abbiamo bisogno è avere Gregor Clegane alle spalle quando cominceremo a muoverci su per l'Incollatura» disse Robb. «Hai agito bene, mio lord.»

«Sei troppo buono, maestà. Ho subito pesanti perdite sulla

Forca Verde, Glover e Tallhart perdite anche peggiori a Duskendale.»

«*Duskendale!*» Robb pronunciò quel nome come un'invettiva. «Robett Glover dovrà rispondermene quando lo rivedrò, è una promessa.»

«Una follia da parte sua» concordò lord Bolton «ma, dopo aver appreso della caduta di Deepwood Motte, Glover era disperato. Dolore e paura sono duri avversari per qualsiasi uomo.»

Duskendale era materia vecchia, fredda. Erano le battaglie a venire a preoccupare Catelyn. «Quanti uomini hai portato a mio figlio, mio lord?» chiese senza mezzi termini a Roose Bolton.

Gli strani occhi privi di colore di Bolton studiarono il volto di Catelyn, infine rispose: «Circa cinquecento a cavallo e tremila appiedati, mia signora. Uomini di Forte Terrore, soprattutto, e alcuni di Karhold. Con la lealtà dei Karstark ora così in dubbio, ho ritenuto opportuno tenerli vicini. Rimpiango che non siano di più».

«Dovrebbero essere sufficienti» disse Robb. «Tu avrai il comando della mia retroguardia, lord Bolton. Intendo muovermi per l'Incollatura non appena mio zio Edmure sarà sposato e impalmato. Torniamo a casa.»

ARYA

Gli esploratori avvistarono il carro che arrancava nella pista invasa dal fango a un'ora dalla Forca Verde.

«Tieni bassa la testa e chiusa la bocca» le intimò il Mastino.

I tre uomini diedero di speroni e puntarono su di loro. Erano un cavaliere e i suoi due scudieri, tutti e tre in sella a veloci palafreni. Clegane fece schioccare la frusta sulla coppia di cavalli da tiro, un paio di vecchi ronzini che avevano visto tempi migliori. Il carro ondeggiava, scricchiolava. A ogni giro, le sue due gigantesche ruote di legno pieno facevano schizzare fango dai profondi solchi nella strada. Straniero seguiva, legato al retro del carro.

Il grande corsiero dal pessimo carattere non aveva armatura, né sella, né finimenti. Quanto al Mastino, si era avvolto in abiti di grezza lana verde tutti sporchi e in un mantello grigio cenere il cui cappuccio gli nascondeva la testa. Se teneva lo sguardo abbassato, era impossibile vederlo in faccia, tranne per il bianco degli occhi. Aveva l'aspetto di un bifolco malridotto. Ma sotto la lana grezza, c'erano cuoio trattato e maglia di ferro oleata, Arya lo sapeva. Quanto a lei, poteva passare per il figlio del bifolco, oppure un piccolo guardiano di porci. Dietro di loro c'erano quattro tozzi barili di carne di maiale salata e un quinto pieno di zampe di suino.

Prima di avvicinarsi, i tre uomini a cavallo si separarono e girarono loro attorno, esaminandoli con occhiate guardinghe. Clegane trattenne le redini e fece fermare il carro, aspettando con pazienza che i tre facessero i propri comodi. Il cavaliere era armato di lancia e spada, i due scudieri portavano archi lunghi. Gli emblemi sulle loro tuniche di pelle erano versioni più piccole del sigillo cucito sulla sopratunica del loro padrone: un forcone nero sopra una barra argentea in diagonale sinistra, su sfondo cremisi.

Arya aveva pensato di rivelarsi ai primi esploratori che avessero incontrato. Era sempre stata convinta che sarebbero stati uomini in mantello grigio, con sul petto il meta-lupo degli Stark. Avrebbe rischiato anche con il gigante che spezza le catene degli Umber o con il pugno guantato di ferro dei Glover, ma non conosceva l'emblema del forcone, né sapeva di quale signore fosse al servizio. La cosa che più si avvicinava a un forcone che lei avesse mai visto a Grande Inverno era il tridente stretto nelle mani del tritone di lord Manderly di Porto Bianco.

«Perché andate alle Torri Gemelle?» chiese il cavaliere.

«Porto maiale salato per il banchetto di nozze, se ti compiace, ser.» Il Mastino mugugnò la risposta a occhi bassi, il volto celato.

«Il maiale salato non mi compiace mai.» Il cavaliere del forcone guardò Clegane con sommo disinteresse, senza nemmeno degnarsi di posare gli occhi su Arya. Invece esaminò Straniero con la massima attenzione. Lo stallone tutto poteva sembrare fuorché un cavallo da tiro. Per poco, uno dei due scudieri non finì nel fango quando il grande corsiero nero cercò di dare un morso al suo cavallo. «Com'è che hai con te questo animale?» volle sapere il cavaliere del forcone.

«La milady mi ha detto di portarlo, ser» rispose umilmente Clegane. «Dono di nozze per il giovane lord Tully.»

«Quale lady? Chi servi?»

«La vecchia lady Whent, ser.»

«Crede davvero di poter riavere Harrenhal con un cavallo?» fece il cavaliere, sprezzante. «Per gli dèi, c'è forse uno sciocco più grande di un vecchio sciocco?» Fece loro cenno di procedere. «Andate.»

«*Aye*, milord.»

Il Mastino fece schioccare di nuovo la frusta, i due vecchi ronzini ripresero faticosamente a tirare sul difficile tracciato. Durante la fermata, le ruote erano affondate nel fango e ci vollero parecchi tentativi prima che il carro tornasse a muoversi. Quando finalmente accadde, gli esploratori si stavano allontanando. Clegane allungò loro un ultimo sguardo ed emise un grugnito. «Ser Donnel Haigh» disse. «Gli ho rubato più cavalli di quanti ne riesca a contare. Anche armature. E una volta, in una grande mischia, per poco non l'ho ucciso.»

«E allora perché non ti ha riconosciuto?» chiese Arya.

«Perché i cavalieri sono degli idioti: sarebbe stato indegno di lui dare una seconda occhiata a un bifolco butterato.» Somministrò ai cavalli un altro assaggio di frusta. «Se tieni lo sguardo basso e hai un tono rispettoso, se dici spesso "ser", la maggior parte dei cavalieri neanche ti vede. Prestano molta più attenzione ai cavalli che al popolino. Avrebbe potuto riconoscere Straniero, se mi avesse mai visto in sella.»

"La tua faccia la conosceva, però." In merito, Arya non aveva dubbi. Una volta che le avevi viste, le ustioni di Sandor Clegane non erano facili da dimenticare. E nemmeno poteva nasconderle sotto l'elmo, se quell'elmo era a foggia di mastino ringhiante.

Proprio per questo avevano avuto bisogno del carro e della carne di suino. «Non intendo essere trascinato davanti a tuo fratello in catene» le aveva detto «e vorrei anche evitare di aprirmi la strada tra i suoi uomini a colpi di spada. Così giochiamo a questo gioco.»

Un contadino che avevano incontrato per caso lungo la strada del Re aveva fornito loro carro, ronzini, barili e abiti. Non certo di sua volontà. Il Mastino se ne era impossessato con la minaccia della spada. Il contadino lo aveva coperto di insulti, dandogli del ladro. «Sbagliato» aveva replicato Clegane «non ladro: approvvigionatore. E ti va bene che ti restano le mutande. Ora togliti quegli stivali, se non vuoi che ti tagli le gambe. La scelta è tua.» Il contadino era grosso quanto Clegane, ma la sua scelta fu di tenersi le gambe.

Al tramonto stavano ancora arrancando verso la Forca Verde e le fortezze gemelle di lord Walder Frey. "Quasi ci sono" pensò Arya. Sapeva che avrebbe dovuto essere eccitata, invece sentiva lo stomaco tutto attorcigliato. Forse era solo a causa della febbre contro cui continuava a combattere, forse no. Aveva fatto un sogno, la notte prima, un sogno spaventoso. Non ricordava nulla di preciso, ma le era rimasto per tutto il giorno un senso di orrore. Che adesso era diventato addirittura più forte, più incombente. "La paura ferisce più della spada." Doveva essere forte, come le aveva insegnato suo padre. A separarla da sua madre ormai si ergevano solo il portale di un castello, un fiume e un esercito... ma si trattava dell'esercito di *Robb*, quindi non c'era alcun reale pericolo. O invece c'era?

Roose Bolton era uno di loro. Lord Sanguisuga, lord Mignatta, come lo chiamavano i fuorilegge. Un pensiero che la metteva a disagio. Quando era fuggita da Harrenhal, voleva andare molto lontano sia dai Guitti Sanguinari sia da Bolton, e nello scappare dalla fortezza di Harren il Nero aveva tagliato la gola a una delle sue guardie. Bolton sapeva che era stata lei a farlo? Oppure aveva incolpato Gendry o Frittella? Lo aveva detto a sua madre, lady Catelyn? Nel momento in cui Bolton avesse rivisto quella sua coppiera chiamata Nan, che cosa avrebbe fatto? "Probabilmente neanche mi riconoscerà." Di quei tempi, Arya sembrava più un topo annegato che il paggio di un alto lord. Un topo annegato *maschio*. Appena due giorni prima, il Mastino le aveva tagliato i capelli a manciate. Era un barbiere addirittura peggiore di Yoren, l'anziano confratello reclutatore dei Guardiani della notte. Con il risultato di lasciare Arya con la testa pelata solo da una parte. "Nemmeno Robb mi riconoscerà, ci scommetto. Forse nemmeno mamma." L'ultima volta che li aveva visti, quando aveva lasciato Grande Inverno assieme a lord Eddard Stark suo padre, lei era appena una ragazzina.

Prima di arrivare in vista del castello, udirono la musica. Il martellare lontano dei tamburi, il temerario suono dei corni, la raffinata melodia dei fiati. Suoni appena percettibili sotto il rombare del fiume e lo scrosciare della pioggia. «Siamo in ritardo per il matrimonio» disse il Mastino «ma sembra che il banchetto sia ancora in corso. Presto mi sarò sbarazzato di te.»

"No" pensò Arya "presto sarò *io* a essermi sbarazzata di te."

La strada aveva continuato a puntare verso nordovest, ma di colpo svoltò a ovest tagliando tra un bosco di alberi di mele e un campo di granturco allagato, flagellato dalla pioggia. Superarono gli ultimi filari di alberi, scalarono un dosso. Il castello, il fiume e gli accampamenti apparvero tutti assieme. C'erano centinaia di cavalli e migliaia di uomini, che si aggiravano attorno alle tre enormi tende che torreggiavano una a fianco dell'altra davanti alle porte della fortezza, simili a grandi templi fatti di tela. Robb aveva eretto il proprio accampamento ben lontano dalle mura, su terreno più elevato e più asciutto. Ma la Forca Verde era dilagata oltre gli argini, arrivando a invadere alcune tende piazzate senza molta cautela.

La musica che proveniva dai due castelli simmetrici adesso era più forte. Il rombo dei tamburi e il suono dei corni si dilatavano sull'accampamento. I musicanti in una torre suonavano qualcosa di diverso da quelli nella fortezza sulla riva opposta del fiume. Qualcosa che assomigliava più a un inno di guerra che a una canzone di nozze. «Non sono molto bravi, quei suonatori» notò Arya.

Dal Mastino provenne un rumore che forse era una risata. «Ci saranno vecchie donne sorde che si lamenteranno del baccano fino a Lannisport, mi sa. Avevo sentito dire che gli occhi di Walder Frey stavano cedendo, nessuno però mi aveva detto delle sue orecchie fottute.»

Arya si ritrovò a desiderare che fosse giorno. Con il sole alto nel cielo e il vento che soffiava, sarebbe stata in grado di distinguere meglio i vessilli. Avrebbe cercato il meta-lupo degli Stark, o l'ascia bipenne dei Cerwyn, o anche il pugno dei Glover. Ma, nell'oscurità della notte, tutti i colori apparivano grigi. La pioggia battente si era trasformata in una pioggerellina sottile, quasi una nebbia liquida. Il diluvio dei giorni precedenti aveva ridotto i vessilli a stracci fradici, grondanti, irriconoscibili.

Una fila di carri era stata disposta tutto attorno al perimetro dell'accampamento, formando una rozza barriera contro eventuali attacchi. Fu là che le guardie li fermarono. La lanterna impugnata dal sergente gettava luce sufficiente perché Arya potesse distinguere il colore del suo mantello: rosa pallido disseminato di gocce rosse a forma di lacrime. L'individuo che la indossava aveva cucito sulla tunica l'emblema del lord Mignatta, l'uomo scuoiato di Forte Terrore. Sandor Clegane gli raccontò la medesima storiella che aveva propinato agli esploratori, ma il sergente di Bolton era un uomo decisamente più duro di ser Donnel Haigh.

«Maiale salato non è carne adatta al banchetto di nozze di un lord» disse con asprezza.

«Ci ho anche zampe di suino, ser.»

«Niente da fare, non per questo banchetto. La festa è quasi finita. E io sono un uomo del Nord, non un cavaliere del Sud che ancora succhia il latte.»

«Mi hanno detto di vedere l'attendente, il cuoco...»

«Il castello è sbarrato. I signori non devono essere disturbati.» Il sergente ci pensò su per un momento. «Puoi scaricare vicino alle tende della festa, laggiù.» Indicò con la mano guantata di maglia di ferro. «La birra fa venire fame, e il vecchio Frey non sentirà la mancanza di poche zampe di suino. E non ha nemmeno i denti per roba come quella. Chiedi di Sedgekins, lui saprà cosa fare di te.» Abbaiò un ordine. I suoi uomini aprirono un varco tra i carri per lasciarli passare.

La frusta del Mastino fece avanzare i cavalli da tiro verso le tre grandi tende, tra schizzi di fango e spruzzi d'acqua sollevati dalle ruote. Nessuno sembrò prestare loro alcuna attenzione. Il carro si mosse tra padiglioni dai colori brillanti, le pareti di seta bagnata accese come lanterne magiche dai lumi e dai bracieri all'interno. Scintillavano di luci dorate, rosa, verde, mostrando strisce, scacchi, ornamenti, sfoggiando immagini di uccelli e animali, losanghe e stelle, ruote e armi. Arya individuò una tenda gialla con sei ghiande sui pannelli, tre su due di essi, due sull'altro. "Lord Smallwood" riconobbe, ricordando Sala delle Ghiande, lontano chissà dove, e ricordando la lady che le aveva detto che era graziosa.

Ma per ogni vivido padiglione di seta, c'erano almeno due dozzine di tende di feltro o di tela, opache, buie. C'erano anche ampie tende militari, grandi abbastanza da contenere due falangi di soldati di fanteria. Ma anche queste apparivano insignificanti al confronto delle tre immense tende del banchetto. A quanto pareva, le bevute andavano avanti da ore. Arya udì grida e cozzare di coppe che si sovrapponevano ai suoni tipici di tutti gli accampamenti: nitrire di cavalli, abbaiare di cani, rumore di carri, risate, imprecazioni, cozzare di metallo e di legno. Più si avvicinavano al castello, più la musica si faceva assordante. Ma al di sotto si avvertiva sempre quel rombo più profondo, più cupo: il fiume, la Forca del Tridente in piena, che ruggiva come un leone in agguato nella sua caverna.

Arya si contorse sul sedile del carro, cercando di guardare simultaneamente in tutte le direzioni, nella speranza di vedere l'emblema del meta-lupo o una tenda nei ben noti colori bianco e grigio, o anche un viso che ricordava da Grande Inverno. Ma tutti quelli che vide le erano sconosciuti. Osservò un uomo liberarsi la vescica contro i cespugli, non era Alebelly. Vide una ragazza mezzo svestita scappare fuori ridendo da una tenda, ma la tenda era azzurro pallido, non grigio come lei aveva pensato sulle prime. E l'uomo che uscì correndo dietro la ragazza aveva sul farsetto l'immagine di un gatto selvatico, non di un meta-lupo. Sotto un albero, Arya notò quattro arcieri intenti a sistemare funi incerate nelle scanalature dei loro archi lunghi, ma non erano arcieri del lord suo padre. Un maestro passò davanti al carro, ma era troppo giovane e magro per essere maestro Luwin. Arya alzò lo sguardo alle Torri Gemelle: le finestre più alte erano debolmente illuminate ovunque fossero accese candele o torce. Attraverso il sipario della pioggia, i due castelli identici apparivano spettrali, minacciosi, come i manieri maledetti nelle storie della vecchia Nan, e non erano Grande Inverno.

Vicino alle tende della festa, la calca era più fitta. I grandi lembi degli ingressi erano legati in posizione di apertura, uomini muniti di corni e boccali pieni di birra entravano e uscivano di continuo, alcuni assieme a baldracche da soldati. Arya riuscì a gettare un'occhiata dentro una delle tende mentre il carro le passava davanti. Centinaia di uomini si ammassavano sulle panche, spintonandosi per attingere ai barili di birra e agli otri di vino. Quasi non c'era spazio per muoversi, ma a nessuno sembrava importare. Per lo meno erano al caldo e all'asciutto. Arya, fradicia e intirizzita, li invidiò. Alcuni stavano addirittura cantando. Tutto attorno all'ingresso della tenda, il calore che si riversava fuori tramutava in vapore la pioggia esile.

«Alla salute di lord Edmure e di lady Roslin!» gridò una voce, e nella tenda tutti bevvero. «Alla salute del Giovane lupo e della regina Jeyne!» gridò qualcun altro.

"La regina Jeyne?" Arya non capiva. "E chi sarebbe?" L'unica regina che lei conosceva era Cersei Lannister.

Grandi fuochi ardevano in fosse scavate all'esterno delle tende. Erano protetti dalla pioggia, purché cadesse in verticale, da rozze impalcature di legno e pelli intrecciate. Il vento però soffiava dal fiume, mandando le gocce sui fuochi, facendo sibilare e contorcere le fiamme. Servi facevano girare lunghi spiedi con infilzati grossi pezzi di carne. Al solo odore, Arya sentì l'acquolina in bocca.

«Perché non ci fermiamo?» chiese a Sandor Clegane. «Ci sono uomini del Nord nelle tende.» Li aveva riconosciuti dalle barbe, dalle facce, dai mantelli di pelle d'orso e di foca, dai brindisi che aveva udito, dalle canzoni che intonavano. Karstark e Umber e uomini dei clan delle montagne. «Ci scommetto che ci sono anche uomini di Grande Inverno.» Gli uomini del lord suo padre, gli uomini del Giovane lupo, i meta-lupi degli Stark.

«Tuo fratello è nella fortezza» rispose il Mastino. «E anche tua madre. Li vuoi vedere o no?»

«Sì» cedette Arya. «Come la mettiamo con Sedgekins?» Il sergente di Bolton aveva detto loro di cercare Sedgekins.

«Sedgekins può infilarsi un piolo rovente su per il culo.» Clegane fece volteggiare la frusta, che sibilò nella pioggia leggera e morse il fianco di uno dei cavalli da tiro. «È il tuo dannato fratello che voglio.»

CATELYN

I tamburi martellavano, martellavano. Anche la testa di Catelyn Stark martellava. Pifferi e flauti risuonavano dalla galleria dei musicanti sul fondo della sala. Archi stridevano, corni soffiavano, cornamuse intonavano un ritmo intenso, ma era il pestare dei tamburi a guidare la cadenza. La musica rimbalzava contro le pareti, echeggiando verso il basso, nella sala della fortezza, dove gli ospiti mangiavano, bevevano e gridavano gli uni agli altri. "Walder Frey dev'essere sordo come un masso per chiamare musica questo frastuono."

Catelyn sorseggiò un po' di vino guardando Campanello che ballava sulle note di *Alysanne*. O di qualcosa che sembrava *Alysanne*. Con musicanti come quelli, avrebbe potuto anche essere *L'orso e la fanciulla bionda*.

Fuori la pioggia continuava a cadere, ma all'interno delle Torri Gemelle l'aria era densa, torrida. Il fuoco ruggiva nel grande caminetto, file di torce bruciavano nelle loro nicchie a parete, emettendo fin troppo fumo. Ma la maggior parte del calore proveniva dai corpi degli ospiti, talmente ammassati sulle panche del banchetto che chiunque sollevasse la coppa finiva per dare una gomitata nelle costole di chi gli sedeva vicino.

Perfino sulla piattaforma dei nobili si stava molto più pigiati di quanto Catelyn gradisse. L'avevano fatta sedere tra ser Ryman Frey e Roose Bolton, e il suo senso dell'olfatto ne aveva ormai abbastanza sia dell'uno sia dell'altro. Ser Ryman, con le ascelle fradicie di sudore, andava avanti a bere come se il continente occidentale stesse per affrontare una grave penuria di vino. Aveva fatto il bagno in acqua al limone, giudicò Catelyn, ma non c'era limone che potesse mascherare una simile quantità di sudore acre. Roose Bolton puzzava meno, per quanto in modo non meno sgradevole. Al posto del vino o della birra, sorseggiava ippocratico, e mangiava pochissimo.

Catelyn non poteva biasimarlo per la mancanza di appetito. Il banchetto di nozze era cominciato con una leggera zuppa di porri, seguita da un'insalata di fagiolini, cipolle e barbabietole. Poi erano venute carpe di fiume bollite nel latte di mandorle, montagne di purè di rape, fredde ancora prima di arrivare in tavola, cervella in gelatina e stufato di manzo fibroso. Un banchetto ben scarso da offrire a un re. Quanto alle cervella, a Catelyn fecero rivoltare lo stomaco. In ogni caso, Robb mangiò senza lamentarsi, e Edmure era troppo preso dalla sua sposa per prestare troppa attenzione al cibo.

"Chi direbbe che Edmure si è lamentato di Roslin per tutta la strada da Delta delle Acque alle Torri Gemelle?" Marito e moglie mangiavano dal medesimo piatto, bevevano dalla stessa coppa e, dopo ogni sorso, si scambiavano casti baci. Edmure rifiutò con un gesto quasi tutte le portate. Catelyn non trovò nulla da ridire in merito. Lei stessa ricordava ben poco del cibo che era stato servito al suo banchetto nuziale. "Sentii qualche sapore? O passai tutto il tempo a studiare il viso di Ned, domandandomi che uomo fosse?"

C'era una sorta di fissità nel sorriso della povera Roslin, come se qualcuno glielo avesse cucito sulla faccia. "Bene, ora è una fanciulla vergine convolata a nozze, ma deve ancora venire la cerimonia della messa a letto. Dev'essere terrorizzata quanto lo ero io." Robb sedeva tra Alyx Frey e Walda la Chiara, due fanciulle Frey nubili. «Alla festa di nozze, spero che non rifiuterai di danzare con le mie figlie» aveva detto Walder Frey. «Daresti un grande piacere al cuore di questo vecchio.» E di piacere, il cuore di quel vecchio doveva averne avuto in quantità: Robb aveva fatto il suo dovere da vero re. Aveva danzato con ciascuna delle ragazze, con la sposa di Edmure, con l'ottava lady Frey, con la vedova Ami, con Walda la Grassa, moglie di lord Bolton, con Serra e Sarra, le gemelle piene d'acne, perfino con Shirei, la più giovane delle figlie di lord Walder, la quale doveva avere sì e no sei anni. Catelyn si domandò se a quel punto il lord del Guado fosse soddisfatto o se invece avrebbe trovato motivo di lamentarsi per il fatto che tante altre delle sue figlie e nipoti non avevano ballato con il re del Nord.

«Le tue sorelle danzano molto bene» Catelyn disse a ser Ryman, cercando di essere cortese.

«Sono zie e cugine.» Ser Ryman ingollò un'altra boccata di vino, mentre il sudore gli ruscellava lungo le guance, perdendosi nella barba.

"Che uomo acido" pensò Catelyn. "Ed è anche un beone." Lord Frey il ritardatario poteva anche essere tirchio quando si trattava di dare da mangiare ai suoi ospiti, ma di certo non lesinava sul bere. Birra e vino scorrevano con la stessa rapidità del fiume in piena all'esterno della fortezza. Grande Jon era già ubriaco marcio. Merrett, uno dei figli di lord Walder, gli teneva dietro una coppa dopo l'altra. Nel futile tentativo di reggere il confronto, ser Whalen Frey era crollato. Catelyn avrebbe preferito che lord Umber rimanesse sobrio, ma dire al Grande Jon di non bere era come dirgli di non respirare.

Il Piccolo Jon Umber e Robin Flint sedevano ai lati di Robb, oltre Alyx Frey e Walda la Chiara, rispettivamente. Nessuno di loro beveva. Nemmeno Patrek Mallister e Dacey Mormont bevevano, quella sera erano guardie del corpo del re del Nord. Un banchetto di nozze non era una battaglia, ma c'erano sempre dei rischi quando gli uomini si abbandonavano al vino, e un re non doveva mai essere privo di scorta. Catelyn era lieta di questo, e lo era ancora di più perché i cinturoni con le spade erano appesi a pioli nelle pareti. "Non serve una spada lunga per fare i conti con cervella in gelatina."

«Tutti pensavano che il mio lord avrebbe scelto Walda la Chiara» disse lady Walda Bolton a ser Wendel Manderly, gridando per coprire il frastuono della cosiddetta musica. Walda la Grassa era una ragazza rosea e rotondetta, con liquidi occhi azzurri, capelli biondi flosci e un seno enorme, con una sgradevole voce raschiante. Con i suoi pizzi rosa e il mantello di vaio, era difficile immaginarla in un posto come Forte Terrore. «Come dote, però, il lord mio nonno ha offerto il peso della sposa in argento, così il mio lord di Bolton ha scelto me.» La ragazza rise, i suoi svariati menti tremolarono. «Io peso quasi il doppio di Walda la Chiara, e quella è stata la prima volta che ne sono stata lieta. Io sono lady Bolton, adesso, mentre mia cugina è ancora zitella, e presto avrà *diciannove* anni, povera piccola.»

Il lord di Forte Terrore non prestava alcuna attenzione alle chiacchiere, notò Catelyn. A volte gustava appena una portata, ne assaggiava un'altra, staccava un pezzetto di pane, ma non veniva mai distratto dal banchetto. All'inizio della festa nuziale, Roose Bolton aveva pronunciato un brindisi ai nipoti di lord Walder, ricordando con fin troppa chiarezza che Grande Walder e Piccolo Walder si trovavano sotto la protezione del suo figlio bastardo Ramsay. Dal modo in cui il vecchio lo occhieggiò, dal modo in cui le sue labbra atteggiate a culo di gallina risucchiarono aria, Catelyn intuì che Frey aveva capito al volo la minaccia non detta.

"C'è mai stato un matrimonio così privo di gioia?" si domandò, ma poi fu costretta a pensare alla sua povera Sansa, e alle sue nozze con il Folletto. "Madre, abbi misericordia di lei. La sua anima è così delicata."

Il caldo, il rumore, il fumo la facevano quasi star male. I musicanti nella galleria erano molti, e facevano un gran baccano, ma non erano affatto bravi. Catelyn bevve un altro sorso di vino e permise a un paggio di riempirle la coppa. "Ancora poco tempo, e il peggio sarà passato." L'indomani, a quella stessa ora, Robb sarebbe stato in marcia verso un'altra battaglia, questa volta contro gli uomini di ferro al Moat Cailin. Era strano, eppure quella prospettiva era quasi un sollievo. "Vincerà, ha vinto tutte le battaglie, e gli uomini di ferro adesso sono privi di re. Ned gli ha insegnato bene." I tamburi continuavano a martellare. Campanello saltellò di nuovo davanti a lei, ma la musica era talmente assordante che Catelyn riuscì a stento a udire il tintinnare dei suoi campanelli.

All'improvviso, un ringhiare furibondo coprì il frastuono. Due cani si erano avventati l'uno contro l'altro contendendosi un avanzo di carne. Si rotolavano sul pavimento mordendosi, facendo schioccare la mascelle, uno guaì di dolore. Qualcuno gli versò addosso una caraffa di birra e i due animali si separarono. Uno zoppicò verso la piattaforma. Quando il cane fradicio si scrollò, annaffiando tre nipoti Frey di peli e birra, la bocca sdentata di lord Walder si aprì in una risata che sembrava un altro abbaiare.

A quella vista, Catelyn desiderò di nuovo che anche Vento Grigio fosse lì, ma il grande meta-lupo non era in vista da nessuna parte. Lord Walder si era rifiutato di ammetterlo nella sala. «A quella tua belva selvaggia piace la carne umana, mi si dice, feh» aveva detto. «Ha squarciato parecchie gole, sì. Non voglio una creatura del genere alla festa della mia Roslin, in mezzo a donne e bambini piccoli, tutti i miei dolci, innocenti nipotini.»

«Vento Grigio non rappresenta alcun pericolo per loro, mio lord» aveva protestato Robb. «Se ci sarò anch'io.»

«Ma tu c'eri davanti alle mie porte, o no? Quando il lupo ha attaccato i nipoti che avevo inviato ad accoglierti? So tutto, non credere che non lo sappia, feh!»

«Non è stato fatto loro alcun male.»

«Alcun male, dice il re? *Alcun* male? Petyr è caduto da cavallo. Ho perduto una moglie a quel modo... cadendo da cavallo.» Protese le labbra flosce, poi le risucchiò. «O forse si trattava solo di una baldracca? La moglie di Walder il Bastardo, sì, ora ricordo. È caduta da cavallo e si è spaccata il cranio. Che cosa avrebbe fatto sua maestà se Petyr si fosse spezzato il collo, feh? Offerto altre scuse al posto di un nipote? No, no, no. Tu sarai anche re, non dico di no, sei il re del Nord, ma sotto il mio tetto valgono le mie regole. Il lupo o il matrimonio, sire, l'uno o l'altro. Non puoi averli tutti e due.»

A Catelyn non era sfuggita la rabbia di suo figlio. Comunque Robb aveva incassato con tutta la cortesia che era riuscito a trovare. Non aveva forse detto: "Ma se a lord Walder farà piacere servirmi stufato di corvo in salsa di vermi, non solo lo mangerò di gusto ma chiederò anche una seconda porzione"? E così il re del Nord aveva fatto.

Grande Jon aveva annientato a colpi di bevute un altro della genia Walder, Petyr Foruncolo questa volta, facendolo finire sotto il tavolo. "Il ragazzo ha un terzo della capacità del Grande Jon, che cosa si era messo in testa?" Lord Umber si pulì la bocca con il dorso della mano, si alzò e cominciò a cantare. «*Un orso c'era, un orso! Tutto nero e marrone, tutto coperto di pelo!*»

La sua voce non era male, per quanto resa un po' incerta dal bere. Sfortunatamente, violinisti, percussionisti e flautisti in quel momento stavano cercando di eseguire *Fiori di primavera*, la cui musica c'entrava con *L'orso e la fanciulla bionda* quanto le lumache nel porridge. Perfino il povero Campanello si coprì le orecchie a causa dell'orribile cacofonia.

Roose Bolton mormorò qualcosa a voce troppo bassa perché si capisse, quindi lasciò la sala, andando in cerca delle latrine. La sala affollatissima era un caos di ospiti sbracati e di servitori che andavano e venivano. Catelyn sapeva che un secondo banchetto, per i cavalieri e i nobili di minore lignaggio, era in corso nell'altra torre. Lord Walder aveva esiliato i figli bastardi e la loro progenie sull'altro lato del fiume, e gli uomini di Robb avevano preso a chiamarla "la festa dei bastardi". E alcuni degli ospiti, poco ma sicuro, se ne stavano andando alla chetichella per vedere se i bastardi non si stessero magari divertendo più di loro. Alcuni probabilmente si stavano avventurando addirittura negli accampamenti. I Frey avevano offerto interi carri di vino e birra, in modo che anche i comuni soldati potessero brindare al matrimonio tra Delta delle Acque e le Torri Gemelle.

Robb venne a sedersi nel posto vuoto di Roose Bolton. «Ancora poche ore e questa farsa si sarà conclusa, madre» disse a voce bassa, mentre Grande Jon continuava a cantare della fanciulla con i capelli di miele. «Una volta tanto, Walder il Nero è stato tenero come un agnellino. E lo zio Edmure sembra soddisfatto della sua sposa.» Si protese davanti a Catelyn. «Ser Ryman?»

Ser Ryman Frey si riscosse, ammiccando. «Sire. Sì?»

«Speravo di poter chiedere a Olyvar di essere di nuovo il mio scudiero quando marceremo verso nord» disse Robb «ma qui non lo vedo. Potrebbe essere all'altra festa?»

«Olyvar?» Ser Ryman scosse la testa. «No. Olyvar andato... andato via dai castelli. Il dovere.»

«Comprendo.» Ma il tono di Robb suggeriva che non comprendeva affatto. Visto che ser Ryman non aggiungeva altro, il giovane re del Nord si alzò in piedi. «Madre, gradiresti un ballo?»

«Ti ringrazio, ma no.» Un ballo era l'ultima cosa di cui aveva bisogno, con la testa che le pulsava a quel modo. «Una delle figlie di lord Walder sarà ben lieta di danzare con te, non ho dubbi.»

«Proprio nessuno.» Il sorriso di Robb era rassegnato.

I musicanti stavano suonando *Lance di ferro*, mentre Grande Jon intonava *Il giovane lussurioso*. "Qualcuno dovrebbe presentarli, potrebbe migliorare l'armonia generale." Catelyn tornò a rivolgersi a ser Ryman. «Ho saputo che uno dei tuoi cugini è un cantastorie.»

«Alesander. Il figlio di Symond. Alyx è sua sorella» e indicò con la coppa la ragazza che ballava con Robin Flint.

«Alesander canterà per noi, questa sera?»

«Non lui.» Di nuovo ser Ryman ammiccò. «Andato via...» Si deterse il sudore dalla fronte con la manica e di colpo si alzò in piedi. «Le mie scuse, mia lady. Le mie scuse.»

Catelyn rimase a guardarlo mentre si dirigeva barcollando verso la porta.

Edmure stava baciando Roslin, stringendole la mano. In altri punti della sala, ser Marq Piper e ser Danwell Frey erano impegnati in una gara di bevute, Lothar lo Storpio disse qualcosa di umoristico a ser Hosteen, uno dei Frey più giovani stava facendo il giocoliere con tre daghe per un gruppo di ragazzine deliziate, Campanello sedeva sul pavimento leccandosi il vino dalle dita. I servi stavano portando enormi piatti d'argento con succose, rosate fette d'agnello disposte in cerchi concentrici, di gran lunga la portata più appetibile che si fosse vista in tutta la sera. Robb stava conducendo Dacey Mormont a danzare.

In abiti femminili al posto della maglia di ferro, la figlia maggiore della lady dell'isola dell'Orso era molto attraente, alta e flessuosa, con il sorriso timido che le illuminava il viso allungato. Era piacevole vedere che sapeva essere aggraziata nella danza quanto lo era nel cortile degli addestramenti all'arma bianca. Catelyn si chiese se lady Maege avesse già raggiunto l'Incollatura. Aveva portato con sé le altre figlie, Dacey invece, quale compagna di battaglia di Robb, aveva scelto di rimanere assieme al re del Nord. "Robb, come Ned, ha il dono di ispirare amore e lealtà." Anche Olyvar Frey gli era stato devoto. E Robb non aveva forse detto che Olyvar era pronto a restare quale suo scudiero anche dopo che lui aveva sposato Jeyne?

Seduto in mezzo ai due torrioni di quercia nera della spalliera del suo scranno, il lord del Guado batté le mani chiazzate dall'età. Il suono fu talmente debole che perfino i commensali sulla piattaforma lo udirono a stento. Ser Aenys e ser Hosteen però notarono il gesto e si misero subito a picchiare le coppe contro il piano del tavolo. Lothar lo Storpio fece altrettanto, anche Marq Piper, ser Danwell e ser Raymund si unirono alla batteria. In breve, lo stava facendo metà degli ospiti. Alla fine, i musicanti nella galleria capirono. Fiati, archi e percussioni smorzarono il ritmo fino a restare in silenzio.

«Maestà.» Lord Walder si rivolse a Robb. «Il septon ha recitato le sue preghiere, le parole sono state pronunciate, lord Edmure ha avvolto la mia piccola nel mantello da pesce, ma non sono ancora marito e moglie. Una spada deve essere sfoderata, feh, e ogni matrimonio deve avere la sua messa a letto. Che dice il mio sovrano? È giunto il momento di metterli a letto?»

L'orda di figli e nipoti Frey ricominciò a picchiare le coppe sui tavoli. «A letto! A letto!» urlavano in coro. «Portiamoli a letto!»

Roslin era diventata pallida come cera, Catelyn si domandò se fosse la prospettiva di perdere la verginità a spaventare la ragazza, oppure l'idea della messa a letto. Con così tanti fratelli e sorelle, quella consuetudine non doveva certo tornarle nuova, ma esserne l'oggetto rendeva tutto diverso. La prima notte di nozze di Catelyn, Jory Cassell le aveva strappato l'abito nuziale nella foga di toglierglielo di dosso, e ser Desmond Grell, completamente ubriaco, aveva continuato a scusarsi a ogni turpe battuta, solo per farne una ancora più turpe un momento dopo. Quando lord Dustin l'aveva vista nuda, aveva detto a Ned che i seni di Catelyn gli facevano rimpiangere il tempo in cui veniva allattato. "Pover'uomo" pensò Catelyn. Anche lord Dustin era andato a sud assieme a Ned. Per non fare ritorno. Si domandò quanti degli uomini presenti a quel banchetto sarebbero morti prima che l'anno avesse termine. "Tanti, troppi di loro, temo."

Robb alzò una mano. «Se pensi che il momento sia giunto, lord Walder, allora nessun indugio: portiamoli a letto.»

Il regale pronunciamento fu accolto da un ruggito di approvazione. Su nella galleria, i musicanti ripresero gli strumenti e incominciarono a suonare *La regina si tolse il sandalo, il re si tolse la corona*. Campanello si mise a saltellare, con i campanelli della corona che tintinnavano.

«Mi dicono che gli uomini Tully hanno una trota al posto del cazzo» esordì audacemente Alyx Frey. «Che ci voglia un verme per farlo raddrizzare?»

«E a me dicono» replicò di rimando Marq Piper «che in mezzo alle gambe le donne Frey hanno due portali invece di uno solo!»

«*Aye*» non cedette Alyx «e sono tutti e due chiusi e sbarrati per gli affari piccoli come il tuo!»

La risata generale continuò fino a quando Patrek Mallister salì su uno dei tavoli proponendo un brindisi per il pesce con un occhio solo di Edmure. «E che picca possente è quel pesce!» proclamò.

«Macché, ci scommetto che è tutto rinsecchito» dichiarò Walda la Grassa, recente lady Bolton, dal versante di Catelyn.

Il grido "A letto! A letto!" riprese a tuonare. Gli ospiti invasero la piattaforma, i più ubriachi come sempre in prima linea. Gli uomini e i ragazzi circondarono Roslin e la sollevarono, mentre madri e fanciulle trascinavano in piedi Edmure e cominciavano a tirargli via i vestiti. Edmure rideva, rivolgendo alle donne battute sconce, ma la musica era troppo forte perché Catelyn potesse udirle. In compenso, quello che udì fu Grande Jon. «Datela a me, la sposina!» Il gigantesco uomo del Nord si aprì la strada tra i maschi, afferrò Roslin e se la gettò di traverso su una spalla. «Ma sentitela, questo stecco! Non ha neanche un po' di carne attaccata addosso!»

Catelyn era dispiaciuta per la ragazza. In genere, le novelle spose cercavano di rispondere pan per focaccia, o quanto meno facevano finta di divertirsi, ma Roslin era irrigidita dal terrore, aggrappata al Grande Jon come se temesse che l'avrebbe lasciata cadere. "E sta di nuovo piangendo." Catelyn se ne accorse mentre Marq Piper toglieva alla sposa una scarpa. "Spero proprio che Edmure sia delicato con lei, povera piccola." Una musica frastornante continuava a riversarsi dalla galleria. Nelle strofe della canzone, la regina si stava togliendo la gonna e il re la tunica.

Catelyn sapeva che avrebbe dovuto andare ad aggiungersi al grappolo di donne che assediavano suo fratello, ma avrebbe rovinato loro il divertimento. E l'ultima cosa che si sentiva di provare in quel momento era lussuria. Edmure avrebbe perdonato la sua assenza, Catelyn ne era certa. Era molto più allegro venire denudato da una masnada di sghignazzanti, allupate donne Frey che non da una sorella resa tetra dal lutto.

Gli sposi alla fine vennero portati via dalla sala, lasciandosi dietro una scia di abiti. Catelyn notò che Robb era rimasto. Walder Frey era acido quanto bastava per considerarlo un'offesa alla figlia. "Robb dovrebbe unirsi agli altri, ma spetta a me dirglielo?" Si sentiva tesa, a disagio. Ma poi vide che anche altri erano rimasti. Petyr Foruncolo e ser Whalen Frey continuavano a dormire con la testa sul tavolo. Merrett Frey si versò un'altra coppa di vino. Campanello vagava tra i tavoli rubacchiando dai piatti lasciati mezzo pieni. Ser Wendel Manderly stava dando avidamente l'assalto a un cosciotto d'agnello. E naturalmente lord Walder era troppo debole per abbandonare lo scranno senza aiuto. "Si aspetta che anche Robb vada." Quasi poteva udirlo, mentre berciava chiedendosi per quale motivo sua maestà non volesse vedere sua figlia nuda. I tamburi avevano ripreso a martellare, martellavano, martellavano...

Dacey Mormont, l'unica altra donna rimasta nella sala oltre a Catelyn, si accostò a Edwyn Frey. Toccandogli leggermente un braccio, gli bisbigliò qualcosa all'orecchio.

Edwyn si staccò da lei con ingiustificata brutalità. «No» disse a voce troppo alta. «Ho finito di ballare per questa notte.»

Dacey impallidì, gli voltò le spalle. Lentamente, Catelyn si alzò in piedi. "Che cosa sta accadendo qui?" Fino a un istante prima, nella sua mente c'era stata cautela. Adesso c'era dubbio, un dubbio terribile. "Non è nulla" cercò di rassicurarsi "vedi elfi appollaiati su una catasta di legna, sei diventata una vecchia stupida ossessionata dal dolore e dalla paura." Ma qualcosa doveva essere trapelato dalla sua espressione. Perfino il corpulento ser Wendel Manderly se ne rese conto. «Qualcosa non va?» le chiese, senza abbandonare il cosciotto d'agnello.

Catelyn non rispose. Puntò dritta verso Edwyn Frey. Nella galleria, i musicanti avevano finalmente spogliato regina e re nudi come il giorno in cui erano venuti al mondo. Quasi senza un istante di pausa, passarono a una musica molto diversa. Nessuno cantò, ma Catelyn riconobbe il ritmo: *Le piogge di Castamere*, la lugubre ballata che raccontava di come i leoni di Lannister avevano annientato l'intera casata dei Tarbeck. Edwyn stava affrettandosi verso la porta. Catelyn accelerò a sua volta il passo, quasi spinta dalla musica. *E chi sei tu, disse l'orgoglioso lord, che così in basso io devo inchinarmi?* Afferrò Edwyn per il braccio. E sentì il gelo scenderle dentro. Ferro, anelli di ferro sotto la manica di seta.

Catelyn lo schiaffeggiò. Lo colpì con tale forza da spaccargli un labbro. "Olyvar..." Frammenti fino a quel momento sconnessi ebbero di colpo un senso. "... Perwyn, Alesander, tutti via dal castello. E Roslin che non smette di piangere..."

Edwyn Frey la spinse da parte. La musica copriva qualsiasi altro suono, echeggiando contro le pareti della sala, quasi fossero le pietre stesse a suonare. Robb lanciò a Edwyn uno sguardo inferocito. Si mosse per sbarrargli la strada... Barcollò. Aveva un dardo piantato nel fianco, appena sotto la spalla. Se anche Robb Stark urlò di sofferenza, il suo urlo venne inghiottito dai flauti, dai corni che continuavano a intonare quel canto di morte. Catelyn vide un secondo dardo perforargli una gamba, lo vide crollare.

Nella galleria, metà dei musicanti avevano abbandonato gli strumenti. Adesso imbracciavano le *balestre*.

Catelyn corse verso suo figlio. Qualcuno le diede un pugno nella schiena. La pietra del pavimento, cosparsa di avanzi, di pozze di vino, salì a colpirla in piena faccia. «*Robb!...*» gridò.

Vide il Piccolo Jon Umber strappare un tavolo dai cavalletti che lo reggevano. Dardi sibilanti si conficcarono nel legno, due tre, cinque. *Thud! Thud! Thud!* Il Piccolo Jon riuscì a gettare il piano di legno sopra il re del Nord. Robin Flint era circondato da Frey. I loro pugnali si alzarono, si abbassarono, si alzarono, si abbassarono. Sempre più rossi, sempre più gocciolanti. Ser Wendel Manderly si alzò ponderosamente, col cosciotto d'agnello in pugno. Un dardo lo centrò nella bocca aperta, fuoriuscendogli dal retro del cranio. Ser Wendel crollò in avanti, folgorato, distruggendo il tavolo nella caduta. Coppe, caraffe, pane, piatti, rape, barbabietole, vino volarono via in tutte le direzioni, spargendosi sul pavimento.

La schiena di Catelyn era come divorata da un incendio. "Robb... devo raggiungerlo!" Il Piccolo Jon colpì ser Raymund Frey in faccia con uno stinco di montone. Si gettò verso il cinturone con la spada. Un dardo nella schiena lo fece cadere in ginocchio. *Pelo d'oro o pelo rosso, artigli un leone ancora ha*. Lucas Blackwood crollò, massacrato dai colpi di ser Hosteen Frey. Uno dei Vance venne falciato alle spalle da Walder il Nero mentre lottava con ser Harys Haigh. *E i miei sono lunghi e affilati, mio lord, lunghi e affilati quanto i tuoi.* I dardi continuarono a sibilare. Colpirono Donnel Locke, Owen Norrey e un'altra dozzina di altri uomini di Robb. Il giovane ser Benfrey, fratello della sposa, aveva afferrato Dacey Mormont per un braccio. Catelyn vide Dacey prendere una caraffa di vino, sferrargli con quella un colpo devastante in piena faccia e poi correre verso la porta. Che si aprì appena prima che lei potesse arrivarci. Ser Ryman Frey irruppe nella sala, coperto d'acciaio dalla testa ai piedi. Una dozzina di armati Frey ostruivano la porta alle sue spalle, tutti muniti di pesanti asce lunghe da battaglia.

«*Pietà!*» L'urlo di Catelyn fu sommerso dalla cacofonia dei corni, dei tamburi e dell'acciaio. Ser Ryman affondò l'ascia nel ventre di Dacey Mormont. Altri uomini in armatura si riversarono dentro dalle altre porte, uomini in maglia di ferro, con addosso mantelli di pelliccia fradici, con l'acciaio in pugno. "*Uomini del Nord!*" Venivano a salvarli... L'illusione durò meno di un battito di ciglia. Durò fino a quando uno di loro staccò la testa al Piccolo Jon con due tremendi colpi d'ascia. La speranza si estinse come una candela nella tempesta.

Al centro di quel massacro sedeva Walder Frey, lord del Guado, intento a osservare con grottesca avidità.

C'era una daga sul pavimento, a poca distanza da Catelyn. Forse era caduta quando il Piccolo Jon aveva strappato il tavolo dai supporti, o forse era sfuggita dalle mani di un uomo che cadeva assassinato. Catelyn strisciò verso di essa. Sentiva le membra come di piombo, in bocca aveva il sapore acre del sangue. "Lo ucciderò. Ucciderò Walder Frey." C'era Campanello vicino alla lama, accucciato sotto uno dei tavoli. Nel momento in cui lei afferrò il pugnale, l'idiota si ritrasse ancora di più. "Lo uccido, quel lurido vecchio. Riuscirò a fare almeno questo."

Il piano del tavolo che il Piccolo Jon aveva gettato a protezione del giovane re del Nord scivolò da una parte. In qualche modo, Robb Stark riuscì a sollevarsi in ginocchio. Aveva un dardo di balestra piantato nel fianco, un secondo in una gamba, un terzo conficcato nel petto. Lord Walder sollevò una mano. La musica s'interruppe. Un solo tamburo continuò a rullare: *doom boom doom boom*. Lontano, Catelyn udì i fragori di una battaglia. E più vicino, il selvaggio ululato di un lupo. "Vento Grigio..." Se ne era ricordata troppo tardi: Vento Grigio sentiva, *sapeva*.

«Eh» berciò lord Walder rivolto a Robb «ecco il re del Nord.

Sembra che abbiamo ucciso alcuni dei tuoi uomini, maestà. Oh, ma non temere: ti farò le mie *scuse*, e poi vedrai come tutti loro staranno meglio, *feh*!»

Catelyn afferrò i lunghi capelli grigi di Campanello in una morsa e lo trascinò fuori dal suo nascondiglio. «Lord Walder!» gridò. «*Lord Walder!*»

Il tamburo continuava a battere, lento, risonante: *doom boom doom boom.*

«Basta così, lord Walder» disse Catelyn. «Basta così, io dico. Hai ripagato tradimento con tradimento, che sia finita.»

Premette la lama contro la gola di Campanello. E le tornò in mente un'altra lama d'acciaio, nella stanza del suo piccolo Bran, contro un'altra gola: la sua. *Doom boom doom boom doom boom* martellava il tamburo.

«Ti prego, lord Walder» riprese. «È il mio primo figlio, il mio ultimo figlio. Lascialo andare. Lascialo andare e io ti giuro che noi dimenticheremo... dimenticheremo tutto quello che tu hai fatto qui. Te lo giuro nel nome degli antichi dèi e di quelli nuovi, noi... non cercheremo vendetta...»

Lord Walder la scrutò, grondando ostilità. «Solo un idiota crederebbe al tuo balbettio. Mi prendi forse per un idiota, mia lady?»

«Ti prendo per un padre. Prendi me in ostaggio, e anche Edmure, se non lo hai già ucciso. Ma lascia andare Robb.»

«No.» La voce di Robb era un rantolo quasi impercettibile. «Madre, no...»

«Sì. Robb, alzati. Alzati e vattene, ti prego... Salva te stesso. Se non per me... fallo per Jeyne.»

«Jeyne?» Robb afferrò il bordo del tavolo e si costrinse a mettersi in piedi. «Madre» disse «Vento Grigio...»

«Vai da lui. Adesso. Robb, vai via di qui...»

Lord Walder grugnì. «E perché mai dovrei permetterglielo?»

Catelyn premette la lama contro la gola di Campanello. L'idiota roteò gli occhi verso di lei in un muto, disperato appello. Un tanfo nauseante di feci le assalì le narici. Catelyn non vi prestò alcuna attenzione. Non più che al sordo, incessante martellare del tamburo: *boom doom boom doom boom.*

Ser Ryman e Walder il Nero si spostarono alle sue spalle, ma a lei non importò. Potevano farle tutto quello che volevano: imprigionarla, stuprarla, ucciderla. Non aveva importanza. Aveva vissuto fin troppo, e Ned la stava aspettando. Era per Robb che aveva paura.

«Sul mio onore di Tully» disse a lord Walder «sul mio onore di Stark, scambierò la vita di tuo figlio contro quella di Robb. Un figlio per un figlio.» La mano le tremava al punto che i campanelli appesi alla corona dell'idiota continuavano a tintinnare.

Boom, batté il tamburo, *doom boom doom boom*. Le labbra del vecchio si protesero, si ritrassero. Il pugnale tremava nelle dita di Catelyn, l'impugnatura viscida di sudore.

«Un figlio per un figlio, feh» ripeté lord Walder. «Ma quello è un nipote... e non è mai servito a molto.»

Un uomo si fece avanti. Armatura di metallo scuro, mantello rosa schizzato di sangue. Si piazzò di fronte a Robb. «Jaime Lannister ti manda i suoi saluti.» Conficcò la sua spada lunga nel cuore di Robb Stark. Girò dentro la lama.

Robb aveva infranto la parola data a Walder Frey, ma Catelyn mantenne la sua. Affondò la lama nella gola di Campanello e la squarciò da un orecchio all'altro, fino a quando l'acciaio strisciò contro l'osso. Sangue bollente le dilagò sulle dita. E i campanelli tintinnavano, e il tamburo martellava: *doom boom doom boom doom boom...*

Alla fine, qualcuno le strappò il pugnale. Le lacrime scendevano lungo le guance di Catelyn, brucianti come aceto. Gli artigli affilati di dieci corvi pieni di ferocia le stavano scavando il viso, strappando via brani di carne, lasciandosi dietro profondi solchi grondanti sangue. Catelyn ne sentì il sapore sulle labbra.

"La sofferenza... è così terribile. I nostri figli, Ned, tutti i nostri dolci figli. Rickon, Bran, Arya, Sansa, Robb... *Robb*... ti prego, Ned, falla cessare... Fa' cessare la sofferenza..."

Le lacrime trasparenti si mescolarono con le lacrime rosse fino a quando il suo viso, quel viso che Ned aveva tanto amato, fu un un'unica devastazione. Catelyn Stark alzò le braccia. Vide il sangue scorrerle lungo le dita, giù lungo i polsi. Lo vide colare sui vestiti. Lenti vermi rossi le strisciarono lungo le braccia, dentro le maniche dell'abito da festa. "Fa il solletico." Catelyn cominciò a ridere. La risata si tramutò in un urlo senza fine.

«Pazza» disse qualcuno. «È uscita di senno...»

«Ponete fine» disse qualcun altro.

Una mano la prese per i capelli, le tirò indietro la testa. Come lei aveva fatto con Campanello. "No, non fatelo, non tagliatemi i capelli. Ned ama i miei capelli..."

L'acciaio si aprì la strada nella sua gola. Il suo morso era purpureo. E gelido.

ARYA

Le tende della festa erano alle loro spalle. Accompagnato da suoni viscidi, il carro avanzò su argilla fradicia ed erbacce strappate, allontanandosi dalle luci per sprofondare di nuovo nell'oscurità. Arya vide torce muoversi lungo le mura della fortezza, fiamme che danzavano, che si agitavano nel vento. Il loro chiarore disegnava riflessi purpurei sulle maglie di ferro bagnate e sugli elmi gocciolanti. Altre torce si spostavano sul ponte di pietra scura che collegava le Torri Gemelle, un'intera colonna di luci rossastre fluiva dalla sponda ovest della Forca Verde a quella est.

«Il castello non è sbarrato» disse Arya all'improvviso.

Il sergente di Bolton aveva detto che lo sarebbe stato, ma si era sbagliato. Arya osservò la grata difensiva che si sollevava. Il ponte levatoio era già stato calato sul fossato rigonfio. Aveva temuto che gli armigeri di lord Frey potessero rifiutarsi di lasciarla entrare. Per un attimo, si morse il labbro, troppo piena d'ansia per riuscire a sorridere.

Il Mastino trattenne le redini con tanta violenza che Arya per poco non volò giù dal carro. «Per tutti i sette inferi del cazzo!» lo udì bestemmiare in un ringhio, mentre la ruota sinistra affondava nel fango molle. Lentamente, il carro si inclinò su un fianco.

«Giù!» ruggì il Mastino, poi le diede una spinta, sbattendola giù dal sedile. Arya atterrò assorbendo la caduta, proprio come le aveva insegnato Syrio Forel, rimbalzò una sola volta, ritrovandosi con la faccia piena di fango. «Ma che cosa fai?» gli urlò.

Anche il Mastino saltò a terra. Strappò via il sedile del carro. Sotto aveva nascosto il cinturone con la spada.

Solo in quel momento Arya udì i cavalieri riversarsi fuori dal portale del castello. Un altro fiume in piena, fatto d'acciaio e di fuoco. Il rombo dei loro destrieri che attraversavano il ponte levatoio era quasi soffocato dal rullare dei tamburi in entrambe le fortezze. Uomini e cavalli erano coperti di metallo, uno su dieci portava una torcia. Gli altri avevano asce da guerra, asce lunghe dotate di bulbi a rostri, massicce bipenni in grado di sfondare armature, di sbriciolare ossa.

Da qualche parte, chissà dove nella tempesta, Arya udì l'ululato di un lupo. Non era molto forte a confronto del frastuono degli accampamenti, della musica, del basso, sinistro rombo del fiume. Ma lei lo udì ugualmente, forse non con le orecchie. Quel richiamo ancestrale percorse il suo corpo come una lama, un fendente fatto di furore e di sofferenza. Altri uomini a cavallo continuavano a emergere dal castello, incolonnati per quattro. Un'orda senza fine. Cavalieri e scudieri e mercenari, torce, asce lunghe.

E adesso anche dietro di loro c'era del rumore.

Arya roteò su se stessa. C'erano state tre tende del banchetto... ne rimanevano solamente due. Quella al centro era crollata. Per alcuni attimi, Arya non capì quello che stava vedendo. Poi, dalla tenda crollata, avvamparono le fiamme. Le altre due si abbatterono una dopo l'altra, la stoffa spessa imbevuta d'olio cadeva come un sudario sugli uomini del Nord. Un nugolo di frecce infuocate si sollevò nell'aria nera. La seconda tenda avvampò, la terza tenda avvampò. Le urla risuonarono così alte, così disperate che Arya riuscì a distinguere le invocazioni sopra il frastuono della musica. Infatti adesso da entrambi i castelli proveniva la stessa canzone. "Io la conosco..." si rese conto Arya. Tom Settecorde l'aveva cantata per loro la notte piovosa in cui i fuorilegge avevano trovato riparo nella fabbrica di birra con i confratelli del tempio distrutto.

E chi sei tu, disse l'orgoglioso lord, che così in basso io devo inchinarmi?

I cavalieri Frey avanzavano a fatica nel fango e nelle erbe acquatiche. Alcuni avevano avvistato il carro. Arya ne vide tre che si distaccavano dalla colonna principale, sollevando getti di acqua scura dai bassi fondali.

Solo un gatto con un diverso pelo, questa è l'unica verità che conosco.

Clegane tagliò fulmineo la fune che tratteneva Straniero al carro e gli volò in groppa. Il destriero sapeva quello che il Mastino si aspettava da lui. Drizzò le orecchie e partì alla carica dei tre cavalieri avversari.

Pelo d'oro o pelo rosso, artigli un leone ancora ha. E i miei sono lunghi e affilati, mio lord, lunghi e affilati quanto i tuoi.

Mille volte Arya Stark aveva invocato la morte del Mastino,

ma ora si ritrovò con una pietra viscida di fango stretta nel pugno, senza nemmeno rendersi conto di averla raccolta. "Contro chi la lancio?"

Il primo cozzare delle armi la fece sussultare. Clegane aveva deviato la prima ascia lunga. Mentre impegnava il primo avversario, il secondo gli arrivò alle spalle, cercando di colpirlo nella parte bassa della schiena. Straniero vorticò, Clegane ricevette solo una calata di striscio. La pesante blusa da paesano si squarciò, mostrando la maglia di ferro sotto di essa. "È da solo contro tre." Arya continuava a stringere la pietra. "Lo uccideranno. È certo..." Pensò a Mycah, il garzone del macellaio che era stato suo amico per un tempo tanto breve.

Poi vide il terzo cavaliere arrivarle dritto addosso. Arya si spostò dietro il carro. "La paura ferisce più della spada." La notte era piena del rullio dei tamburi, del suono dei corni da guerra e delle trombe, del martellare degli zoccoli, dello stridio dell'acciaio contro l'acciaio. Eppure tutto sembrava distante, remoto. L'universo si era ridotto a quell'uomo a cavallo e all'ascia lunga che brandiva. Sopra l'armatura indossava una tunica, l'emblema delle due torri lo identificava per un Frey. Non aveva senso. Suo zio Edmure stava sposando una delle figlie di lord Frey, i Frey erano amici di suo fratello. "Non ha senso!"

«No!» gridò Arya, riparandosi ancora di più dietro il carro. «Non farlo!»

Il cavaliere Frey non ascoltò. Si lanciò alla carica.

Arya scagliò la pietra, come una volta aveva scagliato una mela addosso a Gendry. Lui lo aveva colpito proprio tra gli occhi, ma questa volta Arya sbagliò la mira. Il sasso rimbalzò contro la tempia del cavaliere. Un colpo appena sufficiente a fargli deviare la carica, non di più. Arya fuggì, le caviglie che affondavano nel fango, mettendo di nuovo il carro tra sé e l'avversario. Il cavaliere la seguì al trotto, nient'altro che tenebre dietro la feritoia della celata. Il suo elmo non era neppure ammaccato. Continuarono a girare attorno al carro, una volta, due, tre. Lui la minacciò: «Non ce la farai a sfuggir...».

La mannaia di un'ascia lo centrò in pieno nella parte posteriore della testa, spaccandogli l'elmo in due, aprendogli il cranio in uno schizzare di materia cerebrale. L'uomo crollò con la faccia nel fango. Dietro di lui c'era il Mastino, ancora in sella a Straniero. "Dove ha preso quell'ascia?" Arya non ebbe bisogno di chiederlo. Uno dei cavalieri Frey era intrappolato sotto il cavallo morente e stava annegando in un palmo d'acqua. L'altro giaceva sulla schiena: non aveva indossato la gorgiera di ferro e dalla sua gola sporgeva mezzo metro di lama d'acciaio spezzata. Quello che restava della spada di Sandor Clegane.

«Prendi il mio elmo» ringhiò il Mastino.

Era nascosto sul fondo di un sacco di mele secche, dietro il barile con le zampe di suino. Arya rovesciò il sacco, gli lanciò l'elmo. Clegane lo afferrò al volo con una mano sola, calandoselo sulla testa. E là dove c'era stato un uomo, adesso c'era un mastino d'acciaio, ringhiante ai fuochi della devastazione.

«Mio fratello...»

«Morto» ringhiò Clegane. «Credi davvero che avrebbero macellato i suoi uomini e lasciato in vita lui?» La testa con l'elmo di cane roteò verso l'accampamento. «Guarda, maledetta te... *Guarda*!»

L'accampamento si era tramutato in un campo di battaglia. "No... nell'antro di un macellaio." Le fiamme che avvolgevano le enormi tende della festa si levavano altissime nel cielo tenebroso. Anche alcune delle tende militari adesso stavano bruciando. E anche un centinaio di padiglioni di seta. Dovunque risuonava il canto di morte delle spade.

Sì, ora le piogge piangono nella sua sala, senza una sola anima a udire quel pianto.

Arya vide due cavalieri Frey falciare un uomo in fuga. Un barile di legno si schiantò su una delle tende che bruciavano. Parve un vulcano in eruzione, le fiamme si levarono a un'altezza più che doppia. "Una catapulta..." Dalla fortezza stavano lanciando barili di olio bollente, o qualcosa del genere.

«Vieni.» Sandor Clegane le tese una mano. «Dobbiamo andarcene da qui. Adesso.»

Straniero scuoteva la testa con impazienza, con le froge dilatate all'odore del sangue. La canzone maledetta, *Le piogge di Castamere*, era finita. Rimaneva il rullare di un tamburo solitario. *Doom boom doom boom*. Il suo rombo si stendeva sul fiume come il battito di un cuore mostruoso. Il cielo nero piangeva, il fiume ruggiva, gli uomini urlavano e bestemmiavano e morivano. Arya aveva la bocca piena di fango, la faccia bagnata. "Pioggia. È solo pioggia."

«Siamo qui!» gridò, ma la sua voce risuonò debole e incrinata, la voce di una bimba spaventata. «Robb è in quel castello, assieme a mia madre. Guarda, il portale è aperto.» I guerrieri Frey avevano cessato di uscire. "Ho fatto tutta questa strada..." «Dobbiamo andare a prendere mia madre.»

«Stupida cagnetta.» Le fiamme si riflettevano sul muso del mastino dell'elmo, facendo scintillare le zanne d'acciaio. «Vai là dentro, e non tornerai più fuori. Forse Frey ti lascerà baciare il cadavere di tua madre.»

«Forse possiamo salvarla...»

«Puoi provarci tu. Io non ho ancora finito di vivere.» Avanzò verso di lei, costringendola ad arretrare contro il carro. «Rimani qui o vieni via, ragazzina-lupo. Vivi o muori. La scel...»

Arya schizzò di lato e corse verso il portale della fortezza. La grata difensiva stava calando, ma lentamente. "Più veloce, devo correre piu veloce." Il fango la rallentava però, e anche l'acqua la intralciava. Il ponte levatoio aveva cominciato a sollevarsi. Dai suoi bordi si riversavano cascate liquide e spessi grumi di fango. "*Più veloce!*" Alle sue spalle, udì un calpestio di zoccoli sul terreno fradicio. Si voltò. Vide Straniero al galoppo, avvolto da nuvole di spruzzi scuri e purpurei a ogni falcata. Arya Stark riprese a correre. Non più per suo fratello, non più per sua madre. Corse per se stessa. Corse più rapida di quanto avesse mai fatto prima, a testa bassa, con i piedi che macinavano il fiume. Corse lontano dal Mastino come doveva aver fatto Mycah.

L'ascia da guerra la colpì alla nuca.

TYRION

Cenarono da soli, come spesso facevano.

«I piselli sono troppo cotti» osò dire la sua giovane moglie.

«Non importa» rispose lui. «Lo è anche il montone.»

Voleva essere una battuta di spirito, ma Sansa la prese come una critica. «Sono dispiaciuta, mio signore.»

«E perché mai? È il cuoco che dovrebbe dispiacersi, non tu. I piselli non fanno parte della tua giurisdizione, Sansa.»

«Io... io sono dispiaciuta per il fatto che il lord mio marito è dispiaciuto.»

«Quello che mi causa dispiacere non ha nulla a che fare con i piselli. Alludo a Joffrey, a mia sorella, al lord mio padre e a trecento stramaledetti dorniani.»

Tyrion aveva sistemato il principe Oberyn e i suoi lord in un fortilizio di fronte alla città, il più lontano possibile dai Tyrell senza metterli completamente fuori della Fortezza Rossa. Ma nemmeno così erano abbastanza lontani. C'era già stata una rissa in una bettola del fondo delle Pulci. Risultato: un armigero Tyrell morto e due uomini di lord Gargalen ustionati. A questo era andato ad aggiungersi un incidente nel cortile del castello, quando quella vecchia arpia rinsecchita della madre di lord Mace Tyrell, la megera che chiamavano la regina di Spine, aveva insultato Ellaria Sand definendola "la baldracca del serpente". Ogni volta che al Folletto capitava di incontrare Oberyn Martell, il principe dorniano gli chiedeva quando sarebbe stata fatta giustizia. I piselli stracotti erano l'ultima delle preoccupazioni di Tyrion Lannister, ma non vedeva alcuna ragione per assillare la sua giovane moglie. Sansa Stark ne aveva già abbastanza dei suoi di dispiaceri.

«I piselli vanno bene» le disse seccamente. «Sono verdi e sono rotondi, che altro ci si può aspettare da loro? Ecco, ne prendo ancora un po', per compiacere la mia signora.»

Fece cenno a Podrick Payne, il suo scudiero, il quale gli riversò nel piatto una tale quantità di piselli che Tyrion perse di vista il montone. "Che stupidaggine" pensò. "Adesso sarò costretto a mangiarli tutti, altrimenti lei sarà ancora più dispiaciuta." La cena si concluse in un silenzio carico di tensione, l'identica, inevitabile conclusione di molte delle loro cene. Più tardi, mentre Pod portava via i piatti e le coppe, Sansa chiese licenza di visitare il parco degli dèi.

«Come desideri» disse Tyrion. Era abituato alle devozioni notturne della moglie. Sansa pregava anche nel tempio reale, accendendo spesso candele alla Madre, alla Vergine e alla Vecchia. Un pio atteggiamento che Tyrion trovava decisamente eccessivo. Per quanto, se si fosse trovato al posto di Sansa, probabilmente anche lui avrebbe continuato a chiedere aiuto agli dèi. «Forse un giorno illuminerai anche me. Potrei addirittura accompagnarti.»

«No» rispose in fretta Sansa. «Tu... sei gentile a offrirti, ma... non si fanno atti di *devozione* nel parco degli dèi, mio signore. Non ci sono preti né canti né candele. Solamente alberi, e preghiere silenziose. Ti annoieresti.»

«Non dubito che tu abbia ragione.» "Mi conosce meglio di quanto pensassi." «Anche se lo stormire delle fronde potrebbe essere una piacevole variazione sul tema, al confronto del berciare di un septon sui sette aspetti della grazia.» Tyrion la congedò con un cenno. «Non m'intrometterò. Copriti bene, mia signora, il vento si fa sentire, là fuori.» Ebbe la tentazione di chiederle per che cosa pregasse, ma Sansa era talmente dedita al dovere che avrebbe anche potuto dirglielo. E lui non era certo di volerlo sapere.

Quando se ne fu andata, Tyrion tornò a immergersi nel lavoro, cercando di far saltare fuori una somma di dragoni d'oro dal labirinto costituito dai libri contabili di Ditocorto. Il caro lord Petyr Baelish non credeva nel lasciare l'oro a coprirsi di polvere, questo era poco ma sicuro, ma più Tyrion cercava di dare un senso ai bilanci più la testa gli scoppiava. Certo, invece di tenerli rinchiusi in un forziere della tesoreria, era magnifico parlare di dragoni che si moltiplicavano, ma alcune di quelle operazioni puzzavano peggio di pesce andato a male da una settimana. "Non avrei avuto tanta fretta nel permettere a Joffrey di lanciare con le catapulte gli Uomini Cervo oltre le mura, se avessi saputo quanti di quei figli di puttana avevano ricevuto prestiti dalla corona." Gli Uomini Cervo erano mercanti e commercianti coinvolti in una cospirazione ai danni dei Lannister. Erano *stati*. Volevano aprire a Stannis Baratheon le porte di Approdo del Re. Varys aveva scoperto la cospirazione, e Joffrey, durante la battaglia delle Acque Nere, aveva sterminato i cospiratori. Adesso Tyrion sarebbe stato costretto a mandare Bronn in cerca dei loro eredi, ma il suo timore era che quello sforzo sarebbe stato come tentare di cavare sangue da una rapa.

Quando venne convocato dal lord suo padre, fu forse la prima volta a sua memoria in cui Tyrion si sentì lieto di veder apparire ser Boros Blount della Guardia reale. Il Folletto richiuse lentamente i libri contabili, spense la lanterna a olio, si sistemò un mantello sulle spalle e si avviò verso la Torre del Primo Cavaliere. Il vento si *faceva* sentire, là fuori, proprio come aveva detto a Sansa, e nell'aria c'era odore di pioggia. Forse, quando lord Tywin avesse finito con lui, sarebbe andato nel parco degli dèi a prenderla, in modo da evitare che si inzuppasse. Poteva essere un'idea...

... Che si dissipò nell'attimo stesso in cui Tyrion varcò la soglia del solarium del Primo Cavaliere. Raccolti attorno a lord Tywin trovò Cersei, ser Kevan, gran maestro Pycelle e il sovrano. Joffrey quasi rimbalzava contro il soffitto dalla contentezza, e Cersei esibiva un sorrisetto fetido. Per contro, lord Tywin era tetro come suo solito. "Padre caro, mi domando proprio se saresti in grado di sorridere perfino se lo volessi."

«Che cosa è accaduto?» esordì Tyrion.

Lord Tywin gli tese un rotolo di pergamena. Qualcuno aveva cercato di appiattirlo, ma il materiale si ostinava ad arricciarsi. "Roslin ha pescato una grossa trota" diceva il messaggio "e, per le sue nozze, i suoi fratelli le hanno regalato un paio di pregiate pelli di lupo." Tyrion voltò la pergamena sul retro, per esaminare il sigillo spezzato. Nella cera grigio argento erano state impresse le torri gemelle della Casa Frey. «Il lord del Guado crede di essere poetico? Oppure sta solo cercando di confonderci?» grugnì Tyrion. «La trota sarà Edmure Tully, quanto alle pelli di lupo...»

«È *morto*!» Joffrey era così orgoglioso, così raggiante, che si sarebbe detto che era stato lui a scuoiare personalmente Robb Stark.

"Prima Greyjoy, adesso Stark." La mente di Tyrion corse alla sua moglie bambina, che in quello stesso momento stava pregando nel parco degli dèi. "Pregando gli antichi dèi di suo padre perché concedano la vittoria a suo fratello, perché proteggano sua madre, non c'è alcun dubbio." Ma, a quanto pareva, gli antichi dèi erano sordi alle preghiere proprio come lo erano i nuovi dèi. Nozione che Tyrion avrebbe dovuto apprezzare, forse.

«I re cadono come foglie d'autunno» commentò. «Si direbbe che la nostra piccola guerra stia vincendo da sola.»

«Le guerre non si vincono da sole, Tyrion» la voce di Cersei grondava velenosa dolcezza. «È il lord nostro padre a vincere questa guerra.»

«Nulla è vinto fino a quando altri nemici rimangono sul campo» avvertì lord Tywin.

«I lord dei fiumi non sono stupidi» ribatté la regina. «Senza gli uomini del Nord, non possono sperare di riuscire a resistere contro le forze unite di Alto Giardino, Castel Granito e Dorne. Di fronte all'annientamento sceglieranno di certo la sottomissione.»

«La maggior parte di loro lo faranno» concordò lord Tywin. «Delta delle Acque continua a opporsi, ma fino quando Walder Frey terrà Edmure Tully in ostaggio, il Pesce Nero non oserà sferrare attacchi. Jason Mallister e Tytos Blackwood combatteranno in nome dell'onore. I Frey però possono tenere i Mallister inchiodati a Seagard, inoltre, con le opportune proposizioni, Jonos Bracken potrà essere persuaso a cambiare alleanze e ad attaccare i Blackwood. Alla fine, sì, tutti loro faranno atto di sottomissione. Intendo offrire termini generosi. Ogni castello che si arrenderà verrà risparmiato. Eccetto uno.»

«Harrenhal?» disse Tyrion, che conosceva bene il lord suo padre.

«Il reame starà meglio senza questi Bravi Camerati. Ho comandato a ser Gregor di passare il castello a fil di spada.»

Gregor Clegane. Sembrava proprio che il signore di Castel Granito intendesse scavare la Montagna fino all'ultima pepita prima di consegnarla alla giustizia dorniana. I Bravi Camerati sarebbero finiti come teste infilzate su picche, e Ditocorto avrebbe fatto il suo trionfale ingresso a Harrenhal senza nemmeno una piccola goccia di sangue su quei suoi bei vestiti. Si domandò se Petyr Baelish avesse già raggiunto la valle di Arryn. "Se gli dèi sono misericordiosi, incapperà in una tempesta e finirà in fondo al mare." Ma quando mai gli dèi erano particolarmente misericordiosi?

«Dovrebbero essere tutti passati a fil di spada» dichiarò Joffrey all'improvviso. «I Mallister e i Blackwood e i Bracken... tutti quanti. Sono traditori. Li voglio morti, nonno. Non acconsentirò ai tuoi "termini generosi".» Il re si rivolse a Pycelle. «E voglio anche la testa mozzata di Robb Stark. Scrivi a lord Frey e diglielo. Ordine del re. La farò servire a Sansa al mio banchetto di nozze.»

«Sire» la voce di ser Kevan incrinata dalla repulsione «ti ricordo che la lady è ora tua zia acquisita per matrimonio.»

«Solo uno scherzo» sorrise Cersei. «Joff non intendeva...»

«Invece sì» insistette Joffrey. «Robb Stark era un traditore, e io voglio la sua stupida testa mozzata. Costringerò Sansa a baciarla.»

«*No*.» Tyrion aveva la voce roca. «Sansa ha cessato di essere l'oggetto delle tue torture. E questo tu comprendilo bene... *mostro*.»

Joffrey ridacchiò. «Qui il vero mostro sei tu, zio.»

«Davvero?» Tyrion inclinò il capo da una parte. «In tal caso, farai bene a rivolgerti a me con maggiore delicatezza. I mostri sono belve pericolose, e di questi tempi i re sembrano schiattare come le mosche.»

«Potrei farti strappare la lingua per quello che hai detto» il re regazzino divenne porpora. «Io sono il re.»

Cersei mise una mano protettrice sulla spalla del figlio. «Lascia che il nanerottolo minacci pure quanto vuole, Joff. Voglio che il lord mio padre e mio zio lo vedano esattamente per quello che è.»

Lord Tywin la ignorò, e si rivolse a Joffrey. «Anche Aerys Targaryen sentiva il bisogno di ricordare a tutti che era il re. E provava un certo piacere nello strappare lingue. Al riguardo, potresti chiedere a ser Ilyn Payne, sebbene dubito che riceverai una risposta.»

«Ser Ilyn non osò mai provocare Aerys come il tuo Folletto provoca Joff» disse Cersei. «Lo hai udito? "Mostro" ha detto. A sua maestà il Re. E poi lo ha minacciato...»

«Fai silenzio, Cersei. Joffrey, quando i tuoi nemici ti sfidano, devi rispondere con il ferro e il fuoco. Quando fanno atto di sottomissione, tuttavia, devi aiutarli a rialzarsi. Altrimenti, nessun uomo sarà mai tuo suddito. E chiunque dica "Io sono il re", non è affatto un vero re. Qualcosa che Aerys non ha mai capito, ma che tu capirai. Quando avrò vinto questa querra per te, restaureremo la pace del re e la giustizia del re. Per adesso, l'unica testa di cui devi preoccuparti è quella dell'imene di Margaery Tyrell.»

Joffrey aveva dipinta in faccia quell'espressione grifagna e petulante che Tyrion tanto spesso gli aveva visto. Cersei continuava a tenerlo saldamente per la spalla, forse avrebbe fatto meglio a prenderlo per il collo. Il re ragazzino li sorprese tutti quanti. Invece di tornare a strisciare mestamente sotto la sua roccia, volle giocare la carta della sfida.

«Tu parli di Aerys Targaryen, nonno, ma avevi paura di lui.»

"Guarda, guarda. Adesso sì che la cosa si fa interessante" pensò Tyrion.

Lord Tywin Lannister, pepite dorate che scintillavano nelle sue iridi verde pallido, studiò il nipote in silenzio.

«Joffrey» intimò Cersei «chiedi scusa al lord tuo nonno.»

«E perché dovrei?» Il re si divincolò da lei. «Lo sanno tutti che aveva paura di Aerys. È mio padre Robert che ha vinto tutte le battaglie. Ha ucciso il principe Rhaegar e ha preso la corona. Mentre *tuo* padre rimaneva nascosto sotto Castel Granito.» Il re ragazzino scoccò al nonno uno sguardo altero. «Un *forte* re agisce con forza, non si limita a parlare e basta.»

«La tua saggezza è quanto mai apprezzata, maestà.» Nel tono di lord Tywin, la cortesia era talmente glaciale che le orecchie di tutti si congelarono. «Ser Kevan, vedo che il nostro re è affaticato. Ti prego, fa' che venga scortato fino alle sue stanze. Pycelle, perché non prepari una delicata pozione, in modo che sua maestà possa godere di un buon sonno ristoratore?»

«Vino dei sogni, mio signore?»

«Non voglio nessun vino dei sogni» squittì Joffrey.

«Vino dei sogni sarà.» Se a squittire fosse stato un topo di fogna, probabilmente lord Tywin gli avrebbe prestato più attenzione. «Cersei, Tyrion, voi restate.»

Ser Kevan afferrò saldamente Joffrey per un braccio e lo condusse fuori della porta, dove due guardie reali erano in attesa. Il gran maestro Pycelle tenne loro dietro quanto più in fretta le sue vecchie gambe malferme gli consentivano. Tyrion rimase dove si trovava.

«Padre, mi dispiace» disse Cersei quando la porta si fu richiusa. «Joff è sempre stato determinato, ti avevo avvertito...»

«C'è una lega di distanza tra la determinazione e la stupidità. "Un forte re agisce con forza?" Questa perla di saggezza chi gliel'ha passata?»

«Non io, te lo garantisco» disse Cersei. «Molto probabilmente sarà qualcosa che ha sentito dire da Robert...»

«In effetti, il fatto che te ne stavi nascosto sotto Castel Granito sembra *proprio* farina del sacco di Robert» concetto di cui Tyrion non voleva *proprio* che suo padre rischiasse di dimenticare.

«Sì, adesso ricordo» ribadì Cersei «Robert diceva *spesso* a Joffrey che un re deve essere deciso.»

«Mentre *tu* che cosa dicevi spesso a Joffrey? Ti prego, rendimi edotto» la imbeccò lord Tywin. «Non ho combattuto questa guerra per sistemare sul Trono di Spade re Robert Baratheon II. E tu mi avevi dato a intendere che a Joffrey non importava nulla di suo padre.»

«Perché dovrebbe importargliene? Robert lo ignorava. Lo avrebbe addirittura picchiato se io lo avessi permesso. Quella specie di primate che tu mi hai costretto a sposare una volta colpì il ragazzo così forte da fargli saltare due denti da latte, e questo a causa di una marachella nei confronti di un gatto. Gli dissi che lo avrei assassinato nel sonno se avesse osato alzare di nuovo le mani su di lui, cosa che non fece mai più, ma in certi casi diceva cose...»

«È giunto il momento di dire altre cose.» Lord Tywin le fece un cenno con due dita, un brusco congedo. «Fuori.»

Cersei se ne andò, schiumando rabbia.

«Non Robert Baratheon II» corresse Tyrion «ma Aerys Targaryen III.»

«Il ragazzo ha tredici anni. C'è ancora tempo.» Lord Tywin passeggiò fino alla finestra. Cosa insolita per lui: ma era più scosso di quanto volesse dare a vedere. «Ha bisogno che gli venga impartita una dura lezione.»

A tredici anni, anche Tyrion aveva avuto la sua dura lezione. Si sentì quasi di compiangere il nipote. Ma in effetti, nessuno se la meritava più di Joffrey. «Ne ho abbastanza di parlare di sua maestà» riprese il Folletto. «Certe guerre si vincono con le penne d'oca e i corvi messaggeri, non sono forse state queste le tue parole, padre? Quanto ci avete messo, tu e Walder Frey, a ordire questo complotto?»

«Non mi piace quella parola» rispose rigidamente lord Tywin.

«E a me non piace essere tenuto all'oscuro.»

«Non c'era ragione per dirtelo. Non eri in alcun modo coinvolto.»

«A Cersei lo hai detto?» insistette Tyrion.

«Non l'ho detto a nessuno, eccetto coloro i quali avevano un ruolo da giocare. E anche loro sono stati informati solo di quanto era necessario sapessero. Dovresti aver imparato che non esiste altro modo per mantenere un segreto, specialmente qui dentro. Il mio scopo era sbarazzarmi di pericolosi nemici nel modo più a buon mercato possibile, non stuzzicare la tua curiosità né far sentire Cersei più importante di quello che è.» Lord Tywin, con la fronte aggrottata, chiuse le imposte. «Tu sei dotato di una certa quale astuzia, Tyrion, te lo concedo, ma la verità è che *tu parli troppo*. Quella tua lingua lunga sarà causa della tua caduta.»

«Allora avresti dovuto lasciare che Joffrey me la strappasse» suggerì Tyrion.

«Farai meglio a non tentarmi in quella direzione» ribatté lord Tywin. «Non intendo più parlare di questo. Ho pensato molto a come soddisfare Oberyn Martell e il suo seguito.»

«Davvero? Si tratta di qualcosa che mi verrà concesso sapere, oppure devo andarmene anch'io, in modo che tu possa discuterne bene con te stesso?»

Lord Tywin ignorò il sarcasmo. «La presenza qui del principe Oberyn è un fatto sfortunato. Suo fratello Doran è un uomo cauto, *di buonsenso*, sottile, deliberato, per certi versi addirittura indolente. Un uomo che valuta le conseguenze di ogni singola parola, di ogni singolo atto. Oberyn invece è sempre stato un mezzo folle.»

«È vero che ha cercato di sollevare Dorne perché combattesse a fianco di Viserys Targaryen?»

«Nessuno ne parla apertamente, ma, sì, è vero. Corvi si alzarono in volo e cavalieri partirono al galoppo, con quali segreti messaggi non l'ho mai saputo. Jon Arryn andò per mare a Lancia del Sole a restituire le ossa del principe Lewyn della Guardia reale, sedette a negoziare con il principe Doran e riuscì a porre fine a tutti i discorsi di guerra. Ma in seguito, Robert Baratheon non andò mai a Dorne, e il principe Oberyn la lasciò di rado.»

«Bene, adesso è qui, con metà dell'aristocrazia di Dorne alle costole» disse Tyrion «e più passano i giorni più lui diventa impaziente. Forse dovrei mostrargli le delizie dei bordelli di Approdo del Re, potrebbe contribuire a distrarlo. A ogni musica il suo strumento, non è così che funziona? Il mio personale strumento è tuo, padre. E che non si dica che quando la Casa Lannister ha suonato le proprie trombe, il Folletto non ha risposto al richiamo.»

«Molto arguto.» Le labbra di lord Tywin si serrarono. «Pensi che un abito da giullare e un berretto a sonagli ti aiuterebbero nella missione?»

«Se li indossassi, avrei licenza di dire tutto quello che mi pare e piace riguardo a re Joffrey?»

Lord Tywin tornò a sedersi. «Fui costretto a subire le follie di mio padre» disse. «Non intendo subire le tue. Basta così.»

«Molto bene, soprattutto considerando che lo chiedi con tale cortesia. La Vipera rossa non avrà la medesima cortesia, temo... né si accontenterà solo della testa di Gregor Clegane.»

«Ragione di più per non dargliela.»

«Non dar...» Tyrion rimase senza fiato. «Pensavo fossimo d'accordo sul fatto che i boschi sono pieni di belve.»

«Belve inferiori.» Lord Tywin intrecciò le dita sotto il mento. «Ser Gregor ci ha serviti molto bene. Nessun altro cavaliere del reame instilla nei nostri nemici pari terrore.»

«Oberyn *sa* che è stato Gregor a...»

«Oberyn non sa niente. Ha udito dicerie. Chiacchiere di stalla e calunnie da latrina. Non ha un solo brandello di prova. E di certo ser Gregor non intende fare confessioni. È mia intenzione tenerlo ben lontano fino a quando i dorniani si troveranno ad Approdo del Re.»

«E quando Oberyn esigerà la giustizia che è venuto qui per ottenere?»

«Gli dirò che fu ser Amory Lorch a uccidere la principessa Elia e i suoi figli» disse lord Tywin con calma. «E lo stesso gli dirai tu, se lui dovesse chiederlo.»

«Ser Amory Lorch è morto» disse Tyrion in tono piatto.

«Per l'appunto. Vargo Hoat lo ha fatto fare a pezzi da un orso dopo la caduta di Harrenhal. Dovrebbe essere un dettaglio abbastanza macabro da fare contento perfino Oberyn Martell.»

«E questa tu la chiami giustizia?»

«*Lo è.* Se proprio ci tieni a saperlo, fu ser Amory a portarmi il cadavere della ragazzina. L'aveva trovata nascosta sotto il letto del padre, come se la piccola avesse creduto che Rhaegar poteva ancora proteggerla. La principessa Elia e il bambino infante erano nella sala dei giochi al piano inferiore.»

«Bene, anche questa è una diceria, e ser Amory non è certo qui a negarla. Quindi che cosa dirai a Oberyn quando lui vorrà sapere chi fu a dare gli ordini a Lorch?»

«Che ser Amory agì di sua iniziativa con l'idea di ottenere il favore del nuovo re. L'odio di Robert nei confronti di Rhaegar non è un segreto per nessuno.»

"Potrebbe addirittura funzionare" rimuginò Tyrion suo malgrado "ma la vipera non sarà affatto soddisfatta." «Lungi da me voler mettere in discussione la tua astuzia, padre, ma al tuo posto io direi addirittura che fu Robert Baratheon in persona a lordarsi le mani di sangue.»

Lord Tywin lo fissò come se avesse di fronte un demente. «In tal caso, quel berretto a sonagli te lo meriti. Noi arrivammo tardi nell'appoggiare la causa di Robert. Era necessario dare dimostrazione della nostra lealtà. Nel momento in cui trascinai quei cadaveri davanti al Trono di Spade, nessuno poté dubitare che i Lannister avevano voltato per sempre le spalle alla Casa Targaryen. E il sollievo di Robert fu palpabile. Stupido quanto era, perfino lui si rendeva conto che per la sicurezza del suo regno i figli di Rhaegar dovevano morire. Al tempo stesso, vedeva se stesso come un eroe, e gli eroi non assassinano bambini.» Il signore di Castel Granito scrollò le spalle. «Fu fatto con eccessiva brutalità, te lo concedo. Non c'era affatto bisogno di fare alcun male a Elia, si trattò di una follia. A tutti gli effetti, Elia non significava nulla.»

«E allora per quale motivo Gregor Clegane la uccise?»

«Semplicemente perché io non gli dissi di risparmiarla. Dubito addirittura di averla menzionata. Avevo problemi più urgenti. L'avanguardia guidata da Eddard Stark stava calando dal Tridente a tappe forzate, e temevo che tra di noi la cosa potesse finire a colpi di spada. Aerys era più che pronto a uccidere Jaime, se non altro per disprezzo verso di me. Era questo il mio timore più grande. Questo, più ciò che Jaime avrebbe potuto fare.» Lord Tywin serrò un pugno. «Inoltre, non avevo compreso che genere di uomo Gregor Clegane era in realtà: sapevo solo che era enorme e terribile in battaglia. Quanto allo stupro... voglio sperare che nemmeno tu voglia accusarmi di aver dato un ordine simile. Verso la piccola Rhaenys, ser Amory Lorch si comportò da belva quanto e più di Clegane. In seguito, gli domandai perché erano stati necessari oltre cinquanta colpi di lama per uccidere una bimba di quanti anni... due, tre? Mi rispose che lei gli aveva dato un calcio, e che non la smetteva di urlare. Se a Lorch gli dèi avessero concesso metà cervello di una rapa, lui l'avrebbe calmata con qualche parolina dolce e usato un soffice cuscino.» Le labbra di lord Tywin si contorsero in una smorfia di repulsione. «Le mani lorde di sangue furono le sue.»

"Ma di certo non le tue, padre. Oh, no, mai e poi mai Tywin Lannister si ritrova con le mani lorde di sangue." «Ed è stato un soffice cuscino a uccidere Robb Stark?»

«No, un dardo di balestra, al banchetto di nozze di Edmure Tully. Il Giovane lupo era troppo cauto sul campo di battaglia. Teneva i suoi uomini in solidi ranghi, circondandosi di incursori e guardie del corpo.»

«Per cui lord Walder lo ha assassinato sotto il suo stesso tetto, al suo stesso desco?» Fu Tyrion a serrare il pugno. «Che ne è di lady Catelyn?»

«Uccisa anche lei, ritengo. "Un paio di pregiate pelli di lupo." Era intenzione di Frey tenerla prigioniera, ma qualcosa non deve essere andato per il verso giusto.»

«Alla faccia delle leggi dell'ospitalità.»

«Walder Frey si è lordato le mani di sangue, non io.»

«Walder Frey è un vecchio bavoso le cui ragioni di vita sono toccare il culo alla sua giovane moglie e rimuginare sui torti che ritiene di aver subito. Non dubito che l'idea di partorire questo turpe massacro sia stata sua, ma non avrebbe mai osato tanto senza la promessa di un'adeguata protezione.»

«Devo quindi intendere che tu avresti risparmiato il ragazzo e detto a lord Frey di non avere bisogno della sua alleanza? Un simile gesto avrebbe spinto di nuovo quel vecchio idiota dritto tra le braccia di Stark, garantendoci un altro anno di guerra. Prova a spiegarmi per quale motivo è un atto più nobile macellare diecimila uomini sul campo, piuttosto che ucciderne una dozzina a cena.» Tyrion non trovò nulla da rispondere. «Come prezzo è stato oltremodo basso» riprese lord Tywin. «Una volta che il Pesce Nero si sarà arreso, la corona concederà Delta delle Acque a ser Emmon Frey. Lancel e Daven dovranno sposare le ragazze Frey. Quando avrà raggiunto l'età, Joy sposerà uno dei figli naturali di lord Walder. Roose Bolton diventa protettore del Nord e riporta a casa Arya Stark.»

«*Arya* Stark?» Tyrion inclinò la testa da una parte. «E Bolton? Avrei dovuto capire che Walder Frey non aveva abbastanza fegato per agire da solo. Ma Arya... Varys e ser Jacelyn Bywater l'hanno cercata per quasi un anno. Arya Stark è morta per certo.»

«Lo stesso valeva per Renly, fino alla battaglia delle Acque Nere.»

«E questo che cosa significa?»

«Che forse Ditocorto ha avuto successo dove tu e Varys avete fallito. Roose Bolton darà la ragazza in sposa al suo figlio bastardo Ramsay. Permetteremo a Forte Terrore di combattere gli uomini di ferro per qualche anno, in modo da vedere se Bolton sarà in grado di raccogliere la fedeltà degli altri lord alfieri degli Stark. All'arrivo della primavera, tutti loro saranno ormai così stremati da non avere altra scelta se non fare atto di sottomissione. Il Nord andrà al figlio che tu genererai con Sansa Stark... ammesso che tu riesca a trovare in te la virilità sufficiente per riuscirci. Restando in argomento, cerca di non dimenticare che Joffrey non è il solo a dover prendere la verginità di una fanciulla.»

"Non l'ho dimenticato, speravo però che lo avessi fatto tu." «E quando pensi che la giovane Sansa sarà al massimo della fertilità, padre?» La voce di Tyrion grondava acido corrosivo. «Prima o dopo che le avrò raccontato in che modo abbiamo assassinato sua madre e suo fratello?»

DAVOS

Per un lungo momento parve che il re non avesse udito. Alla notizia, Stannis Baratheon non mostrò alcun compiacimento, alcuna rabbia, alcuna incredulità, neppure sollievo. Rimase a fissare il Tavolo dipinto, con i denti serrati.

«Ne sei proprio certo?» chiese alla fine.

«Non ho veduto il corpo, sua regalità, questo no» rispose Salladhor Saan. «Ma nella città i leoni danzano a festa. "Le Nozze rosse", così il popolino ora chiama l'evento. Sono pronti a giurare che lord Walder Frey ha mozzato la testa al cadavere del ragazzo, facendo poi cucire al suo posto il cranio del suo meta-lupo e inchiodandogli alle orecchie la corona del Nord. Anche la lady sua madre è stata uccisa, il suo corpo denudato e gettato nel fiume.»

"Alle nozze..." pensò Davos. "E lui si è seduto al desco del suo assassino, ospite sotto il suo tetto. Questi Frey sono maledetti." Gli parve di sentire di nuovo il tanfo del sangue che bruciava, di udire ancora lo sfrigolìo dei corpi viscidi delle tre sanguisughe che scoppiavano sui carboni ardenti del braciere.

«È stata la furia del Signore della luce a distruggerlo» dichiarò ser Axell Florent. «È stata la lunga mano di R'hllor!»

«*Sia lodato il Signore della luce!*» intonò la regina Selyse, uno stecco di donna dalle grandi orecchie a sventola e con il labbro superiore coperto di peli.

«La lunga mano di R'hllor è chiazzata e tremante?» chiese Stannis. «Questo sembra più il lavoro sanguinario di Walder Frey che non l'opera di un qualche dio.»

«R'hllor sceglie gli strumenti più adatti.» Il rubino alla gola di Melisandre scintillava di luce purpurea. «Misteriose sono le sue vie, ma nessun uomo può resistere alla sua volontà infuocata.»

«*Nessun uomo può resistere!*» ululò la regina.

«Fa' silenzio, donna. Qui non sei a uno dei tuoi falò notturni.» Stannis studiò il Tavolo dipinto. «Dietro di sé, il lupo non lascia eredi, mentre la piovra ne lascia troppi. I leoni li divoreranno, a meno che... Saan, mi serviranno le tue navi più veloci per portare emissari alle isole di Ferro e a Porto Bianco. Offrirò il perdono.» Il modo in cui fece stridere i denti dimostrò quanto poco gli piacesse quella parola. «Perdono completo per tutti coloro che si pentiranno del loro tradimento e giureranno fedeltà al loro re di diritto. Devono capire che...»

«Non capiranno.» La voce di Melisandre era soffice. «Sono spiacente, maestà. Ma questa non è la fine. Presto, altri falsi re sorgeranno a raccogliere le corone di quelli che sono morti.»

«Altri re ancora?» Stannis sembrò sul punto di strangolarla. «Altri usurpatori? Altri *traditori*?»

«Così ho visto nelle fiamme.»

La regina Selyse si spostò a fianco del re. «Il Signore della luce ha inviato Melisandre allo scopo di guidarti verso la tua gloria. Dalle ascolto, ti imploro. Le sacre fiamme di R'hllor non mentono.»

«Esistono menzogne e menzogne, donna. Perfino quando dicono il vero, queste fiamme sono piene di trucchi, mi sembra.»

«Una formica che ode le parole di un re potrebbe non comprendere quello che lui dice» replicò Melisandre «e tutti gli uomini altro non sono che formiche al cospetto del volto fiammeggiante del dio. Se a volte io ho scambiato un avvertimento per una profezia e una profezia per un avvertimento, è nel messaggero che si trova l'errore, non nel messaggio. Ma una cosa io so con certezza: emissari e perdoni non ti serviranno, re Stannis, non più delle sanguisughe. Al reame, devi mostrare un segno. Un segno che dia prova del tuo potere!»

«*Potere?*» Stannis emise un grugnito. «Ho milletrecento uomini alla Roccia del Drago, altri trecento a Capo Tempesta.» La sua mano fece un ampio gesto al di sopra del Tavolo dipinto. «Tutto il resto dell'Occidente si trova nelle mani dei miei nemici. Non ho flotta oltre alle navi di Salladhor Saan. Non ho conio per assoldare mercenari. Non ho prospettive né di gloria né di bottino per attrarre cavalieri erranti alla mia causa.»

«Lord marito» intervenne la regina Selyse «tu hai più uomini di quanti, trecento anni fa, ne aveva Aegon. L'unica cosa che ti manca sono i draghi.»

Lo sguardo che Stannis le diede era cupo. «Nove magi varcarono l'oceano per fare dischiudere le uova di drago di Aegon III.

Per sei mesi Baelor il Benedetto pregò sulle sue uova. Aegon IV costruì draghi di legno e di ferro. Aerion Chiarafiamma bevve altofuoco nel tentativo di trasformare se stesso in un drago. I magi fallirono, le preghiere di Baelor rimasero inascoltate, i draghi di legno bruciarono e il principe Aerion morì urlando.»

«Nessuno di costoro era il prescelto di R'hllor.» La regina Selyse non aveva dubbi. «Nessuna cometa rossa ha solcato i cieli annunciando la loro venuta. Nessuno di loro impugnava Portatrice di luce, la spada rossa degli eroi. E nessuno di loro ha pagato il prezzo. Lady Melisandre te lo dirà, mio signore. Solo la morte può ripagare per la vita.»

«Il ragazzo?» Il re quasi sputò la parola.

«Il ragazzo» convenne la regina.

«Il ragazzo» fece eco ser Axell.

«Stavo già vomitando fino a crepare addirittura prima che questo maledetto ragazzo venisse al mondo» protestò Stannis. «Il suo stesso nome è un boato nelle mie orecchie e un'ombra nera sulla mia anima.»

«Da' il ragazzo a me, e non udrai mai più il suo nome» promise Melisandre.

"No, in compenso sentirai le sue urla quando la donna rossa lo farà morire bruciato." Davos tenne a freno la lingua. Era più saggio non parlare fino a quando il re non avesse dato ordine di farlo.

«Dammi il ragazzo per R'hllor» insistette la sacerdotessa delle ombre «e l'antica profezia si avvererà. Il tuo drago si risveglierà e dispiegherà le ali di pietra. Il regno sarà tuo.»

Ser Axell pose un ginocchio a terra. «Facendo atto di sottomissione io t'imploro, sire. Risveglia il drago di pietra e fa sì che i traditori tremino. Come Aegon tu inizi quale lord della Roccia del Drago. Come Aegon tu conquisterai. Lascia che i mentitori e i vili sentano le tue fiamme.»

«La tua stessa moglie t'implora, lord marito.» La regina Selyse mise entrambe le ginocchia al suolo di fronte a Stannis, le mani giunte come in preghiera. «Robert e Delena profanarono il nostro talamo e gettarono una maledizione sulla nostra unione. Questo ragazzo è il turpe frutto delle loro fornicazioni. Tu rimuovi l'ombra che egli getta sul mio grembo e io ti darò molti figli di sangue puro, ne sono certa.» Gli avvolse le braccia attorno alle gambe. «È solo un ragazzo, nato dalla lussuria di tuo fratello e dalla vergogna di mia cugina.»

«È sangue del mio sangue. Smetti di starmi aggrappata, donna.» Re Stannis le mise una mano sulla spalla, sciogliendosi goffamente dalla presa di Selyse. «Forse Robert ha effettivamente gettato una maledizione sul nostro talamo. Mi giurò che non era mai stata sua intenzione svergognarmi, che era ubriaco, che non si era reso conto di qual era la camera da letto in cui era entrato quella notte. Ma alla fine che importanza ha? Quale che sia la verità, il ragazzo non ha colpa.»

Melisandre pose la mano sul braccio del re. «Il Signore della luce apprezza gli innocenti. Nessun sacrificio è più prezioso. Dal suo sangue di re, dal suo fuoco incontaminato, un drago nascerà.»

Stannis non si ritrasse dal tocco di Melisandre come aveva fatto con la regina. La donna rossa era tutto quello che Selyse Florent non era: giovane, dalle forme piene, bella in modo inquietante; il viso a forma di cuore, i capelli ramati, gli occhi ultraterreni.

«Sarebbe un vero prodigio vedere la roccia che viene alla vita» ammise Stannis con astio. «E cavalcare un drago, poi... Ricordo la prima volta che mio padre mi portò a corte, quando Robert dovette tenermi per mano. Non potevo avere più di quattro anni, quindi lui doveva averne cinque o sei. In seguito ci ritrovammo d'accordo sul fatto che il re era tanto nobile quanto i draghi erano terribili.» Stannis grugnì. «Anni dopo, nostro padre ci disse che re Aerys, quella stessa mattina, si era tagliato su una delle lame del Trono di Spade, per cui a prendere il suo posto era stato il Primo Cavaliere. Vale a dire, a impressionarci con la sua nobiltà era stato lord Tywin Lannister, non Aerys Targaryen.» Sfiorò con le dita la superficie del tavolo, tracciando un percorso su colline dipinte. «Dopo che ebbe preso la corona, Robert fece rimuovere i teschi dei draghi dalla sala del trono, ma non osò distruggerli. Ali di drago sulla terra dell'Occidente... sarebbe una tale...»

«*Maestà!*» Davos fece un passo avanti. «Mi è concesso parlare?»

Stannis richiuse la bocca con tale forza da fare schioccare le arcate dentarie. «Mio lord del Bosco delle piogge. Per quale altra ragione pensi che ti abbia fatto Primo Cavaliere se non per parlare?» Il re fece un cenno. «Di' quanto hai da dire.»

"Guerriero, dammi coraggio." «So ben poco di draghi, e meno ancora di dèi... ma la regina ha parlato di maledizioni. E nessun uomo, agli occhi degli dèi e degli uomini, è più maledetto di colui il quale uccide un consanguineo.»

«Non esistono altri dèi eccetto R'hllor e il dio Estraneo, il cui nome non deve essere pronunciato.» Le labbra di Melisandre formavano una tesa linea rossa. «E sono gli uomini minori a maledire ciò che non possono comprendere.»

«E io sono un uomo minore» ammise Davos «per cui dimmi, mia signora: per quale ragione hai bisogno di questo ragazzo Edric Storm per risvegliare quel tuo grande drago di pietra?» Era deciso a dire il nome del ragazzo quanto più spesso possibile.

«Solo la morte può ripagare per la vita, mio lord. Un grande dono richiede un grande sacrificio.»

«Qual è la grandezza in un ragazzino bastardo?»

«Nelle sue vene scorre il sangue di un re. Tu hai visto quale potere è racchiuso anche in solo poche gocce di quel sangue...»

«Quello che ho visto eri tu che bruciavi alcune sanguisughe.»

«E ora due falsi re sono morti.»

«Robb Stark è stato assassinato da lord Walder Frey del Guado, e abbiamo sentito che Balon Greyjoy è caduto da un ponte sospeso. Chi, esattamente, hanno ucciso le tue sanguisughe?»

«Dubiti forse del potere di R'hllor?»

No. Davos ricordava fin troppo bene l'ombra vivente che era strisciata fuori dal ventre di Melisandre quella notte, nelle caverne marine sotto Capo Tempesta, nere mani d'ombra che premevano contro le cosce della donna rossa. "Devo essere cauto, se non voglio che un'ombra venga a cercare anche me."

«Perfino un contrabbandiere di cipolle conosce la differenza tra due cipolle e tre. Sei a corto di un re, lady Melisandre.»

Stannis si concesse una risata raschiante. «E qui lord Davos ti ha colto in fallo, mia signora. Due non è tre.»

«In verità, maestà, un re può morire per caso, perfino due... ma tre? Se Joffrey dovesse morire quando è al centro del suo potere, circondato dai suoi eserciti e dai cavalieri della sua Guardia reale, non sarebbe questa dimostrazione sufficiente del potere del Signore della luce?»

«Potrebbe esserlo.» Il re aveva parlato come se detestasse ogni singola parola.

«O anche non esserlo.» Davos fece del proprio meglio per nascondere la paura che provava.

«Joffrey *morirà*» la regina Selyse era incrollabile nella sua fede.

«Potrebbe essere addirittura già morto» aggiunse ser Axell.

Stannis li guardò con espressione irritata. «Che cosa siete, corvi ammaestrati che parlano a turno? Basta.»

«Marito, ascoltami...» ritentò la regina.

«Ascoltare cosa? Due non è tre. I re sanno contare bene quanto i contrabbandieri.» Stannis voltò loro le spalle. «Potete andare.»

Melisandre aiutò la regina a rimettersi in piedi. Selyse lasciò la stanza a passi rigidi, la donna rossa le andò dietro. Ser Axell si trattenne giusto il tempo per scoccare a Davos un ultimo sguardo. "Una brutta occhiata da una brutta faccia" pensò lui, sostenendo gli occhi dell'altro.

Quando furono usciti, Davos si schiarì la gola. Il re sollevò lo sguardo dal Tavolo dipinto. «Tu perché sei ancora qui?»

«Sire, riguardo a Edric Storm...»

Stannis fece un gesto secco. «Lascia stare.»

Davos non cedette. «Tua figlia prende lezioni con lui, e giocano ogni giorno insieme nel giardino di Aegon.»

«Lo so.»

«Se qualcosa dovesse accadere a Edric, le si spezzerebbe il cuore.»

«So anche questo.»

«Se solo tu lo vedessi...»

«L'ho visto. Assomiglia a Robert. *Aye*, e ne venera la memoria. Dovrei dirgli quante volte quel suo amato padre si è prodigato a pensare a lui? A mio fratello piaceva molto fare figli, ma dopo che erano nati gli erano d'impiccio.»

«Chiede di te ogni giorno...»

«Mi stai facendo arrabbiare, Davos. Non voglio più sentir parlare di quel bastardo.»

«Il suo nome è Edric Storm, sire.»

«So benissimo qual è il suo nome. E ci fu mai nome più appropriato? È qualcosa che proclama le sue origini di bastardo, il suo alto lignaggio e lo sconvolgimento che lo accompagna. Edric Storm. Ecco, l'ho detto. Sei soddisfatto adesso, mio lord Primo Cavaliere?»

«Edric...» ricominciò Davos.

«... è solo *un* ragazzo! Forse addirittura il miglior ragazzo che abbia mai respirato su questa terra, ma non fa comunque alcuna differenza. Il mio dovere è verso il reame!» La mano di Stannis tornò ad accarezzare il Tavolo dipinto. «Quanti ragazzi vivono sul continente occidentale? Quante ragazze? Quanti uomini, quante donne? Le tenebre li divoreranno tutti, dice la donna rossa. La notte che non avrà mai fine. Melisandre parla di profezie... un eroe rinato nel mare, draghi che tornano alla vita dall'antica pietra... parla di *segni* e spergiura che questi segni indicano me. Non ho chiesto questo, Davos, così come non ho mai chiesto di essere re. E al tempo stesso posso davvero ignorare ciò che lei dice?» Digrignò i denti. «Non siamo noi a scegliere il nostro destino. Ma dobbiamo... dobbiamo compiere il nostro dovere, non è così? Grande o piccolo che sia, *dobbiamo compiere il nostro dovere*. Melisandre giura di avermi visto nelle sue fiamme, intento ad affrontare le tenebre con Portatrice di luce levata in alto. *Portatrice di luce!*» Il grugnito di Stannis era pieno di scherno. «Oh, certo, emette un chiarore proprio grazioso, ma sul fiume delle Rapide Nere quella spada magica non mi è stata più utile di una spada qualsiasi. Un drago sarebbe stato in grado di volgere le sorti di quella battaglia. Un tempo, Aegon I Targaryen si era trovato nelle stesse condizioni in cui mi trovo io adesso, a osservare questo medesimo tavolo. Ma tu credi veramente che noi oggi lo chiameremmo Aegon il Conquistatore se lui non avesse avuto i *draghi*?»

«Maestà» tentò Davos «il prezzo...»

«*So qual è il prezzo!* Ieri notte, scrutando nel focolare, anch'io ho visto cose nelle fiamme. Ho visto un re, che portava in capo una corona fatta di fiamme. E quella corona bruciava, Davos... *bruciava*! Quella corona ha annientato il re, riducendolo in cenere. Credi che abbia bisogno di Melisandre per sapere che cosa significa? O di *te*?» Stannis si spostò, la sua ombra venne proiettata su Approdo del Re. «Se anche Joffrey dovesse morire... che cos'è mai la vita di un solo ragazzo bastardo contro un intero regno?»

«Tutto» disse Davos in un sussurro. «Tutto.»

Stannis lo osservò, con la mascella contratta. «Vattene, Davos» disse il re alla fine. «Vattene prima che le tue parole ti facciano tornare in quella segreta senza luce da cui ti ho tirato fuori.»

Certe volte, i venti di tempesta soffiano talmente impetuosi che perfino un uomo forte non ha altra scelta se non ammainare le vele. «*Aye*, maestà.» Davos s'inchinò al suo cospetto, ma il re pareva essersi già dimenticato della sua presenza.

Faceva freddo nel cortile quando Davos Seaworth lasciò il Tamburo di Pietra. Un duro vento soffiava da est, i vessilli schioccavano, frustando le mura della fortezza. L'aria era satura di salmastro. *Il mare*. Davos amava quell'odore. Gli faceva sognare di camminare di nuovo sulla tolda di una nave, di alzare le vele e di navigare da Marya e dai suoi due figli. Ormai non passava giorno senza che il suo pensiero andasse a loro, e di notte ancora di più. Una parte di lui non desiderava altro che prendere Devan e tornarsene a casa. "Non posso. Non ancora. Sono un lord, adesso, e sono il Primo Cavaliere del re. Non posso voltargli le spalle."

Alzò lo sguardo, osservando la sommità delle mura. Al posto dei merli, mille e mille grottesche statue lo stavano scrutando. Erano tutte l'una diversa dall'altra: draghi alati, grifoni, demoni, manticore, minotauri, basilischi, mastini infernali, serpentari, più miriadi di altre creature ancora più strane che emergevano dalle fortificazioni della fortezza come se fosse stata la pietra stessa a generarle. Sulla Roccia del Drago, i draghi erano dappertutto. La sala grande era un drago che giaceva sul ventre. La gente entrava e usciva dalla sua bocca spalancata. Le cucine erano un drago raccolto su se stesso, con il fumo e il vapore dei forni che uscivano dalle narici. I torrioni erano draghi appollaiati sulle mura oppure pronti a spiccare il volo. La Torre del Drago del vento pareva urlare la propria minaccia, mentre la Torre del Drago marino osservava placidamente l'oceano. Draghi più piccoli contornavano i portali. Artigli di drago emergevano dalle pareti per reggere le torce, grandi ali di pietra avvolgevano la fucine e l'arsenale, le code formavano arcate, ponti, scale esterne.

Davos aveva sentito spesso dire che i negromanti dell'antica Valyria non tagliavano né cesellavano alla maniera dei comuni scultori, bensì lavoravano la pietra con il fuoco e con la magia come un vasaio modella l'argilla. E adesso lui era dubbioso. "E se fossero draghi veri, tramutati in qualche modo in pietra?"

«Se la donna rossa dovesse riportarli in vita, il castello crollerebbe su se stesso, questo penso. Quale razza di draghi sarebbe piena di stanze, scale e mobili? E di finestre, di camini... di scarichi delle latrine.»

Davos si voltò. C'era Salladhor Saan in piedi al suo fianco. «Questo significa che hai perdonato il mio tradimento, Salla?»

Il vecchio pirata lyseniano fece ondeggiare l'indice. «Perdonato, sì. Dimenticato, no. Tutto quell'ottimo oro sull'isola della Chela che avrebbe potuto essere mio, mi sento stanco e decrepito solo a pensarci. Una volta che sarò morto in miseria, le mie mogli e le mie concubine ti malediranno, o mio lord della Cipolla. Lord Celtigar possedeva eccellenti vini in grande copia, vini che ora io non sto pregustando. E anche un'aquila marina addestrata a spiccare il volo dal polso del falconiere e un corno magico in grado di richiamare le piovre dall'abisso. E quanto utile sarebbe un siffatto corno, in modo da poter affondare i tyroshi e svariate altre crudeli creature. Ma sono io in grado di suonare siffatto corno? No, perché il re ha fatto del mio buon amico il suo Primo Cavaliere.» Salladhor Saan prese Davos sottobraccio. «Scarso amore per te hanno gli uomini della regina, vecchio amico. E mi giunge all'orecchio che un certo Primo Cavaliere si è fatto i suoi amici. Ciò risponde a verità?»

"Troppe cose ti giungono all'orecchio, vecchio pirata che non sei altro." Aveva senso che un contrabbandiere imparasse a conoscere gli uomini così bene quanto conosceva le maree, se voleva continuare a vivere come contrabbandiere. Che gli uomini della regina rimanessero pure fedeli al Signore della luce, il popolino della Roccia del Drago stava tornando a venerare gli dèi in cui credeva da sempre. Dicevano che Stannis era vittima di un sortilegio, che Melisandre lo aveva spinto ad allontanarsi dai Sette per inchinarsi di fronte a un demone scaturito dall'ombra. Inoltre, peccato peggiore di tutti, Melisandre e il suo dio di fuoco avevano tradito il sovrano. E c'erano cavalieri e signorotti che la pensavano allo stesso modo. Davos era andato alla loro ricerca, scegliendoli con la stessa cura con cui un tempo sceglieva i suoi equipaggi. Ser Gerald Gower aveva combattuto con valore sulle Acque Nere, ma in seguito lo avevano sentito dire che R'hllor doveva essere un dio quanto mai debole se aveva permesso che i suoi seguaci venissero messi in fuga da un nano, Tyrion Lannister, e da un morto, Renly Baratheon. Ser Andrew Estermont era il cugino del re e, anni prima, aveva servito come suo scudiero. Il Bastardo di Canto Notturno era stato al comando della retroguardia che aveva permesso a Stannis di raggiungere la salvezza delle galee di Salladhor Saan, ma continuava ad adorare il Guerriero con la stessa determinazione con cui combatteva. "Uomini del re, non uomini della regina." Ma vantarsi di averli dalla propria sarebbe stato un errore.

«Un certo pirata di Lys una volta mi disse che un buon contrabbandiere si tiene fuori vista» replicò Davos con cautela. «Vele nere, remi silenziosi e un equipaggio che sa tenere a freno la lingua.»

Salladhor Saan rise. «Un equipaggio senza lingua è ancora meglio. Muti grandi e forti che non sanno né leggere né scrivere.» La sua allegria si dissipò. «Ma sono lieto di sapere che hai qualcuno a coprirti le spalle, vecchio amico. Il re consegnerà davvero il ragazzo alla sacerdotessa rossa, credi? Un unico, piccolo drago potrebbe porre fine a questa guerra.»

Una vecchia abitudine spinse Davos ad andare alla ricerca della sua fortuna, ma le ossa delle ultime falangi delle dita che Stannis gli aveva mozzato tanto tempo prima non erano più appese al suo collo, per cui non trovò alcun amuleto. «Non lo farà» disse. «Non è uomo da fare del male al sangue del proprio sangue.»

«Lord Renly sarà lieto di saperlo.»

«Renly era un traditore che aveva levato le armi contro di lui. Edric Storm è innocente di qualsiasi crimine. Sua maestà è soltanto un essere umano.»

Salladhor Saan scrollò le spalle. «Vedremo. O meglio, *tu* vedrai. Da parte mia, intendo fare ritorno al mare. Perfino in questo preciso momento contrabbandieri fuorilegge stanno solcando le Acque Nere nella speranza di evitare di pagare i dovuti pedaggi al loro signore.» Diede a Davos una pacca sulla spalla. «Abbi cura di te. Tu e i tuoi muti amici. Sei salito molto in alto, vecchio amico, ma ricorda: più in alto si sale, più grave è la caduta.»

Davos rifletté su queste parole salendo i gradini della Torre del Drago marino, diretto alle stanze del maestro, sotto l'uccelliera. Non aveva bisogno di Salladhor Saan per sapere di essere salito molto in alto. "Non so leggere, non so scrivere, i lord mi disprezzano, non so nulla di politica, come posso essere il Primo Cavaliere del re? Il mio posto è sul ponte di una nave, non nel torrione di una fortezza."

Lo aveva detto a maestro Pylos. "Sei un ottimo capitano di mare" aveva replicato il sapiente. "Un capitano governa la sua nave, non è forse vero? Deve saper navigare in acque infide, issare le vele affinché si gonfino di vento, vedere quando una tempesta si sta levando e sapere come meglio affrontarla. La politica è molto simile."

Le intenzioni di Pylos erano buone, ma a Davos le sue parole erano suonate vuote. "Non è per niente simile!" aveva protestato. "Un regno non è una nave, né è cosa buona... questo regno è sul punto di affondare. Mi intendo di fasciame, di funi e di onde, certo, ma cosa mi serve tutto questo ora? Dove troverò il vento in grado di portare re Stannis sul suo trono?"

Frase che aveva fatto ridere il maestro. "Eccola, la tua risposta, mio lord. Le parole sono vento, tu lo sai, e con il tuo buonsenso hai spazzato via le mie parole. Sua maestà è consapevole del tuo valore, ne sono certo."

"Cipolle" aveva risposto tetramente Davos. "Questo è il mio valore. Il Primo Cavaliere del re dovrebbe essere un lord di nobile lignaggio, qualcuno saggio e istruito, un comandante sul campo, oppure un grande cavaliere..."

"Ser Ryam Redwyne fu il più grande cavaliere del suo tempo, e fu anche il peggior Primo Cavaliere al servizio di un re. Septon Murmison levava preghiere che facevano miracoli, ma quando divenne Primo Cavaliere, ben presto l'intero reame invocò la sua morte. Lord Butterwell era rinomato per la sua arguzia, Myles Smallwood per il suo coraggio, ser Otto Hightower per la sua cultura, eppure, come Primi Cavalieri, tutti fallirono. Quanto al lignaggio, spesso i re del drago sceglievano i Primi Cavalieri tra i consanguinei, ottenendo i risultati più opposti, da Baelor Lancia spezzata a Maegor il Crudele. Per contro, c'è stato septon Barth, figlio di un fabbro ferraio, che il Vecchio Re scelse personalmente dalla biblioteca della Fortezza Rossa, e che diede al reame quarant'anni di pace e di prosperità." Pylos aveva sorriso. "Leggi la storia, lord Davos, e vedrai che i tuoi dubbi sono privi di fondamento."

"Come faccio a leggere la storia se non so leggere?"

"Ogni uomo è in grado di leggere, mio lord" aveva risposto maestro Pylos. "Non servono né magia, né nobili natali. È un'arte che sto insegnando a tuo figlio, per ordine del re. Lascia quindi che la insegni anche a te."

Era stata un'offerta generosa, che Davos non aveva potuto rifiutare. Così, ogni giorno, Davos si rifugiava nelle stanze del maestro, sulla sommità della Torre del Drago marino, corrugando la fronte su rotoli, pergamene e grandi tomi rilegati in cuoio, cercando di capire poche parole nuove alla volta. Sforzi che spesso gli davano il mal di testa, che lo facevano sentire sciocco come Macchia il giullare. Devan, suo figlio, non aveva ancora dodici anni, eppure era molto più avanti di lui. Quanto a Edric Storm e alla principessa Shireen, per loro leggere era una cosa naturale come respirare. In materia di libri, Davos era il più bambino di tutti. Eppure continuò a insistere. Lui era il Primo Cavaliere del re adesso, e un Primo Cavaliere *doveva* sapere leggere.

Gli stretti, contorti scalini della Torre del Drago marino erano una vera tribolazione per l'anziano maestro Cressen dopo che si era fratturato l'anca. Davos non aveva smesso di sentire la mancanza di quel vecchio. Riteneva che anche Stannis la sentisse. Pylos sembrava abile e diligente e animato da buone intenzioni, ma era anche molto giovane, e il re non confidava in lui quanto aveva confidato in Cressen. L'anziano sapiente gli era stato al fianco per talmente tanto tempo... "Ma poi si è schierato contro Melisandre, e per questo è morto."

Sulla cima della scala a spirale, Davos udì un tintinnare di campanelli. Poteva provenire solamente da Macchia. Il giullare della principessa stava aspettando fuori della porta del maestro come un cane fedele. Dal corpo molle e dalle spalle incurvate, la faccia larga tatuata a riquadri rossi e verdi, Macchia aveva in capo un elmo fatto da un intrico di corna di cervo legato a un catino di latta. Vi erano appese una dozzina di campanelle che tintinnavano a ogni suo movimento... vale a dire tintinnavano costantemente, visto che ben di rado il giullare stava fermo. Tintinnavano di qui, tintinnavano di là, accompagnandolo dovunque andasse. Nessuna meraviglia che Pylos lo avesse esiliato fuori del suo solarium durante le lezioni che impartiva a Shireen.

«Nel mare il pesce vecchio mangia il pesce giovane» borbottò il giullare rivolto a Davos. Fece andare la testa su e giù. Le campanelle si agitarono, tintinnarono, cantarono. «Lo so io, oh, oh, oh, sì che lo so io.»

«Ma quassù il pesce giovane insegna al pesce vecchio» rispose Davos, che da quando aveva cominciato a imparare a leggere non si era mai sentito così ancestrale. Se a insegnargli fosse stato maestro Cressen sarebbe stato diverso, ma Pylos era abbastanza giovane da poter essere suo figlio.

Trovò il maestro seduto al suo lungo tavolo di legno coperto di libri e rotoli, con i tre piccoli allievi di fronte a lui. La principessa Shireen sedeva in mezzo ai due ragazzi, Edric e Devan. Ancora adesso Davos provava un grande piacere nel vedere il proprio figlio in compagnia di una principessa e del bastardo di un re. "Devan sarà lord, non più solo un cavaliere. Il lord di Bosco delle piogge." Qualcosa di cui Davos andava molto più orgoglioso che non di portare lui un titolo nobiliare. "E sa anche leggere. Leggere e scrivere, quasi fosse nato per questo compito." Per la diligenza di Devan, Pylos aveva soltanto lodi e il maestro d'armi della fortezza diceva che si stava mostrando promettente anche nell'uso della spada e della lancia. "Ed è anche un ragazzo vicino alla fede." "I miei fratelli sono saliti fino alla sala della Luce, a sedere a fianco del Signore" aveva risposto Devan quando Davos gli aveva raccontato della morte dei suoi quattro fratelli maggiori. "Pregherò per loro ai fuochi notturni, e pregherò anche per te, padre, in modo che tu possa camminare nella luce del dio R'hllor fino alla fine dei tuoi giorni."

«Buongiorno a te, padre» lo accolse il ragazzo. "Quanto assomiglia a Dale quando aveva la sua età" si disse Davos. Il maggiore dei suoi figli non aveva mai indossato abiti tanto raffinati come quelli che Devan portava nel suo ruolo di scudiero del re, questo era poco ma sicuro, ma avevano entrambi gli stessi lineamenti definiti, gli stessi grandi occhi marrone, gli stessi fini capelli castani. Sulle guance, sul mento di Devan c'era una spruzzata di peluria bionda, più delicata di quella sulla buccia di una pesca. Devan però andava comunque molto orgoglioso della sua "barba". "Proprio come Dale andava orgoglioso della sua, tanto tempo fa." Dei tre ragazzi seduti attorno al tavolo del maestro, Devan era il più vecchio.

Eppure Edric Storm era più alto di lui di un palmo, aveva il torace più ampio e le spalle più larghe. In questo, era certo figlio di suo padre, il possente, defunto re Robert, e, come suo padre, non passava mattina senza che si addestrasse alla spada e allo scudo. Coloro che erano abbastanza in età da aver conosciuto sia Robert sia Renly Baratheon da bambini sostenevano che il giovane bastardo assomigliava a loro molto più di Stannis negli anni della sua adolescenza: i capelli neri come il carbone, gli occhi azzurro scuro, la bocca, la mascella, gli zigomi. L'unico tratto a segnalare che sua madre era stata una Florent erano le orecchie.

«Sì, buongiorno, mio lord» fece eco Edric. Quel ragazzo sapeva essere deciso e orgoglioso, ma i maestri, i castellani e i maestri d'armi da cui era stato educato gli avevano insegnato molto bene le buone maniere. «Arrivi da un incontro con mio zio? Come sta sua maestà il re?»

«Sta bene» mentì Davos. In verità, Stannis appariva scavato, tormentato, ma Davos non vide ragione di angosciare il ragazzo con le proprie paure. «Spero di non aver disturbato la vostra lezione.»

«Avevamo appena finito, mio lord» disse maestro Pylos.

«Stavamo leggendo di re Daeron I.» La principessa Shireen era una ragazzina triste, delicata e gentile, tutt'altro che graziosa. Stannis le aveva dato la mascella dura dei Baratheon, Selyse le grandi orecchie dei Florent e gli dèi, nella loro crudele saggezza, a quei lineamenti poco armoniosi avevano voluto infliggere il morbo grigio infantile. La malattia aveva deturpato la piccola, tramutandole una guancia e il collo in una placca di pelle grigia, dura e screpolata, risparmiandole però la vita e anche la vista. «Andò in guerra per conquistare Dorne. Era chiamato il Giovane drago.»

«Adorava falsi dèi» disse Devan «ma era comunque un grande re, e molto coraggioso in battaglia.»

«È vero» concordò Edric Storm «mio padre però era ancora più coraggioso. Il Giovane drago non ha mai vinto tre battaglie in un solo giorno.»

La principessa lo guardò con gli occhi spalancati. «Zio Robert ha davvero vinto tre battaglie in un giorno solo?»

Il bastardo annuì. «Accadde quando tornò a casa la prima volta, chiamando a raccolta i vessilli di guerra. I lord Grandison, Cafferen e Fell intendevano unire le loro forze a Sala dell'Estate e marciare su Capo Tempesta, ma lui apprese di quei piani da un informatore e scese immediatamente in campo, assieme a tutti i suoi cavalieri e i suoi scudieri. Quando i tre lord arrivarono a Sala dell'Estate, mio padre li sconfisse l'uno dopo l'altro prima che potessero riunire i loro eserciti. Uccise lord Fell in singolar tenzone e catturò suo figlio Ascia d'Argento.»

Devan spostò lo sguardo su Pylos. «È davvero così che andò?»

«Ho *detto* che è andata così, o sbaglio?» s'intromise Edric Storm prima che il maestro potesse rispondere. «Li ha annientati tutti e tre, combattendo con tale valore che in seguito lord Grandison e lord Cafferen divennero suoi uomini, e anche Ascia d'Argento. Nessuno riuscì mai a battere mio padre.»

«Edric, non dovresti vantarti in questo modo» intevenne Pylos. «Anche re Robert, come qualsiasi altro uomo, subì delle sconfitte. Lord Mace Tyrell lo sconfisse a Ashford, e Robert venne battuto anche in svariati tornei.»

«Ma ha vinto più confronti di quanti ne ha persi. E sul Tridente ha ucciso il principe Rhaegar.»

«Questo è vero» ammise il maestro. «Ora però devo dedicare la mia attenzione a lord Davos, che è rimasto ad aspettare così pazientemente. Leggeremo domani altri capitoli della *Conquista di Dorn*e, di re Daeron.» Fece scivolare sul piano del tavolo il libriccino rilegato in pelle. «Re Daeron scriveva con ammirevole semplicità, e la sua storia è ricca di sangue, battaglie e coraggio. Tuo figlio ne è rimasto particolarmente affascinato.»

«Mio figlio non ha ancora dodici anni. E io sono il Primo Cavaliere del re. Sii cortese, dammi un altro testo.»

«Come desideri, mio lord.» Maestro Pylos frugò sul tavolo, srotolando e mettendo da parte svariati fogli di pergamena. «Non ci sono lettere nuove. Forse una di quelle vecchie...»

A Davos le belle storie piacevano come piacevano a molti altri, ma non riteneva che Stannis lo avesse nominato Primo Cavaliere per farlo divertire. Il suo compito era innanzitutto aiutare il suo re a governare, ed era per questo che doveva capire le parole dei messaggi portati dai corvi. Il modo migliore per riuscirci, aveva scoperto, era farlo e basta, vele o rotoli di pergamena non faceva alcuna differenza.

«Questo potrebbe andare.» Maestro Pylos gli passò una lettera.

Davos stirò per qualche momento il documento arricciato, ammiccando verso le lettere vergate in una calligrafia minuta. Leggere gli dava dei problemi agli occhi, cosa che aveva sperimentato fin dall'inizio. A volte si domandava se la Cittadella offrisse ricompense da campioni per i maestri che scrivevano nella calligrafia più microscopica. L'idea aveva fatto sorridere Pylos, per quanto...

«Ai... ai cinque re.» Davos ebbe una breve esitazione su quel "cinque", non era qualcosa che si vedesse scritto troppo spesso. «Il re... co... il re... *coltre*?...»

«*Oltre*» corresse il maestro.

Davos strinse gli occhi. «Il Re oltre la Barriera viene... viene al *Sud*. Guida un... un... un casto...»

«Vasto.»

«... un *vasto* esercito di bru... di bruti. Lord M... Mmmor... Lord Mormont ha mandato un... corvo dalla fo... fo...»

«Foresta. Dalla *foresta Stregata*.» Pylos sottolineò le parole con la punta dell'indice.

«... dalla foresta Stregata. Mormont è... sotto... sotto attacco?»

«Esatto.»

Soddisfatto, Davos proseguì. «Al... altri corvi sono arrivati, senza messaggi. Noi... temiamo... che Mormont sia stato ucciso assieme a tutte... tutte le sue... strozze, no: *forze*. Temiamo che Mormont sia stato ucciso assieme a tutte le sue forze...» D'improvviso, Davos si rese conto di quello che stava leggendo. Esaminò il retro della lettera, vide che il sigillo era di lacca nera. «Questo messaggio arriva dai Guardiani della notte. Maestro Pylos, re Stannis lo ha visto?»

«L'ho portato a lord Alester appena è arrivato. Allora, era lui il Primo Cavaliere. Ritengo che ne abbia discusso con la regina. Quando gli ho chiesto se desiderasse inviare una risposta, mi ha detto di non essere sciocco. Sua maestà non ha nemmeno gli uomini per combattere le sue, di battaglie, non ne ha certo da sprecare contro i bruti del Nord, ha replicato.»

Il che era abbastanza vero. Inoltre, quell'allusione ai cinque re avrebbe di certo fatto infuriare Stannis. «Solo chi sta morendo di fame chiede la carità a un mendicante.»

«Come dici, mio lord?»

«Una cosa che mi disse mia moglie, tanto tempo fa.»

Davos tamburellò le dita accorciate sul tavolo. La prima volta che aveva visto la Barriera era più giovane di Devan. Si era imbarcato sulla *Gatto della roccia*, al comando di Roro Uhoris, un tyroshi noto ai quattro angoli del mare Stretto come il Bastardo Cieco, per quanto non fosse né cieco né nato bastardo. Roro aveva fatto rotta al di là dell'isola di Skagos, addentrandosi nel mare dei Brividi e facendo scalo in un centinaio di piccole baie che fino a quel momento non avevano mai visto una nave da carico. Aveva la stiva piena d'acciaio, spade, asce, elmi, buone maglie di ferro, da scambiare contro pellicce, avorio, ambra e ossidiana. Quando la *Gatto della roccia* fu sulla via del ritorno, aveva le stive piene, ma nell'attraversare la baia delle Foche tre galee nere uscirono a intercettarla e la scortarono al Forte orientale. Loro persero tutto il carico, e il Bastardo Cieco perse la testa. L'accusa: traffico d'armi con i bruti.

Nei suoi giorni da contrabbandiere, Davos aveva fatto affari con il Forte orientale. Per una nave con il carico giusto, i confratelli in nero erano ostili nemici ma anche validi clienti. Prendeva il loro conio, certo, ma non aveva mai dimenticato la testa mozzata di Uhoris che rotolava sulla tolda.

«Incontrai dei bruti, quand'ero ragazzo» disse a maestro Pylos. «Buoni ladri, pessimi contrattatori. Uno di loro scappò via con la nostra donna di bordo. In generale, sembravano come tutti gli altri uomini, alcuni decenti, altri indegni.»

«Gli uomini sono uomini» concordò maestro Pylos. «Vogliamo riprendere la lettura, mio lord Primo Cavaliere?»

"Io sono il Primo Cavaliere del re, è vero." Di nome, Stannis poteva anche essere il re del continente occidentale, ma di fatto era solo il re del Tavolo dipinto. La Roccia del Drago e Capo Tempesta erano sue, come lo era l'alleanza sempre più incerta con Salladhor Saan, ma lì terminava il suo regno. Come mai i Guardiani della notte si erano rivolti a lui chiedendo aiuto? "Potrebbero non sapere quanto è debole, quanto è perduta la sua causa."

«Re Stannis non ha mai visto questa lettera, ne sei pressoché certo, vero Pylos? E nemmeno Melisandre?»

«No. Vuoi che gliela porti? Immediatamente?»

«No» aggiunse in fretta Davos. «Hai già fatto il tuo dovere quando l'hai portata a lord Alester.» "Se Melisandre sapesse di questa lettera..." Che cos'aveva detto la donna rossa? "Colui il cui nome non può essere pronunciato sta chiamando a raccolta il proprio potere, Davos Seaworth. Presto verrà il gelo e la notte che non ha mai fine..." E Stannis aveva avuto quella visione nelle fiamme: un anello di torce sotto la neve, terrore incombente tutto attorno.

«Mio lord» chiese Pylos «non ti senti bene?»

"Ho paura, maestro" avrebbe potuto rispondere. Nella mente di Davos era tornata la storia che gli aveva raccontato Salladhor

Saan, di come Azor Ahai aveva temperato la lama di Portatrice di luce affondandola nel cuore di Nissa Nissa, la moglie che amava. "Ha ucciso la moglie per combattere le tenebre. Se, come sostiene Melisandre, Stannis è Azor Ahai risorto, che questo possa significare che Edric Storm dovrà giocare il ruolo di Nissa Nissa?"

«Stavo pensando, maestro. Accetta le mie scuse...» "Che disastro sarebbe se un re dei bruti invadesse il Nord?" Stannis non c'entrava *nulla* con il Nord. Ed era quanto mai arduo che sua maestà scendesse in campo per difendere popoli che nemmeno lo riconoscevano quale sovrano.

«Dammi un'altra lettera da leggere» disse Davos all'improvviso. «Questa è troppo... troppo...»

«... difficile?» suggerì Pylos.

"Presto verrà il gelo" diceva il sussurro di Melisandre "e la notte che non ha mai fine."

«Inquietante» disse Davos. «Troppo inquietante... Un'altra lettera, per favore.»

JON

A svegliarli fu il fumo di Città della Talpa che bruciava.

Dalla sommità della Torre del re, Jon Snow rimase appoggiato alla gruccia imbottita che maestro Aemon gli aveva dato, osservando la nube grigia levarsi sul paesaggio. Quando Jon era fuggito, Styr, maknar di Thenn, aveva perduto ogni speranza di cogliere il Castello Nero di sorpresa. Al tempo stesso, non era necessario che lanciasse un simile sinistro avvertimento del suo avvicinarsi. "Forse ci ucciderà" valutò Jon. "Ma nessuno di noi finirà macellato nel proprio letto. Questo, almeno questo, sono riuscito a ottenerlo."

La gamba continuava a tormentarlo ferocemente ogni volta che caricava il peso. Quella mattina, per riuscire a infilare gli indumenti neri lavati di fresco e allacciarsi gli stivali, era stato costretto a farsi aiutare da Clydas. E quando ebbero finito, Jon avrebbe voluto annegare nel latte di papavero. Invece, il compromesso era stato mezza coppa di vino dei sogni, corteccia di salice da masticare e la stampella. Il fuoco d'allarme ardeva sulla cima della collina del Vento, e i Guardiani della notte avevano bisogno di tutti i loro uomini.

«Posso combattere» aveva insistito Jon quando gli altri avevano cercato di fermarlo.

«Certo, la tua gamba è guarita, vero?» aveva grugnito Donal Noye. «Per cui non ti dispiace se le do un piccolo calcio?»

«Preferirei che non lo facessi. È rigida, ma riesco a saltellare quanto basta. E a combattere, se avrete bisogno di me.»

«Mi servirà ogni uomo che sa con quale estremità di una picca s'infilzano i bruti.»

«Con l'estremità appuntita.» Jon aveva detto qualcosa di simile alla sua sorellina Arya, molto tempo prima.

«Forse potrai giocartela.» Noye si fregò la barba ispida che gli copriva il mento. «Ti mettiamo in cima a una torre con un arco lungo. Ma se cadi di sotto, non venire a piagnucolare da me.»

Dal punto elevato in cui si trovava, Jon era in grado di vedere la strada del Re dipanarsi verso sud, tagliando attraverso campi marrone scuro, risalendo lungo colline battute dal vento. Era da là che sarebbe venuto il maknar prima che il giorno avesse fine, con i suoi Thenn in marcia dietro di lui, armati di asce e di lance, gli scudi di bronzo e cuoio sulla schiena. "Verranno anche Grigg il Caprone, Quort, Grossa Vescica, tutti gli altri. Verrà anche Ygritte." I bruti non erano mai stati suoi amici. Era stato lui a non permettere che lo diventassero. Ma Ygritte...

Sentì il dolore attanagliargli la carne, i muscoli della gamba, lungo il tunnel scavato dalla freccia che lei gli aveva lanciato contro. Continuava a ricordare gli occhi di quel vecchio senza nome, il sangue nero che gli zampillava dalla gola, mentre la tempesta squarciava il cielo. Ma più di ogni altra cosa ricordava la caverna con il fiume sotterraneo, Ygritte nuda davanti a lui alla luce della torcia, il sapore della bocca di lei aperta sulla sua. "Ygritte, stai lontana. Vai verso sud, ruba quello che devi rubare, nasconditi in uno di quei torrioni che ti piacciono così tanto. Qui non troverai altro che la morte."

Sul lato opposto del cortile del Castello Nero, uno degli arcieri appostati sul tetto dei Baraccamenti Flint si era slacciato le brache e stava pisciando nello spazio tra due merli. "Mully." Jon poté riconoscerlo dai bisunti capelli rossicci. Erano molti gli uomini avvolti in mantelli neri visibili anche su altri tetti, su altre torri. In realtà, nove su dieci di quegli uomini erano di paglia. "Le sentinelle spaventacorvi", come Donal Noye aveva definito i pupazzi. "Solo che i corvi siamo noi" rimuginò Jon "e siamo già abbastanza spaventati per conto nostro."

In qualsiasi modo si volesse definirli, i guerrieri di paglia erano stati un'idea di maestro Aemon. Nei magazzini del Castello Nero, i Guardiani della notte avevano molte più brache e tuniche che non uomini con cui riempirle. Quindi, perché non mettere un po' di paglia attorno a due legni incrociati, avvolgere il tutto in un mantello e mettere la figura a montare la guardia? Noye aveva sistemato i guerrieri di paglia sulla cima di tutte le torri e dietro circa metà delle finestre. Alcuni addirittura impugnavano lance, oppure imbracciavano balestre. La speranza era che, vedendoli, i Thenn decidessero che il Castello Nero era troppo ben difeso per rischiare un attacco.

Assieme a lui sulla Torre del re, Jon aveva sei spaventacorvi e due confratelli in carne e ossa. Dick Follard il Sordo sedeva tra due merli, ripulendo e lubrificando la sua balestra in modo da essere certo che gli ingranaggi funzionassero a dovere. Invece il ragazzo di Vecchia Città passeggiava senza requie da un parapetto all'altro, sistemando e risistemando gli abiti degli uomini di paglia. "Forse ritiene che combatteranno meglio se i loro vestiti sono perfettamente in ordine. O forse invece questa attesa gli sta bruciando i nervi come li sta bruciando a me."

Il ragazzo diceva di avere diciotto anni, più di Jon, ma al confronto era inesperto come erba di primavera. Satin, lo chiamavano, anche se era vestito di lana, con la maglia di ferro e il cuoio trattato dei Guardiani della notte. Quel nome veniva dal bordello in cui era nato e cresciuto. Era grazioso come una fanciulla, grandi occhi scuri, pelle morbida, lunghi capelli neri. In sei mesi al Castello Nero, però, le sue mani si erano coperte di calli e, secondo Noye, con la balestra se la cavava abbastanza bene. Ma se avesse davvero il coraggio per affrontare quello che stava arrivando loro addosso...

Appoggiandosi sulla gruccia, Jon zoppicò attraverso la cima del mastio. La Torre del re non era la più alta del Castello Nero, era la Lancia, esile e in rovina, ad avere quell'onore, per quanto Othell Yarwyck, il costruttore capo della confraternita in nero, continuasse a dire che poteva crollare da un momento all'altro. E la Torre del re non era nemmeno la più forte: la Torre delle guardie, in prossimità della strada del Re, sarebbe stata un guscio molto più duro da rompere. Però era alta quanto bastava, forte quanto bastava e piazzata molto bene in prossimità della Barriera stessa, dominando il tunnel attraverso il ghiaccio e la scala di legno per raggiungere la sommità della muraglia.

La prima volta che aveva visto il Castello Nero con i propri occhi, Jon si era domandato per quale ragione qualcuno fosse stato così idiota da costruire un castello senza mura. Come poteva essere difeso?

"*Non può* essere difeso" gli aveva spiegato suo zio Benjen. "È questo il punto. I Guardiani della notte fanno solenne giuramento di non prendere parte a nessun conflitto del reame. Eppure, nel corso dei secoli, certi lord comandanti, più orgogliosi che saggi, dimenticarono il loro giuramento e arrivarono quasi a distruggerci tutti a causa della loro ambizione. Il lord comandante Runcel Hightower cercò di tramandare la guida della confraternita al figlio bastardo. Il lord comandante Rodrik Flint decise di diventare lui il Re oltre la Barriera. Tristan Mudd, Marq Rankenfell il Pazzo, Robin Hill... sapevi che seicento anni fa, i comandanti di Porta della brina e di Forte della notte scesero in guerra *l'uno contro l'altro*? E che quando il lord comandante della confraternita cercò di fermarli, loro unirono le loro forze per assassinarlo? Lo Stark di Grande Inverno fu costretto a prendere in mano la situazione... e anche le teste di entrambi. E ci riuscì facilmente proprio perché *le loro fortezze non erano difendibili.* Prima di Jeor Mormont, i Guardiani della notte hanno avuto novecentonovantasei lord comandanti, la maggior parte sono stati uomini d'onore e coraggiosi... ma anche noi abbiamo avuto i nostri codardi e i nostri stolti, i nostri tiranni e i nostri dementi. Noi continuiamo a sopravvivere perché i lord e i re dei Sette Regni sanno che non rappresentiamo per loro alcuna minaccia, a dispetto di *chiunque* ci guidi. Gli unici nostri nemici vengono da nord, e a nord noi abbiamo la Barriera."

"Solo che adesso i nostri nemici hanno superato la Barriera e vengono da sud" rimuginò Jon "e i lord e i re dei Sette Regni ci hanno dimenticato. Adesso ci ritroviamo tra l'incudine e il martello." Senza mura a proteggerlo, il Castello Nero non poteva resistere, Donal Noye ne era consapevole. E come lui lo erano anche tutti gli altri. «Il castello non serve a nulla» aveva detto l'armaiolo alla sua esigua guarnigione. «Cucine, sala comune, stalle, perfino le torri... che si prendano pure tutto. Svuoteremo l'arsenale e sposteremo tutto quello che possiamo prendere sulla cima della Barriera. Li affronteremo sul portale.»

Per cui il Castello Nero trovò le sue mura, in un certo qual modo. Una barricata a sezione triangolare fatta di scorte di magazzino: ceste di chiodi e barili di montone salato, casse di legno, balle di spesso tessuto nero, ciocchi di legna da ardere, assi segate, rostri acuminati alla fiamma, sacchi pieni di granaglie. Quel rozzo bastione sbarrava le due cose da difendere oltre l'estremo: il portale del tunnel nel ghiaccio verso nord e la base della grande scalinata di legno che saliva verso la cima della Barriera simile a una grande folgore ubriaca, sostenuta da pilastri di legno grossi come tronchi e annegati direttamente nella massa congelata.

Gli ultimi abitanti di Città della Talpa stavano portando a termine la lunga scalata spronati dai confratelli in nero. Grenn che reggeva un bimbo tra le braccia. Pyp, due rampe più in basso, permetteva a un vecchio di appoggiarsi sulle sue spalle. I più anziani, i più deboli, erano ancora a terra, in attesa che la gabbia azionata dagli argani tornasse giù. Jon notò una madre trascinare i suoi due bambini, uno per mano, mentre un ragazzo poco più grande si affrettava su per gli scalini. Duecento piedi più in alto, Cielo Blu e lady Meliana – la quale non era per nulla una lady, tutti gli amici di Jon concordavano su questo – erano in piedi su una piattaforma, guardando verso sud. Da là, avevano una visione dell'incendio di Città della Talpa più chiara di lui, nessun dubbio. C'erano stati, ci sono sempre, uomini troppo ostinati, troppo stupidi o troppo coraggiosi per fuggire, e altri che avevano scelto di combattere o di sottomettersi. Forse i Thenn li avrebbero risparmiati.

"La cosa da fare sarebbe attaccarli noi" pensò Jon. "Con cinquanta ranger a cavallo bene armati, li possiamo sbaragliare là sulla strada del Re." Solo che non avevano cinquanta ranger bene armati, e non avevano nemmeno la metà dei cavalli. La guarnigione di Castello Nero non aveva fatto ritorno, e non c'era modo di sapere dove fossero in quel momento, né se le staffette che Noye aveva mandato a dare l'allarme li avessero raggiunti.

"Siamo *noi* la guarnigione" capì Jon "e guarda come siamo ridotti." I confratelli che Bowen Marsh aveva lasciato indietro erano i vecchi, gli storpi e i ragazzi inesperti, esattamente come Donal Noye gli aveva detto. Jon poteva vederne alcuni che spingevano barili su per i gradini, altri ancora sulla barricata: Kegs, vecchio e tozzo, lento come sempre; Stivale, che si muoveva a scatti appoggiandosi sul suo bastone di legno lavorato; Easy, mezzo matto, che credeva di essere la reincarnazione di Florian il Giullare; Dilly il Dorniano, Alyn il Rosso di bosco delle Rose, Henly il Giovane, che era oltre i cinquanta, Henly il Vecchio, oltre i settanta, Hal il Peloso, Pate di Maidenpool il Macchiato. Un paio di loro notarono Jon che li osservava dalla cima della Torre del re e gli fecero cenni di saluto. Altri gli voltarono le spalle. "Pensano ancora che io sia un traditore." Un amaro calice, ma lui stesso non poteva biasimarli. Un bastardo lo era, dopo tutto. E lo sapevano tutti che i bastardi, nati dalla lussuria e dall'inganno, erano per natura una genia infida e crudele. Al Castello Nero, Jon si era fatto molti amici, ma anche altrettanti nemici... Rast, per dirne uno. Una volta, Jon lo aveva minacciato di fargli squarciare la gola da Spettro se non l'avesse piantata di tormentare Samwell Tarly. E Rast non era tipo da dimenticare uno sgarbo del genere. In quel momento, stava rastrellando foglie morte, spingendole a mucchi sotto la scala, fermandosi di quando in quando per lanciare a Jon un'occhiata torva.

«No!» ruggì dal basso la voce di Donal Noye. L'armaiolo se la stava prendendo con tre uomini di Città della Talpa. «Il barile va alla gabbia, l'olio va su per i gradini, i dardi di balestra vanno sulla quarta, la quinta e la sesta piattaforma, le picche sulla prima e sulla seconda. Sistemate il lardo sotto la scala, sì, proprio lì, dietro le assi. I barili di carne vanno alla barricata. Muovetevi, cafoni puzzolenti, muovetevi *subito*!»

"Ha una voce da lord" pensò Jon. Suo padre gli aveva insegnato che in battaglia i polmoni del condottiero erano importanti quanto il braccio della spada. "Non importa quanto sia abile e coraggioso, se nessuno riesce a sentire i suoi ordini" diceva lord Eddard Stark ai suoi figli. Così Jon e Robb scalavano le torri di Grande Inverno urlando l'uno con l'altro attraverso il cortile della fortezza. Eppure, a confronto dei ruggiti di Donal Noye, i loro erano belati. I tre di Città della Talpa schizzarono a obbedire, terrorizzati. E con ragione: Noye non faceva altro che minacciare di staccare loro la testa.

Tre quarti degli abitanti del villaggio avevano dato ascolto all'avvertimento di Jon e si erano precipitati al Castello Nero in cerca di rifugio. Noye aveva messo ogni uomo in grado di impugnare una lancia o di reggere un'ascia a difesa della barricata. Altrimenti, potevano anche tornarsene alle loro dannate case a correre i loro rischi contro i Thenn. Aveva svuotato l'armeria e dato loro l'ottimo acciaio dei Guardiani della notte: grandi asce bipenni, daghe affilate come rasoi, spade lunghe, mazze da combattimento, palle chiodate. Chiusi in tuniche di cuoio borchiate e maglie di ferro, con gambali rinforzati e gorgiere di metallo per tenere il cranio attaccato al resto del corpo, alcuni di loro riuscivano addirittura a sembrare dei guerrieri. "Certo... con poca luce e socchiudendo un po' gli occhi."

Noye aveva messo sotto anche le donne e i bambini. Quelli troppo giovani per combattere avrebbero trasportato l'acqua e tenuto accesi i fuochi. La levatrice di Città della Talpa avrebbe assistito maestro Aemon e Clydas con i feriti. E tutto di colpo Hobb Tre Dita, il cuoco, aveva più ragazzi per far girare gli spiedi, per rimestare nei calderoni e affettare cipolle di quanti gliene fossero mai serviti. Due puttane del bordello si erano addirittura offerte di combattere. E avevano dato prova di sufficiente abilità con la balestra da essere piazzate sulla scala a una quarantina di piedi d'altezza.

«Fa freddo.» Satin era in piedi con le mani infilate nella cappa, strette sotto le ascelle. Le sue guance erano di un rosso acceso.

Jon si costrinse a sorridere. «Sugli Artigli del Gelo sì che fa freddo. Questa è una frizzante giornata d'autunno.»

«Allora spero proprio di non vederli mai, gli Artigli del Gelo. Conoscevo una ragazza a Vecchia Città cui piaceva bere vino ghiacciato. Quello è il posto giusto per il ghiaccio, dico io. Nel vino.» Satin guardò verso sud, con la fronte aggrottata. «Pensi che con le sentinelle spaventacorvi li abbiamo spaventati, mio lord?»

«Lo possiamo sperare.» Era un'ipotesi, rimuginò Jon... ma era molto più probabile che i bruti si fossero semplicemente fermati a Città della Talpa a razziare, stuprare e bruciare. O forse Styr stava aspettando il calar della notte, in modo da muoversi con la protezione delle tenebre.

Metà giornata venne e passò. Ancora nessun segno dei Thenn sulla strada del Re. Da dentro la torre arrivò un rumore di passi. Owen il Muflone, la faccia rossa per la fatica della scalata, apparve dalla botola. Aveva una cesta di pane appesa a un braccio, una forma di formaggio sotto l'altro, un sacco di cipolle in una mano.

«Hobb dice di darvi da mangiare, se starete quassù per un po' di tempo.»

"... oppure è il nostro ultimo pasto." «Ringrazialo da parte nostra, Owen.»

Dick Follard era sordo come una campana, in compenso il naso gli funzionava benone. I pani erano ancora caldi quando si mise a frugare nella cesta tirandone fuori uno. «Uva passa» annunciò tutto contento. «E anche nocciole.» La sua parlata era distorta, ma anche abbastanza facile da capire una volta fatta l'abitudine.

«Puoi avere anche il mio» disse Satin. «Non ho fame.»

«Mangia» gli disse Jon. «È impossibile sapere quando avrai un'altra possibilità di farlo.» Per sé prese due pani. Le nocciole in verità erano pinoli e, oltre all'uva passa, c'erano anche mele tritate.

«Verranno oggi i bruti, lord Snow?» chiese Owen.

«Te ne accorgerai anche tu se arrivano» rispose Jon. «Sentirai i corni.»

«Due. Due suoni dicono bruti.»

Owen era alto, con la testa piatta, cordiale. Era anche un lavoratore instancabile e sorprendentemente abile quando si trattava di lavorare il legno, di aggiustare catapulte o cose del genere. Ma dichiarava senza problemi che sua madre lo aveva lasciato cadere da bambino e lui aveva battuto la testa, così metà del suo acume gli era colato fuori dall'orecchio.

«Ti ricordi dove devi andare quando suona il corno?» gli chiese Jon.

«Vado su per la scala, dice Donal Noye. Vado su alla terza

piattaforma e lancio dardi con la balestra contro i bruti che stanno sotto, se loro cercano di scalare la Barriera. *Terza* piattaforma, uno, due, tre.» Mandò la testa su e giù, contando. «Se i bruti attaccano, viene il re e ci aiuta, vero? È un grande guerriero, re Robert. È certo che viene. Maestro Aemon gli ha mandato un uccello.»

Non sarebbe servito a niente ripetergli che Robert Baratheon era morto. Owen lo avrebbe dimenticato, come lo aveva già dimenticato in passato. «Maestro Aemon gli ha mandato un uccello» ripeté Jon. Questo sembrò fare felice Owen.

In realtà, maestro Aemon di uccelli messaggeri ne aveva inviati molti... e non a un re solo, ma a quattro. "Bruti alle porte" diceva il messaggio. "Reame in pericolo. Mandate tutto l'aiuto che potete al Castello Nero." Lontano quanto Vecchia Città e la Cittadella erano volati, i corvi messaggeri, oltre che a decine di potenti lord nei loro castelli. I lord del Nord erano quelli su cui riposavano le migliori speranze, ed era stato a ciascuno di loro che Aemon aveva inviato due corvi. Agli Umber e ai Bolton, a Castello Cerwyn e a Piazza di Torrhen, a Karhold e a Deepwood Motte, all'isola dell'Orso, Vecchio Castello, Punta della Vedova, Porto Bianco, Barrowton, nelle Rills, e poi ai capisaldi tra le montagne, ai Liddle, i Burley, i Norrey, gli Harclay, a tutti costoro gli uccelli neri avevano portato l'appello dei Guardiani della notte. "Bruti alle porte. Il Nord in pericolo. Intervenite con tutte le vostre forze."

Bene, i corvi avevano ali, ma i lord e i re no. Se aiuto stava arrivando, non sarebbe arrivato quel giorno.

Il mattino diventò pomeriggio, il fumo che si levava da Città della Talpa si disperse e il cielo meridionale fu di nuovo sgombro. "Niente nubi" pensò Jon. Questo era buono. Pioggia o neve e per tutti loro sarebbe stata la fine.

Clydas e maestro Aemon salirono sulla gabbia issata dagli argani, raggiungendo la relativa sicurezza sulla sommità della Barriera. Lo stesso fecero la maggior parte delle mogli di Città della Talpa. Uomini dal mantello nero si muovevano senza requie sulla sommità delle torri, gridandosi richiami gli uni agli altri. Septon Cellador guidò in preghiera gli uomini a difesa della barricata, implorando il Guerriero di concedere loro forza. Dick Follard il Sordo si raggomitolò sotto la sua cappa e si mise a dormire. Satin passeggiò in tondo per cento leghe, un giro dopo l'altro lungo i merli della Torre del re. La Barriera lacrimò, il sole scivolò nel duro cielo azzurro. Al calar della sera, Owen il Muflone tornò con una forma di pane nero e una teglia del miglior montone di

Hobb Tre Dita cotto in un denso brodo di birra e cipolle. Perfino Dick si svegliò nel sentirne l'aroma. Tutti quanti lo divorarono, ripulendo il fondo della teglia con grossi pezzi di pane. Quando finirono di mangiare, il sole era ormai basso a occidente e le ombre, scure e definite, si proiettavano sul Castello Nero.

«Accendi il fuoco» Jon disse a Satin «e riempi il calderone di olio.»

Andò giù di persona a sbarrare la porta, cercando di sciogliere la rigidità della gamba. Fu un grosso errore, di cui si rese conto molto presto, ma andò ugualmente fino in fondo, appoggiandosi alla stampella. La porta della Torre del re era di quercia massiccia con bulloni di ferro. Sarebbe riuscita a intralciare i Thenn, ma non a fermarli se avessero voluto entrare a tutti i costi. Jon calò la sbarra orizzontale sugli innesti, fece una visita alla latrina, poteva essere la sua ultima occasione, e tornò a caracollare fino al tetto, digrignando i denti per il dolore.

L'orizzonte occidentale aveva assunto il colore purpureo delle piaghe, ma più in alto il cielo rimaneva blu cobalto, virato al viola profondo. Cominciavano ad apparire le stelle. Jon rimase seduto tra due merli, con uno dei guerrieri di paglia come unico compagno, osservando la costellazione dello Stallone galoppare attraverso il firmamento. O forse era il lord Cornuto? Si chiese dove fosse Spettro in quel momento. E Ygritte. Ma era da quella parte che si trovava la follia.

Arrivarono di notte, naturalmente. "Come i ladri" pensò Jon Snow. "Come gli assassini."

Quando i corni suonarono, Satin si pisciò addosso. Jon fece finta di non vedere. «Va' a dare una scrollata a Dick» disse al ragazzo di Vecchia Città «se no finisce che la battaglia se la dorme tutta.»

«Ho paura.» La faccia di Satin era di un pallore cadaverico.

«Anche loro hanno paura.» Jon appoggiò la stampella a un merlo e impugnò l'arco lungo, piegò lo spesso e liscio leccio dorniano e passò la corda nelle scanalature d'estremità. «Non sprecare frecce a meno di non avere un bersaglio sicuro» aggiunse quando Satin tornò dopo aver svegliato Dick. «Ne abbiamo una bella scorta quassù, ma non è inesauribile. E per incoccare di nuovo prendi copertura dietro un merlo, non cercare di nasconderti dietro uno degli spaventacorvi. Ricorda che sono fatti di paglia, e una freccia li passa da parte a parte.» A Dick Follard non perse tempo a dire nulla. Solo se c'era luce sufficiente, Dick sapeva leggere le labbra, e comunque non aveva bisogno di consigli tattici: sapeva già tutto quello che c'era da sapere.

Si sistemarono su tre diversi settori della torre rotonda. Jon si agganciò una faretra al cinturone, estrasse la prima freccia. L'asta era nera, l'impennaggio grigio. Nell'incoccarla gli tornò in mente qualcosa che Theon Greyjoy aveva detto tanto tempo prima al termine di una caccia. "Che l'orso si tenga i suoi artigli e il cinghiale le sue zanne" aveva dichiarato, con quel suo sorriso. "Non esiste nulla di più letale di una piuma di anatra grigia."

Jon non era mai stato un arciere in grado di rivaleggiare con Theon, ma era tutt'altro che inesperto in materia di arco lungo. Figure scure scivolavano attorno all'armeria, nere contro la pietra, ma non ne aveva una visione abbastanza chiara da arrischiare una freccia. Grida in lontananza, poi gli arcieri sulla Torre delle guardie lanciarono verso il basso. Era troppo distante perché Jon potesse intervenire... Altre ombre, tre ombre. Si staccarono dalle vecchie stalle, a una cinquantina di iarde da loro. Jon si accostò al vuoto tra due merli, sollevò l'arco, lo mise in tensione. Stavano correndo. Li seguì con la punta della freccia, rimanendo in attesa, in attesa...

Sssssh! Ci fu un esile sibilo quando il dardo lasciò l'arco dorniano. Un attimo come sospeso, poi un grugnito. E furono solamente due le ombre in corsa nel cortile. Aumentarono il passo, Jon aveva già incoccato la seconda freccia. Ma questa volta fu troppo precipitoso e mancò il bersaglio. Quando incoccò di nuovo i bruti erano fuori vista. Andò alla ricerca di un altro bersaglio. Ne trovò quattro: si stavano precipitando verso la crisalide vuota che un tempo era stata la Torre del lord comandante. La luce della luna scintillava sulle loro lance, sulle loro asce, illuminando le immagini grottesche sui loro scudi rotondi di cuoio: teschi e tibie, serpenti, artigli d'orso, distorti volti demoniaci. "Il popolo libero..." Jon se ne rese conto all'istante. I Thenn avevano scudi di cuoio nero trattato, con rinforzi di bronzo perimetrali e trasversali. Questi scudi invece erano privi di ornamenti, gli scudi leggeri dei razziatori bruti.

Jon arretrò l'impennaggio all'altezza dell'orecchio, prese la mira, lanciò la freccia. Incoccò un'altra freccia, tese, lanciò. Il primo dardo perforò lo scudo con l'artiglio d'orso, il secondo attraversò la gola dell'uomo che gli stava dietro. Il bruto cadde urlando. Alla sinistra di Jon ci fu il basso *twang!* della balestra di Dick il Sordo. Un momento dopo, Satin gridò: «Ne ho preso uno! Al petto, l'ho colpito al petto...».

«Ne ho preso uno anch'io» rispose Jon.

Ormai non era più necessario andare alla ricerca dei bersagli: bastava sceglierli. Jon abbatté un arciere dei bruti mentre stava incoccando, mandò una freccia verso un guerriero che aveva cominciato a picchiare l'ascia contro la porta della Torre di Hardin. Non lo colpì, ma il dardo che vibrava, conficcato in profondità nel legno di quercia, indusse il bruto a ripensarci. Quando scappò via di corsa Jon lo riconobbe: era Grossa Vescica. Un battito di ciglia dopo, il vecchio Mully gli piantò una freccia nella gamba dal tetto dei Baraccamenti Flint. Grossa Vescica si trascinò via sanguinando. "Adesso finalmente la pianterà di rompere per la vescica al culo" pensò Jon.

La prima faretra era vuota. Ne prese un'altra, si spostò a un altro varco tra i merli, a fianco a fianco con Dick Follard. Jon lanciava tre frecce per ogni dardo della balestra, ma era uno dei vantaggi dell'arco lungo. La balestra penetrava più in profondità, sostenevano alcuni, ma era lenta e ingombrante da ricaricare. In basso, i bruti urlavano gli uni con gli altri. Da qualche parte a ovest, ululò un corno da guerra. Il mondo era chiarore della luna e ombre. Il tempo divenne un ciclo senza fine: incoccare-tendere-lanciare, incoccare-tendere-lanciare... Una freccia avversaria lacerò la gola della sentinella di paglia a un passo da lui, Jon Snow quasi non se ne accorse. "Il maknar, datemi un varco sul maknar dei Thenn" pregò gli antichi dèi di tuo padre. Per lo meno, il maknar era un avversario che lui poteva odiare. "Datemi Styr il maknar..."

Aveva le dita della mano destra rigide, il pollice che sanguinava. Jon non arrestò il ciclo: incoccare-tendere-lanciare, incoccare-tendere-lanciare. Un lembo di fiamma avvampò ai limiti del suo campo visivo. Si voltò. La porta della sala comune stava bruciando. In pochi momenti, l'intera struttura di tronchi di legno si tramutò in un immenso braciere. Hobb Tre Dita e i suoi improvvisati assistenti di Città della Talpa erano al sicuro in cima alla Barriera, ma vedere quella rovina fu comunque un pugno nello stomaco.

«*JON!*» era la voce distorta di Dick Follard. «*L'armeria!*»

Erano sul tetto. Uno aveva una torcia. Dick saltò sul varco tra i due merli, si portò la balestra alla spalla per avere una migliore angolazione di tiro. Scoccò il dardo verso l'uomo con la torcia. Fallì il colpo.

L'arciere avversario sotto di lui non fallì.

Dick Follard il Sordo non emise alcun suono. Semplicemente, cadde in avanti, nel vuoto. Era un vuoto di cento piedi. Jon udì il tonfo dell'impatto mentre aggirava uno dei guerrieri di paglia, cercando di vedere da dove era venuta la freccia. A neanche dieci piedi dal corpo di Dick, vide uno scudo di cuoio, un mantello sbrindellato. E una massa di capelli rossi. "Baciata dal fuoco... fortunata." Puntò l'arco, ma le sue dita non abbandonarono la fune. Un attimo dopo, rapida com'era apparsa, lei era svanita. Jon imprecò, si riposizionò, scoccò contro gli uomini sul tetto dell'armeria. Niente da fare: mancati.

Adesso anche le stalle stavano bruciando, fumo nero e fili di paglia incendiata salirono a vorticare nell'aria. Quando il tetto crollò, le fiamme si levarono con un ruggito così forte che quasi inghiottì l'urlo dei corni da guerra dei Thenn.

Almeno cinquanta guerrieri avanzavano lungo la strada del Re a ranghi serrati, con gli scudi tenuti alti a protezione della testa. Altri Thenn stavano sciamando attraverso l'orto botanico, oltre il cortile di granito, attorno al vecchio pozzo. Tre di loro si erano aperti la strada a colpi di scure negli appartamenti del maestro Aemon, penetrando nel maniero di tronchi sotto l'uccelliera. Un combattimento furibondo, disperato, era in corso sulla cima della Torre del silenzio, asce contro spade lunghe. Nulla di tutto questo aveva più importanza. "Adesso la danza si è spostata."

Jon Snow caracollò vicino a Satin, lo afferrò per la spalla. «Con me» gli gridò. Assieme si mossero fino al parapetto nord, da dove la Torre del re dominava sul portale nel ghiaccio. E sull'improvvisata barricata eretta da Donal Noye.

I Thenn li avevano battuti sul tempo. Indossavano mezzi elmi, e avevano sottili dischi di bronzo cuciti sulle lunghe tuniche di pelle. Molti impugnavano asce di bronzo, alcuni brandivano mazze di pietra. La maggior parte aveva lance corte d'assalto, le punte a losanga lampeggiavano alla luce dell'incendio delle stalle. Si avventarono contro la barricata urlando nell'antico linguaggio, cercando di colpire con le lance, mulinando le asce. Gli arcieri e i balestrieri che Donal Noye aveva appostato sulla scala fecero grandinare loro addosso nugoli di frecce e di dardi. Fontane di grano e di sangue volarono con pari intensità.

«Che cosa *facciamo*?» urlò Satin.

«Li uccidiamo.» Jon incoccò un'altra freccia di legno nero. «Li uccidiamo tutti!»

Nessun arciere avrebbe potuto chiedere un bersaglio più facile. Nel loro assalto, nel loro tentativo di raggiungere gli uomini in nero sulla cima della salita, i Thenn si ritrovarono con la schiena rivolta alla Torre del re. Jon e Satin lanciarono simultaneamente sul medesimo bersaglio: il Thenn che per primo arrivò in alto. La freccia gli perforò la gola, il dardo della balestra lo centrò tra le scapole. Un attimo dopo, la lama di una spada lunga lo passò da parte a parte. Il cadavere stramazzò sugli attaccanti che seguivano. Jon frugò nella faretra. La trovò di nuovo vuota. Satin stava arrancando per ricaricare la balestra. Jon zoppicò per andare a prendere altre frecce, fu di nuovo tra i soldati di paglia.... *Bang!* La botola praticamente gli si spalancò davanti ai piedi.

"Inferi fottuti! Sono *dentro*! Non li ho nemmeno sentiti sfondare la porta della torre!..."

Non c'era tempo per pensare, né per organizzare, né per gridare aiuto. Jon lasciò cadere l'arco, strappò Lungo artiglio dal fodero che aveva di traverso alla schiena, l'impugnò a due mani, calò in verticale. Il bronzo era del tutto inutile contro l'acciaio di Valyria. La lama spaccò in due l'elmo del primo Thenn che affiorò con la testa. Spaccò in due anche quello che ci stava sotto. L'attaccante crollò da dove era venuto. Dietro di lui ce n'erano altri, come capì dalle grida.

Arretrò dalla botola. «Satin!»

Un altro Thenn emerse. Il dardo della balestra gli attraversò la faccia. Anche lui cadde di sotto.

«L'olio bollente!»

Satin annuì. Assieme, afferrarono le spesse pezze imbottite che avevano lasciato vicino al fuoco, sollevarono il pesante calderone, pieno fino all'orlo di olio fumante. Lo riversarono sui Thenn sotto di loro. Né Jon né Satin avevano mai udito urla come quelle che seguirono. Satin parve sul punto di sentirsi male. Jon richiuse con un calcio il portello della botola, e ci piazzò sopra il massiccio calderone di ferro.

«Vomiti dopo» urlò al ragazzo del bordello di Vecchia Città. «*Muoviti!*»

Si erano allontanati dal parapetto solo per pochi momenti, ma giù tutto era cambiato. Una dozzina, tra confratelli in nero e uomini di Città della Talpa, ancora tenevano il saliente di casse e di barili, ma i Thenn e i bruti stavano dilagando, respingendoli sempre più indietro. Jon vide uno di loro piantare una picca nel ventre di Rast con tale foga da sollevarlo in aria. Henly il Giovane era morto, Henly il Vecchio stava morendo, in mezzo ai nemici. Vide Easy volteggiare e mulinare fendenti, ridendo come un pazzo, con la cappa che gli si agitava attorno mentre saltava da una cassa all'altra. Un'ascia di bronzo lo colpì appena sotto il ginocchio e le risate si tramutarono in urla.

«Stanno cedendo» disse Satin.

«No» corresse Jon. «Hanno *già* ceduto.»

Accadde in fretta, molto in fretta. Un uomo di Città della Talpa fuggì, poi un altro e un altro ancora. D'improvviso, tutti gli abitanti del villaggio avevano abbandonato le loro postazioni e stavano fuggendo. I confratelli in nero erano troppo in pochi per reggere da soli. Jon li osservò arretrare, cercando di formare una nuova linea di difesa. I Thenn furono loro addosso. Un vortice di picche, asce, mazze. Anche i Guardiani della notte spezzarono la difesa, dandosi alla fuga. Dilly il Dorniano inciampò e crollò faccia avanti. Un bruto gli piantò la picca nella schiena. Kegs, lento e con poco fiato, era quasi riuscito a raggiungere il gradino più basso. Uno dei Thenn lo afferrò per la cappa, lo fece voltare... un dardo di balestra alla nuca lo abbatté prima che potesse calare l'ascia.

«Preso» ringhiò Satin.

Kegs si rimise in piedi, arrancò a quattro zampe su per la scala.

"Il portale è perduto." Donal Noye lo aveva sbarrato e chiuso con catene. Ma adesso era là, pronto per i Thenn. Le sbarre di ferro riflettevano la luce dei roghi. E dietro c'era il tunnel nero sotto il ghiaccio... fino alla parte opposta della Barriera. A difenderlo non era rimasto nessuno. L'unica salvezza era la sommità della muraglia congelata, settecento piedi di gradini contorti più in alto.

«Quali dèi preghi?» Jon chiese a Satin.

«I Sette» disse il ragazzo di Vecchia Città.

«E allora prega» disse Jon. «Prega i tuoi nuovi dèi, e io pregherò i miei antichi dèi.»

Questo era il punto focale.

Con lo scontro alla botola, Jon si era dimenticato di prendere le altre frecce. Zoppicò attraverso il tetto, riempì la faretra, raccolse l'arco lungo. Il calderone non si era mosso, per cui l'assalto sembrava essere cessato, almeno per il momento. "Lo spettacolo continua, e noi lo stiamo guardando dalla galleria" rimuginò tornando sul lato nord della torre. Satin stava lanciando dardi contro i bruti sui gradini, accucciandosi dietro i merli per ricaricare. "Sarà carino e delicato, ma è anche dannatamente svelto."

La vera battaglia era sulla scala nel ghiaccio. Noye aveva sistemato picchieri sulle due piattaforme inferiori, ma la fuga degli abitanti di Città della Talpa aveva gettato anche loro nel panico. Tutti erano saliti sulla terza piattaforma, i Thenn che uccidevano chiunque fosse rimasto indietro. Gli arcieri e i balestrieri ai livelli superiori tentavano di bersagliarli in verticale. Jon incoccò, tese, lanciò. Fu compiaciuto nel vedere uno dei bruti crollare, rotolando sui gradini. Il calore degli incendi stavano facendo lacrimare la Barriera, le fiamme danzavano, si torcevano sulla superficie di ghiaccio. I gradini si scuotevano sotto i passi pesanti degli uomini che cercavano di salvarsi la vita.

Ancora una volta, Jon incoccò, tese, lanciò. Ma ormai c'erano solamente lui e Satin contro sessanta, settanta Thenn che divoravano i gradini, annientando chiunque si trovassero davanti, ebbri di vittoria. Sulla quarta piattaforma, tre confratelli in nero serrarono spalla a spalla, spade lunghe in pugno. Brevemente, la battaglia tornò ad avvampare. Molto brevemente. L'ondata dei Thenn li sommerse e il sangue dei Guardiani della notte colò sui gradini. "Mai un uomo è più vulnerabile in battaglia come nella fuga" aveva detto lord Eddard Stark a Jon tanto tempo prima. "Per un soldato, un uomo in fuga è un animale ferito. È qualcosa che accresce la sete di sangue." Gli arcieri al quinto livello fuggirono ancora prima che i Thenn arrivassero a contatto. Fu una disfatta. Una disfatta rossa.

«Prendi le torce» Jon ordinò a Satin.

Ce n'erano quattro ammassate vicino al fuoco, i bulbi imbevuti di olio da lanterna. C'era anche una dozzina di frecce incendiarie. Il ragazzo di Vecchia Città immerse il bulbo di una torcia nelle fiamme, facendolo avvampare. Portò anche le altre tre torce, tenendole sotto il braccio, senza accenderle. Satin appariva di nuovo spaventato, e con ragione. Anche Jon aveva paura.

Fu in quel momento che vide Styr. Il maknar stava scalando la barricata, marciando su sacchi di grano sventrati, su barili distrutti, sui cadaveri di amici e nemici. Alla luce dei fuochi, la sua armatura di bronzo a scaglie scintillava in modo cupo. Styr si era tolto l'elmo, in modo da osservare meglio la scena del suo trionfo. Quel fetente pelato stava sorridendo, vide Jon. Impugnava una lunga picca di legno pallido, il legno di un albero-diga, la quale terminava in un'ornata punta di bronzo. Individuò il portale, puntò la picca, sbraitò qualcosa nell'antico linguaggio alla mezza dozzina di Thenn attorno a lui.

"Troppo tardi, figlio di puttana" Jon serrò la mascella. "Avresti dovuto guidarli tu i tuoi uomini all'assalto, forse ne avresti salvato qualcuno."

Da qualche parte, un corno da guerra risuonò. Non dalla cima della Barriera, no, forse dalla piattaforma al nono livello, duecento piedi da terra, dove si trovava Donal Noye.

Jon Snow incoccò una freccia incendiaria. Satin l'accese con la torcia. Jon si accostò al parapetto, puntò, tese, lanciò. Esili vessilli di fiamma si stesero dietro la freccia che volava in basso, scricchiolando verso il bersaglio.

Non il maknar dei Thenn.

La scala nel ghiaccio. Più precisamente, gli otri, i barili e i sacchi che Donal Noye aveva fatto ammassare *sotto* i gradini, fino quasi all'altezza della prima piattaforma. Barili di lardo e di olio da lanterna, sacchi di foglie secche e di stracci imbevuti d'olio, ciocchi, corteccia, trucioli di legno. Tutta roba incendiaria, *mortalmente* incendiaria.

«Ancora» disse Jon. Incoccò, tese, lanciò. «Ancora.» Incoccò, tese, lanciò. «Ancora.» Incoccò, tese, lanciò.

E adesso, anche altri archi lunghi erano entrati in azione. Rossi strali si stesero attraverso la notte, alti archi che si curvavano dalle torri fino alla base della Barriera. Uno spettacolo di fiammeggiante, letale bellezza. Jon finì le frecce incendiarie. Lui e Jon accesero le torce e lanciarono anche quelle giù dalla torre.

Dall'alto del ghiaccio, un secondo, immane fuoco iniziò a ruggire. I vecchi gradini di legno avevano bevuto l'olio come spugne. Donal Noye li aveva resi fradici dal settimo fino al nono livello. Jon poté soltanto sperare che la maggior parte dei loro ce l'avessero fatta a superare il limite prima che Noye calasse le torce. I confratelli in nero erano al corrente del piano, gli abitanti di Città della Talpa invece no.

Poi non rimase altro che vento e fuoco. Tutto quello che Jon fece fu osservare. Fiamme sotto di loro, fiamme sopra di loro. I Thenn e i bruti non avevano nessun posto in cui scappare. Alcuni proseguirono verso l'alto e morirono bruciati. Altri andarono in basso e morirono bruciati. Altri ancora rimasero dove si trovavano. Anche loro morirono bruciati. Molti si gettarono nel vuoto, tentando di sfuggire alle fiamme. L'impatto contro il ghiaccio li uccise. Una ventina di Thenn erano ancora raggruppati tra i due roghi quando il ghiaccio, indebolito dal calore, cedette. L'intero terzo livello, scala e tutto, andò giù a valanga assieme a tonnellate e tonnellate di ghiaccio. "La Barriera difende se stessa."

Fu l'ultima volta che Jon Snow vide Styr, il maknar dei Thenn.

Chiese a Satin di aiutarlo a scendere fino al cortile. La gamba ferita era un tale incubo di dolore che Jon quasi non riusciva più a camminare, nemmeno con la stampella.

«Porta la torcia» disse al ragazzo di Vecchia Città. «Devo cercare una persona.»

Sui gradini c'erano stati soprattutto i Thenn. Alcuni del popolo libero dovevano avercela fatta, per certo. Gente di Mance, non del maknar. Lei avrebbe potuto essere tra quelli. Così Jon e Satin scesero tra i cadaveri degli uomini che avevano attaccato la botola, e Jon vagò nel campo di massacro appoggiandosi da una parte alla gruccia e dall'altra alla spalla del ragazzo che a Vecchia Città era stato una puttana.

La sala comune e le stalle erano ormai ridotte a cumuli di brace fumante. L'incendio però continuava a salire su per la Barriera, un gradino dopo l'altro, una piattaforma dopo l'altra. Di quando in quando, udivano uno schianto del legno, poi *crrraack*, un'altra porzione di struttura consumata era crollata. L'aria era piena di cenere, satura di cristalli di ghiaccio.

Jon trovò Quort già morto, Pollici di Pietra moribondo. Trovò svariati Thenn, anche loro morti e moribondi, che non aveva mai realmente conosciuto. Trovò Grossa Vescica, indebolito dalla perdita di sangue ma ancora vivo.

Alla fine trovò Ygritte. Giaceva nella neve sotto la Torre del lord comandante, con una freccia conficcata tra i seni. I cristalli di ghiaccio le erano calati sul viso. Ai raggi della luna, pareva che indossasse una scintillante maschera argentea.

La freccia era nera, vide Jon, ma l'impennaggio era di piume di anatra bianca. "Non una delle mie... No, non una delle mie..." Ma dentro si sentiva come se fosse stata una delle sue frecce.

S'inginocchiò nella neve accanto a lui. Gli occhi di Ygritte si aprirono.

«Jon Snow.» Una voce esile, lontana. La freccia doveva aver perforato un polmone. «È un *vero* castello, questo qua? Non solo un torrione?»

«Sì.» Jon le prese la mano.

«Bene» sussurrò lei. «Lo volevo proprio vedere... un vero castello... prima di... prima di...»

«Ne vedrai mille, di castelli» le promise. «La battaglia è finita. Maestro Aemon si occuperà di te.» Le accarezzò i capelli. «Tu sei baciata dal fuoco, ricordi? Fortunata. Ci vuole ben più di una freccia per ucciderti. Aemon te la tirerà fuori e richiuderà la ferita. E ti daremo un po' di latte di papavero contro il dolore.»

Questo la fece sorridere. «Ti ricordi quella caverna? È là che dovevamo restare. Io te lo avevo detto.»

«Torneremo alla caverna» disse Jon. «E tu non morirai, Ygritte. Non morirai.»

«Jon Snow...» Ygritte gli sfiorò la fronte con le dita. «Tu non sai niente, Jon Snow» concluse in un soffio, morendo.

APPENDICE

I RE E LE LORO CORTI

Il re sul Trono di Spade

RE JOFFREY BARATHEON, primo del suo nome, un ragazzo di tredici anni, primogenito di re Robert I della Casa Baratheon e della regina Cersei della Casa Lannister

Re Robert, padre di Joffrey, morto in un controverso incidente di caccia al cinghiale

Regina Cersei, madre di Joffrey, reggente e protettrice del reame

Principessa Myrcella, sorella di Joffrey, una fanciulla di nove anni, protetta del principe Doran Martell a Lancia del Sole

Principe Tommen, fratello di Joffrey, otto anni, secondo erede al Trono di Spade

Lord Tywin Lannister, nonno materno di Joffrey, lord di Castel Granito, protettore dell'Ovest, e Primo Cavaliere del re

Gli zii di re Joffrey per parte di padre

Stannis Baratheon, maggiore dei fratelli di re Robert, lord ribelle della Roccia del Drago, si proclama re Stannis I

Shireen, sua figlia, di undici anni

Renly Baratheon, minore dei fratelli di re Robert, lord ribelle di Capo Tempesta, assassinato nel cuore del proprio esercito

Ser Eldon Estermont, prozio di re Joffrey, fratello della nonna paterna

Ser Aemon Estermont, figlio primogenito di ser Eldon, cugino di re Joffrey

Ser Alyn Estermont, figlio di ser Aemon

Gli zii di re Joffrey per parte di madre

Ser Jaime Lannister, detto "Sterminatore di re", gemello della regina Cersei, lord comandante della Guardia reale, prigioniero a Delta delle Acque

Tyrion Lannister, detto "Folletto", un nano, ferito nella battaglia delle Acque Nere

Podrick Payne, scudiero di Tyrion

Ser Bronn delle Acque Nere, un tempo guerriero mercenario, capo della guardia personale di Tyrion

Shae, concubina di Tyrion, un tempo prostituta per i soldati, ora al servizio di Lollys Stokeworth

Ser Kevan Lannister, prozio di re Joffrey, fratello del nonno materno

Ser Lancel Lannister, suo figlio, un tempo scudiero di re Robert, ferito nella battaglia delle Acque Nere e ora in punto di morte

Ser Tygett Lannister, prozio di re Joffrey, fratello del nonno materno, morto di vaiolo

Ser Tyrek Lannister, suo figlio, scudiero del re, disperso dopo la grande somossa di Approdo del Re

Lady Ermesande Hayford, sposa bambina di Tyrek

I fratellastri di re Joffrey, figli naturali di re Robert

Mya Stone, una ragazza di diciannove anni al servizio di lord Nestor Royce, alle Porte della Luna, nella valle di Arryn

Gendry, apprendista fabbro, in fuga nelle terre dei fiumi e ignaro della propria discendenza

Edric Storm, unico figlio bastardo riconosciuto da re Robert, protetto di Stannis Baratheon alla Roccia del Drago

La Guardia reale (le "cappe bianche")

Ser Jaime Lannister, lord comandante

Ser Meryn Trant

Ser Balon Swann

Ser Osmund Kettleblack

Ser Loras Tyrell, il cavaliere di Fiori

Ser Arys Oakheart

Le spade giurate di Cersei

Ser Osfryd Kettleblack, fratello minore di ser Osmund Kettleblack, della Guardia reale

Ser Osney Kettleblack, fratello minore di ser Osmund e di ser Osfryd

Concilio ristretto del re

Lord Tywin Lannister, Primo Cavaliere
Ser Kevan Lannister, maestro delle leggi
Lord Petyr Baelish, detto "Ditocorto", maestro del conio
Varys, eunuco, detto "Ragno tessitore", capo dello spionaggio
Lord Mace Tyrell, maestro della flotta
Gran maestro Pycelle, dotto della Cittadella

La corte di Approdo del Re

Ser Ilyn Payne, giustiziere reale, il boia
Lord Hallyne il Piromante, saggio dell'ordine degli Alchimisti
Ragazzo di luna, giullare
Ormond di Vecchia Città, arpista reale e bardo
Ser Dontos Hollard, ubriacone, un tempo cavaliere detto "il Rosso"
Jalabhar Xho, principe della valle del Fiore Rosso, esiliato delle isole dell'Estate
Lady Tanda Stokeworth
 Falyse, sua figlia primogenita, sposata a ser Balman Byrch
 Lollys, sua figlia secondogenita, trentaquattro anni, ragazza dalla mente incerta, rimasta incinta in seguito a uno stupro
Lord Gyles Rosby, vecchio malaticcio
Ser Tallad, promettente giovane cavaliere
Lord Morros Slynt, scudiero, figlio primogenito dell'ex comandante della Guardia cittadina di Approdo del Re
 Jothos Slynt, scudiero, fratello minore di Morros
 Danos Slynt, altro fratello di Morros e Jothos
Ser Boros Blount, un tempo cavaliere della Guardia reale, esautorato per codardia dalla regina Cersei
Josmyn Peckledon, scudiero, eroe della battaglia delle Acque Nere
Ser Philip Foote, nominato lord delle Terre Basse per il suo valore nella battaglia delle Acque Nere
Ser Lothor Brune, detto "Lothor Mangiamele", un tempo cavaliere di ventura al servizio di lord Petyr Baelish

Altri lord e cavalieri ad Approdo del Re

Mathis Rowan, lord di Goldengrove
Paxter Redwyne, lord di Arbor
 Ser Horas e **ser Hobber**, figli gemelli di lord Paxter, soprannominati "ser Orrore" e "ser Fetore"
Maestro Ballabar, sapiente della Cittadella e guaritore del lord di Arbor

Ardrian Celtigar, lord dell'isola della Chela
Lord Alesander Staedmon, detto "Papà monetina"
Ser Bonifer Hasty, detto "il Buono", celebre cavaliere
Ser Donnel Swann, erede di Stonehelm
Ser Ronnet Connington, chiamato "Ronnet il Rosso", cavaliere del Grifone
Aurane Waters, il Bastardo di Driftmark
Ser Dermot di Bosco delle piogge, celebre cavaliere
Ser Timon Spadarotta, celebre cavaliere

La gente di Approdo del Re
La Guardia cittadina (le "cappe dorate")
Ser Jacelyn Bywater, detto "Mano di ferro", comandante, ucciso dai suoi stessi uomini durante la battaglia delle Acque Nere
Ser Addam Marbrand, comandante successore di ser Jacelyn
Chataya, proprietaria di un costoso bordello
Alayaya, sua figlia
Dancy, Marei, Jayde, alcune delle sue ragazze
Tobho Mott, mastro armaiolo
Ventre di ferro, fabbro
Amish l'Arpista, celebre cantastorie
Collio Quaynis, cantastorie di Tyrosh
Bethany Belledita, donna cantastorie
Alaric di Eysen, cantastorie, grande viaggiatore
Galyeon di Cuy, cantastorie, celebre per la lunghezza delle sue canzoni
Symon Lingua d'argento, cantastorie

Lo stemma di re Joffrey mostra il cervo incoronato dei Baratheon, nero in campo oro, e il leone dei Lannister, oro in campo porpora, che si affrontano.

Il re del Nord
Il re del Tridente

RE ROBB STARK, lord di Grande Inverno, re del Nord e re del Tridente, figlio primogenito di Eddard Stark e di lady Catelyn della Casa Tully

- **Lord Eddard Stark**, suo padre, lord di Grande Inverno, decapitato ad Approdo del Re per ordine di re Joffrey
- **Lady Catelyn**, della Casa Tully, sua madre
- **Vento grigio**, il suo meta-lupo

I fratelli e le sorelle di re Robb

- **Principessa Sansa**, una fanciulla di dodici anni, prigioniera ad Approdo del Re
  - **Lady**, la sua meta-lupa, uccisa a Castello Darry
- **Principessa Arya**, una fanciulla di dieci anni, dispersa e presunta morta
  - **Nymeria**, la sua meta-lupa, perduta sul Tridente
- **Principe Brandon**, detto "Bran", erede di Grande Inverno e del Nord, un ragazzo di nove anni, creduto morto
  - **Estate**, il suo meta-lupo
  - Compagni e protettori del principe Bran
    - **Meera Reed**, una ragazza di sedici anni, figlia di lord Howland Reed, della Torre delle Acque grigie
    - **Jojen Reed**, suo fratello, tredici anni
    - **Hodor**, ragazzo di stalla dalla mente semplice, alto più di due metri
- **Principe Rickon**, un bambino di quattro anni, creduto morto
  - **Cagnaccio**, il suo meta-lupo
  - **Osha**, donna dei bruti presa prigioniera, ora al servizio co-

me sguattera a Grande Inverno, protettrice del principe Rickon

Jon Snow, figlio bastardo di Eddard Stark, confratello ordinato dei Guardiani della notte

Spettro, il suo meta-lupo, albino e silente

Gli zii e le zie di re Robb per parte di padre

Brandon Stark, fratello maggiore di lord Eddard, ucciso per ordine di re Aerys II Targaryen, il re Folle

Lyanna Stark, sorella minore di lord Eddard, morta fra le montagne di Dorne, durante la ribellione di Robert

Benjen Stark, fratello minore di lord Eddard, un Guardiano della notte, disperso a nord della Barriera

Gli zii, le zie e i cugini di re Robb per parte di madre

Lysa Arryn, sorella minore di lady Catelyn, vedova di lord Jon Arryn, lady del Nido dell'Aquila

Robert Arryn, figlio di Lysa e di lord Jon, lord del Nido dell'Aquila

Ser Edmure Tully, fratello minore di lady Catelyn, erede di Delta delle Acque, poi lord

Ser Brynden Tully, detto "Pesce Nero", zio di lady Catelyn

Compagni di battaglia e guerrieri che hanno giurato fedeltà a re Robb

Olyvar Frey, scudiero di re Robb

Ser Wendel Manderly, secondogenito del lord di Porto Bianco

Patrek Mallister, erede di Seagard

Dacey Mormont, primogenita di lady Maege Mormont ed erede dell'isola dell'Orso

Jon Umber, detto "il Piccolo Jon", erede di Ultimo Focolare

Donnel Locke, Owen Norrey, Robin Flint, Uomini del Nord

Lord alfieri, capitani e comandanti di re Robb
(con l'esercito di Robb nelle Terre occidentali)

Ser Brynden Tully, detto "Pesce Nero", comandante degli esploratori e degli incursori

Jon Umber, detto "il Grande Jon", comandante dell'avanguardia

Rickard Karstark, lord di Karhold

Galbart Glover, di Deepwood Motte

Maege Mormont, lady dell'isola dell'Orso

Ser Stevron Frey, primogenito di lord Walder Frey ed erede delle Torri Gemelle, caduto nella Battaglia di Oxcross

Ser Ryman Frey, primogenito di ser Stevron

Walder Frey, detto "Walder il Nero", figlio di ser Ryman
Martyn Rivers, figlio bastardo di lord Walder Frey

(con l'esercito di Roose Bolton ad Harrenhal)
Roose Bolton, lord di Forte Terrore
Ser Aenys Frey, ser Jared Frey, ser Hosteen Frey, ser Danwell Frey e il loro fratellastro **Ronel Rivers**
Ser Wylis Manderly, erede di Porto Bianco
Ser Kyle Condon, cavaliere al suo servizio
Ronnel Stout
Vargo Hoat, della città libera di Qohor, capitano dei Bravi Camerati, compagnia mercenaria chiamata con spregio "Guitti Sanguinari"o anche "Uomini piede"
Urswyck, detto "il Fedele", suo luogotenente
Septon Utt, suo luogotenente
Timeon di Dorne, Rorge, Iggo, Zollo il Grasso, Mordente, Togg Joth di Ibben, Pyg, Tre alluci, guerrieri agli ordini di Vargo
Shagwell, giullare
Qyburn, maestro della Cittadella esautorato, talvolta negromante, guaritore di Vargo

(con l'esercito del Nord all'attacco di Duskendale)
Robett Glover, di Deepwood Motte
Ser Helman Tallhart, di Piazza di Torrhen
Harrion Karstark, unico figlio superstite di lord Rickard, erede di Karhold

(di ritorno verso il Nord con i resti mortali di lord Eddard)
Hallis Mollen, comandante della Guardia di Grande Inverno
Jacks, Quent, Shadd, guardie agli ordini di Mollen

Nobili alfieri di re Robb e castellani del Nord
Wyman Manderly, lord di Porto Bianco
Howland Reed, lord della Torre delle Acque grigie, un *crannogman*
Mors Crowfood detto "Cibo di corvo" e **Hother Whoresbane** detto "Veleno delle puttane" della Casa Umber, zii di Grande Jon e castellani di Ultimo Focolare
Lyessa Flint, lady di Torre della Vedova
Ondrew Locke, lord di Castello Vecchio, un uomo anziano
Lord Cley Cerwyn, un ragazzo di quattordici anni, ucciso nella battaglia di Grande Inverno

Jonelle Cerwyn, sorella di Cley, una vergine di trentadue anni, ora lady di Cerwyn

Leobald Tallhart, fratello minore di ser Helman, castellano di Piazza di Torrhen, ucciso nella battaglia di Grande Inverno

Berena della Casa Hornwood, sua moglie

Brandon, suo figlio primogenito, quattordici anni

Beren, suo figlio secondogenito, dieci anni

Benfred, figlio di ser Helman, ucciso dagli uomini di ferro sulla Costa Pietrosa

Eddara, figlia di ser Helman, erede di Piazza di Torrhen, una fanciulla di nove anni

Lady Sybelle, moglie di Robett Glover, prigioniera di Asha Greyjoy a Deepwood Motte

Gawen, figlio di Robett, erede di Deepwood Motte, tre anni, prigioniero di Asha Greyjoy

Erena, figlia di Robett, una bambina di un anno, prigioniera di Asha Greyjoy

Larence Snow, figlio bastardo di lord Hornwood, dodici anni, protetto di Galbart Glover, prigioniero di Asha Greyjoy

Lo stemma del re del Nord rimane quello che è stato per migliaia di anni: il meta-lupo grigio in corsa degli Stark di Grande Inverno, in campo bianco ghiaccio.

Il re nel Mare Stretto

RE STANNIS BARATHEON, primo del suo nome, secondogenito di lord Steffon Baratheon e di lady Cassana della Casa Estermont, in precedenza lord della Roccia del Drago

- **Regina Selyse**, della Casa Florent, sua moglie
  - **Shireen**, la loro unica figlia, undici anni
    - **Macchia**, giullare di Shireen, dalla mente incerta
- **Edric Storm**, nipote bastardo di re Stannis, un ragazzo di dodici anni, figlio naturale di re Robert e di Delena Florent
- **Devan Seaworth, Bryen Farring**, scudieri di re Stannis

La corte della Roccia del Drago

- **Lord Alester Florent**, lord della fortezza di Acquachiara e Primo Cavaliere del re, zio della regina Selyse
- **Ser Axell Florent**, castellano della Roccia del Drago e capo degli uomini della regina, zio della regina Selyse
- **Lady Melisandre di Asshai**, detta "la Donna rossa", sacerdotessa del culto di R'hllor, il Cuore del fuoco, Signore della luce e Dio della fiamma e dell'ombra
- **Maestro Pylos**, dotto della Cittadella, guaritore, tutore, consigliere
- **Ser Davos Seaworth**, detto "Cavaliere delle cipolle" e anche "Manocorta", un tempo contrabbandiere
  - **Marya**, sua moglie, figlia di un carpentiere
    - I loro sette figli
      - **Dale**, caduto nella battaglia delle Acque Nere
      - **Allard**, caduto nella battaglia delle Acque Nere
      - **Matthos**, caduto nella battaglia delle Acque Nere
      - **Maric**, caduto nella battaglia delle Acque Nere
      - **Devan**, scudiero di re Stannis

Stannis, un ragazzo di nove anni
Steffon, un bambino di sei anni
Salladhor Saan, della città libera di Lys, si autoproclama principe del mare Stretto e lord della baia delle Acque Nere, proprietario della *Valyriana* e di una flottiglia di galee gemelle
Meizo Mahr, eunuco alle sue dipendenze
Khorane Sathmantes, capitano della galea *Danza di Shayala*
"Porridge" e "Lampreda", carcerieri

I nobili alfieri di re Stannis
Monterys Velaryon, lord delle Maree e mastro di Driftmark, un ragazzo di sei anni
Duram Bar Emmon, lord di Punta Acuminata, un ragazzo di quindici anni
Ser Gilbert Farring, castellano di Capo Tempesta
Lord Elwood Meadows, luogotenente di ser Gilbert
Maestro Jurne, dotto della Cittadella, consigliere e guaritore di ser Gilbert
Lord Lucos Chyttering, chiamato "Lucos il Piccolo", un ragazzo di sedici anni
Lester Morrigen, lord di Nido dei Corvi

I cavalieri e i guerrieri che hanno giurato fedeltà a re Stannis
Ser Lomas Estermont, zio del re per parte di madre
Ser Andrew Estermont, suo figlio, cugino di re Stannis
Ser Rolland Storm, detto "il Bastardo di Canto Notturno", figlio naturale del defunto lord Bryen Caron
Ser Parmen Crane, chiamato "Parmen il Viola", prigioniero ad Alto Giardino
Ser Erren Florent, fratello minore della regina Selyse, prigioniero ad Alto Giardino
Ser Gerald Gower
Ser Triston di collina di Tally, precedentemente al servizio di lord Guncer Sunglass
Lewis, chiamato "Moglie di Pesce"
Omer Blackberry

Re Stannis ha scelto come proprio stemma il cuore fiammeggiante del Signore della luce: un cuore rosso circondato da lingue di fuoco arancioni in campo giallo brillante. All'interno del cuore, è ritratto il cervo incoronato della Casa Baratheon, in nero.

La regina al di là del mare

REGINA DAENERYS TARGARYEN, detta "Daenerys nata dalla tempesta", la "Non-bruciata", "Madre dei draghi", khaleesi dei dothraki, prima del suo nome, unica figlia superstite di re Aerys II della Casa Targaryen; moglie del defunto khal Drogo

Drogon, **Viserion**, **Rhaegal**, i suoi piccoli draghi che stanno crescendo

La Guardia della regina

Ser Jorah Mormont, cavaliere in esilio accusato di schiavismo, un tempo lord dell'isola dell'Orso

Jhogo, ko e cavaliere di sangue, "la frusta"

Aggo, ko e cavaliere di sangue, "l'arco"

Rakharo, ko e cavaliere di sangue, "l'arakh"

Belwas il Forte, ex schiavo eunuco, campione delle fosse da combattimento di Meereen

Arstan, detto "Barbabianca", anziano scudiero di Belwas, uomo dell'Occidente

Le ancelle della regina

Irri, una ragazza dothraki, quindici anni

Jhiqui, una ragazza dothraki, quattordici anni

I parenti defunti della regina

Rhaegar, fratello della regina, principe della Roccia del Drago ed erede al Trono di Spade, ucciso da re Robert Baratheon nella battaglia del Tridente

Rhaenys, figlia di Rhaegar e della principessa Elia di Dorne, uccisa durante il saccheggio di Approdo del Re

Aegon, figlio di Rhaegar e della principessa Elia di Dorne, un infante, ucciso durante il saccheggio di Approdo del Re

Viserys, fratello della regina, si proclamava re Viserys, terzo del suo nome, detto il "re mendicante", ucciso a Vaes Dothrak per mano di khal Drogo

Drogo, marito della regina, grande kahl dei dothraki, mai sconfitto in battaglia, morto a causa di ferite infettatesi

Rhaego, figlio nato morto di Daenerys e di khal Drogo, ucciso in grembo da Mirri Maz Duur

Noti nemici della regina

Khal Pono, un tempo ko di Drogo

Khal Jhaqo, un tempo ko di Drogo

Maggo, cavaliere di sangue al servizio di Jhaqo

Gli Eterni di Qarth, banda di stregoni

Pyat Pree, stregone della città di Qarth

Gli Uomini del dispiacere, confraternita di assassini di Qarth

Ambigui alleati del presente e del passato

Xaro Xhoan Daxos, principe mercante di Qarth

Quaithe, sacerdotessa delle Ombre, mascherata, della città di Asshai

Illyrio Mopatis, magistro della città libera di Pentos, il quale combinò le nozze tra Daenerys e khal Drogo e cospirò per restaurare Viserys sul Trono di Spade

Groleo, un vecchio pentoshi, capitano del mercantile *Balerion*, al servizio di Illyrio Mopatis

Ad Astapor

Kraznys mo Nakloz, ricco mercante di schiavi

Missandei, schiava di Kraznys, del pacifico popolo di Naath, dieci anni

Grazdan mo Ullhor, anziano mercante di schiavi, molto ricco

Cleon, schiavo di Grazdan, macellaio e cuoco

Verme Grigio, eunuco degli Immacolati

A Yunkai

Grazdan mo Eraz, emissario e nobiluomo

Mero di Braavos, detto "il Bastardo del Titano", capitano della compagnia di ventura dei Secondi Figli

Brown Ben Plumm, sergente dei Secondi Figli, guerriero mercenario di dubbia discendenza

Prendahl na Ghezn, guerriero mercenario di Ghis, capitano della compagnia di ventura dei Corvi della Tempesta

Sallor il Baldo, guerriero mercenario di Qarth, capitano dei Corvi della Tempesta

Daario Naharis, eccentrico guerriero mercenario di Tyrosh, capitano dei Corvi della Tempesta

A Meereen

Oznak Zo Pahl, eroe della città

Lo stemma di Daenerys Targaryen rimane quello di Aegon Targaryen il Conquistatore, che fondò la dinastia e costruì il Trono di Spade con le spade dei nemici sconfitti: il drago con tre teste, rosso in campo nero.

Il re delle Isole e del Nord

RE BALON GREYJOY, lord delle isole di Ferro, re del Sale e della Roccia, Figlio del vento di mare, lord possessore di Pyke, autoproclamatosi re delle isole di Ferro e del Nord, nono del suo nome dopo il Grande Re

Regina Alannys, della Casa Harlaw, sua moglie

I loro figli

Rodrik, primogenito, ucciso a Seagard durante la ribellione di Greyjoy

Maron, secondogenito, ucciso a Pyke durante la ribellione di Greyjoy

Asha, comandante del vascello *Vento nero* e conquistatrice di Deepwood Motte

Theon, figlio più giovane, capitano della *Strega del mare* e per un breve periodo principe di Grande Inverno

Wex Pyke, scudiero di Theon, figlio bastardo del fratellastro di lord Botley, un ragazzo muto di dodici anni

Equipaggio di Theon sulla *Strega del mare*

Urzen, Maron Botley detto "Baffi di pesce", **Stygg, Gevin Harlaw, Cadwyle**

I fratelli di lord Balon

Euron, detto "Occhio di corvo", comandante del vascello *Silenzio,* fuorilegge, pirata e predone

Victarion, lord comandante della flotta del Ferro, commodoro della *Vittoria di ferro*

Aeron, detto "Capelli bagnati", prete del culto del dio Abissale

La corte di re Balon a Pyke
Maestro Wendamyr, guaritore e consigliere
Helya, anziana custode del castello

Guerrieri e spade che hanno giurato fedeltà a re Balon
Dagmer, detto "Mascella spaccata", maestro d'armi, comandante della *Bevitrice di schiuma*
Dente blu, capitano di nave lunga
Uller, Skyte, rematori e guerrieri
Andrik, detto il "Senza sorriso", uomo gigantesco
Qarl, detto "Qarl la Fanciulla", guerriero senza barba ma abilissimo e spietato

La gente di Porto dei Lord
Otter Gimpknee, locandiere e tenutario di un bordello
Sigrin, mastro navale, costruttore di navi lunghe

I nobili alfieri di re Balon
Sawane Botley, lord di Porto dei Lord a Pyke
Lord Wynch, di Iron Holt a Pyke
Stonehouse, Drumm e **Goodbrother**, di Vecchia Wyk
Lord Goodbrother, Sparr, lord Merlyn e **lord Farwind**, di Grande Wyk
Lord Harlaw, di Harlaw
Volmark, Myre, Stonetree e **Kenning**, di Harlaw
Orkwood e **Tawney**, di Orkmont
Lord Blacktyde, di Blacktyde
Lord Saltcliffe e **lord Sunderly**, di Saltcliffe

ALTRE NOBILI CASE

NOBILE CASA ARRYN

Gli Arryn sono discendenti dei re delle Montagne e della Valle, una delle linee più pure della nobiltà andala. La Casa Arryn non ha preso parte alcuna alla guerra dei Cinque re, tenendo le proprie forze a protezione del Nido dell'Aquila e della valle di Arryn.

Il loro stemma è il falcone che sormonta la luna, bianco in campo azzurro cielo. Il motto degli Arryn è: "In alto quanto l'onore".

ROBERT ARRYN, lord del Nido dell'Aquila, difensore della valle di Arryn, protettore dell'Est, un ragazzo di otto anni cagionevole di salute

- **Lady Lysa** della Casa Tully, sua madre, terza moglie e vedova di lord Jon Arryn, sorella di lady Catelyn Stark

La corte di Nido dell'Aquila

- **Marillion**, giovane, avvenente cantastorie, molto favorito da lady Lysa
- **Maestro Colemon**, sapiente della Cittadella, consigliere, guaritore e tutore
- **Ser Marwyn Belmore**, capitano della guardia
- **Mord**, un brutale carceriere

Nobili alfieri, cavalieri e cortigiani di Casa Arryn

- **Lord Nestor Royce**, alto attendente della valle di Arryn e castellano delle Porte della Luna, del ramo cadetto della Casa Royce
  - **Ser Albar**, figlio ed erede di lord Nestor
  - **Myranda**, figlia di lord Nestor
  - **Mya Stone**, ragazza bastarda al servizio di lord Nestor, figlia naturale di re Robert Baratheon

Lord Yohn Royce, detto "Yohn il Bronzeo", lord di Runestone, del ramo centrale della Casa Royce, fratello di lord Nestor

Ser Andar, primogenito di lord Yohn

Ser Robar, secondogenito di lord Yohn, al servizio di re Renly nella Guardia dell'arcobaleno, ucciso da ser Loras Tyrell a Capo Tempesta

Ser Waymar, figlio minore di lord Yohn, un Guardiano della notte, disperso a nord della Barriera

Ser Lyn Corbray, pretendente di lady Lysa

Mychel Redfort, il suo scudiero

Lady Anya Waynwood

Ser Morton, primogenito ed erede di lady Anya, pretendente di lady Lysa

Ser Donnel, secondogenito di lady Anya, cavaliere della Porta insanguinata

Eon Hunter, lord di Longbow Hall, anziano pretendente di lady Lysa

Horton Redfort, lord di Redfort

NOBILE CASA FLORENT

I Florent della fortezza di Acquachiara sono alfieri dei Tyrell, questo a dispetto di un loro più forte diritto di sangue su Alto Giardino che risale alla Casa Gardener, gli antichi re dell'Altopiano.

Allo scoppio della guerra dei Cinque re, lord Alester Florent seguì i Tyrell schierandosi al fianco di re Renly. Per contro, suo fratello Axell scelse di servire re Stannis, rimanendo per anni castellano della Roccia del Drago.

Selyse, nipote di entrambi, è andata sposa a re Stannis. Dopo l'improvvisa morte di re Renly a Capo Tempesta, i Florent furono i primi tra gli alfieri di Renly a passare al servizio di Stannis, alla testa dei loro eserciti.

Lo stemma della Casa Florent mostra una testa di volpe dentro un cerchio di fiori.

ALESTER FLORENT, lord di Acquachiara
- **Lady Melara**, della Casa Crane, sua moglie

I loro figli
- **Alekyne**, erede di Acquachiara
- **Melessa**, sposa di lord Randyll Tarly
- **Rhea**, sposa di lord Leyton Hightower

Fratelli e sorelle di lord Alester
- **Ser Axell**, castellano della Roccia del Drago
- **Ser Ryam**, morto a causa di una caduta da cavallo
  - **Regina Selyse**, figlia di Ryam, sposa di re Stannis
  - **Ser Imry**, primogenito ed erede di ser Ryam, comandante della flotta di Stannis sulle Acque Nere, disperso insieme alla sua nave *Furia*

Ser Erren, secondogenito di ser Ryam, prigioniero ad Alto Giardino

Ser Colin

Delena, figlia di ser Colin, sposata con ser Hosman Norcross

Edric Storm, figlio di Delena e figlio bastardo di re Robert Baratheon, dodici anni

Alester Norcross, figlio di Delena, otto anni

Renly Norcross, figlio di Delena, due anni

Maestro Omer, dotto della Cittadella, figlio di ser Colin, a servizio a Vecchia Quercia

Merrell, figlio di ser Colin, scudiero ad Arbor

Rylene, sorella di lord Alester, sposata con ser Rycherd Crane

Nobile Casa Frey

Ricchi, potenti e numerosi, i Frey sono alfieri della Casa Tully, ma non sempre sono stati diligenti nel compiere il loro dovere.

Quando Robert Baratheon affrontò Rhaegar Targaryen sul Tridente, i Frey non arrivarono che a battaglia finita e, da quel momento, lord Hoster Tully ha sempre definito Walder Frey "lord Frey il ritardatario". Di lui si dice anche che sia l'unico lord dei Sette Regni in grado di schierare un intero esercito generato completamente dai suoi lombi.

Alla vigilia della guerra dei Cinque re, Robb Stark ha ottenuto l'alleanza di Walder Frey in cambio della promessa di matrimonio tra lo stesso Robb e una delle figlie o delle nipoti di lord Frey. Due dei nipoti di lord Frey sono stati inviati alla corte di Grande Inverno come protetti degli Stark.

WALDER FREY, lord del Guado

Dalla sua prima moglie, **lady Perra** della Casa Royce

- **Ser Stevron**, primogenito di lord Walder, morto dopo la battaglia di Oxcross
  - **Corenna Swann**, prima moglie di Stevron, morta di consunzione
  - **Ser Ryman**, primogenito di Stevron, erede delle Torri Gemelle
    - **Edwyn**, figlio di Ryman, sposo di Janyce Hunter
      - **Walda**, sua figlia, otto anni
    - **Walder**, figlio di Ryman, detto "Walder il Nero"
    - **Petyr**, figlio di Ryman, detto "Petyr Foruncolo"
      - **Mylenda Caron**, sua moglie
      - **Perra**, figlia di Petyr, cinque anni

Jeyne Lydden, seconda moglie di Stevron, morta per una caduta da cavallo
Aegon, figlio di Stevron, detto "Campanello", mentalmente ritardato
Maegelle, figlia di Stevron, morta di parto
Ser Dafyn Vance, suo marito
Marianne, figlia di Maegelle, ragazza vergine
Walder Vance, figlio di Maegelle, scudiero
Patrek Vance, figlio di Maegelle
Marsella Waynwood, terza moglie di Stevron, morta di parto
Walton, figlio di Stevron, sposato con Deana Hardyng
Steffon, figlio di Walton, detto "il Dolce"
Walda, figlia di Walton, detta "la Chiara"
Bryan, figlio di Walton, scudiero
Ser Emmon, figlio di lord Walder, sposo di Genna della Casa Lannister
Ser Cleos, figlio di Emmon, sposo di Jeyne Darry
Tywin, figlio di Cleos, scudiero, undici anni
Willem, figlio di Cleos, paggio ad Ashemark, nove anni
Ser Lyonel, figlio di Emmon, sposo di Melesa Crakehall
Tion, figlio di Emmon, scudiero, prigioniero a Delta delle Acque
Walder, figlio di Emmon, detto Walder "il Rosso", paggio a Castel Granito, quattordici anni
Ser Aenys, figlio di lord Walder, sposo di Tyana Wylde, morta di parto
Aegon il Sanguinario, figlio di Aenys, fuorilegge
Rhaegar, figlio di Aenys, sposo di Jeyne Beesbury
Robert, figlio di Rhaegar, tredici anni
Walda, figlia di Rhaegar, detta Walda "la Bianca", dieci anni
Jonos, figlio di Rhaegar, otto anni
Perriane, figlia di lord Walder, sposa di ser Leslyn Haigh
Ser Harys Haigh, figlio di Perriane
Walder Haigh, figlio di Harys, quattro anni
Ser Donnel Haigh, figlio di Perriane
Alyn Haigh, figlio di Perriane, scudiero

Dalla sua seconda moglie, **lady Crenna** della Casa Swann
Ser Jared, figlio maggiore di lord Walder e di lady Crenna, vedovo di Alys Frey
Ser Tytos, figlio di Jared, sposato a Zhoe Blanetree
Zia, figlia di Tytos, quattordici anni

Zachery, figlio di Tytos, dodici anni, apprendista al tempio di Vecchia Città

Kyra, figlia di Jared

Ser Garse Goodbrook, suo marito

Walder Goodbrook, figlio di Kyra, nove anni

Jeyne Goodbrook, figlia di Kyra, sei anni

Septon Luceon, figlio di lord Walder, in servizio al Grande Tempio di Baelor ad Approdo del Re

Dalla sua terza moglie, **lady Amarei** della Casa Crakehall

Ser Hosteen, figlio maggiore di lord Walder e di lady Amarei, sposo di Bellena Hawick

Ser Arwood, figlio di Hosteen, sposo di Ryella Royce

Ryella, figlia di Arwood, cinque anni

Androw e **Alyn**, figli gemelli di Arwood, tre anni

Lady Lythene, figlia di lord Walder, sposa di lord Lucias Vypren

Elyana, figlia di Lythene, sposa di ser Jon Wylde

Rickard Wylde, figlio di Elyana, quattro anni

Ser Damon Vypren, figlio di Lythene

Symond, figlia di lord Walder

Betharios, suo marito, della città libera di Braavos

Alesander, figlio di Symond, cantastorie

Alyx, figlia di Symond, una ragazza di diciassette anni

Bradamar, figlio di Symond, dieci anni, apprendista e protetto di Oro Tendyris, mercante di Braavos

Ser Danwell, figlio di lord Walder, sposo di Wynafrei Whent

numerosi figli di ser Danwell nati morti e molte gravidanze interrotte

Merrett, figlio di lord Walder, sposo di Mariya Darry

Amerei, figlia di Merrett, detta "Ami", vedova di ser Pate della Forca Blu, sedici anni

Walda, figlia di Merrett, detta "la Grassa", quindici anni, sposa di lord Roose Bolton

Marissa, figlia di Merrett, tredici anni

Walder, figlio di Merrett, detto "Piccolo Walder", otto anni, preso prigioniero a Grande Inverno, mentre vi si trovava come protetto di lady Catelyn Stark

Ser Geremy, figlio di lord Walder, morto annegato, sposo di Carolei Waynwood

Sandor, figlio di Geremy, dodici anni, scudiero di ser Donnel Waynwood

Cynthea, figlia di Geremy, nove anni, protetta di lady Anya Waynwood

Ser Raymund, figlio di lord Walder, sposo di Beony Beesbury

Robert, figlio di Raymund, sedici anni, apprendista alla Cittadella di Vecchia Città

Malwyn, figlio di Raymund, quindici anni, apprendista di un alchimista nella città libera di Lys

Serra e **Sarra**, figlie gemelle di Raymund, quattordici anni

Cersei, figlia di Raymund, detta "Piccola ape", sei anni

Dalla sua quarta moglie, **lady Alyssa** della Casa Blackwood

Lothar, figlio maggiore di lord Walder e di lady Alyssa, detto "lo Storpio", sposo di Leonella Lefford

Tysane, figlia di Lothar, sette anni

Walda, figlia di Lothar, quattro anni

Emberlei, figlia di Lothar, due anni

Ser Jammos, figlio di lord Walder, sposo di Sallei Paege

Walder, figlio di Jammos, detto "Grande Walder", otto anni, preso prigioniero a Grande Inverno, mentre vi si trovava come protetto di lady Catelyn Stark

Dickon e **Mathis**, figli gemelli di Jammos, cinque anni

Ser Whalen, figlio di lord Walder, sposo di Sylwa Paege

Hoster, figlio di Whalen, scudiero di ser Damon Paege, dodici anni

Merianne, figlia di Whalen, detta "Merry", undici anni

Lady Morya, figlia di lord Walder

Ser Flement Brax, suo marito

Robert Brax, figlio di Morya, allevato come paggio a Castel Granito, nove anni

Walder Brax, figlio di Morya, sei anni

Jon Brax, figlio di Morya, tre anni

Tyta, figlia di lord Walder, detta "la Vergine", ventinove anni

Dalla sua quinta moglie, **lady Sarya** della Casa Whent

nessuna progenie

Dalla sua sesta moglie, **lady Bethany** della Casa Rosby

Ser Perwyn, figlio maggiore di lord Walder e di lady Bethany

Ser Benfrey, figlio di lord Walder, sposo di Jyanna Frey, una cugina

Della, figlia di Benfrey, detta "la Sorda", tre anni

Osmund, figlio di Benfrey, due anni

Maestro Willamen, figlio di lord Walder, in servizio a Longbow Hall
Olyvar, figlio di lord Walder, scudiero di Robb Stark
Roslin, figlia di lord Walder, sedici anni

Dalla sua settima moglie, **lady Annara** della Casa Farring
Arwyn, figlia di lord Walder, quattordici anni
Wendel, figlio maggiore di lord Walder e di lady Annara, tredici anni, cresciuto alla corte di Seagard come paggio
Colmar, figlio di lord Walder, undici anni, promesso come adepto al credo dei Sette Dèi
Waltyr, figlio di lord Walder, detto "Tyr", dieci anni
Elmar, figlio di lord Walder, nove anni, promesso sposo di Arya Stark
Shirei, figlia di lord Walder, sei anni

Dalla sua ottava moglie, **lady Joyeuse** della Casa Erenford
ancora nessuna progenie

Figli naturali di lord Walder, da varie madri
Walder Rivers, detto "Walder il Bastardo"
Ser Aemon Rivers, figlio di Walder il Bastardo
Walda Rivers, figlia di Walder il Bastardo
Maestro Melwys, in servizio a Rosby
Jeyne Rivers, **Martyn Rivers**, **Ryger Rivers**, **Ronel Rivers**, **Mellara Rivers** e altri

Nobile Casa Lannister

I Lannister di Castel Granito rimangono i principali sostenitori della pretesa di re Joffrey al Trono di Spade.

Fanno risalire la loro discendenza a Lann l'Astuto, leggendario maestro d'inganni dell'Età degli Eroi.

L'oro di Castel Granito e della Zanna Dorata li ha fatti divenire i più ricchi tra tutte le nobili Case dei Sette Regni. Il loro stemma è un leone dorato in campo porpora. Il loro motto è: "Udite il mio ruggito!".

TYWIN LANNISTER, lord di Castel Granito, protettore dell'Ovest, difensore di Lannisport e Primo Cavaliere del re

Lady Joanna, sua moglie e cugina, morta di parto

I loro figli

Ser Jaime, detto "Sterminatore di re", protettore dell'Est, lord comandante della Guardia reale, gemello della regina Cersei, prigioniero a Delta delle Acque

Regina Cersei, vedova di re Robert I Baratheon, regina reggente per suo figlio re Joffrey I, gemella di Jaime

Re Joffrey I Baratheon, figlio di Cersei, tredici anni

Principessa Myrcella Baratheon, figlia di Cersei, nove anni, protetta del principe Doran Martell di Dorne

Principe Tommen Baratheon, figlio di Cersei, otto anni, erede al Trono di Spade

Tyrion, detto "Folletto" o anche "Mezzo-uomo", un nano deforme, ferito e sfregiato nella battaglia delle Acque Nere

I fratelli e le sorelle di lord Tywin

Ser Kevan, fratello maggiore di lord Tywin

Dorna, della Casa Swyft, sua moglie

Ser Lancel, figlio maggiore di Kevan, un tempo scudiero di re Robert Baratheon, ferito gravemente nella battaglia delle Acque Nere, e ora in punto di morte

Willem, figlio di Kevan, gemello di Martyn, scudiero, prigioniero al bosco dei Sussurri

Martyn, figlio di Kevan, gemello di Willem, scudiero, prigionero di Robb Stark

Janei, figlia di Kevan, due anni

Genna, sorella di lord Tywin, sposa di ser Emmon Frey

Ser Cleos Frey, figlio di Genna, prigioniero a Delta delle Acque

Ser Lyonel, figlio di Genna

Ser Tion Frey, figlio di Genna, scudiero, prigioniero a Delta delle Acque

Walder, figlio di Genna, detto "Walder il Rosso", scudiero a Castel Granito

Ser Tygett, fratello di lord Tywin, morto di malattia

Darlessa, vedova di Tygett, della Casa Marbrand

Tyrek, figlio di Tygett, scudiero del re, disperso nella grande sommossa di Approdo del Re

Gerion, fratello minore di lord Tywin, scomparso in mare

Joy, figlia bastarda di Gerion, undici anni

I cugini di lord Tywin

Ser Stafford Lannister, fratello della defunta lady Joanna, caduto nella battaglia di Oxcross

Cerenna e **Myrielle**, figlie di Stafford

Ser Daven, figlio di Stafford

Ser Damion Lannister, sposo di lady Shiera Crakehall

Ser Lucion, figlio di Damion

Lanna, figlia di Damion, sposa di lord Antario Jast

Margot, sposa di lord Titus Peake

La corte di Castel Granito

Maestro Creylen, dotto della Cittadella, tutore, consigliere e guaritore

Vylarr, comandante della guardia

Lum e **Lester il Rosso**, guardie

Wat Biancosorriso, cantastorie

Ser Benedict Broom, maestro d'armi

Nobili alfieri di Casa Lannister

Ser Damon Marbrand, lord di Ashemark

Ser Addam Marbrand, figlio di Damon ed erede di Ashemark, nuovo comandante della Guardia cittadina di Approdo del Re

Roland Crakehall, lord di Crakehall

Ser Burton Crakehall, fratello di Roland, ucciso da lord Beric Dondarrion e della sua banda di fuorilegge

Ser Tybolt Crakehall, primogenito ed erede di Roland

Ser Lyle Crakehall, secondogenito di Roland, detto "Cinghiale Selvaggio", prigioniero a Pinkmaiden Castle

Ser Merlon Crakehall, figlio più giovane di Roland, annegato nella battaglia degli Accampamenti

Andros Brax, lord di Hornvale, annegato nella battaglia degli Accampamenti

Ser Rupert Brax, fratello di Andros, caduto nella battaglia di Oxcross

Ser Tytos Brax, primogenito di Andros, attuale lord di Hornvale, prigioniero alle Torri Gemelle

Ser Robert Brax, secondogenito di Andros, caduto nella battaglia dei Guadi

Ser Flement Brax, terzogenito di Andros, attuale erede di Hornvale

Lord Leo Lefford, annegato al Mulino di Pietra

Regenard Estren, lord di Wyndhall, prigioniero alle Torri Gemelle

Gawen Westerling, lord del Crag, prigioniero a Seagard

Lady Sybell, sua moglie, della Casa Spicer

I figli di Gawen e di lady Sybell

Ser Raynald Westerling

Jeyne, una ragazza di sedici anni

Eleyna, una ragazza di dodici anni

Rollam, un bambino di nove anni

Ser Rolph Spicer, fratello di lady Sybell

Ser Samwell Spicer, cugino di lady Sybell

Lewys Lydden, lord di Deep Den

Lord Antario Jast, prigioniero a Pinkmaiden Castle

Lord Philip Plumm

I suoi figli

Ser Dennis Plumm, Ser Peter Plumm, Ser Harwyn Plumm detto "Durapietra"

Quenten Banefort, lord di Banefort, prigioniero di lord Jonos Bracken

Cavalieri e capitani di Casa Lannister

Ser Harys Swyft, padrino di ser Kevan Lannister

Ser Steffon Swyft, figlio di ser Harys

Joanna, figlia di ser Steffon

Shierle, figlia di ser Harys, sposata con ser Melwyn Sarsfield

Ser Forley Prester

Ser Garth Greenfiel, prigioniero a Raventree Hall

Ser Lymond Vikary, prigioniero a Riposo del Viandante

Lord Selmond Stackspear

Ser Steffon Stackspear, primogenito di lord Selmond

Ser Alyn Stackspear, secondogenito di lord Selmond

Terrence Kenning, lord di Kayce

Ser Kennos di Kayce, cavaliere al servizio di lord Terrence

Sandor Clegane, detto "Mastino", un tempo spada giurata di re Joffrey, scomparso durante la battaglia delle Acque Nere

Ser Gregor Clegane, detto "Montagna che cavalca"

Polliver, Chiswyck, Raff Dolcecuore, Dunsen e **Messer Sottile**, soldati agli ordini di ser Gregor

Ser Amory Lorch, fatto divorare da un orso per ordine di Vargo Hoat dopo la caduta di Harrenhal

Nobile Casa Martell

Dorne è stato l'ultimo dei Sette Regni a giurare fedeltà al Trono di Spade. Dinastie, usanze e storia sono tutti elementi che differenziano grandemente quello dorniano dagli altri regni.

Allo scoppio della guerra dei Cinque re, il principe di Dorne non si schierò a favore di nessuno, ma dopo l'accordo per un matrimonio dinastico tra Myrcella Baratheon e Trystane, principe di Dorne, anche Lancia del Sole ha dichiarato il proprio appoggio a re Joffrey e ha chiamato a raccolta gli eserciti.

Lo stemma dei Martell è un sole rosso attraversato da un giavellotto. Il loro motto è: "Mai inchinati, mai piegati, mai spezzati".

DORAN NYMEROS MARTELL, lord di Lancia del Sole, principe di Dorne

Mellario, sua moglie, della città libera di Norvos

I loro figli

Principessa Arianne, figlia maggiore, erede di Lancia del Sole

Principe Quentyn, figlio maggiore

Principe Trystane, figlio minore, promesso sposo di Myrcella Baratheon

Il fratello e la sorella del principe Doran

Principessa Elia, sorella di Doran, sposa del principe Rhaegar Targaryen, uccisa durante il saccheggio di Approdo del Re

Principessa Rhaenys, figlia di Elia, una bambina uccisa durante il saccheggio di Approdo del Re

Principe Aegon, figlio di Elia, un infante ucciso durante il saccheggio di Approdo del Re

Principe Oberyn, fratello di Doran, detto "Vipera rossa"

Ellaria Sand, amante di Oberyn

Obara, Nymeria, Tyene, Sarella, Elia, Obella, Dorea, Loreza, figlie bastarde di Oberyn, dette "Serpenti delle Sabbie"

Compagni del Principe Oberyn

Harmen Uller, lord di Hellholt

Ser Ulwyck Uller, fratello di Harmen

Ser Ryon Allyrion

Ser Daemon Sand, figlio naturale di Ryon, detto "il Bastardo di Grazia degli Dèi"

Dagos Manwoody, lord di Tomba del Re

Mors e **Dickon**, figli di Dagos

Ser Myles Manwoody, fratello di Dagos

Ser Arron Qorgyle

Ser Deziel Dalt, il cavaliere di bosco dei Limoni

Myria Jordayne, erede di Tor

Larra Blackmont, lady di Montenero

Jynessa Blackmont, sua figlia

Perros Blackmont, suo figlio, scudiero

La corte di Dorne

Areo Hotah, mercenario della città libera di Norvos, comandante della guardia di Lancia del Sole

Maestro Caleotte, consigliere, guaritore e tutore

Nobili alfieri del principe Doran

Edric Dayne, lord di Stelle al Tramonto

Delonne Allyrion, lord di Grazia degli Dèi

Tremond Gargalen, lord di Costa Salata

Anders Yronwood, lord di Bosco di Ferro

Nymella Toland

NOBILE CASA TULLY

Lord Edmyn Tully di Delta delle Acque fu uno dei primi lord dei fiumi a giurare fedeltà ad Aegon Targaryen il Conquistatore. Come ricompensa, il vittorioso Aegon obbligò tutte le terre del Tridente a giurare fedeltà alla Casa Tully.

Lo stemma dei Tully è una trota argentea che guizza su uno sfondo a strisce blu e rosse. Il loro motto è: "Famiglia, Dovere, Onore".

HOSTER TULLY, lord di Delta delle Acque
Lady Minisa, sua moglie, della Casa Whent, morta di parto

I loro figli
Catelyn, vedova di lord Eddard Stark di Grande Inverno
Robb Stark, figlio maggiore di Catelyn, lord di Grande Inverno, re del Nord e re del Tridente
Sansa Stark, figlia di Catelyn, una fanciulla di dodici anni, prigioniera ad Approdo del Re
Arya Stark, figlia di Catelyn, dieci anni, dispersa da un anno
Brandon Stark, detto "Bran", figlio di Catelyn, otto anni, creduto morto
Rickon Stark, figlio di Catelyn, quattro anni, creduto morto
Lysa, vedova di lord Jon Arryn del Nido dell'Aquila
Robert Arryn, figlio di Lysa, lord del Nido dell'Aquila, difensore della valle di Arryn, protettore dell'Est, un fanciullo di otto anni, cagionevole di salute
Ser Edmure, unico figlio maschio di lord Hoster, erede di Delta delle Acque

Amici e compagni di ser Edmure
Ser Marq Piper, erede di Pinkmaiden

Lord Lymond Goodbrook
Ser Ronald Vance, detto"il Cattivo"
Ser Hugo, ser Ellery e **Kirth**, i fratelli di Ronald
Patreck Mallister
Lucas Blackwood
Ser Perwyn Frey
Tristan Ryger
Ser Robert Paege

Unico fratello di lord Hoster
Ser Brynden Tully, detto il "Pesce Nero", celebre guerriero schierato con Robb Stark

La corte di lord Hoster a Delta delle Acque
Maestro Vyman, consigliere, guaritore e tutore
Ser Desmond Grell, maestro d'armi
Ser Robin Ryger, comandante della guardia
Lew il Lungo, Elwood, Delp, guardie
Utherydes Wayn, attendente di Delta delle Acque
Rymund della Rima, cantastorie

Nobili alfieri di lord Hoster
Jonos Bracken, lord di Stone Hedge
Jason Mallister, lord di Seagard
Walder Frey, lord del Guado
Clement Piper, lord di Pinkmaiden Castle
Karyl Vance, lord di Riposo del Viandante
Norbert Vance, lord di Atranta
Theomar Smallwood, lord di Sala delle Ghiande
Lady Ravella, della Casa Swann, sposa di Theomar
Carellen, la loro figlia
William Mooton, lord di Maidenpool
Shella Whent, lady di Harrenhal, esautorata del titolo
Sel Halmon Paege
Tytos Blackwood, lord di Raventree

NOBILE CASA TYRELL

I Tyrell sono ascesi al potere quali attendenti dei re dell'Altopiano, i cui domini si estendevano sulle fertili pianure sudoccidentali, dalle Terre Basse di Dorne e dal fiume delle Rapide Nere fino alle sponde del mare di ponente.

Per linea femminile, fanno risalire le loro origini a Garth Manoverde, re giardiniere dei Primi Uomini, il quale portava una corona di viticci e di fiori e – secondo la tradizione – seppe far rifiorire la terra.

Quando Mern IX, ultimo re della Casa Gardener, cadde nella battaglia di Campo di Fuoco, il suo attendente Harlan Tyrell dovette fare atto di sottomissione e consegnò Alto Giardino ad Aegon il Conquistatore. Aegon lo ricompensò concedendogli il castello e il dominio sull'Altopiano.

Allo scoppio della guerra dei Cinque re, lord Mace Tyrell si è schierato con Renly Baratheon, concedendogli la mano di sua figlia Margaery. Ma dopo la morte di Renly, Alto Giardino si è alleata con la Casa Lannister, e Margaery è stata promessa in sposa a re Joffrey.

Lo stemma dei Tyrell è una rosa dorata in campo verde erba. Il loro motto è: "Crescere forti".

MACE TYRELL, lord di Alto Giardino, protettore del Sud, difensore delle Terre Basse, gran maresciallo dell'Altopiano

Lady Alerie della Casa Hightower di Vecchia Città, sua moglie

I loro figli

Willas, primogenito ed erede di Alto Giardino

Ser Garlan, detto "il Galante", secondo figlio

Ser Loras, il "cavaliere di Fiori", figlio più giovane, cavaliere investito della Guardia reale
Margaery, una fanciulla di quindici anni, vedova di re Renly Baratheon e promessa sposa di re Joffrey I Baratheon
Ancelle e cortigiane di Margaery
Megga, Alla ed **Elinor Tyrell**, cugine di Margaery
Alyn Ambrose, scudiero, promesso sposo di Elinor
Lady Alysanne Bulwer, otto anni
Meredyth Crane, detta "Merry"
Taena di Myr, moglie di lord Orton Merryweather
Lady Alyce Graceford
Septa Nysterica, consorella del Credo

La madre vedova di lord Mace
Lady Olenna, della Casa Redwyne, detta "regina di Spine"
Arryk ed **Erryk**, detti "Sinistro" e "Destro", gemelli identici, guardie personali di lady Olenna

Le sorelle di lord Mace
Mina, sposa di Paxter Redwyne, lord di Arbor
I loro figli
Ser Horas Redwyne, gemello di Hobber, chiamato ironicamente "ser Orrore"
Ser Hobber Redwyne, gemello di Horas, chiamato ironicamente "ser Fetore"
Desmera Redwyne, fanciulla di sedici anni
Lady Janna, sposa di ser Jon Fossoway

Gli zii e i cugini di lord Mace
Garth, detto "il Grosso", fratello del padre di lord Mace, lord siniscalco di Alto Giardino
Garse e **Garrett Flowers**, figli bastardi di Garth
Ser Moryn, fratello del padre di lord Mace, lord comandante della Guardia cittadina di Vecchia Città
Ser Luthor, defunto figlio di ser Moryn, sposo di lady Elyn Norridge
Ser Theodore, figlio di ser Luthor, sposo di lady Lia Serry
Elinor, figlia di Theodore
Luthor, figlio di Theodore, scudiero
Maestro Medwick, figlio di ser Luthor
Olene, figlia di ser Luthor, sposa di ser Leo Blackbar
Leo, detto "Leo il Pigro", figlio di ser Moryn

Maestro Gormon, fratello del padre di lord Mace, dotto della Cittadella
Ser Quentin, cugino di lord Mace, caduto nella battaglia di Ashford
Ser Olymer, figlio di Quentin, sposo di lady Lysa Meadows
Raymund e **Rickard**, figli di Olymer
Megga, figlia di Olymer
Ser Victor, cugino di lord Mace, ucciso dal cavaliere Sorridente della fratellanza di bosco del Re
Victaria, figlia di Victor, vedova di lord Jon Bulwer, morto a causa di febbri estive
Lady Alysanne Bulwer, figlia di Victaria, otto anni
Ser Leo, figlio di Victor, sposo di lady Alys Beesbury
Alla e **Leona**, figlie di ser Leo
Lyonel, **Lucas** e **Lorent**, figli di ser Leo

La corte di lord Mace ad Alto Giardino
Maestro Lomys, consigliere, guaritore e tutore
Igon Vyrwel, comandante della guardia
Ser Vortimer Crane, maestro d'armi
Blocco di burro, giullare, enormemente grasso

Nobili alfieri di lord Mace
Randyll Tarly, lord di Collina del Corno
Paxter Redwyne, lord di Arbor
Arwyn Oakheart, lady di Vecchia Quercia
Mathis Rowan, lord di Goldengrove
Alester Florent, lord della fortezza di Acquachiara, ribelle che si è schierato al fianco di Stannis Baratheon
Leyton Hightower, voce di Vecchia Città, lord del Porto
Orton Merryweather, lord di Lunga Tavola
Lord Arthur Ambrose

I cavalieri e i guerrieri che hanno giurato fedeltà ad Alto Giardino
Ser Mark Mullendore, rimasto storpio dopo la battaglia delle Acque Nere
Ser Jon Fossoway, dei Fossoway della Mela verde
Ser Tanton Fossoway, dei Fossoway della Mela rossa

RIBELLI, FUORILEGGE
E CONFRATERNITE

I CONFRATELLI GIURATI DEI GUARDIANI DELLA NOTTE

La confraternita in nero dei Guardiani della notte protegge il reame, e ha giurato di non prendere parte nelle guerre civili e nelle lotte per il trono.

Tradizionalmente, in tempi di rivolta, i Guardiani della notte onorano tutti i re ma non obbediscono a nessuno di loro.

CONFRATELLI DI PATTUGLIA OLTRE LA BARRIERA

JEOR MORMONT, lord comandante dei Guardiani della notte, detto "Vecchio orso"

Jon Snow, il bastardo di Grande Inverno, suo attendente e scudiero, disperso in pattuglia sul passo Skirling

Spettro, il meta-lupo di Jon, albino e silente

Eddison Tollett, detto "Edd l'Addolorato", tetro scudiero del lord comandante

Thoren Smallwood, comandante dei ranger

Dywen, Dirk, Piedemolle, Grenn, Bedwyck detto "Gigante", **Ollo Lophand, Grubbs, Bernarr** detto "Bernarr il Marrone", un altro **Bernarr** detto "Bernarr il Nero", **Tim Stone, Ulmer del bosco del Re, Garth** detto "Piumagrigia", **Garth di Greenaway, Garth di Vecchia Città, Alan di Rosby, Ronnel Harclay, Aethan, Ryles, Mawney**, ranger

Jarman Buckwell, comandante degli esploratori

Bannen, Kedge Occhiobianco, Tumberjon, Fornio, Goady, ranger ed esploratori

Ser Ottyn Wythers, comandante della retroguardia

Ser Mallador Locke, comandante della logistica

Donnel Hill, detto "Donnel il Dolce", scudiero e attendente di ser Mallador
Hake, attendente e cuoco
Chett, attendente e mastro dei cani
Samwell Tarly, attendente molto grasso, addetto ai corvi messaggeri, detto ironicamente "Messer Porcello"
Lark, detto "Lark delle Sorelle"
Rolley di Sisterton, Karl Piededuro, Maslyn, Piccolo Paul, Segalegno, Lew il Mancino, Oss l'Orfano, Bill Grugno, attendenti, cugini di Lark
Qhorin il Monco, comandante dei ranger della Torre delle ombre, ucciso sul passo Skirling
Dalbridge ed **Ebben**, ranger, uccisi sul passo Skirling
Stonesnake, ranger ed esperto scalatore, disperso a piedi sul passo Skirling
Blane, secondo in comando di Qhorin il Monco, comandante degli uomini della Torre delle ombre sul Pugno dei Primi Uomini
Ser Byam Flint

CONFRATELLI AL CASTELLO NERO

BOWEN MARSH, lord attendente e castellano
Maestro Aemon Targaryen, sapiente della Cittadella, cieco, consigliere e guaritore, cento anni di età
Clydas, attendente di Aemon
Benjen Stark, fratello di lord Eddard Stark, Primo Ranger, disperso a nord della Barriera
Ser Wynton Stout, ranger da ottant'anni
Ser Aladale Wynch, Pypar, Dick Follard il Sordo, Hal il Peloso, Jack Bulwer il Nero, Elron, Matthar, ranger
Othell Yarwyck, Primo Costruttore
Stivale, Henly il Giovane, Halder, Albett, Kegs, Pate di Maidenpool il Macchiato, costruttori
Donal Noye, armaiolo, fabbro e attendente, con un braccio solo
Hobb Tre Dita, attendente e capocuoco
Tim Linguarotta, Easy, Mully, Henly il Vecchio, Cugen, Alyn il Rosso del bosco delle Rose, Jeren, attendenti
Septon Cellador, prelato ubriacone
Ser Endrew Tarth, maestro d'armi
Rast, Arron, Emrick, Satin, Saltafosso, reclute ancora in addestramento

Conwy, Gueren, "Corvi erranti", reclutatori che vagano per il reame alla ricerca di ragazzi orfani e di criminali da portare alla Barriera
Yoren, "Corvo errante" veterano, caduto combattendo contro i soldati di ser Amory Lorch

CONFRATELLI AL FORTE ORIENTALE

COTTER PYKE, comandante del Forte orientale
Maestro Harmune, consigliere e guaritore
Ser Alliser Thorne, maestro d'armi
Janos Slynt, ex comandante della Guardia cittadina di Approdo del Re, per un breve periodo lord di Harrenhal
Ser Glendon Hewett
Dareon, attendente e cantastorie
Iron Emmett, ranger celebre per la sua forza

CONFRATELLI ALLA TORRE DELLE OMBRE

SER DENYS MALLISTER, comandante della Torre delle ombre
Wallace Massey, suo attendente e scudiero
Maestro Mullin, consigliere e guaritore

LA FRATELLANZA SENZA VESSILLI

BANDA DI FUORILEGGE

BERIC DONDARRION, lord di Blackhaven, chiamato il "lord della Folgore", spesso dato per morto

Thoros di Myr, il suo braccio destro, prete rosso

Edric Dayne, scudiero di Beric, lord di Stelle al Tramonto, dodici anni

I seguaci di Beric

Lem, detto "Lem Mantello di limone", soldato disertore

Harwin, figlio di Hullen, un tempo al servizio di lord Eddard Stark a Grande Inverno

Pello, detto "Barbaverde", guerriero mercenario della città libera di Tyrosh

Tom di Settecorrenti, detto "Tom Settecorde" o "Tom Sette", cantastorie di dubbia reputazione

Anguy l'Arciere, infallibile arciere delle Terre Basse di Dorne

Jack Fortunello, un ricercato, privo di un occhio

Il Cacciatore Pazzo, di Tempio di Pietra

Kyle, Notch, Dennett, arcieri

Merrit di Città della Luna, Watty il Mugnanio, Luke il Sicuro, Mudge, Dick lo Sbarbato, fuorilegge

Alla locanda dell'Uomo inginocchiato

Sharna, locandiera, cuoca e levatrice

suo marito, chiamato semplicemente "marito"

un ragazzo orfano di guerra, chiamato solo "ragazzo"

Alla Pesca, bordello di Tempio di Pietra

Tansy, tenutaria, dai capelli rossi

Alyce, Cass, Lanna, Jyzene, Helly, Bella, alcune delle sue "pesche"

A Sala delle Ghiande, sede della nobile Casa Smallwood
Lady Ravella, della Casa Swann, sposa di lord Theomar Smallwood

Qui, là e in altri luoghi
Lord Lymond Lychester, uomo anziano dalla mente incerta, che in un tempo lontano difese il ponte contro l'assalto di ser Maynard
Maestro Roone, giovane sapiente che si prende cura di lui
Vecchia bianca, donna nana di Cuore Alto
Lady delle Foglie
Septon di Danza di Sally

I BRUTI O IL POPOLO LIBERO

MANCE RAYDER, il re oltre la Barriera
Dalla, la sua giovane moglie, incinta
Val, sorella minore di Dalla

Capi e capitani degli uomini di Mance
Harma, detto "Testa di cane", comandante dell'avanguardia
Rattleshirt, detto "il lord delle Ossa", capo di una banda di guerrieri
Ygritte, giovane "moglie di lancia", componente della sua banda
Ryk, detto "Lungapicca", componente della sua banda
Ragwyle, Lenyl, componenti della sua banda
Jon Snow, il "corvo voltagabbana", suo prigioniero
Spettro, il meta-lupo di Jon, albino e silente
Styr, maknar dei Thenn, guerriero privo di orecchie
Jarl, giovane predone, amante di Val
Grigg il Caprone, Errok, Quort, Bodger, Del, Bollente, Hempen Dan, Henk l'Elmo, Lenn, Dito d'Alluce, Pollici di Pietra, predoni
Tormund, "Re della birra" di Sala Fangosa, detto anche "Veleno dei giganti", "Pugno di tuono", "Soffiatore di corno", "Grande affabulatore", "Distruttore del ghiaccio", "Marito di orse", "Voce degli dèi" e "Padre di eserciti", capo di una banda di guerrieri
Toregg l'Alto, Torwyrd il Mansueto, Dormund, Dryn, figli di Tormund
Munda, figlia di Tormund
Orell, chiamato "Orell l'Aquila", metamorfo, ucciso da Jon Snow sul passo Skirling

Mag Mar Tun Doh Weg, detto "Mag il Possente", capo dei giganti
Varamyr, detto "Seipelli", metamorfo, padrone di tre lupi, una pantera-ombra e un orso bianco
Il Piagnone, predone e capo di una banda di guerrieri
Alfyn Ammazzacorvi, predone, ucciso da Qhorin il Monco dei Guardiani della notte

Craster, del castello di Craster, un uomo che non s'inchina davanti a nessuno
Gilly, sua figlia e moglie, incinta
Dyah, Ferny, Nella, tre delle diciannove mogli di Craster

Ringraziamenti

Se i mattoni non sono ben fatti, il muro crolla.

È un muro bello grosso quello che sto costruendo in queste pagine, quindi mi servono molti mattoni. Fortunatamente, conosco una quantità di ottimi muratori e tanti altri bravi professionisti.

Ancora una volta, il mio ringraziamento e il mio apprezzamento vanno a tutti quei buoni amici che tanto gentilmente mi hanno fornito la loro conoscenza (e, in certi casi, perfino i loro *libri*) in modo da rendere i miei mattoni solidi e affidabili: al mio arcimaestro Sage Walker, al Primo Costruttore Carl Keim, a Melinda Snodgrass, il mio mastro dei cavalli.

E, come sempre, a Parris.